KNAUR

Von Kimberley Wilkins sind bereits folgende Titel erschienen:
Das Haus der geheimen Versprechen
Das Haus am Leuchtturm
Der Wind der Erinnerung

Über die Autorin:
Kimberley Wilkins hat erfolgreich sowohl Kinder- und Jugendbücher als auch Romane für Erwachsene publiziert. Ihre Werke wurden unter anderem mit dem »Romantic Book of the Year Award«, dem »Aurealis Award« und dem »Lynne Wilding Award« ausgezeichnet sowie für zahlreiche andere Preise nominiert. Kimberley Wilkins lebt mit ihrer Familie in Brisbane, sie ist Dozentin an der Universität von Queensland.

Kimberley Wilkins

Das Sternenhaus

Roman

Aus dem Englischen von
Susanne Goga-Klinkenberg

KNAUR

Die englische Originalausgabe erschien 2013 unter dem Titel
»Ember Island« bei Hachette Australia, an imprint of
Hachette Australia Pty Limited, Sydney.

Besuchen Sie uns im Internet:
www.knaur.de

Wenn Ihnen dieser Roman gefallen hat und Sie auf der Suche sind
nach ähnlichen Büchern, schreiben Sie uns unter Angabe des Titels
»Das Sternenhaus« an: frauen@droemer-knaur.de

FSC
www.fsc.org
MIX
Papier aus verantwortungsvollen Quellen
FSC® C083411

Vollständige Taschenbuchausgabe März 2016
Knaur Taschenbuch

Redaktion: Sabine Thiele
Umschlaggestaltung: ZERO Werbeagentur, München
Umschlagabbildung: Trevillion Images / © Joanna Jankowska;
FinePic® München
Satz: Adobe InDesign im Verlag
Druck und Bindung: CPI books GmbH, Leck
ISBN 978-3-426-51673-7

2 4 5 3 1

Für Meg Vann, von einem großen
Mädchen fürs andere

Prolog

15. Mai 1892

Mein Geist ist voller Amseln! Ich habe heute Nachmittag etwas gehört … Ich kann es kaum glauben. Ich will es nicht glauben. Wie schwer dieses Wissen wiegt. Soll ich es Papa sagen? Ich kann nicht begreifen, was sie getan hat, was sie noch tun will. Doch wenn Papa Bescheid weiß, schickt er sie weg, und ich habe sie doch so gern.

Und Papa auch, da bin ich mir fast sicher.

Eins

Eine Sommerhochzeit

1891

Die Sonne segnete Tilly Kirklands Hochzeit. Nur die glücklichsten Bräute heirateten im Juni, und Tilly konnte nicht fassen, welches Glück sie gehabt hatte. Obwohl ihre weißen Satinschuhe drückten, das Korsett unter der Robe aus Seide und Organza ihr den Atem nahm und sie den ganzen Tag so angestrengt gelächelt hatte, dass ihre Gesichtsmuskeln schmerzten, betrachtete sie sich als glücklichste Frau auf Erden. Jasper war genau im richtigen Moment gekommen, und nach der eiligen Brautwerbung war sie nun verheiratet und auf dem Weg in ein neues Leben.

Der Garten von Großvaters Haus in Dorset war üppig und grün, die Blumen leuchteten im sanften Sonnenschein. Zwei lange Tafeln waren mit Essen beladen, und die Gäste schlenderten fröhlich umher, plauderten und lachten. Die warme Luft fuhr ihr durchs Haar und kühlte den Schweiß auf der Kopfhaut. Der süß duftende Kranz aus Orangenblüten konnte ihre wilden roten Locken nicht zähmen, und sie musste sich ständig Haarsträhnen aus dem Mund zupfen. Eine entfernte, sehr alte Tante berichtete in qualvollen Einzelheiten, wie ihr betagter Hund kürzlich erkrankt und gestorben war. Tilly war erleichtert, dass sie endlich einmal mitfühlend die Stirn runzeln konnte, statt dauernd zu lächeln, aber die Geschichte war sehr lang, und im Geplapper, das sie umgab, konnte sie die leise Stimme der älteren Frau nicht immer verstehen.

Tilly riskierte einen Seitenblick. Wo war Jasper? Wo war

ihr Ehemann? Bei dem Gedanken daran wurde sie ein bisschen rot. Jasper mit seinem eleganten Gehrock und der grauen Kaschmirhose. Immer gut gekleidet, attraktiv, mit einem gewissen Schwung, der anderen Männern fehlte. Sie widmete sich kurz ihrer Tante, bevor sie wieder einen verstohlenen Blick in den Garten warf.

Da war er. Die Sonne schimmerte auf seinem goldbraunen Haar und den sorgfältig gestutzten Koteletten. Sein Körper war geschmeidig und aufrecht, und er schien sich stolz über die wimmelnde Hochzeitsgesellschaft zu erheben. Sein Blick streifte die Versammelten bis zu ihr. In diesem Augenblick bemerkte Tilly etwas, das ein misstrauisches Kribbeln in ihrem Magen hervorrief. Las sie Mitleid in seiner Miene? Oder gar Verachtung?

Doch dann lächelte er, und sie tat es ihm vorsichtig gleich. Hoffnungsvoll. Sie redete sich ein, sie sei müde und bilde sich Dinge ein. Er war derselbe Jasper, den sie immer gekannt hatte. Der Schatten verschwand wie eine Wolke, die über die Sonne zieht.

Ein Scheppern riss sie aus ihren Gedanken. Hinter ihr erhoben sich entsetzte Stimmen, Jaspers Gesichtsausdruck war vergessen.

»Tilly! Tilly!«

Großvater lag im Gras. Ein heißer Stich drang in ihr Herz. Im Fallen hatte er Teller und Tassen mit sich gerissen, und die besorgten Gäste stürzten auf ihn zu. Die Zeit verlangsamte sich. Er sah blass und alt aus. Seit wann war er so bleich und greisenhaft?

Dann war sie bei ihm, forderte die Gäste auf, ihm Luft zum Atmen zu lassen, und schickte ihren Cousin Godfrey ins Dorf, um den Arzt zu holen.

»Großvater, kannst du mich hören?«

Seine Augenlider zuckten, und seine rechte Hand zitterte, als wollte er sie bewegen.

»Nein, bleib ganz still liegen. Entspann dich. Ganz ruhig. Der Arzt ist gleich da.« Sie strich ihm sanft über die Stirn. »Werde gesund, Großvater, werde gesund«, sagte sie leise. Doch sie spürte schon, wie das Schiff davonsegelte, mitgerissen von einer gewaltigen Flut, die sie weder messen noch beherrschen konnte. Sie umklammerte Großvaters Hand und wartete.

Zwei

Der kaputte Kamin

2012

»Ich kann dich kaum verstehen, Nina. Die Verbindung bricht dauernd ab.«

Ich stellte mich in die äußerste Ecke der Veranda und beugte mich so weit wie möglich vor. Die frische Meerluft vermischte sich mit dem weniger angenehmen Geruch des Tangs. Ein Windstoß von der Bucht drang unter meine Bluse und kühlte den Schweiß auf meinen Rippen. Hier oben am Steilhang hatte ich freien Blick auf das blassblaue Festland in der Ferne, den Ort, dem ich ein Handysignal entlocken wollte. »Ich habe gefragt, ob du schon den Handwerker angerufen hast?«

Doch meine Mutter war nicht mehr in der Leitung. Ich warf einen Blick aufs Display, das *Nur Notruf* anzeigte, und steckte es wieder in die Tasche.

Kein Handyempfang. Niemand konnte mich anrufen. Die Knoten in meinem Rücken lösten sich.

Ich ging wieder hinein. Früher hatte es Starwater House geheißen, obwohl ich nicht wusste, ob der Name offiziell gewesen oder der Phantasie meiner Urgroßmutter entsprungen war. Eleanor Holt war für ihre romantischen Vorstellungen bekannt. Ich warf das Handy aufs Sofa und trat neben den Kamin, wobei ich an der feuchten Tapete zupfte. Starwater hatte zwei Jahre lang als Bürogebäude einer Walbeobachtungsfirma gedient. Einer Firma, die immer zu spät oder zu wenig zahlte, die jetzt Pleite gemacht hatte, ohne offizielle Kündigung verschwunden war und mir, ihrer Vermieterin, Tausende Dollar schuldete.

Es war nicht das verlorene Geld, über das ich mich ärgerte. Schlimmer war, dass niemand die Sturmschäden gemeldet hatte. Der Oktober war der Höhepunkt der Sturmsaison in der Moreton Bay, und letzte Woche hatte es so gestürmt, dass die Nachrichten in Sydney darüber berichtet hatten. Ich hatte Aufnahmen vom Festland gesehen: Bäume hatten Autodächer zerschlagen, Stromleitungen unterbrochen, Wassermassen ergossen sich durch die Straßen der Vorstädte. Und ich hatte noch gestaunt, dass sich Starwater so gut hielt. Es war 1868 erbaut worden, und während ich viel Geld darauf verwendet hatte, es instand zu halten, war es durch die Lage am Steilhang von Ember Island der Witterung preisgegeben. Am nächsten Morgen hatte ich die Walbeobachter angerufen. Kein Anschluss unter dieser Nummer.

Mum hatte vorgeschlagen, ich solle hinüberfahren. Sie war die treibende Kraft hinter allem, was mit Starwater zu tun hatte, und hatte mich vor sechs Jahren dazu gebracht, das Haus zu kaufen. »Du bist im Augenblick die Einzige von uns, die es sich leisten kann«, hatte sie gesagt. Einer der wenigen Punkte, in denen ich meine beiden älteren Schwestern übertrumpfte. Gewöhnlich stachen die Ingenieurin und die Chirurgin die Romanautorin aus. »Es sollte wieder der Familie gehören.«

Der Schaden um den Kamin herum war nicht so schlimm, wie ich befürchtet hatte, als ich bei meiner Ankunft die blaue Plane auf dem Dach gesehen hatte. Der Ast, der das Dach aufgerissen hatte, hing noch schräg am Baum, der mächtige Arm eines Feigenbaums, der vermutlich seit Jahrhunderten hier gestanden hatte, bevor die weißen Männer nach Ember Island gekommen waren und das berüchtigte Hochsicherheitsgefängnis erbaut hatten, das ich aus dem Schulunterricht kannte. Abgesehen von dem großen Wasserfleck auf der Tapete und einem Riss im gemauerten Kamin waren im Hausinneren kaum Schäden entstanden. Wenn der Handwerker in den nächsten Tagen käme, wäre ich bis zum Wochenende wieder in Sydney.

Wenn ich an Sydney dachte, wurde ich traurig und verzweifelt. Ich wollte nicht dorthin zurück. Nicht jetzt, nicht bis … danach. Doch selbst dann würde ich ihnen irgendwann begegnen, oder? Wir konnten uns nicht aus dem Weg gehen.

Schritte auf der vorderen Veranda rissen mich aus meinen Gedanken. Ich eilte nach draußen, um den Handwerker zu empfangen, dankbar für die Ablenkung.

»Hallo. Wie schön, dass Sie so schnell kommen konnten. Schauen Sie sich doch um.«

Der Handwerker sah mich verwundert an. Er war das, was meine Mutter einen »strammen Burschen« genannt hätte, Mitte dreißig, mit blondem, lockigem Haar, breiten Schultern und gebräunter Haut.

»Ich bin Nina.« Ich führte ihn nach drinnen. »Das Haus gehört mir.«

»Joe«, brachte er schließlich heraus. »Ich habe die Plane angebracht. Hoffentlich war das in Ordnung. Ich wusste, dass keiner hier ist und … es ist so ein schönes altes Haus.«

»In Ordnung? Das war sehr, sehr nett von Ihnen. Sonst wäre der Wasserschaden viel schlimmer geworden. So ist es nur ein Fleck auf der Tapete und ein Riss im Kamin.«

Wir blieben im Raum stehen.

»Die Wände dürften von selbst trocknen, aber es wird nicht einfach, den Fleck loszuwerden. Der Kamin könnte allerdings weiter oben auch beschädigt sein. Da müsste mal jemand aufs Dach steigen und nachschauen.«

»Könnten Sie das übernehmen? Oder brauche ich dafür einen Dachdecker? Tut mir leid, ich kenne mich mit so etwas nicht aus.«

Joe schaute mich an. »Das sollte machbar sein. Ich habe im Augenblick keinen anderen Auftrag.«

»Das wäre toll. Wie schnell können Sie es erledigen?«

Er neigte den Kopf zur Seite und kratzte sich am Ohr, wobei er den Kamin betrachtete. »Ich … das kommt auf das Ausmaß des Schadens an, welches Material ich brauche, wie schnell ich es vom Festland besorgen kann …« Sein Blick blieb am Mauerwerk hängen. Er trat vor und fuhr mit dem Finger über den gezackten Riss, der genau dem Verlauf der Ziegelsteine folgte. Sein Finger verharrte auf der letzten Mörtellinie, und er drückte leicht dagegen. »Sehen Sie mal.«

Ich stellte mich neben ihn und schaute auf die fragliche Stelle. Zwischen den Ziegelsteinen hatte sich ein Spalt ohne Mörtel aufgetan, in dem einige Blätter Papier steckten.

»Was ist das?«

»Schauen wir doch mal.« Er holte ein Taschenmesser hervor, schob es vorsichtig in den Spalt und zog die Papiere heraus.

Ich erkannte die Handschrift, noch bevor ich die Blätter in der Hand hielt. »Das ist die Schrift meiner Urgroßmutter«, hauchte ich.

»Woher wissen Sie das?«

»Ich habe alle ihre Unterlagen gelesen. Dachte ich jedenfalls.« Mein Blick fiel auf die erste Zeile der ersten Seite. »Es ist ein Tagebuch.«

»1891.«

»Da muss sie zwölf gewesen sein.« Zwölf. Vermutlich kindlicher Unsinn. Ich hatte auf etwas Handfesteres gehofft. Die Enttäuschung breitete sich kalt in meinen Adern aus.

»Es ist kein richtiges Tagebuch, es sind nur wenige Seiten«, sagte er.

»Vielleicht wurden sie aus einem Buch herausgerissen. Ich lese sie später.«

»Die Buchstaben sind winzig.«

Ich warf einen Blick auf die erste Zeile. *Papa will eine Gouvernante für mich einstellen.* »Ich bin an ihre Handschrift gewöhnt und kann sie entziffern.«

Joe stocherte zwischen den anderen Ziegeln. »Ich wusste nicht, dass dieses Haus ein Familienerbstück ist.«

»Das ist es auch nicht.« Ich faltete die Seiten und steckte sie in die Gesäßtasche meiner Jeans. »Ich habe es vor einigen Jahren gekauft, um meiner Mutter einen Gefallen zu tun. Sie hatte immer gehofft, dass es eines Tages auf den Markt käme. Meine Urgroßmutter hat hier mit ihrem Vater gewohnt, als er Direktor des Gefängnisses war. Als dieses aufgelöst wurde, haben sie das Haus behalten. Ihr Name war Eleanor Holt. Sie ist eine Legende in unserer Familie.«

Joe klappte das Messer zu und steckte es ein. »Wieso?«

»Sie war eine wilde Nonkonformistin. Hat nie geheiratet, bekam ihren Sohn, meinen Großvater, erst mit achtunddreißig, hat nie verraten, wer der Vater war, und ihn allein aufgezogen. Großvater war immer sehr stolz auf sie. Sie war Mitglied der Sozialistischen Partei und schrieb wütende Briefe über alles und jeden. Sie war sehr beeindruckend.«

Joe lächelte. »Nun werden Sie erfahren, ob sie schon als Kind so beeindruckend war.« Er sah auf die Uhr. »Ich muss gleich meinen Sohn abholen, habe Ihre Frage aber noch nicht beantwortet. Wie lange es dauert, das Dach zu reparieren, meine ich.«

»Nur zu.«

»Ich bin kein Dachdecker und kein Baufachmann, aber ein ganz passabler Handwerker.«

»Oh, tut mir leid. Ich dachte, Sie wären der Bauunternehmer, den meine Mutter angerufen hat.« Vielleicht hatte sie mir das sagen wollen, als das Handysignal abgebrochen war.

»Es ist Zufall, dass wir uns hier getroffen haben.« Er holte einen Schlüsselbund aus der Tasche. »Ich habe früher hier gearbeitet. Für George und Kay.«

»Verstehe.« George und Kay waren die Mieter, die mir Tausende Dollar schuldeten. Ich nahm die Schlüssel entgegen. »Ich nehme an, dass Sie irgendetwas von hier brauchen.«

»Ich habe einen Spind im Büro, darin liegen noch einige Bücher.«

»Gehen Sie nur. Holen Sie alles, was Ihnen gehört.«

Ich blieb im Wohnzimmer, während er sich ins Büro begab. George und Kay hatten hier gewohnt, aber die Möbel gehörten alle mir. Sie stammten vom Vorbesitzer, der keine Lust gehabt hatte, Betten und Sofas per Schiff von der Insel zu schaffen. Ich zog die Blätter aus der Tasche und überflog die ersten Zeilen von Eleanors Tagebuch. Es klang kindlich, aber lebendig. Sie hatte immer geschrieben, wie es schien. Anders als ich. Ich hatte erst spät und zögerlich damit begonnen. Darum fiel es mir auch so schwer, dieses Buch fertigzustellen, den immer näher rückenden Abgabetermin einzuhalten. Ich war einfach nicht die geborene Schriftstellerin.

Joe tauchte mit einem Karton voller Bücher auf. »Vielen Dank. Soll ich trotzdem Ihr Dach reparieren? Es könnte ein bisschen länger dauern als bei einem Profi, aber ich habe keine Angst vor harter Arbeit und … als George und Kay abgehauen sind, bin ich sozusagen arbeitslos geworden.«

Ich steckte das Tagebuch wieder ein. »Was haben Sie denn für die beiden gemacht?«

»Besichtigungstouren organisiert. Ich bin Meeresbiologe. Das heißt, sobald ich meine Doktorarbeit fertig habe.« Er deutete auf die Bücher in dem Karton, und ich bemerkte, dass es sich um dicke Lehrbücher mit Titeln wie *Die Wanderungsbewegungen der Wale*, *Genetische Ökologie der Wale* und *Die Ektoparasiten der Wale* handelte.

»Wow«, sagte ich. »Keine leichte Lektüre.« Ich war stets eingeschüchtert, wenn ich es mit sehr intelligenten Leuten zu tun hatte. Immerhin hatte ich mein Leben lang im Schatten meiner unglaublich klugen Schwestern gestanden.

»Ist lange her, dass ich einen Roman gelesen habe. Sie sind Romanautorin, nicht wahr? Kay hat es mir erzählt.«

»Ja, stimmt.« Ich schaute ihn an und versuchte, so klar wie möglich zu denken. Er hatte etwas durchaus Anziehendes. Er sah gut aus, aber es war mehr als das. Keine Verstellung, nichts

Künstliches. Nur eine warme, männliche Energie, die so natürlich war wie der Sand am Meer. Wollte ich ihm einen Job geben, um ihn in meiner Nähe zu haben? Damit ich ihn bewundern konnte? Das würde nicht gut enden. Ich hatte mir erst kürzlich geschworen, mit meinem Herzen vorsichtiger umzugehen.

Doch diesem Mann war Starwater so wichtig gewesen, dass er eine Plane auf dem Dach angebracht hatte; er war stark und geschickt und hatte kürzlich seinen Job verloren. »Falls Sie das Geld brauchen, können Sie mein Dach reparieren.«

Seine Schultern entspannten sich kaum merklich, doch es entging mir nicht. »Sie müssen nicht auf der Insel bleiben. Ich kann das erledigen und Ihnen jeden Tag Fotos schicken, damit Sie sehen, dass ich Sie nicht ausnutze.«

»Ich bin mir sicher, dass wir eine Lösung finden.«

Er ging zur Tür und drehte sich noch einmal um, wollte etwas sagen.

»Was ist los?«

Er stellte den Karton auf den zerschrammten Couchtisch aus Mahagoni. »Mir ist nur gerade etwas eingefallen. Mein Boot ist noch im Schuppen.«

Ich sah ihn fragend an.

»Ich habe ein kleines Motorboot, mit dem ich meinen Sohn Julian aufs Festland bringe und wieder abhole. Ich habe es in Ihrem Bootsschuppen untergebracht.«

»Ich habe einen Bootsschuppen?«

»Ja, etwa einen Kilometer hügelabwärts, in der Nähe des Anlegers.«

Ich erinnerte mich vage, dass ich beim Kauf des Hauses so etwas auf den Plänen gesehen hatte.

»Jedenfalls habe ich Ihnen gerade die Schlüssel zurückgegeben, da war auch der für den Schuppen dran.«

Ich hielt ihm den Schlüsselbund hin. »Sie können ihn behalten, solange Sie ihn brauchen. Vermutlich werde ich ihn ohnehin nie benutzen.«

»Vielleicht möchten Sie Ihr Boot darin unterbringen«, sagte er grinsend und löste den Schlüssel vom Ring.

»Ich besitze kein Boot.«

»George und Kay haben ihres hiergelassen. Je nachdem, wie viel Miete sie Ihnen schulden, könnte es durchaus Ihnen gehören.«

»Ich weiß gar nicht, was ich mit einem Boot anfangen soll«, murmelte ich, nahm mir aber vor, meine Freundin Stacy, die Anwältin war, danach zu fragen.

Er griff wieder nach seinem Karton. »Ich fahre morgen aufs Festland, habe eine Besprechung in der Universität. Ich werde mich nach Ersatzteilen umsehen und ein paar Vorschläge machen, wie wir den Schaden beheben können. Was sagen Sie dazu?«

»Das wäre toll.«

»Dürfte ich meinen Jungen mitbringen? Ich bin alleinerziehend. Er ist ein lieber Kerl. Kann sich gut beschäftigen.«

»Er ist willkommen.« Ich platzte beinahe vor Neugier. Alleinerziehend. Witwer oder geschieden? Wie alt war sein Sohn? Wie jung hatte er geheiratet? Ich sprach aus Erfahrung, da ich mit neunzehn eine katastrophale Ehe eingegangen war und immer gern mit Gleichgesinnten sprach. Zum Glück hatten wir keine Kinder. Nicht dass wir es nicht versucht hätten, aber ich konnte aus medizinischen Gründen keine Kinder bekommen. Und dachte, ich hätte mich längst mit dieser Tatsache abgefunden.

Ich winkte Joe zum Abschied und blieb noch eine Weile auf der Veranda stehen, wobei ich über die Insel schaute. Auf den weiten Grasflächen im Süden grasten Ayrshire-Rinder. Im Osten, in Richtung Festland, erstreckte sich ein Mangrovenwald, ein undurchdringlicher Sumpf. Dahinter tobte der Pazifik, brach sich an den Felsen und wich bei Ebbe gelegentlich lange genug zurück, um einen schmalen Sandstrand freizugeben. Die Nachmittagsbrise war frisch und salzig, die feuchte Hitze des Tages beinahe verflogen. Auf der ganzen Insel blühten weiße und lila Krokusse, so weit das Auge reichte. Vor über hundert Jahren hatte es hier einen englischen Garten gegeben. Weibliche Gefangene waren vom Direktor gezwungen worden, als Gärtner zu arbeiten. Der Garten selbst war längst verschwunden, doch die Krokusse blühten Jahr um Jahr, als wollten sie an ihre Geschichte erinnern.

Hier gab es keinen Verkehrslärm, und kein klingelndes Telefon mahnte mich, weil ich mit meiner Arbeit in Verzug war. Hier traf ich nicht auf Cameron und seine schwangere Freundin. Hier hörte ich nur den Wind in den Bäumen und den Ozean dort draußen.

Ich ging wieder hinein. Die Wohnzimmermöbel waren alt, aber gemütlich. Der Kühlschrank summte, auf der Mikrowelle blinkte die richtige Uhrzeit. Ich könnte eine Matratze umdrehen und ein Bett frisch beziehen. George und Kay hatten sogar angebrochenes Shampoo und Duschgel im Bad zurückgelassen.

Ich beschloss, einige Tage zu bleiben.

*

Die Nacht zog sanft herauf, das Rosa hinter den Palmen verblasste allmählich zu einem Blaugrau. Ich saß auf den Stufen vor dem Haus und genoss den milden Abend, schaute zu, wie die Sterne erschienen, und dachte darüber nach, wie wenig Zeit ich im Freien verbrachte, wenn ich in Sydney war. Von meiner Wohnung, die ein halbes Vermögen gekostet hatte, konnte man bis zu den honiggelben Türmen der Saint Mary's Cathedral blicken, doch das waren Stadtaussichten, und die Sterne waren blass oder ganz unsichtbar, weil die hellen Lichter von Sydney sie überstrahlten. In glücklicheren Zeiten hatten Cameron und ich abends einen Gin Tonic auf der Terrasse des Penthouses getrunken. Seit der Trennung verbrachte ich die meiste Zeit in der Wohnung, schloss mich in meinem Büro ein und schrieb oder versuchte es jedenfalls.

Der erste Moskitostich trieb mich ins Haus. Ich schloss das Fliegengitter und schaltete im Wohnzimmer das Licht ein. Ich trat an den Kamin und fuhr mit den Fingern über den Riss. Hier gab es keine Geheimverstecke mehr, keine Papiere mit Eleanors Handschrift.

Ich drehte mich um und schaute durchs Zimmer. Die alten Ziegel waren hinter Putz und Tapete verborgen. Dann fiel mir ein, dass das Büro auch eine unverputzte Ziegelwand besaß. Also schaltete ich dort das Licht ein, ging langsam durch das Zimmer und suchte nach Spalten ohne Mörtel. Meine Finger fuhren die Muster auf der kühlen, rauhen Wand nach. Vergeblich. Selbst wenn ich etwas gefunden hätte, wären es vermutlich nur weitere Seiten von Eleanors Kindertagebuch gewesen. Doch meine Hoffnung war erwacht. Vielleicht würde ich die Papiere finden, von denen ich träumte und die alles für mich verändern würden.

Als mein Großvater vor zehn Jahren starb, war meine Familie in den Besitz von Eleanors Unterlagen gelangt. Eine große, nach Schimmel riechende Kiste voller Briefe und Listen und Geschwafel und Geschichten und Gedichten. Keine Tagebücher, darum wunderte es mich auch, dass sie als Kind eins geführt haben sollte. Damals waren meine Schwestern zu beschäftigt gewesen, um sich die Papiere genauer anzusehen, und meiner Mutter fehlte es an Geduld, um das winzige Tintengekritzel zu entziffern. Ich war damals fünfundzwanzig, erst kürzlich geschieden und zwischen zwei Jobs in einem Obstladen und einer Kindertagesstätte – *wieder einmal,* wie meine Mutter betont hatte –, so dass mir diese Aufgabe zugefallen war. Ich las alles durch. Jede einzelne Seite. Ich hatte Eleanor liebgewonnen, nachdem ich auf diese Weise Einblick in ihren scharfen Verstand, ihre phantasievollen Formulierungen, ihre Ehrlichkeit und ihren gelegentlich rauhen Humor gewonnen hatte.

Als ich Starwater kaufte, durchsuchte ich das Haus nach weiteren Papieren und fand auf dem Dachboden einen alten Koffer. Auch er enthielt hauptsächlich Gedichte und Kurzgeschichten. Damals hatte ich geglaubt, ich hätte alles gefunden, was sie je geschrieben hatte. An diesem Abend aber fragte ich mich, was sich sonst noch in Ecken und Winkeln, verborgen hinter Modernisierungen, unter Teppichen und Dielenbrettern, befinden mochte. Eleanor hatte hier gelebt, bis sie mit neunundsiebzig gestorben war. Was hatte sie hinterlassen?

Ich sehnte mich geradezu verzweifelt danach, alles zu finden.

Ich ging das Haus Zimmer für Zimmer durch. Starwater war ein weitläufiges, T-förmiges Gebäude: der mittlere Flügel bestand aus Wohnzimmer, Esszimmer und Küche, der Westflügel aus drei Schlafzimmern und einem Bad, der Ostflügel aus den Geschäftsräumen der Walbeobachter. Das ganze Haus war von hölzernen Veranden umgeben, auf denen man an heißen Sommertagen den frischen Wind genießen konnte. Ich betrachtete Rand- und Sockelleisten, hob eine lose Fliese im Badezimmer hoch, spähte unter das Linoleum in der Küche, klopfte an die Schlafzimmerwände und horchte auf Hohlräume. Schließlich gestand ich mir ein, dass ich eigentlich gar nicht wusste, was ich hier tat, und vermutlich auch nichts finden würde. So landete ich wieder im Büro. Ich setzte mich an den größten Schreibtisch. Der Kalender war beim 31. Juli aufgeschlagen. Vielleicht war es George' und Kays letzter Tag im Büro gewesen, bevor sie eilig ihre Sachen gepackt hatten und vor den Schulden geflohen waren. An diesem Tag hätte ich auch mein neues Manuskript abgeben müssen. Ein verpasster Abgabetermin, der mittlerweile zehn Wochen zurücklag. Ich spürte wieder den vertrauten Krampf in den Eingeweiden und musste tief durchatmen. »Es ist eine Schreibhemmung«, hatte Mum gesagt, und Marla und meine Schwestern und Stacy und sogar Cameron, der noch einmal mit einem Rollkoffer vorbeigekommen war, um seine letzten Sachen aus der Wohnung zu holen, hatten es bestätigt. Doch den Problemen, denen ich mich beim Schreiben gegenübersah, war mit einem so einfachen Begriff nicht beizukommen.

Ich kehrte in den Ostflügel zurück und suchte mir ein Schlafzimmer aus. Ich glaube, es war das Gästezimmer. Ich wollte nicht dort schlafen, wo George und Kay gelegen hatten, und mich die ganze Zeit über fragen, wie oft sie hier über ihr gescheitertes Unternehmen und die wachsenden Schulden gesprochen hatten. Ich hatte genügend eigene Sorgen, die mich wachhielten.

Drei

Die tiefe Stille

Ich erwachte in tiefer Stille. Es dauerte einen Moment, bis ich wieder wusste, wo ich war. Die einzigen Geräusche waren der ferne Ozean und das Zwitschern der Spatzen in den Bäumen. Ich drehte mich um und schaute auf mein Handy. Das Notrufsignal war verschwunden, ich hatte einen Balken Empfang. Da ich fürchtete, meine Agentin Marla könne mich anrufen, schaltete ich es aus.

Kein Verkehrslärm, keine Jogger, doch nicht das machte den Morgen so still. Nein, ich konnte keine E-Mails abrufen oder ein Gespräch entgegennehmen oder fröhliche Kommentare auf Twitter posten. Ich war unerreichbar. Niemand konnte von mir erwarten, dass ich auf etwas reagierte. So entspannt hatte ich mich seit Jahren nicht gefühlt.

Und dann kam mir die Idee: Ich würde nicht nach Hause fahren, sondern auf der Insel bleiben. Sollte Stacy zu meiner Mutter fahren und meinen Koffer holen. Den Laptop hatte ich dabei, ich konnte also schreiben. Die Welt würde um mich herum verschwinden. Ich wäre allein mit der Geschichte und würde sie irgendwie beenden, bevor der neue Termin in zwei Monaten ablief.

Ich war so aufgeregt und zuversichtlich, dass ich fast aus dem Bett sprang und mein Handy wieder einschaltete. Auf der Veranda verbesserte sich der Empfang auf zwei Balken, und ich wählte Marlas Nummer. Es klingelte, bevor mir klarwurde, dass es erst sechs Uhr morgens war.

»Hallo?«, fragte sie misstrauisch.

»Tut mir furchtbar leid, Marla. Habe ich dich geweckt?«

»Natürlich nicht. Ich bin um fünf Uhr zum Joggen aufgestanden.« Sie war eine durchtrainierte Frau, deren Alter ich nicht schätzen konnte und die von Kaffee und Salat zu leben schien. »Warum rufst du so früh an? Gibt es gute Neuigkeiten?«

»Ich glaube schon. Ich bin in Starwater, dem ehemaligen Haus meiner Urgroßmutter. Und es ist perfekt, um in Ruhe zu schreiben. Ich weiß, dass ich das Buch hier beenden kann.« Beim letzten Satz geriet meine Entschlossenheit ins Wanken. Hoffentlich merkte sie es nicht.

»Tatsächlich?« Marla klang skeptisch.

»Absolut. Hier kann mich nichts ablenken. Ich bin allein mit dem Laptop.« Sonst nichts. Gar nichts. Ich schluckte.

»Nina, Schätzchen, ich will dich nicht zu sehr unter Druck setzen, aber ich habe den Verleger im Nacken. Viele Entschuldigungen fallen mir nicht mehr ein. Bist du dir diesmal wirklich sicher? Wäre es nicht besser, wenn du in Sydney arbeitest, wo ich dich im Auge behalten und dir für jede Woche ein Ziel setzen kann?«

Und ich Gefahr laufe, ihm wieder zu begegnen? Nein, nein, tausendmal nein. »Es ist das Beste für mich«, sagte ich so selbstsicher wie nur möglich.

Sie antwortete, aber der Empfang war zu schlecht, um alles zu verstehen.

Dann brach die Verbindung ganz ab.

»Verdammt«, fluchte ich und schüttelte das Handy, als würde das helfen. Ich schnappte mir meine Tasche, die hinter der Tür hing. Am Fuß des Hügels hatte ich eine Telefonzelle gesehen.

Es war ein klarer, kühler Morgen. Das Gras war nass vom Tau, und es roch nach Seetang, Kuhmist, schlammigen Feldern und den vanillesüßen Gardenien, die in den Vorgärten blühten. Die ungepflasterte Straße führte bergab, vorbei an Weiden, auf denen Kühe hinter Stacheldraht grasten. Dann folgte das ehemalige Gefängnis, in dem heute Geschäfte untergebracht waren: ein Gemischtwarenladen, der gleichzeitig als Postamt diente, ein Kunstgewerbeladen, der auch Andenken verkaufte, und ein Café. Alle waren geschlossen. Auf Ember Island lebten nur etwa dreihundert Menschen, die meisten auf Bauernhöfen, so dass die Geschäfte langsam und sporadisch liefen. Um sechs Uhr morgens hatte hier noch nichts geöffnet.

Ich fand die Telefonzelle und warf die Münzen in den Schlitz. Ich konnte mich nicht erinnern, wann ich zuletzt ein Münztelefon benutzt hatte. Ein Relikt aus unschuldigeren Zeiten. Am anderen Ende klingelte es, und Marla hob ab.

»Was ist das für ein Ort, an dem du keinen Handyempfang hast?«

»Eine Insel in der Mitte einer Bucht, auf der ich endlich meine Arbeit schaffe.«

»Nun. Gut. Ich meine ja nur. Ich habe nämlich versucht, dich zu erreichen. Ich hatte ein Angebot für eine Reise nach Singapur, inklusive Spesen, Businessclass. Ein Internationales Symposium über das Mittelalter in Film und Literatur. Sie möchten mit dir über deine Recherchen sprechen.«

Meine Krimis über die Witwe Wayland, eine kluge Hobbydetektivin, spielten in den 1320er Jahren. Zwei davon waren von der BBC verfilmt worden, ich hatte fast zwölf Millionen Bücher verkauft. Eigentlich hätte das alles jemand anderem passieren sollen. Ich war unglaublich dankbar für meinen Erfolg, ich konnte gar nicht ausdrücken, wie sehr. Aber ich hasste es, über meine historischen Recherchen zu sprechen. »Nein, ich bin zu beschäftigt.«

»Es ist nach dem Abgabetermin.«

»Ich will aber nicht.«

»Na schön«, sagte sie geschäftsmäßig wie immer. »Ich werde nett ablehnen. Schick mir doch mal, was du bis jetzt geschrieben hast.«

Meine Kehle war wie zugeschnürt. Die erste Hälfte des Manuskripts, durch die ich irgendwie gestolpert war, las sich schrecklich. Ich redete mir ein, dass ich es beim Überarbeiten hinbiegen würde, aber jeder, der die Witwe Wayland liebte, würde enttäuscht sein. Ich konnte es Marla erst lesen lassen, wenn ich es gründlich aufpoliert hatte. Ich wickelte die Telefonschnur um meine Finger und räusperte mich. »Ich schicke es dir, sobald ich an meine Mails komme«, versprach ich und wusste jetzt schon, dass ich das Versprechen brechen würde.

Marla war clever und drängte nicht weiter. »Ich erwarte dann in ein paar Wochen etwas von dir«, meinte sie unvermittelt und sachlich. Dann klang ihre Stimme wieder weicher. »Liebes, hat es etwas mit Cameron und Tegan zu tun? Willst du deshalb nicht zurückkommen?«

»Nein, nein, ganz und gar nicht. Du weißt, ich wünsche ihnen alles Gute. Ich will mich nur ganz auf das Buch konzentrieren. Ich hänge so weit hinten, dass es mir …« *Dass es mir vorkommt, als würde ich es niemals schaffen.* Doch es wäre unklug, meiner Agentin so etwas zu sagen. »Dass ich das hier brauche, um gute Arbeit zu leisten.« Ich lehnte den Rücken an die Glasscheibe und sah mich um, betrachtete die Geschäfte und das gelbe Gras und den blassen Morgenhimmel.

»Na gut. Du weißt das selbst am besten, Liebes. Pass auf dich auf.«

Ich hängte ein und blieb eine Weile dort stehen. Cameron und Tegan. Ich sprach ihren Namen laut aus. »Tegan.« Ja, es tat immer noch weh.

Tegan, die zwei Stockwerke unter uns wohnte. Die bei unseren Dinnerpartys gewesen war. Ein hübsches Gesicht, jung, braungebrannt und tadellos geföhnt. Ganz anders als ich mit meinem mausbraunen Haar, den Unmengen von Sommersprossen, die von einer Kindheit in Queensland zeugten, und den Falten auf der Stirn, weil ich seit Jahren viel zu ernst war. Dennoch mochte ich Tegan. Da ihr reicher Vater die Wohnung gekauft und sie nie im Leben richtig gearbeitet gehabt hatte, besaß sie etwas Sanftes, Mädchenhaftes, das mir gefiel.

Ich würde gerne sagen, dass Cameron und ich sechs schöne Jahre miteinander gehabt hatten, doch das stimmte nicht. Wir hatten ein gutes Jahr gehabt und ein hoffnungsvolles, gefolgt von vier qualvollen Jahren, in denen er versuchte, mich von einer künstlichen Befruchtung, Adoption oder Leihmutterschaft zu überzeugen, solange es ihn nur zum Vater machte. Während meiner ersten Ehe war meine Unfruchtbarkeit diagnostiziert und nie wieder erwähnt worden. Ich gab den Gedanken an Babys mit dicken Ärmchen auf und nahm mir stattdessen vor, mehr zu reisen oder mir irgendwann ein paar große Hunde zu kaufen. Als ich Cameron kennenlernte, plagten mich keine Phantasien von Geisterkindern, die wir nie haben würden, wohl aber das Gefühl, dass etwas mit meinem Körper nicht stimmte, dass er einfach nicht gut genug für ihn war.

Ich betrachtete mich in der Fensterscheibe des Cafés gegenüber. Keine Kurven. Kleine, feste Brüste und Hüften, die toll in engen Jeans aussahen. Ich hatte nichts Weibliches, was mich früher nie gestört hatte. Doch die Jahre mit Cameron hatten mich zutiefst verunsichert. Meine Weigerung, »alle Möglichkeiten auszuloten«, wie er zu sagen pflegte, hatte mich irgendwann überfordert. Ich beendete die Beziehung, um seinetwillen, wie ich mir einredete. So konnte er jemand anders finden. Aber es war schwierig. Cameron war Schriftsteller wie ich, wir hatten denselben Verlag und liefen uns gelegentlich über den Weg. Dann plauderten wir leichthin, während unter der Oberfläche dunkle, unausgesprochene Gefühle lauerten. Das Schreiben schien ihn nach unserer Trennung zu trösten, denn er veröffentlichte innerhalb weniger Monate gleich zwei Gedichtbände. Ich hingegen war blockiert, konnte mich nicht konzentrieren, lebte in Angst und schrecklichem Stillstand.

Und dann, zehn Monate nach der Trennung, trat ich aus dem Café im Erdgeschoss meines Appartementhauses – Kaffee um zehn: ein Ritual, ein täglicher Ausflug, um der Wohnung zu entkommen –, als sich die Aufzugtüren öffneten und Cameron und Tegan händchenhaltend vor mir standen. Ihr Bauch wölbte sich sanft unter dem seidigen Stoff ihrer Designer-Umstandsbluse.

»Nina«, hatte Cameron überrascht gesagt. Peinlich berührt.

Tegan hingegen lächelte lieb und mitfühlend. »Nina, ich wollte mich schon lange bei dir melden.«

In diesem Augenblick musste ich entscheiden, ob ich meinen mageren, unfruchtbaren Körper neben ihre üppigen Rundungen in den Aufzug zwängen wollte. Doch ich konnte es nicht. Ich konnte keine fünfzehn Stockwerke in tiefem Schweigen mit ihnen nach oben fahren. Also drehte ich mich um und lief weg.

Vier Tage später war ich auf Ember Island angekommen.

*

Ich musste meine Arbeit endlich wieder ernst nehmen. Durch einen Nebel aus Reue und Verzweiflung hindurch konnte ich nicht schreiben. Ich hatte mir einen Schreibtisch im Büro ausgesucht. Es gab zwei zur Auswahl: mit Blick auf die Gartenbeete und die Baumwipfel oder auf Insel und Meer. Ich probierte beide aus und entschied, dass mich die Bäume weniger ablenkten. Ich stöpselte den Laptop ein, fuhr ihn hoch und kochte mir währenddessen einen Tee. Diesmal, diesmal würde ich schreiben. Ich würde es schaffen.

Ich setzte mich hin, öffnete die Datei und warf einen Blick darauf. Schwarz auf weiß, genau wie alle anderen Bücher. Dieses hier war nicht anders. Es würde klappen. Ich konnte die leere Stelle ignorieren, an der sich eigentlich mein Selbstbewusstsein befinden sollte. Der Cursor blinkte. Ich legte die Hände auf die Tasten und schrieb: *Eleanor untersuchte die Fingernägel des Toten.*

Eleanor war der Vorname der Witwe Wayland, ich hatte sie nach meiner Urgroßmutter benannt. Sie hatte eine Leiche gefunden. Die Witwe Wayland fand häufig Leichen, oft durch Glück oder Zufall; ein Wunder, dass noch niemand sie für die Täterin gehalten hatte. In dieser Geschichte entdeckte die Witwe anhand des Schmutzes unter den Fingernägeln des Toten, auf welchem Bauernhof er sich herumgetrieben hatte, bevor man ihn mit einem stumpfen Gegenstand erschlagen hatte. Die Geschichte drehte sich um einen Gemeindepriester, der eine heiße Liebesaffäre mit einer verheirateten Frau aus dem Dorf unterhielt. Das war der klassische Witwe-Wayland-Stoff: Leidenschaft, Mord, korrupte Geistliche und durchtriebene Frauen. Es würde funktionieren, es musste funktionieren.

Ich hielt inne, unsicher, was ich als Nächstes schreiben sollte. Ich trank meinen Tee aus. Schaute aus dem Fenster. Mir fiel ein, dass ich Stacy noch keine Nachricht geschickt hatte. Mein Handy zeigte einen Balken Empfang an. Ich schrieb rasch eine SMS. Sie ließ sich nicht abschicken. Ich versuchte es noch einmal. Und noch einmal. Wartete fünf Minuten. Versuchte es erneut. Kochte noch einmal Tee. Versuchte es wieder. Diesmal ging es. Mein Handy teilte mir mit, dass ich eine Sprachnachricht hatte. Also hörte ich die Mailbox ab. Eine sanfte Frauenstimme.

»Hallo, Nina, hier ist Elizabeth Parrish vom *Sydney Morning Herald*. Ich wollte Sie nur etwas fragen. Könnten Sie mich bitte zurückrufen?«

Das war die Journalistin, die Cameron vergangenes Jahr interviewt hatte. Ich konnte mich an ihren Namen erinnern, weil der Artikel wenig schmeichelhaft für mich und umso vorteilhafter für ihn gewesen war. Sie hatte ihn allen Ernstes gefragt, weshalb ein seriöser, mit mehreren Preisen ausgezeichneter Dichter eine Beziehung zu einer kommerziellen Vielschreiberin wie mir unterhielt. Nun, vielleicht hatte sie es nicht so deutlich gesagt, doch die Verachtung war deutlich herauszuhören. Cameron hatte behauptet, ich sei zu empfindlich; sein eigenes Ego war so auf Hochglanz poliert, dass es ihn blendete.

Wollte sie jetzt auch noch mich interviewen? Ich löschte die Nachricht. Selbst unter günstigsten Bedingungen sprach ich ungern mit Journalisten.

Jetzt war ich abgelenkt. Wo war ich stehengeblieben? Hatte es überhaupt einen Sinn? Gleich würde sich Stacy bei mir melden und mich wieder aus dem Schreibfluss reißen. Also las ich Teile dessen, was ich bereits geschrieben hatte, und verzweifelte fast daran. Vielleicht war ich auch nur wütend auf Elizabeth Parrish gewesen, weil sie die Wahrheit erkannt hatte: Ich war keine Künstlerin. Doch das hatte ich immer gewusst.

Ich konnte nicht einfach hier sitzen und mich schrecklich fühlen. Ich brauchte Brot, Milch und etwas fürs Mittagessen, also schloss ich das Haus ab und ging den Berg hinunter zum Einkaufen.

Ich hörte die üblichen Stimmen in meinem Kopf. *Du kannst es nicht. Du solltest den Vorschuss zurückzahlen und aus dem Vertrag aussteigen. Du kannst es nicht, warum tust du so, als könntest du es?* Tief durchatmen, Entschlossenheit zeigen. Die Frau hinter der Theke anlächeln, einen Korb nehmen und Eier, Brot, Käse, eine Tomate und alles andere hineinlegen, das man für eine einfache Mahlzeit benötigt.

»Hallo, meine Liebe«, sagte die Frau und wischte ihre abgearbeiteten Hände an der blauen Schürze ab. Sie betrachtete meine Einkäufe, die sich auf der Theke stapelten. »Sind Sie für ein paar Tage vom Festland gekommen?«

»Mir gehört Starwater House. Ich glaube, ich werde einige Monate hierbleiben.« Ich holte tief Luft. »Ich heiße Nina Jones.«

»Freut mich, Sie kennenzulernen.« Sie hatte einen festen Händedruck. »Donna Franks.«

Gott sei Dank. *Gott* sei Dank. Sie kannte meinen Namen nicht; sie würde mich nicht nach meinen Büchern fragen und wann der nächste Roman erschiene. Sie kassierte meine Einkäufe und packte sie für mich in Tüten. »Die meisten Leute kaufen einmal in der Woche auf dem Festland ein. Ich habe leider nur die Grundnahrungsmittel.«

»Danke, ich werde es mir merken.« Doch ich war entschlossen, keinen Fuß von dieser Insel zu setzen, bevor das Buch fertig war. Wenn ich von Käsetoast und Spaghetti-Omelette leben musste, dann war es eben so.

Zu Hause räumte ich die Sachen von George und Kay aus den Schränken und verstaute meine Lebensmittel. Sie hatten Geschirr und Besteck dagelassen, und ich ordnete alles, so dass die Gabeln in die gleiche Richtung zeigten. Es war kurz vor Mittag, also hatte es wenig Sinn, noch einmal mit dem Schreiben zu beginnen. Ich machte mir ein Sandwich und aß es draußen auf den Stufen, wobei ich die Palmen betrachtete, die sich im Wind wiegten.

Ich wusste, dass ich die Arbeit aufschob, und mein Magen zog sich zusammen. Entschlossen stellte ich den Teller ins Spülbecken und kehrte an den Schreibtisch zurück. Doch nun hatte Stacy sich mit einigen Fragen gemeldet, und wir schickten eine Stunde lang Nachrichten hin und her, beeinträchtigt von dem schlechten Empfang.

Schließlich wandte ich mich wieder meiner Arbeit zu. Seufzte. Klappte den Laptop zu. Freitag war ein schlechter Tag, um gute Vorsätze zu verwirklichen. Morgen früh würde Stacy kommen, und ich musste das Haus in Ordnung bringen. Also am Montag. Am Montag wäre alles anders. Ich spürte, wie mir eine Last von den Schultern glitt. Ich konnte wieder atmen.

Fürs Erste musste ich mich einleben. George und Kay hatten das Haus sauber gehalten, so dass ich weder Schränke auswischen noch Spinnweben entfernen musste. Ich verlegte mich darauf, die Möbel umzuräumen. Ich war gerade dabei, meinen Schreibtisch vom Fenster wegzudrehen, als es an der Tür klopfte.

Ich machte neugierig auf. Da stand Joe mit einem dünnen, dunkeläugigen Jungen.

»Joe? Ist es schon so spät?« Hatte ich wirklich den ganzen Tag damit zugebracht, die Arbeit aufzuschieben und Möbel zu rücken? Konnte man so leicht das Zeitgefühl verlieren?

»Tut mir leid, ich kann ein anderes Mal wiederkommen, wenn es nicht passt. Aber ich habe meine Leiter noch hier. Und die Kettensäge meines Vaters.« Er deutete auf die Ausrüstung, die in der Auffahrt lag.

»Nein, nein, ist schon recht.« Ich lächelte den Jungen an. »Du musst Julian sein. Ich bin Nina.«

»Freut mich sehr.«

»Möchtest du etwas essen und trinken? Ich habe Milch und Kekse da.«

Julian schaute seinen Vater fragend an, worauf Joe nickte.

»Ja, bitte, Nina.«

»Tolle Manieren«, meinte ich zu Joe.

»Er ist ein lieber Junge.«

»Setz dich auf die Veranda, dann hole ich dir etwas«, sagte ich zu Julian. »Dann kannst du deinem Dad bei der Arbeit zusehen.«

Der Junge setzte sich auf die Stufen, und ich ging hinein, goss ihm ein Glas Milch ein und holte eine Packung Kekse. Er sah seinem Vater, der blond war und blaue Augen hatte, überhaupt nicht ähnlich. Obwohl ich mit Kindern gearbeitet hatte, konnte ich nicht sehr gut mit ihnen umgehen. Ich wurde schnell verlegen; sicher merkten sie, dass ich langweilig war oder nicht richtig mit ihnen kommunizieren konnte. Ich brachte ihm alles hinaus und ließ die beiden allein.

Ich widmete mich wieder den Möbeln, hatte aber irgendwie den Spaß daran verloren. Also setzte ich mich aufs Sofa und hörte, wie Joe auf dem Dach herumlief. Dann wurde die Kettensäge eingeschaltet, und vom Feigenbaum fielen Äste auf den Boden. Nach etwa einer Stunde stand er wieder vor der Tür.

»Klopf, klopf.«

Sein Geruch traf mich wie ein Schlag. Seife, Waschmittel und etwas Schweiß: ein warmer, würziger, schwindelerregend männlicher Geruch. Ich brauchte einen Augenblick, um mich zu fassen. »Wie sieht es mit dem Schaden aus?«, stieß ich hervor.

»Falls es keine Sintflut gibt, sollte die Plane vorerst dichthalten. Leider sind heftige Regenfälle um diese Jahreszeit nicht ausgeschlossen. Aber ich glaube, den Schaden am Schornstein kann ich nicht allein reparieren. Da sollten Sie jemand vom Festland rufen.«

»Kennen Sie einen Handwerker?«

Er nickte. »Soll ich mich darum kümmern? Ihnen einen Dachdecker besorgen? Das wäre kein Problem.«

Seine Hilfsbereitschaft und Selbstlosigkeit beeindruckten mich. »Ich wäre Ihnen sehr dankbar.«

»Geht in Ordnung.«

»Möchten Sie einen Tee?«

»Kaffee?«

»Tut mir leid, ich habe keinen.«

»Ich dachte immer, alle Schriftsteller würden Kaffee trinken. Und Scotch.« Er lächelte. Er hatte ein wunderbares Lächeln, sinnlich und wissend, und in mir regte sich Begehren. Zum Glück werde ich nicht so schnell rot.

»Ich trinke weder das eine noch das andere«, sagte ich lachend. »Ich muss wohl mal Kaffee besorgen.«

»Tee ist wunderbar. Julian klettert gerade auf den Baum, ich hoffe, das ist okay.«

»Natürlich. Solange es nicht zu gefährlich ist.«

»Die unteren Äste sind in Ordnung. Solange wir nicht einen Sturm wie den letzten bekommen, wird der Baum noch dastehen, wenn wir längst tot und begraben sind. Außerdem ist Julian wie ein Affe. Er kann überall klettern.«

Er folgte mir in die Küche, und ich schaltete den Wasserkocher ein. »Julians Mutter …«, setzte ich an.

»Möchten Sie die Geschichte hören?«

»Ich wollte nicht neugierig sein.«

»Schon gut. Ich habe keine Ahnung, wo sie ist. Sie ist verschwunden, bevor er zwei wurde. Hat einen anderen Mann kennengelernt und ist mit ihm als Rucksacktouristin durch die Welt gezogen. Muttersein war nichts für sie.«

»Das muss sehr traurig gewesen sein.«

»Ich habe mich ganz auf Julian konzentriert. Er hat monatelang jede Nacht geweint …« Er verstummte, und ich bemerkte, dass seine Augen verdächtig schimmerten, also drängte ich nicht weiter. Dann fasste er sich wieder. »Aber das ist sechs Jahre her, und wir sind jetzt wirklich glücklich. Nur darauf kommt es an. Sie meldet sich ab und zu bei mir, wollte uns aber nie wiedersehen. Und das ist mir recht.«

Ich konzentrierte mich auf den Tee und fragte mich, ob ich gegen die Regeln der Höflichkeit verstoßen hatte. Dennoch war ich neugierig. Er faszinierte mich. Wenn ich mit ihm zusammen war, verspürte ich diese ganz tiefen, archaischen Gefühle, die ich seit der Trennung von Cameron unterdrückt hatte. »Ich frage mich, weshalb das Muttersein nichts für sie war. Ich meine, wenn sie sich für ein Kind entschieden hatte und …«

»Das hatte sie nicht. Ich habe es für sie entschieden. Julian war nicht geplant und … Ich habe sie überredet, das Baby zu behalten.« Er wurde sehr still.

»Nun ja.« Mehr fiel mir nicht ein.

»Ich liebe Kinder. *Ich hätte gerne mehr gehabt.* Ich war selbst ein Einzelkind, das sollte Julian nicht auch passieren. Aber dann war sie weg.«

Ich hätte gerne mehr gehabt. Irgendwie war ich froh, dass er das gesagt hatte. Denn es erinnerte mich daran, dass ich auf keinen Fall eine Beziehung mit Joe anfangen durfte, so nett und attraktiv er auch sein mochte. Das würde ich mir nicht noch einmal antun.

»Das hier muss ein wunderbarer Ort sein, um ein Kind großzuziehen«, sagte ich leichthin.

»Ist es auch. Meine Eltern wohnen hier auf der Insel. Sie haben eine Farm unten im Süden. Wir leben in einem umgebauten Schuppen und sind glücklich damit. Ich habe meine Doktorarbeit fast fertig, danach wird es vielleicht anders. Dann ist das Geld nicht mehr so knapp.«

Ich reichte ihm seinen Tee, und er lehnte sich gegen die Küchenbank und trank vorsichtig. Ich betrachtete ihn einen Moment, sah die Sorgenfalten auf seiner Stirn, die Anspannung in seinen Schultern. Und dann sagte ich: »Ich mache Ihnen einen Vorschlag. Ich bleibe zwei Monate hier und möchte, dass Sie jede Woche ein paar Tage für mich arbeiten.«

»Und was genau?«

»Besorgungen machen. Sich um das Dach und den Schornstein kümmern. Auf dem Festland für mich einkaufen. Ich habe meinen Abgabetermin so weit überzogen … Ich darf keinen Fuß von dieser Insel setzen.« Denn dann würde die reale Welt wieder auf mich einstürmen und mich erdrücken. »Ich zahle gut.«

Er stellte seine Tasse ab und breitete die Hände aus. »Gut. Ich bin einverstanden und sehr, sehr dankbar.«

Julian knallte die Fliegentür hinter sich zu und rief: »Daddy?«

»Hier drinnen, Kumpel.«

Der Junge kam schüchtern herein. Er streckte die Hand aus, in der er einen Gecko hielt. Ich versuchte, nicht zurückzuweichen.

»Er ist wunderschön«, sagte Joe und kniete sich hin, um die

Eidechse zu betrachten. Ihr kleines Herz schlug deutlich sichtbar unter der samtenen Haut. »Aber du solltest ihn besser zurückbringen. Vermutlich möchte er zu seinem Vater.«

Julian lief hinaus und schlug wieder die Tür hinter sich zu. »Entschuldigung.«

»Schon gut, hinter mir knallt sie auch immer zu.«

»Gut, dann beginne ich im Wohnzimmer und entferne schon mal den Putz von der Kaminwand. Das spart Ihnen Zeit und Geld, wenn der Dachdecker kommt. Darf ich die Möbel beiseiteräumen?«

»Ja, danke.«

Er nahm seine Teetasse und verließ die Küche, wobei ich seinen wohlgeformten Rücken betrachten konnte. Dann sagte ich mir noch einmal, dass er nichts für mich war und schaltete meine Phantasie ab, die schon Geschichten über ihn und mich erdachte. Er war nichts für mich und ich nichts für ihn.

*

Zu Hause in Sydney freute ich mich immer auf den Abend, wenn mich der Arbeitstag aus seinen Klauen ließ und ich nichts mehr von mir herschieben oder mich ums Schreiben sorgen musste. Ich konnte ein paar Stunden fernsehen und meine Probleme vergessen. Doch hier gab es keinen Fernseher, und nachdem ich mir Fertignudeln zum Abendessen gemacht hatte, saß ich am Esstisch und starrte ins Leere. Was nun? Ich hatte nichts zu lesen mitgebracht außer meinem unbefriedigenden Manuskript. Ich hatte keinen Internetzugang und konnte somit keine Lesermeinungen zu meinen Büchern studieren und mich aufregen, wenn sie den Leuten nicht gefielen. Ich hatte alle Spiele von meinem Handy gelöscht, nachdem ich festgestellt hatte, dass ich mich mehr damit beschäftigte als mit meinem Roman. Ich fühlte mich ruhelos und leer.

In der Ferne grollte Donner. Ich trat auf die Veranda und schaute zum Himmel empor. Dicke, graue Gewitterwolken zogen herauf, es roch nach Ozon und kalten Regentropfen, die die feuchte Hitze des Tages vertreiben würden. Doch ich hatte ein Loch im Dach, und selbst mit der Plane würde es vermutlich hineinregnen.

Ich konnte nichts dagegen tun. Das Wasser war schon bis ins Wohnzimmer vorgedrungen und hatte seinen säuerlichen Schatten hinterlassen. Also würde ich mich in der entlegensten Ecke des Hauses verkriechen und die ganze Nacht nicht mehr daran denken. Ich duschte kalt und ging früh ins Schlafzimmer, um dem Gewitter zu lauschen. Erst als ich meine Jeans zusammenfaltete und über die Messingstange am Fußende hängte, knisterte etwas in der Gesäßtasche. Eleanors Kindertagebuch. Ich holte den dünnen Stapel Blätter heraus, kuschelte mich in die weiche Baumwollbettwäsche, drückte mir ein Kissen in den Rücken und begann zu lesen.

Vier

Geschichten aus der Wand

28. September 1891

Papa will eine Gouvernante für mich einstellen. Gegen meinen Willen, muss ich dazusagen. Ich brauche keine Gouvernante. Als Wärter Randolphs Frau Diphtherie bekam – und von der Insel gebracht werden musste, damit sie uns nicht alle ansteckt –, hatte ich gehofft, sie würde nicht zurückkommen und ich könnte mich selbst unterrichten. Natürlich wünsche ich ihr nicht den Tod. Ich habe mir einfach nur gewünscht, sie möge erkennen, dass sie bei ihrer Mutter drüben in Victoria Point glücklicher ist, doch Papa sagt, sie erhole sich schnell und werde bald zurückkommen.

Heute gab es einen Aufruhr. Wie du weißt, Tagebuch, waren die sechs Randolph-Kinder meine Klassenkameraden, und ich verabscheue sie allesamt. In Abwesenheit ihrer sehr vernünftigen, wenngleich recht uninteressanten Mutter, die sie mit strengen Blicken bedachte, haben sich die beiden Ältesten – Anna und Bertie – ganz furchtbar benommen.

Man hat mir mehr als einmal gesagt, dass es auf dieser Insel eine Regel gibt, an die ich mich unbedingt halten muss: Kinder dürfen nicht in die Nähe des Gefängnisses. Natürlich war ich in den Jahren, in denen ich hier wohne, neugierig, vor allem am Anfang, als die Gefangenen noch mit der neunschwänzigen Katze bestraft wurden und einen furchtbaren Lärm veranstalteten. Doch Papa hat diese Bestrafung abgeschafft, und beim Schrotbohren schreit kein Mann mehr nach seinem Schöpfer. Es ist eine langweilige und schwierige Bestrafung, bei der man keinen Wundarzt braucht.

Daher ist es mir nicht schwergefallen, dem Gefängnis fernzubleiben. Anders als Anna und Bertie Randolph. Statt Schreibschrift zu üben, wie ich es getan habe – denn es war zwei Uhr mittags, und diese Tageszeit ist immer für die Handschrift reserviert –, hatten sie sich hinter der Schmiede versteckt, um durchs Fenster zu beobachten, wie man den neuen Gefangenen, die auf der Oracle eingetroffen waren, Fußeisen anlegte.

Vielleicht wäre alles gutgegangen. Vielleicht hätte ihr einziges Verbrechen darin bestanden, dass sie über die armen Seelen lachten, die man nach Ember Island verbannt hatte. Papa betont immer, dass die Gefangenen hier geläutert werden sollen und man ihnen helfen will, ihre Fehler einzusehen, statt über sie zu urteilen, denn der Herr ist der einzige Richter.

Aber ein Gefangener, ein gewaltiger Mann, groß wie eine Rinderhälfte, mit faulen Zähnen und Fäusten wie Schinken (ich muss gestehen, ich habe ihn nicht selbst gesehen, aber mit dem Rind und dem Schinken klingt die Geschichte gleich viel lebendiger), hörte die Kinder kichern, und das machte ihn wütend. Vermutlich war er schon niedergeschlagen wegen seiner Verhaftung, dem Prozess, dem Urteil, der Deportation. Von Kindern ausgelacht zu werden war mehr, als er ertragen konnte. Er begann zu toben. Laut Oberwärter Donaghy, der es danach Papa erzählte, brüllte er und schlug mit seinen gefesselten Fäusten um sich, erwischte den Schmied am Kinn, dass dieser zu Boden stürzte. Dann schlurfte er ans Fenster des Schuppens, wobei er den nächsten Gefangenen an der Kette mit sich riss, und packte Bertie Randolph am Kragen. Anna hatte mittlerweile erkannt, dass das Spiel keinen Spaß mehr machte, und war davongelaufen. Bertie strampelte mit den Beinen in der Luft, schrie nach seiner Mama und machte sich in die Hose; die Wärter in der Schmiede stürzten sich alle auf den Gefangenen und mussten ihn mit sechs Männern festhalten, denn keiner wagte es, einen Schuss abzugeben, der Bertie hätte treffen können.

Danach kam Wärter Randolph zu Papa und verlangte, man solle ihn versetzen, weil Ember Island für seine Kinder zu gefährlich sei. Papa erklärte (ich habe es selbst gehört … wenn ich mich auf der Fensterbank im Wohnzimmer hinter den Vorhang setze und mein Ohr an das Astloch zwischen diesem und dem Nachbarzimmer drücke, höre ich eine ganze Menge), dass nichts davon geschehen wäre, wenn seine Kinder die erste Regel befolgt hätten. Außerdem seien zwei seiner Männer bei dem Aufruhr verletzt worden, und dafür mache er einzig und alleine Anna und Bertie verantwortlich.

Daraufhin kam es zum Streit, bei dem Wärter Randolph ganz scheußliche Dinge zu meinem Vater sagte, und zwar über seinen Charakter, sein Urteilsvermögen und seine Fähigkeit, Frauen zu befriedigen. (Oh, Papa wäre entsetzt, wenn er wüsste, dass ich das mitgehört habe, und vor allem, weil ich es verstand! Vielleicht hätte er mich nicht Chaucer lesen lassen sollen.) Doch Papa bewahrte die Fassung; er war so kühl wie ein Herbstwind. Papa ist kein Mann, der tobt und schreit. Er bleibt immer freundlich und ruhig. Er ertrug Wärter Randolphs Tirade und sagte dann klar und deutlich:

»Sie und Ihre Kinder sind bei Ihrer Frau auf dem Festland offenbar glücklicher. Ich werde jedes Papier unterzeichnen, damit Sie bei nächster Gelegenheit versetzt werden können. Einen guten Tag.«

Und was wird jetzt aus mir? Nun bin ich das einzige Kind auf der Insel, zum ersten Mal seit unserer Ankunft. Die reine Seligkeit, dachte ich. Ich hatte Mrs. Randolph ohnehin für eine schlechte Lehrerin gehalten. Ihre Kenntnis des Mittelalters ist bestenfalls bruchstückhaft, und einmal schrieb sie »definitiv« mit einem »f«. Offenkundig hat sie keine Ahnung von lateinischen Wurzeln; es kommt natürlich von definitivus.

Ich sagte Papa, ich würde mich lieber selbst unterrichten. Ich habe genügend Bücher und einen guten Verstand. Papa konterte mit einer Drohung: Entweder akzeptiere ich die Gouvernante, oder er lässt mich vom Kaplan unterrichten. Das ist eine schlaue Drohung, und ich muss ihn dafür bewundern, so sehr sie mich auch einschränkt. Denn verglichen mit dem Kaplan war Mrs. Randolph ein Genie.

Papa besteht darauf, dass diese Gouvernante Französisch sprechen und entweder Latein oder Griechisch verstehen muss – vorzugsweise beides –, zudem ein Gefühl für Zahlen und die legendäre Fähigkeit besitzen muss, mir einen sauberen Kreuzstich beizubringen. Ich habe die Hoffnung, dass keine Frau, die all diese Talente besitzt, auf eine Insel mit einem Hochsicherheitsgefängnis ziehen wird, die von einem Mangrovensumpf umgeben ist. Doch ich befürchte, dass Papa dann einfach irgendjemanden einstellt und ich dann jeden Tag viele Stunden mit dieser Person verbringen muss.

2. Oktober 1891

Es ist entschieden. Ich bekomme eine neue Gouvernante, und sie wird in einer Woche hier sein. Papa ist aufs Festland gefahren, um sich mit ihr zu treffen, und er sagt, sie könne all das, was nötig sei, und dass ich sie mögen werde, dass sie erst kürzlich aus Übersee eingetroffen sei und Chantelle Lejeune heiße. Oh, und dass sie jung sei. Erst zwanzig Jahre. Ich schaute wütend drein und wiederholte, dass ich keine Gouvernante möchte, doch ich bin auch aufgeregt. Eine kluge junge Frau – das ist schon etwas anderes als Mrs. Randolph oder der Kaplan. Und doch mahne ich mich zur Vorsicht. Warum sollte eine gebildete Französin hierherkommen? Wir befinden uns am Ende der Welt und dann noch ein bisschen weiter. (Das hat jedenfalls die Frau des Kolonialsekretärs ge-

sagt, als sie im April zu Besuch war. »Wie überleben Sie hier nur«, hatte sie Papa gefragt, »am Ende der Welt und dann noch ein bisschen weiter?«)

Doch ich habe nie etwas anderes gekannt. Ich wurde drüben auf dem Festland geboren und bin als sehr kleines Kind hergekommen. Papa hat früher in England gelebt, aber das ist für mich ein ferner, kalter Ort. Und was die Behauptung angeht, Ember Island sei »noch ein bisschen weiter« – so viel weiter ist es nun auch wieder nicht. Mit dem Dampfer dauert es weniger als eine Stunde.

Ich hoffe, sie leistet mir gute Gesellschaft.

3. Oktober 1891

Letzte Nacht hatte ich wieder den schrecklichen Traum. Ich hasse ihn, weil ich mich danach ganz kalt und leer fühle. Mutter ist darin krank, so wie vor ihrem Tod. So krank, dass ich sie nicht erkenne und Angst habe, ihre Hand zu halten, obwohl sie mich darum anfleht, mit Tränen in den Augen. Doch wenn ich ihr die Hand gebe, drückt sie sie immer fester; ihre Finger sind nur Knochen, und ihre Haut sinkt in sich zusammen, bis ihre Wangen tiefe Höhlen sind.

Ich erwachte mit hämmerndem Herzen, griff nach Pangur Ban und lief geradewegs zu Papas Bett. Zuerst dachte ich, er hätte mich nicht bemerkt, aber dann drehte er sich um, legte seinen großen, warmen Arm über mich, küsste mich auf den Kopf und fragte: »Was ist los, Nell?«

»Böser Traum.«

»Derselbe?«

Ich nickte, bis mir einfiel, dass er mich im Dunkeln nicht sehen konnte. »Ja.«

Er streichelte mit dem Daumen über meinen Arm, und ich atmete seinen warmen Geruch ein.

»Papa«, fragte ich, »hatte Mama mich lieb?«

»Alle Mütter haben ihre Kinder lieb. Deine Mutter hat dich wie einen Schatz gehütet.«

»Warum habe ich dann immer diesen schrecklichen Traum?«

»Die Frage kann ich nicht beantworten, Kind. Träume sind nur Unsinn, du brauchst dich nicht vor ihnen zu fürchten. Sie verraten uns keine verborgenen Wahrheiten.«

»Hast du Mama geliebt?«

Er atmete scharf ein. Ich hatte Angst, ich hätte ihn verletzt. »Ja, ich habe sie sehr geliebt. Wir waren glücklich, zu unserer Zeit. Doch alle Zeiten vergehen.«

Ich vergrub meinen Kopf in seiner Achselhöhle und schloss die Augen. Er streichelte mir über die Haare, bis ich einschlief. Als ich am Morgen aufwachte, war er aufgestanden und zur Arbeit gegangen.

*

Obwohl es nicht das Dokument war, auf das ich gehofft hatte, war ich enttäuscht, als Eleanors Tagebuchseiten zu Ende waren. Ich kannte Eleanor – oder Nell, wie ihr Vater sie genannt hatte – nur aus Texten, die sie als Erwachsene geschrieben hatte. Mit diesem Einblick in ihren kindlichen Verstand gewann sie mein Herz, und ich wünschte mir nicht zum ersten Mal, ich hätte sie kennengelernt. Mum war ihr als Kind begegnet und erinnerte sich an eine freundliche alte Dame, die Lutscher verschenkte und leuchtend rosa Ohrringe trug; leider war sie bald darauf gestorben.

Ich schaltete das Licht aus und legte mich schlafen. Ich dachte an Eleanor, die einmal ein kleines Mädchen gewesen und nun längst tot war. Alle Zeiten vergehen. Der Tod kam für uns alle, auch für mich. Und das war keine so schlimme Vorstellung, denn dann würde niemand mehr etwas von mir erwarten. Irgendwann schlief ich ein.

Stacy kam mit der ersten Fähre, in jeder Hand einen Rollkoffer. Einer davon gehörte mir, sie hatte ihn bei meiner Mutter abgeholt.

»Ich danke dir so sehr«, sagte ich. Wir zogen unsere Koffer über den hölzernen Anleger, wobei die Räder einen Rhythmus auf den alten Brettern klopften. »Hat sie Fragen gestellt?«

»Deine Mutter? Nein. Sie ist an deine spontanen Entscheidungen gewöhnt.« Stacy lächelte mich durch die große Sonnenbrille an. Ihr Lippenstift war leuchtend rot, und sie hatte die Haare sorgfältig zu einem Knoten gesteckt. Sie wusste genau, welchen Ruf ich in meiner Familie genoss.

Wir kannten uns seit der Grundschule. Hatten beide ein Jurastudium angefangen, aber während ich meins abgebrochen hatte, war Stacy heute Sozia in einer Anwaltskanzlei. Anders als meine Schwestern hatte sie mich nie als leichtsinnig verurteilt und war aufrichtig stolz auf meine kreative Leistung.

»Ich kann es ihr ohnehin nicht recht machen, also habe ich es aufgegeben.«

»Ich glaube, sie ist ganz schön stolz auf dich. Deine Bücher stehen bei ihr auf dem Kaminsims.«

»Vermutlich hat sie sie herausgeholt, weil ich in der Stadt war.«

»Wie weit ist es?«, fragte Stacy mit einem Blick auf den Hügel.

»Ein halber Kilometer. Ich hätte dich vor hohen Absätzen warnen sollen.«

»Das sind Keilabsätze. Die bequemsten Schuhe, die ich besitze.«

»Du hättest Flipflops mitbringen sollen.«

»Wohl kaum.«

Wir holperten mit unseren Koffern die Straße entlang und erreichten bald den Schatten der Veranda.

»Das ist also das legendäre Starwater House«, sagte Stacy und stützte sich auf das Geländer. »Was für eine Aussicht. Die Bucht ist spektakulär, was?«

»Einer der schönsten Orte der Welt. Als ich mit dem Flugzeug hergekommen bin und sie unter mir gesehen habe … Ich freue mich immer, nach Hause zu kommen.«

Stacy drehte sich um und schob die Sonnenbrille hoch. »Das ist also dein Zuhause? Du bist keine eingefleischte Sydneyerin?«

Ich schüttelte den Kopf. »Eigentlich weiß ich nicht, wohin ich gehöre. Ich wollte einfach nur eine Weile weg aus Sydney. Die nächsten paar Monate werde ich hier sehr glücklich sein.«

»Das glaube ich gern. Du hast mir gefehlt.«

Ich lächelte, vermutlich etwas verlegen. Ich kann mit offenen Gefühlsbezeugungen nicht gut umgehen. Die Schuld meiner Mutter. »Komm rein.«

Ich führte Stacy ins zweite Gästezimmer und zeigte ihr das Bad. Während sie auspackte, leerte ich den Inhalt meines Koffers auf mein Bett. Saubere Kleidung. Toilettenartikel. Ich sprühte mich rasch mit Deo ein. Und die letzten vier Witwe-Wayland-Romane.

Stacy stand in der Tür. »Ich habe was fürs Frühstück mitgebracht.« Sie hielt eine Packung Schokokekse hoch.

»Ich mache Tee.«

Wir setzten uns mit Tee und Keksen an den Küchentisch. Stacy war hübsch wie eine Porzellanpuppe, mit weißer Haut und dunkelbraunen Haaren. Neben ihr fühlte ich mich immer unscheinbar und würdelos. Es war schwierig gewesen, an der Universität eine schöne, begabte Freundin an meiner Seite zu haben, aber ich hatte mein Studium nicht deshalb abgebrochen, sondern weil ich den Anschluss verlor. Ich hatte es so gerade eben an die Uni geschafft, und der Tag hatte einfach nicht genügend Stunden, um mit den Anforderungen Schritt zu halten. Meine Schwestern waren beide so klug, Klassenbeste im letzten Highschool-Jahr, so dass ich daneben recht gewöhnlich erschien. Meine Mutter war enttäuscht, was sie auch gar nicht zu verbergen versuchte. Sie konstatierte mein fehlendes Talent, den Studienabbruch, dass ich noch als Teenager weggelaufen war, um einen Jazzmusiker zu heiraten, und bei seinen Eltern in einem Vorort von Sydney wohnte. All das legte sie mir als Faulheit oder mangelnde Motivation aus. Sie konnte einfach nicht glauben, dass sie und Dad zwei Genies und eine Niete hervorgebracht hatten. Ich musste ein Genie sein, das einfach nicht hart genug arbeitete.

Ich hatte Mum nichts erzählt, als mein erster Roman angenommen wurde. Doch dann boten nach der Frankfurter Buchmesse sieben verschiedene Länder auf die Übersetzungsrechte, und lange bevor ich das erste gedruckte Exemplar in Händen hielt, eroberte ich die Medien als das australische Mädchen, das den großen Durchbruch geschafft hatte. Auf meinem ersten Zeitungsfoto sehe ich aus wie ein Reh im Scheinwerferlicht. Mein Erfolg überstieg mein Talent in geradezu lächerlicher Weise. Unglaubliche Summen strömten auf mein Konto. Zuerst hatte Mum es kaum bemerkt, weil mein Vater krank geworden und gestorben war, so dass sie sich natürlich ganz auf ihn konzentriert hatte. Doch als die BBC-Serie gedreht und eine ihrer Lieblingsschauspielerinnen als Witwe Wayland besetzt wurde, begann sie, mit widerwilliger Bewunderung von meinen Büchern zu sprechen.

»Es ist sicher viel Arbeit, so viele Worte in der richtigen Reihenfolge zu schreiben.«

Unterdessen leisteten meine Schwestern Überstunden, um Brücken zu bauen und Menschenleben zu retten, und das Gefühl, eine Hochstaplerin zu sein, verstärkte sich. In mancher Hinsicht hätte mir nichts Schlimmeres passieren können, als eine Bestsellerautorin zu werden. Denn ein gutes Buch reichte nicht aus. Ich musste den Erfolg wiederholen – wieder und immer wieder.

Doch als ich mit Stacy in der Küche von Starwater saß und Schokoladenkekse aß, fühlte ich mich nicht mehr so allein und isoliert. Ich erzählte ihr von Cameron und Tegan, weinte ein bisschen, während sie meine Hand tätschelte, und dann heiterte sie mich mit Klatsch über alte Schulfreundinnen auf, und wir lachten über die Erinnerungen. Außerdem berichtete sie haarsträubende Geschichten über ihr katastrophales Liebesleben, und der Morgen verging langsam und wunderbar.

Als der Wasserkessel pfiff, sagte Stacy: »Ich kann keinen Tee mehr trinken. Im meinem Bauch plätschert es schon. Ich habe meinen Bikini eingepackt, wie ist der Strand denn so?«

Ich schüttelte den Kopf. »Oh, nein, Stace. So ein Strand ist das hier nicht. Sand haben wir nur bei Ebbe, und ich bin mir relativ sicher, dass es Haie gibt. Aber wir können gern dort spazieren gehen. Vielleicht sehen wir Vögel. Oder Delphine.«

»Ich hole meinen Hut.«

*

Die Aborigines nennen die Moreton Bay Quandamooka, was »Bucht der Delphine« bedeutet. Stacy und ich quiekten vor Aufregung, als wir am Nachmittag vom Anleger aus einen Schwarm vorbeischwimmen sahen. Stacy holte ihr Handy heraus und machte im Sekundenabstand Fotos, doch keins konnte ihre silbern schimmernden Rücken einfangen.

»Ach, das ist das Leben, Nina«, sagte sie, steckte das Handy weg und lehnte sich zurück. »Ich brauche mehr davon. Weniger Eigentumsübertragungen, mehr Delphine.«

»Es ist Walsaison. Sie ziehen allerdings auf der anderen Seite der Insel vorbei. Es gibt auch einen weißen, wie Moby Dick.«

»Ehrlich?«

»Anscheinend schon. Ich habe mir die Broschüren von George und Kay angesehen.«

»Ach, George und Kay. Ich frage mich, was sie jetzt machen. Vermutlich geben sie das Geld aus, das dir als Miete zugestanden hätte.«

Ich zog die Füße unter den Körper. »Eher nicht. Es muss sehr schlecht für sie gelaufen sein, wenn sie unmittelbar vor der Hochsaison Pleite gemacht haben.«

»Soll ich sie für dich suchen?«

»Ich weiß nicht. Vielleicht belasse ich es einfach dabei ... Joe hat erzählt, dass ihr Boot noch hier ist. Er dachte, ich könnte es statt der Miete nehmen.«

»Legal ist das nicht, aber ich kann sie kontaktieren und ihnen einen Vorschlag unterbreiten. So könnten sie ein Gerichtsverfahren vermeiden.«

»Ich werde sie nicht verklagen.«

»Du bist zu gut für diese Welt. Wer ist eigentlich Joe?«

»Er hat für sie gearbeitet. Jetzt arbeitet er für mich. Reparaturen und so.«

»Ist er vertrauenswürdig?«

Ich lächelte und stieß sie spielerisch an. »Ich kann schon auf mich aufpassen. Ich bin fünfunddreißig.«

»Und du bist ein kleines Vermögen wert. Sieh dich vor, wer hier herumschnüffelt.« Sie seufzte und legte sich auf die warmen Bretter. »Übrigens, darf ich bald wiederkommen? Es gibt nichts Entspannteres als eine Insel, auf der mein BlackBerry kein Signal hat.«

»Du bist jederzeit willkommen. Ich würde mich freuen.«

*

Gegen Mitternacht kam erneut ein Sturm auf. Der Wind rüttelte an den Fenstern, und es regnete in Strömen. Ich konnte nicht glauben, dass die Plane das tatsächlich aushielt, und fürchtete, mein Wohnzimmer würde überflutet. Also stand ich auf und hoffte, dass ich Stacy nicht weckte, die bei angelehnter Tür schlief. Dann ging ich ins Wohnzimmer.

Ich schaltete das Licht ein. Neben dem Kamin tropfte es von der Decke. Ich holte einen Eimer aus der Küche und stellte ihn darunter. Joe hatte die Kaminwand bis auf die Ziegel freigelegt. Auf dem Boden, der mit Folie abgedeckt war, lagen Staub und Putzbrocken. Es war schwer zu erkennen, ob auch Wasser an der Wand entlanglief, und ich fuhr mit den Fingern darüber. Sie waren trocken. In der Schublade unter dem Couchtisch fand ich eine Taschenlampe und leuchtete sorgfältig die Wand ab.

Dann sah ich es. Es wäre mir entgangen, wenn ich nicht vor zwei Tagen am Kamin die gleiche Entdeckung gemacht hätte. Ein dünner Stapel Blätter. Ich stellte mich auf den Couchtisch, doch meine Finger waren zu groß für den Spalt zwischen den Steinen. Mit Hilfe eines Brotmessers gelang es mir schließlich. Ich warf einen Blick auf die erste Seite. Kindertagebuch. Obwohl ich enttäuscht war, entzündete es auch einen Funken Hoffnung in mir. Es gab eine Menge Ziegelsteine in Starwater, und ich würde Joe anweisen, überall Tapete und Putz zu entfernen.

Falls Geschichten in den Wänden verborgen waren, würde ich sie finden. Ich musste alle finden.

Fünf

Warten auf Post

1891

Die letzte Post des Tages kam und ging, und Tilly musste sich ihre Niederlage eingestehen. Wieder ein Tag, an dem Jasper nicht geschrieben hatte. Zwanzig Tage in Folge.

Sie wandte sich vom Fenster ab, durch das sie beobachtet hatte, wie Mrs. Granger, die Haushälterin, dem Briefträger Tillys neuesten Brief ausgehändigt und nichts von ihm zurückerhalten hatte.

Zwanzig Tage. Zwanzig Briefe. Und nichts von ihrem Mann, gar nichts.

Tilly setzte sich einen Moment aufs Bett und kämpfte gegen ihre Angst. In ihren dunkelsten Augenblicken stellte sie sich vor, Jasper sei tot, ihre Briefe würden in einem schweigenden Haus abgegeben. Doch sie ließ sich ihre Sorge nicht anmerken. Großvater war so krank, sein Leben hing an einem seidenen Faden. Wenn er sah, dass seine geliebte Tilly in Not war, könnte es ihn auf der Stelle töten.

Sie fasste sich, fand ihr Lächeln wieder und verließ das Schlafzimmer. Dann schlich sie den Flur entlang und lauschte auf Großvaters Atem. In der Stille hörte sie, wie eine Seite umgeblättert wurde. Er war wach und las.

Tilly klopfte leise, und Großvater blickte auf. Sein blasses Gesicht war von Falten durchzogen, seine Wangen hingen herab. Sie lächelte ihm zu, und er stieß ein atemloses »Hallo, Tilly« hervor.

»Soll ich dir vorlesen?« Sie deutete auf das Buch.

Er nickte, und sie rückte einen Stuhl neben das Bett. Die Spätnachmittagssonne fing sich goldgelb und zart in den schimmernden weißen Vorhängen, die vor den großen Fenstern hingen. Um diese Jahreszeit brach die Nacht erst spät herein, was grausam schien, da Großvater so müde war und die Dunkelheit brauchte, um ruhig zu schlafen. Tilly nahm das Buch – es war Victor Hugos *Les Travailleurs de la Mer*, eines seiner Lieblingsbücher – und begann zu lesen. Von der strengen Gouvernante, die sie als Kind unterrichtet hatte, hatte sie Latein und Griechisch gelernt, doch ihr Französisch verdankte sie Großvater. Er liebte die Sprache und hatte sie Tilly in kostbaren, vertrauten Stunden beigebracht, nachdem er die vierjährige Waise bei sich aufgenommen hatte.

Sie las, während die Schatten vor dem Fenster länger wurden. Seit Großvaters Zusammenbruch bei der Hochzeit war es rasch mit ihm bergabgegangen. Tilly hatte entschieden – und Jasper hatte uneingeschränkt zugestimmt –, dass sie bei Großvater bleiben und ihn in seinen letzten Lebenstagen pflegen würde. Ihr Mann war in sein Haus auf der Kanalinsel zurückgekehrt, da er sein Geschäft nicht länger sich selbst überlassen konnte.

»Ich schreibe dir jeden Tag«, hatte sie gesagt.

»So wie ich dir, Liebste«, hatte er geantwortet, und sie hatte ihm geglaubt. Sie hatte der Kutsche nachgesehen und ihm geglaubt. Nachdem eine Woche ohne Brief vergangen war, hatte sie angenommen, dass das zwischen ihnen liegende Meer die Post verzögert hatte und sie in der zweiten oder dritten Woche von ihm hören würde.

Sie wusste nicht, was sie glauben sollte. Wo blieben seine Briefe? Wo unter den Sternen war ihr Ehemann, und wusste er überhaupt, dass sie sich um ihn sorgte?

»Das reicht, Tilly«, sagte Großvater. Sein Keuchen hatte sich in ein schreckliches Rasseln verwandelt. »Ich bin jetzt sehr müde.«

»Soll ich die Vorhänge schließen, damit es dunkel genug zum Schlafen ist?« Sie klappte das Buch zu.

»Nein, nein. Ein Sonnenuntergang ist wunderschön. Mir bleiben nur noch wenige. Ich möchte hier liegen und zusehen, wie sich die Farben im Zimmer verändern.«

»Wenn du magst, kann ich dir Gesellschaft leisten.«

Er winkte sie weg. »Du solltest nicht einmal jetzt hier sein. Du gehörst an die Seite deines Mannes. In dein wunderschönes Haus.« Er lächelte, und einen Moment lang sah sie das vertraute Zwinkern, bevor seine Augen wieder schwach und trüb wurden.

»Ich kann noch mein ganzes Leben an seiner Seite verbringen. Du hast dich um mich gekümmert, als ich allein und in Not war, also tue ich jetzt dasselbe für dich.«

»Ich habe mich sogar um dich gekümmert, wenn du deine Wutanfälle bekamst«, sagte er lächelnd.

Tilly wurde rot. »Nun ja … irgendwann habe ich gelernt, mein Temperament zu zügeln. Einigermaßen.«

»Du bist ein liebes Mädchen.« Er tätschelte ihre Hand. »Ich wünschte, die Dinge wären … anders gewesen.«

»Ich weiß.«

»Ich bin froh, dass du Jasper zur rechten Zeit kennengelernt hast.«

»Ich auch.«

Großvaters Besitz war ein Fideikommiss; sein Vater hatte festgelegt, dass nur männliche Erben den Besitz übernehmen konnten. Mit anderen Worten, Tillys Cousin Godfrey konnte – und würde – sie aus dem Haus werfen, sobald Großvater tot war. Daher war es ihm in den vergangenen Jahren ein dringendes Anliegen gewesen, dass sie heiratete. Dem richtigen Bewerber konnte er Geld anbieten, Geld, von dem sich Godfrey später niemals trennen würde. Man hatte davon gesprochen, Tilly an einen Freund der Familie zu verheiraten, der alt genug war, um ihr Vater zu sein, doch Großvater liebte sie zu sehr, um sie zu einem Leben mit einem Mann zu zwingen, der ihr nichts bedeutete.

Daher war Jasper wirklich zur rechten Zeit gekommen. Wenn sie nur wüsste, ob er noch am Leben war. Sonst wäre sie ganz allein, wenn ihr Großvater starb.

Sie strich die Bettdecke glatt und küsste ihn, bevor sie das Zimmer verließ und die Treppe hinunterging. Großvater hatte wenig Personal, und an diesem Abend war nur Mrs. Granger da, die für Tilly den Tisch deckte.

»Guten Abend, Mrs. Granger«

»Wie geht es ihm?«

»Unverändert. Immer noch sehr müde.«

»Er wird sicher bald wieder munter sein und herumlaufen.«

Tilly schwieg. Mrs. Granger wollte nicht wahrhaben, dass Großvater sterben könnte; sie arbeitete seit vierzig Jahren für ihn. Tilly wartete, bis sie den Tisch zu Ende gedeckt hatte, und nahm die Karte vom Kaminsims, die Jasper ihr bei ihrer ersten Begegnung geschenkt hatte. Darauf war ein Holzschnitt seines Hauses *Lumière sur la Mer* abgebildet, das auf einer Insel im englischen Kanal lag. Zwischen Pappeln führte ein Weg zu einem hohen Gebäude mit Bogenfenstern. Sie hatte es nie von innen gesehen, doch Jasper hatte es genau beschrieben. Die mit Fliesen ausgelegte Eingangshalle, die geschwungene Treppe, die deckenhohen Regale in der Bibliothek. Einerseits sehnte sie sich danach, es zu sehen. Andererseits wünschte sie sich, Großvater möge ewig leben.

»Werden Sie essen, Miss Kirkland?«

Tilly lächelte die Haushälterin an. »Ich bin jetzt Mrs. Dellafore.«

»Tut mir leid, Ma'am«, sagte sie und neigte unterwürfig den Kopf.

»Wir alle haben andere Dinge im Kopf. Vielen Dank. Die Suppe riecht köstlich.« Tilly setzte sich, hatte aber kaum Appetit. Sie konnte es Mrs. Granger nicht verübeln, dass sie ihren Mann vergessen hatte. Er war ja unsichtbar geworden.

*

Das Wetter blieb schön und warm, von einer geradezu dreisten Fröhlichkeit angesichts ihrer eigenen Trübsal. Es verging eine weitere Woche ohne Brief, und Tilly zerbrach sich stundenlang den Kopf darüber, was dieses Schweigen bedeuten konnte. Er war tot. Er war beschäftigt. Alle Briefe an sie waren verloren gegangen. Sie waren falsch adressiert worden und würden gebündelt mit der nächsten Post eintreffen. Sie versuchte, sich ihr Entsetzen nicht anmerken zu lassen, wenn sie an Jasper schrieb. Sie erzählte leicht und unbekümmert, plauderte über das Wetter und das Dorf, schloss aber stets mit den Worten: »Bitte schreibe bald; ich sehne mich danach, von dir zu hören, Liebster«.

Wie immer fand sie Trost im Garten. Der Sommerregen hatte die Blumen in den Beeten üppig wuchern lassen, und sie verbrachte die langen Nachmittage damit, sie zu zähmen und Unkraut zu jäten. Abends kehrte sie mit Schweiß und Erde verschmiert ins Haus zurück und ließ sich in ein duftendes Bad sinken, um den dumpfen Schmerz in ihren Muskeln zu lindern. Ohne den Garten wäre sie verrückt geworden. Sie begriff nicht, wie sich andere Frauen dem Leben im Haus unterwerfen konnten, mit Aquarellmalerei und sanften Etüden auf dem Piano.

Morgens und abends verbrachte Tilly so viel Zeit wie möglich mit ihrem Großvater, las ihm vor und lauschte seinen Geschichten. Je näher der Tod rückte, desto klarer erinnerte er sich an seine frühen Jahre. Er erzählte Anekdoten aus seiner Kinderzeit, bis er heiser war. Ihre Gedanken schweiften oft ab, aber sie bemühte sich, möglichst viele Einzelheiten mitzuhören und an den richtigen Stellen zu lachen. Sie konnte sich nichts Traurigeres vorstellen, als dass Großvater in seinen letzten Lebenstagen allein gewesen wäre. Wenn sie das Zimmer verließ, drückte er sanft ihre Hand, als Dank, dass sie bei ihm geblieben war.

*

An dem Dienstag, an dem Godfrey unangekündigt auftauchte, war Tilly gerade im Garten. Sie saß auf dem hölzernen Stuhl, den sie zwischen den Weißdornhecken aufgestellt hatte, ein aufgeschlagenes Buch im Schoß. Die Luft war süß vom Jasmin. Eine Hummel summte kraftlos in der Nähe, und sie war fast eingedöst, als Hufgeklapper und das Rattern einer Kutsche sie aufschreckten. Sie stand auf und ging um die Seite des Hauses herum, wo soeben Godfreys schwarzrote glänzende Chaise vorgefahren war, die von zwei rotbraunen Pferden gezogen wurde. Sie hielt in der Einfahrt, und der Diener öffnete die Tür, um Pamela beim Aussteigen zu helfen.

Pamela. Godfreys Frau. Tillys Magen verkrampfte sich. Warum war sie mitgekommen? Großvater verachtete sie. Sie zu sehen würde ihn noch kränker machen. Tilly eilte hinüber, um sie zu begrüßen, und wiederholte dabei im Geist das kurze Mantra, das sie immer benutzte, wenn Godfrey und Pamela in ihrer Nähe waren. *Sei ruhig und maßvoll. Ein Wutanfall hilft niemandem.* Diese Worte hatte Großvater tausendmal zu ihr gesagt.

»Ich hatte nicht mit euch gerechnet«, sagte sie rasch, als Godfrey den Arm seiner Frau ergriff. Er trug einen Zylinder und einen schwarzen Mantel, Pamela einen grünen Reisemantel, der sich über ihre Turnüre wölbte. Mit ihren vollkommenen blonden Locken und den großen blauen Augen sah sie aus wie eine Porzellanpuppe.

»Ich wollte eigentlich schreiben«, erwiderte er leichthin. Er war so unattraktiv, wie seine Frau hübsch war, mit mattbraunem Haar, das immer schmutzig wirkte, und einem Körper, der aussah wie zwei zusammengebundene Säulen. »Aber es war unnötig. Der alte Mann läuft ja nicht weg, und es wäre wohl auch zu schockierend, wenn du deinem Ehemann erlaubtest, dich zu beherbergen und zu füttern.«

Tilly reagierte nicht auf den Seitenhieb, den Godfrey mit seinem üblichen schiefen Grinsen angebracht hatte. Damit wollte er ihr zeigen, dass er tun und lassen konnte, was er wollte, und später behaupten, es sei nur ein Scherz gewesen.

»Wie geht es dem alten Mann?«

»Er ist sehr müde, ansonsten aber guten Mutes. Ihr müsst erlauben, dass ich vorgehe und ihn auf euren Besuch vorbereite. Ich möchte nicht, dass es zu viel für ihn wird.«

Doch Godfrey marschierte schon zur Haustür und stieß beinahe mit Mrs. Granger zusammen, als er sich an ihr vorbeidrängte.

»Granger, Tee im Salon, danke.«

»Ja, Mr. Kirkland«, erwiderte sie mit einem kurzen Nicken. Nur ihr angespannter Kiefer ließ erkennen, dass sie den künftigen Herrn des Hauses nicht schätzte.

Tilly lächelte ihr zu. »Lassen Sie sich Zeit.«

Godfrey runzelte die Stirn, ging aber nicht darauf ein. Pamela war bereits im Salon und inspizierte die Vorhänge. »Wie alt sind die?«, wollte sie von Tilly wissen.

Pamela betrachtete das Haus schon als ihr eigenes. Tilly war so wütend über diese offensichtliche und grobe Vorwegnahme des Erbes, dass sie nicht wagte, ihr zu antworten. Gewiss würde sie etwas sagen, das sie später bereute. Stattdessen versuchte sie, Godfrey an der Treppe aufzuhalten. »Bitte, lass mich mitgehen. Er ist sehr gebrechlich …«

Godfrey umfasste energisch ihr Handgelenk und schob sie beiseite. »Cousine Matilda, ich mag dich wirklich sehr gern, aber du bist seit Jahren mit ihm allein und wirst mir nun zugestehen, dass auch ich ein wenig Zeit mit ihm verbringe. Komm mit, Pamela.«

Tilly trat zurück. Sie bebte vor unterdrücktem Zorn. Großvater hatte immer gesagt, sie sei ein zorniges kleines Mädchen gewesen. Mit Hilfe von Strafen und Belohnungen hatte er ihr beigebracht, dass Temperamentsausbrüche in der Gesellschaft unerwünscht waren, vor allem bei Mädchen, die ihre rosigen Gesichter und hellen Stimmen nicht durch Toben und Gebrüll entstellen sollten.

Doch ihre Geduld und Selbstkontrolle waren nur eine Illusion, die sie zugunsten ihres Großvaters aufrechterhielt. Mehr als einmal hatte sie nach einem Streit mit der Frau aus dem Postamt oder dem Lebensmittelhändler oder der Mutter, die ihr Kind ungestraft auf Tillys Fuß treten ließ, zu Hause mit der Faust gegen die Wand geschlagen oder in ihr Kissen geschrien. So sehr sie sich auch bemühte, sie konnte das Feuer, das sich in ihrem Bauch entzündete, nicht zähmen. Sie konnte nur den Mund schließen und das Feuer nicht entkommen lassen, weil es sonst alle um sie herum verbrannt hätte.

Tilly setzte sich auf das lang gestreckte, bestickte Sofa und wartete. Dieses Sofa würde Pamela gehören, ebenso wie die Gemälde, die Tapete, die Vorhänge, die sie so verächtlich betrachtet hatte … all dies würde ihr gehören, nur weil sie mit Godfrey verheiratet war.

Tillys und Godfreys Väter waren Brüder gewesen, wenn auch keine Freunde. Tillys Vater war mit seiner Frau und seiner kleinen Tochter nach Indien gereist, wo er an Typhus erkrankte und starb. Tilly und ihre Mutter hatten die lange Heimreise angetreten, auf der sich der Bauch ihrer Mutter allmählich in einer Schwangerschaft wölbte, die in ihrem Tod und dem des ungeborenen Kindes endete. Godfreys Vater hätte Tilly und seinen Sohn wie Geschwister aufwachsen lassen können, doch seine Frau weigerte sich. Und so hatte Großvater Tilly zu sich geholt und sie wie eine Tochter aufgezogen und dadurch unwissentlich kleinliche Eifersucht erzeugt, wo eigentlich nur die Liebe einer Familie herrschen sollte.

Es war nicht mehr als eine Viertelstunde vergangen, als Tilly hörte, wie sich Großvaters Schlafzimmertür schloss und Schritte die Treppe herunterkamen. Godfrey und Pamela erschienen, Pamela mit Tränen in den Augen. Es versetzte Tilly einen Stich. Sollte sie sich etwa in ihr geirrt haben?

»Der Verstand des alten Mannes ist verwirrt«, knurrte Godfrey. »Er hat meine Frau zurechtgewiesen.«

Tilly unterdrückte ein Lachen. »Du liebe Zeit, er ist sicher sehr müde. Nimm es ihm nicht übel, Pamela.« Sie berührte ihre kühle Hand. »Er hat es sicher nicht so gemeint.«

»Wo ist der Tee?«

»Gib ihr noch ein bisschen Zeit. Wenn wir gewusst hätten, dass ihr kommt, hätte Mrs. Granger Scones gebacken. Auf die Schnelle kann sie nur Sandwiches machen.«

»Ja, ja, Cousine, ich habe es verstanden. Du bist verärgert, dass wir uns nicht angekündigt haben.« Er tat ihre Einwände mit einer Handbewegung ab. »Wir fühlen uns ausreichend unwillkommen und werden gleich aufbrechen.«

Sofort bereute Tilly, dass sie nicht freundlicher gewesen war. »Nein, nein, ich wollte nicht, dass ihr …«

»Vielleicht wirst du bald erleben, wie es sich anfühlt, in diesem Salon nicht willkommen zu sein«, sagte Pamela und hob die fein gezeichneten Augenbrauen.

Da loderte das Feuer heiß in ihr empor. »Geier«, stieß sie hervor.

Pamela presste entsetzt das Taschentuch vor den Mund. Godfrey lächelte nur. Dann beugte er sich vor und sagte: »Kuckuck.«

Kurz darauf waren sie verschwunden. Mrs. Granger kam mit einem Tablett voller Kresse-Sandwiches herein. »Wo sind sie hin?«

»Zurück in ihre schöne Kutsche und nach Hause«, antwortete Tilly, deren schlechtes Gewissen ihr noch immer Herzklopfen bereitete. »Ich habe sie gekränkt.«

Mrs. Granger schürzte die Lippen, sagte aber nichts. Sie stellte das Tablett ab und ließ Tilly allein im Salon zurück. Kuckuck. Ein Vogel, der sich fremden Eltern aufdrängte und die anderen Küken im Nest durch seine endlosen Forderungen verhungern ließ. So sah Godfrey sie also.

Nun, es war beinahe Zeit, davonzufliegen.

*

Am Morgen wachte Tilly auf, als die Sonne durchs Fenster schien. Sie hatte schlecht geschlafen und die Vorhänge geöffnet, um die abendliche Brise in das stickige Zimmer zu lassen. Der Sonnenschein fiel auf die Bettdecke, und sie schob sie zurück, damit das warme Licht direkt auf ihr Nachthemd fiel, ihre Brust und ihren Bauch. Tilly fuhr mit den Händen über ihren Körper, ertastete ihre Rundungen und Vertiefungen. Sie schloss die Augen. Das Gefühl war sinnlich und erregend. Wie sehr sie sich danach sehnte, von Jasper so berührt zu werden. Doch ihre Hochzeitsnacht hatten sie mit Ärzten und besorgten Verwandten verbracht, und am nächsten Tag war er mit dem Versprechen aufgebrochen, sie würden einander bald wiedersehen. Das war alles. Sie war verheiratet, aber noch Jungfrau. Eine äußerst widerwillige Jungfrau.

Jasper hatte nicht mehr getan, als sie einmal auf den Mund zu küssen, und das ziemlich kühl. Doch als sie diesen Kuss jetzt in Gedanken wieder durchlebte, wurde er tiefer und wärmer, und sie stellte sich vor, wie seine Hände langsam tiefer wanderten, ihre Brüste umfassten und sich gegen ihren unteren Rücken pressten.

Verlegen und etwas beschämt hielt sie inne. Zog die Bettdecke hoch und schaute an die Decke.

Sie bezweifelte nicht, dass er ein leidenschaftlicher Mann war und diese Seite von sich enthüllen würde, wenn sie endlich miteinander allein wären. Das ganze Dorf hatte miterlebt, wie er um sie geworben hatte. Jasper besuchte einen Onkel in der Gegend, als er und Tilly einander vor der Schneiderei begegnet waren. Er hatte dort gestanden und auf seine Taschenuhr geschaut, als Tilly mit Großvaters Hosen herauskam, die an der Taille ausgelassen worden waren.

Jasper hatte aufgeschaut und gelächelt. Sie hatte zurückgelächelt und hungrig seinen wohlgeformten Kiefer und die dunklen, wissenden Augen betrachtet. »Könnten Sie mir sagen, wo ich die Duck Street finde? Ich habe einen Termin, zu dem ich nicht zu spät kommen möchte.«

»Wohin in der Duck Street müssen Sie?«

»Zu Basil Forster, dem Teehändler.«

»Wir haben denselben Weg, Sir. Ich kann Sie hinführen.«

»Es wäre mir ein Vergnügen.«

Sie gingen los, stellten sich einander vor und sprachen über das Wetter. Sie begleitete ihn bis vor das Haus von Basil Forster und wollte schon weitergehen, als er sagte: »Ich bin für einige Wochen im Dorf zu Besuch. Darf ich Ihnen meine Aufwartung machen?«

Tilly zwang sich, nicht rot zu werden. »Das dürfen Sie, Sir. Ich würde mich freuen.«

Dann eilte sie davon, wobei sie sich eine Närrin schalt. Gutaussehende Männer wie Jasper Dellafore verliebten sich in blonde Königinnen, nicht in kleine Rotschöpfe mit üppigen Rundungen. Sie ging nach Hause und vergaß die Sache.

Bis er sie besuchte. Großvater leistete ihnen Gesellschaft, als sie Tee tranken. Er schien den jungen Mann zu schätzen, ein Abkömmling französischer Emigranten, der auf Guernsey lebte. Er war im Handel tätig – Tee, Seide, Schiffszubehör, was immer er günstig kaufen und an spezielle Kunden weiterverkaufen konnte – und reiste daher viel. Er berichtete von seinem wunderschönen Heim, das sich seit hundert Jahren im Besitz der Familie befand. Und am Ende seines ersten Besuchs waren Tilly und ihr Großvater beide von ihm entzückt.

»Du solltest ihn heiraten«, sagte Großvater, nachdem Jasper gegangen war.

»Ich kenne ihn doch kaum«, antwortete sie, dachte aber insgeheim auch, dass sie ihn heiraten sollte.

Was sie nach sechs Wochen getan hatte. Nun, da die Hochzeit hinter ihr lag, musste die Ehe erst noch beginnen.

*

Tilly ging zeitig zum Postamt, um den neuesten Brief an Jasper abzuschicken, wollte sich aber auch diskret und ohne Klatsch zu erregen erkundigen, ob vielleicht ein Brief an sie fehlerhaft adressiert oder falsch zugestellt worden sein könnte. Nichts. Sie hatte es gewusst, doch die Bestätigung tat trotzdem weh.

Sie war überrascht, als sie bei ihrer Rückkehr Stimmen aus dem Salon vernahm. Noch überraschter war sie, als sie die ihres Großvaters erkannte. Sie hängte rasch ihre Haube an die Garderobe und eilte hinein.

Großvater saß kraftlos da, die Beine gespreizt, zu einer Seite gesunken. Er hatte sich selbst angezogen, aber die Weste falsch zugeknöpft. Seine Wangen waren eingefallen, und der Schädel zeichnete sich unter der gelbgrauen Haut ab. Es war beinahe unheimlich, ihn aufrecht zu sehen. Nun ja, fast aufrecht.

»Großvater!«, rief Tilly und trat auf ihn zu.

Er hob eine gebrechliche Hand. »Nein, nein, Tilly. Es ist alles gut. Das ist mein Anwalt, Mr. Leadbetter.«

Tilly wandte sich zu dem anderen Mann im Zimmer, der rosige Wangen und ein herzliches Lächeln hatte. »Sehr erfreut, Mrs. Dellafore.«

Sie ergriff kurz seine Hand und knöpfte dann die Handschuhe auf. »Verzeihung, dass ich so hereingestürzt bin. Ich hatte nicht erwartet, meinen Großvater außerhalb des Bettes anzutreffen.«

»Ich ziehe mich bald in mein Zimmer zurück, Liebes«, sagte dieser. »Zuerst aber muss ich meine Geschäfte mit Mr. Leadbetter erledigen.« Er keuchte und rang nach Atem.

»Soll ich dir Wasser holen?«

Er winkte sie beiseite. »Geschäfte, meine liebe Matilda. Lass die Männer ihre Angelegenheiten erledigen.«

Sie zerknüllte die Handschuhe in der Faust. »Natürlich. Du brauchst nur zu rufen, wenn du mich brauchst.« Sie warf Mr. Leadbetter einen bedeutungsvollen Blick zu, den er mit einem langsamen Nicken erwiderte.

»Ich passe gut auf ihn auf.«

Tilly verließ das Zimmer und ging nach oben in ihr Schlafzimmer, wo sie den leichten Mantel aufhängte und die Handschuhe in die Schublade legte. Vermutlich wollte Großvater seine Papiere in Ordnung bringen, bevor er starb. Sie ließ sich schwer aufs Bett fallen und strich mit den Fingern sanft über die bestickte Tagesdecke. Sie schloss die Augen. Was für eine Hölle. Der Mann, der der Mittelpunkt ihres Lebens gewesen war, würde sterben. Ohne ihn triebe sie in der Welt ankerlos dahin. Eine harte, schmerzende Traurigkeit überkam sie, und sie spürte, wie eine Träne über ihre Wange und in ihre Haare rollte. Sie sehnte sich danach, sich auf Jasper zu stützen, dass er die Träne mit seinem Finger aufhielt, doch er war nur noch ein Mann aus Nebel und Schatten. Sie konnte ihn nicht greifen.

Schließlich hörte sie, wie Leadbetters Kutsche davonfuhr, und ging nach unten, um Großvater ins Bett zu helfen. Er schlurfte jedoch umher und stapelte Gegenstände auf dem Teetisch auf. Eine Uhr, zwei vergoldete Bilderrahmen, vier Kerzenhalter, eine Kristallvase.

»Was tust du da?« Sie eilte zu ihm hin und stützte ihn am Arm.

Er schüttelte sie ab. »Ich habe mit Leadbetter gesprochen, und es ist nichts zu machen. Das Testament meines Vaters ist eindeutig, Godfrey und Pamela werden alles bekommen. Also müssen wir einige Sachen fortschaffen, bevor ich sterbe.«

Tilly fragte sich flüchtig, ob Godfrey recht hatte und Großvaters Verstand angegriffen war. Doch er hatte bisher ganz klar und deutlich gedacht und gesprochen. »Was willst du damit machen?«

»Wir schicken sie in dein neues Heim. Nach *Lumière sur la Mer*. Wir packen sie in eine Truhe und schicken sie dorthin.«

»Das geht nicht. Pamela hat schon alles genau registriert.«

Den nächsten Satz stieß er keuchend hervor. »Wir *können* das … und wir werden es tun … ich schenke dir einige Dinge … zur Hochzeit. Sie gehören mir, solange ich lebe.«

»Du musst ins Bett, Großvater.«

Er rang nach Luft. »Ich verstehe, dass du dich nicht zur Komplizin machen willst. Dann geh. Geh hinaus und unternimm einen Spaziergang durchs Dorf. Granger kann mir helfen. Nein, warte. Ich habe etwas vergessen.«

Er schleppte sich zum Kaminsims, auf dem seine Zigarrenkiste stand. Er hatte sie nicht angerührt, seit er vor vielen Monaten begonnen hatte, sich krank und atemlos zu fühlen.

»Ich will keine Zigarren, Großvater. Ich will gar nichts. Ich will keinen Ärger. Und den wird Godfrey machen.«

»Jetzt höre mir gut zu.« Er drückte ihr die Kiste in die Hände. »Was hier drin ist, soll nicht verschickt werden. Du musst es selbst mitnehmen. Und darauf aufpassen.«

Sie öffnete das Schloss, doch er hielt ihre Hand fest. »Sieh es dir später an. Wenn du es jetzt aufmachst, gibst du es mir ohnehin sofort zurück. Ich sorge dafür, dass Leadbetter es für dich organisiert.«

Tilly schob den Riegel mit dem Daumen zu. Sie wusste, dass sie eigentlich zu alldem nein sagen musste. Doch der Gedanke an Pamela, die die silbernen Kerzenleuchter mit gierigen Händen ergriff, bestärkte sie in ihrer Entscheidung. Sie konnte sich genau erinnern, wie Großvater sie für das Essen zu ihrem vierzehnten Geburtstag gekauft hatte.

»Ich weiß von nichts.«

»Halte Ausschau nach der Truhe. Ich weiß nicht, ob sie dort eintrifft, bevor …« Er verstummte und ließ sich schwer auf einen Stuhl fallen. »Der Schmerz ist bald vorbei.« Dann überkam ihn erneut Atemlosigkeit, und sie trat zu ihm.

»Nein. Geh. Sag Granger, sie soll … kommen … Je schneller es erledigt ist, desto eher … kann ich … mich ausruhen.«

Tilly berührte seine geliebte Stirn, wandte sich um und verließ das Zimmer. Sie nahm ihre Haube vom Haken, klemmte sich die Zigarrenkiste unter den Arm, damit sie die Bänder schnüren konnte, und ging in den Garten. Sie öffnete das kleine Tor, hinter dem ein Weg am Bach entlangführte. Amseln und Rotkehlchen sangen, und Wildblumen säumten den Weg. Sie ging nicht ins Dorf, sondern vorbei an der Mühle bis zu den Weiden, die zwischen Dorf und Wald lagen.

Sie setzte sich unter eine Kastanie und öffnete die Zigarrenkiste. Geldscheine. Jede Menge Geldscheine. Tilly keuchte auf und nahm eine Handvoll heraus. Darunter lag ein Brief. Sie entfaltete ihn. Großvaters Gekritzel war schwer zu lesen und voller Tintenflecke. Die Nachricht war nur kurz.

Das ist für dich und niemand sonst. Eine Frau sollte irgendetwas haben in der Welt.

Tilly faltete den Brief, legte alles zurück in die Kiste und klappte sie zu. Dann drückte sie sie fest an ihr klopfendes Herz. »Danke, Großvater«, hauchte sie. »Ich danke dir.«

Als sie nach Hause kam, wurde die Truhe abgeschickt, und Großvater wollte nichts von dem Geschenk hören. »Es ist nie passiert«, sagte er, als er wieder flach ausgestreckt und kraftlos im Bett lag. »Ich weiß nicht, wovon du sprichst.«

*

Klopf, klopf, klopf.

Tilly kämpfte sich durch den Schlaf nach oben.

Klopf, klopf. »Miss Kirkland. Tilly.«

Sie setzte sich auf und öffnete die Augen. Mrs. Granger war im Flur. Sie warf die Bettdecke zurück und ging zur Tür. Die Haushälterin war blass und hielt eine Lampe in der Hand.

»Was ist los?«

»Es ist so weit. Seine Zeit … ist gekommen.«

Großvater. Tilly griff nach ihrem Morgenmantel. Schnelle Bewegungen, kaltes Herz. Sie eilte hinter Mrs. Granger ins Schlafzimmer. Alle Lampen brannten, die Krankenschwester aus dem Dorf, die nachts bei ihm blieb, war auch da. Es war zu hell und zu laut.

»Tilly«, keuchte Großvater. »Es tut mir so leid, dich zu wecken, Liebes. Aber ich werde am Morgen nicht mehr da sein.«

Sie sank neben dem Bett auf die Knie und umfasste seine Hände. Die Fingerspitzen waren im Laufe der Jahre ganz glatt geworden. »Still, Großvater. Das weißt du doch nicht.«

»Doch, doch.« Er berührte sanft ihre Haare. »Ich spüre, wie das Leben aus mir herausrinnt wie Wasser aus der Wanne …« Ein tiefer, zitternder Atemzug. »Alle … alle raus außer Tilly. Es ist so voll hier drinnen.«

Mrs. Granger und die Krankenschwester zogen sich zurück und schlossen die Tür. Großvater legte seine kalten Finger sanft unter Tillys Kinn und hob ihren Kopf, damit sie ihn anschaute.

»Ich war … nicht ehrlich … mit dir.«

»Du warst immer der beste Mann von allen.«

»Nein … nein, war ich nicht.« Wieder ein tiefer, bebender Atemzug, gefolgt von kurzem Keuchen. »Hör zu … ich kannte Jasper … ich kannte … ihn schon.«

In Tillys Ohren rauschte es. Die Traurigkeit überwältigte sie, die Verwirrung. »Was soll das heißen?«

»Du bist … ein stolzes … Mädchen … zu stolz … du wolltest nicht … ich musste …«

»Es ist alles gut, Großvater. Was immer du getan hast, es ist gut.«

»Freund der Familie … solltest denken … dass du … ihn gefunden hättest. Draußen … vor der Schneiderei …«

»Pst, alles ist gut. Ich liebe ihn, Großvater, und sobald du mich nicht mehr brauchst, fahre ich zu ihm und …« Sie kämpfte mit den Tränen. Sie durfte Großvater nicht wissen lassen, wie sehr sie zweifelte.

Er legte die Hand an ihre Wange. »Ich brauche dich … nicht mehr … meine Tilly. Mein liebes Mädchen.« Atmen. Keuchen. »Mein liebes Mädchen.«

Dann wurde seine Hand plötzlich schwer und fiel auf die Bettdecke, reglos und still.

*

Tilly stand am Kai, den kleinen Koffer zwischen den Füßen; der große Koffer war schon auf dem Dampfer. Sie war sofort nach Großvaters Beerdigung hergekommen. Pamela hätte ihr vielleicht noch ein oder zwei Nächte gestattet, doch sie wollte das Haus verlassen. Sie wollte nicht mit ansehen, wie Godfrey und seine Frau es in Besitz nahmen. Zweifellos rissen sie schon die Dekorationen herunter, verschoben die Möbel, wühlten vielleicht sogar in den Beeten, um den Tennisplatz anzulegen, von dem Godfrey schon seit langem träumte.

Es waren keine Briefe gekommen. Die Hochzeit lag fast sechs Wochen zurück, und sie hatte keine Post erhalten. Sie hatte seine Adresse, eine Schiffsfahrkarte und eine Hoffnung im Herzen, die langsam zerfiel. Die Reisenden liefen geschäftig um sie herum. Der Zahlmeister ging mit einer Glocke auf und ab und rief die verschiedenen Klassen an Bord. Es roch nach Metall, Wasser und Kohle. Im Gewirr der Bilder, Geräusche und Gerüche versuchte sie, in ihrem Herzen Stille und Frieden zu finden. Bald wäre die Ungewissheit vorbei. Sie würde ihren Mann finden oder feststellen, dass er ihr nie gehört hatte. In jedem Fall hatte die Reise begonnen.

Sechs

Lumière sur la Mer

Die Droschke rollte zwischen Äckern bergauf und durch den Wald, der Jaspers Anwesen begrenzte. Tilly verspürte eine zunehmende Enge in der Brust, als sie sich *Lumière sur la Mer* näherten. Jasper musste dort sein. Er musste einfach. Sonst … es gab keine Alternative. Er musste dort sein. Sie ließen holpernd den Wald hinter sich und gelangten auf eine ebene, unbefestigte Straße. Vor ihr tauchte das Dach des Hauses auf. Das Haus ihres Ehemanns.

Ihr Haus. *Lumière sur la Mer.* Das Licht über dem Meer.

Sie atmete tief durch und erinnerte sich an die Zigarrenkiste mit Geld, die in ihrem kleineren Koffer lag. Der Gedanke verlieh ihr ein wenig Sicherheit. Was immer auch geschah, sie würde überleben. Sie hoffte, Jasper gesund und munter vorzufinden und mit einer ganz und gar vernünftigen Erklärung, weshalb er ihr nicht geschrieben hatte. Falls er krank war oder … sie wappnete sich … ihr einfach nicht hatte schreiben wollen, würde sie auch das überstehen. Sollte er jedoch tot oder verschollen sein, fürchtete sie für sich selbst. Ihr Herz, das erst kürzlich durch den Tod ihres geliebten Großvaters Schaden genommen hatte, könnte einen weiteren solchen Schlag nicht verkraften. Verwitwet, während sie noch Jungfrau war; das würde sie gewiss zur unglücklichsten Frau der Welt machen.

Die Droschke wurde langsamer und hielt schließlich an. Tilly nahm allen Mut zusammen. Der Kutscher stieg vom Bock, um ihr die Tür zu öffnen.

»Würden Sie bitte warten? Ich bin mir nicht sicher, ob mein Mann daheim ist. Ich habe keinen Schlüssel.« Falls sie ihn nicht antraf, würde sie sich an die örtliche Polizei wenden und um Hilfe bitten. Und sich dann eine Unterkunft suchen.

Der Kutscher nickte. Sie stieg aus und schaute einen Moment lang an der windumtosten Fassade von *Lumière sur la Mer* empor. Das Haus war ihr vertraut, sie kannte es von dem Bild. Drei Stockwerke, ein Wintergarten im Süden, ein Obstgarten im Norden. Aber es wirkte auch fremd. Der verwilderte Garten. Die abblätternde Farbe an der blauen Tür. Alle Vorhänge waren geschlossen, als schämten sie sich für etwas.

»Madame?«, fragte der Kutscher.

»Ja, ich gehe jetzt. Warten Sie bitte. Lassen Sie die Koffer noch in der Droschke.«

Sie setzte einen Fuß vor den anderen, ihr Puls beschleunigte sich. Sie schaute nach links und rechts, bemerkte das überwucherte Gras zwischen den Pappeln, das Unkraut in den Kübeln, in denen Blumen hätten wachsen sollen. Es sah aus, als wohnte hier seit langem niemand mehr. Ihr Herz schlug bis zum Hals. Jetzt rechnete sie mit dem Schlimmsten, dem Allerschlimmsten.

An der Haustür hielt sie kurz inne, um Atem zu holen, hob die Hand und klopfte fest. Dann trat sie zurück, schaute besorgt über die Schulter, ob der Kutscher sie nicht auf der falschen Seite des Waldes abgesetzt hatte. Eine lange Stille, in der sie nur den Wind und das Meer hörte. Die geschäftigen Straßen von St. Peter Port, das nur zwei Meilen entfernt lag, schienen plötzlich weit weg.

Sie spürte ihren Puls.

Und hörte Schritte im Inneren des Hauses.

Die Tür wurde geöffnet, und ihr Herz machte einen Sprung.

»Jasper!« Sie warf sich in seine Arme, und er drückte sie fest an sich, die Hände auf ihren Rücken gepresst.

»Du bist hier.«

Sie trat zurück, strahlte ihn an, ihre Sorgen schmolzen dahin. Er lächelte zurück. Sie bemerkte, dass sein Haar unordentlich und seine Kleider nicht so akkurat gebügelt waren wie sonst. Doch er war immer noch ihr Jasper, lebendig und gesund und in dem Haus, das sie miteinander teilen würden. Sie wandte sich zu dem Kutscher und bedeutete ihm, ihre Koffer herzubringen.

»Ich habe nichts von dir gehört. Wochenlang. Kein einziger Brief.«

»Ich habe mindestens ein Dutzend geschrieben!«, protestierte er. »Aber ich habe keinen von dir bekommen. Ich dachte, du hättest mich vergessen!«

Tilly lachte. Also war es die ganze Zeit über nur ein Missverständnis gewesen. Sie hätte es wissen müssen. Sie drückte sich wieder an ihn, und er küsste sie auf den Kopf und sagte: »Es tut mir leid, meine Liebe, aber die Dinge sind vielleicht nicht so, wie du erwartet hast.«

Sie schaute in seine grauen Augen. »Du bist hier, stehst lebendig und gesund vor mir. Mehr habe ich nicht erhofft.«

»Dein Großvater?«

Die bleierne Traurigkeit dämpfte ihre Freude. »Er ist von uns gegangen.«

Er berührte ihr Haar. »Das tut mir leid, meine Liebe. Komm herein. Willkommen in *Lumière sur la Mer*. Willkommen in deinem Heim.«

Während der Kutscher die Koffer an ihr vorbeischleppte und Jasper ihm zeigte, wo er sie abstellen konnte, und ihn bezahlte, zog Tilly Haube und Handschuhe aus. Die schwarz-weißen Fliesen in der Eingangshalle waren so, wie Jasper sie beschrieben hatte, ebenso die schmuckvolle, geschwungene Treppe. Doch wo der Kronleuchter gehangen hatte, sah man nur noch einen eisernen Haken; die Beistelltische fehlten; von den Bilderrahmen zeugten nur noch verfärbte Vierecke auf der Tapete. Sie registrierte alles. Ihre Erleichterung, Jasper lebend anzutreffen, war so gewaltig, dass sie gar nicht enttäuscht sein konnte, selbst wenn das Haus nicht so prachtvoll wie erwartet war.

Als ihre Koffer in der Halle standen, wurde die Tür geschlossen, und dann standen sie einander allein gegenüber.

»Meine liebe Tilly«, sagte Jasper und ergriff sanft ihre Hand. »Seit wir uns das letzte Mal gesehen haben, war mir kein Glück beschieden.«

Sie drückte seine Finger. »Es tut mir leid, dass du Schwierigkeiten hattest und ich dir keinen Trost spenden konnte, wie eine Ehefrau es tun sollte.«

Jasper hob den kleineren Koffer hoch und zog sie mit dem anderen Arm an sich. »Ein Geschäft ist fehlgeschlagen. Ich musste viele Dinge verkaufen. Aber es ist nur vorübergehend, Liebes. Das verspreche ich dir. Komm, ich zeige dir das Haus.«

Die süße Wärme seines Körpers war berauschend. Sie hörte kaum auf seine Worte, während er sie von einem Zimmer ins andere führte – Salon, Esszimmer, Wintergarten, Küche –, dann nach oben, wobei er ihr von seinen Vorfahren, den französischen Emigranten, erzählte, die vor der Revolution geflohen waren und *Lumière sur la Mer* als Zufluchtsort am Meer gebaut hatten, weit entfernt vom politischen Aufruhr ihrer Heimat. Dass er nicht das Temperament eines Gutsherrn besaß und das ganze Vieh verkauft und seine eigene Import-Export-Firma gegründet hatte. Er zeigte ihr die Gästezimmer im zweiten Stock und öffnete die Tür zur Bibliothek, von der sie gehört und geträumt hatte.

»Du liebe Zeit!«, keuchte sie. Die Regale reichten bis unter die Decke, und der Geruch von altem Papier und Staub war überwältigend.

»Freu dich nicht zu früh. Ich musste die ganze Sammlung an einen Schotten verkaufen, der in Indien lebt. Er holt sie in etwas sechs Monaten ab. Ich habe ihm versprochen, die Bücher bis dahin zu ordnen und in Kisten zu verpacken, daher kannst du hier gern Zeit verbringen und sie alphabetisch sortieren. Ich selbst interessiere mich leider nicht sehr für Bücher. Sie sind zu still für meinen Geschmack. Komm, ich zeige dir den dritten Stock.«

Sie verließ zögernd die Bibliothek, und er führte sie eine weitere Treppe hinauf zu den Schlafzimmern.

»Hier durch.« Er öffnete eine weiße Tür, hinter der ein kleines, aber gemütlich eingerichtetes Zimmer mit Meerblick lag. In der Ferne konnte sie Masten und die tosende graue See erkennen. »Das ist dein Zimmer.«

»Mein Zimmer? Oder meinst du … *unser* Zimmer?«

Er lächelte. Seine Augen wanderten kaum merklich zur Seite. »Ich habe auch ein Zimmer. Aber wir sind natürlich … Mann und Frau … und wir werden …« Er räusperte sich. Straffte die Schultern. »Es ist nicht angemessen, über so etwas zu sprechen, Tilly. Als dein Ehemann werde ich die Führung übernehmen, wenn die richtige Zeit gekommen ist.«

Ihre Wangen brannten. Sie war sprachlos vor Verlegenheit und fürchtete, dass Jasper sie nun für eine Frau mit skandalösen Gelüsten halten könnte. Was wusste sie denn schon über das Eheleben? Vielleicht hatten alle Paare, die in eleganten Häusern lebten, getrennte Zimmer.

Jasper legte ihren Koffer behutsam aufs Bett. »Ich bringe den anderen gleich herauf. Ich hatte einen Diener, musste ihn aber vorübergehend entlassen, bis sich unsere Finanzen erholt haben. Ich habe fast alle Dienstboten entlassen müssen.« Er runzelte die Stirn und fuhr sich mit der Hand durch die Haare. »Ich weiß, es ist nicht das, was du erwartet hast.«

Er konnte ihr nicht in die Augen sehen, und es tat ihr weh, ihn so beschämt und verwirrt zu erleben. Also ging sie zu ihm hin, ohne seine Hand zu ergreifen oder ihn anderweitig zu berühren, damit er sah, dass sie ihr körperliches Begehren zügeln konnte.

»Jasper, ich habe erwartet, meinen Mann hier zu finden und mein Leben als verheiratete Frau zu beginnen. Ich habe geschworen, dir in guten und in schlechten Zeiten beizustehen. Alles wird sich fügen. Einige Tage, bevor Großvater starb, hat er eine Truhe voller Wertgegenstände hierhergeschickt. Wir können damit das ersetzen, was du verloren hast.«

»Oder sie verkaufen?«, fragte er hoffnungsvoll. »Um die Schulden zu bezahlen?«

Etwas in seinem verzweifelten Ton ließ sie aufhorchen. »Natürlich. Wir können damit tun, was immer wir wollen.« Sie wollte ihm auch von dem Geld erzählen, überlegte es sich aber anders. »Welche Probleme wir auch haben mögen, wir werden ihnen gemeinsam entgegentreten.«

Er wirkte jetzt viel fröhlicher, eher wie der selbstsichere Jasper, den sie geheiratet hatte. Tilly war froh, dass sie ihn aufgeheitert hatte. »Meine Tilly. Meine Frau.« Er küsste sie leicht auf die Wange. »Ich hole jetzt den anderen Koffer.«

Mit diesen Worten war er verschwunden.

Tilly trat ans Fenster. Die Scheibe war ein wenig verzogen und verzerrte den Blick nach draußen. Ein wilder Wind peitschte durch die Bäume, doch hier drinnen fühlte sie sich warm und sicher. Sie lächelte. Dies war ihr neues Zuhause. Es war nicht ganz so schön, wie sie erwartet hatte, doch war sie auch keine Frau, die allzu großen Wert auf schöne Dinge legte. Hier würde sie Zeit und Ruhe finden, um ihren Großvater zu betrauern, und eines Tages würde Kinderlachen durch die düsteren Korridore schallen.

Sie drehte sich um, klappte den Koffer auf und griff nach der Zigarrenkiste. Falls er es brauchte, falls er es *wirklich* brauchte …

Aber nein. Das würde Großvaters Wünschen widersprechen, und sie erinnerte sich noch so schmerzhaft und unmittelbar an ihn, dass sie es nicht ertragen konnte, gegen seinen Willen zu verstoßen. Vielleicht würde das reichen, was in der

Truhe war. Sie schaute sich im Zimmer um und öffnete den großen Kleiderschrank, der neben der Tür stand. Sie schob die Zigarrenkiste so weit wie möglich nach hinten ins oberste Regal und legte vorsichtshalber noch ihre Haube davor. Dann setzte sie sich mit gefalteten Händen aufs Bett und wartete auf ihren lebendigen, atmenden Ehemann.

*

Weil sie jeden Penny sparen mussten, brannten keine Lampen auf der Treppe, als sie am Abend ins Esszimmer hinunterging. Jasper hatte sie gewarnt, sie solle eine Kerze anzünden, damit sie nicht stolperte. Danach hatte er das Haus verlassen, geschäftlich, wie er sagte, für nicht mehr als eine Stunde. Als die Glocke zum Abendessen läutete, nahm Tilly die Kerze, bei deren Licht sie gelesen hatte, und stieg vorsichtig hinunter.

Jasper lief im Zimmer auf und ab und knetete die Hände.

»Du bist zurück, mein Lieber. Ist das Geschäft gutgelaufen?« Tilly hätte die Antwort auch so erkannt. Jeder Muskel seines Körpers schien sich gegen einen unsichtbaren Gegner zu wehren.

»Ich … hm … nein. Aber keine Sorge. Ich muss noch einmal weg.«

»Und das Abendessen?«

»Ich habe keinen Appetit. Mrs. Rivard kümmert sich um dich. Bitte … ich hatte heute nicht mit dir gerechnet und daher nicht alles in Ordnung …«

Er wirkte sehr angespannt, also ergriff Tilly seine Hände. »Du brauchst nichts erklären. Wenn du arbeiten musst, dann arbeitest du. Ich werde auf dich warten. Wie eine Ehefrau es tun sollte.«

Jasper nickte. »Nur noch ein paar Tage, dann ist alles gut. Das verspreche ich dir, Tilly.« Er ließ ihre Hände los und fuhr sich durch die Haare. »Aber du solltest nicht auf mich warten.

Du bist den ganzen Tag unterwegs gewesen und müde. Schlaf gut, und morgen früh essen wir zusammen, auch das verspreche ich.«

Tilly trat zurück, und er ging an ihr vorbei aus dem Zimmer. Sie hörte seine Schritte im Flur, dann zog er raschelnd den Mantel an. Die Enttäuschung tat weh. Sie hatte sich danach gesehnt, mit ihm zusammen zu sein, sich an ihn zu drücken und Trost in seiner Umarmung zu suchen, die besonderen Freuden zu erforschen, die ein Mann und eine Frau miteinander teilten. Doch seit ihrer Ankunft hatte sie nicht mehr als eine Stunde mit ihm verbracht.

»Sie hätten sich ankündigen sollen.« Mrs. Rivard stand auf der Schwelle zwischen Küche und Esszimmer, in der Hand ein hölzernes Tablett. Sie sprach mit einem starken französischen Akzent.

Tilly hatte noch nie erlebt, dass eine Dienstbotin so unverblümt mit ihr redete. Vielleicht war das in Frankreich so üblich. »Ich habe ihm mehrmals geschrieben.« Dann fragte sie sich, warum sie das überhaupt gesagt hatte. Sie war dieser Frau keine Rechenschaft schuldig.

Mrs. Rivard stellte das Tablett ab. »Vielleicht hätten Sie ein Telegramm schicken sollen.«

»Ich habe vier geschickt.«

»Und wo sind die dann?« Sie hob theatralisch die Schultern und kehrte die Handflächen nach außen.

Tillys Blut kochte. Beschuldigte die Dienerin sie der Lüge? Doch es war unter ihrer Würde, mit ihr Streit anzufangen. »Danke für das Essen«, erwiderte sie stattdessen so scharf wie möglich. »Ich sage Bescheid, wenn Sie abräumen können.«

»Ich gehe jetzt, Madame. Bezahlt werde ich nur für einige Stunden am Tag. Sie können selbst abräumen.« Mit diesen Worten legte sie die Schürze ab und verließ das Zimmer.

Tilly setzte sich schwerfällig an den Tisch. Die Suppe war wässrig, der Hühnerschenkel mager. Sie aß allein, wie sie es schon so oft bei Großvater getan hatte. Diesmal aber saß sie in einem großen, dunklen, hallenden Haus auf einer windigen Insel, mit einer feindseligen Haushälterin und einem Ehemann, der in furchtbaren finanziellen Schwierigkeiten steckte.

So hatte sie sich das alles nicht vorgestellt, doch Tilly zwang sich, nicht an ihre Träume zu denken, denn der Vergleich wäre zu schmerzlich gewesen. Sie war so hungrig, dass sie das Essen hinunterschlang. Sie hörte, wie Mrs. Rivard ging, und begriff, dass sie jetzt ganz allein im Haus war.

Nachdem sie aufgegessen hatte, ließ sie das Tablett für den nächsten Morgen stehen. Es war ohnehin zu dunkel, um in der Küche etwas zu erkennen, und sie hatte Angst, zu stolpern und hinzufallen. Sie nahm ihre Kerze und ging in den Salon, wobei sie umherleuchtete. Das einzige Möbelstück war ein kleines Sofa, aus dessen Armlehnen die Füllung quoll. In den Ecken des Zimmers stapelten sich Papiere. Ein rascher Blick verriet ihr, dass es Kaufaufträge und Rechnungen von Jaspers Firma waren. Vielleicht hatte er die Aktenschränke verkauft. Sie setzte sich einen Moment lang aufs Sofa und hörte, wie die Fensterscheiben im Wind klapperten. Die Leere drang in ihr Inneres. Sie erschauerte.

Also nach oben. Vielleicht würde sie sich im Schlafzimmer mit ihren eigenen Sachen sicherer und nicht so fremd und verlassen fühlen. Sie stieg vorsichtig die Treppe hinauf, wobei das flackernde Kerzenlicht die karge Täfelung beleuchtete.

Auf dem dritten Treppenabsatz, vor Jaspers Zimmertür, hielt sie inne.

Immerhin war sie seine Frau. Und wenn in den nächsten Tagen alles geklärt wäre, würde sie sicher in diesem Zimmer neben ihm schlafen. War das nicht üblich?

Ihre Finger legten sich um die Klinke, und bevor sie es sich anders überlegen konnte, öffnete sie die Tür.

Tilly stellte den Kerzenleuchter auf den Schreibtisch und

schaute sich um. Ein ungemachtes Bett. Kleidungsstücke lagen verstreut. Sie hatte Jasper für einen Menschen gehalten, der seine Habseligkeiten und sein Zimmer in Ordnung hielt. Wer war dieser Mann, der seine Kleider umherwarf und wichtige Papiere auf dem Boden stapelte? Hier drinnen gab es auch keine Dekorationen. Keine Uhren oder Bilder oder Spiegel oder Lampen oder Vasen, nicht einmal eine Waschschüssel. Sie verspürte den Drang, das Zimmer aufzuräumen, seine Hemden zu falten, seinen Mantel aufzuhängen, doch dann wüsste er, dass sie hier gewesen war. Sie gestand es sich ungern ein, doch sie hatte keine Ahnung, wie er darauf reagieren würde. Es einfach abtun? Schließlich waren sie verheiratet. Oder würde er in Wut geraten?

Vielleicht lag es daran, dass sie ihn sechs Wochen nicht gesehen hatte, ebenso lange, wie ihre ganze Werbungszeit gedauert hatte. Vielleicht erschien er ihr deshalb wie ein Fremder.

Tilly nahm die Kerze und wollte schon gehen, im Schlaf Zuflucht suchen und auf den Trost der Morgendämmerung warten. Dann aber bemerkte sie, dass die Schreibtischschublade ein Stück offen stand. Weitere Papiere quollen heraus. Warum waren die hier oben?

Wenn sie ganz vorsichtig … Da, schon hatte sie das erste Blatt in der Hand. Wie viele Schulden mochte er haben? Und bei wem?

Doch sie hielt keine unbezahlte Rechnung oder Mahnung in der Hand, sondern einen ihrer Briefe. Geöffnet. Vermutlich auch gelesen.

Liebster Jasper, ich habe noch immer nichts von dir gehört. Erlöse mich von meinem Elend und gib mir Bescheid, dass du gesund und wohlauf bist …

Tilly war völlig durcheinander. Wer hatte diesen Brief geöffnet, wenn nicht Jasper? Mrs. Rivard? Hatte sie deswegen die grausame Bemerkung über das Telegramm gemacht? Wollte sie Tilly aus irgendeinem Grund verletzen?

Doch der Brief lag hier, in Jaspers Zimmer, in seinem Schreibtisch. Vorsichtig zog sie die Schublade heraus. Entdeckte den Rand eines weiteren Umschlags mit ihrer Handschrift und auch ein Telegramm.

Tilly legte den Brief mit zitternden Händen zurück. Jasper hatte sie belogen. Er hatte sie *belogen*, aber warum? Aus welchem Grund sollte er vorgeben, er habe die Briefe nicht erhalten?

Sie nahm die Kerze und begab sich in ihr eigenes Zimmer. Dort löschte sie die kleine Flamme und legte sich flach auf die Decke. Das Herz schlug ihr bis zum Hals. Einen Moment lang ergab nichts einen Sinn. Norden war Süden, oben war unten.

Dann aber wurde es ihr klar. Es war ihm zu peinlich gewesen, ihr zu schreiben. Er hatte sich geschämt, weil er seinen Wohlstand eingebüßt hatte. Vielleicht hatte er ihr schreiben wollen, sobald das erwartete Geld hereinkäme. Vielleicht hatte er es für falsch gehalten, ihr etwas vorzuspielen.

Vielleicht war Jasper nicht unehrlich, sondern einfach *zu* ehrlich. So war es. So musste es sein.

Während sie dalag, spürte sie noch immer das Schaukeln der Wellen. Sie schlief vollständig bekleidet ein und bewegte sich bis zum Morgen nicht mehr.

*

Bei Tageslicht sah das Haus schon anders aus. Der Frühstückstisch war im sonnigen Wintergarten gedeckt, was sie ein wenig aufheiterte. Sie wurde von einer hübschen jungen Frau mit ovalem Gesicht bedient, die herzlich lächelte, aber kaum Englisch sprach. Sie hieß Miss Broussard.

»Hat Mr. Dellafore schon gefrühstückt?«

»Nein, Madame.«

Er schlief also lange. Tilly erinnerte sich an den Brief in seinem Schreibtisch und hoffte, er werde nicht merken, dass die Papiere angerührt worden waren. Sie kämpfte wieder gegen das Gefühl der Fremdheit. Kein Wunder, sie war in einem neuen Haus, in einem neuen Leben und trauerte noch um ihren geliebten Großvater, die einzige Familie, die sie je gekannt hatte.

Nach dem Frühstück beschloss Tilly, dass frische Luft ihr guttun würde. Sie setzte die Haube auf und ging in den verwilderten Garten. Die belebende Seeluft blies die staubige Schwere aus ihren Lungen, und sie ging den Hang hinunter, wobei sie die mit Unkraut überwachsenen Gartenbeete betrachtete. Die Hecken mussten geschnitten werden: Hortensien und blühende Magnolienbäume. Auf den Beeten lag moderndes Laub, das fast ein Jahr alt sein musste. Sie spürte eine leise Erregung, als sie sich vorstellte, wie sie gründlich jäten und alles beschneiden und dadurch die natürliche Schönheit des Gartens wiederherstellen würde. Ihr war klar, dass Jasper sich keinen Gärtner leisten konnte, also würde er sicher nichts dagegenhaben, wenn sie robuste Handschuhe anzog und sich selbst um die Beete kümmerte. Draußen in der Sonne und Seeluft zu arbeiten würde ihr guttun. Sie hätte das Gefühl, etwas Sinnvolles zu tun.

»Guten Morgen, Liebling!«

Tilly drehte sich um und sah Jasper auf sich zukommen. Er war elegant gekleidet und lächelte. Nur die dunklen Schatten unter den Augen zeugten von einer kurzen Nacht. Ihr Herz schlug schneller. »Guten Morgen. Ich nehme an, die Geschäfte … laufen besser.«

Er machte eine wegwerfende Handbewegung. »Du brauchst dir keine Gedanken um meine Geschäfte zu machen. Aber deine Truhe ist angekommen. Und ich habe gesehen, was darin ist.« Er blieb vor ihr stehen. Seine Größe und seine Haltung erregten sie wie am ersten Tag. Er hatte etwas Stolzes, Gerades an sich, wie glänzender Stahl.

Ihr Brustkorb weitete sich. »Die Kerzenleuchter werden sich wunderbar im Salon machen. Er ist im Augenblick sehr kahl.«

»Nun, ja … vielleicht können wir ein oder zwei Dinge behalten. Aber wenn wir sie verkaufen, können wir damit meine Schulden begleichen. Und wenn das Geld, das mir zusteht, hereinkommt, werden wir wieder wohlhabend sein.«

Tilly atmete durch. »Dann wäre es am vernünftigsten, alles zu verkaufen. Je eher deine Schulden beglichen sind, desto besser. Ich mag es lieber, wenn du lächelst und entspannt bist.« Das war ihr wichtiger, als an materiellen Dingen festzuhalten. Und die Vorstellung, dass Godfrey und Pamela indirekt dazu beitrugen, Jaspers Schulden zu bezahlen, war durchaus angenehm.

Jasper ergriff ihre Hand und hob sie an die Lippen, bevor er sie sanft küsste. Dann drehte er sie um und küsste mit geschlossenen Augen die Innenseite des Handgelenks. Sein Mund war warm und verweilte auf der empfindsamen Haut. Tilly überlief es heiß.

»Ich bin so froh, dass du gekommen bist, Liebste.« Dann ließ er die Hand los, doch sie sehnte sich nach mehr körperlicher Nähe.

Jasper deutete auf den Garten. »Leider musste ich den Gärtner als Erstes entlassen. Vor einem Monat. Aber nächstes Frühjahr wird er wieder in altem Glanz erstrahlen.«

Tilly wusste, dass er log. Es war sehr viel länger her, dass hier zuletzt ein Gärtner gearbeitet hatte, aber sie wusste jetzt, dass er sich für seine Mittellosigkeit schämte.

»Ich wüsste gern, ob du mich ein bisschen im Garten arbeiten lässt. Ich bin vertraut mit Erde und Blättern.«

»Du kannst tun, was du möchtest, meine Liebe. Wenn das dein Herzenswunsch ist, solltest du dieses Anwesen zu deinem eigenen machen. Hier.« Er holte seinen Schlüsselbund aus der Tasche und nahm einen von der Kette. »Das ist der Schlüssel zum Gartenschuppen. Du kannst nach Belieben damit verfahren. In einer Stunde kommt ein Gentleman, der den Inhalt der Truhe mit mir durchgehen und mir Geld dafür geben wird. Es ist keine Frauenangelegenheit, also halte dich bitte fern.«

Tilly wollte schon sagen, dass sie sich einige Dinge gern ein letztes Mal ansehen würde, beispielsweise die Uhr aus dem alten Salon in Großvaters Haus. Doch dann wurde ihr klar, dass es sie nur melancholisch stimmen würde. »Natürlich, Jasper«, sagte sie lächelnd. »Ich bin froh, dass du glücklich bist.«

»Es ist, als hätte man eine schwere Last von mir genommen.« Er berührte sie mit dem Zeigefinger leicht am Kinn. »Braves Mädchen.« Dann ging er davon.

Tilly entdeckte den Gartenschuppen zwischen zwei Birken. Sie steckte den Schlüssel ins Schloss und stieß die Tür auf. Durch ein kleines Fenster fiel etwas Licht. Rechen, Besen, Astscheren, Forken, Gießkannen, Pflanzschaufeln ... Jasper war vermutlich nie hier gewesen, sonst hätte er all das längst verkauft. An den Wänden hingen Regale mit Samenpackungen, Drahtrollen, Nägeln und Stiften. Tilly fand ein paar robuste Handschuhe, die sie Miss Broussard zum Waschen geben wollte. Dann konnte sie sich ans Unkrautjäten machen.

Der Gartenschuppen roch muffig, und sie hätte gern die Tür aufgelassen, damit die Seeluft hereindrang. Dann aber würde Jasper möglicherweise die ganzen Geräte sehen und sie verkaufen, und dann wäre es vorbei mit der Gartenarbeit. Also schloss sie ab. Es war ein seltsam erhebendes Gefühl, einen Schlüssel zu etwas zu besitzen, das Jasper nicht betreten konnte.

*

Tilly saß in ihrem Zimmer und wartete, dass die Besprechung zu Ende ging. Der Herr, der alle ihre Besitztümer kaufen wollte, brauchte lange, um sich mit Jasper auf einen Preis zu einigen. Sie hatte ihn nur gehört. Er sprach mit spanischem Akzent, und als er die Stimme hob und Jasper gleichfalls laut wurde, hatte sie lieber die Tür geschlossen.

Sie versuchte zu lesen, doch es fiel ihr schwer, sich auf die Worte zu konzentrieren. Sie verschwammen ihr vor den Augen und ergaben keinen Sinn. In Gedanken war sie unten, voll quälender Ungewissheit. Als sie Jasper kennengelernt hatte, war er ein reicher Geschäftsmann gewesen, der dem örtlichen Teehändler Tee verkaufen wollte. Großvater hatte ihn gekannt. Zweifellos war er ihm reich genug erschienen, um für Tilly zu sorgen. Und doch war der Garten mindestens seit dem vergangenen Herbst vernachlässigt worden, und einige Zimmer hatten so lange leergestanden, dass dicker Staub auf den Dielen lag. Sie wusste auch, dass Großvater Jasper bei ihrer Verlobung eine ansehnliche Summe gezahlt hatte, die er vermutlich ebenfalls in seine Schulden gesteckt hatte. Wie schlimm waren seine finanziellen Nöte? Und wie konnte sie das herausfinden, wenn er sich weigerte, mit ihr übers Geschäft zu reden?

Dann ertönten Schritte, ein heftiges Klopfen an der Tür. Ohne eine Aufforderung abzuwarten, stürmte Jasper herein. Seine Augen glitzerten wild. »Hast du sonst noch etwas, Tilly? Irgendetwas? Schmuck? Geld?«

Sie zögerte. Die Geldscheine. *Das ist für dich und niemand sonst.* Vielleicht hatte Großvater geargwöhnt, dass Jasper nicht war, was er zu sein vorgab.

»Ich habe Perlen.« Sie trat an ihre Kommode. »Großvater hat sie mir zum einundzwanzigsten Geburtstag geschenkt. Sie gehörten meiner Mutter.«

»Perlen. Perlen sind gut.«

Sie holte die Schatulle aus der Schublade und reichte sie ihm zögernd.

Jasper schnippte mit den Fingern. »Na komm schon. Wo es um Geld geht, haben Gefühle nichts zu suchen.« Er beugte sich vor und flüsterte ihr rauh ins Ohr: »Ich fürchte um mein Leben.«

Ihr Herz setzte aus. »Was?«

»Der Spanier. Ich schulde ihm schon zu lange zu viel Geld. Er ist mit seiner Geduld am Ende.« Sie sah, wie seine Augen zu ihrem Trauring wanderten.

Tilly schob die linke Hand hinter den Rücken. »Ich habe auch eine Halskette aus Jett.«

»Gib sie mir. Gib mir alles, was du hast, dann sind unsere Probleme gelöst.« Er riss ihren Kleiderschrank auf und zog ihren Lieblingsmantel mit dem Zobelbesatz heraus.

»Der dürfte auch einiges wert sein.«

»Ich … nimm ihn. Falls du etwas dafür bekommst … Ich habe noch andere Mäntel.« Sie musste vernünftig sein. Das gerettete Haus würde sie besser wärmen als jeder Mantel.

Mit seiner Beute kehrte er zu dem Spanier zurück. Tillys Augen zuckten zum Kleiderschrank, in dem die Zigarrenkiste versteckt war. Würde er vor irgendetwas zurückschrecken? Was sollte ihn davon abhalten, hereinzukommen und ihre Schubladen und Regale nach Dingen zu durchsuchen, die er zu Geld machen konnte? Was käme als Nächstes? Ihre Kleider? Die kostbare Schreibschatulle mit den Intarsien, die Großvater ihr als Kind hatte anfertigen lassen? Er würde auch die Zigarrenkiste finden und ihr das Geld wegnehmen.

Er hatte gesagt, sein Leben sei in Gefahr. Sie rang unschlüssig die Hände, wollte ihn retten und misstraute ihm gleichzeitig. Wie enttäuscht und traurig sie war. Nein, sie vertraute ihm ganz und gar nicht.

Tilly wusste, was sie zu tun hatte.

*

Diesmal war sie froh, als er zum Abendessen ausging, um weitere Geschäfte zu erledigen, und somit eine weitere Nacht ihrem Bett fernbleiben würde. Als Miss Broussard nach Hause gegangen und Tilly wieder allein war, begab sie sich mit Kerze und Zigarrenkiste in den Gartenschuppen. Der frische Seewind löschte die Flamme aus, doch der Mond schien hell genug, um ihr mit seinem blassen Licht den Weg zu weisen. Sie schloss den Schuppen auf und suchte nach einer Kiste mit Saatgut. Sie leerte sie aus, legte die Zigarrenkiste hinein und bedeckte sie mit den Samenpackungen. Stiefmütterchen und Gartenwicken.

Eine Frau sollte irgendetwas haben in der Welt.

Großvater war sehr weise gewesen. Und Tilly würde sich an seinen klugen Rat halten.

Sieben

Einbildungen

Tilly erwachte spät in der Nacht und blinzelte in die Dunkelheit. Was war das? Sie musste sich erst noch an die Geräusche hier gewöhnen, daher horchte sie aufmerksam. Klappernde Fensterscheiben, Sturmböen und Regen. Nein, es war mehr als das.

Jemand hämmerte an die Haustür.

Sie warf die Decke zurück und stand mit nackten Füßen auf den Dielen. Sie zögerte. Warum öffnete Jasper nicht? Es gab keinen Butler, also musste einer von ihnen hingehen.

Klopf, klopf, klopf.

Tilly zog ihren Morgenmantel über und zündete mit zitternden Fingern eine Kerze an. Sie blieb vor Jaspers Tür stehen und klopfte energisch, doch er antwortete nicht.

War er noch nicht zurück? Dann war sie allein im Haus. Draußen tobte ein Unwetter. Es könnte ein verzweifelter Mensch sein, der Schutz suchte.

Klopf, klopf, klopf. »Tilly?«

Dann fiel der Groschen. Der verzweifelte Mensch da draußen war ihr eigener Mann.

Sie eilte die Treppe hinunter und schob den Riegel zurück. Die Tür flog auf, ein Schwall kalten Regens drang herein, und Jasper fiel auf die Matte. Selbst im Kerzenschein konnte sie sehen, dass seine Kleidung zerrissen und sein Gesicht blutverschmiert war.

»Jasper! Guter Gott, was ist passiert?« Sie schloss die Tür, kniete sich hin und schob ihm die nassen Haare aus dem Gesicht.

»Ich habe meinen Schlüssel verloren«, keuchte er. »Ich wollte nicht, dass du mich so siehst.«

»Komm in die Küche. Ich setze Wasser auf.« Sie half ihm auf die Füße, und er stützte sich schwer auf sie, wobei sie das ganze Gewicht seines männlichen Körpers spürte. Die Nässe aus seinen Kleidern drang in ihren Morgenmantel.

In der Küche zündete sie alle Kerzen an, die sie finden konnte, und fachte den Herd an. Er wartete schwer atmend, die Ellbogen auf den Tisch gestützt.

»Wer hat dir das angetan?«, wollte sie wissen. Doch er antwortete nicht, tief versunken in seinem Elend.

Als das Wasser kochte, goss sie es in einen Eimer und mischte es mit kaltem Wasser, stellte einen Stuhl vor Jasper und hob vorsichtig sein Kinn an, um sein Gesicht zu betrachten. Er schaute sie aus dunklen, traurigen Augen an. »Es tut mir leid.«

Sie tauchte einen Waschlappen ins Wasser, drückte ihn aus und wischte ihm das Blut ab.

»Wer hat dir das angetan?«, wiederholte sie.

»Der Spanier«, antwortete er schließlich. »Aber es ist jetzt vorbei. Ich bin mit ihm fertig. Ich schulde ihm nichts mehr.«

»Warum hat er dich dann geschlagen?« Sie konnte sehen, dass ein Teil des Blutes von seiner Nase stammte und der Rest aus einem gezackten Riss auf der Wange. Vielleicht hatte ihn eine Faust mit einem Ring getroffen. Sie tupfte die Wunde vorsichtig ab, worauf er zusammenzuckte.

»Weil ich ihn beleidigt habe.« Er lächelte schief. »Spanier sind schnell beleidigt.«

»Hast du noch andere Verletzungen?«

»Ich bin steif, und mir tut alles weh. Es war eine ganz schöne Schlägerei. Mein Knie hat auch etwas abbekommen.«

»Du musst die nassen Sachen ausziehen.«

»Hilfst du mir dabei? Ich kann kaum stehen.«

Und so half sie ihm beim Schein der Kerzen. Knöpfte Weste und Hemd auf und legte beides sorgsam beiseite, half ihm die Arme zu heben, damit er das Unterhemd abstreifen konnte. Sie sah seinen schlanken, muskulösen Oberkörper, und ihr Blut wurde warm. Ihre Finger sehnten sich danach, die Haare auf seiner Brust zu berühren. Sie musste sich ermahnen, dass es hier um sehr ernste Dinge ging.

»Komm, steh auf.«

Er erhob sich mit einem Stoßseufzer, stützte sich auf sie und löste den Gürtel. Er ließ die Hose zu Boden fallen und stand nur noch in seiner Flanellunterhose da. Sein Knie war stark geschwollen. Er konnte es nicht belasten.

»Mein Lieber, du musst das Knie schonen. Wir ziehen dir jetzt trockene Sachen an, und dann bringe ich dich ins Bett. Morgen früh rufe ich einen Arzt.«

»Ich kann mir keinen Arzt leisten.«

»Ich dachte, du hättest alle Schulden getilgt.«

»Gerade deshalb möchte ich nicht gleich wieder neue machen.«

»Aber ein Arzt könnte verhindern, dass ein Hinken zurückbleibt.« Sie dachte an das Geld, das sie vor ihm versteckt hatte, und bekam ein so schlechtes Gewissen, dass sie beinahe aufgekeucht hätte.

Er erwähnte den Arzt nicht mehr. Er hatte eine Gänsehaut, daher zog Tilly ihren Morgenmantel aus und legte ihn um seine Schultern. »Jetzt bringe ich dich ins Bett.«

Langsam, ganz langsam stiegen sie die Treppe hinauf. Die Kerze warf harte Schatten an die Wand. Er knurrte und stöhnte, wann immer er sein verletztes Knie belasten musste, doch schließlich hatten sie sein Schlafzimmer erreicht. Sie öffnete die Tür und zündete die Kerzen an ihrer eigenen an. Dann schlug sie die Bettdecke zurück.

»Meine Unterhose ist nass«, sagte er. »Und ich brauche ein trockenes Nachthemd.« Er deutete auf den Kleiderschrank. Tilly öffnete ihn. Nichts war aufgehängt oder gefaltet. Sie musste einen Stapel Kleidung durchwühlen, um Unterhose und Nachthemd zu finden. Wie konnte es sein, dass Jasper früher so elegant gewesen war? Lag es nur daran, dass er jetzt keine Dienstboten mehr hatte, die ihm die Arbeit abnahmen? Als sie sich umdrehte, stand er nackt vor ihr, die Hände schamhaft vor dem Unterleib gekreuzt. Der Anblick war so unglaublich erregend, dass sie beinahe die Kleidungsstücke hätte fallen lassen. Im flackernden Kerzenlicht konnte sie sein dunkles Schamhaar erkennen. Ein brennendes, geheimes Verlangen überkam sie. Sie holte bebend Luft und reichte ihm Unterhose und Nachthemd. Er bedeutet ihr, sich umzudrehen. Sie gehorchte, wobei die Enttäuschung ihre Haut abkühlen ließ.

»Danke, Tilly«, sagte er, als er fertig war.

Sie drehte sich um und stellte fest, dass er flach auf dem Rücken im Bett lag. »Was brauchst du noch? Was kann ich für dich tun?«

»Nichts. Geh schlafen.«

Aber das würde sie auf gar keinen Fall tun. Es war falsch, dass sie getrennt schliefen, vor allem jetzt, da er verletzt war und ihren Beistand brauchte. »Nein. Ich bleibe bis zum Morgen bei dir.« Ohne auf seine Zustimmung zu warten, glitt sie neben ihm ins Bett und schmiegte sich an ihn.

Er schien sich zu wappnen, als erwartete er einen weiteren Schlag. »Du solltest in dein eigenes Schlafzimmer gehen.«

»Jasper, ich verlange nichts von dir. Ich will mich nur um dich kümmern«, sagte sie verwirrt und verletzt. »Ich bin deine Frau. Mein Platz ist an deiner Seite.«

»Es tut mir leid, meine Liebe«, seufzte er. »Dieser Abend war … schwierig. Ich werde jetzt ziemlich lange schlafen.«

»Ich schlafe neben dir und bin da, wenn du mich brauchst.« Sie küsste ihn auf die Wange und ergriff seine Hand. Welche Seligkeit, endlich neben ihm zu liegen, nur durch die dünne Nachtkleidung getrennt. Endlich in Jaspers Bett einzuschlafen, so wie sie es sich vorgestellt hatte.

Oder jedenfalls *fast so*, wie sie es sich vorgestellt hatte.

Am Morgen war die Schwellung an Jaspers Knie fast abgeklungen, doch Tilly riet ihm, im Bett zu bleiben, und genoss es, mit Essen und Trinken treppauf, treppab zu laufen, bevor Mrs. Rivard zur Arbeit erschien. In seinem Gesicht und auf seinen Schultern waren jetzt blaue Flecken zu erkennen, und Tilly wagte nicht, näher über die Gewalt und den Zorn nachzudenken, die hinter diesem Angriff steckten. Die Männerwelt schien ein furchteinflößender, schutzloser Ort. Ausnahmsweise war sie froh, dass sie ein behütetes Leben im Haus führte.

Als Mrs. Rivard schließlich eintraf, wurde Tilly aus dem Schlafzimmer verbannt und verbrachte den Tag in der Bibliothek. Bisher waren die Bücher nie organisiert worden, so dass Tilly das Vergnügen hatte, mit den Händen über die Buchrücken zu fahren und dabei unerwartete Juwelen zu entdecken – eine Erstausgabe von Pepys, eine in Leder gebundene, illustrierte *Faerie Queene* – und die Bände nach und nach zu sortieren. Sie stapelte sie auf dem Boden, nieste, wenn ihr Staub in die Nase drang, und machte alles bereit, auf dass sie in Kisten verpackt und nach Schottland geschickt werden konnten. Gegen Abend hatte sie eine Abteilung für die Griechen, eine für die Römer, eine für Chaucer und eine für die Artus-Sagen eingerichtet und hoffte, in den nächsten freien Stunden die Shakespeare-Ausgaben zu ordnen. Es tat weh, dass sie diese wunderbare Sammlung nicht behalten konnten, doch blieben ihr immerhin noch einige Monate, um sie zu genießen.

Der Abend brach herein, und sie und Jasper waren wieder allein im Haus. Er verlangte nicht nach ihr; vermutlich brauchte er sie einfach nicht. Doch sie sehnte sich danach, die Nacht wieder neben seinem warmen Körper zu verbringen. Sie sehnte sich danach, ihre Ehe real zu machen, denn sie erschien ihr immer noch wie ein spinnwebdünner Wunsch oder eine Erinnerung.

Sie ließ sich Zeit, löste ihre roten Locken und kämmte sie, bis sie lose auf ihre Schultern fielen. Dann wischte sie ihre milchweißen Schultern und Arme mit Rosenwasser ab. Zog ein ärmelloses Baumwollhemd über. Sie holte tief Luft und ging barfuß zu seinem Zimmer.

Tilly klopfte leicht an die Tür.

»Komm herein.«

Sie öffnete die Tür. Jasper lag so, wie sie ihn zuletzt gesehen hatte, die Decken beiseitegeschoben. Sein Knie war verbunden und wurde von einem Kissenstapel gestützt. Er hatte ein hölzernes Tablett auf dem Schoß, auf dem jedoch kein Essen, sondern ein Tintenglas stand. Daneben lag ein Kontenbuch.

»Ist es nicht Schlafenszeit, Liebster?«

Jasper seufzte und bedeutete ihr, das Tablett wegzunehmen. »Vermutlich hast du recht. Die Zahlen verschwimmen mir vor den Augen. Doch nach meinen Berechnungen müsste ich jetzt schuldenfrei sein. Wenn ich das Geld für die nächste Lieferung aus dem Steinbruch bekomme, können wir auch wieder etwas ausgeben.«

Tillys Herz wurde leicht. »Und bist du glücklich, Liebster?«

»Ich wäre es, wenn mein armes Knie nicht so weh täte. Aber es ist in ein paar Tagen wieder heil, wenn ich es schone.« Er lächelte sie an. »Es ist ganz schön turbulent zugegangen, seit du angekommen bist. Vielleicht hättest du noch eine Woche warten sollen.«

»Dann hätte ich dir meinen Schmuck nicht geben können. Und die Truhe mit den anderen Sachen.«

»Natürlich. Nun, von dem neuen Geld werde ich dir als Erstes eine Perlenkette kaufen, um die zu ersetzen, die du geopfert hast.« Er konnte ihr nicht in die Augen sehen.

»Du brauchst dir deswegen keine Vorwürfe zu machen.« Sie trat ans Bett und setzte sich neben ihn. »Wir sind doch jetzt Mann und Frau. Wir teilen … alles miteinander.« Sie wollte seinem Blick standhalten, die ganze Bedeutung ihrer

Worte wirken lassen. Ein Augenblick verging, dann noch einer und noch einer.

»Du solltest jetzt ins Bett gehen.«

»Ich würde lieber bei meinem Mann schlafen.«

»Nein, du wirst mich stören und an mein Knie stoßen.«

»Jasper, wir sind verheiratet. Wann werden wir …«

Er legte ihr entschlossen zwei Finger auf die Lippen. »Sprich nicht mit mir über diese Dinge. Ich erhole mich gerade von einer Verletzung und einer Demütigung. Lass dich nicht von diesen niedrigen Gelüsten beherrschen. Das steht einer Frau nicht an.«

»Aber ich …«

Seine Stimme erhob sich über ihre. »Wenn es mir wieder gutgeht. Wenn ich reich genug bin, denn es wäre töricht, ein Kind zu haben, wenn ich kaum zwei Leute unterhalten kann. Wenn ich dich wieder kenne, denn du hast darauf bestanden, in England zu bleiben und dieses Meer der Fremdheit zwischen uns zuzulassen. Vor allem aber, Tilly, wenn ich es erlaube. Nicht wenn du es wünschst. Du sprichst so gern darüber, wie eine Ehe sein sollte: Dann wirst du auch erkennen, dass du meinem Gebot gehorchen musst. Und jetzt geh. Du hast uns beide beschämt und herabgewürdigt.«

Die unterschiedlichsten Gefühle durchfluteten sie. Scham, Traurigkeit, vor allem aber Zorn. Ihr Zorn war entfacht, und sie musste den Funken rasch ersticken.

»Verzeih«, murmelte sie und eilte so rasch sie konnte hinaus. Sie ging in ihr Zimmer und lief wütend auf und ab, presste die Handflächen aneinander. Sie durfte nicht – *um keinen Preis* – in Jaspers Zimmer zurückkehren und den Mund aufmachen und den Strom der Worte und Anschuldigungen herauslassen, die ihr die Kehle zuschnürten. *Ich habe uns herabgewürdigt? Während du dich meinem Großvater als reicher Mann präsentiert und mich mit dem Versprechen geheiratet hast, mir ein prächtiges Haus voller prächtiger Dinge zu bie-*

ten? Während du meinen Schmuck verkauft und nach einer ordinären Schlägerei verletzt nach Hause gekommen bist? Während du mir sechs Wochen nicht geschrieben hast?

Allmählich legten sich die lodernden Flammen, doch sie erloschen nicht ganz. Das war das Problem mit Tillys Zorn. Ein wenig blieb immer zurück, ein Funke, den man achtlos entfachen und erneut zu tobendem Leben erwecken konnte.

*

Fünf Tage später war Jasper wieder auf den Beinen. Er war freundlich, als hätte es die scharfe Zurechtweisung nie gegeben, aber auch distanziert, als wollte er jede Wärme ihrerseits im Keim ersticken.

Beim Frühstück saßen sie einander gegenüber und aßen gekochte Eier und Toast, während Mrs. Rivard mit freudloser Miene ihre Teetassen nachfüllte. Plötzlich blickte Jasper von seinem Essen auf und sagte: »Mrs. Rivard, ist heute Samstag?«

»Ja, Sir.«

Er schaute zu Tilly. »Ralph und Laura Mornington geben heute Abend ein Fest in St. Peter Port. Wir müssen hin.«

»Müssen wir?«

»Ralph ist einer meiner zuverlässigsten Geschäftspartner und mein engster Freund. Hast du etwas zum Anziehen?«

»Ja, ich habe einige schöne Kleider.«

»Mrs. Rivard«, rief er in Richtung Küche. »Holen Sie meine Kaschmirhose und die Weste aus Goldbrokat. Lassen Sie sie bügeln, um sieben Uhr müssen sie fertig sein.«

Die Hausangestellte antwortete mit einem Knurren.

Tilly sagte: »Sie ist keine sehr angenehme Frau.«

»Ganz gewiss nicht. Aber billig.«

Tilly erwähnte Mrs. Rivards Grobheit nicht mehr. »Es wird sicher nett. Ein Abendessen mit Freunden. Wir beide in unserer schönsten Kleidung. Fast wie vor der Hochzeit. Vielleicht haben wir die Gelegenheit, wieder miteinander vertraut zu werden.«

Er lächelte unverbindlich. »Ich werde heute viel in meinem Zimmer beschäftigt sein. Störe mich nicht. Halte dich um sieben bereit.«

Er schob seinen Stuhl zurück und ging hinaus, noch immer mit einem leichten Hinken. Tilly beendete ihr Frühstück. Was sollte sie mit ihrer Zeit anfangen? Daheim bei Großvater hätte sie ihm vorgelesen, Blumen geschnitten, gestickt, wäre ins Dorf gegangen, hätte im Garten gearbeitet … wonach ihr gerade der Sinn stand. Bei Großvater hatte sie sich sicher und frei gefühlt. Hier war sie ruhelos, eingesperrt zwischen den Wänden mit der dunklen Holztäfelung und dem grauen Meer, das die Insel umgab. Vielleicht fühlte sie sich deshalb eingeschränkt. Inseln waren Orte dazwischen, weder hier noch da, immer irgendwie unterwegs. Genau so fühlte sie sich. Nicht sesshaft.

Doch wohin war sie unterwegs?

Tilly beschloss, ihre Ruhelosigkeit draußen auszuleben. Miss Broussard hatte ihre frisch gewaschenen, nach Zitronenseife duftenden Handschuhe in eine Schublade gelegt. Sie band eine Schürze um. Es war Zeit, den Garten in Angriff zu nehmen.

Die Sonne stand hoch und klar am Himmel, doch ein kühler Wind fuhr ihr durch die Haare und zerzauste die Wipfel der Kiefern. Sie legte ein altes, doppelt gefaltetes Tischtuch vor das Beet, mit dem sie beginnen wollte. Dann holte sie einen Eimer, eine Pflanzschaufel und eine Astschere aus dem Schuppen.

Tilly machte sich ans Werk. Sie jätete Unkraut und schnitt die welken Blüten aus den Rosen. Sie grub um und rückte die Begrenzungssteine zurecht. Die körperliche Arbeit war nicht ermüdend, auch wenn sie nicht dafür erzogen worden war, und bereitete ihr große Freude. Das lag nicht nur an dem Beet, dessen Wildnis allmählich einer stillen Klarheit wich; es war auch das Glück, der natürlichen Welt mit ihren Jahreszeiten und ihrem Wachstum nahe zu sein. Sie lehnte sich zurück, streifte die Handschuhe ab und schaute lächelnd zum Himmel. Jetzt fehlte nur noch ein bisschen Regen. Sie hatte Licht und Luft hereingelassen, damit im nächsten Frühjahr alles gut gedeihen konnte.

Sie versuchte sich vorzustellen, wie das Leben im nächsten Frühjahr sein würde. Bis dahin wären Jaspers Finanzen geordnet, und er würde sie wieder mit dem gleichen liebevollen Blick anschauen wie früher. Vielleicht erwarteten sie dann schon ein Kind. Es gab vieles, auf das sie sich freuen konnte, wenn diese Rosen wieder blühten.

Zuerst aber musste sie den Abend überstehen.

Sie faltete die Tischdecke auseinander, warf die Gartenabfälle hinein und schleppte sie zu einem kahlen Fleckchen Erde in der Nähe des Schuppens, um ein Feuer zu entzünden.

Tilly setzte sich daneben und schlang die Arme um die Knie. Ihr Kleid und ihre Hände waren schmutzig, und die Arme schmerzten von der körperlichen Arbeit. Sie sah zu, wie die Flammen im späten Nachmittagslicht flackerten und zuckten. Der blaue Rauch drang ihr in die Augen, doch er roch warm und holzig. Sie dachte an Großvater und was er sagen würde, wenn er von ihrer wachsenden Verzweiflung wüsste. Sei geduldig, sei vernünftig, erwarte weniger vom Leben.

Vielleicht würde er sie auch daran erinnern, dass sie schmutzig war und sich säubern musste, bevor sie zum Abendessen ausgingen.

Sie ließ das Feuer niederbrennen und räumte die Gartengeräte weg. Sie schaute vorsichtshalber nach, ob die Zigarrenkiste noch an Ort und Stelle war, schloss den Schuppen ab und kehrte ins Haus zurück, um sich zu waschen und umzuziehen.

Um sieben Uhr wartete sie unten an der Treppe. Sie trug ein blassblaues Chiffonkleid mit weitem Ausschnitt und dunkelblauem Satinbesatz, dazu elegante Slipper, weiße Handschuhe, Perlen in der Hochsteckfrisur, bei der ihr Mrs. Rivard widerwillig geholfen hatte, sowie einen mit Bändern besetzten Fächer. Aber keine Ohrringe, nicht die Halskette aus Türkisen. Ihr ganzer Schmuck war weg.

Sie wartete. Eine halbe Stunde verging. Mrs. Rivard ging an ihr vorbei, als sie Feierabend machte.

»Haben Sie Mr. Dellafore gesehen?«

»Nein. Aber die Kleidung, die ich für ihn vorbereitet habe, hängt nicht mehr in seinem Zimmer.«

Der Schock traf sie wie ein Stich ins Herz. »Ist er ohne mich gegangen?«

»Woher soll ich das wissen?« Mrs. Rivard schloss die Haustür hinter sich.

Tilly lief in den dritten Stock hinauf und öffnete die Tür zu Jaspers Zimmer. Alles war aufgeräumt, die Kleidung gefaltet und aufgehängt, aber er selbst war nirgends zu sehen. Sie trat ans Fenster und schaute durch das verzogene Glas, mit dem alle Fenster in diesem Stockwerk ausgestattet waren. Sie blickte hinaus auf den Weg und die Straße und entdeckte Jasper, der in Weste und steifem Kragen entschlossenen Schrittes aufs Haus zukam.

Tilly holte den Frack aus dem Kleiderschrank, bevor sie ihm auf der Treppe entgegenging.

»Wo bist du gewesen?«

»Geschäftlich unterwegs.«

»In deiner festlichen Kleidung?« Sie reichte ihm den Frack.

Es schaute sie prüfend an. »Geh nicht ohne Erlaubnis in mein Zimmer. Und wie ich mich bei geschäftlichen Anlässen kleide, ist meine Sache.«

Tilly schluckte mühsam und versuchte, die Stimmung zu retten. »Es war nicht böse gemeint, Liebster. Und jetzt verbringen wir einen schönen Abend miteinander.«

Er zog den Frack an, und sie legte ihm die Hand auf den

Arm. Es war ein wunderbarer Abend, um durch den Wald in die Stadt zu spazieren. Jasper entspannte sich sichtlich und wurde nachgiebiger.

»Tut mir leid, dass ich dich angefahren habe«, sagte er schließlich, als sich der Wald lichtete und der Weg sich zu einer Straße verbreiterte. »Nur wäre es mir lieber, wenn du nicht in mein Zimmer kämest, weil ich dort meine Buchführung und Korrespondenz erledige. Ich hatte mal ein Arbeitszimmer im zweiten Stock, aber nachdem ich den Schreibtisch verkauft hatte, war es so deprimierend, in einem leeren Zimmer zu sitzen, dass ich kaum noch rechnen konnte.«

Da war sie … die Gelegenheit, ihn nach den Briefen zu fragen. Alles zu klären. Und so sagte sie, auch wenn es vielleicht unklug war: »Ich habe gesehen, dass du einiges an Korrespondenz in deinen Schubladen aufbewahrst.«

»Hm«, sagte Jasper zerstreut und trat einen Stein beiseite.

»Ich habe einen meiner eigenen Briefe gesehen.«

»Nein, hast du nicht.«

»Ich kann verstehen, dass du mich nicht beunruhigen wolltest. Es waren schwierige Zeiten für dich.«

»Ich habe keinen deiner Briefe erhalten. Wovon redest du eigentlich?«

»Aber ich habe …« Sie verstummte.

Er betrachtete sie freundlich und verwirrt, statt es wütend abzustreiten. »Tilly, meine Liebe, wenn ich deine Briefe erhalten hätte, würde ich es dir sagen. So wie du hoffentlich die Wahrheit gesagt und meine tatsächlich nicht bekommen hast.«

Selbstzweifel beschlichen sie. Vielleicht hatte sie es sich wirklich nur eingebildet. An jenem Tag war sie müde gewesen und das Licht im Zimmer nicht gut. Vielleicht hatte sie die Handschrift verwechselt.

Allmählich kamen die Schornsteine, die gewundenen Straßen und die Masten im Hafen in Sicht.

»Ich kann es dir beweisen, wenn du möchtest. Wenn wir

nach Hause kommen, zeige ich dir alles, was ich im Schreibtisch habe.«

»Nein, nein. Ich würde nie behaupten …« Sie zwang sich zu lächeln. »Ich komme mir ein bisschen dumm vor.«

»Vergiss es einfach.«

»Ja, ja. Ich werde es vergessen.«

*

Das Haus der Morningtons war ebenso prachtvoll wie Jaspers, nur waren die Treppenstufen hell erleuchtet, die Wände frisch gestrichen und die Fliesen strahlend sauber. In Le Paradis, einer steil ansteigenden Straße mit aquarellfarbenen Häusern und abgenutztem Kopfsteinpflaster lebten die reichsten Engländer der Insel. Tilly und Jasper stiegen die breite weiße Treppe hinauf und klopften an die Haustür. Sie blieben im Licht der Laterne stehen und warteten, dass jemand öffnete. Von Westen wehte ein frischer Wind, und die Luft roch nach feuchten Chrysanthemen.

Jasper beugte sich zu ihr und flüsterte rauh: »Und du erwähnst nicht, dass wir in finanziellen Schwierigkeiten sind, schon gar nicht gegenüber Ralph und Laura.«

»Das würde mir im Traum nicht einfallen.«

Er betrachtete den Türklopfer aus Messing und das Oberlicht aus Buntglas, wobei sich seine Mundwinkel bitter nach unten zogen. »So hat mein Haus auch mal ausgesehen.«

»Das wird es auch wieder.« Sie drückte seine Hand. »Ich vertraue dir.«

Dann stand ein gedrungener Mann mit dickem Schnurrbart und glänzend schwarzem Haar vor ihnen, drückte Jasper die Hand und lachte fröhlich.

»Dellafore! Du hast es also geschafft! Ich dachte, du würdest nach der Keilerei mit dem Spanier ein bisschen länger deine Wunden lecken.«

Jasper lächelte. »Nächstes Mal überlegt er es sich hoffentlich zweimal, bevor er meine Ehre beleidigt. Ich zahle meine Schulden immer pünktlich, Ralph. Ich hoffe, du hörst nicht auf diesen Unsinn.«

Ralph Mornington lachte leise und bat sie herein. »Ich glaube, dich hat es schlimmer erwischt als ihn, aber egal. Immerhin bist du lebend davongekommen, und er ist nach Spanien zurückgekehrt. Vermutlich hast du daraus gelernt und machst keine Geschäfte mehr mit ihm.« Dann richtete er seine Aufmerksamkeit auf Tilly. »Und das ist die liebliche Matilda?« Er ergriff ihre Hand und küsste knapp darüber die Luft.

»Tilly, so nennen mich alle. Außer ich bin in Schwierigkeiten.«

Der Mann lächelte, wobei seine Augen freundlich funkelten. »Und das kommt häufig vor?«

»Weniger häufig, je älter ich werde, Sir.«

Er nahm ihnen die Mäntel ab und reichte sie dem Butler. »Willkommen in meinem Heim, Tilly, und auf der Insel. Ich mache Sie mit meiner Frau bekannt.« Er drehte sich um, und Jasper reichte ihr den Arm.

»Er ist reizend«, sagte sie leise.

»Wenn er zu viel trinkt, wird er albern. Du solltest nicht alles ernst nehmen, was er sagt.«

Ralph führte sie in den Salon, in dem ein Dutzend Gäste auf Sofas saß, an Fensterbänken oder am Kaminsims lehnte oder draußen auf der Terrasse stand und Zigarren rauchte. Die gute Beleuchtung betonte den feinen Samtbrokat der Sofas, die goldene Flocktapete und die makellos polierten Messingleuchten. Alles funkelte wie kostbare Juwelen, und Tilly musste einen Anflug von Neid unterdrücken. Ein solches Leben hatte sie erwartet, nicht das düstere, leere *Lumière sur la Mer*. Das Licht über dem Meer? Es warf nachts kaum einen Schein in den Garten.

Dann aber schalt sie sich, weil sie so kleinlich war. Sie war lebendig, sie war gesund und mit dem Mann zusammen, den sie liebte. Ihr gemeinsames Leben fing gerade erst an, und die Dinge würden sich bessern. Außerdem war ein schlichtes Leben nicht weniger edel oder würdevoll als eines, in dem man sich mit schönen Dingen umgab. Wenn nötig, würde sie sich daran gewöhnen.

Sie lernte viele Leute kennen, darunter Laura mit der sanften Stimme und den rosigen Wangen und Maria, die älteste Tochter der Morningtons, die gerade zu Besuch war. Marias Kindermädchen hatte die kleine Tochter heruntergebracht, die gerade anfing zu laufen, und alle Damen schwärmten von ihren runden Ärmchen, während die Männer nachsichtig lächelten. Tilly träumte von einem eigenen kleinen Mädchen, und der Gedanke erfüllte sie mit Licht und Wärme, so dass sie Jasper den ganzen Abend besonders liebevoll anlächelte. Was er jedoch nicht bemerkte.

»Sind Sie glücklich?«, erkundigte sich Laura, als das Kind in sein Zimmer zurückgekehrt war und sie einen Moment für sich allein hatten.

»Ich muss mich noch einleben«, entgegnete sie aufrichtig. »Aber ich glaube, ich werde glücklich sein.«

Über Lauras Gesicht huschte ein Ausdruck, den Tilly nicht deuten konnte, gefolgt von einem raschen Lächeln. »Sie können mich jederzeit besuchen. Ralph und Jasper sind gute Freunde. Ich hoffe, Sie öfter hier zu sehen.«

Dann wurde die Mahlzeit aufgetragen, und Tilly fand sich zwischen Ralph und einem anderen, deutlich älteren Mann wieder, der sich überhaupt nicht für sie zu interessieren schien und sich von ihr abwandte, um mit seinem Tischnachbarn zu sprechen. Ralph übernahm es, sich um sie zu kümmern, mit ihr zu plaudern und nach ihrem Großvater zu fragen. Als sie von seinen letzten Tagen berichtete, traten ihr Tränen in die Augen, und Ralph berührte leicht ihre Schulter. Er würde ihr ein Freund sein, ein guter Freund, und sie spürte schon jetzt eine herzliche Zuneigung zu ihm.

Das Essen war typisch für Guernsey – panierte Seeohren mit Schweinebauch, Weißfischpastete, *Gâche Melée*. Die Köchin wurde auf Geheiß der Gäste dazugeholt und gelobt. Tilly war überrascht, eine Frau von etwa fünfundzwanzig Jahren zu sehen, deren dichtes, rötlich blondes Haar lose hochgesteckt war. Eine dunkeläugige Schönheit, die gar nicht aussah, als würde sie stundenlang in einer dampfenden Küche arbeiten.

»Darf ich Ihnen Chantelle Lejeune vorstellen?«, sagte Laura und stieß die Köchin an, damit sie sich verbeugte. »Ihr Englisch ist nicht sehr gut, aber wir sind sehr froh, dass wir sie seit einem Jahr bei uns haben.« Laura lächelte freundlich.

Chantelle blickte umher, wobei ihr Blick nacheinander auf allen Frauen am Tisch ruhte. Als sie zu Tilly gelangte, musterte sie sie mit stolz geblähten Nasenlöchern und wandte sich ab. Was für eine unverhohlene Arroganz. Tilly fragte sich allmählich, warum anständige Engländer überhaupt Franzosen für sich arbeiten ließen, wenn diese sich so gar nicht benehmen konnten. Sie schob ihren Teller beiseite. Die würzigen Äpfel im Dessert schmeckten auf einmal nur noch halb so gut. Sie schaute sich suchend nach Jasper um, der mit einem Mann am Ende der Tafel ins Gespräch vertieft war. Gelächter und Stimmen erhoben sich wieder, als die Teller abgeräumt wurden. Ralph hatte sich seinem anderen Nachbarn zugewandt, so dass Tilly nun ganz allein in der Mitte saß. Sie faltete die Hände im Schoß und versuchte auszusehen, als genösse sie ihre eigene Gesellschaft. Die Gäste gingen umher, Stühle wurden gerückt, die Herren zogen sich zum Brandy in die Bibliothek zurück.

Laura tauchte neben ihr auf. »Kommen Sie, Tilly, die Damen nehmen den Tee im südlichen Salon.«

Tilly ergriff dankbar ihren Arm, und die fünf anwesenden Damen begaben sich nach nebenan. Es war lange her, seit sie in Gesellschaft gewesen war, und es tat gut, mit anderen Frauen zu lachen und zu plaudern. Wann hatte sie zuletzt gelacht? Wirklich gelacht? Sicher nicht mehr, seit Großvater krank geworden war. Im Grunde war dies das erste Mal seit seinem Tod, dass kein schweres Gewicht auf ihren Schultern ruhte. Vielleicht lag es an dem Glas Wein, das sie zum Essen getrunken hatte, vielleicht auch an der Gesellschaft.

Das Gespräch kam auf die Köchin.

»Ich kann nicht begreifen, warum Sie sie im Haus haben, Laura«, verkündete eine Witwe von Mitte fünfzig mit aufwendiger Lockenfrisur naserümpfend.

»Als wir sie gefunden haben, arbeitete sie bei einer Familie auf Alderney, die sie scheußlich behandelt hat. Sie versteht sich so gut aufs Kochen, und es kam uns vor, als würden wir sie retten. Sie ist eine Waise, musste immer ihren Lebensunterhalt selbst verdienen und macht ihre Sache sehr gut. Ralph und ich haben versucht, ihr die Familie zu ersetzen.«

Nun prasselten die Meinungen der anderen auf sie ein. »Sie ist arrogant.«

»Ich glaube, es liegt nur an ihrem Gesicht. Sie hat ein hochmütiges Gesicht.«

»Es gibt kein hochmütiges Gesicht ohne ein hochmütiges Wesen dahinter.«

»Sie ist sehr hübsch«, warf Tilly ein.

Eine der Frauen lächelte gezwungen. »Ja. Aber hübsch ist nicht alles.«

»Sie hat einen wunderbaren Charakter, wirklich«, erklärte Laura nachdrücklich.

In diesem Augenblick erschien Jasper in der Tür. »Wir gehen nach Hause.«

»Jetzt schon?«, fragte Laura und trat zwischen die beiden. »Ich hoffe, es ist alles in Ordnung, Jasper. Ihre Frau ist reizend.«

Jasper nickte Laura höflich zu, doch sein Blick kehrte sofort zu Tilly zurück. Er schnippte mit den Fingern. »Komm mit. Mein Knie bereitet mir Schmerzen, ich muss es schonen.«

Sie stellte ihre Teetasse beiseite und verabschiedete sich von ihren neuen Bekannten.

»Es tut mir leid, dass du dich nicht wohl fühlst«, sagte sie im Flur zu Jasper, als ihnen die Dienstboten in die Mäntel halfen.

Er antwortete nicht, doch sie dachte sich zunächst nichts dabei. Sie gingen schweigend nebeneinander her, Jasper so eilig, dass sie kaum Schritt halten konnte.

»Können wir bitte ein bisschen langsamer gehen? Diese Schuhe sind nicht dazu gedacht, lange Strecken über Land zu laufen.«

Er antwortete nicht und wurde auch nicht langsamer. Im Gegenteil, er tat, als hätte er sie nicht gehört. Verwirrung überkam sie. Warum benahm er sich so? Hatte sie etwas gesagt, das ihn verärgert hatte? Doch sie waren in getrennten Räumen gewesen; er konnte gar nicht wissen, wie dumm sie dahergeplaudert hatte. Dennoch ging sie die Gespräche in Gedanken durch. Was konnte er missverstanden haben? Oder hatte sie vielleicht beim Essen unwissentlich ihren Gastgeber beleidigt? Das musste es sein. Ralph hatte sich bei Jasper über ihr Benehmen beschwert. Sie rief sich die Unterhaltung ins Gedächtnis, doch ihr fiel nichts Verwerfliches ein. Gegen Ende hatte er sich von ihr abgewandt … vielleicht hatte er etwas als Kränkung missverstanden. Ihre Gedanken wirbelten umher, während sie versuchte, ihren Fehltritt zu erkennen.

»Jasper«, rief sie und eilte ihm atemlos nach. Kurz vor dem Gartenweg konnte sie ihn endlich am Arm fassen. »Habe ich etwas getan, das Ralph verärgert hat? Wenn ja, war es in keiner Weise beabsichtigt. Er ist ein reizender Gentleman und …«

Jasper schoss herum und funkelte sie an. »Du schaffst es nicht mal bis zu unserer Haustür, ohne ihn zu erwähnen.«

»Ich …« Tilly war verblüfft. »Ich meine doch nur, dass … Du bist wütend auf mich, und ich weiß nicht, was ich getan haben soll, also bin ich davon ausgegangen, dass ich etwas gesagt habe …« Inzwischen war sie sich nicht mehr so sicher.

»Der Himmel möge verhüten, dass deine Worte Ralph gegen dich eingenommen haben könnten.« Er sprach mit zorniger Stimme, und nun kochten auch ihre Gefühle hoch.

»Ich sehe, dass ich dich verärgert habe. Wenn du mir bitte einfach erklären würdest, worum es geht, werde ich es wiedergutmachen.«

»Du weißt genau, was du getan hast.«

»Nein. Das weiß ich nicht.«

»Dann bist du eine Lügnerin.«

»Ich bin keine …« Sie schluckte ihren Zorn hinunter. Schluckte schwer daran. Jaspers Wut und seine Kränkung wirkten aufrichtig. Sie musste einen Fehler begangen haben und durfte auf keinen Fall die Beherrschung verlieren. »Ich verspreche dir …«

Doch er ging schon weiter. »Das Versprechen einer Lügnerin ist wenig wert. Und das einer Frau mit treulosen Augen noch weniger.«

Treulose Augen?

Er stürmte den Weg entlang und öffnete die Tür. Sie glitt vor ihm hinein, bevor er sie zuschlug und die Treppe hinaufstapfte.

»Bitte, Jasper.«

»Sprich mich nicht an.«

Sie setzte sich schwerfällig auf die unterste Stufe und hörte, wie er energisch die Zimmertür hinter sich schloss. Sie ging ihren Streit in allen Details durch, untersuchte und drehte und wendete jedes Wort und zwang ihre Vernunft, die Leidenschaft zu unterdrücken. Jasper war davon überzeugt, sie habe sich Ralph gegenüber unpassend verhalten, und diese

Überzeugung hatte sich im Gespräch zwischen den Männern irgendwie gefestigt. Trotz aller Bemühungen fiel ihr nichts ein, das den Vorwurf gerechtfertigt hätte, aber sie nahm dennoch hin, dass er deswegen wütend auf sie war.

Die einzige Lösung bestand darin, sich am Morgen mit Jasper auszusprechen. Wenn er sich ein wenig abgekühlt hatte. Sie versuchte, sich mit dem Gedanken aufzuheitern. Sicher war es nur eine kleine Meinungsverschiedenheit, die durch Liebe und Offenheit aus der Welt geschafft werden konnte.

*

Doch am nächsten Morgen sprach er nicht mit ihr. Er schaute ihr beim Frühstück nicht in die Augen und benahm sich, als wäre sie nicht da, während sie ihm gegenübersaß und ihn unter zornigen Tränen anflehte, ihre Fragen zu beantworten und ihren Beteuerungen Glauben zu schenken. Als sie seinen Arm ergreifen wollte, damit er nicht aus dem Haus stürmte, schüttelte er sie so heftig ab, dass sie Angst bekam.

Am vierten Tag seines Schweigens war Tilly von einer zornigen Traurigkeit erfüllt, wie sie sie noch nie erlebt hatte. Als sie zum Essen kam, rechnete sie mit der gleichen versteinerten, schweigenden Miene, doch der Tisch war nur für eine Person gedeckt.

»Mrs. Rivard?«, fragte sie, als diese das Tablett mit Ochsenschwanzsuppe, geschmortem Schinken und Gemüse vor sie hinstellte. »Ist Mr. Dellafore ausgegangen?«

»Er sagt, er werde von nun an alle Mahlzeiten in seinem Zimmer einnehmen«, erwiderte die Haushälterin mit kaum verhohlener Freude, den Mund zu einem schwachen Lächeln verzogen.

Der Kessel in ihrem Inneren brodelte heiß und kochte unvermittelt über. Tilly sprang auf und fegte die Suppenschüssel mit dem Arm durchs Zimmer, so dass sie an der Wand zerbrach und in tropfenden Splittern zu Boden fiel.

»Launisch«, sagte Mrs. Rivard leise, aber unmissverständlich.

Tilly stürmte aus dem Esszimmer, die Treppe hinauf und riss Jaspers Zimmertür auf, bevor sich ihr Zorn verflüchtigte und sie wieder schüchtern machte. »Ich dulde das nicht, ich dulde es nicht!«, schrie sie.

Jasper lehnte sich am Schreibtisch nach hinten und betrachtete sie schweigend.

»Das muss aufhören. Du bist mein Mann, ich bin deine Frau. So können wir nicht weiterleben. Was muss ich tun, damit du wieder mit mir sprichst?«

Jasper legte seinen Füllfederhalter hin und schob ihn zurecht, bis er genau parallel zum Papier lag, bevor er ihr seine Aufmerksamkeit widmete. »Es zugeben.«

»Was zugeben?«

»Dass du Ralph Mornington begehrst, dass du dieses Begehren nicht verbergen konntest und ihm schöne Augen gemacht hast und dass du ihm in dem Augenblick, in dem du auf sein Mitleid gehofft hast, von unseren finanziellen Problemen erzählt hast.«

»Ich … ich habe nichts davon getan …«

»Warum hat mich Ralph dann in der Bibliothek beiseitegenommen und gefragt: ›Wie steht es wirklich, alter Junge? Alle Schulden beglichen?‹«

»Das weiß ich nicht. Vielleicht weil du mit dem Spanier gekämpft hast.«

»Nicht wegen Geld. Es ging um die Ehre. Du kennst dich nicht aus in der Welt der Männer.«

»Jasper, ich habe Ralph überhaupt nichts von unseren Finanzen erzählt und ganz gewiss nicht …«

Er hob die Hand. »Dann habe ich dir nichts mehr zu sagen. Niemals.«

Der Zorn presste ihre Rippen und Muskeln zusammen. Sie fragte sich, ob sie sich ernsthaft verletzen konnte, wenn sie ihn unterdrückte. Sie öffnete den Mund, doch es kamen keine Worte über ihre Lippen.

»Wenn ich zugebe, dass ich Ralph schöne Augen gemacht habe, sprichst du dann wieder mit mir?«

Er antwortete nicht.

»Willst du mich nicht tadeln? Mich ein Flittchen nennen? Eine Lügnerin? Eine Verräterin? Denn ich bin nichts davon, Jasper Dellafore.«

Wieder keine Antwort.

Tilly stürmte hinaus und schlug die Tür hinter sich zu.

*

Der Schlaf wollte nicht kommen. Die kalte Reue, die stets auf einen Temperamentsausbruch folgte, lauerte in ihrem Magen und verursachte ihr Übelkeit. Um Mitternacht ging Tilly ins Esszimmer hinunter, wischte bei Kerzenlicht die Suppe auf und räumte die Scherben weg. Um zwei Uhr morgens weinte sie leise in ihr Kissen. Ihr selbstgerechter Zorn war zu einem schlechten Gewissen dahingewelkt. Ein Streit hatte immer zwei Seiten, vielleicht war sie Ralph Mornington gegenüber wirklich zu herzlich gewesen. Immerhin hatten sie einander gerade erst kennengelernt. Hoffentlich dachte Laura nicht auch schlecht von ihr. Vielleicht hatte sie tatsächlich etwas gesagt, das Ralphs Verdacht bezüglich ihrer Finanzen geweckt hatte. Ein trauriges Lächeln und ein »Wir kommen schon zurecht« hätten ausgereicht, und während sie sich nicht daran erinnern konnte, es gesagt zu haben, konnte sie auch nicht beschwören, es nicht getan zu haben.

Und selbst wenn sie im Recht wäre? Sie konnten einander nicht ewig anschweigen.

Kurz vor der Dämmerung schlief sie ein wenig und klopfte an Jaspers Zimmertür, als die ersten Vögel im Garten sangen.

»Tut mir leid, wenn ich dich wecke«, sagte sie leise, kniete sich neben sein Bett und berührte seine warme Stirn. »Ich gebe es zu. Ich gebe alles zu. Nur kann es mit uns bitte wieder so sein wie früher? So wie in Dorset. Da bist du nicht von meiner Seite gewichen.« Ihr kamen die Tränen. »Damals habe ich mich so geliebt gefühlt, und jetzt ist alles leer und kalt.«

Jasper setzte sich auf, beugte sich vor und küsste sie auf die Stirn. Die kleine Geste der Zärtlichkeit reichte aus, schon durchflutete sie Dankbarkeit. »Geh wieder zu Bett, Tilly. Es ist zu früh, um aufzustehen.«

Sie hätte ihn beinahe gefragt, ob sie neben ihm schlafen dürfe, fürchtete aber eine erneute Zurückweisung. Also kehrte sie in ihr Zimmer zurück und schlief endlich ein.

*

Von da an war Jasper ein völlig anderer Mensch. Er zeigte sich freundlich, rücksichtsvoll, hielt ihre Hand, besuchte sie bei der Gartenarbeit und versprach, ihr Dinge zu kaufen, sobald sie Geld hätten. Doch er lud sie immer noch nicht in sein Bett ein, und sie gewöhnte sich allmählich daran. Was wusste Tilly denn schon über das Eheleben? Vielleicht machten es alle so, und Jasper hatte recht: In ihrer heiklen finanziellen Lage wäre ein Kind keine gute Idee.

Also schlief sie in ihrem eigenen Bett und ließ selbst in kühleren Nächten das Fenster einen Spalt offen, um das Geräusch des Meeres zu hören. Allmählich fühlte sie sich in *Lumière sur la Mer* zu Hause.

Eines Nachts im Frühherbst wurde Tilly aus dem Schlaf gerissen. Sie war sich nicht sicher, wie spät es war, da sie im Dunkeln die Uhr nicht sehen konnte, aber es musste sicher schon nach Mitternacht sein. In der Luft lag eine kriechende Kälte, wie sie eigentlich nur am frühen Morgen zu spüren war.

Sie hörte Geräusche. Einen leisen Knall. Ein tiefes Lachen. Stimmen – ein Mann und eine Frau –, die sich draußen unterhielten. Sie trat ans Fenster und horchte angestrengt. Die

Stimmen waren verklungen. Von hier aus konnte sie auf das Dach des Wintergartens blicken. Ging jemand daran vorbei? Nahm jemand eine Abkürzung über ihr Grundstück?

Dann wieder der Knall, und es hörte sich an, als käme er aus dem Inneren des Hauses. Sie horchte auf weitere Geräusche, wollte die Zimmertür öffnen.

Doch der Griff ließ sich nicht drehen. Sie versuchte es noch einmal. Rüttelte daran.

Dann begriff sie: Man hatte sie eingeschlossen.

Wieder Gelächter und Stimmen. Diesmal eindeutig in der Nähe des Wintergartens. Sie kehrte ans Fenster zurück und hörte, wie die Stimmen in der Ferne verklangen. Kein Grund zur Sorge. Weitaus beunruhigender war die Frage, wer sie eingeschlossen hatte und warum. Mrs. Rivard? Jasper? Bitte nicht Jasper. Sie spielte mit dem Gedanken, an die Tür zu hämmern und nach ihm zu rufen, doch es war so spät, er würde sicher schlafen. In letzter Zeit war alles so gut mit ihnen gewesen. Vielleicht hatte Mrs. Rivard sie eingeschlossen. Sie würde Jasper bitten, die Frau endlich zu entlassen, denn Tilly bekam allmählich Angst vor ihr.

Allerdings war es wahrscheinlicher, dass Jasper sie eingeschlossen hatte. Er war eifersüchtig, wollte sie kontrollieren.

Sie legte sich wieder ins Bett und sagte sich, dass alles gut werden würde, doch dann träumte sie von langen, sonnenlosen Fluren, verschlossenen Türen und tiefer Trostlosigkeit.

*

Am Morgen ließ sich die Tür mühelos öffnen. Sie legte sich die Worte, die sie zu Jasper beim Frühstück sagen wollte, sorgfältig zurecht. Doch er war schon ausgegangen, wie Miss Broussard ihr mitteilte.

»Sie können ihn im Postamt antreffen.«

Tilly war noch nicht oft im Ort gewesen. Jasper legte Wert darauf, dass sie sich nicht allein jenseits des Waldes bewegte, doch heute musste sie sich selbst beweisen, dass sie frei war. Also zog sie feste Schuhe und einen leichten Mantel über und machte sich auf den Weg.

Im Wald raschelte welkes Laub. In der Seeluft lag eine herbstliche Kühle, und Tilly sehnte sich nach ihrem zobelbesetzten Mantel. Sie fragte sich, wer ihn jetzt wohl tragen mochte. Und die Halskette aus Jett und die Perlen. Nun, da kein Laub mehr an den Bäumen hing, war der Wald heller, ein kühles, blasses Licht, das silbern auf die welken Blätter fiel. Sie hörte Schritte und sah, dass Japser ihr entgegenkam.

»Was machst du denn hier, Tilly?«

»Ich habe nach dir gesucht, weil ich dich um etwas Wichtiges bitten möchte.« Sie zwang sich, ruhig zu sprechen. Sie durfte sich nicht fürchten, ihm entgegenzutreten, doch Jasper war so unberechenbar.

»Nun, da bin ich. Mit guten Neuigkeiten.« Er ergriff ihre Hand. »Zunächst aber … was ist denn so wichtig?«

Sie betrachtete ihn im Morgenlicht. Er sah älter aus als bei ihrer ersten Begegnung. Seine Stirn war gerunzelt, und Falten verliefen von der Nase zu den Mundwinkeln. Beinahe hätte sie geschwiegen, weil sie ihn nicht noch mehr beunruhigen wollte.

»Nur zu.«

»Hast du mich letzte Nacht in meinem Zimmer eingeschlossen?«

Er verzog verächtlich den Mund. »Was soll diese lächerliche Frage?«

Närrin. *Du hättest schweigen sollen.* »Weil ich gestern Nacht meine Zimmertür öffnen wollte und sie abgeschlossen war. Falls du es nicht warst, muss es Mrs. Rivard gewesen sein. Ich weiß, dass sie mich nicht mag, und …«

»Mrs. Rivard? Unsere Dienstbotin? Du hast zu viele Schauerromane gelesen, Matilda.« Er nahm ihre Hand und zog sie mit sich. »Komm, ich will dir etwas zeigen.«

Sie ließ sich von ihm den Pfad entlangziehen, während sie Entschuldigungen und Erklärungen hervorstieß. *Es tut mir leid. Ich fühlte mich gefangen. Ich hatte Angst. Sei nicht böse.* Doch er schleppte sie einfach nur hinter sich her, ins Haus, die Treppe hinauf und bis vor ihre geschlossene Zimmertür.

»Sieh hin.«

»Was ist denn?«

Er deutete auf die Tür. »Sieh doch.«

Sie sah hin.

»Siehst du ein Schlüsselloch?«

Es gab keins.

»Irgendeine Art Schloss?«

»Nein«, sagte sie, während sie fieberhaft nachdachte. »Aber ich wollte den Türknauf drehen. Er hat sich nicht bewegt. Als wäre abgeschlossen.«

»Wie du siehst, kann man die Tür nicht abschließen.«

Sie verlor den Boden unter den Füßen. Vorhin war sie sich noch so sicher gewesen, doch jetzt legten sich Spinnweben vor ihre Augen.

Jasper schaute sie ernst an. »Du bildest dir nicht zum ersten Mal Dinge ein.«

»Ich hätte geschworen …«

»Für wen hältst du mich eigentlich?« Er nahm ihre Hand und drückte sie an sein Herz. »Was für ein *Ehemann* bin ich in deinen Augen?«

Ihr Gesicht wurde rot vor Scham. »Oh, Jasper, es tut mir so leid. Es tut mir so schrecklich leid.«

Er ließ sie los und trat zurück. »Du hast Glück. Heute habe ich gute Neuigkeiten erhalten und bin daher nicht nachtragend. Ein Herr aus Dublin hat mir geschrieben und möchte sich mit mir treffen. Er kennt jemanden, der Pflastersteine kaufen möchte, die ich billig besorgen kann. Sobald die Proben fertig sind, werde ich dorthin reisen und als reicher Mann zurückkehren.« Er lächelte, und es war das Lächeln, an das sie sich aus ihrer Brautzeit erinnerte. Charme und funkelnde, dunkle Augen. »Dann, meine liebe Tilly, können wir endlich das Leben führen, das uns bestimmt ist. Du warst geduldig, von einigen wilden Einbildungen abgesehen.« Er lachte fröhlich, und sie warf sich in seine Arme und versuchte, in seinem warmen, männlichen Körper Trost zu finden.

»Du wirst mir nie verzeihen, dass ich so dumm war. Ich kann es mir selbst kaum verzeihen.«

»Ich rate dir, im Haus zu bleiben und dich auszuruhen. Du hast die Trauer um deinen Großvater zweifellos noch nicht überwunden, und unsere finanziellen Probleme haben dir Sorgen bereitet. Deswegen versteigt sich dein Verstand zu solchen Phantasien. Bleib im Bett. Entspann dich. Ich kann auch den Arzt schicken, wenn das hilft. Inzwischen können wir es uns leisten.«

»Nein, nein, es ist schon gut.«

In dieser Nacht wachte sie wieder auf. Keine Stimmen, keine Geräusche. Es war nur die Neugier gewesen. Ob sich die Tür diesmal öffnen ließ? Sie stand auf, machte einen Schritt durchs Zimmer und besann sich. Es war Wahnsinn. Die Tür hatte kein Schloss. Sie war nicht eingeschlossen. Ihr Mann war vertrauenswürdig.

Stattdessen öffnete sie das Fenster. Kalte Luft strömte herein, doch das war ihr egal. Eine klare Nacht, unendlich viele Sterne. Der Wind rauschte in den Bäumen, in der Ferne konnte sie die Meeresbrandung hören. Unter ihrem Fenster befand sich der Wintergarten, und falls sie … falls sie einmal entkommen musste und die Tür sich nicht öffnen ließ … könnte sie von einem Sims auf einen Ast und von dort aus auf den nächsten Sims und aufs Dach des Wintergartens und schließlich auf den Boden klettern.

Falls sie entkommen musste.

Acht

Gestalten in der Ferne

Tilly und Jasper verbrachten einige ruhige Tage. Sie nahmen gemeinsam die Mahlzeiten ein, dann kehrte er an den Schreibtisch zurück, um mit seinen Zahlen zu jonglieren, und sie widmete sich ihren eigenen Vorhaben. Der Gartenarbeit, wenn das Wetter es erlaubte, bei Regen der Bibliothek. Tilly bemühte sich sehr, in Jaspers Worten und Taten Liebe und Wärme zu finden: *meine Liebe, Tilly, Liebste,* eine sanfte Berührung an Schulter oder Haar. Auch bemühte sie sich, ihn nicht mit ihrer eigenen Liebe und Wärme zu überwältigen. Sie verstand inzwischen, dass ihn solche Anzeichen von Leidenschaft beunruhigten. Sie lernte es, achtsam mit ihrem Lächeln umzugehen, mäßig in ihren Liebesbezeugungen zu sein und ihre Hände bei sich zu behalten. Nur wenn sie sich abends am Treppenabsatz voneinander verabschiedeten, bestand sie darauf, ihm die Lippen zum Kuss darzubieten. Jedes Mal sehnte sie sich nach Leidenschaft, dass seine Arme sie erdrückten, dass sich sein Mund heiß und offen auf ihren presste. Doch immer berührte er sie kühl und mit fest geschlossenen Lippen und sagte nur: »Gute Nacht, Tilly.«

Dann zogen sich beide in ihre Zimmer zurück, in ihre kalten, leeren Betten.

Manchmal weinte Tilly heiße Tränen, hämmerte auf das Kopfkissen und schrie lautlos heraus, wie ungerecht es war, dass sich ihre Ehe als so enttäuschend erwiesen hatte. Manchmal gelang es ihr, die wilden Gefühle in einen harten Kern tief in ihrem Inneren zu pressen und ihrem Verstand den Vortritt zu lassen. Jasper wollte noch keine Kinder. Die finanziellen Schwierigkeiten hatten sein männliches Selbstvertrauen zutiefst erschüttert. Die lange Trennung zwischen der

Hochzeit und ihrer Ankunft hatte ihn an ihrer Ehe zweifeln lassen, damit musste er erst zurechtkommen. Nur weil Tilly nicht langsam und geduldig sein konnte, musste das nicht auch für Jasper gelten.

Nicht dass sie so gierig nach Sex gewesen wäre, aber sie war neugierig und begehrte Jasper. Und sie brauchte körperlichen Trost. Sie und ihr Großvater hatten einander jeden Tag umarmt, übers Haar gestreichelt oder waren Hand in Hand spazieren gegangen. Ihn zu verlieren war schmerzlich gewesen, doch der Verlust menschlicher Berührung wog noch viel schwerer. Jasper sollte sie festhalten, nicht weil sie eine zügellose Frau war, die unbedingt ihre Jungfräulichkeit verlieren wollte, sondern weil sie sich kalt und isoliert fühlte. Wie eine Insel. Ein Ort zwischen den Welten.

Tilly war im Garten und fragte sich, ob dies der letzte Tag wäre, an dem sie sich länger draußen aufhalten konnte. Der Wind vom Meer wehte rauh, und die Sonne hatte noch nicht lange genug das Gras beschienen, um den Tau zu trocknen. Sie kniete auf ihrem alten Tischtuch und jätete die Lavendelbeete. Der Himmel wölbte sich wie ein blauer Bogen über ihr, blass und kaum von der Sonne gewärmt. Sie wollte nicht daran denken, wie sie in diesem Herbst und Winter das Haus heizen sollten. Jasper hatte seit Monaten keinen Penny verdient. Alles hing von dem Verkauf der Granitplatten an den Händler in Dublin ab, und der Besitzer des Steinbruchs, der ihm das Geschäft versprochen hatte, hatte sich seit einer Woche nicht gemeldet.

»Tilly! Tilly!«, rief Jasper. Sie stand auf, zog die Gartenhandschuhe aus und wartete, als er aufgeregt und glücklich auf sie zugelaufen kam.

Eine Last fiel ihr vom Herzen. »Sind sie da?«

»Ja, sie sind hier! Vier Granitplatten, angeschrägt, gereinigt und bereit zum Polieren. Der elende Kerl aus dem Steinbruch hat sie endlich geliefert. Der Preis war niedrig, aber ich kann sie dennoch nicht bezahlen. Doch ich habe keine Angst vor Risiken. Ich habe von dem Spanier Prügel bezogen und dir deine Juwelen weggenommen, und ich schäme mich für beides. Aber das war es wert. Mein Mann in Dublin wird das Dreifache von dem bezahlen, was ich dafür hinlegen muss. Ich breche gleich heute Nachmittag auf, um ihm die Probestücke zu bringen und alle Papiere zu unterzeichnen.« Er schüttelte traurig den Kopf. »Und um die Anzahlung entgegenzunehmen, die uns Luft zum Atmen verschafft. Es tut mir leid. Es tut mir so leid.«

»Ich habe geschworen, in guten und in schlechten Tagen an deiner Seite zu stehen. Gut gemacht, Liebster. Mein Mann.«

Er beugte sich vor und küsste sie so zärtlich auf die Stirn, dass ihr Herz einen Sprung machte. Sie schloss die Augen und lehnte sich an ihn. Ein wilder Wind wirbelte um sie herum und verschwand. Sie blickte zu ihm auf.

Und sah ihn. Einen flüchtigen Ausdruck zwischen anderen Gesichtsausdrücken, eine kurze Empfindung, bevor er seine wahren Gefühle wieder verbarg. Denselben Ausdruck hatte sie auch auf der Hochzeit gesehen – in dem Chaos nach Großvaters Zusammenbruch jedoch vergessen. Jetzt war er wieder da. Ein Ausdruck von Mitleid und … Herablassung? Geringschätzung? Oder gar Verachtung?

»Jasper?«

»Der Wind«, sagte er. »Hier draußen ist es zu kalt.«

Sollte sie eingestehen, dass ihr Herz vor lauter Unsicherheit hämmerte? Dass sie einen Ausdruck in seinem Gesicht gesehen hatte, nur einen Sekundenbruchteil lang, der sie befürchten ließ, er liebe sie nicht? Sie konnte es nicht eingestehen. Er glaubte ohnehin, sie sei ein Opfer ihrer zügellosen Phantasie, und außerdem zweifelte sie an sich selbst. Ja, der Wind war kalt. Er war nicht gerne draußen, das hatte er selbst gesagt. Warum also sollte dieser zornige Blick ihr gelten und nicht dem Wetter?

Ganz einfach – weil sie ihn schon einmal gesehen hatte.

Tilly fragte sich, ob Jasper recht hatte. Der Kummer über den Tod ihres Großvaters, der Umzug in dieses fremde, neue Haus, die Geldsorgen … vielleicht lag ihr das alles auf der Seele und verzerrte ihr ganzes Denken.

Im Haus schwor sie sich, diese Gedanken niemals zu erwähnen. Sich auszuruhen und ihr Herz zu beschwichtigen und den Arzt zu rufen, falls es nicht aufhörte. Es war nicht richtig, Angst vor dem eigenen Mann zu haben. So sollte eine Ehe nicht sein.

*

Jasper brach auf, als eine Kaltfront mit bleiernem Himmel und kaltem Regen heraufzog. Tilly war praktisch im Haus gefangen. Einmal versuchte sie nach St. Peter Port zu gehen, doch ihr Regenschirm klappte um, und binnen Sekunden war sie bis auf die Haut durchnässt. Ihr Umgang mit Mrs. Rivard war einsilbig, und Jasper hatte Miss Broussard während seiner Abwesenheit Urlaub gegeben. Zwei Dienstboten für eine Person sei übertrieben. Also sprach sie tagelang mit niemandem. Das Haus war still und düster. Die bleischweren Wolken ließen es noch früher dunkel werden, und Tilly kam es vor, als lebte sie nur noch bei Kerzenschein.

Da der Garten unter Wasser stand, kehrte sie zu ihrer anderen Aufgabe zurück und sortierte die Bücher in der Bibliothek. Sie nahm sie nacheinander aus dem Regal, nieste von dem ganzen Staub und stapelte sie auf dem Boden auf. Dann wurden sie nacheinander wieder eingeräumt. Obwohl die Vorhänge weit geöffnet waren, blieb das Tageslicht trüb. Sie arbeitete gemächlich, hielt oft inne und setzte sich auf die hölzerne Bibliotheksleiter, um ein Gedicht zu lesen oder sich an eine Lieblingsstelle aus einer alten Geschichte zu erinnern. Der Regen prasselte gegen die Fenster, und der Wind heulte unheimlich um die Giebel. Sie fragte sich, wie Jasper zurechtkam, ob sie ihn bald wiedersehen würde. Während sie die Bücher herausnahm und stapelte, stellte sie sich manchmal vor, wie sich ihr Schicksal wenden würde. Wie sie eine Party geben würde, ähnlich dem Fest bei den Morningtons. Das Haus wäre voller Blumensträuße und üppiger Dekorationen, alle Lampen würden brennen, der prachtvolle Kronleuchter würde wieder in der Eingangshalle hängen. Sie musste lächeln und sehnte sich nach Jaspers Rückkehr, damit diese Zukunft schneller käme, statt immer knapp außerhalb ihrer Reichweite zu bleiben.

Acht Tage später hörte der Regen auf. Tilly erwachte an einem schönen, klaren Morgen, an dem die fröhlich gelbe Sonne tief am Himmel stand.

Sie wusste, dass sie bei diesem Wetter nicht im Haus bleiben konnte.

Gleich nach dem Frühstück zog sie ihre robustesten Schuhe an, dazu Handschuhe, Schal und Mantel. Sie überlegte, ob sie Mrs. Rivard Bescheid sagen sollte, doch der Frau wäre es ohnehin egal, und so verließ Tilly das Haus, steckte den Schlüssel ein und ging den Pfad entlang.

Schon nach wenigen Metern im Wald wurde ihr klar, dass sie nicht weiterkam. Der Pfad war völlig verschlammt. Doch es gab noch einen anderen Weg, auf dem man das Anwesen verlassen konnte. Er war weiter entfernt, sehr viel dramatischer und führte über die Klippen hinter dem Haus. Sie kehrte auf das Grundstück von *Lumière sur la Mer* zurück, ging durch den Garten und durch das Tor, das an den Obstgarten der Nachbarn grenzte. Miss Broussard hatte ihr von diesem Weg erzählt, aber sie war ihn noch nie gegangen. Daher folgte sie der Eingrenzung und kletterte über den Zaunübertritt. Von hier aus konnte sie über die hügelige Landzunge bis zum Strand hinunterblicken. Ein steiniger Weg führte in Richtung Norden nach St. Peter Port und nach Süden bergab zum Wasser.

Aus einer Laune heraus wandte sie sich nach Süden. Sie lebte nun schon seit fünf Wochen hier, ohne den Strand gesehen zu haben. Nach dem ganzen Regen und dem schlechten Wetter waren vielleicht interessante Dinge angespült worden.

Tilly bewegte sich vorsichtig. Hier gab es keinen Schlamm, aber einige Steine waren bemoost. Sie war völlig ungeschützt. Hier wuchsen keine Bäume, die Schatten spendeten, und die ferne Sonne schien warm auf ihre Schultern. Sie nahm die Haube ab und genoss die Wärme in den Haaren. Sie wusste, dass sie achtgeben musste, weil sie sonst Sommersprossen bekam, doch nach den vielen Regentagen im Haus wäre das ein geringer Preis.

Die Meeresbrise war sanft, kaum zu spüren. Das Hin und Her der Wellen beruhigend. Sie schaute nach unten und bemerkte zwei Gestalten am Strand: einen Mann und eine Frau. Er saß auf einem Felsen, sie stand vor ihm und blickte aufs Meer. Er hatte die Arme um ihre Hüften gelegt. Sie lächelte über diesen Ausdruck der Zuneigung. Zweifellos waren heute viele Leute unterwegs, um die Herbstsonne zu genießen. Auch Liebende so wie diese beiden.

Ihr Herz wusste es, bevor ihre Augen es erkannten.

Eine der Gestalten war Jasper.

Sie hielt inne, ein Schauer überlief sie. War das wieder nur Einbildung? Sie blinzelte und schaute noch einmal hin. Traute ihren Augen nicht. Immerhin saß der Mann mit dem Rücken zu ihr. Und Jasper war in Irland. Er konnte nicht hier am Strand sein und die Hüften einer anderen Frau mit seinen festen Händen umfangen. Der Mann stand auf, ließ die Hände an ihrer Taille emporwandern und umarmte sie. Beide blickten aufs Meer. Zweihundert Fuß von Tilly entfernt.

Zweihundert Fuß. Zu weit, um es genau zu erkennen.

Die Frau löste sich von dem Mann, und sie gingen gemeinsam den Strand entlang. Tilly setzte sich ebenfalls rasch in Bewegung, rutschte auf den Steinen ab, verzweifelt bemüht, die beiden einzuholen. Denn sie hatte es mit eigenen Augen gesehen: Die Frau trug ihren Mantel, ihren kostbaren, zobelbesetzten Mantel. Ihr langes, rotgoldenes Haar wallte über den Kragen und wurde vom Wind zerzaust. Jasper hatte ihre Hand gehalten. Oh ja, es war Jasper gewesen. Je näher sie den beiden kam, desto sicherer war sie sich. Sie rannte jetzt, wollte unbedingt den Strand erreichen, bevor die beiden in der nächsten Bucht verschwanden.

Doch ihre Füße waren zu ungeduldig. Sie stieß mit dem Zeh gegen einen Stein und rutschte auf dem Moos aus. Sie fiel hin und landete schwer auf ihrem linken Handgelenk. Der Sturz kam ihr ganz langsam vor, als passierte er jemand anderem, doch der unerbittlich scharfe Schmerz in ihrem Handgelenk rief sie sofort in den eigenen Körper zurück.

Und so wie sie in ihrem schmerzenden Körper gefangen war, war sie auch in dieser Ehe gefangen, auf dieser Insel, in der unerbittlichen Angst, ihr Mann könnte sie nicht lieben. Denn er liebte eine andere.

*

Sie blieb lange im feuchten Gras liegen, das Herz hämmerte in ihren Ohren, sie wagte nicht, ihr Handgelenk anzusehen. Schließlich hob sie es hoch und bewegte nacheinander die Finger. Dann versuchte sie, das Gelenk zu beugen. Es war viel zu locker. Ein brennender Schmerz. Sie stieß einen leisen Schrei aus.

Dann eben stillhalten. Stillhalten. Sie setzte sich mühsam auf, kam auf die Füße, hielt das Handgelenk schützend an die Brust gedrückt. Die Gestalten am Strand waren natürlich verschwunden, und sie schaute den Hügel hinauf. Dann machte sie sich langsam auf den Weg nach oben, viel vorsichtiger, als sie es beim Abstieg gewesen war.

Im Geist setzte sie eine würdevolle, kalte Predigt auf, die sie ihrem Mann halten wollte, wenn er nach Hause kam. Über das Ehegelöbnis und dass Gott ihn verurteilen würde. Der Gedanke, dass Jasper sie nicht anrühren, nicht mit in sein Bett nehmen wollte, aber zu dieser anderen Frau gestürzt war und seine Hände auf ihren Körper gelegt hatte … ganz selbstverständlich. Sie merkte, dass sie weinte, mit offenem Mund weinte wie ein kleines Kind, wobei ihr Tränen und Schleim über das Gesicht liefen. Sie blieb stehen, holte ein paar Mal zitternd Luft und wischte sich mit ihrem Taschentuch Mund und Wangen ab. Ihr Herz hämmerte nach dem Spaziergang, ein ziehender Schmerz erfüllte ihr Handgelenk, ihr Kopf platzte beinahe vor Gedanken und Worten. *Wie konntest du nur? Wer ist sie? Mein Mantel!*

Tilly ging weiter. Sie musste nach Hause, in ihr Bett und ihr Handgelenk ausruhen und darauf warten, dass Jasper von seiner Geliebten zurückkehrte, zu ihr und ihrem Zorn.

*

Er kam nicht. Qualvolle Stunden vergingen. Wann hatte er das Schiff verlassen? Wie lange brauchte er, um diese Frau … zu bedienen? Warum kehrte er nicht heim zu ihr?

Mrs. Rivard läutete zum Mittag- und Abendessen, doch Tilly blieb in ihrem Zimmer. Sie hatte keinen Appetit, und ihr Handgelenk tat viel zu weh, um eine Gabel anzuheben. Entsetzt beobachtete sie, wie es auf doppelte Größe anschwoll. Sie suchte einen sauberen Kissenbezug heraus und faltete ihn zu einem schmalen Streifen. Mit ihrer gesunden Hand und den Zähnen wickelte sie ihn fest um ihr Handgelenk. Sie brauchte einen Arzt, wollte aber keinen rufen. Sollte Jasper ruhig heimkommen, verspätet und schuldbewusst, und sie hier verletzt und von Schmerzen gequält vorfinden. Vielleicht würde er sein Tun dann bereuen.

Der Abend brach herein, doch er war immer noch nicht da. Ein dunkler, schärferer Gedanke: Wenn er nun gar nicht weg gewesen war? Wenn er nur eine Geschichte erfunden hatte, damit er Zeit mit der anderen Frau verbringen konnte? Tilly hörte, wie Mrs. Rivard Feierabend machte. Im Haus breitete sich die grimmige, stille Dunkelheit aus, an die sie sich in der vergangenen Woche gewöhnt hatte. Sie zündete keine Kerze an, bewegte sich kaum, betete um Schlaf, der nicht kommen wollte. Sie döste kurz ein, und es herrschte Stille in ihrem Kopf, doch meist wirbelten ihre Gedanken umher, und sie litt unter einem heißen Schmerz in ihrer Hand und dem Wissen, dass Jasper nicht in seinem Bett, sondern in dem einer Fremden lag.

Kurz vor der Morgendämmerung schrak sie hoch, überrascht, dass sie überhaupt eingeschlafen war. Ihr Vorhang war noch offen, und sie sah, dass der Himmel die tintenschwarze Dunkelheit verloren hatte. Schritte auf der Treppe, aber es war zu früh für Mrs. Rivard. Also war Jasper heimgekommen.

Tilly sprang aus dem Bett, ohne auf den Schmerz in ihrer Hand zu achten, stürzte auf den Treppenabsatz und erwischte ihn am Fuß der Treppe.

»Was ist mit deinem Handgelenk?« Er deutete auf den Kissenbezug.

»Wo bist du gewesen?«, kreischte sie. Vor ihren Augen waberte ein roter Nebel, und der Zorn ergoss sich förmlich aus ihrem Mund. »Was ist das für eine Zeit, um nach Hause zu kommen?«

Jasper starrte sie mit offenem Mund an und schien nach einer Antwort zu suchen, doch sie fiel ihm ins Wort.

»Wer ist sie? Hältst du mich für eine Närrin? Meinst du etwa, ich würde mir so etwas gefallen lassen? Wenn ich daran denke, wie oft ich mich an dich gedrückt habe, um ein bisschen körperliche Zuneigung zu bekommen! Und du hast mich deswegen verurteilt! Während du die ganze Zeit über …«

Er riss die Arme hoch. »Hör auf!«, donnerte er, und Tilly hätte schwören können, dass die Treppe und das gesamte Haus unter seinen Worten erbebten. »Hör auf, du widerliche Kreatur. Was um Himmels willen redest du da?«

»Ich habe dich gesehen!«, schrie sie unter Tränen. »Ich habe dich mit dieser anderen Frau gesehen. Sie trug meinen Mantel, den du angeblich verkaufen wolltest! Ich habe euch gestern Nachmittag am Strand gesehen.«

»Tilly, ich habe vor zwanzig Minuten den Dampfer aus Dublin verlassen.« Sein Gesicht war wie ein offenes Buch: Er sah verwundert aus, gekränkt. Unschuldig.

Tilly unterdrückte ein Schluchzen. Ihre Brust zitterte, als sie mühsam nach Atem rang. Der Zorn verebbte allmählich und ließ sie kalt und verängstigt zurück. »Was?«, fragte sie leise.

»Der Dampfer. Ich habe die ganze Nacht auf dem Schiff verbracht. Habe kaum ein Auge zugetan und bin den weiten Weg bis zu meiner eigenen Haustür gelaufen und … dann das? Was redest du da?«

»Ich habe dich gesehen.« *Zweihundert Fuß sind viel.* »Jedenfalls … dachte ich das.«

Sein Blick wanderte über ihre Kleidung. »Und da stehst du nun, mit Schlamm und Grasflecken bedeckt. Sind das noch die Kleider von gestern? Ist das die Begrüßung, die ich mir von meiner Frau erhoffen kann, wenn ich lange weg gewesen bin, um ihr ein Dach über dem Kopf zu sichern?« Mit einer raschen Bewegung griff Jasper nach ihr und hob sie mühelos auf, als wäre sie eine Holzpuppe. Dann warf er sie über die Schulter.

»Lass mich runter!«

»Du hast zweifellos den Verstand verloren«, sagte er, als er sie in ihr Zimmer trug. Er warf sie aufs Bett, dass sie vor Schmerz aufschrie, als sie mit dem Handgelenk auf die Matratze prallte.

Er hob warnend den Finger. »Schlaf. Und denke darüber nach, was du zu mir gesagt hast.«

Er stapfte aus dem Zimmer und schlug die Tür hinter sich zu. Vorsichtig zog sie den Kissenbezug wieder fest. Dann hörte sie ein seltsames Geräusch im Flur, einen leichten Schlag an der Tür.

Tilly wollte sie öffnen, doch der Türknauf bewegte sich nicht. Aber sie wusste, dass es kein Schloss gab. Die Wirklichkeit verschwamm vor ihren Augen. Verlor sie tatsächlich den Verstand? Hatte er sie ohne Schlüssel eingesperrt?

Sie kniete sich hin und spähte durch den Spalt zwischen Tür und Teppich. Sie konnte Stuhlbeine sehen. Also hatte er die Tür damit blockiert, leicht und mühelos, als wäre er darin geübt. Der Türgriff bewegte sich nicht, genau wie beim letzten Mal.

Er hatte gelogen und sie schon beim ersten Mal eingeschlossen. Er war ein Lügner.

Oder war es wieder ihr Temperament, das die Oberhand gewann? *Mädchen durften nicht toben und schreien.*

Tilly legte sich auf die Seite ins Bett und schaute mit schmerzenden Augen zum Fenster. Sie versuchte, sich die Ereignisse vom Vortag ins Gedächtnis zu rufen, doch die Gestalten verschwammen schon an den Rändern und zerflossen zu Sand. Ein Aufblitzen von goldenem Haar, ein Mann, der mit geübter Zärtlichkeit die Taille der Frau berührte. Das war alles, was sie mit Sicherheit wusste. Und war sie wirklich über einen regennassen Abhang gerannt, über Stock und Stein, nur um ihnen zu folgen, und hatte nicht damit gerechnet, dass sie sich verletzen könnte? Tilly schloss die Augen, verzweifelt und einsam, und begriff, dass sie nicht mehr wusste, was wirklich war und was nur ein Produkt ihres wirren Verstandes.

*

Sie erwachte ein paar Stunden später, als die Tür vorsichtig geöffnet wurde. Sie drehte sich um und hoffte, einen freundlichen, besorgten Jasper zu sehen. Das Gesicht, das sie erblickte, war jedoch fremd.

»Mrs. Dellafore? Ich bin Dr. Hunt.«

Sie setzte sich auf und hielt dabei ihr verletztes Handgelenk umfasst. Er stellte seine große Ledertasche neben dem Bett ab.

»Setzen Sie sich bitte auf die Kante.«

»Wer hat Sie gerufen?«

»Ihr Mann natürlich. Er macht sich Sorgen um Sie.«

»Tatsächlich?«

Dr. Hunt antwortete nicht, sondern wickelte behutsam den Kissenbezug ab. Obwohl die Schwellung etwas zurückgegangen war, sah Tilly entsetzt die schwarzblauen Blutergüsse.

»Können Sie es noch bewegen?«

Sie nickte. »Aber ich möchte es lieber nicht vorführen.«

»Ich glaube Ihnen.« Er lächelte durch seinen dichten, grauen Schnurrbart.

»Können Sie alle Finger bewegen?«

»Ja.«

»Tut es auch weh, wenn Sie die Hand stillhalten?«

»Nein, nur wenn ich das Gelenk bewege.«

Er stieß sie leicht gegen den Unterarm. »Hat das weh getan?«

»Ein bisschen. Nicht sehr.«

»Ich glaube nicht, dass es gebrochen oder auch nur angebrochen ist. Eine schlimme Verstauchung. Ich werde es richtig verbinden und bestehe darauf, dass Sie es mindestens eine Woche lang völlig schonen.«

»Also kann ich es gar nicht gebrauchen?«

»Es ist Ihr linkes Handgelenk, also können Sie Suppe und Brot essen. Wie ich höre, macht Mrs. Rivard eine ausgezeichnete *vichyssoise*.« Er holte eine silberne Taschenflasche heraus und bot sie ihr an. »Brandy. Gegen den Schmerz.«

Tilly nahm einen Schluck. Er brannte in ihrer Kehle und ließ ihre Augen tränen. Sie hustete.

»Aber Sie sollten nicht nur Ihr Handgelenk schonen«, fuhr Dr. Hunt fort, während er einen Verband aus der Tasche holte und fest um ihr Handgelenk zu wickeln begann. Sie zuckte zusammen. »Ich verlange, dass Sie sich gründlich ausruhen. Mindestens eine Woche Bettruhe. Ich werde Sie nächste Woche wieder besuchen und nach Ihnen sehen. Ihr Mann hat mir erzählt, wie es zu dieser Verletzung gekommen ist. Ich kenne so etwas. Frauen sind nicht darauf vorbereitet, wie einsam man auf dieser Insel ist, und Sie leiden zudem unter dem Tod Ihres Großvaters. Nun noch etwas Brandy.«

Vorsichtig trank Tilly davon. Dr. Hunt legte sanft den Finger unter die Flasche und kippte sie, so dass die feurige Flüssigkeit in ihren Mund floss. Sie schluckte, würgte beinahe. Die Hitze breitete sich in ihrem Bauch aus.

»Und noch einer.«

Sie schluckte tapfer. Ihr Kopf begann zu schwimmen.

Er nahm die Flasche an sich und schraubte sie zu. »Es geht Ihnen bald wieder besser.« Er stellte die Flasche auf den Nachttisch. »Nehmen Sie ab und zu einen Schluck. Das beruhigt. Ich werde dafür sorgen, dass Mr. Dellafore sie nachfüllt.«

Dr. Hunt wollte aufstehen, doch sie griff nach seiner Hand. »Bitte. Jasper schließt mich ein. Ich kann es nicht ertragen.«

Er runzelte die Stirn und sah gar nicht mehr so gütig aus. »Ich rede mit ihm.«

»Ich habe Angst …« Ihre Stimme erstarb zu einem Flüstern.

»Wovor?«

»Er ist nicht der Mann … ich weiß nicht, ob er der Mann ist, für den ich ihn gehalten habe.«

»Unsinn.« Er schloss seine Tasche. »Eben darum brauchen Sie Ruhe. In einer Woche geht es Ihnen schon besser. Denken Sie an meine Worte.«

Dann war er verschwunden. Die Tür hatte er hinter sich offen gelassen. Sie hörte das Knarren der Stufen, als er hinunterging, und schlich bis auf die Schwelle. Sie war unsicher auf den Füßen. Er hatte recht; der Brandy hatte alle Schmerzen betäubt.

»Vollständige Bettruhe für eine Woche. Sorgen Sie dafür, dass man ihr die Mahlzeiten bringt. Und um Gottes willen,

Mann, schließen Sie das Mädchen nicht ein. Sie hat schon genug Angst.«

»Natürlich«, erwiderte Jasper aalglatt. »Ich werde mich gut um sie kümmern.«

Dann ging die Tür auf und zu, und sie war allein mit Jasper.

*

Die Tage vergingen, und Nebel zog vor dem Fenster auf. Tilly lag im Bett und verbrachte jeden Tag viele Stunden damit, um das Leben zu weinen, das sie hinter sich gelassen hatte, über den Verlust ihres Großvaters und die Unsicherheit, mit der sie sich in dieser neuen Welt bewegte. Jasper war immer noch wütend über ihren Ausbruch und kam nur abends, um ihr den Brandy zu bringen. Er behandelte sie so schweigsam wie zuvor. Sie gewöhnte sich an die feurige Flüssigkeit, die ihr beim Einschlafen half; doch an seine eisige Weigerung, mit ihr zu sprechen oder ihre Fragen zu beantworten, gewöhnte sie sich nicht. Mit Tränen und Zorn erreichte sie gar nichts; sie behielt nur ein heißes, gerötetes Gesicht und ein schluchzendes Herz zurück.

Der einzige Mensch, den sie außer Jasper sah, war Mrs. Rivard, die ihr wortlos die Mahlzeiten servierte. Ihre Miene war vorwurfsvoll; sie hielt Tilly für hysterisch, eine einzige Belastung für den Haushalt. Tilly war immer froh, wenn sie abends heimging – mit einem fröhlichen Abschiedsgruß, der von Jasper erwidert wurde. Jeden Abend blieben sie und ihr Mann allein in dem dunklen Haus zurück. Dr. Hunt hatte ihr Bettruhe verordnet, und Jasper schien es nicht für nötig zu halten, sie zu besuchen. Als wäre das Haus eine Insel, die sie beide auf unterschiedlichen Kursen umschifften.

Daher überraschte es sie, als Jasper eines Morgens ohne anzuklopfen ins Zimmer stürzte und mit funkelndem Blick an der Tür stehen blieb. Er umklammerte einen Brief so fest, dass seine Knöchel weiß hervorstanden.

Der Schreck über seinen Gesichtsausdruck war größer als Tillys Neugier. Sie öffnete den Mund, um zu fragen, was geschehen sei, doch er warf den Brief aufs Bett. Er war bereits geöffnet worden.

»Du hast Post bekommen«, stieß er hervor.

Sie war zu verblüfft, um zu fragen, weshalb er ihre Post geöffnet hatte. Der Brief war von ihrer alten Adresse abgesendet worden, stammte also von Godfrey. Sie entfaltete ihn. Das Papier flüsterte unter ihren Fingern. Mittlerweile hatte Jasper ihren Kleiderschrank aufgerissen, zerrte Kleider heraus und schleuderte sie aufs Bett.

»Was machst du da?«, fragte sie verängstigt und empört zugleich.

»Wo ist es?«

Der Puls hämmerte schuldbewusst in ihrer Kehle. »Wo ist was?«

Er fing an, Gegenstände vom obersten Regalbrett zu fegen. Schachteln mit alten Postkarten und Briefen und sogar einige Fotografien ihres Großvaters. Alles fiel aus den Schachteln und ergoss sich auf den Boden. Tilly kletterte aus dem Bett und fing an, sie mit ihrer unverletzten Hand aufzusammeln, doch nun machte Jasper sich über ihre Kommode her und riss Strümpfe und Korsetts, Bürsten und Haarnadeln heraus.

»Hör auf!«, schrie sie.

»Lies den Brief«, knurrte er nur und fuhr fort, ihre Besitztümer zu plündern.

Cousine Matilda, halte mich nicht zum Narren. Pamela und ich haben viele Stunden im Haus des alten Mannes verbracht und alles aufgelistet, was sich darin befindet. Die Anzahl der fehlenden Gegenstände verblüfft mich. Hast du wirklich gedacht, ich würde das nicht bemerken?

Darunter führte er alle Gegenstände auf, die Großvater in den Koffer gelegt hatte. Dinge, die sie und Jasper längst verkauft hatten. Tilly hatte kein schlechtes Gewissen: Es waren Geschenke, die Großvater ihr gegeben hatte, als er es noch konnte, und genau das würde sie Godfrey auch schreiben. Warum aber durchsuchte Jasper ihre Sachen?

Da wäre auch noch die Summe von 233 Pfund in Scheinen, die Pamela bei unserem Besuch im letzten Jahr in einer Zigarrenkiste auf dem Kaminsims gesehen hat. Du kannst dir vorstellen, was sie empfunden hat, als sie feststellen musste, dass du auch sie gestohlen hast.

In Tillys Kopf drehte sich alles. Pamela wusste, wie viel Geld in der Kiste war; Tilly hingegen hatte sich nie die Mühe gemacht, es zu zählen. Was für Menschen waren das, die die Habseligkeiten eines alten Mannes durchsuchten, noch bevor er gestorben war?

Nun verstand sie auch, weshalb Jasper ihr Schlafzimmer verwüstete.

»Hör auf«, sagte sie mit leiser, fester Stimme. »Ich nehme an, du suchst nach dem Geld.«

»Natürlich suche ich nach dem Geld. Wir sind Partner. Ich habe Schulden, du hast Geld. Du kannst es mir nicht vorenthalten.«

»Es ist nicht hier.« Und dann heftiger: »Er hat mir kein Geld gegeben. Alles, was ich von ihm habe, wurde bereits von dir verkauft.«

Jasper hielt inne und wandte sich zu ihr, in der Hand einen Schuh. »Warum glaubt Godfrey denn dann, du hättest es?«

»Weil er diese Art Mensch ist. Und mit dieser schrecklichen Frau verheiratet …« Tilly erstickte beinahe an ihrem Zorn, als sie daran dachte, wie die beiden in Großvaters Haus lebten, durch die vertrauten Flure und Zimmer trampelten. »Wenn Großvater Bargeld besaß, wollte er es vielleicht ausgeben. Oder es der armen Granger schenken, die Godfrey zweifellos schon vor die Tür gesetzt hat.«

Jasper ließ den Schuh fallen und wandte sich ohne ein Wort der Entschuldigung zum Gehen.

»Jasper«, sagte sie und stieg aus dem Bett. »Ich kann das nicht alles aufsammeln. Ich soll mein Handgelenk schonen. Du musst mir helfen.«

Doch das Schweigen war zurückgekehrt. Er war bereits hinausgegangen und hatte die Tür hinter sich geschlossen.

Tilly betrachtete das Durcheinander und entschied, sich wieder ins Bett zu legen, wie der Arzt ihr geraten hatte. Sie trank einen Schluck Brandy. Allmählich gewöhnte sie sich daran. Dann hob sie Godfreys Brief auf und las ihn zu Ende.

Kurzum, wir beide betrachten deine Unehrlichkeit als schrecklichen Betrug und als grobe Undankbarkeit gegenüber deinem Großvater, der Dellafore schon 1200 Pfund als Hochzeitsgeschenk überlassen hatte. Pamela hat mich gedrängt, die Polizei zu rufen, aber der Anwalt hat uns davon abgeraten. Daher kannst du stolz sein, dass du damit durchgekommen bist, aber eines solltest du wissen: Wir wollen dich nie wieder in diesem Haus sehen.

Tilly faltete den Brief. Sie hatte nicht gewusst, dass Jasper eine so gewaltige Summe von ihrem Großvater bekommen hatte. Was war aus den 1200 Pfund geworden? Sie stand mit der festen Absicht auf, Jasper zur Rede zu stellen, überlegte es sich dann aber anders. Er würde ihr ohnehin nicht antworten. Sie musste warten, bis er wieder mit ihr sprach.

Während sie ihre Habseligkeiten betrachtete, die im ganzen Zimmer verstreut lagen, kam ihr die Idee, alles in ihren Schrankkoffer zu packen und das Haus zu verlassen. Das ganze Elend zu beenden. Aber nein, sie hatte die Ehe vor Gott geschlossen und nahm das Gelöbnis ernst.

Tilly legte sich auf den Rücken. Sie war den Anblick ihres Betthimmels herzlich leid, richtete aber doch den Blick darauf. Großvater hatte gestanden, dass er Jasper für sie gesucht, es aber hatte aussehen lassen, als wären sie einander zufällig begegnet. Welche Verhandlungen hatte es im Vorfeld gegeben? Hatte Großvater Jasper Geld geboten, damit er sie heiratete? Gewiss nicht; gewiss hätte Großvater gewusst, dass daraus nur Unglück erwachsen konnte. Oder hatte Jasper Großvater mit seinem Charme und seiner eleganten Kleidung getäuscht und sich als gute Partie präsentiert?

Sie seufzte. Nichts davon zählte jetzt. Sie musste ihren Mann nur dazu bewegen, dass er wieder mit ihr sprach, sich warm und freundlich verhielt, damit sie ihre Zweifel äußern konnte. Doch im Augenblick waren keine Wärme und Freundlichkeit von ihm zu erwarten.

*

Es dauerte sechs Tage, bis Jasper wieder mit ihr sprach. Dann kam es wie aus heiterem Himmel. Er brachte ihr abends den Brandy und sagte: »Dr. Hunt ist sehr zufrieden. Er sagt, dein Handgelenk heile gut.«

Tilly versuchte, ihr Erstaunen zu verbergen, und bewegte das Gelenk. »Ich bin auch zufrieden.«

»Die Morningtons haben uns für heute Abend zum Essen eingeladen, aber ich habe dich bereits entschuldigt. Bis es dir wieder wirklich gutgeht, solltest du bleiben, wo du bist. Ich gehe allein.«

»Ich fühle mich wohl genug, Jasper. Bitte lass mich mitgehen. Ich habe es so satt, immer in diesem Zimmer zu sitzen.«

»Mir ist aufgefallen, dass du keine hysterischen Anfälle mehr erlitten und dir keinen Unsinn mehr eingebildet hast, seit du in deinem Zimmer bist«, erwiderte er schelmisch, wobei seine Mundwinkel unter dem Schnurrbart zuckten. »Daraus schließe ich, dass du besser hierbleiben solltest.«

Tilly nippte an ihrem Brandy. Die Flüssigkeit, die auf ihrer Zunge brannte, vertrieb die wütende Erwiderung.

»Nun, da dein Handgelenk allmählich heilt, werde ich Mrs. Rivard entlassen müssen. Wir können sie nicht mehr bezahlen. Du musst eine Zeitlang die Haushaltsführung übernehmen.«

»Nicht mehr bezahlen ... aber was ist mit deiner Reise nach Irland?«

»Ich warte noch auf das Geld. Es wird nicht mehr lange dauern.«

Sie betrachtete sein Gesicht und wünschte sich, sie könnte erkennen, ob er die Wahrheit sagte.

»Warum schaust du mich so an?«

Sie zwang sich zu lächeln. »Darf eine Frau denn nicht das Gesicht ihres geliebten Mannes betrachten?«

Sein Mund zuckte, als wollte er Tillys Lächeln tatsächlich erwidern. Einen hoffnungsvollen Moment lang hob sich ihre Stimmung. Sie erinnerte sich an seine Werbung, seine Freundlichkeit, sein liebevolles Gesicht. Steckte dieser Jasper noch irgendwo in dem zunehmend zornigen und verzweifelten Ehemann? Oder war er immer zornig und verzweifelt gewesen und hatte diese Gefühle nur verborgen, damit ein alter Mann seine Enkelin gegen Geld mit ihm verheiratete?

Gewiss konnte kein Mensch zu einer so herzlosen Täuschung fähig sein.

»Jasper, sag mir die Wahrheit. Am Tag, als wir einander begegnet sind – war das wirklich Zufall? Ich habe oft geargwöhnt, dass Großvater es irgendwie arrangiert hat. Er wusste, dass ich alle potenziellen Ehemänner ablehnte, die er mir vorschlug.«

»Natürlich war es Zufall«, entgegnete er mit offener, ehrlicher und aufrichtiger Miene.

Mein Gott, was für ein brillanter Lügner.

»Und wir haben uns verliebt und rasch geheiratet. Zu rasch. Das war töricht von uns.« Seine Augen zuckten zur Seite. »Falls du wissen willst, weshalb meine Zuneigung erkaltet ist, musst du dir nur anschauen, wie du dich in den vergangenen Wochen verhalten hast.«

Tilly biss sich auf die Zunge.

»Aber wir müssen das Beste daraus machen«, fuhr er fort, »und das heißt, wir müssen eine Weile ohne Dienstboten zurechtkommen.«

Sie dachte an das Geld im Gartenschuppen. Wie lange würde es reichen, wenn sie es ihm gab?

»Ruh dich erst einmal aus.« Er deutete auf das Brandyglas, das er ihr gebracht hatte. »Und denk an deine Medizin. Ich werde Mrs. Rivard entlassen.«

Tilly trank den Brandy und setzte sich ans Fenster. Die Lagerstroemien, die den Zaun säumten, wiegten sich im Wind. Dr. Hunt war bei seinen Besuchen ziemlich deutlich geworden. Sie neige zur Hysterie und müsse aufhören, sich schreckliche Dinge einzubilden, sonst werde ihre Gesundheit weiter darunter leiden. Der Gedanke, ihr Ehemann habe sie des Geldes wegen geheiratet, während er die ganze Zeit eine Affäre hatte, sei ihrer Hysterie entsprungen.

Und doch vermutete Tilly, dass genau dies der Wahrheit entsprach.

*

Spät in der Nacht erwachte Tilly. Ihr Herz hämmerte. Zu viel Brandy. Für den Schmerz im Handgelenk brauchte sie ihn nicht mehr, hatte aber festgestellt, dass er ein gutes Mittel gegen den Schmerz in ihrem Herzen bot, und Jasper versorgte sie nur zu gern damit. Er selbst trank nie. Er war immer ganz und gar nüchtern. Wäre er ein zügelloser Trinker gewesen, wäre es ihr vielleicht leichter gefallen, ihn für einen Lügner und Frauenhelden zu halten. Doch Jasper blieb stets völlig und beinahe grausam rational.

Sie hörte ein leises Geräusch vor der Tür, als versuche jemand, unbemerkt vorbeizuschleichen. Vermutlich Jasper, der verhindern wollte, dass sie aufwachte und wieder wie eine Furie zu schreien begann. Doch dann kam es ihr vor, als würde etwas leise über den Teppich gezogen. Sie setzte sich auf und horchte. Der Türknauf wackelte, dann ein Kratzen und ein Schlag, und die Schritte verschwanden wieder.

Ihr Herz verkrampfte sich. Sie ging zur Tür. Der Knauf bewegte sich nicht. Er hatte sie wieder eingesperrt.

Aber wieso?

Sie kniete sich hin, die Handflächen auf den Boden, und spähte unter der Tür hindurch. Alles war dunkel. Sie verharrte einen Moment lang so und horchte. Hörte Jaspers Stimme, die von den hölzernen Wänden gedämpft wurde. Also hatte er Besuch. Alle ihre Sinne waren geschärft.

Sie wartete.

Dann die Bestätigung. Das leichte, helle Lachen einer Frau.

Jaspers Geliebte, bei ihm im Haus. Während er seine Ehefrau in ihr Zimmer gesperrt hatte.

Der Zorn, der in ihrem Inneren aufloderte, erschreckte sie. Zuvor hatte sie an sich gezweifelt, ihre schlimmsten Ängste verdrängt, Jaspers Lügen geglaubt. Aber das ... das war die Bestätigung.

Jeder Nerv und jede Sehne in ihrem Körper kämpften darum, den Zorn zu unterdrücken, der sie zu zerreißen drohte. Sie wollte Löcher in die Wände schlagen, ihr Bettzeug herausreißen, die Tür aus den Scharnieren heben und einen langen, heißen, ohrenbetäubenden Schrei ausstoßen. Doch stattdessen kauerte sie sich auf den Boden, den Kopf gesenkt, und biss die Zähne zusammen, damit niemand ihr Schluchzen hörte.

Neun

Der zobelbesetzte Mantel

Tilly hatte zu viel Zeit im Haus verbracht. Sie hatte sich lange genug ausgeruht. Sie hatte genügend Brandy getrunken. Sie hatte lange genug in ihrem eigenen Kopf gelebt. Nach einer unruhigen Nacht fand sie die Zimmertür unversperrt und fragte sich, wann Jasper den Stuhl weggenommen hatte. Wann war die Frau nach Hause gegangen?

Sie wusch sich Gesicht und Hände, zog sich an und ging nach unten. Jasper war nirgendwo zu sehen. Mrs. Rivard hatte ihr das Frühstück hingestellt, doch sie beachtete es nicht und begab sich zur Haustür.

»Wo wollen Sie hin?«

»Das weiß ich nicht.«

»Mr. Dellafore hat deutlich erklärt, dass Sie in Ihrem Zimmer bleiben sollen.«

Tilly ignorierte sie und schlug die Tür hinter sich zu.

Sie ging. Den Weg entlang, durchs Tor, den kleinen, steinigen Abhang hinunter bis in den Wald. Sie ging und spürte, wie sich ihr Körper bewegte, wie ihr Blut durch die Adern gepumpt wurde, und das vertrieb ihre Sorgen ein wenig. Ein Fuß vor den anderen, sie bewegte sich durch die Welt, hinunter zu den Granitklippen von St. Peter Port, wo andere Menschen lebten, wo in den engen, gewundenen Straßen Lärm und Geschäftigkeit herrschten. Sie fand sich in Le Paradis wieder, an eben jener Ecke, an der das Haus der Morningtons stand. Sie hielt inne und überlegte.

Ralph und Laura waren so freundlich und herzlich zu ihr gewesen. Laura hatte gesagt, Tilly könne sie jederzeit besuchen. Und in diesem Moment sehnte sie sich verzweifelt danach, jemanden um Rat zu fragen.

Sie zögerte. Wenn Jasper davon erführe …

Es war ihr egal. Es musste ihr egal sein. Jasper hatte sie im Stich gelassen. Ihre Liebe war erkaltet, hatte sich in bittere Feindseligkeit verwandelt. Sie wusste nicht mehr, was die Zukunft für sie bereithielt, sie wusste nicht länger, was Jasper von ihr wollte oder von ihrem gemeinsamen Leben erwartete. Nur dass sie die unendliche Liste der Haushaltsaufgaben übernehmen und in ihr Zimmer gesperrt werden würde, wenn sie im Weg war. Das war keine Ehe, es war ein grausames Märchen. Es fehlte nur noch ein verschlossenes Zimmer voller toter Ehefrauen.

Tilly begab sich zum Haus der Morningtons, ging die flachen, steinernen Stufen hinauf und klopfte.

Ein Mädchen öffnete die Tür. Sie hatten also Personal. Tilly hatte früher auch Personal gehabt. »Ja, Madame?«

»Ich möchte Mrs. Mornington besuchen. Ich bin Matilda Dellafore.«

Das Mädchen nickte, schien den Namen zu kennen. »Einen Moment, Madame.«

Tilly rückte ihre Handschuhe zurecht, während sie wartete, und schaute sich um. Das Haus war in einem guten Zustand. So sollte auch ihr eigenes Heim aussehen. So etwas war sie gewohnt, dafür war sie erzogen worden. Nicht für die schäbige Existenz, in die man sie gestürzt hatte.

Kurz darauf tauchte Laura Mornington auf und schob die Hand unter Tillys Ellbogen. »Es freut mich so, Sie zu sehen, aber Sie kommen überraschend. Jasper sagte, Sie seien immer noch sehr krank.«

»Ich bin nicht krank, war es auch nicht. Ich habe mir nur das Handgelenk verstaucht und war es leid, immer nur im Haus zu sitzen.« Tilly merkte, dass die Worte beinahe ohne ihr eigenes Zutun hervorsprudelten. »Ich bin verzweifelt. Ich …« Ihr stockte der Atem.

Lauras Gesicht fiel in sich zusammen. Sie zog Tilly zu sich

heran und rief über die Schulter: »Myra, Limonade in den Garten. So schnell es geht, bitte.« Dann schaute sie Tilly in die Augen. »Wir werden in der Sonne sitzen und frische Luft schnappen, und dann schütten Sie mir Ihr Herz aus.«

Tilly bekam vor lauter Dankbarkeit weiche Knie. »Danke«, flüsterte sie. »Vielen Dank.«

Laura führte sie durchs Haus auf eine weite Rasenfläche, die von Hecken und einem hohen Zaun gesäumt wurde. In einer Ecke befand sich ein eisernes Tor, umgeben von Ehrenpreis und Lavendel. Durch die Gitterstäbe konnte sie auf eine schmale Straße blicken, die von rankenbesetzten Granitmauern gesäumt wurde. Sie war kaum breit genug für einen Menschen. Laura plazierte Tilly an einem schmiedeeisernen Tisch mit Stühlen und setzte sich ihr gegenüber. Die Sonne schien weiß und hell auf Lauras Gesicht und warf Lichtflecke auf ihre Haare. »Sie müssen mir alles erzählen, meine Liebe.«

Tilly holte tief Luft. »Jasper … er ist …« Sie wusste nicht, wie sie etwas so Intimes in Worte kleiden sollte. »Jasper hat eine Geliebte.«

Laura wirkte überhaupt nicht schockiert. »Ich weiß.«

Sie war so erleichtert, dass jemand ihr glaubte und es nicht abstritt und ihr keinen Brandy anbot und behauptete, sie sei hysterisch.

»Viele Ehefrauen sind in der gleichen Lage. Viele ziehen es vor, es zu ignorieren.«

»Ich dachte, er liebt mich.«

»Vielleicht liebt er Sie beide.«

Bei dieser Vorstellung zog sich Tillys Herz zusammen. »Er sperrt mich in mein Zimmer. Er spricht nie freundlich mit mir. Ich fürchte, er hat mich nur des Geldes wegen geheiratet, das mein Großvater ihm versprochen hat.«

Laura nickte, den freundlichen Blick auf Tilly gerichtet. »Wir kennen Jasper schon lange. Er ist ein kluger, charmanter Mann, und ich habe ihn immer als wohlerzogen und unterhaltsam empfunden. Als er uns erzählte, dass er Sie heiraten will, haben wir uns für ihn gefreut. Solange ich ihn kenne – und das sind schon einige Jahre –, verändern sich seine finanziellen Verhältnisse ständig. Ich bezweifle, dass er Sie des Geldes wegen geheiratet hat. Er war nie so verzweifelt, dass er zu einem so grausamen Mittel gegriffen hätte.« Laura beugte sich vor und tätschelte Tillys Knie. »Ich bin mir sicher, dass sich seine Finanzen wieder erholen. Wie immer.«

Lauras Freundlichkeit ließ sie in Tränen ausbrechen. »Aber wie soll ich ertragen, dass er eine andere liebt? Wer ist sie? Warum sie?«

Laura schaute über die Schulter und deutete auf eines der Fenster im Erdgeschoss. Dann sah sie Tilly an und senkte die Stimme. »Jasper zahlt uns eine kleine Miete, damit eine unserer Dienstbotinnen ein eigenes Zimmer hat.«

»Was? Ich dachte, er hätte kein Geld.«

»Er ist auch viele Monate im Rückstand.«

»Wer ist sie?«, wollte Tilly wissen und dachte an das Mädchen, das die Tür geöffnet hatte. Dann wurde ihr alles klar. Das lange, rotgoldene Haar. »Chantelle?«

»Hier kommt unsere Limonade.«

Als das Mädchen den Krug hinstellte, warf Tilly einen Blick zu dem fraglichen Fenster. Das vorletzte von hinten, davor ein leerer Blumenkasten. Vielleicht war er nicht bepflanzt, damit Jasper über ihn hinwegklettern konnte. Ihr Magen zog sich zusammen. Sie wollte aufstehen, doch Laura hielt sie fest und führte sie wieder an den Tisch. Das Mädchen schaute sie verwundert an.

»Danke, Myra, das wäre alles«, sagte Laura geschmeidig.

Sie führte Tilly an ihren Platz zurück und goss ihr ein Glas Limonade ein. »Hier, gleich geht es Ihnen besser.«

Ein kalter Wind vom Meer fuhr durch die Hecken. Tilly trank gierig. Es schmeckte sauer und süß zugleich. Besser wurde ihr davon nicht.

Laura nippte höflich an ihrer Limonade, stellte das Glas beiseite und ergriff Tillys Hand. »Ein Leben ohne Ehemann ist kein Leben. Die Schande, eine Ehe hinter sich zu lassen … was wollen Sie denn machen? Jasper hat mir erzählt, dass Sie nicht zu Ihren Verwandten zurückkönnen. Vielleicht gelingt es Ihnen ja doch, darüber hinwegzusehen. Ich weiß, dass Sie sich jetzt schrecklich fühlen, aber möglicherweise können Sie sich daran gewöhnen. Wenn Jasper wieder zu Geld kommt und Sie sich besser in *Lumière sur la Mer* eingelebt haben, fühlen Sie sich vielleicht behaglicher.«

»Sollte das Leben denn nicht glücklicher sein als so? Ich hätte auch einen von den alten Eseln heiraten können, die mein Großvater mir vorgestellt hat. Ich hatte erwartet, dass ich glücklich sein würde.«

»Erwartungen sind der Feind des Glücks«, sagte Laura und nahm ihre kühlen Finger von Tillys Hand. Das Sonnenlicht fiel flackernd durch die Magnolienbäume, die sich im Wind bewegten. »Wenn Sie mich brauchen, bin ich für Sie da. Sie können jederzeit zu mir kommen, selbst wenn Sie sich nur ausweinen wollen. Ich höre Ihnen zu.« Laura senkte die Stimme zu einem Flüstern. »Ich kann Ihren Schmerz ein wenig nachvollziehen.«

Tilly hob die Augenbrauen. »Ralph?«

Laura presste die Lippen aufeinander und lächelte. Tilly bemerkte, wie sich die Falten um Augen und Mund vertieften. »Nun, es ist lange her.«

»Bitte, erzählen Sie.« Tilly sehnte sich verzweifelt danach zu hören, dass sie nicht der einzige Mensch war, der so leiden musste.

»Unsere Kinder waren noch klein. Ich habe nie etwas dazu gesagt. Das hätte nur zum Streit geführt, vielleicht hätte er mich sogar aus dem Haus geworfen. Ich wollte selbst entscheiden, ob und wann ich ihn verlasse.« Sie zuckte mit den Schultern. »Seither sind zwölf Jahre vergangen, und ich bin nicht mehr zornig. Ralph und ich sind sehr glücklich miteinander. Die Geliebten können die Männer nie halten. Die Ehefrauen schon.«

Doch Tillys ganzer Körper setzte sich dagegen zur Wehr, wollte sich an das Ideal klammern, an das sie die ganzen Monate geglaubt hatte: dass Jasper sie liebte und sie ihn und dass ihr Leben in dem wunderschönen Haus ein liebevolles sein würde. Der Schmerz war entsetzlich, schlimmer als alles, was sie in ihrem verletzten Handgelenk empfunden hatte.

»Seien Sie nicht wütend. Der Zorn macht es nur schlimmer. Chantelle weiß es nicht besser, und ich mache mir Sorgen, was aus ihr wird, wenn die Affäre vorbei ist. Ich weiß, dass Sie das nicht gerne hören, aber sie hat sehr viel weniger Macht in dieser Gesellschaft als Sie. Jasper ist Ihr Ehemann. Solange er sich diskret verhält, sollten Sie Trost darin finden, dass sie keinen Anspruch auf ihn hat.«

Mitgefühl für Jaspers Geliebte? Tilly ließ sich nicht anmerken, wie sehr Lauras Worte sie erbosten.

»Glauben Sie, dass Sie Trost darin finden können?«, wollte Laura wissen.

Tilly zwang sich zu lächeln. Sie sagte ja, doch es war ihr nicht ernst damit.

Denn es war nicht gerecht, und Tilly wäre am liebsten vor ihren Mann hingetreten und hätte ihm in feurigem Zorn erklärt, dass es nicht gerecht sei. Aber sie fürchtete sich zu sehr vor ihm. Und mit diesem Zorn im Bauch würde sie niemals Trost empfinden.

*

In jener Nacht zog ein Sturm herauf. Tilly las in der Bibliothek beim Schein einer Kerze, als sie in der Ferne das erste Donnergrollen hörte. Sie trat ans Fenster und schob es hoch, um nach draußen zu sehen. Dicke Wolken hatten die Sterne verhüllt, dazwischen leuchteten Blitze auf. Die ersten Böen trafen sie ins Gesicht, und sie schloss rasch das Fenster und sah durch die Scheibe, wie die Baumwipfel hin und her gepeitscht wurden.

Der Sturm war so laut, dass sie Jaspers Schritte nicht hörte.

»Tilly?« Sie zuckte zusammen und drehte sich um.

Er stand mit einem Kerzenleuchter auf der Schwelle, das Licht zeichnete grausame Schatten auf sein Gesicht. Sie bemerkte, dass ihr Herz schneller schlug.

»Solltest du dich nicht ausruhen?«

»Ich fühle mich gut.«

»Ich glaube, du solltest dich in dein Zimmer begeben. Rivard bringt dir etwas zu essen, bevor sie nach Hause geht.«

»Ich kann auch unten mit dir essen.«

»Dr. Hunt hat sehr deutlich erklärt, dass du …«

»Du hältst mich anscheinend für gesund genug, um in Kürze dieses gewaltige Haus alleine sauber zu halten.« Sie deutete in die Runde.

»Mir gefällt dein Tonfall nicht.«

Tilly schwieg.

»Du warst so liebreizend, als wir uns kennengelernt haben.«

»Ich wage zu behaupten, dass wir beide ganz anders waren, als wir uns kennengelernt haben.«

»Ins Bett mit dir. Eine scharfe Zunge ändert nichts daran. Ich bin dein Ehemann und verlange, dass du in dein Zimmer gehst.«

Tilly nahm sich einen Stapel Bücher und ging vor ihm her. Es überraschte sie nicht, als sie hörte, wie er sich an dem Stuhl zu schaffen machte, nachdem sich die Tür hinter ihr geschlossen hatte. Auf ihrem Nachttisch stand ein Glas Brandy. Sie trank davon und hoffte, er möge das Feuer in ihr löschen. Dann lachte sie über sich selbst: Brandy ins Feuer zu schütten, machte es nur noch schlimmer.

Ihre Kerze zischte und erlosch, und sie saß in der Dunkelheit auf dem Bett und horchte auf den Sturm, der über ihr toste. Niemand brachte ihr Essen, vermutlich als Strafe. Sie fragte sich, ob Chantelle bei diesem Unwetter gekommen war, ob ihre Kleidung in der Küche zum Trocknen hing, während sie nackt in Jaspers Armen lag. Sie fragte sich, ob der mit Zobel besetzte Mantel auch dabei war, der Mantel, den sie ausgesucht hatte, als sie an einem kühlen Herbstmorgen mit Großvater einkaufen gegangen war. Als sie ihn anprobiert hatte, war ihr sofort klargeworden, dass sie ihn haben wollte. Er war nicht dick genug für einen schneestillen Winter, aber genau richtig für einen windigen Oktobernachmittag. Er hatte tiefe Taschen, in denen sie ihre kalten Hände vergraben konnte. Wie sehr sie diesen Mantel geliebt hatte.

Wie sehr sie dieses Leben geliebt hatte.

Das Elend stachelte ihren Zorn weiter an. Wie konnte er es wagen? Sie wollte ihren Mantel zurück. Sie würde ihn zurückbekommen.

Sie ging zur Tür und rüttelte am Knauf. Er rührte sich nicht. Sie trat dagegen, verletzte sich aber nur den Zeh. Also öffnete sie das Fenster.

Der Regen war zu einem leichten Nieseln abgeklungen. Die Wolkendecke war aufgerissen und enthüllte einige einsame Sterne. Tilly schaute nach unten. Sie erinnerte sich, wie sie den Abstieg geplant hatte. Über die Fensterbank, den Sims, den Ast, den Sims, das Dach des Wintergartens und auf den Boden. Ihre Angst war bei weitem nicht so groß wie ihr Zorn. Ein Bein aus dem Fenster, dann das andere, dann auf den schmalen Sims. Sie klammerte sich an die Fensterbank. Schwindel überkam sie, heiße Angst durchzuckte ihr Herz. Doch es ging vorüber, und sie schob sich vorsichtig über den Sims und legte erst eine und dann die andere Hand an den kräftigen Ast, der zwischen ihrem Fenster und dem nächsten herüberragte. Dann folgten ihre Knie, dann die Füße. Sie wartete angespannt, ob der Ast brechen würde.

Vorsichtig schob sie sich nach unten. Klammerte sich an den Ast, wobei sich ihre Ärmel in der rauhen Rinde verfingen, an der sie sich die Haut aufschürfte. Sie schwang die Beine hinunter und tastete mit den Zehenspitzen. Dann eine Bewegung, halb Schritt, halb Sprung, auf die Fensterbank.

Tilly atmete tief durch. Das Dach des Wintergartens war aus Glas, so dass sie sich vorsichtig auf einen der dicken Dachbalken niederlassen musste, der es mit dem Haus verband. Beinahe hätte sie den Mut verloren. Wenn sie zu hart an der falschen Stelle aufkam, würde ihr Fuß das Glas durchdringen und zerschnitten werden. Die regnerische Kälte hatte ihren Zorn abgekühlt. Auf einmal erschien ihr das alles als eine sehr schlechte Idee. Es war gut und schön, einen Fluchtweg für Feuer oder andere Notfälle zu kennen, aber all das nur, um einen Mantel zurückzuholen? Das war Wahnsinn.

Andererseits hielten ihr Mann und ihr Arzt sie ohnehin für wahnsinnig. Wie praktisch.

Tilly drückte sich mit dem Rücken gegen die Mauer und rutschte an ihr hinunter, bis sie auf dem Sims saß. Ihre Füße waren immer noch mehrere Zentimeter von dem Balken entfernt. Sie reckte sich und ließ sich fallen.

Und kam auf. Sie war nicht darauf gefasst, dass das Dach so glatt war, also kniete sie sich hin und kroch auf allen vieren den Balken entlang. Er neigte sich zum Ende hin, dann blieben noch etwa acht Fuß, die sie springen musste. Zu viel. Sie schluchzte beinahe, weil sie es so weit geschafft hatte und nun erkennen musste, dass sie nicht vom Dach des Wintergartens herunterkam.

Sie wagte auch nicht, den Balken zu verlassen, um sich eine bessere Stelle zu suchen. Allerdings wusste sie, dass seitlich neben dem Wintergarten eine Weißdornhecke wuchs; die würde ausreichen, um ihren Fall zu bremsen.

Tilly kauerte sich auf den Dachbalken und griff vorsichtig nach dem Glas. Es war nass und glitschig. Sie prüfte das Gewicht, rutschte vom Balken aufs Glas. Bis jetzt war sie nur feucht gewesen, nun aber drang die Nässe durch ihre Bluse und ihren Rock. Sie rutschte wie eine Schlange über das Dach des Wintergartens. An jedem Balken musste sie auf allen viere darübersteigen. Sie zuckte zusammen, wenn ihre Knie das Glas berührten, immer in der Angst, es könnte brechen. Aber es hielt.

Schließlich war sie auf dem letzten Dachbalken angelangt und schaute hinunter auf die Weißdornhecke. Sie war früher sorgfältig gepflegt worden, so dass das dichte Innere ihr Gewicht tragen würde. Aber sie war jetzt überwuchert, wild wachsende, kratzige Zweige ragten aus ihr hervor. Sie nahm allen Mut zusammen, drückte ihr verletztes Handgelenk an den Körper und sprang.

Es war weniger ein Sprung als ein kontrollierter Sturz. Der Weißdorn fing ihr Gewicht auf und sackte dann in sich zusammen. Die Dornen drangen ihr in Kleider und Haut.

Dann lag sie im Gras. Sie keuchte. Der Regen wurde stärker. Tilly lief zur Küchentür und drückte sie auf.

Es war, wie sie erwartet hatte. Vor dem Kamin hingen nasse Frauenkleider. Aber sie sah keinen mit Zobel besetzten Mantel. Und sie waren auch nicht in Jaspers Zimmer, die Stimmen drangen aus dem Wohnzimmer.

Tilly schaute im Licht des Kaminfeuers an sich herunter. Zerrissene, nasse Kleidung, Blut, das aus Kratzern an Armen und Oberschenkeln rann. Ihr Haar fiel lose auf die Schultern. So wollte sie Jaspers Geliebter nicht gegenübertreten.

Doch ihre Neugier war geweckt. Sie schlich auf Zehenspitzen durch die Küche in den Flur, schlüpfte ins Esszimmer und lehnte sich an die Wand. Nichts. Jemand hatte einmal gesagt, man könne Gespräche im Nebenzimmer hören, wenn man einen Spiegel gegen die Wand hielt. Also holte sie einen vom Sideboard, konnte aber immer noch nichts hören.

Sie kehrte in den Flur zurück und setzte sich auf den Boden neben die geschlossene Wohnzimmertür. Warmes Kerzenlicht schien darunter hervor. Sie hörte Chantelles sanfte Stimme.

Jaspers schweren Atem. Sie sprachen keine ganzen Sätze, sie stöhnten nur Worte wie »ja« und »bitte« und Bruchstücke wie »genau da« und »oh, Liebster«.

Sie fragte sich, ob Laura Mornington jemals hatte anhören müssen, wie ihr Ehemann sie betrog. Sie legte den Kopf auf die Knie und hörte bis zum Ende zu. All das, was sie von Jasper hatte lernen wollen. Nun erlebte sie, wie er es mit jemand anderem tat.

Dann sprachen sie miteinander. Sie lachten leise und bezogen sich auf Dinge, die Tilly nicht verstand; vertrauliche Kleinigkeiten, die sie miteinander teilten. Tilly wäre am liebsten gegangen. Ihr Kleid war nass, und sie fror, doch dann fragte Chantelle: »Wie lange noch?«

Da Tilly wissen wollte, was mit der Frage gemeint war, lehnte sie sich noch enger an die Tür und horchte angestrengt.

»Bis zum Ende des Monats werde ich das Geld in Händen halten. Alle meine Gläubiger sind bereit zu warten. Das Schlimmste haben wir überstanden.«

Sie war gleichzeitig erleichtert und traurig, weil er ihr, seiner Frau, nicht die Wahrheit gesagt hatte.

»Du weißt, ich meine nicht das Geld. Wie lange noch?«

Schweigen. Tilly wünschte, sie könnte mehr verstehen.

»Du weißt wie lange. Zwei Jahre. Aber wenn ich sie brechen kann, so dass sie mich in Ruhe lässt …«

Ihr wurde gleichzeitig heiß und kalt. Sprachen sie von ihr?

»Du brauchst sie nicht zu brechen. *Du musst sie nur loswerden.* Sie nützt dir nicht mehr, das hast du selbst gesagt.«

»Mir war nicht klar, dass ihr Großvater dem unglückseligen Cousin von unserem Arrangement erzählt hatte.«

Tillys Haut kribbelte. Redeten sie jetzt von Godfrey?

»Du hast versprochen, wir würden zusammen sein. Ich will nicht ewig deine Geliebte bleiben. Ich will deine Frau werden.« Chantelle klang äußerst verdrießlich, Jasper hingegen ganz ruhig.

»Ich möchte auch dein Mann werden. Aber wir müssen die Sache langsam angehen.«

Tilly erinnerte sich an Lauras Worte, dass die Geliebten die Männer nie halten könnten, die Ehefrauen hingegen schon. Daran glaubte sie. Jasper würde ebenso wenig Tilly verlassen und eine Köchin heiraten, wie er sein Haus verlassen und in einer Lehmhütte leben würde. Er hatte eine Position in der Gesellschaft und legte Wert darauf, was andere über ihn dachten. Doch etwas an Chantelles Fragen beunruhigte Tilly trotzdem.

Es war die Wortwahl. Du musst sie nur loswerden.

War sie in Gefahr? Was meinte er damit, er wolle sie »brechen«? Die Dinge so schlimm gestalten, dass sie ihn freiwillig verließ? Oder … etwas Schlimmeres?

»Für meinen Geschmack geht es zu langsam«, sagte Chantelle, doch dann war sie still, und Tilly begriff, dass Jasper ihr mit Küssen den Mund verschlossen hatte. Die Küsse, nach denen sie sich selbst gesehnt hatte.

Ihr wurde zu kalt, sie war zu traurig. Sie stand auf und schlich die Treppe hinauf. Da war ja der Stuhl, er balancierte auf den Hinterbeinen, die Lehne war unter den Türknauf geklemmt. Es war einer der Esszimmerstühle, dessen Rückenlehne wie ein U geschwungen war. Jasper hatte den Stuhl so hingestellt, dass das U geradezu perfekt unter den Türgriff passte. Sie schob den Stuhl vorsichtig beiseite und kippte ihn um, als wäre er von selbst umgefallen. Dann ging sie ins Zimmer und zog sich ein warmes Nachthemd über.

Morgen würde sie ihn verlassen. Es war die einzige Lösung.

*

Als sie im Bett lag, sah sie die Sterne hinter den Wolken auftauchen und weinte alle Tränen, die in ihr waren. Sie weinte um den Verlust ihres Großvaters, den Verlust ihrer Liebe, den Verlust ihrer Träume. Doch es waren heiße, zornige Tränen. Es war nicht gerecht, sie hatte nichts getan, um das zu verdienen. Sie war einfach nur eine Frau. Eine Frau, die nicht dafür geschaffen war, Geld zu verdienen oder für sich selbst zu sorgen. Eine Frau, die sich auf die Großzügigkeit vieler Männer verlassen musste – ihres Großvaters, Godfreys, Jaspers –, die sie ungerecht behandelt hatten. Ja, selbst Großvater hatte sie wegen Jasper belogen und schutzlos zurückgelassen. Nicht zum ersten Mal dachte sie, dass es ihr sehr viel besser ginge, wenn sie ihr Schicksal selbst in die Hand nehmen könnte. Nun aber war sie verheiratet und ein Leben lang in diesen Problemen gefangen. Scheidungen waren teuer, geradezu unmöglich. Sie würde beweisen müssen, dass Jasper sie betrogen hatte, Geld ausgeben, das sie nicht besaß, das Stigma ertragen. Der Weg, den sie gewählt hatte, nämlich wegzulaufen und so zu tun, als wäre sie nie verheiratet gewesen, erschien ihr einfacher. Er bedeutete aber auch, dass sie nie wieder heiraten konnte. Ihre Zukunft war schon jetzt mit einem Makel behaftet.

Und so quollen zornige Tränen aus ihr hervor, und als sie schließlich einschlief, träumte sie vom stürmischen Meer.

*

Tilly wusste, dass sie ihr Vorhaben sorgfältig planen musste. Der Dampfer nach Saint-Malo in Nordfrankreich legte frühmorgens ab, vor Sonnenaufgang, eine Zeit, um die sie möglicherweise noch in ihrem Zimmer eingeschlossen wäre. Wenn sie erst nachmittags aufbrach, könnte Jasper jedoch misstrauisch werden und nach ihr suchen. Also würde sie unmittelbar nach dem Abendessen verschwinden. Es würde aussehen, als ginge sie auf ihr Zimmer, doch stattdessen würde sie zur Haustür schleichen, während Jasper im Wohnzimmer das Kaminfeuer entzündete.

Sie musste ihren Koffer tagsüber packen und außerhalb des Hauses verstecken. Der Gartenschuppen war eine naheliegende Wahl; darin befand sich auch die Zigarrenkiste voller Geld, mit dem sie von Saint-Malo aus weiterreisen konnte. Sie besaß noch immer den einzigen Schlüssel zum Schuppen, doch ihr Magen zog sich bei der Vorstellung zusammen. Sie hatte keine Ahnung, wohin sie reisen sollte, aber es musste weit, weit weg sein. Indien. Afrika. Ans andere Ende der Welt.

Ich habe keine Angst, ich habe keine Angst.

Sie frühstückte zusammen mit ihrem Mann. Jasper sprach nicht mit ihr. Sie sagte, sie werde einige Zeit im Garten verbringen. Er zuckte nur mit den Achseln und erwähnte nicht die Wolken, das schwache Sonnenlicht oder den kalten Wind.

Er ging mit der Post nach oben, wie er es immer nach dem Frühstück tat. Tilly begab sich in ihr Schlafzimmer. Sie konnte unmöglich einen Koffer packen und ihn die Treppe hinunterschleppen. Jasper würde sie dabei erwischen. Also öffnete sie den Kleiderschrank und nahm den kleinen Lederkoffer heraus, den sie mitgebracht hatte. Der große Schrankkoffer musste hierbleiben. Sie zog die Wäsche vom Bett und wickelte sie um den Koffer. Ihr Herz hämmerte so stark, dass ihr beinahe schlecht wurde. Sie schluckte schwer und ging zur Tür. Schlich durch den Flur. Falls Jasper sie erwischte, würde sie einfach sagen, sie wolle Mrs. Rivard die Bettwäsche bringen. Doch er kam nicht. Sie schlich durch die Küchentür hinaus in den Garten, verstaute den Koffer im Schuppen und kehrte ins Haus zurück.

Mrs. Rivard erwischte sie mit dem Bündel Bettwäsche an der Küchentür.

Tilly verbarg ihre Überraschung. »Ach, da sind Sie ja. Ich habe schon nach Ihnen gesucht, weil ich Ihnen das hier geben wollte.« Sie warf der Haushälterin das Bündel vor die Füße. »Ich hätte gern frische Bettwäsche.«

Mrs. Rivard kniff die Augen zusammen. »Mr. Dellafore bezahlt mir nicht genug, als dass ich Bettwäsche waschen würde.«

»Dann mache ich es selbst. Und hole mir frische aus dem

Wäscheschrank.« Mit pochendem Herzen machte sie auf dem Absatz kehrt. Mrs. Rivard schwieg.

Als Nächstes musste sie ihre Kleidung hinausschmuggeln. Sie zog sich aus, zog alle Unterhemden übereinander und dann ein Hauskleid darüber. Im Gartenschuppen legte sie alles wieder ab und packte die Unterwäsche beim Dämmerlicht, das durch das schmutzige Fenster und die Risse im Holz drang, in den Koffer. Sie war die ganze Zeit über angespannt und zuckte beim kleinsten Geräusch zusammen. Dann folgten ihre Kleider. Hin und her ging es zwischen Schlafzimmer und Garten, und sie trug jedes Mal ein anderes Kleid unter ihrem Hauskleid. Sie versuchte, sich selbstbewusst zu bewegen, nicht auf Zehenspitzen zu schleichen oder Aufmerksamkeit darauf zu lenken, dass sie ständig hin und her lief.

Einmal begegnete sie Jasper, der sie stirnrunzelnd betrachtete. Sie trug gerade zwei lose geschnürte Korsetts unter ihrer Kleidung und verschränkte die Arme vor der Brust, damit er ihre komische Figur nicht bemerkte. »Du läufst heute aber viel umher. Ich dachte, du wolltest dich um den Garten kümmern.«

»Draußen ist es ziemlich kalt. Ich war oben, um meinen Schal und die Handschuhe zu holen.«

»Ich versuche, mich zu konzentrieren. Könntest du vielleicht aufhören, wie ein Elefant herumzutrampeln?«

»Entschuldigung.«

Die Tür schlug hinter ihm zu. Sie konnte wieder atmen.

Als Nächstes kamen ihre wenigen Habseligkeiten an die Reihe. Haarbürste, Handspiegel, Schreibschatulle. Sie schmuggelte alles nach und nach in den Gartenschuppen und verbarg es zwischen Kleidern oder einem gefalteten Mantel. Nun war ihr Koffer zum Bersten gefüllt. Blieb nur noch, die Zigarrenkiste aus dem Versteck zu holen, in den Koffer zu legen und ihn abzuschließen. Sie verbarg ihn unter einem niedrigen Regal und stellte einige leere Blumentöpfe davor.

Tilly drehte eine letzte Runde durch den Garten. Sie würde diese Rosen niemals blühen sehen, sie würde niemals die von Liebe und Kindern erfüllte Phantasie erleben, die sie sich erträumt hatte.

Ich habe keine Angst. Sie hatte festgestellt, dass der Zorn ihr die Angst nahm, und ihn daher gepflegt. Wie konnte Jasper es wagen, sie so grausam zu behandeln? Wie konnte Godfrey so deutlich erklären, dass sie nicht willkommen war? Wie konnte Großvater es wagen, diese idiotische Ehe für sie zu arrangieren? So, schon ging es ihr besser. Die hohle Angst verwandelte sich in harte Entschlossenheit.

Vielleicht wäre ihr Temperament diesmal von Vorteil.

*

Tilly begab sich zum Abendessen nach unten, wohl wissend, dass sie zum letzten Mal ihr Schlafzimmer verließ. Gut. Es war ein Gefängnis geworden. Jeder Schritt und jede Bewegung waren mit einer feierlichen Bedeutung aufgeladen. Ihre Schultern waren schwer. Sie spürte ihr Blut und ihren Atem im Kopf.

»Guten Abend, Jasper.«

Zu ihrem Erstaunen lächelte er. »Guten Abend, Tilly.«

Mrs. Rivard glitt durchs Zimmer und trug ihr Essen auf. Tilly hatte keinen Appetit auf den grau aussehenden Fisch, der auf ihrem Teller lag. Sie stocherte mit der Gabel darin herum und versuchte, ganz wie immer zu erscheinen. Nur weil Jasper nett zu ihr war, hatte sie ihm noch lange nicht verziehen.

»Das wäre alles, Mrs. Rivard.«

Das war neu. Tilly Herz hämmerte. Heute Abend sollte doch alles so sein wie sonst. Zwischen ihnen sollte es so sein wie immer.

Ruhe bewahren, Ruhe bewahren.

»Und, hast du die Gartenarbeit genossen?«, fragte Jasper, während er sein Brot mit Butter bestrich.

»Ich … ah.« Sie räusperte sich und griff nach dem Wasser. Schalt sich innerlich, weil sie nicht natürlich und unbekümmert wirkte. »Die Zeit im Freien war sehr angenehm.«

»Du solltest vorsichtig sein mit deiner empfindlichen Haut«, sagte er mit freundlicher Sorge. Diesmal schwang kein grausamer Spott darin mit.

Etwas rührte sich tief in ihrem Inneren. Sie wünschte sich, es möge der alte Jasper sein, er sprach fast wie damals vor ihrer Heirat. Sie versuchte, sich die schrecklichen letzten Wochen ins Gedächtnis zu rufen, um diese sentimentalen Gefühle zu unterdrücken. Oder hatte sie doch überreagiert? Sie geriet immer so schnell in Zorn. Während sie im Geist seine Sünden addierte, entging ihr die nächste Frage.

»Wie bitte?« Sie zwang sich zu lächeln. »Ich war in Gedanken.«

»Ich sagte, dass dir die Ruhe sehr gut getan hat.«

Tilly erinnerte sich daran, dass er sie schon einmal gut behandelt hatte, weil er etwas von ihr wollte. Wenn er jetzt freundlich war, wollte er wieder etwas, daran bestand kein Zweifel. Der Mann, der ihr gegenübersaß, war ein charmanter Lügner, ein Ehebrecher. Tilly Kirkland würde sich nicht von ihm einwickeln lassen. Sie wappnete sich innerlich und ließ ihre Stimme sorglos klingen.

»Ich glaube, du hast recht. Ich sehe viele Dinge jetzt ganz anders. Es tut mir leid, wenn ich dich beunruhigt habe.«

Nun wirkte er plötzlich nervös. Warum hatte sie nicht längst seine unruhigen Blicke bemerkt? Vielleicht war sie zu sehr damit beschäftigt gewesen, ihre eigene Angst zu verbergen. Sie fragte sich, was er diesmal von ihr verlangen würde. Falls sie ihre Kleider verkaufen sollte, würde ihr Plan auffliegen. Sie hatte nur einige unansehnliche Exemplare im Kleiderschrank hängen gelassen.

Doch er verlangte nichts von ihr. Er plauderte weiter, als hätte es das eisige Schweigen der vergangenen Tage nicht gegeben. Sie würden bald die Morningtons besuchen. In den nächsten Wochen käme Geld herein, dann könnte sie ihm helfen, neue Möbel für die leeren Räume auszuwählen. Sie nickte und lächelte und lachte an den richtigen Stellen, wohl wissend, dass sie beide ein Spiel spielten. Sie hoffte nur, dass er nicht merkte, dass sie Bescheid wusste.

Nach dem Essen schob er seinen Stuhl zurück. »Nun denn, gute Nacht.« Er trat um den Tisch und küsste sie auf die Lippen. Tilly erinnerte sich, wie er sie zum ersten Mal geküsst hatte, wie ihr ganzer Körper mit warmen Gefühlen und schwindelerregender Freude reagiert hatte. Nun aber wollte sie nicht mehr von ihm geküsst werden als von dem halb rohen Fisch auf ihrem Teller. Sie musste sich zwingen, nicht zu erschauern. Stattdessen lächelte sie warm, als er zurücktrat.

»Gute Nacht, Jasper«, sagte sie und verließ das Zimmer.

Sie hörte, wie er ins Wohnzimmer ging und die Tür schloss. Das war der richtige Augenblick, sie setzte einen Fuß vor den anderen, durch den Flur, zur Haustür. Sie hielt schon den Türknauf in der Hand.

»Was machst du da, Tilly?«, fragte er mit scharfer Stimme.

Sie drehte sich um. Er kam langsam durch den Flur, das Gesicht eine Maske aus Misstrauen und Verachtung. Er hielt ein Glas Brandy in der Hand. Die Hitze flammte in ihrer Brust auf. »Ich … ich wollte …«

Doch er schüttelte den Kopf. »Oh, nein. Nein, nein, nein. Du verlässt mich nicht. Du kannst mich nicht verlassen.«

»Ich wollte nur ein bisschen spazieren gehen.«

»Nein, du gehst nach oben ins Bett, und ich bringe dir deinen Abendbrandy, und dann wirst du schlafen.«

Ihre Haut kribbelte. Weshalb brachte er ihr Brandy? Das hatte er seit einer Woche nicht mehr getan. Sie erinnerte sich an Chantelle, die ihm geraten hatte, seine Frau loszuwerden. »Ich bin nicht müde. Es sind nur noch wenige Abende im Jahr, an denen ich …«

»Hältst du mich für einen Narren?«, donnerte er. Er stand knapp vor ihr, streckte die Hand aus, um ihr den Weg zu versperren. »Du kannst deinen Mann nicht einfach verlassen. Wir sind verheiratet. Du gehörst mir.«

»Nein, Sir. Ich gehöre mir selbst.« Sie wich vor ihm zurück ins Haus. Dabei fiel ihr Blick auf einen Mantel, der an der Wand hing. Ihren Mantel. Den Mantel mit dem Zobelbesatz. Sie griff danach und hielt ihn vor sich. »Siehst du den Mantel? Du hast mich belogen. Du hast gesagt, ich hätte es mir nur eingebildet, und doch ist er hier. Nicht verkauft. Deine Geliebte hat ihn letzte Nacht hier gelassen, oder nicht? Glaubst du etwa, das Unwetter hätte die Geräusche deines Ehebruchs übertönt? Ganz und gar nicht. Ich habe alles mit angehört. Und ich werde nicht hierbleiben, wo man mich so ungeheuerlich behandelt.«

»Du kommst mit mir.« Er griff nach ihr.

Sie drehte sich weg und schüttelte ihn heftig ab. Der Brandy ergoss sich über den Mantel. Jasper hob sie hoch, obgleich sie sich wehrte, und trug sie ins Wohnzimmer. Dort warf er sie aufs Sofa, wobei sie mit dem Kopf gegen die Lehne schlug und aufschrie.

»Schwächling«, lachte er.

»So kannst du mich nicht behandeln.«

»Du wirst tun, was ich dir sage.« Er ragte drohend über ihr empor. »Dein Großvater hat mir gewisse Versprechungen gemacht …«

»Mein Großvater hatte keine Ahnung, welche Ehe er für mich arrangiert hatte. Ich bin mir sicher, wenn er am Leben wäre, hätte er jedes einzelne seiner Versprechen gebrochen.« Sie hielt den Mantel schützend vor sich. »Du empfindest nichts für mich, also lass mich gehen.«

»Nein. Wenn ich dich gehen lasse, muss ich Godfrey das Geld zurückzahlen. Ich habe schon genügend Schulden.«

Sie erkannte, was sie ihm wirklich bedeutete und dass er sie weder jetzt noch früher je geliebt hatte. Es verlieh ihr neue Entschlossenheit. »Ist das so? Dann solltest du vielleicht aufhören, das Geld für deine Geliebte auszugeben. Ich bleibe keinen einzigen Tag mehr hier.« Sie stand auf, er schob sie zurück, drückte sie nieder. Sie wehrte sich, riss den Fuß hoch und trat ihm so fest sie konnte zwischen die Beine.

Er kippte um, riss den mit Brandy getränkten Mantel mit sich und stieß dabei die Laterne um.

Sofort stand der Mantel in Flammen. Jasper schrie und warf ihn weg. Er landete auf einem Stapel alter Dokumente. Tilly stürzte zur Tür und lief hinaus. Die Flammen hatten schon den Teppich erreicht, in den das Lampenöl gesickert war. Sie zog die Tür hinter sich zu, griff nach dem nächstbesten Stuhl und klemmte ihn unter den Türknauf, wie Jasper es so oft bei ihr gemacht hatte.

Dann rannte Tilly. Rannte um ihr Leben. Sie floh an der Westseite des Hauses entlang, wohl wissend, dass er aus dem Wohnzimmerfenster an der Ostseite klettern würde. Sie stürzte in den Gartenschuppen, schloss sich ein und hielt den Schlüssel mit ihrer schweißnassen Hand umklammert.

Dann kauerte sie sich mit hämmerndem Herzen im Dunkeln hin. Sie kroch über den Lehmboden und spähte durch einen Spalt im Holz. Sie wagte nicht, aus dem Fenster zu blicken und nach Jasper Ausschau zu halten. Er würde in den Wald laufen, das wusste sie. Jeden Augenblick würde seine dunkle Gestalt über den Weg kommen.

Doch sie sah etwas anderes. Sie sah leuchtend orange Flammen, die sich vor dem dunklen Nachthimmel abzeichneten. Dichten Rauch. Das Haus brannte lichterloh. Feuer schlug aus den Fenstern im Erdgeschoss. Oh Gott, sie hatte ihr Haus niedergebrannt. Das Feuer zischte und donnerte. Rauch quoll aus den Fenstern im ersten Stock. Entsetzt dachte sie an die Bücher in der Bibliothek, an Chaucer und Shakespeare, Milton und Wordsworth. Sauber geordnete Reihen, die zu Asche verbrannten. Der Rauch tat ihr in den Augen weh. Das Haus war keine zweihundert Fuß entfernt, doch der frische Wind blies Rauch und Funken von ihr weg. Tilly war wie erstarrt; sie stand da, das brennende Auge gegen den Spalt zwischen den Brettern gepresst. Sie hielt Ausschau nach Jasper, sah ihn aber nicht. Das Geräusch gewaltiger Flammen, brechenden Holzes und einstürzender Balken hallte in ihren Ohren wider. Wo blieb Jasper? Warum war er nicht weggelaufen?

Und dann begriff sie. Der Mantel. Chantelle hatte ihn nicht vergessen, als sie nach Hause gegangen war. Als Jasper Tilly beim Essen umgarnt hatte, war er nicht nervös gewesen, weil er vorhatte, sie mit Brandy zu vergiften. Sie sollte nur nicht merken, dass Chantelle bereits im Haus war. Er war nicht in den Wald gelaufen, um Tilly zu erwischen, sondern nach oben gegangen, um Chantelle zu retten.

Und keiner von beiden war zurückgekommen.

Zehn

Eine neue Frau

Tilly blieb in dem muffigen Gartenschuppen, während das Feuer herunterbrannte. Sie waren so weit von der Stadt entfernt, dass niemand die Flammen bemerkte. Tilly hatte den Brand nicht gemeldet, was hätte sie auch sagen sollen? Dass sie ihren Mann im Haus eingesperrt hatte und dass er bei lebendigem Leib verbrannt war? Dass sie unwissentlich den Tod zweier Menschen verschuldet hatte? Selbst wenn sie Hilfe gerufen hätte, wäre es zu spät gewesen. Es war schon zu spät gewesen, als sie begriffen hatte, dass Chantelle bei ihm dort drinnen war.

Warum hatte sie ihn eingeschlossen? Warum? Wenn sie nur …

Sie rollte sich auf dem Lehmboden zu einer Kugel und wiegte sich langsam hin und her. Die Schuldgefühle, die sie überfluteten, waren ungeheuerlich, ein ganzer Ozean. Sie würden sie bis ans Ende ihres Lebens verfolgen. Dies hier bewies, was Großvater immer gesagt hatte, dass sie ihr Temperament zügeln müsse, weil sie es sonst bereuen würde. Das hatte sie nun in ihrem Zorn angerichtet. Er hatte zwei Menschen das Leben gekostet. In ihrer Phantasie malte sie sich die Flammen, die Angst und die Schreie aus. So sehr sie Jasper verachtete, so zornig sie auf Chantelle sein mochte, hätte sie ihnen doch nicht einen solchen Tod gewünscht. Den wünschte sie niemandem. Die Strafe war ungleich größer als das Verbrechen. Gewiss hatten sie versucht, sie zu betrügen, sie fügsam zu machen, damit sie ihren Ehebruch duldete, während sie abwarteten, bis sie das Geld nicht mehr an Großvaters Familie zurückzahlen mussten. Zweifellos hatte er damit gerechnet, dass gleich im ersten Ehejahr ein Kind geboren würde, das Jasper an Tilly bände. Und zweifellos war genau dies der Grund, aus dem er sie nicht in ihrem Bett geduldet hatte.

Doch Jasper war jetzt tot. Wo sein Bett gestanden hatte, glommen nur noch Funken.

Als das erste Licht der Morgendämmerung den Horizont erhellte, stand sie auf. Sie zog sich saubere Sachen und robuste Schuhe an und steckte mit geübten Fingern die Haare hoch. Sie konzentrierte sich auf Kleinigkeiten – Handschuhe zuknöpfen, den Hut feststecken –, damit sie nicht an die Katastrophe denken musste, die sich ereignet hatte.

Die Katastrophe, die sie verschuldet hatte.

Nein, so durfte sie nicht denken. Das würde sie zerstören, hilflos und verzweifelt zu Boden sinken lassen. Sie musste nach vorn blicken, sie musste nach St. Peter Port gehen und das erste Schiff nach Saint-Malo nehmen.

Und wenn sie nun gar nicht tot waren? Der Gedanke kam plötzlich und ungewollt, und Tilly spürte, wie sich etwas in ihrem Rückgrat versteifte. Jasper hatte dafür bezahlt, dass Chantelle bei den Morningtons ein eigenes Zimmer bewohnte. Vielleicht war er aus dem Fenster an der Ostseite gestiegen und von dort aus zu seiner Geliebten gelaufen.

Wenn Tilly jetzt ginge, würde sie es nie erfahren. Sie würde sich ein Leben lang ihren Tod vorwerfen, selbst wenn sie bei den Morningtons Zuflucht gesucht hatten.

Es war noch früh. Niemand würde sie sehen.

Tilly griff nach dem Koffer und machte sich auf den Weg, kehrte dem immer noch rauchenden Haus den Rücken, dessen ehemals weiße Steine rußgeschwärzt waren, dessen Dach eingestürzt und dessen Wintergarten nur noch ein Haufen Scherben und verbrannten Holzes war. Sie ging den Pfad entlang und durch den Wald, wobei sie inständig hoffte, dass sie ihr Gesicht an Chantelles Fenster drücken und die beiden dort dicht aneinandergedrängt schlafen sehen würde.

An diesem schrecklichen Morgen wirkte selbst der Ort leer und trostlos. Ohne das Geräusch der Wagen und der Menschen, ohne das Gewimmel am Hafen, wirkte die Stadt wie ein unbarmherziges, aus Stein gemeißeltes Labyrinth. Der kalte Wind ließ die Schilder der Gasthäuser knarrend schaukeln und legte sich kalt auf ihre Wangen, als sie um die Ecke bog, an der das Haus der Morningtons stand. Sie glitt in die enge Gasse dahinter. Die Kletterpflanzen kitzelten sie an den Schultern, als sie nach dem Gartentor suchte. Als sie davorstand, wurde ihr klar, dass es zu hoch war, um hinüberzuklettern, aber sie konnte die Finger zwischen zwei Stangen hindurchschieben und den Riegel lösen. Tilly schlüpfte rasch hinein.

Das Gras war kalt und nass vom Tau. Erst als sie vor Chantelles Fenster stand, wurde ihr klar, dass Jasper sie an der Flucht hindern würde, wenn er wirklich dort drinnen war. Vielleicht würde er sie sogar anzeigen; immerhin hatte sie ihn in einem brennenden Zimmer eingeschlossen.

Lieber Gott, sie hatte ihn in einem brennenden Zimmer eingeschlossen.

Sie stand da, halb krank vor Angst und Selbstekel und wusste nicht, was sie tun sollte. Dann lehnte sie ihren Koffer gegen das Fenster und setzte einen Fuß darauf. Schloss die Finger um die Fensterbank, zog sich hoch und spähte hinein. Sie blickte in ein leeres Zimmer mit einem unberührten Bett. Ihr Herz verkrampfte sich.

Das Fenster war nur angelehnt. Sie stieß es auf. Ohne zu wissen, was sie tat oder wonach sie suchen sollte, stieg sie ins Zimmer.

Es war klein und schäbig. Eine schiefe Kommode, deren Spiegel so angelaufen war, dass Tilly nur einen Blick auf ihre eigenen Haare erhaschen konnte. Chantelles Bett war eine schmale Matratze auf dem Boden, auf der eine grobe, graue Decke lag. Ihre Lebensumstände waren so viel elender als

Tillys, und sie musste vor Scham schlucken, weil sie dem Mädchen den kleinen Trost eines zobelbesetzten Mantels missgönnt hatte. Waren Gottes Kinder nicht alle gleich geschaffen? Innen an der Kleiderschranktür hing eine Fotografie von Jasper. Darauf trug er einen Strohhut und ein weißes Jackett und lächelte ihr entgegen; aus seinem Gesicht sprach aufrichtige Zuneigung. Ein Lächeln, das er Tilly nie geschenkt hatte.

Im Kleiderschrank hingen Chantelles Kleider. Ihr Schmuck … Tilly erkannte die Perlen ihrer Mutter, brachte es aber nun, da Chantelle tot war, nicht über sich, sie an sich zu nehmen. Dort stand ein kleiner Koffer, kaum mehr als eine Kiste mit Deckel und Schließe. Tilly klappte ihn auf und bemerkte die Papiere. Eines war nicht gefaltet. Ein Liebesbrief von Jasper. Es waren lauter Liebesbriefe, alle zwei oder drei Tage einer. Sie setzte sich auf den Boden und überflog einige davon. *Letzte Nacht war wunderschön. Ich liebe dich mehr, als ich sagen kann,* ma chère. *Nichts wird sich ändern, wenn sie kommt, aber ohne ihr Geld verliere ich das Haus.* Und so ging es weiter, jeder einzelne Brief brach den Stab über ihn. Er hatte Großvater betrogen, Tilly gefügig gemacht – und es den Briefen nach zu urteilen sehr genossen –, um sie dann nach Ablauf der zwei Jahre zu verstoßen. Inwieweit Chantelle seine Komplizin gewesen war, konnte sie nicht beurteilen, da ihre Briefe fehlten, doch nach Jaspers liebevollen Äußerungen zu urteilen, steckten beide unter einer Decke.

Und nun waren sie tot. Während Tilly lebte.

Sie holte tief Luft und wollte die Briefe zurücklegen, als sie ganz unten im Koffer eine kleine Lederbrieftasche entdeckte. Sie zog sie hervor, und ein gefaltetes Blatt fiel heraus, das in französischer Sprache beschrieben war.

Es war ein Pass des französischen Außenministeriums. *Bitte ermöglichen Sie Miss Chantelle Marie Lejeune freies Geleit und leisten Sie Ihr Hilfe und Beistand, falls sie in Not geraten sollte. Paris, 15. März 1889.* Darunter eine Beschreibung. *Größe: 1,59 m. Augenfarbe: braun. Haarfarbe: rotgolden. Hautfarbe: hell. Gesichtsform: klein und rund.*

Darunter Chantelles Unterschrift.

Jemand betätigte den Türklopfer. Das Geräusch hallte durchs ganze Haus und versetzte Tilly in Angst und Schrecken. Ihr fiel wieder ein, wo sie war und was sie eigentlich vorhatte. Sie lief zum Fenster und kletterte hinaus. Von hier konnte sie auf die Straße blicken. Dort wartete eine schwarze Kutsche, die an der Tür das Wappen der örtlichen Polizei trug. Ihr Herz hämmerte. Sie drückte sich gegen die Seite des Hauses und glitt hinter die hohe Hecke. Vielleicht konnte sie hören, was dort vorging.

Dann hörte sie Lauras bestürzte Stimme.

»Was? Beide?«

»Ja, Ma'am, es tut mir leid. Wir haben ihre Leichen im Wintergarten gefunden. Sie müssen versucht haben, aus einem der oberen Fenster zu springen.«

Tillys Ohren dröhnten. Sie drückte die Handflächen gegen die Steine, um sich abzustützen.

»Eine teuflische Geschichte. Beruhige dich, Laura, geh ins Haus«, sagte Ralph.

Geräusche. Jemand bewegte sich. Tilly erstarrte, erkannte dann aber, dass Ralph seine Frau ins Haus geschickt hatte und einige Schritte mit dem Wachtmeister gegangen war. Sie sah durch die Hecke die Schulter seines blauen Gehrocks, die Rückseite des schimmernden Zylinders. Sie zwang sich, sich nicht zu rühren und keinen Laut von sich zu geben.

»Falls Sie irgendwelche Informationen haben, die uns bei den Ermittlungen helfen können«, sagte der Wachtmeister gerade.

»Dellafore hat es mit unserer Köchin getrieben. Sie können mitkommen und sich ansehen, wo sie geschlafen hat, falls das hilft.«

Dann waren sie verschwunden, und Tilly musste irgendwie den Mut finden, um loszulaufen, während sie dort drinnen waren, in eben jenem Zimmer, das sie erst vor einem Augenblick verlassen hatte.

Sie zwang sich, ihre schlaffen Gliedmaßen zu bewegen, holte den Koffer, rannte zum Gartentor und zurück in die schmale Gasse, hinunter zum Hafen, zu den Schiffen, die sie von dieser alptraumhaften Insel bringen würden, hinein in eine ungewisse Zukunft.

*

Tilly war ein wenig kleiner als Chantelle, erschien aber größer, wenn sie sich gerade aufrichtete. Ihr Haar war zu dunkel, um als rotgolden durchzugehen, doch vielleicht würden sie es nicht so genau nehmen. Ihre Augen waren mehr grün als braun, aber Braun gab es ja in vielen Schattierungen. Ihr Gesicht war eher oval als rund, die Wangen aber voll und rosig. Sie hatte nicht die geringste Ähnlichkeit mit Chantelle, und doch war die Beschreibung im Pass allgemein genug, um keinen Verdacht zu erregen. Die Unterschrift übte sie hundertmal auf einem Zettel, während sie auf die Fähre wartete. Als sie wieder und wieder den Namen *Chantelle Marie Lejeune* schrieb, überkam sie erneut die kalte, schreckliche Realität ihrer Tat. Und doch lag darin ihre Chance, von hier zu fliehen und niemals zurückzuschauen. Die Polizei ging davon aus, dass sie zusammen mit ihrem Mann gestorben war, statt sie für seinen Tod verantwortlich zu machen. Wenn sie eine Zukunft haben wollte, musste sie die Polizei in diesem Glauben lassen.

Von Saint Peter Port nach Saint-Malo, von Saint-Malo nach Paris, von Paris nach Marseille übte sie wieder und wieder die Unterschrift, bis sie ihr so leicht von der Hand ging wie ihre eigene. Dank Großvater sprach sie tadellos Französisch. Sie tauschte ihre Banknoten um und erfragte sich den

Weg zum Hafen von La Joliette. Dort stellte sie sich an den erstbesten Schalter, an dem man Fahrten nach Übersee buchen konnte, und entschied sich für den ersten Dampfer, der an diesem Tag abfuhr. Nach Australien, ans andere Ende der Welt.

Das wäre weit genug.

Elf

Sie ist nicht meine Mutter

2012

Die Stürme blieben eine Woche lang aus. Der Himmel war immer blau, die Sonne schien funkelnd aufs Wasser und schimmerte auf dem rauhen, gelbgrünen Gras vor dem Haus. Der Dachdecker konnte die Gelegenheit nutzen und das Dach gründlich flicken. In den drei Tagen, die er da war, lenkte er mich ziemlich von der Arbeit ab. Ich war mir nicht sicher, was das Protokoll verlangte: Sollte ich ihm Kaffee anbieten? Von Zeit zu Zeit nachsehen, ob er nicht vom Dach gefallen war? Während er draußen arbeitete, machte sich Joe im Haus zu schaffen. Er hatte meinen Kühlschrank aufgefüllt und war dabei, die Gipskartonplatten von den Wänden abzureißen. Ich konnte ihn nicht ignorieren, auch wenn er sagte: »Ignorieren Sie mich. Tun Sie einfach Ihre Arbeit.«

Ich versuchte es. Ich versuchte es wirklich. Ich machte mich voller Energie ans Werk. Ich las noch einmal das letzte Witwe-Wayland-Buch. Es quoll über von Haftnotizen, mit denen ich Stellen markiert hatte, die gut funktionierten. Dann wurde mir klar, dass ich mit der neuen Geschichte nicht weitermachen konnte, solange ich nicht die Probleme am Anfang gelöst hatte. Also machte ich mich daran, große Teile neu zu schreiben, musste aber feststellen, dass ich mich schon wieder verhedderte, das Gefühl für Zeit und Handlungsstränge verlor und das Chaos nur noch verschlimmerte. Die Arbeit einer ganzen Woche drohte verloren zu gehen. Meine Nerven ließen mich im Stich.

Als Joe mir am Freitag still die Post auf den Tisch legte und ich einen Umschlag mit dem Logo meines Verlages entdeckte, den mir Marla weitergeleitet hatte, bekam ich Angst. Was erwartete mich? Ein juristisches Dokument, das mir Vertragsbruch vorwarf? Ein gnadenlos formulierter Brief, in dem sie ihre Enttäuschung ausdrückten? Ein Zeitungsartikel mit der Bitte um Klarstellung?

Natürlich war es nichts davon. Meine Verleger waren unendlich geduldig mit mir. Meine Lektorin hatte mehrfach erklärt, dass alle Autoren, mit denen sie zusammenarbeitete, gelegentlich unter einer Schreibblockade litten oder sich für Hochstapler hielten oder ihren Erfolg als willkürlich, sinnlos und einen furchtbaren Irrtum betrachteten. Warum sollte es ausgerechnet bei mir anders sein? Ich öffnete den Umschlag und holte den Entwurf für das neue Cover heraus.

Ich konnte nicht länger stillsitzen. Ich sprang auf und fing an, hin und her zu laufen, das Cover in der Hand. Es war hinreißend: ein schattenhaftes Porträt der Witwe (schön wie immer), eine zerstörte Abtei, einige mittelalterliche Buchmalereien. Mein Name – Nina Jones – prangte an der üblichen Stelle mit der Unterschrift »die internationale Bestsellerautorin«. Dort, wo der Titel stehen sollte, hatten sie nur *Titel einsetzen* vermerkt, und mir fiel ein, dass ich bis Ende des Monats einen Titel versprochen hatte. Oder war es schon der Vormonat gewesen? Es war mir völlig entfallen.

Joe war wieder da und beobachtete mich. »Machen Sie Pause? Möchten Sie einen Tee?«

Ich blickte zerstreut auf. »Ach … nein. Ich sollte … ich sollte weitermachen.«

»Hey«, sagte er, wobei sich ein Lächeln auf seinem Gesicht ausbreitete. »Ist das Ihr neues Buchcover?«

Ich hielt es ihm hin und versuchte, fröhlich zu erscheinen, obwohl in meinem Inneren ein Strudel aus Angst und Selbstzweifeln toste.

»Interessanter Titel«, meinte er lachend.

»Ja, ich weiß. Ich habe schon einige Ideen. Ich wollte nur … es ist, als könnte ich nicht …« Mir fehlten die Worte.

Joe sah mich neugierig an. »Alles in Ordnung mit Ihnen?«

»Ich bin nicht mal annähernd fertig. Das Cover steht, aber ich habe nichts vorzuweisen.«

»Ach, das wird schon. Sie machen das doch nicht zum ersten Mal. Sie müssen nur diese Schreibblockade überwinden. Ich bewundere Sie wirklich für das, was Sie tun. Ich selbst bin überhaupt nicht kreativ.« Er gab mir das Cover zurück. »Sie sollten das aufhängen. Als Inspiration. Bis dahin werde ich Sie nicht weiter stören. Sagen Sie Bescheid, wenn Sie etwas brauchen.«

Fast hätte ich ihn zurückgerufen. Ich wollte nicht ohne ihn sein. Das Innere meines Kopfes war zu beängstigend, um dort allein zu bleiben. Aber das Letzte, was ich brauchte, war ein anderer Mensch, der mir wegen meiner Arbeit Trost zusprach. Oder, schlimmer noch, mich fröhlich antrieb und nach den täglichen Fortschritten fragte.

Denn die Menge, die ich pro Tag schreiben musste, um dieses Buch pünktlich abzuliefern, überstieg meine Fähigkeiten. Das wusste ich nur zu gut.

Ich kehrte an den Schreibtisch zurück und starrte auf die schwarzen Worte auf dem weißen Bildschirm. Ich war vollkommen verloren, verängstigt, deprimiert. Weshalb hatte ich diesen Vertrag unterzeichnet? Wieso hatte ich mir das zugetraut? Die ersten drei Male hatte ich Glück gehabt. Warum hatte ich geglaubt, ich könnte dieses Glück noch einmal heraufbeschwören? Ich hätte es bleiben lassen sollen.

Ich fühlte mich zu krank und verängstigt, um zu weinen, legte meinen Kopf auf den Schreibtisch und horchte einige Minuten auf meinen Atem. Dann zerknüllte ich das Cover und warf es in den Papierkorb, anstatt es an die Wand zu hängen. Wenn ich das hier schaffen wollte, musste ich verdrängen, dass eine riesige PR-Maschine ohne mein Manuskript vor sich hin arbeitete, und hoffen, dass ich es verdammt noch mal irgendwie fertigbekäme.

*

Ich hatte zum Mittagessen eine Pause eingelegt – Spaghetti auf Toast, davon konnte ich nie genug bekommen –, als mein Handy piepste. Eine Nachricht von Stacy.

Ruf an, wenn du das liest. Geschäftlich.

Ich legte das Handy auf den Tisch und aß zu Ende. Ich hatte mir fest vorgenommen, gleich nach dem Mittagessen weiterzuarbeiten, aber vielleicht würde mir die frische Luft guttun. Mein Gehirn stimulieren, so dass ich nicht versuchte, dieselben hundert Worte wieder und wieder zu überarbeiten. Die Telefonzelle war der einzige zuverlässige Ort, um ein geschäftliches Gespräch zu führen. Also stellte ich den Teller ins Spülbecken und ging den Hügel hinunter.

Ich musste zehn Minuten warten, bis eine ältere Frau ihr Telefonat mit einer jüngeren Freundin oder Verwandten beendet hatte, die soeben ein Baby bekommen hatte. Ich versuchte, nicht zu ungeduldig auszusehen, wusste aber, dass mir die Zeit, in der ich eigentlich arbeiten wollte, davonlief.

Dann endlich hatte ich Stacy am Apparat.

»Hallo, Inselmädchen. Hast du endlich meine SMS bekommen? Die habe ich schon gestern Abend geschickt.«

»Andere Leute hier haben Empfang. Keine Ahnung, weshalb ich die Ausnahme bin.«

»Vielleicht solltest du den Anbieter wechseln.«

»Ich hoffe, dass ich nicht so lange bleiben muss.« Wie lange würde ich brauchen, um das Buch zu beenden? Ich schüttelte den Kopf, um auf andere Gedanken zu kommen. »Und was ist nun das Geschäftliche?«

»Jemand will sich Zugang zu deinen Papieren verschaffen.«

Meine Papiere, die alten Manuskripte und der Briefwechsel

zu meinen Romanen, befanden sich alle in der Fryer Library auf dem Festland. Ich hatte sie zusammen mit Eleanors Papieren im vergangenen Jahr gespendet. Allerdings durfte ich entscheiden, wer Zugang dazu erhielt. Als ich nach Sydney gezogen war, hatte ich Stacy die Verantwortung übertragen. »Wer denn?«

»Eine Journalistin namens Elizabeth …«

»Parrish«, vollendete ich den Satz. »Verdammt, warum lässt sie mich nicht in Ruhe? Was will sie nur von mir?«

»Keine Ahnung, aber ich kann ohne weiteres den Zugang verweigern.«

»Tu das bitte.« Ich fühlte mich unbehaglich. Hatte ein bisschen Angst. »Ich habe ihr gesagt, dass ich nicht mit ihr sprechen will. Ich weiß nicht, was sie sich von meiner alten Fanpost erhofft.«

»Soll ich sie anrufen? Ihr sagen, sie soll dich in Ruhe lassen? Wenn ich mit Juristensprache komme, wird sie das vielleicht einschüchtern.«

»Nein«, erwiderte ich lachend. »Verweigere einfach den Zugang. Dann gibt sie hoffentlich auf. Wir sehen uns in einer Woche.«

»Worauf du dich verlassen kannst. Vielleicht habe ich bis dahin eine Überraschung für dich.«

»Was denn?«

»Wenn ich es dir erzähle, ist es keine Überraschung mehr. Und jetzt an die Arbeit.«

»Schon unterwegs.« Doch ich war mir nicht sicher, ob ich die Wahrheit sagte.

*

Gegen fünf hörte ich Stimmen vor dem Haus und klappte dankbar den Laptop zu. Ich ging auf die Veranda und sah gerade, wie Joe eine Frau von Anfang sechzig mit dunklem Haar und dunklen Augen begrüßte. Sie hatte Julian bei sich.

»Mum, das ist Nina. Nina, meine Mutter.«

»Hallo, Mrs. …« Ich wandte mich an Joe. »Ich weiß nicht mal, wie Sie mit Nachnamen heißen.«

»McKiernan«, sagte sie. »Aber nennen Sie mich Lynn.«

»Freut mich, Lynn.« Ich gab ihr die Hand. »Hallo, Julian.«

Julian war damit beschäftigt, auf das Geländer der Veranda zu klettern und darauf entlangzubalancieren. Ich lächelte Joe an. »Danke für Ihre Hilfe bisher. Nächste Woche noch mal die gleichen drei Tage?« Joe war montags, mittwochs und freitags hier gewesen. Von mir aus hätte er jeden Tag kommen können, musste aber an seiner Dissertation arbeiten.

»Wenn es Ihnen passt.«

»Fahren Sie übers Wochenende aufs Festland?«, wollte Lynn wissen.

»Nein, ich versuche, das Festland zu meiden.« Stacy würde erst in einer Woche wiederkommen, und so erstreckte sich ein langes, leeres Wochenende vor mir.

»Sind Sie allein hier?« Sie schien meine Melancholie zu spüren.

»Ja.«

»Dann kommen Sie doch zu uns. Ich habe Lasagne gemacht, die reicht für uns alle. Joes Vater würde Sie gern kennenlernen.«

Die Einladung überraschte mich, und ich zögerte. Ich wusste nicht, ob es klug wäre, Joe privat zu treffen. Zwischen uns war mehr Wärme entstanden, als mir lieb war, und ich war fest entschlossen, nicht noch einmal das gleiche Chaos zu erleben wie mit Cameron.

»Sie sollten kommen«, meldete sich Julian. »Dann zeige ich Ihnen mein *Star-Wars*-Lego.«

Sein kleines Gesicht leuchtete vor Aufregung, so dass ich nicht ablehnen konnte. »Na gut.«

»Wunderbar«, meinte Lynn. »Und dazu machen wir eine schöne Flasche Wein auf.«

»Ich ziehe mir nur schnell Schuhe an.«

Im sanften Nachmittagslicht gingen wir zusammen den Hügel hinunter. Die Sonne versank hinter den Wolken und warf bernsteinfarbene Strahlen über den Himmel. Unsere Schatten waren lang. Julian lief vor und zurück und schüttelte die Spinnweben ab, die er tagsüber in der Schule angesetzt hatte. Es war, als könnte ich zusehen, wie die Luft seine Wangen frischer machte und seine Haut belebte. Es musste ein wunderbarer Ort sein, um ein Kind aufzuziehen. Lynn stieß das Tor auf, und wir gingen die Einfahrt entlang.

Julian lief vor und deutete auf einen Schuppen aus Metall. »Da wohnen Dad und ich. Darf ich ihr mein Lego zeigen? Bitte.«

»Ich bezweifle, dass Nina sich für Lego interessiert«, sagte Joe.

»Ich möchte es gerne sehen.« Ich war neugierig, wie Joes Schuppen von innen aussah.

»Ich schiebe die Lasagne in den Ofen«, sagte Lynn und strich Julian liebevoll über den Kopf. »Lasst euch Zeit.«

Also gingen Joe, Julian und ich durch das hohe Gras zum Schuppen. Er hatte Fenster und eine Tür und Blumenkästen mit rosa und weißen Fleißigen Lieschen. Joe schloss die Tür auf und schaltete das Licht ein.

Es war ein großer, sehr gemütlicher Raum. Eine Kochecke, Teppichfliesen auf dem Boden, überall Legosteine, ein durchgesessenes Sofa, zwei Einzelbetten in entgegengesetzten Ecken und ein Bücherregal aus alten Porenbetonsteinen und Holzlatten.

»Willkommen im Herrenhaus«, sagte Joe und lächelte verlegen.

»Sieht sehr gemütlich aus.«

»Wir haben kein Bad.«

»Wir pinkeln in die Büsche!«, erklärte Julian freudestrahlend.

»Nur mitten in der Nacht, wenn wir Mum und Dad nicht stören wollen«, korrigierte Joe, der rot geworden war.

Ich tat es lachend ab. Julian schleppte mich zu seinen Legosteinen und bestand darauf, dass ich mich mit ihm auf einen großen runden Verkehrsteppich setzte. Während Julian mir seine Raumschiffe und Figuren zeigte, holte Joe zwei Flaschen Bier aus dem Kühlschrank. Er öffnete beide und brachte mir eine.

»Prost.« Er stieß mit mir an.

»Prost.«

Wir schauten einander an, und ich ließ mich von seiner Wärme durchdringen. Gleichzeitig hatte ich ein schlechtes Gewissen, weil ich ihm Hoffnungen machte.

»Wie lange leben Sie schon in diesem Schuppen?«

»Seit vier Jahren. Davor haben wir eine Zeitlang auf dem Festland gewohnt, aber das ist schwierig. Die Mieten sind hoch, und ich habe nur mein Stipendium. Und so brillant Julian auch mit seinen Legos sein mag, verdient man damit nicht allzu gut.«

Ich fuhr dem Jungen durch die Haare, was er gar nicht zu bemerken schien, so vertieft war er in sein Spiel.

»Ich bekam die Gelegenheit zu promovieren und fand zur gleichen Zeit den Job als Walbeobachter. Dabei habe ich gut verdient. Ich habe den Schuppen gekauft und ausgestattet und meinen Eltern Miete gezahlt … Aber jetzt haben George und Kay ja das Geschäft verloren.«

Ich lehnte mich auf dem Veloursofa zurück. »Wie waren sie?«

»Ein bisschen ahnungslos.« Er lachte. »Aber nette Leute. Vermutlich wollen Sie das nicht hören. Die schulden Ihnen eine Menge Geld.«

»Geld ist mir ziemlich egal.«

»Jedenfalls bleiben Julian und ich nur hier, bis ich meine Dissertation fertig habe. Dann werde ich hoffentlich einen tollen Job bekommen, und wir kaufen uns ein eigenes Haus. Mit Badezimmer. Kein Pinkeln im Garten mehr.«

»Ein erstrebenswertes Ziel«, sagte ich lächelnd und setzte die Flasche an den Mund.

Wir saßen mit Julian auf dem Teppich, tranken Bier und unterhielten uns. Ich weiß nicht, ob es am Bier oder an Joes Gegenwart lag, doch ich entspannte mich. Ich fühlte mich besser, so als würde doch noch alles gut werden, als wäre die Welt nicht gänzlich trostlos. Nach einer halben Stunde rief Lynn uns zum Essen, und ich lernte Joes Vater Dougal kennen.

Joe hatte keine Ähnlichkeit mit seiner Mutter, noch weniger aber mit Dougal, einem stämmigen Schotten mit leuchtend rotem Haar. Er nannte mich »Lassie« und umarmte mich herzlich, bevor er mir einen Platz anbot. Julian verlangte, dass ich mich neben ihn auf die lange Bank setzte. Der Esstisch war so groß, dass er fast die gesamte Küche ausfüllte. Lynn musste den Bauch einziehen, um sich mit Lasagne und Salatschüssel an uns vorbeizuquetschen. Die Tischplatte war vernarbt, es gab kein Tischtuch, und das Besteck lag in der Mitte, so dass sich jeder bedienen konnte.

»Es ist toll, einen Gast zum Essen zu haben«, sagte Dougal.

»Ich freue mich, hier zu sein. Der Tisch ist ja riesig.«

Lynn setzte sich ebenfalls. »Wir haben gerne Gäste, aber selten die Gelegenheit. An Weihnachten kommen immer viele Verwandte vom Festland, aber meist sind wir nur zu viert. Nur zu, essen Sie.«

Ich nahm mir eine kleine Portion Lasagne. Dougal schüttelte den Kopf und sagte, ich müsse Fleisch auf die Rippen bekommen. Joe wirkte verlegen. Julian lehnte den Kopf an meine Schulter. Ich dachte an die Familienessen in meiner Kindheit, an den sorgfältig gedeckten Tisch, die Ermahnung, die richtige Gabel zur richtigen Zeit zu benutzen, an meine Mutter, die sich räusperte, wenn ich die Ellbogen auf den Tisch stützte. Joes Eltern diskutierten fröhlich mit vollem Mund,

Julian aß Kirschtomaten mit den Fingern, alle nahmen sich einen Nachschlag. Auch der Wein floss in Strömen. Ich hatte nie erlebt, dass meine Mutter auch nur einen Tropfen angerührt hätte.

Ich entschied, dass ich Joes Familie wirklich mochte.

»Was machen Sie eigentlich auf Ember Island, Lassie?«, dröhnte Dougal, der zuvor die ganze Zeit seine Frau gutmütig geneckt hatte. »Arbeit oder Spaß?«

Ich hatte gerade den Mund voll und kaute angestrengt. Joe kam mir zuvor. »Nina ist in Urlaub. Sie ist … Journalistin.«

»Journalistin?«

»Für welche Zeitung schreiben Sie denn?«

Ich schluckte und wusste nicht, was ich sagen sollte. Weshalb hatte Joe gelogen? »Nur eine Lokalzeitung in Sydney.« Hoffentlich klang es überzeugend. Meine Stimme war zu schwach, um zu lügen. »Hundeausstellungen und so etwas.«

»Joe hat erzählt, Starwater habe immer Ihrer Familie gehört«, sagte Lynn.

Das stimmte nicht ganz, aber Joe hatte mich in eine schwierige Lage gebracht, und ich musste mitspielen. »Ja, es hat meiner Urgroßmutter Eleanor Holt gehört. Sie war eine echte Lady.« Ich erzählte einige Geschichten über sie, bis mein Beruf kein Thema mehr war.

Joe beugte sich vor, als Lynn und Dougal den Tisch abräumten. »Vertrauen Sie mir. Wenn die Wind davon bekommen, dass Sie berühmt sind, machen sie Sie wahnsinnig. Mum wird verlangen, dass Sie in Buchklubs auftreten, und Dad zeigt Ihnen seine unvollendeten Memoiren.«

Ich lachte leise. »Vielen Dank. Es ist nett, mal keine Schriftstellerin zu sein.«

»Na ja, Sie schreiben immerhin über Hundeausstellungen.«

Wir kicherten beide, und Dougal warf uns einen liebevollen Blick zu. Ich löste mich ein bisschen von Joe, da ich mir geschworen hatte, nichts mit ihm anzufangen. Es war nur so nett, diesen Funken zu spüren, ein bisschen zu flirten. Ich klammerte mich an diese kleine Freude.

»Möchten Sie Nachtisch, Nina?«

»Sehr gern.«

»Es gibt Sticky Toffee Pudding«, sagte Lynn und hob den Deckel von einer Ofenform.

»Die Soße ist tödlich«, fügte Dougal hinzu. »Mit Butter, Sahne und Zucker. Sonst nichts. Eintrittskarte zum Herzinfarkt.«

»Du bist unsterblich«, sagte Lynn und schlug ihn spielerisch mit einem Handtuch. »Als wenn du jemals aufhören würdest, mich zu nerven. Mieser Typ.«

Sie gingen liebevoll miteinander um, lachten und nahmen sich in den Arm und stritten sich im Spaß. Kein Wunder, dass Joe ein gutes Herz hatte und Julian seine Gefühle so offen zeigte.

Lynn stellte eine Schüssel mit einer klebrigen, warmen, köstlich duftenden Masse vor mich hin und löffelte Vanilleeis darüber. Sie wandte sich an Joe. »Möchtest du auch, Jonah?«

»Na sicher.«

»Jonah?«, fragte ich lächelnd. »Sie heißen Jonah? Und arbeiten mit Walen?«

»Ach, das ist so eine Geschichte«, sagte Dougal und füllte mein Weinglas nach. Nach dem Bier von vorhin war mir etwas seltsam im Kopf, doch er wollte mein Nein nicht akzeptieren.

Alle setzten sich zum Essen hin – das teuflischste Dessert, das ich je gekostet hatte –, und Dougal legte los. »Lynnie und ich konnten keine eigenen Kinder bekommen. Wir haben es jahrelang versucht …«

»Sechs Jahre«, warf sie mit so leidenschaftlicher Stimme ein, dass ich begriff, wie lang diese sechs Jahre für sie gewesen sein mussten. Hitze stieg in mein Zwerchfell. Ich erinnerte mich an Camerons Gesicht und Stimme, als er mich anflehte. »Können wir es nicht versuchen? Einfach mal die Möglichkeiten ausloten?« Er hatte gut reden. Es war ja nicht sein Körper, der ausgelotet wurde, dessen Nutzen in Frage gestellt, der für mangelhaft befunden wurde.

»Ja, meine Liebe, und jetzt halt den Mund und lass mich reden. Wir haben es sechs Jahre lang versucht und dann noch mal acht Jahre auf eine Adoption gewartet. Am 1. August bekamen wir den Anruf. Es war zur Zeit der Walwanderung. Lynnie und ich waren vollkommen überwältigt. Wir gingen zum Pier hinunter, weil wir mit dem Boot aufs Festland fahren wollten, um unser kleines Bündel Glück abzuholen. Da zog eine Herde Buckelwale vorbei. So was haben Sie noch nie gesehen, Lassie. Schwer wie Lastwagen, aber sie erhoben sich aus dem Wasser, als wären sie leicht wie Federn. Also habe ich gesagt, nennen wir unseren Jungen Jonah, nach den Walen.«

»Natürlich hat Dougal in seinem ganzen Leben nie die Bibel gelesen und erzählte mir, Jonah sei auf Walen geritten und eine Art Walkönig gewesen«, meinte Lynn lachend. »Und nachdem wir unseren Jungen getauft und die Papiere unterzeichnet hatten, habe ich in einer Enzyklopädie nachgeschlagen und festgestellt, dass er von einem Wal *gefressen* wurde.«

»Ich habe sehr wohl die Bibel gelesen. Jedenfalls die besten Stellen. Der Teil ist in der Sonntagsschule wohl an mir vorbeigegangen.«

»Jedenfalls war er da schon unser kleiner Jonah, obwohl er sich heute lieber Joe nennt.« Lynn griff über den riesigen Tisch und tätschelte Joes Hand. »Kein Wunder, dass er sich für Wale interessiert. Er hat sie bis jetzt jedes Jahr bei der Wanderung beobachtet, und es sind ganz wunderbare, gewaltige Geschöpfe.«

Sanfte Neckereien, Gelächter, und Julian rief: »Ich liebe Wale!«, weil er auch mitreden wollte. Irgendwie schaffte ich es, jeden einzelnen vollgesogenen Krümel Nachtisch in mich hineinzustopfen, obwohl mir der Bauch weh tat. Es fiel schwer, mich selbst zu bemitleiden, wenn ich halb betrunken, satt und von einer warmherzigen Familie umgeben war. Dann fragte mich Dougal unvermittelt: »So, Lassie. Sind Sie verheiratet? Sind Sie mit jemandem zusammen?«

»Dad …«, protestierte Joe.

Ich öffnete zögernd den Mund, wohl wissend, dass ich das hier bremsen musste. Joe sollte wissen, dass ich nicht verfügbar war, aber ich konnte ihm den Grund nicht sagen. Ich würde ohnehin nicht lange auf der Insel bleiben, also war es egal, wenn ich log. »Ich habe einen Freund.« Ich räusperte mich. »Er heißt Cameron.«

»Wo ist er denn?«, fragte Lynn verwirrt.

»In Sydney. Er konnte nicht mitkommen. Er muss … arbeiten.«

Ich spürte, wie sich eine ungemütliche Distanz zwischen mir und Joe auftat. Er war enttäuscht, vielleicht sogar wütend. Glaubte, ich hätte ihn getäuscht. Vielleicht hatte ich das auch.

Dougals Stimme klang nicht mehr ganz so warm wie zuvor. »Was arbeitet er denn?«

»Er ist Dichter.«

Dougal lachte laut, merkte dann aber, dass ich die Wahrheit sagte, und täuschte einen Hustenanfall vor.

»Ein Dichter?«, meinte Lynn. »Dann ist er sicher still und empfindsam.«

»Ja, ich denke schon.« Das waren gerade nicht die ersten Worte, die mir beim Gedanken an Cameron einfielen. Eher obsessiv und eitel.

»Nun, es ist schade, dass er so viele Gedichte schreiben muss und nicht mit Ihnen hier sein kann. Ich hoffe, Sie genießen Ihren Urlaub trotzdem«, sagte Dougal, dessen Stimme jetzt wieder herzlicher klang.

»Und Sie sind uns jederzeit zum Essen willkommen. Wann immer Sie möchten, meine Liebe.«

»Komm doch jeden Abend«, meinte Julian und hakte mich unter.

»Ich komme ganz sicher wieder«, erwiderte ich mit klopfendem Herzen, als der peinliche Augenblick vorbei war. Joe bestand darauf, mich nach Hause zu bringen, während Lynn und Dougal Julian mitnahmen, damit er badete und sich die Zähne putzte. Der Himmel war klar und warm, die Wipfel der Palmen raschelten im Wind. Wir schwiegen eine Weile. »Es tut mir leid, dass ich Cameron nicht erwähnt habe. Aber die Gelegenheit ergab sich einfach nicht.« Damit wäre die Sache ein für alle Mal beendet.

»Es braucht Ihnen nicht leid zu tun. Dad war einfach zu neugierig.«

»Ich … ich hoffe, das ist jetzt nicht seltsam für Sie.«

»Wenn meine Eltern so was sagen, ist es immer seltsam für mich«, meinte er lachend.

»Ich finde sie phantastisch.«

»Ich auch. Aber sie haben mich schon so oft in Verlegenheit gebracht. Inzwischen habe ich mich halbwegs daran gewöhnt.« Wir gingen noch ein Stück, bevor er fragte: »Ist er wirklich ein Dichter?«

»Hm, ja.«

»Kann er davon leben?«

»Er unterrichtet auch. Schreibt manchmal Artikel für Zeitschriften.« Meist hatte er jedoch von mir gelebt. Und hielt sich jetzt an Tegan und ihren reichen Vater. Wir standen am Fuß des Weges, der zum Haus führte. Ich räusperte mich, wollte das Thema wechseln. »Dann sehen wir uns also am Montag?«

»Soll ich Sie bis zur Tür bringen?«

Wir fühlten uns beide ein bisschen unwohl. »Nein, ist schon gut. Auf der Insel laufen doch keine Mörder herum, oder?«

»Heutzutage nicht mehr. Seit sie das Gefängnis geschlossen haben.«

Ich lächelte ihm zu. Das Kribbeln war immer noch da, und ich wusste, dass er es auch spürte. Aber das war erledigt. Ich sagte mir immer wieder, dass es besser wäre. Wenn ich mich das nächste Mal verliebte, würde es ein Mann von Mitte fünfzig sein, der schon eine Familie hatte und sich darauf freute, einen ruhigen Lebensabend in einem ordentlichen Haus zu verbringen. Vielleicht mit einer Katze. »Danke. Und gute Nacht.«

»Gute Nacht.«

Wir trennten uns, und ich ging den Hügel hinauf und ins Haus. Ich fühlte mich ein bisschen verloren, nachdem ich einen Abend die Wärme menschlicher Gesellschaft genossen hatte. Ich ging ins Bett und beschloss, das nächste Tagebuch zu lesen, das ich zwischen den Ziegelsteinen gefunden hatte. Dieses war ein Jahr älter als das letzte. Eleanor war erst elf gewesen, als sie es verfasst hatte. Es überraschte mich nicht, dass sie schon als Kind wunderbar geschrieben hatte. Sie hatte immer aus der Sprache geschöpft wie aus einer tiefen Quelle. Hätte ich doch nur diese Fähigkeit besessen statt eine Kiste mit alten Papieren.

*

5. Oktober 1890

Ich habe beschlossen, dieses Tagebuch zu beginnen, weil meine Mutter stirbt und ich sonst niemanden habe, mit dem ich reden kann. Meine Lehrerin zeigt wenig Mitgefühl, meine Klassenkameradinnen haben wenig Verstand, und Papa sagt, ich müsse stark sein und dürfe mich nicht zu sehr auf ihn verlassen.

Am traurigsten macht mich, dass Mama der einzige Mensch ist, dem ich gern von all meinen Problemen erzählen würde. Wenn sie stirbt, verliere ich sie und gleichzeitig den

Menschen, in dessen Schoß ich am liebsten weinen würde. Es ist, als befände ich mich auf einem Schiff im tiefen Wasser, das langsam versinkt.

Mama ist seit zwei Monaten krank. Zuerst hat sie viel geschlafen. Es war schwer, sie morgens zu wecken, und abends konnte sie es nicht erwarten, ins Bett zu gehen. Manchmal ging sie sogar vor mir schlafen. Die Müdigkeit wurde immer schlimmer. Sie schaffte es nicht mehr durch den Tag, ohne sich hinzulegen. Ich hörte, wie sie mit Papa darüber scherzte, dass sie alt würde, aber sie ist erst sechsunddreißig, und ich habe mal eine Dame getroffen, die achtzig war und den ganzen Tag wach bleiben konnte.

Dann wurde sie dünn. Sie hatte keinen Appetit mehr und klagte ständig über Rückenschmerzen.

Ich habe mir immer noch keine Sorgen gemacht, weil sie und Papa sich keine zu machen schienen. Doch dann, an einem Dienstag, an dem der Arzt wie immer vom Festland herüberkam, um die kranken Gefangenen zu untersuchen, rief Papa ihn ins Haus. Er solle nach Mama schauen. Ich spielte mit meinen Puppen aus Wäscheklammern auf der Südveranda und konnte nicht hören, was er zu Mama sagte. Dann aber kam er mit Papa auf die Veranda im Osten, und ich konnte sie gut verstehen.

»Die Schwellungen unter ihrem Arm. Wie lange sind die schon da?«

»Die hat sie nie erwähnt. Schon länger, nehme ich an.«

»Es sieht nicht gut aus, Superintendent Holt. Das und die Rückenschmerzen. Ich habe so etwas schon einmal erlebt.«

Seine Worte entzündeten ein kleines Feuer in meinem Herzen, das leise Zischen einer Flamme.

»Soll ich sie aufs Festland bringen?« Selbst unter diesen Umständen blieb Papa ganz und gar gefasst.

»Das würde nichts ändern. Ich glaube, ihr bleibt nicht mehr viel Zeit.«

Stille. Ich wünschte, ich könnte Papas Gesicht sehen. Mein ganzer Körper summte vor Angst.

»Was wird geschehen?«, fragte Papa mit leiser Stimme.

»Sie wird einfach immer müder. Eines Tages wird sie sich hinlegen und nicht mehr aufstehen.«

Ich schluchzte einmal laut auf und schlug die Hand vor den Mund. Ich sprang hoch und rannte die Treppe hinunter in den Garten, weil ich Angst hatte, beim Lauschen erwischt zu werden. (Papa hasst es, wenn ich lausche.) Aber ich war auch schockiert und wusste nicht, wohin mit mir. Ich stieg auf den riesigen Feigenbaum mit seinen knorrigen Wurzeln, setzte mich auf einen dicken Ast und weinte.

Papa entdeckte mich etwa eine halbe Stunde später.

»Komm runter«, rief er. Er sah nicht sehr streng aus.

»Ist es wahr? Muss Mama sterben?«

»Komm runter.«

Ich gehorchte und stieg vom Baum. Den letzten Meter sprang ich, und er fing mich auf und drückte mich kurz an sich, bevor er mich auf den Boden stellte. Normalerweise umarmt er mich nie.

Ich schaute ihn an und wartete auf seine Antwort.

»Deine Mama ist sehr krank. Du hast wohl gehört, was der Arzt gesagt hat.«

»Nicht alles. Ich bin weggelaufen.«

»Sie wird immer müder. Sie kann nicht mehr aus dem Bett aufstehen. Dann wird sie viel schlafen. Sie wird Schmerzen haben, aber der Arzt gibt uns etwas, das ihr hilft. Sie wird sehr krank aussehen. Und eines Tages wird sie nicht mehr aufwachen.« Er nickte einmal entschlossen, als hätte er mir alles Nötige gesagt. »Es kann ein paar Wochen oder ein paar Monate dauern. In dieser Zeit darfst du sie um nichts bitten. Nicht einmal, eine Zeile aus einem Buch vorzulesen. Du wirst ihr gehorchen, bedingungslos. Hast du das verstanden?«

Ich fühlte mich leer. »Ja, aber …« Mir kamen die Tränen.

Papa legte mir die Hand auf die Schulter. »Nicht weinen, das würde sie aufregen. Du wirst weiterleben und noch viele Sonnenaufgänge und -untergänge erleben. Und sie wird vom Himmel auf uns beide herabschauen.« Bei den letzten Worten zitterte Papas Stimme ein wenig und fachte die kleine Flamme in meinem Herzen an. Papa zitterte nie. Niemals. Die Welt stand Kopf.

Das war im Juli. Sie liegt jetzt seit fünf Wochen im Bett, und ich sitze jeden Tag bei ihr und lese ihr vor und rede mit ihr und sticke, wenn sie schläft. Doch in letzter Zeit lächelt sie nicht mehr so mühelos, und heute … Heute war der schlimmste Tag von allen.

Ich hatte ihr vorgelesen – Sir Gawain und der grüne Ritter, ihre liebste Geschichte auf der ganzen Welt –, und sie war eingeschlafen, als Lady Bertilak gerade zum zweiten Mal versucht, Gawains Ritterehre zu untergraben. Ich klappte das Buch zu und beugte mich vor, um sie auf die Wange zu küssen, und dabei stützte ich mich versehentlich auf ihren Ellbogen unter der Decke.

Sie riss die Augen auf und brüllte mich an. »Du törichtes Kind! Willst du mich quälen? Habe ich nicht schon genügend Schmerzen, ohne dass du dein ganzes Gewicht auf meine Gelenke stützt?«

Ich fuhr zurück und sagte, wie leid es mir täte, und mir kamen die Tränen, doch dann fiel mir ein, was Papa gesagt hatte, und ich zog die Nase hoch. Dann stürmte Papa, der sie gehört hatte, ins Zimmer und brüllte mich ebenfalls an. Ich lief nach draußen, setzte mich auf die Treppenstufen, legte den Kopf auf die Knie und weinte.

Nach ein paar Minuten kam Papa heraus und setzte sich zu mir.

»Es tut mir leid«, sagte ich. »Ich wollte ihr nicht weh tun. Ich wusste nicht, dass ihr Arm dort lag.«

»Schh«, versuchte mich Papa zu beruhigen. »Alles ist gut, Kind. Sie hat große Schmerzen. Du kannst dir nicht einmal vorstellen, welche Schmerzen sie hat. Die zerreißen sie.«

»Darf ich zu ihr gehen und mich entschuldigen? Hat sie mir verziehen?«

»Nein, ich glaube, es ist besser, wenn du nicht mehr so viel Zeit mit ihr verbringst. Du solltest dich lieber auf die Schularbeiten konzentrieren. Es kann eine Weile dauern, bis sie von uns geht, und du bist zu jung, um einer sterbenden Frau Gesellschaft zu leisten.«

Aber sie ist meine Mutter!, wollte ich rufen. Doch in diesem Augenblick begriff ich, dass sie nicht mehr meine Mutter ist. Diese Frau ist schon verschwunden. Sie hat sich aufgelöst in Krankheit und Schmerz, und an ihrer Stelle ist diese leere Hülle geblieben, die ungeduldig und zornig ist. Und das kann ich nicht ertragen. Ich kann es nicht ertragen.

15. Oktober 1890

Mama sieht sehr krank aus. Papa hat mir heute erlaubt, eine Stunde bei ihr zu sitzen. Ich kann ihren Schädel unter der Haut erkennen. Sie spricht kaum. Papa sagt, das käme daher, dass die Medizin gegen den Schmerz ihr auch die Fähigkeit raubt, ihre Umgebung wahrzunehmen. Ich habe Angst vor ihr. Sie sieht aus wie ein Ungeheuer. Sie ist nicht meine Mutter.

19. Oktober 1890

Ich habe den ganzen Tag im Bett verbracht, Malory gelesen und mit Pangur Ban gekuschelt. Nebenan konnte ich Mama hören. Sie atmet jetzt komisch, als hätte sie Rasiermesser im Hals. Ich mag das Geräusch nicht. Ich wünschte, ich könnte in ein anderes Zimmer ziehen. Ich will meine Mama zurück. Ich will nicht das Wesen im Zimmer nebenan. Ich will meine Mama zurück.

27. Oktober 1890

Die Morgendämmerung bricht an, und ich weiß nicht, was passiert ist, und keiner will es mir sagen. Denn spät gestern Abend bin ich aufgewacht, weil ich Schritte und Stimmen hörte, und bin zu Mamas Zimmer gegangen. Dr. Groom war da, er ist ein oder zwei Nächte bei uns geblieben, um sich um Mama zu kümmern. Papa kniete neben dem Bett und hielt Mamas Hand, und ich glaube, er hat geweint. Ich habe meinen Papa noch nie weinen sehen! Warum hat er geweint? Dr. Groom hat mich aus dem Zimmer geschoben und gesagt: »Geh weg, Kind, schlaf weiter.«

Glauben die, dass ich immer noch schlafe? Ist Mama tot? Das wüsste ich sicher, oder? Ich würde es doch irgendwie merken, wenn meine eigene Mutter gestorben wäre? Würden die Fäden, die den Kosmos zusammenhalten, nicht erzittern wie ein Spinnennetz, wenn eine Fliege darin landet? Ich fürchte mich, nach nebenan zu gehen, falls sie tot ist oder falls sie nicht tot ist und noch schlimmer aussieht als sonst oder falls Dr. Groom wieder schreit und sagt, ich solle weg gehen und weshalb ich sie zu einer solchen Zeit störe.

Ich weiß nicht, was ich sonst noch sagen oder schreiben soll.

1. November 1890

Vor zwei Tagen wurde meine Mutter auf dem Friedhof am Südende der Insel begraben. Sie starb im Schlaf spät am 27. Oktober, als sie sechsunddreißig Jahre und hundertsieben

Tage alt war. Sie hatte nur vier graue Haare auf dem Kopf, und ihre Hände waren noch glatt. Papa bat mich am nächsten Morgen ins Zimmer, um mir ihre Leiche anzusehen und sie auf die kalte Wange zu küssen, und das machte ich auch, bereute es dann aber, weil es mir danach den ganzen Tag vorkam, als hätte ich einen tödlichen Frost auf den Lippen, und manchmal fühle ich es immer noch, und es gefällt mir gar nicht.

Der Tag, an dem wir sie begruben, war sehr heiß. Der Kaplan, ein großer, teigiger Mann, schwitzte stark, während er aus der Bibel vorlas. Der Himmel brannte blau, und hinter uns sang das Meer. Dann und wann stieg eine Brise vom Wasser auf und eilte an uns vorbei, kühlte meine geröteten Wangen und die klebrige Haut. Alles ging sehr schnell vorüber, wenn man bedenkt, wie lange Mama vor ihrem Tod gelitten hat. Ich vermute, dass der Kaplan die ganze Sache wegen der Hitze beschleunigt hat.

Auf der Insel gibt es zwei Friedhöfe. Einen für Mitarbeiter und ihre Angehörigen und einen für die Gefangenen. Auf dem für die Gefangenen gibt es keine Namen. Die Kreuze sind nackt bis auf einen Buchstaben und eine Nummer. Die Grabsteine auf dem Familienfriedhof erzählen traurige Geschichten von Leuten wie Mama, die »sehr geliebt« und »auf ewig vermisst« werden oder »in Frieden ruhen«. Mamas Grabstein ist noch nicht gemeißelt worden; er wird vom Festland geliefert, aber Papa hat gesagt, darauf würde stehen: »Geliebte Frau und Mutter, die nun bei den Engeln ruht«. Ich finde, das ist ein hübscher Grabspruch, und habe Papa gefragt, wer ihn sich ausgedacht hat. Ich war überrascht, als er sagte, er selbst.

Papa war mir immer fremd, aber ich glaube, das wird sich ändern. Bei der Beerdigung hielt er mich fest in den Armen, als ich weinte. Er hat mir über die Haare gestrichen und mich auf den Kopf geküsst und gesagt, ich solle nicht traurig sein, denn sie habe jetzt keine Schmerzen mehr und sei an einen besseren Ort gegangen. Er selbst vergoss nicht eine einzige Träne, aber etwas in ihm ist weicher geworden, das spüre ich.

Jetzt, da sie in der Erde liegt, ist das Zimmer nebenan sehr still. Manchmal bin ich traurig deswegen. Ich erinnere mich an die Zeiten, in denen ich einen Alptraum hatte und nach nebenan lief und mich an ihre weiche Brust drückte, bis sie mich wieder in den Schlaf gewiegt hatte.

Aber es ist lange her, seit sie mich getröstet hat, also bin ich vor allem erleichtert. Es hilft, wenn ich mich an sie erinnere, wie sie war, bevor die schreckliche Krankheit von ihrem Körper Besitz ergriff, sie völlig entstellte und ihre Lieblichkeit und ihr Licht zerstörte.

*

Ich lag lange wach, nachdem ich das Tagebuch gelesen hatte. Dies waren meine Vorfahren. Meine Familiengeschichte. Ich würde von niemandem die Vorfahrin sein. Das hatte Cameron letztlich nicht ertragen: dass niemand sein genetisches Erbe weitergeben würde. Es hatte ihm auf eine Art und Weise am Herzen gelegen, die ich nie richtig verstanden hatte. Vielleicht ergab es jetzt, da ich über meine Verbindung zu Eleanor nachdachte, einen Sinn. Ehren wir die Vergangenheit, indem wir uns selbst in die Zukunft projizieren? Indem wir Gene, Wesenszüge und Familiengeschichten weitergeben? Ich grübelte noch, als mein Handy piepste. Ich war daran gewöhnt, dass es sich zu seltsamen Zeiten meldete, da das Signal unstet war und von Wind und Wetter abhing. Ich griff in der Dunkelheit danach. Es war eine SMS von einer unbekannten Nummer.

Nina, bitte rufen Sie mich dringend wegen eines Artikels an, den ich gerade schreibe. Ich benötige wichtige Informationen von Ihnen. Bitte ignorieren Sie die Nachricht nicht.

Ich schaltete das Handy aus und legt es in die Nachttischschublade. Meine Hände zitterten vor Zorn. Dringend. Für wen? Nicht für mich. Ich würde nicht mit ihr sprechen. *Bitte ignorieren Sie die Nachricht nicht.* Warum erschien mir dieser Satz so bedrohlich? Es war keine Drohung. Oder doch?

Ich versuchte, die Nachricht zu verdrängen. Ich musste die Woche mit Schreiben verbringen, statt über neugierige Journalistinnen nachzudenken, die etwas von mir wollten.

Zwölf

So lässt es sich leben

Ich saß auf der schattigen Veranda und genoss die Morgensonne, die auf die grasbewachsene Anhöhe und das blaue Meer jenseits der Insel fiel. Zu Beginn der Woche hatte ich den Küchentisch auf die Veranda gestellt. Ich verbrachte viel Zeit dort draußen am aufgeklappten Laptop und versuchte zu schreiben. Heute Morgen hatte ich ihn jedoch weggeräumt und ein Wasserglas mit wilden Krokussen auf den Tisch gestellt. Bald würde Stacy kommen, und ich hatte vor, zum Mittagessen Fish and Chips zu besorgen und sie mit gekühltem Sauvignon Blanc hinunterzuspülen. Sie hatte darauf bestanden, ich müsse sie nicht an der Fähre abholen, also hielt ich nach ihr Ausschau.

Schließlich tauchte in der Ferne eine Gestalt auf, die einen großen Schlapphut trug und einen Rollkoffer hinter sich herzog. Ich stand auf, beugte mich über das Geländer der Veranda und winkte heftig. Sie winkte zurück, lief den Rest der Strecke und zerrte den Koffer die fünf Stufen herauf.

»Ich habe doch gesagt, ich finde den Weg allein.«

»Daran habe ich nicht gezweifelt.«

Sie nahm den Hut ab. Ihr Haar war zu zwei straffen Zöpfen geflochten. »Ich stelle den Koffer in mein Zimmer, dann muss ich etwas Geschäftliches erledigen.«

»Das klingt bedrohlich. Soll ich den Wein holen?«

»Es ist nicht bedrohlich, aber den Wein solltest du trotzdem holen. Irgendwo auf der Welt ist immer Abend.«

Zwei Minuten später trafen wir uns wieder auf der Veranda, und ich schenkte uns beiden ein Glas Wein ein. Stacy reichte mir einen großen Umschlag. »Glückwunsch zu deinem neuen Boot.«

»Meinem neuen …?«

»Ich habe mich mit George und Kay in Verbindung gesetzt und dafür gesorgt, dass sie dir das Boot überschreiben. Anstelle der Miete, die sie dir noch schulden. Sie übernehmen auch alle damit verbundenen Gebühren.«

Ich sah die Unterlagen durch und hielt sie auf dem Tisch fest, als ein warmer Meerwind aufkam. »Wow. Ich habe ein Boot. Was mache ich jetzt damit?«

Stacy lehnte sich zurück und trank von ihrem Wein. »Lernen, damit zu fahren? Oder segelt man damit? Hat es ein Segel?«

Ich warf einen Blick auf die Beschreibung. »Keine Ahnung. Joe dürfte es wissen.«

»Joe! Vielleicht kann er mit uns hinausfahren. Er kennt sich doch damit aus.«

»Ich habe seine Nummer nicht.«

»Auf dieser Insel leben dreihundert Menschen. Er dürfte nicht schwer zu finden sein.« Sie kniff misstrauisch die Augen zu. »Du weißt doch, wo er wohnt, oder?«

»Ja.«

»Warum dann so zurückhaltend?«

»Nur so. Es ist … immerhin ist er mein Angestellter.« Nach dem unbehaglichen Essen bei seinen Eltern war ich Joe die ganze Woche über aus dem Weg gegangen. Wenn er zur Arbeit kam, versteckte ich mich im Arbeitszimmer, statt mich mit ihm zu unterhalten. Es schien ihm nichts auszumachen, die Platten von den Wänden zu reißen, ohne dabei mit mir zu plaudern.

»Na komm schon, das macht sicher Spaß. Ich bin doch nur übers Wochenende hier. Wir können ein Picknick veranstalten.«

»Mal sehen«, sagte ich und versuchte, leicht und unverbindlich zu klingen.

»Du magst ihn, was?«

Ich lachte. »Sind wir jetzt wieder in der Schule?«

Sie lehnte sich auf ihrem Stuhl zurück, musterte mich mit einem selbstzufriedenen Grinsen und ließ den Wein in ihrem Glas kreisen. »Ich merke genau, wenn dir ein Mann gefällt. Dann willst du nämlich nicht über ihn reden.«

Ich hob instinktiv die Hände, um sie zu bremsen. »Bitte nicht.«

»Wieso? Was ist los? Du bist seit fast einem Jahr Single …«

»Ich … ich habe dir nie erzählt, was mit Cameron schiefgelaufen ist.«

»Das musst du auch nicht. Er war eitel und hat von deinem Geld gelebt.«

»Darum haben wir uns nicht getrennt.«

»Wäre aber ein Grund gewesen.« Stacy lächelte, um die heftigen Worte abzumildern. »Tut mir leid. Du weißt, dass ich ihn nie mochte. Erzähl mir doch, was wirklich passiert ist.«

Da wurde mir klar, dass ich den Schmerz noch nie in Worte gefasst hatte. »Er wollte Kinder und ich … du weißt, ich kann keine bekommen. Ich habe ihn gehen lassen. Darum tat es auch so weh, ihn mit Tegan zu sehen.«

»Liebst du ihn noch?«

»Nein.«

Stacy presste nachdenklich die Lippen aufeinander. »Was hat das mit Joe zu tun?«

»Ich kann mich nicht noch einmal in diese Lage bringen.«

»Moment mal. Du machst dir jetzt Sorgen über *Kinder*? Ihr hattet noch nicht mal ein Date!«

»Er mag Kinder. Er hat eins. Vermutlich will er noch mehr.«

Stacy beugte sich vor und tätschelte meine Hand. »Ich möchte doch nur, dass du ihn bittest, mit uns Boot zu fahren. Ich verspreche, dass ich dich nicht zwinge, ihm Kinder zu gebären.«

Ich musste lachen und stimmte zu. Wir stellten den Wein in den Kühlschrank und gingen über den sonnenbeschienenen Weg zu Joes Schuppen.

Ich klopfte. Drinnen hallte es laut wider. Die Tür ging auf, und Julian schaute heraus.

»Nina!« Er umarmte mich so begeistert, dass ich fast nach hinten fiel.

»Julian, das ist meine Freundin Stacy. Wir suchen deinen Dad.« Aber ich hatte ihn schon gesehen. Er saß mit seinen Büchern an dem kleinen runden Esstisch, während Julian ein lautes Spiel auf seiner Playstation spielte. »Tut mir leid, dass wir Sie bei der Arbeit stören.«

Schon war Joe an der Tür, gab Stacy die Hand und wollte von meiner Entschuldigung nichts hören. »Schon gut. Mir tut allmählich der Kopf weh, und Julian hat lange genug Autos in die Luft gejagt. Mach den Fernseher aus, Kumpel.« Dann wandte er sich wieder zu uns. »Kann ich Ihnen etwas anbieten?«

»Nein, wir wollten Sie wirklich nicht stören …«, setzte ich an.

»Aber Nina hat ein neues Boot«, warf Stacy ein.

»Ein Boot?«

»*Das* Boot«, sagte ich. »Das von George und Kay.«

»Und wir hatten gehofft, dass Sie morgen Zeit für uns haben«, warf Stacy ein und klimperte mit den Wimpern. Das funktionierte immer: bei Männern, Frauen, Kindern.

»Ich soll mit Ihnen im Boot rausfahren? Natürlich, gern.«

»Darf ich mit?«, fragte Julian.

»Du bist uns herzlich willkommen«, sagte ich. »Wir machen ein Picknick.«

»Großmutter fährt mit dir aufs Festland, um Tante Pam zu besuchen.«

»Tante Pam riecht komisch. Nina riecht gut.«

»Ja, das stimmt«, bestätigte Joe und lächelte so warm, dass etwas in mir dahinschmolz.

Stacy trat mir grinsend gegen den Knöchel.

»Aber Tante Pam hat noch dein Geburtstagsgeschenk vom letzten Monat«, fügte Joe hinzu.

Julian nickte geschäftsmäßig. »Tut mir leid, Nina. Ich kann leider doch nicht zu deinem Picknick kommen.«

»Egal. Vielleicht nächstes Mal.«

Joe konzentrierte sich wieder auf Stacy und mich. »Ich muss morgen früh ein paar Sachen erledigen. Wir könnten uns mittags am Bootsschuppen treffen.«

»Toll!«, rief Stacy.

»Es ist gerade Walsaison. Ich kann nichts versprechen, aber vielleicht sehen wir den einen oder anderen.«

»Sind die unheimlich?«

»Sie sind … groß«, meinte Joe belustigt. »Wenn man neben einem entlangfährt, fühlt man sich auf jeden Fall sehr lebendig. Also, Daumen drücken.«

Ich fragte mich, ob Joe, der so naturverbunden schien, mit seiner besonderen Magie die Wale herbeizaubern konnte.

Als wir nach Starwater zurückgingen, konnte Stacy ihr Grinsen nicht unterdrücken.

»Was?«

»Du weißt schon.«

Ich wusste es. Und wie ich es wusste.

*

Ich war abends gerade unter die Decke geschlüpft, als Stacy an meine Schlafzimmertür klopfte.

»Komm rein.«

Stacy trug einen rosa Pyjama und hatte das lange dunkle Haar zu einem Zopf geflochten. »Sieh mal, was ich gefunden habe.« Sie hielt einige gefaltete Blätter in die Höhe.

Ich setzte mich ruckartig auf. »Wo?«

»Ich habe meinen Ohrring fallen lassen, und er ist unter die Kommode gerollt. Ich musste sie beiseiteschieben, und da steckte das hier zwischen zwei Ziegelsteinen. In der Ritze, anstatt des Mörtels.«

Ich faltete sie auseinander und las die erste Zeile. »*Das geheime Geständnis der Eleanor Holt.* Ich kann das Datum nicht entziffern.«

Stacy warf einen Blick darauf. »1869?«

»Da war sie noch nicht geboren. Es muss wohl 1889 sein. Da war sie zehn.«

»Kannst du es lesen? Sie hat eine schreckliche Handschrift.«

»Sicher.« Ich schlug die Decke zurück. »Komm rein.«

Stacy quetschte sich neben mich, und ich begann zu lesen.

»*Im Vertrauen an die Person, die diesen Brief irgendwann findet. Am heutigen Tag verzeichne ich, dass Mr. Burton, unser Kaplan und gelegentlicher Sonntagsschullehrer, sich mir gegenüber in einer überaus unziemlichen Weise verhalten hat. Dieser Brief dient als Beweis für diese Handlungen etc. etc.*«

Stacy lachte. »Welche Zehnjährige schreibt denn so?«

»Meine Urgroßmutter, wie es aussieht.«

»Dann weiß ich auch, woher du dein Schreibgen hast.«

Statt zu antworten, entzifferte ich die nächste Zeile. »*Mr. Burton ist heute zum Unterricht mit uns in die Kapelle gegangen. Wir waren nur zu fünft, weil zwei der Randolph-Kinder krank sind, sie müssen sich dauernd übergeben. Mr. Burton hat uns Sprüche lesen lassen, bis Bertie eingeschlafen ist, und uns um ein Uhr zum Mittagessen entlassen.*

Er hat mich zurückgehalten, nachdem die Randolphs hinausgelaufen waren, weil er mir etwas zeigen wollte. Weil ich neugierig war, bin ich ihm nach hinten in die Kapelle gefolgt, zu diesem schrecklich traurigen, geschnitzten Jesus. Er holte einen Stuhl und stellte ihn unter eine Klappe in der Decke. Dann ist er hinaufgeklettert und hat herumgetastet. Die Klappe fiel herunter, und eine hölzerne Leiter kam heraus.

›Die hat der erste Kaplan auf der Insel zimmern lassen‹, erklärte er mir. ›So konnte er jeden Abend die Laterne neben

dem Kreuz anzünden. Wir entzünden sie schon lange nicht mehr.‹ Er schob mich vor sich her. ›Na los, steig hinauf. Ich zeige dir, was da oben ist.‹

Ich war mir ganz und gar nicht sicher, ob ich hinaufklettern sollte, doch ich sagte mir, dass dies der Kaplan war, ein Mann Gottes, und dass er mich nicht absichtlich in Gefahr bringen würde. Ich stieg hinauf, während er mich von unten betrachtete. Dann war ich auf dem heißen staubigen Dachboden der Kapelle und musste mich bücken, weil das Dach genau über mir war. Vor mir sah ich eine halbhohe Tür. ›Geh weiter‹, sagte Mr. Burton, was ich auch tat. Die Tür ließ sich leicht öffnen, und dann stand ich auf dem Dach, vor mir einen Laufgang von etwa drei Fuß Länge, der zu dem großen Holzkreuz führte.

›Siehst du?‹ Mr. Burton war hinter mich getreten. ›Ist das nicht eine hübsche Aussicht?‹

Ich glaubte, Mr. Burton habe den eigentlichen Zweck des Laufgangs nicht verstanden. Dies war kein Ort, von dem aus man die Aussicht genoss, sondern an dem man nicht gesehen wurde. Niemand wusste davon, da war ich mir sicher. Papa hatte ihn ganz gewiss nie erwähnt. Ich stellte mir vor, wie ich vom Unterricht wegschlich und hierherkam, um zu schreiben und meine Geschichten auf dem warmen, dunklen Dachboden zu verbergen. Die Idee gefiel mir sehr.

Aber dann fasste Mr. Burton mich an. Er streckte seine fleischige Hand aus und rieb mit seinen Knöcheln leicht über meine Wange. Ich zuckte zusammen, und er lachte und sagte: ›Nicht so zimperlich, Miss Holt. Ich tu dir nicht weh.‹ Und er schaute mich auf eine Weise an, die mich verwirrte und beschämte, und ich verfluchte mich selbst für meine Schwäche, da ich mit ihm heraufgekommen war.

›Ich möchte jetzt runter‹, sagte ich, weil er mir den Weg verstellte und ich nicht an ihm vorbeigehen und ihn berühren wollte.

›Mit sechzehn bist du eine Schönheit, Nell‹, sagte er. Seine Stimme klang belegt, und ich bekam Angst. Dann aber fiel mir ein, dass mein Vater der stärkste Mann auf der ganzen Insel war, und ich erklärte mit entschlossener Stimme: ›Lassen Sie mich vorbei, sonst sage ich es meinem Vater.‹

Mr. Burton trat beiseite, aber er lachte, und als ich mich an ihm vorbeidrängte, bewegte er sich ein bisschen, so dass ich gegen seinen Bauch rieb. Er fand das sehr lustig, aber ich war einfach nur verlegen, mein Gesicht wurde heiß, und ich bin sofort hergekommen, um all das aufzuschreiben. Jetzt, wo es raus ist, fühle ich mich besser. Ich kann es Papa nicht erzählen, weil er schon so viel auf der Seele hat. Außerdem hätte ich nie dort hinaufgehen dürfen. Wenn du es also findest, bist du der einzige andere Mensch, der es weiß.

Viele Grüße, Eleanor Holt.«

Stacy nahm den Brief und überflog ihn. »Das ist total unheimlich.«

»Das arme Ding. Sie hat gedacht, es sei ihre Schuld, weil sie mit ihm aufs Dach gegangen ist.«

»Ein Glück, dass sie so glimpflich davongekommen ist. Im 19. Jahrhundert war es nicht sonderlich erstrebenswert, eine Frau zu sein. Ich frage mich, ob die Kapelle, von der sie schreibt, dieselbe kleine Kirche ist, die sich in der Nähe des Militärgefängnisses befindet.«

»Ja. Sie gehörte früher zu Starwater. Aber es gibt kein großes Kreuz mehr auf dem Dach. Nur das billige Leuchtding an der Vorderseite.«

Stacy kletterte gähnend aus dem Bett. Dann gab sie mir den Brief. »Danke für die Gutenachtgeschichte. Schlaf schön.«

»Gute Nacht.«

Nachdem sie gegangen war, las ich den Brief noch einmal. Er war von meiner Urgroßmutter an mich gerichtet, obwohl sie natürlich nicht gewusst hatte, dass ich ihn je finden würde.

Ich wünschte, ich könnte durch die Zeit zurückgreifen und das kleine Mädchen in die Arme nehmen und ihr sagen, sie solle sich nicht wegen dieses furchtbaren Mr. Burton sorgen. Ich würde ihr sagen, wie klug sie war und welch eine wunderbare Schriftstellerin aus ihr werden würde. Ich schlief ein und träumte von schattenhaften alten Kirchen und Regalen voller staubiger, leerer Bücher.

*

Am Sonntagnachmittag erblickte ich zum ersten Mal mein Boot. Es war ein sieben Meter langes Shark Cat aus Fiberglas, Baujahr 1979, mit zwei fast neuen Außenbordmotoren. Das jedenfalls erklärte mir Joe. Ich sah nur ein Boot vor mir. Ein gelbes. Er war mit seinem Van rückwärts vor die Tür des Bootsschuppens gefahren und hatte das Tor aufgeschlossen. Stacy, zugekleistert mit atombombensicherem Sonnenschutz und angetan mit einem gigantischen Strohhut, wartete mit mir auf dem Rasen. Wir hatten einen Picknickkorb dabei. Stacy mochte zwar eine erfolgreiche Immobilienanwältin sein, backte aber auch wunderbare Zitronentörtchen und herzhafte Muffins. Den Champagner hatte ich beigesteuert.

Joe befestigte den Anhänger an seinem Wagen und zog das Boot aus dem Schuppen. Zurück blieben nur Spinnweben, Schimmel und die kriechende Kälte, die man nur in Steinhäusern findet.

»Komm schon, Nina!«, rief Stacy. Sie folgte bereits Joe und dem Bootsanhänger. Ich eilte ihr nach, den Picknickkorb ungeschickt auf der Hüfte.

Joe wusste natürlich, was er tat. Er hatte das Boot zwei Jahre lang zu Wasser gelassen und durch die Bucht gesteuert. Er wirkte selbstbewusst und geschickt, als er in seiner abgeschnittenen Jeans und dem langärmeligen Shirt herumhantierte. Stacy und ich folgten seinen Anweisungen, zogen die Rettungswesten über und stiegen ein.

Dann schossen wir hinaus in die Bucht. Das Boot war in einem schlechten Zustand. Der Vinylbezug der Sitzbänke war zerrissen, der Schaumstoff quoll heraus; eines der vorderen Fenster war gesprungen und mit Klebeband notdürftig repariert worden. Der wasserdichte Teppich war fast durchgescheuert. Doch Joe versicherte mir, das Boot sei sicher und ich hätte ein gutes Geschäft gemacht.

»Wohin fahren wir?«

»Ein bisschen nach draußen und dann nach Norden. Vielleicht sehen wir Gabelschwanzseekühe oder ein paar Schildkröten. Es gibt jede Menge Quallen. Schauen Sie ins Wasser. Entspannen Sie sich.«

Was ich auch tat. Ich beugte mich über die Reling und sah zu, wie wir durchs Wasser schnitten. Ein Schwarm blassblauer Quallen umgab uns. Die Sonne schien mir warm auf den Rücken, und ich spürte, wie schön es war, einen angenehmen Tag in angenehmer Gesellschaft zu verbringen. Ich schaffte es sogar, mein Buch eine Weile zu vergessen. Stacy öffnete den Picknickkorb und holte Kräcker, Käse und eine Thermoskanne mit Kaffee heraus. Sie goss Joe einen Becher ein und setzte sich dann mit einer Plastiktasse neben mich. »So lässt es sich leben.«

»Danke für mein Boot.«

»Gern geschehen.«

Wir fuhren noch ein bisschen weiter, und Stacy und ich plauderten und aßen und rissen dumme Witze. Ich konnte mein Spiegelbild in ihrer Sonnenbrille sehen. Ich war dünner als früher, mit wildem Haar, und mein eigenes Lachen überraschte mich.

Dann stellte Joe den Motor ab, und wir hüpften sanft auf den Wellen dahin. Er ging auf die andere Seite und winkte uns zu sich. »Eine unechte Karettschildkröte.«

»Wo?«, rief Stacy und lief zu ihm hinüber. Wir standen dicht nebeneinander und spähten auf die Stelle im Wasser, auf die Joe zeigte.

»Ich kann sie sehen! Schaut nur!«

Dann sah ich sie auch mit ihrem muschelbewachsenen braunen Panzer und den großen schwarzen Augen. Sie tauchte wieder unter.

»Ist es Zeit fürs Picknick?«, fragte Stacy hoffnungsvoll.

»Tolle Idee«, sagte Joe.

Da wir keinen Platz hatten, um das Essen auszubreiten, hockten wir wie die Vögel auf der Stange auf der Bank, bedienten uns aus dem Korb und unterhielten uns dabei. Joe nahm keinen Champagner, aber Stacy und ich tranken genüsslich. Er schien unsere Gesellschaft zu genießen, lachte gutmütig über unsere albernen Insiderwitze und war mir so nahe, dass ich die Wärme seiner Haut spürte und den Duft seiner Haare, die nach Sonnenschein und Salz rochen. Ich brauchte mehr davon: mehr alberne Witze mit alten Freunden, mehr Joe, mehr Augenblicke im Sonnenschein. Ich war ein verkrümmter Stadtmensch geworden, hatte mich in mich selbst verkrochen wie ein Geschöpf aus einer Geschichte von Edgar Allan Poe.

Plötzlich sprang Joe überrascht auf und schaute nach Osten.

»Was ist los?« Ich folgte seinem Blick.

Eine Sekunde später ließ er die Motoren an und griff zum Steuerrad. »Ich habe eine Flosse gesehen.«

»Wale?«, quiekte Stacy.

»Augenblick.« Er wendete das Boot, und wir fuhren weiter in die Bucht hinaus. Die Bewegungen und das Tempo vertrugen sich nicht sonderlich gut mit dem Champagner und den Zitronentörtchen in meinem Magen, aber ich hielt mich wacker.

Ein paar Minuten später sah ich es dann selbst. Ein großer Buckel durchbrach die Wellen, die Flosse aufgerichtet, als wollte sie uns winken, bevor sie wieder verschwand. Ich war überhaupt nicht auf die Gefühle vorbereitet, die der Anblick in mir auslöste. Ich kannte Wale von Fotos und wusste, wie sie aussahen. Aber hier, in der wilden, offenen See, begeisterten sie mich auf eine tiefe und zugleich natürliche Weise.

Stacy umklammerte meinen Arm. »Es ist ein Wal«, sagte sie, »ein echter Wal.«

»Sie haben sicher schon so viele gesehen«, rief ich Joe zu. »Finden Sie es immer noch aufregend?«

»Ja, jedes Mal. Daran gewöhnt man sich nie. Sie sind überwältigend.«

Er drosselte das Tempo, und wir näherten uns langsam der Stelle, an der wir den Wal gesehen hatten. Dann stellte er den Motor ab, und wir warteten mit angehaltenem Atem.

Mit einem gewaltigen wässrigen Keuchen schoss ein grauschwarzer Rücken aus den Wellen empor und spritzte alles nass. Stacy schrie verängstigt auf, während ich nicht aufhören konnte zu lachen.

»Andere Seite!«, rief Joe, und ich sah noch einen, der knapp unter der Wasseroberfläche schwamm, ganz nah bei uns.

Stacy klammerte sich an meinen Arm. »Die können das Boot nicht umkippen, oder?«

»Ist noch nie passiert.«

Der Wal, der uns näher war, schwamm nach oben und spritzte Wasser durch sein Blasloch.

»Er atmet. Genau wie wir.«

»Ja, er ist uns ganz schön nah«, sagte Joe und machte sich daran, wieder die Motoren anzulassen.

Dann durchbrach der erste Wal die Wasseroberfläche. Sein gewaltiger Rumpf erhob sich unfassbar weit aus dem Wasser und beschrieb einen wunderbaren Bogen in der Luft. Sein weißer Bauch wurde sichtbar, als er rückwärts wieder ins Meer tauchte und uns dabei nass spritzte.

Mein Herz hämmerte, während das Salzwasser auf meiner Haut trocknete. Mir fehlten die Worte. Es war, als hätte ich durch die ganze Künstlichkeit der Zivilisation hindurchgesehen, weit auf die andere Seite, auf der nichts zählte außer dem pulsierenden Meer und dem glühenden Himmel. Stacys Klammergriff um meinen Arm verstärkte sich noch.

»Oh. Mein. Gott.«

»Ja«, sagte ich. Mehr brachte ich nicht heraus.

Joe lächelte so glücklich, als hätte er das Auftauchen des Wales selbst inszeniert. »Er wollte euch hallo sagen. Glück gehabt.«

*

Nach der Bootsfahrt lud Stacy Joe zum Abendessen nach Starwater ein, doch er hatte Julian versprochen, um sechs zu Hause zu sein. Wir verabschiedeten uns unterwegs. Ich war enttäuschter, als ich mir eingestehen wollte. Ich dachte ständig an ihn, an sein Gesicht, das Sonnenlicht auf seinem Haar, wie er mir gesagt hatte, der Wal wolle uns begrüßen. Meine Erinnerung an diese Erfahrung, diesen berührenden und erhebenden Moment, war untrennbar mit Joe verbunden. Warum dachte ich auf diese Weise an ihn? Warum konnte ich Kopf und Herz nicht in Einklang bringen?

*

Ich konnte nicht schlafen. Ich glaube, mein Blut war noch in Wallung von der Begegnung mit dem Wal, aber ich schlief zurzeit ohnehin nicht gut. Hatte zu viel im Kopf. Morgen war Montag, und sobald Stacy die Fähre betreten hatte, musste ich mich wieder an den Computer setzen und das verdammte Buch schreiben, das mir einfach nicht gelingen wollte.

Es war zwei Uhr morgens, als ich es aufgab und aufstand. Ich schaltete den Laptop ein, weil ich hoffte, etwas zustande zu bringen, endete aber in der Küche, wo ich Teewasser aufsetzte. Dann kam Stacy dazu, die von meinem Hantieren wach geworden war.

»Was ist los?«

»Kann nicht schlafen. Möchtest du Tee?«

Sie setzte sich auf die Küchenbank. »Ja, danke. Sollen wir reden? Geht es um Joe und die ganzen Babys, die du ihm nicht schenken kannst?« Sie lächelte und erwartete, dass ich es ihr gleichtat, doch ich war müde und durcheinander, und mir stockte der Atem.

»Oh nein, Nina, tut mir leid.« Sie griff nach meiner Hand.

»Darum geht es nicht«, sagte ich und zwang mich, durchzuatmen. »Es ist das Buch. Das Buch, das ich nicht schreiben kann. Ich bewege mich rückwärts. Ich werde versagen.«

»Wirst du nicht.«

»Doch, ganz sicher. Ich schaffe das nicht. Verleger in dreiundzwanzig Ländern haben mir Vorschüsse gezahlt, einige davon enorm hoch, die ich zurückzahlen muss. Ich habe eine Hypothek auf der Wohnung in Sydney. Ich muss umziehen. Mir einen neuen Job suchen. Ich muss meiner Mutter gegenübertreten, die schon immer gewusst hat, dass ich es irgendwann vermassele.«

Stacy wartete, bis der Tee vor ihr stand und ich mich ihr gegenüber hingesetzt hatte. »Und wenn das alles passieren würde?«

»Wäre es schrecklich«, fauchte ich. »Es wäre das Ende von allem.«

Zum Glück ertrug sie es, dass ich sie anschnauzte, und sagte mit sanfter Stimme: »Nein. Es wäre das Ende von etwas, ganz sicher. Aber dir bliebe immer noch so viel. Du bist jung, gesund, hast Freunde.« Sie lächelte. »Jedenfalls mich. Und dieses Haus, das dir ganz allein gehört. Wenn nun deine Mutter und deine Verleger und wer auch immer von dir enttäuscht wären? Wenn sie dich im Stich lassen, sind sie es nicht wert.«

Ich runzelte die Stirn. Gewiss, darin lag eine gewisse Logik, aber sie tröstete mich nicht. Stacy musste nicht mein Leben leben. Ich war in meinem Kopf gefangen, und keine Menschenseele auf der Welt wusste, was ich getan hatte. Vielleicht würde es nie herauskommen, aber ich musste mit dem Wissen leben.

»Ich kenne dich seit einer Ewigkeit, Nina. Du warst immer zu selbstkritisch. Das hast du nicht nötig. Du bist toll.«

»Danke, Stace.« Ich legte meine kühlen Hände um den warmen Becher. »Tut mir leid, dass ich dich geweckt habe.«

»Schon gut.« Sie rutschte von der Bank und kippte den Tee ins Spülbecken. »Tut mir leid, zu viel Zucker.«

»Nimmst du keine zwei?«

»Nur einen.«

»Ach ja, stimmt.«

»Der Schlafmangel beeinträchtigt dein Urteilsvermögen. Du solltest nicht zu deprimiert sein. Morgen früh geht es dir besser.«

»Es ist morgen früh.«

»Du weißt, was ich meine. Gute Nacht.«

Ich sah ihr nach und hörte, wie sie leise die Tür schloss. Ich blieb auf der Bank sitzen und trank meinen Tee, während ich mir ihre Worte durch den Kopf gehen ließ. Dann stellte ich die Tasse in die Spüle und ging ins Wohnzimmer, wo Joe die Gipsplatten von den Wänden entfernt hatte. Mit der Taschenlampe suchte ich die Spalten dazwischen ab. Ich wusste, wenn ich etwas fände, wäre es ohnehin nur Eleanors Tagebuch, doch die Verzweiflung trieb mich an, und ich malte mir den Moment aus, in dem ich meine Hand um die rettenden Papiere schließen würde.

*

Am Montagmorgen verabschiedete ich mich von Stacy und kehrte ins Arbeitszimmer zurück, fest entschlossen, es heute endlich anders zu machen. Ich hörte Joe am anderen Ende des Hauses arbeiten, wo er weitere Platten von den Wänden riss und auf den Haufen vor dem Fenster warf. Am liebsten wäre ich zu ihm gegangen und hätte ihn einfach nur beobachtet. Zugesehen, wie sich seine Muskeln unter der sonnengebräunten Haut bewegten, und seinen warmen, erdigen Geruch eingeatmet. Der Zauber des Wochenendes würde zurückkehren und die Erwartungen der Welt da draußen verdrängen. Doch ich hatte Verpflichtungen, überfällige Verpflichtungen, und Joe nahe zu sein, kam mir allmählich gefährlich vor.

Ich war so verzweifelt, dass ich jede Strategie ausprobierte. Also legte ich das neue Buch beiseite. Es war ohnehin nicht zu gebrauchen. In meiner Angst und meinen Selbstzweifeln hatte ich einen gewaltigen Teil herausgekürzt, was ich inzwischen bereute. Stattdessen schlug ich das erste Witwe-Wayland-Buch auf und begann es abzuschreiben. Von der ersten Zeile an.

Ich weiß nicht, was ich damit erreichen wollte, vielleicht mein Gehirn irgendwie täuschen. Wenn ich dieselben Worte niederschrieb, die ich vor fünf Jahren geschrieben hatte, könnte das womöglich einen Mechanismus in Gang setzen, einen Schalter betätigen, der nötig war, um ein weiteres Buch zu schreiben.

Das Beste an diesem Plan war, dass ich am Schreibtisch saß *und etwas tat*. Die Zeit flog nur so dahin. Als Joe den Kopf hereinsteckte und sagte: »Ich habe die Reste von Mums Cottage Pie dabei, die reichen für uns beide«, wurde mir klar, dass ich drei Stunden am Stück geschrieben hatte.

Ich lächelte ihm zu. »Ich hatte einen guten Morgen.«

»Das freut mich.«

»Und ich würde gern die Cottage Pie Ihrer Mutter essen.«

»Sie ist im Ofen.«

»Ich komme gleich.«

Er zog sich zurück, und ich betrachtete die Wörter auf dem Bildschirm. Ich hatte tatsächlich das Gefühl, etwas geschafft zu haben, obwohl das eigentlich nicht der Fall war. Nun war ich voller Selbstvertrauen und konnte mich am Nachmittag dem neuen Buch widmen und endlich etwas schreiben. Irgendwie.

Nein, verdammt, ganz sicher. Ich öffnete die Datei und tippte kühn einen Titel auf die erste Seite: *Das ruhelose Feld.* Dann bewegte ich mich zum Ende. Ich hatte mitten im Satz aufgehört. Aus derselben Kühnheit heraus vollendete ich den Satz und setzte schwungvoll einen Punkt.

Enter. Neuer Absatz. *Eleanor rannte schneller, als sie je gerannt war.* Ich verdrängte das Gefühl, der Satz sei nicht gut. *Sie suchte Zuflucht in …* Wie hieß doch gleich der Eingang einer Kirche? Und sollte ich nicht eine witzige oder philosophische Bemerkung darüber einfügen, dass die Kirche den Seelen Zuflucht geboten hatte? Wüsste ich doch nur mehr über das Mittelalter. Wäre ich doch nur belesener, klüger, kreativer. Ich holte tief Luft und zwang mich, die Spirale zu durchbrechen. *Sie suchte Zuflucht im (Vorraum, später prüfen) der Kirche und schaute zu, wie der Regen niederströmte.* Ich lehnte mich zurück. Es klang irgendwie nicht richtig. Nichts, was ich tat, klang richtig.

»Es ist fertig«, sagte Joe leise von der Tür her. »Ich kann Ihr Stück auch warm stellen, wenn Sie noch arbeiten.«

Ich schob den Stuhl zurück. »Nein, ich komme.«

Wir gingen mit unseren Tellern zum Verandatisch. Ich setzte mich ihm gegenüber, doch mein Blick wurde vom ruhelosen Meer angezogen. Wir aßen schweigend, dann fragte Joe leichthin: »Was ist passiert?«

»Wie meinen Sie das?«

»Als ich vorhin zum ersten Mal reingeschaut habe, waren Sie glücklich und haben gelächelt. Als ich das nächste Mal kam …«

»Oh. Ach ja. Ich war nicht so zufrieden mit meiner Arbeit, wie ich gedacht hatte. Auf den zweiten Blick.« Ich bemerkte, dass sein Haar voll weißem Gipsstaub war, und widerstand dem Drang, mit den Fingern hineinzugreifen.

»Ich nehme an, so ist das bei Künstlern. Manchmal läuft es, und dann wieder ist alles blockiert. Und dann trinken Sie Whisky.« Er bedachte mich mit seinem warmen, sexy Lächeln.

Ich schaute auf mein Essen. »Kann schon sein. Ich fühle mich nie sehr als Künstlerin.«

»Nein? Auch nicht nach all den Büchern?«

»Es sind ja nur drei.«

»Das sind drei mehr als bei den meisten Leuten.« Er beendete seine Mahlzeit und schob den Teller weg. »Und Ihr Freund, der Dichter? Hat der auch schon mal eine Schreibblockade?«

Ich seufzte und legte den Löffel weg. »Ich habe Cameron nie mit Schreibblockade erlebt. Aber ich will ehrlich sein. Er ist nicht mehr mein Freund.«

Joe neigte neugierig den Kopf und wartete, dass ich weitersprach.

»Deine Eltern waren …«

»Ich weiß. Aufdringlich und anmaßend.«

»Ich hätte euch allen die Wahrheit sagen sollen.« Ich deutete mit dem Finger auf ihn. »Aber ich möchte dich auch daran erinnern, dass du mit den Lügen angefangen haben. Du hast erzählt, ich sei Journalistin.«

Er lachte leise. »Klar, schieb es ruhig auf mich.«

Wir aßen schweigend weiter. »Heißt das, du bist Single?«

»Ja. Aber ich bin nicht … das Ende war schlimm. Ich brauche viel mehr Zeit. Ich …«

»Natürlich …«

»Es ist nicht so, dass ich nicht …«

»Ja, ich verstehe.«

Wir konnten einander nicht in die Augen sehen, weil uns die halbfertigen Sätze, die wir gleichzeitig begonnen hatten, verlegen machten. Ich war traurig, aber auch erleichtert.

Joe stand auf und nahm seinen Teller. »Ich könnte … hm …«

»Lass den Teller stehen. Ich räume auf.«

»Danke.«

Ich sah ihm mit wehem Herzen nach, wusste aber, dass es besser so war.

*

Die Post kam zweimal wöchentlich. Meist Rechnungen, die man mir nachgeschickt hatte, Tantiemenabrechnungen von Marla und der übliche Haufen Werbung, den jeder bekommt. Ich machte immer alles sofort auf. Wenn ich die Post auf dem Schreibtisch liegen ließ, konnte ich nicht arbeiten. Heute hatte ich zwischen den Geschäftsbriefen eine hübsche Karte von Stacy gefunden. Darin lagen säuberlich gefaltet der Brief von Elizabeth Parrish, die meine Papiere einsehen wollte, und eine Kopie von Stacys Ablehnung. Ich legte sie beiseite und pinnte die Karte an die Wand, wo ich sie sehen konnte. Dann ging ich wieder an die Arbeit.

Erst nach dem Abendessen widmete ich mich wieder dem Brief der Journalistin. Ich wollte nur einen kurzen Blick darauf werfen und ihn dann entsorgen, doch nachdem ich ihn entfaltet hatte, blieb mein Blick an einem Satz hängen.

… Zugang zu den Papieren von Nina Jones und Eleanor Holt …

Ich kehrte zum Anfang des Briefes zurück und las ihn sorgfältig durch. Dieses Detail hatte Stacy nicht erwähnt, da ihr nicht klar gewesen war, was es für mich bedeutete. Elizabeth Parrish wollte nicht nur meine Papiere einsehen, sondern auch die meiner Urgroßmutter.

Ein kalter Schauer überlief mich. Mein schlimmster Verdacht bestätigte sich. Elizabeth Parrish und ich suchten nach der gleichen Sache.

Und wenn sie mir zuvorkam, wäre ich ruiniert.

Dreizehn

Noch eine Insel

1891

Tilly saß auf der Holzbank im staubigen Gemeindesaal, die Hände im Schoß verschränkt, die Füße ordentlich nebeneinander. In den vergangenen Wochen hatte sie sich in körperlicher und geistiger Selbstbeherrschung geübt. War mit vielen Schiffen und Zügen gefahren und hatte nach einem Ort gesucht, an dem sie sich niederlassen und ein neues Leben beginnen konnte. Irgendwo in einem warmen Land, denn die kalte Reue war immer da und schmerzte in den Knochen. Mrs. Frasers Damenpension, die an der Bucht von Brisbane gelegen war, bot ihr ein bequemes, wenn auch bescheidenes Zuhause. Mrs. Fraser war gesellig, ein bisschen neugierig, lachte laut und herzlich und servierte jeden Abend eine nahrhafte Mahlzeit.

Tilly wusste, dass ihr Geld nicht ewig reichen würde, weshalb sie sich um diese Stelle beworben hatte. Es war nicht ihr erster Versuch. Man hatte ihr eine Arbeit als Zofe auf einer reichen Viehstation im Westen angeboten, doch sie hatte am Vortag entschieden, dass weder der heiße Staub noch das Dasein als Dienstbotin zu ihr passte. Dann hatte sie die kleine Anzeige im *Courier* entdeckt: Man suchte eine Gouvernante für ein zwölfjähriges Mädchen, Französisch und Stickerei wurden vorausgesetzt.

Sie konnte als Gouvernante arbeiten. Sie war klug, mochte Kinder und würde keine Dienstbotin sein.

Nun saß sie in einem nüchternen schwarzen Wollrock und einer blauen Jacke auf der Bank, die schwitzenden Hände in braunen Wildlederhandschuhen, und sah zu, wie eine Bewerberin nach der anderen aufgerufen wurde. Mittlerweile war Tilly sicher, dass sie die Position nicht erhalten würde. Die anderen Frauen waren älter, mit strengen Gesichtern und gewiss hervorragenden Zeugnissen. Tilly hatte nichts vorzuweisen außer dem Brief, in dem Ort und Zeit für das Gespräch festgelegt wurden. Sie holte ihn aus der Tasche und faltete ihn auseinander. Sterling Holt, Direktor, Regierungseinrichtung Ember Island, Moreton Bay.

Bisher war Sterling Holt nur eine körperlose Stimme hinter der Tür am Ende des Gemeindesaals. Nacheinander überschritten die Bewerberinnen die Schwelle und kamen mit undurchdringlichen Mienen zurück. Sie verließen das Gebäude und traten hinaus ins helle Tageslicht. Schließlich war nur noch Tilly übrig.

»Chantelle Lejeune«, ertönte der Ruf.

Tilly stand auf. Sie hatte sich zwar an den Namen gewöhnt, empfand aber immer noch ein schlechtes Gewissen, wenn sie ihn laut aussprach. An die Frau erinnert zu werden, deren Tod sie verschuldet hatte, war eine angemessene Strafe für ihre Tat.

Sie betrat das kleine Zimmer am Ende des Gemeindesaals und schloss leise die Tür hinter sich. Dann drehte sie sich um und erblickte Sterling Holt. Er saß vor einem kleinen Fenster, ein großer, stolzer Mann mit dichten Koteletten und dunkelbraunem, lockigem Haar, das auf der Seite gescheitelt war. Sein Lächeln überraschte sie. Seine freundlichen Augen passten gar nicht zu der knurrigen Stimme.

»Guten Morgen, Mademoiselle Lejeune.«

Sie zog die Handschuhe aus und legte die Hände in den Schoß. Ihr Trauring befand sich auf dem Grund des Ozeans. »Guten Morgen, Sir.«

Seine Augenbrauen schossen in die Höhe. »Sie sind keine Französin? Wegen des Namens hatte ich angenommen …«

»Mein Vater war Franzose, aber ich habe ihn kaum gekannt. Ich war noch so klein, als er gestorben ist. Ich bin in Dorset bei der Familie meiner Mutter aufgewachsen.« Die Lüge ging ihr leicht über die Lippen; sie hatte sie oft genug vor dem Spiegel geübt.

»Aber Sie sprechen Französisch?«

»Ja, Sir, fließend.«

Ein argwöhnischer Ausdruck huschte über sein Gesicht. Vielleicht hatten schon mehrere Frauen fälschlich behauptet, fließend Französisch zu sprechen, denn er fragte sie nun in dieser Sprache nach ihrem französischen Lieblingsschriftsteller.

»Victor Hugo, Sir. Ich habe meinem Großvater oft aus seinen Büchern vorgelesen, als er krank war und im Sterben lag. Diese Erinnerungen sind mir sehr teuer.«

Sterling Holt unterdrückte ein Lächeln. »*Très bon.* Wie sieht es mit Latein und Griechisch aus?«

»Beides, Sir.«

»Muss ich Sie darin auch prüfen?«

»Wie Sie wünschen, Sir. Ich fürchte mich nicht vor einer Prüfung.«

Er lehnte sich zurück und legte die Fingerspitzen aneinander. »Nein, ich vertraue Ihnen.« Er neigte den Kopf und betrachtete sie. »Sie haben keine Referenzen.«

»Ich habe noch nie unterrichtet und das in meiner Bewerbung auch erwähnt. Aber ich liebe Kinder und das Lernen. Ich kann gut sticken. Ich würde Sie nicht enttäuschen, Sir.«

»Meine Tochter ist … frühreif.«

»Sie sind sicher stolz auf sie.«

»Ich möchte sie wachsen lassen. Sie nicht erdrücken. Einige der anderen Frauen … Sie selbst scheinen keinen allzu großen Wert auf Strenge zu legen.«

»Ich würde Ihrer Tochter eine Freundin sein. Eine energische Freundin.«

»Dennoch … die mangelnde Erfahrung …« Er schaute auf seine Unterlagen. »Ich habe hier einige sehr qualifizierte Bewerberinnen.«

Tilly kämpfte gegen die Verzweiflung. Sie hatte genug von den Höhen und Tiefen der Vergangenheit. »Wie Sie meinen, Sir.«

»Sagen Sie mal, kennen Sie sich auch mit mittelalterlicher Geschichte und Literatur aus?«

»Gewiss, Sir, ich habe Chaucer gelesen, Malory, einige der französischen Artus-Epen …«

»Lieben Sie sie auch?«

Die Frage kam überraschend. »Sie lieben?«

»Meine Tochter Nell ist geradezu besessen von dieser Epoche.«

Tilly lächelte. »Sie klingt faszinierend. Und ja, ich liebe sie. Ich liebe viele Bücher, aber ich habe eine besondere Schwäche für *Sir Gawain und der grüne Ritter.*«

Tilly hatte wohl genau das Richtige gesagt, denn nun lächelte Mr. Holt sie offen an und nickte. Er stand auf und streckte ihr die Hand entgegen. »Mademoiselle Lejeune, es ist mir ein Vergnügen, Ihnen diese Position anzubieten.«

Tilly war zu überrascht, um aufzustehen, und ergriff nur seine Hand. Erleichterung durchflutete sie. »Tatsächlich?«

»Ich glaube, Sie und Nell werden sich wunderbar verstehen. Die Einzelheiten zur Überfahrt werde ich Ihnen brieflich mitteilen.«

Als sie aufstand, fühlte sie sich ganz leicht. »Danke, vielen Dank, Sir. Ich werde Sie sicher nicht enttäuschen.«

»Das habe ich auch nicht erwartet. Ich weiß nicht, ob ich mich in meinem Brief klar ausgedrückt habe, aber ich bin der Direktor einer großen Regierungseinrichtung auf der Insel. Es gibt sehr strenge Sicherheitsregeln. Daher möchte ich Sie bitten, diese sorgfältig zu befolgen und darauf zu achten, dass Nell es auch tut.«

»Was für eine Einrichtung?«

»Ein Hochsicherheitsgefängnis.« Es sagte es in beiläufigem Ton, doch Tilly überlief bei seinen Worten ein Schauer, und sie keuchte beinahe auf. Sie hatte an ein Krankenhaus oder eine Fabrik gedacht … an alles, aber nicht an ein Gefängnis.

Obwohl sie versuchte, ihre Furcht zu verbergen, hatte er ihr Unbehagen wohl bemerkt. »Können Sie damit leben?«

»Gibt es dort … auch Mörder?«

»Natürlich. Aber Sie sind ganz und gar sicher. Die Gefangenen sitzen hinter Schloss und Riegel, und wir haben sehr strenge Sicherheitsmaßnahmen. Ich würde Nell nicht bei mir auf der Insel leben lassen, wenn ich auch nur die geringste Gefahr für meine Tochter sähe.«

Tilly nickte. »Das beruhigt mich. Ich nehme Ihr Angebot dankbar an und freue mich auf Ihren Brief.«

Als sie draußen auf der hellen Straße stand und die Meeresbrise sie umwehte, erlaubte sie sich einen kurzen Anflug von Entsetzen und Schuldgefühl. Denn Sterling Holt verstand nicht, dass sie sich nicht vor entflohenen Gefangenen fürchtete, sondern vor dem Gedanken, selbst im Gefängnis zu enden. Immerhin unterschied sie sich gar nicht so sehr von diesen Leuten.

*

Als sich der Dampfer Ember Island näherte, musste sie an ihre Ankunft auf Guernsey denken, bevor das Grauen über sie hereingebrochen war. Es gab eine Bucht, ein Schiff, einen Schrankkoffer und ein Herz voller Zweifel. Doch in vieler Hinsicht war es auch ganz anders. Kein grauer Himmel, kein Regen, sondern heller Sonnenschein. Seit sie vor acht Tagen in Australien angekommen war, hatte es keinen trüben Tag gegeben. Die Farben waren anders, leuchtender, sie reflektierten das Licht, bis ihr die Augen weh taten. Tilly stand mit aufgespanntem Sonnenschirm auf dem Oberdeck und sah zu, wie die Insel näher kam. Sie war von buschigen grünen Bäumen umgeben, die mitten im Salzwasser zu wachsen schienen. Sie erblickte einen Steilhang, weitere Bäume, einen Dachgiebel.

Ein gutgekleideter älterer Mann gesellte sich zu ihr und hielt sich an der Reling fest, als sie über eine Welle hüpften. »Ember Island.«

»Ja, dort muss ich hin. Und Sie?«

»Dr. Groom. Ich bin als Arzt für alle Inseln hier zuständig.«

»Sehr erfreut.« Sie gab ihm die Hand. »Ich bin Chantelle Lejeune, die neue Gouvernante der Tochter des Direktors.«

»Nell?« Er verzog das Gesicht. »Dann viel Glück.«

»Direktor Holt hat mich bereits gewarnt, dass sie frühreif ist.«

»Unbändig wäre passender.«

Tilly wollte sich ihr Urteil vorbehalten, bis sie Nell begegnet war. Dennoch machte sie sich allmählich Sorgen. Wenn das Kind sie nun so weit drängte, dass sie die Beherrschung verlor? Sie durfte *nie wieder* die Beherrschung verlieren.

»Doch ich steige heute nicht auf Ember Island aus. Ich reise zum Leprosorium, das sich auf einer anderen Insel befindet.«

»Ein Leprosorium?«

»Für Leprakranke. Um sie von der Gemeinschaft zu trennen. Alle Ausgestoßenen der Kolonie landen letztlich in der Moreton Bay.«

Die Insel rückte näher, und sie konnte deutlich den schiefen Anlegesteg sehen, der ins Wasser ragte. Sie bemerkte auch einen hohen rauchenden Schornstein und eine Ansammlung von Backsteingebäuden. »Wissen Sie, warum es Ember Island heißt?«, fragte sie den Arzt.

»Als Matthew Flinders hier durchkam und die Gegend erforschte, nannte er alle Inseln Green Island. Green Island eins, Green Island zwei … Auf dieser hier tobte an jenem Tag jedoch ein Buschfeuer. Also schrieb er in sein Tagebuch, dass die Insel aus der Ferne wie glühende Asche im dunklen Meer aussähe.«

Feuer. Der Gedanke ließ sie erstarren.

Dr. Groom blieb bei ihr stehen und stellte unnütze Fragen nach ihrer Überfahrt von England und wie sie Gouvernante geworden war. Tilly hatte ihre Lügen gut vorbereitet, und sie kamen ihr ebenso leicht über die Lippen wie die Wahrheit.

»Nun, Sie sollten jetzt Ihre Sachen holen«, sagte Dr. Groom, als der Dampfer sich dem Ufer näherte. »Es war mir ein Vergnügen, und wir werden uns gewiss wiedersehen, Miss Lejeune.«

»Tilly«, sagte sie spontan. Es war eine denkbare Abkürzung von Chantelle. »Alle nennen mich Tilly.«

Es dauerte mehrere Minuten, bis der Dampfer ganz angehalten hatte. Männer liefen über den Steg und das Deck, wickelten dicke Taue um Poller und riefen einander Anweisungen zu. Tilly holte ihren Koffer unter Deck hervor und wartete geduldig. Die Luft war warm und feucht, und winzige Sandfliegen bissen in die nackte Haut zwischen Handschuhen und Ärmeln. Sie schnippte sie müßig davon. Ein Steward half ihr mit dem Koffer, und sie folgte ihm über die Gangway auf den Anleger.

»Was ist das?« Sie deutete auf ein viereckiges Areal im Wasser, das mit einem Zaun abgetrennt war. Dicke Metallpfähle erhoben sich über die Wellen.

»Das ist das Schwimmbad der Wärter, Ma'am.« Der Steward bewegte sich rasch voran, und sie musste sich beeilen, um Schritt zu halten.

»Wofür brauchen sie ein Schwimmbad? Können sie nicht einfach im Meer baden?«

»Nein, Ma'am. Es gibt zu viele Haie.«

Der Gedanke erfüllte sie mit Angst. »Gibt es hier Haie?«

»Oh ja, die Insel ist von ihnen umgeben. Das Blut und die Abfälle aus dem Schlachthaus werden ins Wasser geworfen, um sie anzulocken. Und die Gefangenen von der Flucht abzuschrecken.« Er lachte grausam.

Tilly staunte über diesen Ort mit dem Sonnenschein und dem blauen Himmel und den schattigen Bäumen, der wunderschön und feindselig zugleich war. Salzwasserwälder und Mörder und Buschräuber und Haie und Sandfliegen, die rote

Schwielen an ihren Handgelenken hinterlassen hatten. Vermutlich würde sie sich einen harten Panzer zulegen müssen, wenn sie nicht noch öfter das Opfer grausamen Gelächters werden wollte.

Sterling Holt erwartete sie am Ende des Anlegestegs. Ein offener Wagen stand bereit. Der Steward lud ihren Koffer ein, während der Direktor sie begrüßte.

»Miss Lejeune.«

»Bitte nennen Sie mich Tilly, Mr. Holt.«

Er nickte und half ihr beim Einsteigen, setzte sich neben sie und trieb das Pferd an.

»Ich hoffe, Sie hatten eine angenehme Überfahrt.«

»Vielen Dank. Ich habe vorhin Dr. Groom kennengelernt.«

»So ein Glück. Auf ihn kann man sich verlassen.«

Sie erwähnte nicht, dass der Arzt seine Tochter als unbändig bezeichnet hatte.

Der Wagen verließ den gepflasterten Weg, der zum Anlegesteg führte, und holperte über unebenen Boden. Mr. Holt sprach lauter, damit sie ihn verstehen konnte. »Ich zeige Ihnen jetzt einige der Gebäude. Das hier ist nicht nur ein Gefängnis, wir betreiben auch mehrere erfolgreiche Unternehmen.« Er hob kurz die rechte Hand und hielt dann wieder die Zügel. »Da ist die Kalkbrennerei, den Schornstein haben Sie sicher schon vom Boot aus gesehen. Das große Gebäude westlich davon ist die Zuckerfabrik. Hier auf der rechten Seite befinden sich die Werkstätten. Wir beschäftigen unsere Gefangenen als Schuhmacher, Schneider, Blechschmied, es gibt sogar eine Buchbinderei.«

Zwischen den Gebäuden bewegten sich zahlreiche Menschen, aber Tilly konnte auf den ersten Blick nicht die Gefangenen von den Wärtern unterscheiden. Dann fiel ihr auf, dass die Männer in den blauen Uniformen gepflegter wirkten und sich aufrechter hielten. Die Männer in den weißen Anzügen gingen gebeugt, wirkten müde und ungewaschen.

»Wie viele Gefangene gibt es hier?«

»Zweihundertsechsundvierzig Männer und acht Frauen. Die weiblichen Gefangenen haben ihre eigene Zelle am südlichen Ende des Gefängnisses. Dort drüben befindet sich die Bäckerei und hier die Schmiede.« Er deutete auf die Gebäude, doch Tilly dachte nur an die acht Frauen. Sie hätte ihn gern gefragt, was diese im Einzelnen verbrochen hatten.

»Das Gebäude dort ist das eigentliche Gefängnis, in dem die Gefangenen essen, schlafen und sich aufhalten, wenn sie nicht bei der Arbeit sind. Dort dürfen Sie nie hingehen.«

»Verstehe.«

»Gleich werden Sie Nell kennenlernen.« Sie fuhren in Richtung des Steilhangs. Tilly drehte sich um und blickte auf die weiten Zuckerrohrfelder, das Vieh auf den Weiden und dahinter das gewaltige graugrüne Meer und das Festland, das blau und verschwommen in der Ferne schimmerte.

Sie erreichten die Hügelkuppe, die Straße wurde ebener. Vor ihnen lag das Haus, ein weitläufiger Bau aus Backstein und Holz, der von breiten, hölzernen Veranden umgeben war. Davor befand sich ein prachtvoller Blumengarten.

»Der Garten!«, keuchte sie. Seit ihrer Ankunft in Australien hatte sie nur dürre Büsche und einige tapfere Vorgärten mit vertrockneten Rosen und Fleißigen Lieschen gesehen. Das hier jedoch war ein echter englischer Garten mit weiten Rasenflächen, die von niedrigen Hecken und bunten Blumenbeeten eingefasst waren, mit einer steinernen Sonnenuhr und einer wunderschönen weißen Statue im griechischen Stil, die eine Frau mit einer Vase auf der Schulter zeigte.

»Ja, er hat etwas, nicht wahr?«

Rosen und Veilchen, Petunien und Pfingstrosen, gestutzte Buchsbäume und blühender Hartriegel, Begrenzungen aus purpurnen und rosa Hortensien. Prachtvolle Düfte und Farben. Tilly musste unwillkürlich lachen. »Das ist Ihr Garten?«

»Ich verbringe nicht viel Zeit in ihm. Ich bin meist im Büro.«

Er hielt das Pferd an und schaute zum Garten hinüber. »Aber Nell ist gern dort draußen.«

»Besteht die Chance, dass ich hier ein wenig gärtnern kann? Ich liebe Gartenarbeit. Sie ist so beruhigend.«

Er drehte sich zu ihr und runzelte leicht die Stirn. »Hm. Lassen Sie mich darüber nachdenken. Zurzeit kümmert sich eine Gefangene um den Garten. Sie macht das ausgezeichnet, und es beschäftigt sie, was ihr wiederum guttut.«

»Eine Gefangene? Im Garten?«

»Sie brauchen sich keine Sorgen zu machen. Sie wird nicht mehr gegen das Gesetz verstoßen, das wissen wir. Aber während sie ihre Strafe absitzt, sollte sie die Zeit sinnvoll nutzen. Daher verbringt sie die meisten Tage dort draußen. Das ist das Beste, was Gefangenen wie ihr passieren kann.« Er stieg aus und kam um den Wagen herum, um Tilly herunterzuhelfen.

»Woher wissen Sie, dass sie nicht mehr … gegen das Gesetz verstößt?«, fragte Tilly vorsichtig.

Doch Sterling antwortete nur knapp: »Sie brauchen sich keine Sorgen zu machen.« Sie spürte, dass diese Dinge sie nichts angingen. In seinen Augen gehörte Tilly zur Innenwelt des Haushalts, sie arbeitete nicht für ihn, sondern für seine Tochter. Weshalb sollte er mit ihr über Männerangelegenheiten sprechen?

»Jemand wird Ihren Koffer holen.« Er deutete auf die Treppe vor dem Haus. »Jetzt machen wir Sie erst einmal mit Nell bekannt.«

Dann waren sie drinnen. Die Lage des Hauses auf der Hügelkuppe, die dunklen Backsteine und die vielen offenen Fenster und hölzernen Veranden machten die Innenräume kühl. Auf den bloßen Dielen lagen einige Teppiche und Läufer. An den Wänden hingen Gemälde und Kerzenhalter aus Messing. Sterling deutete auf eine lange, gepolsterte Bank, die unter dem Fenster in der Eingangshalle stand, und bedeutete Tilly, dort zu warten. Sie setzte sich und streifte die Handschuhe ab.

Dann hörte Tilly ihre Stimme. Eine Mädchenstimme, aber tiefer als erwartet. »Ich bin gerade beschäftigt.« Es klang trotzig.

Dann sprach Sterling. Sie konnte die Worte nicht verstehen, aber sie klangen streng und energisch.

Tilly wappnete sich. Nell wollte sie nicht treffen. Nell wollte sie gar nicht hier haben, wie es sich anhörte.

Dann tauchte Sterling mit dem Mädchen im Schlepptau auf. Sie war winzig, schlank, mit weißer Haut und den klaren blauen Augen ihres Vaters. Sie hatte widerspenstige braune Locken, und ihr Mund war missbilligend verzogen.

Tilly erhob sich. Es erschien ihr plötzlich wichtig, nicht als Erste zu lächeln. Falls Nell nicht freundlich sein wollte, würde Tilly es auch nicht erzwingen.

»Miss Lejeune, dies ist meine Tochter Eleanor. Ich nenne Sie Nell.«

»Sie dürfen mich aber nicht Nell nennen«, sagte das Mädchen.

»Etwas mehr Respekt, bitte«, warnte Sterling seine Tochter.

»Es freut mich, dich kennenzulernen, Eleanor.«

»Warum sind Sie Miss Lejeune und nicht Mademoiselle Lejeune? Warum haben Sie einen englischen Akzent? Ich dachte, Sie wären Französin.«

»Es reicht!«, knurrte Sterling. »Miss Lejeune ist deine Gouvernante, und du wirst ihr den gebührenden Respekt erweisen. Ich muss jetzt wieder an die Arbeit gehen. Nell, du zeigst Miss Lejeune das Haus, vor allem ihr Zimmer und das Bad. Miss Lejeune, Sie werden gewöhnlich mit Nell und mir essen. Das Mittagessen haben Sie leider verpasst, aber das Abendessen gibt es um sechs. Ich werde heute nicht dabei sein, da ich eine Besprechung habe. Wenn Sie mich entschuldigen wollen.«

»Gewiss, Sir.«

»Falls Sie zwischendurch Hunger bekommen, wenden Sie sich bitte an die Köchin oder die Haushälterin. Sie finden sie in der Küche, der Wäscherei oder sonst irgendwo im Ostflügel des Hauses. Wir legen hier keinen Wert auf Etikette. Wir sind weit von der feinen Gesellschaft entfernt, daher haben wir beispielsweise keine Klingel. Falls Sie etwas brauchen, suchen Sie sich einfach jemanden, der Ihnen hilft. Mein Büro ist dort drüben. Ich werde am liebsten nicht gestört.« Mit diesen Worten warf er seiner Tochter einen warnenden Blick zu und verschwand im Büro. Als sich die Tür leise hinter ihm geschlossen hatte, war Tilly mit Nell allein.

Sie schauten einander an. Keine von ihnen lächelte. Die Sekunden vergingen. Dann erkannte Tilly allmählich, wie komisch die Situation war. Keine von ihnen wollte als Erste ein Zugeständnis an Höflichkeit und Wärme machen. Da stand sie nun, eine erwachsene Frau, und wetteiferte mit einem Kind. Gelächter stieg in ihr auf, und es fiel ihr zunehmend schwer, ein Lächeln zu unterdrücken. Nell bemerkte es, und kämpfte ebenfalls dagegen an.

Also ließ Tilly es heraus. Sie legte den Kopf in den Nacken und lachte laut, und Nell tat es ihr nach. Dann griff das Mädchen nach Tillys Hand und sagte: »Kommen Sie mit, ich zeige Ihnen das Haus.«

»Vielen Dank, Eleanor.«

»Nell.«

»Tilly.«

Hand in Hand gingen sie durch den Flur. »Der Westflügel ist am schönsten. Dort haben wir unsere Zimmer, ich, Papa und auch Sie. Und natürlich gibt es noch die Bibliothek, wo wir unseren Unterricht abhalten sollen. Papa hat sein eigenes Badezimmer, und Sie teilen sich eins mit mir. Im Ostflügel wohnen die Dienstboten, dort sind die Vorratsräume, die Küche, die Wäscherei und das Lampenzimmer. Ich hole Sie zum Abendessen und zeige Ihnen das Esszimmer. Es ist gleich neben Papas Büro. Er hört um sechs Uhr mit der Arbeit auf.« Nell öffnete die Tür eines kleinen Zimmers, das voller Bücherregale war. In der Mitte stand ein großer Tisch.

»Mein Klassenzimmer.« Sie stürzte sich auf eine weiße Holzkatze, die auf dem Schreibtisch neben ihren Schulsachen saß. »Und das ist Pangur Ban. Ich habe ihn, seit ich vier bin.«

»Er ist sehr hübsch.«

»Er geht überall mit mir hin. Er schaut mir zu, wenn ich schreibe.«

Tilly sah sich um. »Dein Vater besitzt eine Menge Bücher.«

»Papa interessiert sich nicht sehr dafür. Er mag Fakten und Zahlen viel lieber. Die Bücher gehören alle mir. Ich wünsche mir kein Spielzeug. Pangur Ban ist alles, was ich brauche. Ich wünsche mir lieber Bücher.« Sie trat an ein Regal und fuhr zärtlich mit den Fingern über die Buchrücken. »Welches ist Ihr Lieblingsbuch?«

»Ich mag viele. Dein Vater hat gesagt, dass du besonders Artus-Romanzen magst.«

»Ich bin ganz verrückt danach. Alles aus dem Mittelalter.«

»Ich mag *Sir Gawain und der grüne Ritter* sehr gern.« Tilly fiel ein, dass sie sich mit dieser Bemerkung die Stelle gesichert hatte.

Nell drehte sich um und stieß einen Schrei aus. »Oh! Das mag ich am allerliebsten! Als ich acht oder neun war, habe ich ständig eine grüne Schärpe getragen und getan, als wäre sie Gawains Wehrgehänge.«

»Überrascht mich, dass du in diesem Alter das Gedicht lesen und verstehen konntest.«

»Ich konnte lesen, bevor ich drei war«, erwiderte das Mädchen stolz. »Ich habe ein gutes Gedächtnis und eine schöne Handschrift, und ich schreibe unglaublich gern eigene Geschichten. Sehen Sie mal.«

Nell setzte Pangur Ban behutsam auf den Schreibtisch und griff nach einem Stapel Papier. »Ich schreibe gerade ein episches Gedicht im Stil von *Beowulf*. Darin kommen eine Menge

Ungeheuer vor.« Sie begann zu lesen: »*Aus dem Maul der Kreatur quoll Blut in widerlichen Tropfen; und der Held erschauderte in seiner Seele, und sein Herz musste heftig klopfen.*«

»Das ist sehr … lebendig«, sagte Tilly.

»Ich bin sehr stolz darauf. Aber im Sticken bin ich ganz schrecklich.«

»Dabei kann ich dir helfen. Und vielleicht zeigst du mir ein paar mittelalterliche Geschichten, die ich noch nicht kenne.«

»Haben Sie die *Canterbury Tales* gelesen?«, fragte Nell verschmitzt.

»Ja, natürlich.«

Das Mädchen machte große Augen. »Erzählen Sie Papa bitte nicht, dass da auch unanständige dabei sind. Sonst nimmt er mir das Buch weg.«

»Auf gar keinen Fall.« Tilly dachte an die Ausgabe der Geschichten, die in der Bibliothek von *Lumière sur la Mer* gestanden hatte. Zu Asche zerfallen.

»Was ist los?«

Tilly schüttelte verwirrt den Kopf. »Ich weiß nicht, was du meinst.«

»Sie hatten so einen Gesichtsausdruck. Als wäre jemand über Ihr Grab gelaufen.«

Tilly nahm sich vor, ihre Mimik besser unter Kontrolle zu halten. Das Mädchen war sehr aufmerksam. »Ich dachte gerade an die Bibliothek in einem Haus, in dem ich mal gewohnt habe. Es stand auch auf einer Insel, aber sie war ganz anders als diese hier. Die Bücher dort sind alle verbrannt.«

Nell zuckte zusammen. »Die Bücher sind verbrannt? Das ist furchtbar tragisch. Wem hat das Haus gehört?«

Sie hatte schon zu viel gesagt. »Einem Bekannten. Es ist lange her. Das Haus hieß *Lumière sur la Mer*.«

»Das Licht auf dem Meer? Wie hübsch. Wir könnten diesem Haus einen ähnlichen Namen geben. Licht auf dem Meer, Sterne auf dem Wasser, etwas in der Art. Was meinen Sie?«

»Sterne auf dem Wasser gefällt mir.«

»Kommen Sie, ich zeige Ihnen Ihr Zimmer. Vermutlich sind Sie müde und wollen sich ein bisschen ausruhen.«

Nell, die deutlich aufgetaut war, führte Tilly durch den Flur im Westflügel und öffnete die Tür zu einem kleinen, aber gemütlichen Zimmer. Blaue Flocktapete, ein großes Himmelbett aus Eichenholz. Tilly öffnete den Vorhang. Vom Zimmer aus blickte sie in den Garten.

»Das ist sehr hübsch.« Durch die Hecken konnte sie die Gestalt einer Frau erkennen, die ganz in Weiß gekleidet war. Sie fragte sich, ob dies wohl die Gefangene war, von der Sterling Holt gesprochen hatte.

»Das Badezimmer ist nebenan«, sagte Nell, »zwischen Ihrem Zimmer und meinem. Ich überlasse Sie jetzt sich selbst und hole Sie dann zum Abendessen.«

»Vielen Dank, Nell.«

Das Mädchen ging hinaus, kam aber eine Sekunde später zurück, noch bevor Tilly sich aufs Bett gesetzt und die Schuhe ausgezogen hatte.

»Tilly?«

»Ja?«

»Ich hoffe, wir werden Freundinnen.«

Tilly lächelte. »Ganz sicher.«

*

Tilly träumte oft von Feuer. Tosendem Feuer, vor dem sie weglief, während Asche um sie herumwirbelte. Klarer oder eindeutiger wurde der Traum nie. In dieser Nacht, ihrer ersten Nacht auf Ember Island, erwachte sie vom Krachen des Donners.

Es war spät. Sehr spät. Sie hatte das Fenster einen Spalt offen gelassen, um die Meeresbrise hereinzulassen – an die stickig warmen Nächte hier würde sie sich wohl nie gewöhnen –, und nun fuhr ein kalter, feuchter Wind herein. Sie stand auf, schloss den Vorhang und das Fenster. Ihre Zehen waren nass. Hoffentlich merkte niemand, dass sie es gleich in der ersten Nacht hatte hereinregnen lassen. Tilly zündete eine Kerze an und bückte sich, um das Wasser mit ihrem getragenen Kleid aufzuwischen. Sie hängte es über die Stuhllehne und löschte die Kerzen. Dann blieb sie noch am geschlossenen Fenster stehen und schaute auf das Gewitter. Der Regen ging mit einer Kraft und Intensität nieder, wie sie es noch nie erlebt hatte. Der Garten ächzte förmlich unter dem Gewicht des Wassers.

Was mochte die Gefangene, die als Gärtnerin arbeitete, getan haben? Hatte sie es verdient, in einem elenden Gefängnis auf einer Insel eingesperrt zu werden, in dem laut Dr. Groom alle Ausgestoßenen der Kolonie irgendwann endeten? Hatte sie es mehr verdient als Tilly?

Ich bin wütend geworden und habe ein Haus in Brand gesteckt. Dann habe ich meinen Ehemann und seine Geliebte darin eingeschlossen.

Aber das war nicht die ganze Wahrheit. Dies war die Version der Ereignisse, mit der sie sich in schwarzen Nächten wie dieser quälte. Ja, sie war wütend gewesen. Das Feuer war versehentlich ausgebrochen. Sie hatte ihren Mann in ein Zimmer gesperrt, aus dem man mühelos entkommen konnte, damit ihr selbst ausreichend Zeit blieb zu fliehen. Sie hatte um ihre eigene Sicherheit gefürchtet. Sie hatte keine Ahnung, dass das Haus in Flammen aufgehen würde, und sie hatte auch keine Ahnung gehabt, dass sich seine Geliebte im oberen Stock aufhielt. Sie hatte die Folgen ihrer Taten keinesfalls vorhersehen können.

Doch so oft sie sich das auch selbst versicherte, das dunkle Gefühl hing wie eine Wolke über ihr und wollte einfach nicht weichen.

Vierzehn

Ein englischer Garten

Nell war tatsächlich erschreckend frühreif. Tilly kämpfte gegen das Gefühl an, dass sie dem Mädchen nichts mehr beibringen konnte. Bei den ersten lateinischen und griechischen Übungen war Nell in Gelächter ausgebrochen.

»Aber Tilly«, sagte sie mit geröteten Wangen. »Das ist viel zu einfach.«

Sie hatte sich beruhigt, als Tilly vorschlug, eine Doppelübersetzung von Bedas lateinischer *Kirchengeschichte* anzufertigen, und arbeitete jetzt still vor sich hin. Dann und wann klirrte ihre Feder am Rand des Tintenglases und kratzte dann wieder über das Papier. Nell bestand darauf, nicht mit Schiefertafel und Stift zu schreiben. Sie liebte Tinte und Feder und hatte ganz allein eine winzige Schnörkelschrift entwickelt. Anscheinend ließ ihr Vater ihr das Vergnügen und versorgte sie mit Papier aus seinem Büro. Ein warmer Sonnenstrahl fiel zwischen den schweren Vorhängen durch das hohe Fenster und beleuchtete Papier und Bücher. Tilly beaufsichtigte das Mädchen, während sie Nells Stickerei vom Morgen auftrennte. Leider besaß Nell überhaupt keine Geduld für Handarbeiten. Sie stürmte voraus, wollte es möglichst schnell hinter sich bringen und ihr Gehirn wieder unter Strom setzen. Tilly konnte es ihr nicht verdenken. Das Mädchen war eindeutig für wichtigere Dinge als Kreuzstich geschaffen.

»Bin mit dem ersten Text fertig!«, verkündete Nell.

Tilly überflog besorgt die Übersetzung. Sie musste wenigstens einen Fehler finden, um sich zu beweisen, dass sie als Lehrerin für das Mädchen geeignet und nicht nur dazu da war, schlechten Kreuzstich aufzutrennen. »Sehr gut«, sagte sie langsam. »Aber hier hast du die Fälle verwechselt. Ablativ?«

»Ach ja. Sie haben recht.« Nell lächelte zögernd. »Ich arbeite zu schnell, weil ich Sie beeindrucken will.«

»Beeindrucken? Oder einschüchtern?«

Nell lachte. »Ich glaube Ersteres. Obwohl ich zugeben muss, dass ich einige Lehrerinnen auch eingeschüchtert habe.«

Tilly unterdrückte ein Lächeln. »Und jetzt übersetzt du das zurück ins Lateinische, ohne auf das Original zu schauen.«

»In Ordnung.« Nell senkte den Kopf und blätterte in Wörterbuch und Grammatik. Die kleine Holzkatze beobachtete sie dabei.

Tilly schaute ihr über die Schulter. Sie hatte die berühmten Bemerkungen ausgewählt, in denen das Leben des Menschen auf Erden mit einem Spatz verglichen wird, der an einem Winterabend durch eine Halle fliegt: *Wir können nicht wissen, was ihm folgt oder was vorher kommt.* Die Wärme im Zimmer verschwand, als sie die Zeile las. Wo war Jasper jetzt? War er im Himmel? Oder anderswo? War ihm bewusst, was mit ihm geschehen war? Würde er sie für das, was sie getan hatte, hassen?

Es klopfte leise, und sie blickten beide auf.

»Papa, meine neue Gouvernante hat mir eine sehr schwierige Aufgabe gestellt«, sagte Nell und lächelte aufgeregt.

»Tatsächlich?«

»Und sie erledigt sie beängstigend gut«, fügte Tilly hinzu.

»Ich verwechsle schon mal die Fälle«, bekannte Nell und klang immer noch hingerissen, keineswegs enttäuscht oder beschämt.

»Dann musst du es langsamer angehen und sorgfältiger arbeiten«, sagte Sterling und schaute zu Tilly. »Es freut mich, dass sie gern mit Ihnen arbeitet.«

»Mich auch.«

Er faltete die Hände hinter dem Rücken. »Ich habe Ihr Ersuchen von gestern überdacht, und meine Antwort lautet ja.«

Tilly war verblüfft. »Mein Ersuchen?«

»Ja, wegen des Gartens. Ich lasse von 135 eine Ecke vorbereiten, mit der Sie tun können, was immer Sie möchten.«

»135 ist die Nummer der Gefangenen«, erklärte Nell, die Tillys Verwirrung bemerkt hatte. »Wir nennen sie nicht beim Namen.«

»Verstehe. Und muss ich mit … 135 zusammenarbeiten?«

»Sie ist absolut ungefährlich und zugänglich und wird Ihnen alles zeigen. Aber Sie dürfen sich nicht zu lange mit ihr unterhalten, nur das Allernotwendigste. Die Gefangene 135 arbeitet im Garten, weil sie es gerne tut und sehr gut darin ist. Wir haben für unseren Garten einen Preis der Regierung gewonnen. Ihre Führung ist absolut tadellos. Die besten Stellen werden gewöhnlich als Belohnung für gute Führung vergeben. Die Unkontrollierbaren enden in Ketten auf den Zuckerrohrfeldern.«

»Hat 135 auch einen Namen, mit dem ich sie ansprechen kann?«

Er runzelte die Stirn. »Den müsste ich nachschlagen, aber ich rate Ihnen davon ab, sich mit ihr anzufreunden, wie gut sie sich auch benehmen mag.«

»Gefangene sind nicht ohne Grund Gefangene«, erklärte Nell mit der vollen Überzeugung eines Menschen, dem man diese Weisheit sein Leben lang eingebleut hatte.

»Ja. Gut.« Sterling räusperte sich. »Jedenfalls, Miss Lejeune … Tilly. Jedenfalls würde es mich freuen, wenn Sie einen Teil Ihrer Freizeit im Garten verbrächten. Ich möchte, dass Sie hier glücklich werden.« Er warf einen Blick auf seine Tochter. »Nells Ausbildung liegt mir sehr am Herzen.«

»Vielen Dank, Direktor Holt«, sagte Tilly.

Sobald er gegangen war, flüsterte Nell ihr zu: »Hettie Maythorpe. So heißt 135 in Wirklichkeit.«

»Woher weißt du das?«

»Ich sehe sie fast jeden Tag. Ich war neugierig. Also habe ich in Papas Register nachgeschaut. Wagen Sie es nicht, es ihm zu sagen.«

Tilly beschloss, Vorsicht walten zu lassen. »Es ist sehr ungezogen, in den Papieren deines Vaters zu suchen. Und jetzt wieder an die Arbeit.«

Nell wurde rot und senkte den Kopf, bevor sie weiterschrieb. Insgeheim hätte Tilly nur zu gern gefragt, was Hettie verbrochen hatte. Sie stand auf und trat ans Fenster. Die Sonne schien warm auf ihr Gesicht und schillerte auf den Zuckerrohrfeldern. Sie dachte an die Männer, die dort in Ketten arbeiteten.

»Fertig!«, verkündete Nell.

Tilly drehte sich um. »Wie viel Zuckerrohr wächst auf Ember Island?«

»Fünfundvierzig Morgen. Sie denken an das, was Papa gesagt hat, nicht wahr? An die Kettensträflinge? Sie müssen sie zusammenketten. Das Zuckerrohr wächst im Herbst so hoch, dass sich Flüchtlinge darin verstecken könnten.«

»Ist schon einmal jemand geflohen?«

Nell schüttelte den Kopf. »Vierzehn Gefangene haben es versucht. Acht von ihnen wurden gefasst, sechs sind gestorben.« Sie hielt die Übersetzung in die Höhe. »Überprüfen Sie die jetzt?«

Tilly zwang sich zurück in die Gegenwart. »Natürlich.« Sie trat wieder an den Schreibtisch und griff nach dem Blatt.

Nell umklammerte ihr Handgelenk. »Sie sollten wirklich kein Mitleid mit ihnen haben. Papa ist ein guter Direktor. Er ist sehr human. Aber wir dürfen nicht vergessen, dass sie hier sind, um bestraft zu werden, und dass es gut für sie ist und für ihre Seelen und für die Menschen, die sie zurückgelassen haben.«

»Vielen Dank, Nell. Ich muss erst lernen, an einem solchen Ort zu leben.«

»Ich wohne hier, seit ich drei bin. Ich kenne kein anderes Leben. Sie können mich immer um Rat fragen.« Nell bedachte sie mit einem hinreißenden Lächeln. »Ich wette, Sie finden keine Fehler in der Übersetzung.«

Sie sollte recht behalten. Tilly wies sie an, die Stickerei zu wiederholen, wobei sie sich an ein Metronom halten musste, das einen langsamen Takt vorgab. Es tickte in der staubigen Bibliothek vor sich hin, während Tilly auf einem Stuhl am Fenster saß, ein offenes, aber ungelesenes Buch auf dem Schoß. Sie war in Gedanken dort draußen, auf den Zuckerrohrfeldern, bei den Gefangenen, die man für ihre Sünden aneinandergekettet hatte. Auch sie trug Ketten für ihre Sünden, die sie für immer mit ihnen verbanden, vor denen sie nicht weglaufen konnte. Und für sie gab es keine goldenen Pflanzen, die hoch genug waren, um sich zwischen ihnen zu verstecken.

*

Obwohl Tilly Nell bereits liebgewonnen hatte, war das Zusammensein mit ihr anstrengend. Ihr Verstand sprang blitzschnell von einem Thema zum anderen; sie hatte zu allem eine Meinung und war sich sicher, dass Tilly diese auch hören wollte; sie liebte körperliche Nähe, die Tilly angesichts der feuchten Wärme erdrückend fand. Als sie nach einer kurzen Pause zum Abendessen kam, musste Tilly ein erschöpftes Seufzen unterdrücken. Am vergangenen Abend, ihrem ersten in diesem Haus, hatte Nell während der gesamten Mahlzeit unablässig auf sie eingeredet. Der heutige Abend würde hoffentlich anders verlaufen, da Sterling sich zu ihnen gesellt hatte.

»Guten Abend, Tilly«, sagte er. Er hatte sein Jackett ausgezogen und trug nur eine Weste und ein weißes Baumwollhemd. Er hatte die Ärmel bis zu den Ellbogen aufgekrempelt, so dass zwei erstaunlich kräftige Unterarme sichtbar wurden. Tilly spürte, wie sie rot wurde, und wandte sich ab.

»Guten Abend, Direktor Holt.« Sie setzte sich neben Nell.

Das Mädchen rückte sofort näher. »Was machen wir morgen im Unterricht?«

»Tilly hat jetzt frei«, sagte Sterling missbilligend. »Lass ihr Raum zum Atmen, Nell.«

Sie senkte den Kopf, was Tilly sofort leidtat. Sie rieb Nells Arm. »Ich bin mir sicher, wir werden auf jeden Fall einen schönen Tag miteinander verbringen.«

Ein unbehagliches Schweigen senkte sich über das Zimmer. Das Hausmädchen brachte einen kleinen Schweinebraten, Schüsseln mit Kartoffeln und Erbsen und eine Sauciere. Sterling erhob sich, um den Braten zu zerlegen, und dann reichten sie die Schüsseln schweigend herum und bedienten sich. Schließlich räusperte er sich. »Tilly, könnten Sie nach dem Essen zu mir ins Wohnzimmer kommen, damit wir allein miteinander sprechen können?« Er wirkte sehr ernst.

»Selbstverständlich.« Sie bekam ein schlechtes Gewissen, und ihr Herz schlug bis in die Kehle, obwohl es gar keinen Grund dafür gab.

Nell schmollte. »Warum kann ich nicht dabei sein?«

»Weil du ein Kind bist«, erwiderte er knapp.

Nell wusste, wann sie verloren hatte. Sie aß in missmutigem Schweigen. Die Stille wurde nur vom Ticken der Uhr und dem Klirren des Bestecks unterbrochen.

Als sie fertig waren, drängte Sterling Nell, das Mädchen zum Abräumen zu holen. Dann sollte sie auf ihr Zimmer gehen und noch etwas lesen.

»Kommen Sie mit?« Er legte die Serviette weg und schob den Stuhl zurück.

»Ja, bitte nach Ihnen.«

Sie folgte Sterling beim Licht einer Laterne ins Wohnzimmer. Er entzündete die Kerzen und trat an den Getränkeschrank neben dem Klavier. Die Dielenbretter waren zum Teil unter einem dicken Teppich mit einem filigranen indischen Muster verborgen. Tilly verspürte den Drang, die Schuhe abzustreifen und ihre nackten Zehen in den Flor zu graben.

»Bitte nehmen Sie Platz. Kann ich Ihnen etwas zu trinken anbieten? Brandy?«

Sie erschauerte. Allein der Geruch oder Geschmack würde dunkle Erinnerungen hervorrufen. »Nein, ich …«

»Sherry?«

»Ja, das wäre schön.«

Er stellte zwei kleine Kristallgläser auf den Tisch und zog den Stöpsel aus einer Sherryflasche, wobei er die ganze Zeit mit ihr sprach. »Ich hoffe, es macht Ihnen nichts aus, dass ich Sie so beiseitenehme. Aber ich muss einmal unter vier Augen mit Ihnen über Nell sprechen.«

»Was immer Sie möchten.«

Er reichte ihr das Glas. »Bevor ich beginne, muss ich mich versichern, dass Nell nicht lauscht.« Er neigte den Kopf, und dann hörte Tilly, wie Schritte verschwanden. Er schüttelte bedauernd den Kopf und stieß mit ihr an. »Darin ist sie ganz schrecklich.«

»Sie hat einen flinken Verstand und langweilt sich schnell.«

»Ich weiß. Ich bin so froh, dass Sie es schon bemerkt haben. Ihre letzte Lehrerin, die Frau eines Wärters, hat das nie begriffen. Sie hielt Nell einfach für eine Unruhestifterin.«

Tilly fiel ein, dass Dr. Groom sie als unbändig bezeichnet hatte. »Nun, ich mag Nell sehr gern.«

»Und Nell mag Sie, eindeutig. Ich hätte mir keinen besseren Anfang wünschen können. Aber heute Abend habe ich gesehen, wie sie sich an Sie schmiegte … Und ich muss etwas dazu sagen.«

Nun dämmerte es ihr. Es war Tilly peinlich, dass sie es erst jetzt begriff. Sie hatte zugelassen, dass Nell allzu vertraut mit ihr umging. »Ich verstehe. Ich werde von jetzt an Distanz wahren, falls …«

»Nein, nein«, sagte Sterling und hob die Hand, um sie zu bremsen. »Darum geht es nicht. Unsere Fähigkeit zu lieben unterscheidet uns von den Tieren. Ich bin glücklich, wenn

Nell Sie liebgewinnt, was sie sicher tun wird. Sie sind genau so, wie sie selbst eines Tages sein möchte: klug und anmutig.«

Nur nicht rot werden, dachte Tilly.

»Ich wollte nur sagen ...« Er hielt inne und suchte nach Worten. »Nells Mutter ist erst seit einem Jahr tot. Können Sie mir versprechen, nicht allzu schnell von hier wegzugehen, falls sie Sie ins Herz schließt? Sie sind eine junge, umfassend gebildete Frau, und manche empfinden Ember Island als unangenehmen Ort, weil er so abgeschieden liegt, so weit entfernt von allem. Könnten Sie mir wenigstens ein Jahr zusagen?«

Abgeschieden und weit entfernt. Genau das, was Tilly brauchte. »Das kann ich Ihnen rückhaltlos zusagen, Direktor Holt.«

Endlich lächelte er, und sein Gesicht verwandelte sich. Sie konnte sich vorstellen, wie er als Junge ausgesehen hatte, mit haarlosem Kinn und Sommersprossen auf der Nase. »Dann nennen Sie mich besser Sterling.«

*

Am Freitag um vier, als der Meerwind die Insel abkühlte und die Schatten länger wurden, beendete Tilly den Unterricht und zog sich ein Kleid für die Gartenarbeit an. Sie war neugierig auf das kleine Beet, das Sterling ihr zur Verfügung gestellt hatte, und was sie damit anfangen würde. Er hatte erzählt, dass die Gefangene 135 nachmittags und abends arbeitete, wenn die Sonne nicht mehr so heiß schien. Also ging Tilly die Stufen vor dem Haus hinunter und machte sich im weitläufigen Garten auf die Suche nach ihr.

Die Frau kniete vor einer Reihe Hortensien und jätete Unkraut. Sie trug ein schlichtes weißes Hemd und einen weißen Rock, die beide voller Grasflecken und Erde waren. Tilly hielt inne und beobachtete sie eine Weile, weil sie nicht wusste, wie sie sich ihr nähern sollte.

Dann erhob sich die Frau und drehte sich um, als hätte sie Tilly kommen hören. Sie war etwa fünfzehn oder zwanzig Jahre älter als sie, mit graumeliertem, dunklem Haar, das sie zu einem unordentlichen Knoten gesteckt hatte. Sie war stämmig und hatte gerötete Haut, dunkle Augen und dichte Augenbrauen. Sie betrachtete Tilly ausdruckslos, ohne Lächeln oder Feindseligkeit.

»Hallo …« Sie konnte sich nicht dazu durchringen, die Frau 135 zu nennen.

»Sind Sie Miss Lejeune?«

»Ja.«

»Der Direktor sagte schon, Sie würden vielleicht kommen. Ich zeige Ihnen den Teil des Gartens, der Ihnen gehört.« Sie lächelte verhalten, und Tillys Schultern entspannten sich.

Sie ging neben der Gefangenen her. »Vielen Dank. Das ist nett. Ich … ich weiß, dass Sie Hettie heißen. Aber ich soll Sie wohl bei Ihrer Nummer nennen …«

»Nennen Sie mich ruhig Hettie, das machen einige der Wärter auch. Und der Kaplan.«

»Gut. Danke, Hettie.«

»Der Direktor hat gesagt, dass Sie gerne im Garten arbeiten.«

»Es beruhigt mich, wenn ich Erde an den Händen spüre«, erwiderte Tilly vorsichtig, weil sie nicht wusste, wie viel Geplauder erlaubt war. Sterling hatte deutlich gesagt, dass sie sich nicht mit Hettie anfreunden durfte.

»Das sehe ich auch so. Wenn ich den Garten nicht hätte, wäre ich längst verzweifelt.«

Tilly sagte nichts, hatte aber tausend Fragen. Was hast du getan? Warum bist du hier? Wann darfst du wieder nach Hause?

Hettie führte sie an einer langen Reihe Rosenbeete vorbei in eine Ecke. »Sie müssen es zuerst roden. Dabei kann ich Ihnen helfen.«

Das Stück Land maß etwa zehn an zehn Fuß und war mit alten Abfällen und Unkraut bedeckt. Ein Feigenbaum bot genügend Schatten, so dass sie nachmittags arbeiten könnte, ohne Sommersprossen zu bekommen. Das Beet lag am Rande des Steilhangs, so dass sie die Meeresbrise spüren und sich, wann immer sie wollte, vom Anblick der Felder und der Bucht ablenken lassen konnte. Ihr Herz machte einen Sprung bei dem Gedanken, dass sie hier ein wenig Glück finden würde.

»Leider habe ich die Stelle für meine Gartenabfälle benutzt. Aber die können wir hinter die Rosen dort drüben werfen, wo niemand sie sieht. Dann ist das hier Ihr eigener kleiner Garten.«

»Vielen, vielen Dank.«

»Danke Sie nicht mir, sondern dem Direktor.«

Tilly schaute zum Haus. Von hier aus konnte sie nur das Dach sehen, das sich über Bäume und Hecken erhob. Hier könnte sie ein wenig Ruhe vor Nell finden, und die Gartenarbeit würde sie genau wie Hettie vor der Verzweiflung retten. »Vielen Dank für das freundliche Angebot, aber ich möchte das gerne selbst machen. Einfach mal nicht reden müssen und nachdenken können …«

»Ich verstehe«, sagte Hettie lächelnd. Ihr Mund war sehr klein, und ihr Lächeln bestand eigentlich nur darin, dass sich ihre Mundwinkel nach oben kräuselten, doch ihre Augen blickten freundlich. »Ich bin hier, falls Sie mich brauchen. Und ich kann auch still arbeiten, wenn es sein muss.« Mit diesen Worten verschwand Hettie zwischen den Büschen. Tilly blieb nachdenklich stehen und überlegte, was zu tun war. Sie hatte Sterling mindestens ein Jahr zugesagt. Also blieb ihr viel Zeit, um das Beet zu roden und umzugraben und zu bepflanzen und zu pflegen. In der Kühle des Nachmittags kehrte sie zum Haus zurück und stieß dabei mit Nell zusammen.

»Da sind Sie ja!«, rief das Mädchen. »Ich habe mich schon gewundert, wo Sie stecken.«

»Dein Vater hat mir ein Beet im Garten zugewiesen, das ich bepflanzen kann.«

»Darf ich es sehen?«

»Komm mit.«

Während sie durch den Garten gingen, plauderte Nell vor sich hin. Beim Anblick des zukünftigen Beetes blieb sie abrupt stehen und sah besorgt drein. »Das wird aber sehr viel Arbeit für Sie.«

»Das ist mir egal. Es macht mir Freude.«

»Ich kann Ihnen helfen.«

Tilly holte tief Luft. Damit hatte sie gerechnet. »Nell, wenn du ein wirklich wunderschönes Buch liest und die ganze Welt um dich herum verschwunden ist, dann stört es dich doch sehr, wenn dich jemand dabei unterbricht und mit dir redet.«

Nell schaute sie aus großen traurigen Augen an. »Oh. Ich verstehe.«

»Ich kann dir eine bessere Freundin sein, wenn ich jeden Tag ein bisschen Zeit für mich habe.«

Das Mädchen schaute sie entschlossen an. »Sie haben ganz recht. Und ich muss mir auch mehr Mühe mit meinem Epos geben, wenn ich Prinz Claudio jemals vor dem Maul der Feuerbestie retten will.«

»In der Tat. Ich kann gar nicht abwarten, wie er entkommt.«

»Sie können auch immer 135 um Hilfe bitten.« Nell senkte die Stimme. »Sie brauchen sich nicht vor ihr zu fürchten. Ich weiß, was …« Wind kam auf, er rauschte in den Baumwipfeln und zupfte Strähnen aus Tillys Frisur. Nell blickte zum Himmel. »Das nächste Unwetter.«

Tilly wollte nicht das Thema wechseln. »Was wolltest du sagen? Ich weiß, was …?«

Das Mädchen legte den Finger an die Lippen. »Werden Sie böse und gehen zu Papa, wenn ich es Ihnen sage?«

Tilly schüttelte den Kopf und beugte sich vor. »Ich möchte es einfach nur wissen.«

Nell drehte sich zur Seite und schaute sie an. »Ich weiß, was man sich über sie erzählt. Dass sie dasselbe Verbrechen nicht noch einmal begehen wird. Sie kann dasselbe Verbrechen nicht noch einmal begehen.«

»Wieso? Was hat sie denn getan?«

Nell schaute sie unverwandt an und flüsterte dann: »Sie hat ihren Mann getötet.«

Fünfzehn

Abendgespräch

Tilly schloss die Tür der kleinen steinernen Kapelle hinter sich und sperrte damit das helle Sonnenlicht und die feuchte Hitze aus. In den letzten beiden Tagen hatte sich der subtropische Sommer in seiner ganzen Unerbittlichkeit gezeigt. Ihre Achselhöhlen waren feucht und klebrig, sie spürte den Schweiß zwischen ihren Brüsten und am Haaransatz und hätte sich am liebsten bis auf Hemd und Unterrock ausgezogen und an irgendeinen kühlen Ort gesetzt. Das abendliche Gewitter hatte nicht die geringste Erleichterung gebracht. Sie hatte gar keine Lust, im Garten zu arbeiten; ihr wurde schon beim Gedanken an körperliche Betätigung schlecht. Stattdessen hatte sie zwei Baumwollnachthemden genäht, beide dünn und ärmellos. Im Bett lag sie auf der Decke, schlief mit Unterbrechungen und kämpfte gelegentlich gegen summende Moskitos, die sich unter das Netz verirrt hatten. Nell hatte ihr versichert, dass es nicht ewig so heiß bleiben würde. Es müsse nur eine Wetteränderung von Südosten kommen, bei der kühle Meeresluft hereindrang. Doch bis dahin schwitzte sie vor sich hin.

In der Kapelle war es halbwegs kühl. Tilly ging zwischen den Reihen hindurch und setzte sich in die vorderste Bank. Die Luft war stickig, es roch nach unbearbeitetem Holz. Durch ein kleines Fenster fiel gelbes Sonnenlicht. Sie neigte den Kopf, verschränkte die Hände und betete, wie sie es jeden Tag getan hatte, seit sie von Hetties Verbrechen erfahren hatte.

Vergib mir, Vater. Vergib mir, was ich meinem Mann angetan habe. Ich habe nicht gewusst, dass er sterben wird. Er war nicht ohne Sünde, aber es war nicht an mir, ihn zu bestrafen. Es tut mir leid. Es tut mir leid. Vergib mir.

Sie hob den Kopf und schaute auf das Kruzifix, das hinter dem Lesepult hing. »Vergib mir«, sagte sie laut.

Als sich jemand hinter ihr räusperte, schoss sie herum. Sie war bisher immer allein in der Kapelle gewesen, doch diesmal stand ein hochgewachsener, rundlicher Mann im Gang und schaute sie neugierig an. Seine Haare waren weiß, seine Haut wirkte teigig und schimmerte vor Schweiß.

»Guten Tag«, sagte sie und erhob sich mit schuldbewusst klopfendem Herzen. »Ich wusste nicht, dass Sie hier sind.«

»Ich bin gerade hereingekommen. Haben Sie mich nicht gehört?«

Sie schüttelte den Kopf. Ihre Selbstvorwürfe hatten sie abgelenkt.

Er schaute sie anmaßend und gierig zugleich an, während seine Augen von ihren Haaren bis zur Taille und wieder zu ihrem Gesicht wanderten. »Ich wollte Sie nicht erschrecken. Ich bin der Kaplan, Mr. Burton.«

»Und ich bin Miss Lejeune, Eleanors Gouvernante.«

Erkennen blitzte in seinen Augen auf. »Ach, die Gouvernante. Ich hatte mich schon gefragt, wann wir uns kennenlernen.« Er kam ihr mit ausgestreckter Hand entgegen, sie tat es ihm nach. Er hob ihre Hand an den Mund und drückte seine allzu feuchten Lippen darauf, hielt sie zu lange zwischen seinen Fingern. Tilly straffte die Schultern, um nicht zu erschauern. Sobald ihre Hand wieder frei war, umklammerte sie sie hinter ihrem Rücken mit der anderen.

»Dürfte ich fragen …?«

»Ich habe nur gebetet.« Hoffentlich drängte er sie nicht weiter.

»Ich habe gehört, wie Sie um Vergebung baten.«

»Ja, ich …« Tilly drehte sich zu Jesus um, dessen Augen noch immer traurig gen Himmel gerichtet waren. War Jasper in den Himmel gekommen? Hatte er an den Himmel gedacht, bevor er starb, oder hatte er wie ein Tier bis zum letzten Augenblick gekämpft, gegen Rauch und Hitze und die schrecklichen Verletzungen, die sein Sturz durch die Glasscheibe verursacht hatte?

Sie wandte sich wieder zu Mr. Burton und hoffte, dass ihr das Entsetzen nicht ins Gesicht geschrieben stand. »Ich bin etwas jähzornig. Heute Morgen bin ich wütend geworden, als ich versehentlich auf meine Haarbürste getreten bin, und habe sie so heftig gegen den Spiegel geworfen, dass er zerbrochen ist. Das war sehr kindisch von mir. Ich habe darum gebetet, dass ich mich bessere.« Tilly verfluchte sich für die alberne Notlüge. Sie wollte ganz gewiss nicht als Haarbürstenwerferin bekannt werden.

Falls er ihre Lüge durchschaute, ließ er es sich nicht anmerken. »Es ist immer gut, an sich selbst zu arbeiten. Vor allem, wenn man jähzornig ist. Und so unordentlich, dass man eine Haarbürste auf dem Boden liegen lässt.«

Etwas in ihr sträubte sich dagegen, dass er sie unordentlich nannte, obwohl sie sich selbst in diesem Licht dargestellt hatte.

»Sie sind jederzeit in der Kapelle willkommen. Um zu beten, nachzudenken oder der Hitze zu entfliehen.« Er lächelte wissend, und die Selbstzufriedenheit kehrte in sein Gesicht zurück. »Ich würde Sie gerne öfter hier sehen.«

Tilly fühlte sich unbehaglich und erhitzt, aber nicht wegen des Wetters. Bildete sie sich das Glitzern in seinen Augen und das offenkundige sexuelle Interesse nur ein?

»Und kommen Sie auch zum Sonntagsgottesdienst?«

»Ich werde wohl mit Eleanor und ihrem Vater kommen.«

Er nickte und deutete ein Lächeln an. »Gut. Nun muss ich mich um andere Dinge kümmern, wenn Sie mich also entschuldigen wollen …« Er bot ihr wieder die Hand dar.

Tilly dachte an seine feuchten Lippen, den hungrigen Ausdruck seiner Augen und faltete die Hände hinter dem Rücken. »Auf Wiedersehen.«

Einen peinlichen Moment lang blieb seine Hand in der Luft hängen. Dann presste er die Lippen aufeinander, zog die Hand zurück, nickte knapp und ging.

Tilly sank wieder in die Bank. Sie musste ihre Schuldgefühle fortan besser verbergen, damit niemand je den Grund dafür erfuhr.

*

Spät am Samstagabend änderte sich das Wetter, wie Nell es prophezeit hatte. Tilly hatte das Fenster offen gelassen und konnte es deutlich hören. Das Rascheln der Palmwedel wurde lauter, die Blätter der gewaltigen Feigenbäume rauschten heftig. Dann fuhr ein Windstoß durchs Fenster, frisch und süß. Sie stand auf und lehnte sich so weit wie möglich nach draußen, um die Brise zu genießen. Sie trocknete den Schweiß auf ihrer Haut, und eine Gänsehaut überzog ihre nackten Arme.

Ein leises Geräusch erregte ihre Aufmerksamkeit. Sie drehte sich um und sah Sterling Holt, der mit nacktem Oberkörper und nur mit einer langen Unterhose bekleidet auf die Veranda getreten war. Offenbar wollte auch er die plötzliche Kühle genießen. Tilly erstarrte, als sie ihn so unbekleidet sah. Die Form seiner Schulter, seines Armes, die Rückenmuskeln. Ihr wurde plötzlich warm. Sie musste zurück ins Zimmer, damit er sie nicht im Nachthemd entdeckte.

Sie zog sich zurück und wollte das Fenster zuschieben, ließ es aber unvermittelt fallen, so dass es laut auf den Rahmen schlug.

Tilly warf sich mit dem Gesicht nach unten aufs Bett und verbarg ihr verschämtes Gelächter im weichen Kopfkissen.

*

Der Sonntagsgottesdienst in der Kapelle wurde für die Angestellten des Gefängnisses abgehalten, während die Messe für die Insassen später innerhalb der Mauern stattfand. Tilly hatte mit Nell in der vordersten Reihe Platz genommen. Das Mädchen hielt ihre Hand und plauderte, während die Wärter, Büroangestellten, Geschäftsleute und Handelsbeauftragten die Kapelle betraten. Sterling kam zuletzt und setzte sich neben Nell. Seit der Nacht auf der Veranda hatte Tilly ihn nicht gesehen und vermied jeden Blickkontakt. Vielleicht hatte er sie dennoch bemerkt. Er trug ein Hemd und darüber ein einreihiges Tweedjackett. Als er sich hinsetzte, wehte ein Hauch von Seife zu ihr herüber. Er hatte an diesem Morgen gebadet. Der Gedanke setzte sich in ihrer Phantasie fest und wollte nicht verschwinden. Seine Haut, das warme Wasser, die Seife. Sie war so abgelenkt, dass sie gar nicht merkte, dass Nell ihr eine Frage stellte.

»Was glauben Sie, Tilly?«

»Es … tut mir leid, ich habe gerade nicht zugehört.«

»Ich habe gesagt, diese Kapelle war früher die Schule, und ich habe gefragt, ob Sie im Sommer lieber hier unterrichten möchten, weil es schön kühl ist. Vom Dach aus hat man einen guten Blick auf die Wale, und Sie können nur hinaufklettern, wenn Sie die geheime Leiter in der Decke kennen.«

»Geheime Leiter? Das klingt nicht gerade sicher.«

»Das ist gar kein Problem. Bertie Randolph und ich haben uns mal zwei Stunden lang vor seiner Mutter versteckt, als sie schlechte Laune hatte, weil ich ihre Rechtschreibung korrigiert habe. Es ist ein gutes Versteck.« Sie drehte sich zu ihrer hölzernen Katze, die sie in einer kleinen, gewebten Tasche bei sich trug. »Stimmt doch, Pangur?«

»Nein, nein. Ich bleibe lieber in der Nähe der Bücher, und solange wir die Fenster und die Tür der Bibliothek offen lassen, ist es nicht so schlimm. Außerdem kannst du dich dort nicht vor der Stickarbeit drücken.«

»Gut. Dann sind wir einer Meinung«, sagte Nell und nickte entschieden.

Sterling warf ihr über den Kopf seiner Tochter hinweg einen Blick zu und lächelte freundlich. Sie lächelte zurück, schämte sich aber zu sehr für ihre Phantasien, um ihn länger anzuschauen. Sie wandte sich ab und wurde zum Glück von Mr. Burton abgelenkt, der gerade seinen Platz hinter dem wackligen Lesepult einnahm. Er begann zu sprechen, und Tilly bemühte sich sehr, sich auf seine Worte zu konzentrieren, damit die Phantasie nicht wieder mit ihr durchging.

Es dauerte nicht lange, bis sie erkannte, dass er über sie predigte.

»Heute möchte ich über den Zorn sprechen. Vor allem über jenen Zorn, bei dem wir die Beherrschung verlieren und schreien oder Dinge werfen oder uns auf andere Weise unbesonnen verhalten. Wir dürfen nicht vergessen, was uns das Buch der Sprüche sagt: ›Ein Mann, der seinen Geist nicht halten kann, ist wie eine offene Stadt ohne Mauern.‹ Wer die Beherrschung verliert, bleibt schutzlos zurück. Man weiß nie, was darauf folgt. ›Denn des Menschen Zorn tut nicht, was vor Gott recht ist.‹«

Zuerst dachte Tilly, die Begegnung mit ihr habe ihn zu der Predigt angeregt, was akzeptabel schien. Doch als er weitersprach, wurden die Hinweise deutlicher und sein Ton verächtlicher. »Vor allem eine Frau muss besondere Vorsicht walten lassen, denn der Geist der Frauen ist oftmals getrübt von kleinen, banalen Dingen. Oft sind es jene, die sich als klug oder belesen empfinden oder eine allzu hohe Meinung von sich selbst haben, so dass sie auf die Männer herabschauen, die Opfer ihres eigenen Temperaments werden. Es ist für eine Frau sehr bedenklich und unerfreulich, wenn sie heftigem Zorn nachgibt.«

Tilly sah, wie Sterling Nells Hand ergriff und sie sanft drückte. Tilly wurde wütend. Wie konnte er es wagen? Es waren nur zwei Frauen anwesend: sie und Nell. Und im Grunde konnte nur sie selbst als Frau gelten. Diese Predigt war eine öffentliche Anklage. Sie zwang sich, ganz still auf der harten

Holzbank zu sitzen, wäre aber am liebsten aufgesprungen und hätte ihn angeschrien. Auch dies war eine Lektion in Selbstbeherrschung.

Nachdem er zu Ende gepredigt hatte, sprach er ein Gebet für die kranke Mutter eines Wärters. Tilly neigte den Kopf und schaute auf ihre gefalteten Hände. Ihr Gesicht war heiß. Sie hielt den Kopf gesenkt, als das Gebet beendet war, damit niemand ihre Scham bemerkte.

Dann endlich war der Morgengottesdienst beendet. Nell stand auf und verkündete: »Gott sei Dank«, doch Sterling blieb reglos sitzen.

»Ihr beide geht schon einmal vor. Ich muss mit Mr. Burton sprechen.«

Tillys Herz zog sich zusammen. Gewiss wollte Sterling den Kaplan nach der Predigt fragen, und dann würde dieser ihre lächerliche Geschichte mit der Bürste wiederholen, worauf Sterling sie für eine Närrin halten würde.

Nell zog sie mit sich in den Morgensonnenschein. »Meinen Sie, er hat recht?«, fragte das Mädchen, als sie durch das lange Gras zur Straße gingen. Die anderen Besucher hatten sich in verschiedene Richtungen zerstreut. »Meinen Sie auch, dass kleine, banale Dinge den Verstand der Frauen trüben?«

»Nein, ich glaube nicht, dass er recht hat«, erwiderte Tilly kühn. »Ich glaube, er hat ganz und gar unrecht, und dass beide Geschlechter sich von kleinen, banalen Dingen verwirren lassen. Ich glaube nicht, dass Frauen und Männer sich innerlich sehr unterscheiden.«

»Da bin ich ganz und gar Ihrer Meinung.«

Tilly warf einen Blick nach hinten. »Ich glaube, ich sollte ihn lieber nicht kritisieren.«

Nell senkte die Stimme und beugte sich zu ihr. »Mr. Burton ist der dümmste Mensch, den ich kenne.«

Tilly betrachtete ihr ernstes Gesicht, die großen Augen und

brach in Gelächter aus. Nell tat es ihr nach, und sie standen lachend auf der Straße, bis sich Tillys Sorge ein wenig verflüchtigt hatte.

*

Obwohl am Sonntag kein Unterricht stattfand, verbrachte Nell den ganzen Tag mit Tilly, folgte ihr auf dem Fuß und wollte mit ihr spielen oder lesen. Tilly tat ihr den Gefallen, obgleich sie sich fragte, ob sie von nun an jedes Wochenende ganz und gar von dem Mädchen in Anspruch genommen würde. Sie verspürte das Bedürfnis, sich einmal in Ruhe hinzusetzen und nachzudenken und zu lesen. Und Nell mit ihrem raschen Verstand langweilte sich schnell.

Beim Abendessen setzte sich Sterling zu ihnen, und Tilly betrachtete ihn aufmerksam, wenn er gerade nicht hinschaute. Verachtete er sie jetzt? Hatte Mr. Burton ihn gegen sie eingenommen? Doch er ließ sich nichts anmerken.

»Tilly, ich würde nach dem Essen gern mit Ihnen im Wohnzimmer reden.«

Im Wohnzimmer reden? Das klang bedrohlich.

»Aber Papa, ich wollte Tilly vorlesen, was ich heute geschrieben habe, und …«

»Eleanor Holt!«, donnerte Sterling so laut, dass selbst Tilly Angst bekam.

Nell duckte sich. Das hatte sie noch nie getan.

»Miss Lejeune ist deine Gouvernante. Sie wird dafür bezahlt, dich an Wochentagen von acht bis vier zu unterrichten. Sie ist nicht dein Kindermädchen. Sie ist nicht deine Busenfreundin. Bevor sie zu uns gekommen ist, hast du dich wunderbar allein beschäftigt und wirst das auch weiterhin tun.«

Nells Unterlippe zitterte.

»Nicht weinen«, knurrte Sterling. »So schwach bist du nicht.«

Nell beherrschte sich. »Ja, Papa.«

Tilly wollte ihr über die Wange streicheln, doch Sterling ergriff ihre Hand mit seinen warmen Fingern und legte sie sanft auf den Tisch.

»Nein«, sagte er freundlich. »So schwach ist sie nicht.«

Tilly fühlte sich beschämt und zurechtgewiesen. Sie aß ihre Mahlzeit in unbehaglichem Schweigen, während Sterling und Nell die Missstimmung schnell überwanden und darüber spekulierten, was das Schiff, das an diesem Tag durch die Bucht gefahren war, geladen haben und was sein Ziel gewesen sein mochte.

Als sie fertig waren, schickte Sterling seine Tochter wie immer los, um ein Hausmädchen zu holen, das den Tisch abräumte, und nickte Tilly zu. »Kommen Sie.«

Sie stand auf, wobei ihr Stuhl zu laut über den Boden schabte. In ihren Schläfen pochte es leicht, als sie Sterling ins Wohnzimmer folgte.

»Setzen Sie sich. Machen Sie es sich bequem.« Er deutete auf das schlichte, weich gepolsterte Sofa. »Wir haben nicht viele Annehmlichkeiten auf Ember Island, aber dieses Wohnzimmer ist einer der Orte, an die ich mich gern zurückziehe, wenn ich mir etwas Gutes tun will.« Er schob das Fenster ein Stück auf, so dass der kühle feuchte Wind vom Meer hereindrang. »Ich trinke jeden Abend ein Glas Brandy oder Sherry – nur ein einziges – und lasse den Tag ausklingen. Es ist eine Art Abendritual.«

»Eine schöne Idee.«

»Sherry für Sie?«

»Das wäre nett.« Sie betrachtete seinen Rücken. Er trug kein Jackett und keine Weste, die Muskeln zeichneten sich unter dem dünnen Hemd ab. »Was ich Sie fragen wollte … hat der Kaplan, Mr. Burton, mit Ihnen über mich gesprochen?«

»In der Tat.«

Tilly wurde rot und verfluchte sich gleichzeitig dafür. Vielleicht, hoffte sie inständig, würde er es im dämmrigen Lampenlicht nicht bemerken.

Sterling drehte sich um und reichte ihr das winzige Sherryglas. »Glauben Sie an Gott, Tilly?«

Sie hätte sich beinahe verschluckt. »Ja, natürlich tue ich das.«

»Ich auch. Ich auch.« Er trank nachdenklich von seinem Sherry, während sie angespannt wartete. »Ich hatte immer den Eindruck, dass es etwas Größeres als uns gibt, eine große, gute Maschine, die den Kosmos antreibt. Ich kann nicht sicher sagen, welche Form sie besitzt oder was sie von uns will. Dennoch glaube ich an Gott. Aber der Gott, an den ich glaube, würde nicht die Dinge sagen, die Mr. Burton von sich gegeben hat.«

»Nein?«

»Unser Kaplan ist ein Mann, der über andere richtet. Ich leite ein Gefängnis. Ich arbeite mit Menschen, die von einem Gericht für schuldig befunden wurden, aber ich selbst richte nicht. Das überlasse ich Gott.«

Tilly lächelte. »Also bin ich nicht in Ihrer Achtung gesunken?«

»*Er* ist in meiner Achtung gesunken.« Dann fügte er lächelnd hinzu: »Sie war ohnehin nie sonderlich hoch. Ich bin noch in der Kirche geblieben, um ihn zu warnen, was er in Nells Beisein von sich gibt.« Er setzte sich ihr gegenüber, streckte die Beine aus und überkreuzte die Knöchel. »Bevor meine Tochter geboren wurde, habe ich überhaupt nicht über die Stellung von Männern und Frauen in dieser Welt nachgedacht. Ich dachte, die ›neue Frau‹ sei eine Art Scherz, die Forderung, Frauen das Wahlrecht zu geben, ein kurioser Witz. Aber dann kam Nell und … ist es nur mein väterlicher Stolz, oder ist sie wirklich sehr klug?«

»Ganz außerordentlich klug.«

»Und ich höre mir den Unsinn an, den manche Männer in Gegenwart von Frauen reden, und kann es kaum ertragen. Meine Tochter ist deutlich klüger als Burton. Genau wie Sie.

Er ist ein Dummkopf, der ein Jahr in einer anglikanischen Bibelschule verbracht hat, bevor es ihm zu schwierig wurde und er herkam, um den Gefangenen zu predigen. Menschen, bei denen er sicher sein kann, dass er ihnen überlegen ist. Warum sollte er über Sie oder Nell richten?« Er lachte leicht. »Haben Sie wirklich mit einer Haarbürste einen Spiegel zerschlagen?«

Tilly schüttelte heftig den Kopf. »Nein. Ich habe nur gelogen, weil ich ihm nicht verraten wollte, woran ich wirklich gedacht habe. Das geht ihn nichts an. Ich habe mir etwas ausgedacht. Ich verspreche, ich bin kein Mensch, der im Jähzorn Dinge zerbricht.«

»Das freut mich zu hören. Noch einen Sherry?«

Tilly schaute auf ihr leeres Glas. Hatte sie es wirklich so schnell ausgetrunken? »Du lieber Himmel. Ich gebe zu, ich hatte etwas Angst vor diesem Gespräch. Ich dachte, Sie würden mich zurechtweisen.«

Er holte den Sherry und schenkte ihr nach. »Bitte machen Sie sich keine Sorgen, meine Liebe. Ich wollte Sie einfach nur in mein Abendritual einschließen und Ihnen ein bisschen Freiheit von meiner Tochter gönnen, die Sie überhaupt nicht mehr aus den Augen lässt.«

»Sie ist reizend.«

»Ja, aber sie ist ein Kind, und Sie sind eine Frau. Sie müssen sich auch mit Erwachsenen unterhalten.« Er stellte die Karaffe behutsam zwischen ihnen auf den Tisch.

»Es ist lange her, seit ich mich richtig mit einem Erwachsenen unterhalten habe. Mein Großvater und ich standen einander sehr nahe, und seit seinem Tod …« Mehr konnte sie nicht sagen, ohne sich zu verraten. »Ich habe eine ganze Welt hinter mir gelassen. Und es kommt mir vor, als wäre ich noch nicht in der neuen angekommen. Ich habe oft gedacht, dass eine Insel der ideale Ort für mich ist. Sie liegt irgendwie zwischen den Welten.«

»Vielleicht haben Sie recht. Obwohl ich mir nicht sicher bin, ob Ember Island überhaupt zu irgendeiner Welt gehört. Es scheint außerhalb von allem zu liegen.«

»Wie lange leben Sie schon hier?«

»Sechs oder sieben Jahre.«

»Das ist eine lange Zeit im Nirgendwo.«

»Ich weiß nicht, ob ich noch einmal von hier weggehen kann. Rebecca, meine Frau, ist hier begraben ...« Er verstummte, und Tilly las die Traurigkeit in seinem Gesicht.

»Das tut mir leid.«

»Irgendwann trifft es uns alle. Die Wolken tun sich auf, das letzte Geheimnis wird enthüllt. In vieler Hinsicht war es eine Erleichterung, als sie starb. Am Ende war sie nicht mehr sie selbst. Der Schmerz machte sie verrückt. Die arme Nell hatte furchtbare Angst vor ihr.«

»War Ihre Frau ... Rebecca ... war sie gebildet?«

»Nicht sehr. Ihr Vater war der beste Freund meines Vaters. Ich kannte sie, seit sie vier war; sie war eine liebe Freundin. Ich konnte mir nie vorstellen, sie nicht zu heiraten. Manchmal frage ich mich, ob ich mich in sie verliebt und um ihre Hand angehalten hätte, wenn ich sie als Erwachsene kennengelernt hätte.«

»Sie haben sie also geheiratet, weil Ihr Vater es wollte?«

»Alle wollten es. Sogar Rebecca. Sogar ich. Wir waren gute Gefährten. Aber es gab nie ...« Wieder verstummte er und wurde rot. »Verzeihen Sie mir, Tilly. Das Leben auf einer Sträflingsinsel lässt mich meine Manieren vergessen. Sie sind eine junge Frau, und ich sollte mit Ihnen nicht über derart persönliche Dinge sprechen.«

»Es ist mir egal.« Sie wusste genau, was er gemeint hatte. Leidenschaft. Es hatte keine Leidenschaft zwischen ihnen gegeben. »Und ich glaube, ich weiß ohnehin, was Sie meinen. Ich habe alle Kandidaten abgelehnt, die mein Großvater mir vorgeschlagen hat. Da war kein ... Funke. Kein Licht. Einige waren sehr angenehme Männer, mit sanftem Lachen und gepflegten Fingernägeln. Vielleicht hätte ich mit einem von ihnen ein gutes Leben führen können.« Darum hatte sie Jasper geheiratet. Der Funke war da gewesen, wenn auch nur auf ihrer Seite, und bald nach ihrer Ankunft auf Guernsey erloschen.

Sie trank den Sherry aus und stellte das leere Glas auf den Tisch. »Was die Manieren angeht: Ich habe viel zu schnell getrunken, Sie dürfen mir nichts mehr geben.«

»Wie Sie wünschen.« Er schüttelte den Kopf. »Sie müssen mich für einen Schurken halten, dass ich so schlecht über meine verstorbene Frau spreche. Über Nells Mutter.«

»Das haben Sie nicht. Sie haben von ihr gesprochen wie von einer lieben Freundin und Gefährtin, deren Grab Sie nicht im Stich lassen wollen. Ihre Haltung war traurig und respektvoll.«

»Ich muss schon sagen, Sie haben etwas durchaus Beruhigendes. Ich merke, wie sehr mir menschliche Gesellschaft gefehlt hat.«

»Mir geht es genauso.« Sie schwiegen. Sie hörte das Rascheln der Palmen in der Ferne und das leise Rauschen des Meeres.

»Konnten Sie sich schon Ihre Ecke im Garten ansehen?«, fragte er, bevor die Stille unbehaglich wurde.

»In der Tat. Vielen Dank. Und ich habe Hettie kennengelernt.«

»Hettie! Ja, so heißt sie. Ich vergesse es immer. Soll ich eine Gruppe Sträflinge hinschicken, um die Parzelle zu säubern? Ich hörte, es liegen Abfälle darauf.«

»Nein, das mache ich lieber selbst. Die Arbeit im Freien bekommt mir gut.« Sie zögerte und sprach dann weiter. »Hat Hettie wirklich ihren Mann getötet?«

»Hat Nell Ihnen das erzählt?«

Tilly erkannte, dass der Alkohol ihr Urteilsvermögen beeinträchtigt und sie Nell bloßgestellt hatte.

»Egal, ich sehe Ihnen an, dass Sie es von ihr erfahren haben. Ich wünschte, sie würde von meinen Unterlagen wegbleiben. Wir haben hier auch Vergewaltiger, Männer, die Kindern unaussprechliche Dinge angetan haben. Ich will nicht, dass sie etwas darüber liest. Ich muss vom Schmied ein richtiges Schloss anfertigen lassen«, sagte er kopfschüttelnd. »Denn ich kann Nell anscheinend nicht daran hindern, ihre Nase in Dinge zu stecken, die sie nichts angehen.«

»Neugier ist ein Zeichen von Intelligenz.«

»Gewiss. Und von Respektlosigkeit. Hettie wurde vor vier Jahren verurteilt, weil sie ihren Mann umgebracht hat. Das Verbrechen war unüberlegt, aber nicht besonders gewalttätig oder grausam. Daher hoffe ich, dass sie im Laufe der nächsten fünfzehn Jahre oder wie lange ihre Strafe auch sein mag, Buße tut und nicht mehr gegen das Gesetz verstößt.«

»Kann man für ein solches Verbrechen büßen? Das Leben eines Mannes, ausgelöscht, einfach so? Die ganzen Möglichkeiten, was er hätte werden können …«

»Wie ich schon sagte, es ist nicht an mir, über sie zu richten. Eine Kraft, die viel größer und klüger und weiser ist als ich, blickt in die Seele von Hettie Maythorpe.« Sterling trank sein Glas aus. »So, jetzt fühle ich mich erfrischt. Ich werde gut schlafen und morgen mit der Arbeit fortfahren können. Und was Sie angeht, lassen Sie sich nicht mit Haut und Haar von Nell verschlingen.«

Tilly legte die Hand an die Schläfe. Der Sherry hatte ihre Kopfschmerzen verschlimmert. »Ich tue mein Bestes. Aber jetzt müssen Sie mich entschuldigen, ich habe Kopfschmerzen.«

»Natürlich. Gute Nacht, Tilly.«

»Gute Nacht, Sterling.«

*

Auch am nächsten Morgen pochte es noch in Tillys Schläfen, doch sie zog sich an und ging zum Frühstück hinunter. Nell wartete schon und lenkte sie mit ihrem strahlenden Enthusiasmus ab. Sie gingen vom Esszimmer sofort in die Bibliothek und begannen mit dem Unterricht, doch im Laufe des Tages wurde Tillys Kehle trocken, und die Schmerzen dehnten sich vom Kopf auf die Gelenke aus.

»Es ist so warm«, sagte sie zu Nell, während sie versuchte, sich auf die Rechenaufgaben zu konzentrieren, die vor ihren brennenden Augen verschwammen.

»Sie sehen blass aus. Vielleicht brauchen Sie frische Luft.«

Genau das war es. Sie hatte den ganzen Tag in der Bibliothek gesessen. Sie musste nach draußen, frische Meeresluft einatmen. Gleich nach dem Unterricht verließ sie das Haus, und die Brise kühlte den Schweiß auf ihrer Haut. Sie ging zu ihrem kleinen Gartengrundstück und betrachtete nachdenklich den Berg von Heckenverschnitt, der darauf lag. Eine Schubkarre brauchte sie. Tilly schaute sich suchend nach Hettie um, doch sie schien allein zwischen den Hecken und Blumenbeeten zu sein.

Dann plötzlich tauchte der dunkle Kopf hinter einer Hortensie auf. Tilly eilte hinüber.

»Hettie?«, fragte sie vorsichtig.

Die Frau drehte sich um. Wieder das verhaltene Lächeln.

»Ich dachte, ich könnte anfangen, die Parzelle zu säubern. Haben wir eine Schubkarre? Können Sie mir zeigen, wohin ich den Abfall werfen kann?«

Hettie schaute sie respektvoll an. »Sicher. Wenn Sie bitte warten wollen, Miss, ich komme gleich.«

Tilly versuchte, die Nachmittagsbrise zu genießen. Ihr Gesicht und ihr Kopf fühlten sich jedoch schrecklich warm an, und sie setzte sich ins Gras, bettete den Kopf auf die Knie und horchte auf ihren eigenen Atem.

»Miss Lejeune?«

Tilly blickte auf. Hettie stand mit einer alten Schubkarre vor ihr. »Danke.«

»Ich habe mich schon gefragt, ob Sie wiederkommen. Ich hatte Sie ein paar Tage nicht gesehen.«

»Es war zu heiß zum Arbeiten. Aber ich habe schon einige Ideen, was ich gerne hier machen möchte.«

»Ich bin beinahe neidisch. Ein neues Stück Land, aus dem man einen Garten machen kann. Ich kann mich erinnern, wie ich vor ein paar Jahren, daheim auf dem Festland, zum ersten Mal meinen kleinen Garten umgegraben habe. Die Kinder spielten zu meinen Füßen ...« Sie verstummte traurig.

Tilly konnte nichts sagen. Hettie hatte Kinder. Sie hatte eine Familie auf dem Festland gehabt, ein Haus und einen Garten und Kinder. Wo waren diese jetzt? Wer kümmerte sich um sie?

»Lassen Sie mich helfen«, sagte Hettie, die sich wieder gefasst hatte. »Ich verstehe ja, dass Sie den Garten allein anlegen möchten, aber die Abfälle wegzuräumen ist eine gewaltige Aufgabe, und Sie sehen heute Nachmittag ein bisschen blass aus. Wir können zusammen den Schubkarren füllen, und dann bringe ich alles weg.«

Normalerweise hätte Tilly abgelehnt, doch es war eine schwere und anstrengende Arbeit, und sie fühlte sich wirklich nicht gut.

»Vielen Dank, das weiß ich sehr zu schätzen.«

»Sie brauchen mir nicht zu danken. Das ist meine Aufgabe.«

»Ich danke Ihnen von Mensch zu Mensch«, sagte Tilly nachdrücklich. »Ich bin heute nicht ganz ich selbst und schaffe es nicht allein.«

Hettie nickte. Dann luden sie die Gartenabfälle in die Schubkarre.

Der Seewind kühlte den Schweiß auf Tillys Haut, und sie genoss es, wie der Abfallhaufen zusammenschrumpfte. Im

Geiste sah sie schon Beete mit Lavendel und Rosen, Jasmin und Magnolien. Einen Garten, in dem sie an milden Abenden sitzen konnte, während sich um sie herum die süßen Düfte vermischten. Vielleicht konnte Hettie ihr eine alte Gartenbank besorgen, die sie selbst streichen würde.

»Nur noch ein paar Ladungen«, sagte Hettie, als sie das nächste Mal mit der leeren Schubkarre zurückkam.

Tilly wirbelte herum, doch als sie innehielt, drehte sich ihr Gehirn immer noch weiter. Sterne tanzten am Rand ihres Gesichtsfeldes, ein leises Klingeln dröhnte in ihren Ohren. Die Dunkelheit schlug über ihr zusammen, als sie zu Boden sank. Warme Hände auf ihren Armen, jemand sagte dreimal ihren Namen.

»Miss Lejeune?«

Sie versuchte zu sprechen, doch die Dunkelheit erdrückte sie. Bevor sie ohnmächtig wurde, meinte sie, das Wort »Schwächling« zu hören, wie Jasper es an jenem Abend gesagt hatte, bevor sie ihn bei lebendigem Leib verbrannte.

*

Das Fieber brachte grauenvolle Träume, die verdiente Strafe. Tagelang dämmerte sie am Rand des Bewusstseins dahin, während die Hitze ihres Körpers im Traum zu einem lodernden Feuer wurde. Sie rannte vor einem gewaltigen schwarzen Ungeheuer mit kohlschwarzen Händen und flammendem Atem davon, doch ihr Körper war hart und schwer und zog sie nieder. Oder sie war wieder in *Lumière sur la Mer* und wartete am Wohnzimmerfenster, während Jasper reglos dastand, den Mund zu einem stummen Schrei geöffnet, hinter sich das prasselnde Feuer. Oder sie presste sich im Gartenschuppen zitternd auf die kalte, weiche Erde, während Hettie Maythorpe wie eine Lumpenpuppe in der Ecke saß, verwest bis auf die braunen Knochen. »Lass uns tauschen«, sagte sie. »Du gehörst ebenso hierher wie ich.« Sie wachte gelegentlich auf und trank etwas Wasser, konnte aber keine Nahrung bei sich behalten. Nell besuchte sie hin und wieder, die Lippen blass vor Sorge. Manchmal kam auch Dr. Groom und verabreichte ihr eine scheußlich riechende Medizin. Die meiste Zeit aber war sie allein mit ihrem Delirium und ihren Schuldgefühlen, versank in fiebrigen Alpträumen und tauchte wieder in die Wirklichkeit auf, in der ihr Körper schmerzte, als hätte man von Kopf bis Fuß auf sie eingeprügelt.

In der vierten Nacht kam es zur Krise. Sie wachte auf, weil Bettwäsche und Nachthemd völlig durchweicht waren. Das Fieber war gewichen. Sie war schwach, konnte aber aufstehen, die Bettwäsche wechseln und sich umziehen. Dann schlief sie zum ersten Mal, seit sie im Garten zusammengebrochen war, tief und fest. Als die Dämmerung hereinbrach, hatte sie sogar Appetit.

Es klopfte leise, dann tauchte Nells kleines Gesicht auf.

»Hallo, Liebes.« Tilly setzte sich auf und versuchte zu lächeln. »Ich fühle mich viel besser.«

Nells Gesicht verzog sich zu einem Grinsen. »Ich bin so erleichtert.« Sie stürzte ins Zimmer und drückte Tilly fest.

Diese schob das Mädchen sanft beiseite. »Ich habe Hunger, bin aber zu schwach, um aufzustehen.«

»Ich wecke die Köchin und hole Ihnen Frühstück. Mein Gott, ich habe mir solche Sorgen gemacht. Solche Sorgen.« Sie stand auf und rannte zur Tür. »Papa! Papa, Tilly geht es besser!«

Tilly sank zurück in die Kissen und schloss die Augen. Diesmal drängten keine Alpträume in ihr Gehirn, aber sie schrak vor dem zurück, was die Fieberträume herbeigeschwemmt hatten gleich einer Flut, die den hässlichsten Unrat aus dem Ozean emporspült. Diese Bilder waren ihre Geschichte, die sie für immer prägen würde. Sie würde sie nie loswerden. Sie dachte an Sterling und was er dazu sagen würde. Selbst er würde ihr nicht verzeihen können, ganz gewiss nicht. Der Gedanke stimmte sie traurig. Erst jetzt erkannte sie, wie viel ihr seine gute Meinung bedeutete.

Nell kam zurück und schlüpfte neben ihr ins Bett. Sie hatte ihre Holzkatze im Arm, und Tilly konnte die Unterseite sehen. Darauf stand ihr Name, *Nell Holt*, in dicken, unregelmäßigen Buchstaben.

Tilly strich dem Mädchen sanft über die Haare. »Hast du auch deine Aufgaben gemacht?«

»Nein, ich habe an einer neuen Geschichte gearbeitet. Über ein Mädchen, dessen Mutter in einer magischen Wildnis verloren geht – so wie Wirral bei Gawain –, und ihre Tochter muss auf die Suche gehen, um sie zu retten.«

»Das klingt wunderbar. Ich kann es gar nicht abwarten, sie zu lesen.«

»Die Mutterfigur basiert ein wenig auf Ihnen. Und ein bisschen auf meiner eigenen Mutter.« Nell zögerte flüchtig. »Mir ist die Idee dazu gekommen, während Sie krank waren.«

»Tatsächlich?«

»Sie schienen auch in einer Wildnis verloren. Ich habe manchmal bei Ihnen gesessen, und Sie müssen schreckliche Träume gehabt haben. Sie … Sie haben einige seltsame Dinge gesagt.«

Tilly spürte ein kaltes Kribbeln. »Ach ja?«

»Sie haben nach jemandem namens Jasper gerufen. Und immer wieder gesagt, es täte Ihnen leid.«

Tilly schluckte schwer. Übelkeit stieg in ihr auf.

»Wer ist Jasper?«

»Ein Mann, den ich mal kannte.«

»Was tut Ihnen leid?«

Tilly zwang sich zu lächeln. »Das ist Unsinn, wie ihn alle Leute reden, wenn sie krank sind und Fieber haben. Ich habe von allen möglichen Dingen geträumt.«

»War Jasper ein Bewerber?«

»Jasper war ein Mann, den ich nach dem Willen meines

Großvaters heiraten sollte. Aber er war nicht sehr nett zu mir.«

»Also haben Sie ihn nicht geheiratet?«

»Wie du siehst, bin ich nicht verheiratet.« Sie zeigte Nell ihre linke Hand.

Nell betrachtete Tilly im Morgenlicht, und es sah aus, als glaubte sie ihr nicht. Einen Moment lang verschwanden die übliche Liebe und Freude aus ihrem Gesicht. Es blieb nur die Neugier, und sie wirkte kalt und distanziert. Dann aber schien sich Nell zu fassen, küsste Tilly auf die Stirn und sagte: »Das macht nichts. Sie sind wieder gesund, und sobald es geht, werden wir mit dem Unterricht anfangen.«

Doch es dauerte noch vier Tage, bis Tilly wieder auf den Beinen war, da sie unter einem quälenden Husten litt. Als sie endlich mit Nell und Sterling zu Abend essen konnte, ohne zu husten oder zu keuchen, war Nell begeistert. Tilly hatte Sterling während ihrer Krankheit kaum gesehen.

»Ich freue mich, dass es Ihnen wieder gutgeht«, sagte er, als sie am Tisch Platz nahm.

Sie lächelte ihm zu, er lächelte zurück, und sein Gesicht war weicher als je zuvor. Es löste etwas in ihr aus, ein Gefühl der Verletzlichkeit, das dennoch angenehm war. »Ich freue mich, dass ich wieder gesund bin.«

»Trinken Sie nach dem Essen ein Glas Sherry im Wohnzimmer? Ich sehne mich nach einer Unterhaltung, und es gibt nicht viele Menschen, mit denen ich so angenehm plaudern kann wie mit Ihnen.«

Nell verbarg ihr Lächeln hinter der Gabel.

Tilly nickte. »Es ist mir ein Vergnügen.«

Sechzehn

Die Wahrheit heilt alles

Ich habe kein Unkraut gejätet.«

Tilly drehte sich um. Die warme Nachmittagssonne blendete sie einen Moment lang, doch dann zeichnete sich die Silhouette von Hettie Maythorpe deutlicher ab. Es war Tillys erster Nachmittag im Garten, seit sie krank geworden war. Der Abfall war verschwunden, darum hatte sich Hettie gekümmert.

»Ich habe kein Unkraut gejätet«, wiederholte sie. »Ich dachte, das möchten Sie lieber selbst tun.«

Tilly lächelte. »Da haben Sie recht. Es ist mir eine besondere Freude …«

»Ich weiß.« Sie nickte zu dem Beet hinüber. »Und es gibt eine Menge zu jäten.«

»Ganz sicher.«

Hettie schaute zu Tilly, lächelte ihr kleines, angespanntes Lächeln und sagte: »Ich bin froh, dass Sie wieder gesund sind.«

»Vielen Dank.« Dann kehrte die Erinnerung an ihre letzte Begegnung mit Hettie zurück. »An dem Tag, an dem ich zusammengebrochen bin … haben Sie etwas gesagt, als ich ohnmächtig wurde?« *Schwächling.* Das Wort, an das sie sich erinnerte. Ein Schauer überlief sie.

Hettie runzelte angestrengt die Stirn. »Ich habe ein paarmal Ihren Namen gesagt. Und als Sie aufstehen wollten, habe ich gesagt, Sie seien zu schwach dafür.«

Das war es also. Ihre Fieberphantasie hatte es in das verhasste Wort verwandelt.

»Stimmt etwas nicht?«

Tilly schüttelte den Kopf. »Nichts. Ich hatte einige sehr

wirre Träume, während ich krank war. Noch einmal danke für die Hilfe. Ich werde jetzt mit dem Jäten weitermachen.«

»Wie Sie wünschen, Ma'am.«

Tilly kniete sich ins weiche Gras. Die ganze Parzelle war mit dichtem Unkraut überwuchert. Sie nahm die kleine Grabegabel und machte sich ans Werk. Sie genoss die Arbeit: den hartnäckigen Widerstand des Unkrauts, das Gefühl, es endlich aus der Erde zu lösen. Ihre Gedanken schweiften ab. Sie erinnerte sich an einen Sommertag in ihrer Kindheit, damals in Indien. Sie hatte zu den Füßen ihrer Mutter gespielt, während diese genau das Gleiche tat wie sie jetzt. Rührte ihre Liebe zur Gartenarbeit daher? Wurzelte sie in jenen langen, feuchten Sommern, den trägen, duftenden Abenden in einem Garten voll süß duftender Blüten? Sehnte sie sich deswegen danach, mit den Händen in der Erde zu arbeiten?

Sie dachte an Hetties Kinder und warf einen Blick über die Schulter. Die Gefangene arbeitete in der Nähe der Magnolien. Tilly stand auf und ging zu ihr, wobei ihr langer Schatten ihr vorauseilte.

»Hettie?«

Die Frau blickte auf. Sie hatte einen Schmutzfleck auf der Stirn. »Brauchen Sie Hilfe?«

Tilly setzte sich neben sie ins Gras. »Sie sagten, Sie hätten Kinder. Wie alt sind die?«

Hettie schaute traurig zu Boden. »Meine Tochter ist acht und mein Sohn sechs.«

»Wer kümmert sich jetzt um sie?«

»Sie sind bei meiner Mutter und meiner Schwester. Meine Schwester ist ein bisschen simpel. Sie hat nie geheiratet, ist aber sehr freundlich und sanft mit den Kindern. Es ist das Beste, was ich mir unter den Umständen erhoffen konnte.« Noch etwas lag in ihrer Stimme, etwas Archaisches, Unaussprechliches.

»Sie müssen sie vermissen.«

Hettie verzog den Mund. Sie kämpfte mit den Tränen, und Tilly bereute, dass sie das Thema angesprochen hatte.

»Es tut mir leid.« Sie erhob sich. »Ich war neugierig und habe Sie beunruhigt. Ich lasse Sie jetzt allein.«

Doch Hettie stand auf und vertrat Tilly den Weg. Dann sagte sie mit rauher, kehliger Stimme: »*Ich würde alles dafür geben, sie noch einmal im Arm zu halten.* Ihre kleinen Körper …« Sie fasste sich und trat beiseite. »Es tut mir sehr leid, Ma'am. Lassen Sie sich nicht aufhalten.«

»Ich bin diejenige, die sich entschuldigen muss. Meine Neugier war sehr unhöflich.«

»Einigen Leute hier macht es gar nichts aus, zu einer Gefangenen unhöflich zu sein.« Sie senkte den Kopf.

Da Tilly nicht wusste, was sie dazu sagen sollte, ging sie schweigend wieder an die Arbeit, doch Hetties Worte brannten in ihrem Kopf. So drängend, so instinktiv hatte sie gesprochen. Ich würde alles dafür geben, sie noch einmal im Arm zu halten. Tilly bückte sich und zupfte das Unkraut aus, wobei sie wieder einen Blick über die Schulter warf. Hettie war irgendwo zwischen den Hecken verschwunden.

*

Nachdem sie die Krankheit überstanden hatte, lebte Tilly sich gut auf Ember Island ein. Sie konzentrierte sich nach wie vor auf Nell, doch gab es auch Nachmittage im stillen Garten, an denen sie sich entspannen konnte, und die langen Abende im Wohnzimmer mit Sterling, an denen sie über Bücher und Ideen sprachen. Sie kehrte nicht mehr in die Kapelle zurück, auch nicht zum Sonntagsgottesdienst. Diese kühne, ungehorsame Entscheidung wurde von niemandem außer Nell zur Kenntnis genommen. Das Mädchen schmollte, weil sie jetzt ohne sie in die Kirche gehen musste. Stattdessen betete Tilly auf ihre Weise jeden Abend um Vergebung. Sie bekam keine Antwort von Gott, kein Zeichen, dass das quälende Schuldgefühl in ihrem Inneren jemals verstummen würde, doch sie betete trotzdem weiter und schickte ihre Gedanken in die stumme Dunkelheit des Kosmos.

Spät an einem Abend, vielleicht auch am frühen Morgen, erwachte Tilly, weil ein Bodenbrett auf der Veranda knarrte. Sie schlief bei offenem Fenster, da es auf den Sommer zuging und immer wärmer wurde. Nur der Südostwind vom Meer konnte sie abkühlen. Tilly kämpfte sich aus dem Moskitonetz und trat ans Fenster, wobei sie sich hinter dem Vorhang verbarg. Sterling saß auf der obersten Stufe, die Ellbogen auf die Knie gestützt, und blickte über die Insel zum dunklen Meer. Es war schon nach Mitternacht.

Was ging in ihm vor? Sie zögerte kurz und zog dann den Morgenmantel über. Ihr Herz klopfte bis in die Kehle, als sie auf die Veranda trat.

»Sterling?«

Er drehte sich um, lächelte und wurde dann wieder ernst. »Es ist spät. Tut mir leid, wenn ich Sie geweckt habe. Gehen Sie wieder schlafen.«

Tilly setzte sich neben ihn, und er wies sie nicht zurück. »Warum sind Sie auf?« Sie atmete seinen warmen Geruch ein.

»Nell hatte einen Alptraum. Es ist immer derselbe, seit Rebecca gestorben ist. Im Augenblick schläft sie in meinem Bett und hat sich in alle Richtungen ausgebreitet wie ein Seestern.« Er lachte leise. »Es ist nicht einfach, mit einem so großen Seestern im selben Bett zu schlafen.«

»Was passiert in dem Traum?«

»Ihre Mutter ist grausam oder böse zu ihr. Sie fragt mich immer dasselbe, wenn sie in mein Bett kommt. Sie will wissen, ob ihre Mutter sie geliebt hat.«

Tilly ließ das Schweigen ein wenig verweilen, da sie spürte, dass Sterling noch mehr zu sagen hatte. Die Wellen brandeten ans Ufer und wichen wieder zurück. Opossums kletterten in den Bäumen. Die Nacht war mild und sanft, nur erleuchtet von den Sternen und schwer vom Geruch der feuchten Erde und des Meersalzes. Sie betrachtete sein Profil, den ausgeprägten Kiefer.

»Und was sagen Sie ihr dann?«

»Dass ihre Mutter sie geliebt hat. Natürlich. Aber Rebecca war … sie war gespalten, was das Muttersein betraf. Als Nell geboren wurde, verfiel Rebecca in eine tiefe, dunkle Hoffnungslosigkeit. Sie hat das Baby tagelang einfach ignoriert. Nell hat stundenlang geweint. Ich konnte sie in meinem Büro hören, es hat mir beinahe das Herz gebrochen. Ich habe mich finanziell übernommen, weil ich zwei Kindermädchen und eine Krankenschwester für Rebecca eingestellt habe, bis es ihr besserging. Aber von Beginn an stimmte etwas nicht zwischen ihr und dem Kind. Als sie schließlich aus diesem Abgrund auftauchte, flehte sie mich an, sie nicht um ein weiteres Kind zu bitten. Eines wäre genug.«

»Aber Sie wollten mehr?«

»Ich wollte sechs«, meinte er lachend. »Ich bin selbst ein Einzelkind und habe mich immer nach Geschwistern gesehnt. Nell hätte eine jüngere Schwester oder ein Bruder gutgetan. Dann hätte sie gemerkt, dass sie nicht der Mittelpunkt der Welt ist.« Er seufzte. »Rebecca lernte, bis zu einem gewissen Grad tolerant und geduldig mit ihr zu sein, aber sie musste sich immer dazu zwingen. Ich weiß noch, wie ich sie einmal fragte – Nell muss damals vier oder fünf gewesen sein –, ob sie das Mädchen liebe. Und Rebecca antwortete: ›Ja, aber es kommt mir vor, als wäre sie nicht mein Kind.‹ Das ergab keinen Sinn, da Nell doch in ihrem Körper herangewachsen war.« Sterling schüttelte den Kopf. »Je mehr sich Rebecca zurückzog, desto fester klammerte Nell sich an sie. Das können Sie sich gewiss vorstellen.«

»In der Tat.«

»Die Katze, die sie immer noch mit sich herumträgt … die

wollte sie nicht aus den Augen lassen. Mir war klar, dass sie Pangur Ban brauchte, weil Rebecca ihr nicht die Zuneigung schenkte, nach der sie sich sehnte. Es hat mir das Herz gebrochen. Ich wusste immer, dass ich Nell mehr liebe als ihre eigene Mutter.«

»Dann kann sie von Glück sagen, solch einen Vater zu haben. Viele Väter stehen ihren Kindern gleichgültig gegenüber.«

»Aber ich habe immer so viel zu tun. Ich arbeite sieben Tage in der Woche.« Er fuhr sich mit der Hand durch die Haare und fasste sich wieder. »Es tut mir leid, Tilly. Es ist falsch, dass ich mich Ihnen gegenüber so schwach zeige. Vor allem, da Sie meine Angestellte und eine junge, alleinstehende Frau und wir beide zudem nicht passend gekleidet sind. Wenn man auf dieser Insel lebt und arbeitet, vergisst man seine Manieren. Man vergisst, was respektabel und angemessen ist.«

»Sie brauchen sich nicht zu entschuldigen. Ich höre Ihnen gerne zu und hoffe, dass Sie mich eher als Freundin denn als Angestellte betrachten.«

Er antwortete nicht und zog sich auch nicht zurück. Sie spürte die Wärme seiner Schulter nah an ihrer, während sie in der frühmorgendlichen Dunkelheit gemeinsam auf der Treppe saßen. Es war wie ein Rausch, ihm so nah zu sein, so vertraut. Doch wie immer folgte das Schuldgefühl dem Glück auf den Fersen. Sie spürte, dass sich seine Gefühle für sie vertieften, doch sie galten einem Menschen, den es eigentlich nicht gab. Sie war nicht Chantelle Lejeune. Sie hatte eine katastrophale Ehe hinter sich, ein furchtbares Geheimnis. War es nicht falsch, ihn im Glauben zu lassen, sie sei jemand anders?

»Ich sollte jetzt wieder ins Bett gehen«, sagte sie und täuschte ein Gähnen vor. »Ich muss Nell beim Unterricht immer einen Schritt voraus sein, und das ist schon schwer genug.« Sie erhob sich.

»Gute Nacht, Tilly.« Seine Hand berührte ihre. Funken flogen. Hitze durchflutete sie. Bei der Berührung breitete sich eine so starke Wärme in ihr aus, dass sie den Atem anhielt.

Sie stand sprachlos da, bevor sie ein »Gute Nacht« hervorstieß und in ihr Zimmer zurückkehrte.

*

Die Tage wurden länger und, was eigentlich unfassbar schien, noch wärmer. In manchen Nächten war Tilly von Kopf bis Fuß schweißnass, wenn sie unter ihrem Moskitonetz im Bett lag. An anderen Tagen drehte der Wind auf Südost und brachte den frischen Geruch von Regen mit. In der einen Woche goss es von Sonntag bis Sonntag pausenlos, dicke Regentropfen, die auf das Dach hämmerten, als bräche die Sintflut herein. Dann hörte der Regen auf, und Tilly erwachte bei blauem Himmel und greller Sonne, umgeben vom Geruch nach Schlamm und dem wilden Zirpen der Zikaden in den Büschen, die am Steilhang wuchsen.

Inmitten des kochend heißen Sonnenscheins und der widerlichen Schwüle würde sie ihr erstes Weihnachtsfest seit dem Tod ihres Großvaters feiern. Noch nie hatte sie sich so sehr nach dem Schmerz gesehnt, den man empfand, wenn man die Finger in eisiges Wasser tauchte, nach Schnee und Roastbeef und Geschenken, die man vor dem Kamin auspackte. Sie war seit sechs Wochen auf der Insel. So lange hatte Jasper um sie geworben, so lange hatte ihr Großvater im Sterben gelegen, so lange hatte ihre verhängnisvolle Ehe gedauert.

Am Weihnachtsmorgen betrat sie zum ersten Mal seit Mr. Burtons anstößiger Predigt die Kapelle. Es war erst neun Uhr, doch ihr Kleid war unter den Brüsten und Achselhöhlen schon schweißnass. Nell trug ein einfaches kariertes Trägerkleid über einem Baumwollhemd mit kurzen Ärmeln, und Tilly beneidete sie um die leichte Kleidung. Sie selbst hatte

Unterröcke, Korsett, ein geschnürtes Kleid und Handschuhe an. Sterling war ebenso förmlich gekleidet, doch sie fragte ihn nicht, ob er sich ebenso unbehaglich fühlte. Obgleich sie ihr abendliches Ritual im Wohnzimmer fortsetzten, war er seit der Nacht, in der er ihre Hand berührt hatte, auf Distanz gegangen. Vielleicht hatte er ein schlechtes Gewissen, weil er gegen die Regeln der Höflichkeit verstoßen hatte. Obwohl sich Tilly danach sehnte, von ihm berührt zu werden, wusste sie, dass nichts Gutes dabei herauskommen würde, wenn sie sich in ihn verliebte. Sie hatte zu viel zu verbergen, und Geheimnisse waren wie Löcher in den Fundamenten einer Beziehung. Irgendwann brach alles zusammen. Also redeten und redeten und redeten sie – jeder in seiner Ecke des Wohnzimmers – über Philosophie und Literatur und Geschichte und Humanität. Sterling hatte seit seiner Jugendzeit in Gefängnissen gearbeitet; er hatte ausgeprägte Vorstellungen von Recht und Gerechtigkeit und wie man sie menschlich ausüben sollte. Tilly bewunderte ihn sehr, so sehr, dass es manchmal in der Brust weh tat. Doch sie vermied es tunlichst, sich eine engere Beziehung zu ihm auszumalen, und betete vor dem Einschlafen um Kraft und Vergebung.

Der Weihnachtsgottesdienst war wenig glanzvoll, als hätte ihn der Kaplan erst am Morgen auf die Schnelle geplant. Danach stand die Gemeinde auf und verließ geräuschvoll die Kapelle. Sterling, Nell und Tilly blieben bis zum Schluss. Als Tilly die Kapelle verlassen wollte, vertrat Mr. Burton ihr den Weg.

»Auf ein Wort, Miss Lejeune?«

Tilly schaute sich nach Sterling um, doch er war schon in der Menge verschwunden. Sie trat mit dem Kaplan beiseite, hinter die Tür der Kapelle. Hier im Schatten war es still. Die Stimmen draußen klangen weit entfernt. Mr. Burton lehnte sich vor und fragte in harschem Ton: »Ich weiß, warum Sie sonntags nie zum Gottesdienst kommen.«

»Ach ja?«

»Alle reden über Sie und den Direktor. Sie können es nicht ertragen, Ihr Gesicht hier zu zeigen, nicht wahr?« Seine Augen waren hart vor Zorn.

»Was habe ich getan, um Ihren Zorn zu erregen?«

»Ich kenne Frauen wie Sie.«

»Sie kennen mich überhaupt nicht.« Tilly bemühte sich um einen verbindlichen Ton. Sie wollte nicht die Beherrschung verlieren, vor allem nicht in Gegenwart von Mr. Burton, der sie ohnehin verurteilte.

»Sie sollten aus dieser Einrichtung und von dieser Insel verschwinden, bevor Sie Schande über einen guten Mann bringen.«

Der letzte Mensch, der solche Wut in ihr erregt hatte, war Jasper gewesen. Ihre Haut kribbelte vor Angst. Sie wusste nicht, was ihr Zorn diesmal anrichten würde; sie hatte Angst vor sich selbst. Mit einer ungeheuren Willensanstrengung hielt sie die Hände ruhig, trat an Mr. Burton vorbei und ging zur Tür. Er wollte nach ihrer Schulter greifen, doch sie schoss herum und zischte: »Fass mich nicht an, du salbungsvoller Flegel!«

Er zuckte zusammen, doch der Schreck in seinem Gesicht wich alsbald einem höhnischen Grinsen. »Ich weiß, was du brauchst. Ich weiß genau, was dir das Maul stopfen würde.«

Tilly wandte sich ab und ging davon. Nell wartete vor der Tür, Sterling war schon vorausgegangen.

»Tilly?«

»Jetzt nicht. Ich muss spazieren gehen, um mich abzukühlen.«

Sie nahm den Weg zum Haus, überquerte eine Pferdekoppel und stieg den Steilhang von der schrofferen Seite hinauf. Die Bewegung half. Die Wut verging, und sie schaffte es, die Fäuste so weit zu lockern, dass sich ihre Fingernägel nicht mehr in die Handflächen bohrten. Sie bog um die nördliche

Seite des Hauses und ging den langen, grasbewachsenen Weg zwischen den Blumenbeeten entlang, bis sie ihr Beet erreicht hatte. Es war fertig gejätet, und sie hatte eine ordentliche Einfassung aus Ringelblumen gepflanzt. Sie legte sich auf den Rücken und schaute zum blauen Himmel empor.

Ein Schatten fiel über sie. Sie richtete sich auf und entdeckte Hettie, die zögernd vor ihr stand.

»Hettie? Sie arbeiten an Weihnachten?«

»Ich habe darum gebeten, statt zum Weihnachtsessen zu gehen. Meine Zellengenossinnen sind keine gute Gesellschaft. Und ich … hier.« Sie griff in ihr Kleid, zog einen Streifen Papier heraus und reichte ihn Tilly.

Es war eine Karte, die sie aus einem alten Samenpäckchen gebastelt hatte. Hettie hatte es fein säuberlich aufgeschnitten und auf links gedreht. Darauf hatte sie mit bemühter Kinderschrift »Frohe Weihnachten für Miss Lejeune von Hettie« geschrieben.

Tilly brannten Tränen in den Augen. »Oh. Ich habe nichts für Sie …«

»Natürlich nicht. Ich erwarte auch nichts. Ich … ich habe die Karte für Sie gemacht und war froh, Sie heute hier zu sehen.«

Tilly drückte ihr spontan die Hand. »Dankeschön. Es bedeutet mir sehr viel.«

»Wirklich?«

»Ja, wirklich. Es hat einen Tag heller gemacht, der ziemlich … dunkel geworden war.«

Hettie lächelte verhalten und zog sich dann zurück.

Tilly drehte die dünne, kleine Weihnachtskarte in Händen. Heute hatte ein Kaplan sie beleidigt und eine Gefangene ihr ein Geschenk gemacht. Sie erkannte, dass nicht immer der richtige Mensch hinter Gittern saß.

*

Die Worte des Kaplans lagen Tilly auf der Seele: dass alle über sie und Sterling reden und seinen guten Ruf zerstören könnten. Als er sie nach dem Abendessen ins Wohnzimmer bat, entschuldigte sie sich, sie sei müde. Am folgenden Abend hielt sie es genauso.

Fünf Tage später war die Frage beinahe zu einer Herausforderung geworden.

»Tilly? Sherry?«, fragte er nachdrücklich und gezwungen.

»Lieber nicht.«

Einen Moment lang sah sie seine Enttäuschung, bevor er sich wieder beherrschte. Sie erkannte, dass er sich zurückgewiesen fühlte, dass er ratlos war, und es tat ihr schrecklich weh, dass sie der Grund dafür war. Aber sie versicherte sich, es sei zu seinem Besten.

Und war erleichtert und unglücklich zugleich, dass er sie vermutlich nicht mehr fragen würde.

*

Das alte Jahr ging zu Ende, das neue begann. Kriminalfälle, die sich während der Weihnachtszeit ereignet hatten, wurden jetzt verhandelt, und es kamen viele neue Gefangene auf die Insel. Sterling hatte viel zu tun und entfernte sich von ihr. Auch sie selbst war beschäftigt. Sie hatte einen Sommerurlaub auf dem Festland abgelehnt und zu Nells großer Freude ein Mittelalterprojekt für die Ferienzeit entworfen. Sie lernten gemeinsam etwas Mittelenglisch, schrieben Gedichte im Stile Chaucers, schnitzten Holzbuchstaben zum Drucken und entwarfen und nähten ein mittelalterliches Gewand für das Mädchen. Auch wenn es ziemlich unordentlich geriet und der Saum sich ständig löste, trug Nell es fast den ganzen Januar über.

Abends beim Essen unterhielten sich Tilly und Sterling ganz zwanglos und lachten miteinander über Witze, doch Nell verhinderte jegliche Vertrautheit. Tilly lernte ihn jedoch besser kennen und bewunderte seine Prinzipien, seine Intelligenz, sein gutes Herz. Sie fragte sich, ob er für sie ähnlich empfand, doch er ließ sich nie etwas anmerken.

Wegen der sommerlichen Hitze konnte sie erst am späten Nachmittag im Garten arbeiten, wenn die Sonne über dem Meer versank und die Brise die Feuchtigkeit vertrieb. Die milden Abende lockten sie nach draußen, und manchmal arbeitete sie im Garten, bis die Grillen ihr Lied anstimmten und der Tau sich auf die Blätter legte.

Nachmittags traf sie meist Hettie dort an. Sie arbeiteten nah beieinander, oft in angenehmem Schweigen. Allerdings ließ Tilly keinen Nachmittag verstreichen, ohne Hettie etwas Gutes zu tun. Sie bedankte sich für die Hilfe, machte ein Kompliment über ihre Arbeit, Kleinigkeiten, bei denen sich Hetties Mundwinkel nach oben kräuselten. Die Zuneigung wuchs beinahe von selbst. Ihre Liebe zur Arbeit im Freien, umgeben von Erde und Blumen, band sie stärker aneinander als jedes sinnlose Geplauder.

Sie ging nicht mehr in die Kapelle. Hier im Garten fühlte sie sich Gott ohnehin näher.

Ember Island wurde zu ihrem Leben. Dorset und Guernsey verblassten in der Erinnerung, und dieser warme, vom Meer umgebene Ort wurde ihr zur Heimat.

*

Der Februar dampfte. Nachts fiel schwerer Regen, am nächsten Tag brannte die Sonne grell vom Himmel. Die Luft war immer warm und feucht, der Garten wucherte ungezähmt.

Tilly hatte dieses Wetter nie gemocht, lernte aber, damit zu leben. Man musste einfach zwischen zehn und vier Uhr im Schatten bleiben. Dann ein rascher Spaziergang an den Strand mit Nell, wo sie knietief ins Wasser wateten und sie sich so weit abkühlte, dass sie später im Garten arbeiten konnte. Das Moskitonetz musste tadellos in Ordnung gehalten werden;

sie durfte nicht den kleinsten Riss riskieren. Und wenn es einmal sicher angebracht war, konnte sie das Fenster öffnen und den feuchten Wind und den Geruch des Regens genießen. Dann schlief sie beinahe friedlich auf ihrer Bettdecke.

Eines Nachmittags Ende Februar hatte Nell den Spaziergang zum Strand abgesagt, weil sie Bauchschmerzen hatte. Tilly zögerte, ob sie bei dem Mädchen bleiben oder sich allein im Wasser abkühlen sollte, doch Nell schickte sie energisch weg.

»Ich lege mich einfach ins Bett und jammere und stöhne. Dafür brauche ich Sie wirklich nicht.«

Also wanderte sie allein über den schmalen Streifen Sand, zog Schuhe und Strümpfe aus und raffte den Rock bis über die Knie, bevor sie ins Wasser watete.

Das Meer war kühl, nicht kalt. Die Wellen brachen sich um sie herum und saugten an dem Sand unter ihren Füßen, ein beruhigendes Gefühl. Sie schloss die Augen und atmete tief die salzige Luft ein. Dann öffnete sie sie wieder. In der Ferne steuerte ein Schiff die Flussmündung auf dem Festland an. Die Menschen in der Welt da draußen bewegten sich, während sie hier auf der Insel lernte, ganz still zu bleiben. Sie bohrte die Zehen in den Sand.

»Tilly?«

Es war Sterling. Sie bemerkte, dass ihre Beine zu sehen waren, und ließ den Rock ins Wasser fallen.

»Nell hat gesagt, Sie wären hier.« Er kam ihr entgegen, als sie aus dem Wasser stapfte, wobei ihr Rock schwer und nass an den Beinen haftete.

»Was gibt es?« Sie hob Schuhe und Strümpfe auf. Normalerweise hätte sie sich auf einen Stein gesetzt und Beine und Füße in der Sonne trocknen lassen, aber das ging jetzt nicht. Ebenso wenig konnte sie die Strümpfe anziehen, da ihre Füße feucht und voller Sand waren. Also hielt sie sie verlegen in der Hand, während sie vor ihm stand.

»Ich muss mit Ihnen die Schulbuchbestellung fürs nächste Jahr besprechen. Leider habe ich das etwas schleifenlassen. Nell ist ihrem Alter so weit voraus, und ihre Ausbildung soll nicht darunter leiden, dass ich die falschen Bücher bestelle.«

»Ach so, ich … Können wir das vielleicht morgen in Ihrem Büro besprechen?« Sie ging los, gefolgt von Sterling.

»Ich muss die Bestellung morgen früh abschicken. Heute nach dem Abendessen?«

»In Ihrem Büro, wenn Sie es wünschen.«

Als sie zwischen den Friedhöfen ankamen, bemerkte Tilly, dass dort Wärter und Gefangene arbeiteten. Die Männer würden sie neugierig anschauen, wenn sie ohne Schuhe und in einem nassen Kleid an ihnen vorbeiging, unter dem sich ihre Beine abzeichneten. Sie durfte auf keinen Fall zusammen mit Sterling gesehen werden, sein Ruf stand auf dem Spiel.

»Guten Tag.« Sie ging rasch weiter.

»Warten Sie, Tilly.« Er ergriff ihren Arm.

Sie schüttelte ihn ab. Beide verharrten einen Moment lang so. Tillys Herz hämmerte bis in die Kehle.

»Ich habe guten Tag gesagt«, wiederholte sie und ging noch schneller als zuvor, rannte beinahe. Sie war außer Atem, als sie sich am Fuß des Steilhangs umdrehte. Sterling war verschwunden. Sie ging die Anhöhe hinauf, wobei sie sich die nackten Füße an den Steinen stieß.

*

Eine Stunde später pflanzte Tilly gerade Begonien-Stecklinge, als Sterlings hochgewachsene Gestalt aus dem Haus auftauchte und auf sie zukam. Er trat vor sie hin und schaute sich um, wollte er sich vergewissern, dass sie allein waren.

»Sterling?«, fragte sie neugierig und nervös.

»Ich wollte sehen, was Sie aus dem Stück Land gemacht haben.«

Sie stand auf. »Ich muss schrecklich aussehen.«

»Ganz und gar nicht.«

Sie betrachteten einander in den langen Nachmittagsschatten.

Sie deutete auf die blühenden Paradiesvogel-Sträucher, den Hibiskus und die Taglilien. »Vermutlich bekommt man erst im nächsten Jahr den richtigen Eindruck, aber es sieht ordentlich und vielversprechend aus.«

Sterling warf nur einen flüchtigen Blick auf den Garten und schaute dann wieder zu ihr. Er platzte mit der Frage heraus, als hätte er sie lange zurückgehalten. »Warum haben Sie mit unserem Abendritual aufgehört?«

Sie wusste nicht, was sie antworten sollte.

»Habe ich etwas gesagt oder getan, mit dem ich Sie gekränkt habe?«

»Nein, ich …«

»Heute wollten Sie nicht einmal neben mir hergehen. Habe ich Sie in Verlegenheit gebracht? Sagen Sie mir bitte die Wahrheit.«

Tilly zögerte. »Es macht die Dinge … schwierig.«

»Die Wahrheit heilt alles«, sagte er zutiefst überzeugt. Ein wunderbarer Mann.

»Nun«, sagte Tilly und wich seinem Blick aus. »Es hat mit Mr. Burton zu tun.«

»Sie wissen, was ich von ihm halte.«

»Er war sich ziemlich sicher, dass die ganze Einrichtung redet … dass es Gerüchte gibt … über uns …«

»Verstehe.« Sie wusste nicht, ob er sie anschaute und ihr brennendes Gesicht bemerkte.

»Er sagte, es sei am besten für Ihren Ruf, wenn ich die Insel verlasse.« Sie hob den Kopf. Sterling schaute in die Ferne. »Da ich das nicht vorhabe, musste ich auf Distanz zu Ihnen gehen.«

»Hat er sonst noch etwas gesagt?«

Tilly wand sich innerlich, als sie an die subtile sexuelle

Drohung dachte. Sie war sich nicht einmal sicher, ob sie sie richtig verstanden hatte, aber seine Absichten waren klar gewesen. »Er sagte … etwas, das man keine Frau wiederholen lassen sollte. Etwas, das keine Frau sich überhaupt anhören sollte. Und in einem so heftigen und boshaften Ton.«

Er nickte, schaute sie aber immer noch nicht an. Ein kleiner Muskel in seinem Unterkiefer zuckte. Dann drehte er sich wortlos um und ging zum Haus. Tilly schloss die Augen und spürte sofort den Verlust. »Die Wahrheit heilt gar nichts«, murmelte sie. »Die Wahrheit ist eine schwere Bürde.«

*

Sterling ging ihr die ganze Woche aus dem Weg. Er hatte zur Abendessenszeit angeblich andere Dinge zu tun, und sie begegnete ihm nicht einmal im Flur. Sie fragte sich, ob er sie demnächst entlassen würde. Sie versuchte, sich ganz auf den Unterricht mit Nell zu konzentrieren, horchte aber stets mit einem Ohr auf seine Schritte.

Eines Morgens kam sie in die Bibliothek, wo Nell schon ungeduldig wartete.

»Tilly!« Das Mädchen schien sich zu besinnen und senkte die Stimme. »Ich muss Ihnen etwas erzählen.«

Tilly öffnete das Fenster, im Zimmer war es stickig. »Ach ja?«

»Kommen Sie näher. Es sind außergewöhnliche Neuigkeiten.«

Tilly runzelte die Stirn, da sie mit etwas Schlimmem rechnete, und setzte sich zu Nell. Auf dem Tisch lag ein Stapel griechischer Lehrbücher, doch nach Griechisch war ihr im Augenblick gar nicht zumute. »Nur zu.«

»Es geht um Mr. Burton. Er ist weg.«

»Weg?«

»Auf dem Festland.« Nell hielt vier Finger in die Höhe. »Seit vier Tagen. Papa hat ihn von der Insel geschickt.«

»Woher weißt du das?«

»Ich wusste es nicht, sondern habe es erst heute Morgen gehört. Papa hat sich mit dem Oberwärter Mr. Donaghy unterhalten. Er hat gesagt, dass die Gefangenen ihre Bibelstunde jetzt allein abhalten müssen. Wissen Sie, was Papa gesagt hat, als Mr. Donaghy ihn gefragt hat, weshalb er Mr. Burton weggeschickt hat?«

Tillys Kehle wurde eng. »Was?«

»Er sagte: ›Weil er unaussprechlich grob zu jemandem war, der mir teuer ist.‹ Ich frage mich, wen er wohl gemeint hat. Zu mir war Mr. Burton jedenfalls nie grob, obwohl ich ihn immer für einen Schwachkopf gehalten habe. Vielleicht lag es an der Predigt, in der er über die Dummheit der Frauen gesprochen hat. Aber das ist schon lange her.«

»Vielleicht hast du dich auch verhört«, sagte Tilly und unterdrückte ein Lächeln. »Jedenfalls solltest du nicht lauschen.« Sie deutete auf den Bücherstapel. »Wir müssen jetzt mit der griechischen Grammatik weitermachen.«

»Griechisch! Hurra!« Nell schnappte sich ein Buch, und bald kratzte ihre Feder übers Papier. Tilly schaute zum Fenster und unterdrückte das Lächeln, das sich wieder auf ihre Lippen stahl. *Jemand, der mir teuer ist. Jemand, der mir teuer ist.* In diesem Augenblick schob sie alle Sorgen und Zweifel beiseite und genoss die Wärme dieses schlichten Gedankens: Sie war jemandem teuer, sie war Sterling teuer.

»Na bitte!« Nell schob ihr ein Blatt mit griechischen Übungen hin.

Die Buchstaben verschwammen vor ihren Augen. Sie bemühte sich, sich zu konzentrieren. *Ich nehme die Fackel von meinem Vater entgegen. Ich gebe die Fackel meinem Bruder. Dies ist die Fackel meiner Mutter. Ich nehme die Fackel meiner Mutter von meinem Vater entgegen und gebe sie meinem Bruder.* »Das sieht richtig aus. Gut gemacht.«

»Zu einfach.«

Dies ist die Fackel meiner Mutter. Was würde Nell denken, wenn sie wüsste, dass ihr Vater von Tilly gesprochen hatte? Würde ihr die Vorstellung gefallen? Oder war es zu rasch nach dem Tod ihrer Mutter? »Vermisst du jemals deine Mutter?«

Nell neigte den Kopf. »Was für eine Frage. Wo kommt die jetzt her?«

»Wir haben nie darüber gesprochen.«

Nell dachte nach und presste dabei die Lippen aufeinander. Dann sagte sie: »Ich denke jeden Tag an sie, und wenn ich an sie denke, fühle ich mich irgendwie leer. Als hätte man mir ein Stück weggenommen, das ich nie zurückbekomme. Das heißt wohl, dass ich sie vermisse. Aber dann fiel mir ein, dass ich mich manchmal auch so gefühlt habe, als sie noch lebte. Selbst bevor sie krank wurde. Sie hatte oft viel zu tun, und dann wurde sie ungeduldig mit mir oder schickte mich weg. Dann hatte ich auch das leere Gefühl. Was ist mit Ihnen? Vermissen Sie Ihre Mutter?«

»Ich … ich kann mich nicht an sie erinnern. Sie starb, als ich vier war.«

»Dann habe ich wohl Glück gehabt. Ich kann mich gut genug an meine Mutter erinnern, um sie zu vermissen.«

Tilly sah jetzt nicht klarer, aber vielleicht sorgte sie sich um ein Problem, das nie auftreten würde. Womöglich hatte Nell sich verhört, vielleicht hatte er gar nicht von »teuer« gesprochen. Dennoch schwor sie sich, Sterling an diesem Abend zu bitten, das Ritual wieder aufzunehmen.

Am frühen Nachmittag, als Tilly zusah, wie Nell zu den Schlägen des Metronoms stickte, flog die Tür auf, und Sterling trat ein.

Tilly lächelte, aber er nahm sie gar nicht zur Kenntnis. »Nell«, sagte er in dringendem Ton. »Notfallplan Nummer drei. Bitte erkläre Tilly, worum es geht. Ich habe keine Zeit dazu.«

Er verschwand ebenso plötzlich, wie er aufgetaucht war.

Nell war blass geworden.

»Worum geht es?«

»Papa und ich haben Notfallpläne für verschiedene Dinge. Feuer, Sturm und so weiter.«

»Und was ist Plan Nummer drei?«

»Alle Türen und Fenster verschließen«, erklärte Nell. »Ein Gefangener ist entflohen.«

Siebzehn

Eine Rettung

Die Insel sah heute anders aus. Durch die Scheibe – man hatte ihnen trotz der drückenden Hitze verboten, die Fenster zu öffnen – konnte Tilly über die Felder blicken. Keine weißen Uniformen waren zu sehen, nur blaue, Dutzende von ihnen, die alle Gräben und Senken absuchten. Die beiden hohen Wachtürme waren bemannt, und ein Wärter mit einem Gewehr patrouillierte auf der Veranda. Die Welt auf der Anhöhe war seltsam still geworden, niemand kam zu Sterling ins Büro. Auch Hettie arbeitete nicht im Garten; sie war wie alle Gefangenen eingesperrt.

Nun, wie alle Gefangenen mit einer Ausnahme.

Nell tröstete sie. »Sie brauchen sich keine Sorgen zu machen.«

Tilly drehte sich um. Die Schulbücher lagen vergessen auf dem Tisch. Das alles war viel zu aufregend, um zu arbeiten. »Warum sind wir dann eingesperrt?«

»Reine Vorsichtsmaßnahme. Es sind schon öfter Gefangene entflohen. Vertrauen Sie mir, die wollen weg vom Gefängnis, nicht wieder dorthin. Nach hier oben verschlägt es sie nie. Sie fliehen in den Mangrovenwald, dort werden sie meist gefasst.«

Tilly hob die Augenbrauen. »Meist?«

»Die, die nicht sterben«, erwiderte das Mädchen nüchtern.

Tilly schaute wieder zum Fenster. »Seltsam, wir sind hier oben so weit von allem entfernt. Da unten muss große Aufregung herrschen.«

»Ja, und Papa macht sich völlig verrückt deswegen. Er müsste nicht dort unten sein. Er kann eigentlich die Befehle erteilen und sich dann mit einer Pfeife zurücklehnen.« Sie imitierte grinsend einen Mann, der an einer Pfeife zieht.

Tilly musste lachen. »Dein Vater raucht doch gar nicht.«

»Aber er könnte es tun. Er könnte einer dieser Männer sein, die sich zurücklehnen und Pfeife rauchen, aber das tut er nicht. Er ist ganz anders. Wann immer ein Sträfling entflieht, hofft er, dabeizusein, wenn sie ihn fassen. Denn er weiß … was passiert, wenn die Wärter ihn finden. Sie können sehr grausam sein.«

»Und woher weißt du, was dann passiert?«

»Die Leute sollten leiser sprechen, wenn sie nicht gehört werden wollen«, erwiderte Nell trotzig.

Tilly strich ihr über die Locken. »Dein Vater wäre entsetzt. Wenn du zu viel von diesem grausigen Zeug hörst, wird es dich hart machen.«

»Und wenn schon.«

»Dann …« Die ersten Worte, die ihr in den Sinn kamen, lauteten »Dann findest du nie einen Ehemann«. So etwas hatte ihr Großvater zu ihr gesagt, um sie zu besserem Benehmen zu erziehen. Doch es kam ihr ganz und gar falsch vor, in diesem Ton mit Nell zu sprechen. Und selbst wenn sie keinen Ehemann fand? Mit ihrem Verstand und ihrer Charakterstärke würde sie sehr gut allein zurechtkommen. Vielleicht hätte sie selbst das auch geschafft, wenn man ihr die Gelegenheit gegeben hätte. Und hier war sie nun, arbeitete für ihren Lebensunterhalt, hatte keine Aussicht auf eine Erbschaft oder ein elegantes Landhaus. Im Grunde war es ihr auch lieber, sinnvoll tätig zu sein, statt eine endlose Reihe bestickter Kissenhüllen oder Aquarelle zu produzieren.

»Es wäre mir lieber, wenn du die Unschuld der Kindheit noch ein bisschen genießen könntest«, sagte sie stattdessen. »Die Welt der Erwachsenen kommt schnell genug und ist unbarmherzig. Es bleibt immer noch Zeit, entsetzt zu sein.«

»Ach was. Ich werde dieses Jahr dreizehn. Mit dreizehn hat Julia Romeo geheiratet.«

»Du musst zugeben, dass es kein gutes Ende genommen hat.«

Nell lachte und tänzelte vom Fenster zurück zum Tisch. »Kommen Sie, Tilly. Wir verbringen den Nachmittag lieber damit, dass ich Ihnen mein neues Epos vorlese. Das ist fast wie Schulaufgaben. Sie werden zustimmen müssen, dass ich das Wort ›dämmerungsaktiv‹ sehr gut verwendet und dadurch sowohl mein Wissen über die Tierwelt als auch Sinn für erweiterte Metaphern bewiesen habe.«

Tilly tröstete es, dass Nell sich überhaupt keine Sorgen zu machen schien. Sie hörte ihr beim Vorlesen zu und war wie immer beeindruckt von Nells Phantasie und ihrem geschickten Gebrauch von Redewendungen. Sie versuchte, den entflohenen Gefangenen zu vergessen und dass sich der ganze Tag so seltsam leer anfühlte.

Auch beim Abendessen sahen sie Sterling nicht. Das Personal verkroch sich im Ostflügel des Hauses und schloss sich in den Zimmern ein. Auch Nell und Tilly zogen sich früh zurück.

Tilly stand am Fenster. Laternen hüpften zwischen den Zuckerrohrreihen auf und ab, und sie stellte sich vor, wie andere weit draußen im Mangrovensumpf schimmerten. Sie sehnte sich danach, das Fenster zu öffnen und die kühle Abendluft hereinzulassen, traute sich aber nicht. Der Gedanke an einen umherschleichenden Mörder machte ihr Angst. Sie legte sich auf die Bettdecke und versuchte vergeblich zu schlafen.

Sehr spät am Abend hörte sie Sterling hereinkommen. Sie stand auf und trat in den Flur, um ihn zu begrüßen.

»Sterling?«

Er blickte auf, schmutzverschmiert, verschwitzt und erschöpft. »Warum sind Sie so spät noch auf, Tilly?«

»Es ist so heiß, und ich … ich habe mir Sorgen gemacht.«

Er schüttelte den Kopf. »Dazu besteht kein Grund. Wir haben ein Floß im Mangrovenwald gefunden. Alte Äste und Treibholz, die mit verrotteten Schnüren und Ranken zusammengebunden waren. Die Suche konzentriert sich jetzt auf diese Gegend. Dort muss er sein. Weit weg von hier.«

»Was hat er getan? Ich meine, für welches Verbrechen ist er hier?«

»Ich werde nicht darüber sprechen. Ich kann Ihnen nur versichern, dass er kein Mörder ist.« Er fuhr sich mit der Hand durch die Haare, so dass sie in alle Richtungen abstanden. »Ich werde versuchen, ein paar Stunden zu schlafen, und in der Dämmerung gehe ich wieder hinunter. Es tut mir leid. Ich habe jetzt keine Zeit.«

»Natürlich. Ich will Sie nicht aufhalten.«

Tilly sah zu, wie er zu seinem Schlafzimmer ging und die Tür hinter sich schloss. Sie versuchte, sich damit zu trösten, dass er in der Nähe war, dass sich der Kriminelle in den Mangroven versteckte, dass er kein Mörder war. Sie kehrte zurück ins Bett und schlief unruhig.

Eine ganze Weile später erwachte sie in der Dunkelheit. Ihre Haut kribbelte. Was hatte sie geweckt?

Sie horchte angespannt in die Finsternis. Dann hörte sie es wieder. Ein Geräusch auf dem Dach. Nicht das rauhe Kratzen der Opossums, von dem sie manchmal aufwachte. Nein, verstohlene Schritte.

Tilly setzte sich auf, und ihr Puls dröhnte so laut in den Ohren, dass sie nichts hören konnte. Sie zwang sich zur Ruhe und horchte.

Ein Schritt … noch einer … Pause. Dann wieder Schritte.

Tilly warf die Decke zurück, sprang aus dem Bett, zog den Morgenmantel über und eilte leichtfüßig zu Sterlings Zimmer. Sie hielt inne, bevor sie klopfte. Wenn sie die Person auf dem Dach hören konnte, würde diese sie auch hören. Sie drückte die Klinke hinunter, die Tür war unverschlossen.

Sterling lag halb bekleidet diagonal auf dem Bett und schlief. Die vielen Stunden in den Feldern und Mangrovensümpfen hatten ihren Tribut gefordert. Er schlief wie ein Toter.

Tilly griff nach seiner nackten Schulter und rüttelte ihn

leicht. Er bewegte sich, öffnete die Augen und zuckte zusammen, als er sie erblickte.

Sie legte den Finger auf die Lippen und deutete zur Decke. Seine Augen schossen nach oben, und sie warteten atemlos.

Da waren sie wieder, die Schritte. Sterling setzte sich aufrecht hin, alle Muskeln in seiner kräftigen Brust waren angespannt. Er stand auf und zog Tilly an sich. Einen kurzen, kaum erträglichen Moment lang pressten sich ihre Brüste unter dem dünnen Morgenmantel an seinen Körper.

»Gehen Sie zu Nell«, flüsterte er. Sein heißer Atem kitzelte sie am Ohr. »Tür verbarrikadieren. Keine Bewegung.«

Dann ließ er sie los und eilte davon. Ihr war schwindlig vor Begehren und Angst. Sie stürzte in Nells Zimmer und legte sich neben dem Mädchen ins Bett, wobei sie ihm sanft den Mund zuhielt.

Nell riss die Augen auf. Tilly bedeutete ihr, leise zu sein, und nahm die Hand weg. Sie legte sich so hin, dass ihre Lippen Nells Ohr berührten. »Auf dem Dach ist ein Mann.«

»Der Gefangene?«

»Ich weiß es nicht. Dein Vater schaut nach.«

»Aber sie dachten doch, er wäre in den Mangroven. Sind noch weitere Wärter draußen? Wenn er Papa nun angreift?«, flüsterte sie verzweifelt.

Tilly hob warnend den Zeigefinger. »Wir müssen Ruhe bewahren. Bleib im Bett. Ich verbarrikadiere die Tür.«

Nell hörte nicht auf sie, sondern griff nach Pangur Ban und folgte ihr. Gemeinsam hoben sie den Schreibtisch hoch und trugen ihn vor die Tür. Als Nell ihre Seite losließ, prallte sie laut auf die Dielenbretter. Sie erstarrten. Tilly konnte ihren Herzschlag in den Ohren hören.

Augenblicke vergingen. Nichts geschah. Sie entspannten sich. Tilly trat ans Fenster und prüfte, ob es fest verriegelt war.

Nell stand dicht hinter ihr. »Und wenn er die Scheibe zerbricht und hereinkommt?«

Tillys Augen hatten sich an die Dunkelheit gewöhnt, und sie sah, dass das Mädchen blass war und zitterte. »Vielleicht sollten wir unters Bett kriechen.«

Dann lagen sie dort unten in Hitze und Staub und warteten.

Keine Schritte mehr auf dem Dach. Eine lange, furchteinflößende Stille. Nell begann zu weinen.

»Pst, Nell, alles wird gut.«

»Ja, Papa ist sehr stark«, sagte sie freudlos. »Oder nicht?«

»Sehr stark.«

»Und er hat sicher das Gewehr mitgenommen.«

Dann ertönte plötzlich ein Poltern von der Veranda. Scharrende Füße. Keine Schüsse. Tilly fühlte sich hilflos unter dem Bett, hilflos und hoffnungslos. Und während sie wusste, dass es für Nell hier am sichersten war, musste sie sich vergewissern, dass Sterling dort draußen nicht allein war. Sie wollte nur horchen, ob die Stimmen der Wärter zu hören waren.

»Warte hier.«

»Wohin gehen Sie?«

Tilly war schon unter dem Bett hervorgekrochen und hatte sich vorsichtig hinter den Vorhang gestellt. Sie spähte hinaus, doch auf der Veranda war nichts zu sehen. Ganz vorsichtig und so leise wie möglich öffnete sie den Riegel und schob das Fenster ein wenig hoch.

Nell drängte sich unter ihren Arm. Sie horchten beide.

Ein Mann stöhnte. Dann die Stimme eines anderen. Nell umklammerte Tillys Handgelenk. »Das ist nicht Papas Stimme.«

Tilly überlief es kalt. Sie hatte recht. Der Mann, der sprach – sie hörte nur Wortfetzen, »du Schwein«, »du Tyrann« –, war nicht Sterling. Also musste das Stöhnen von ihm stammen.

»Hat er das Gewehr nicht mitgenommen?«, flüsterte Nell hektisch. »Warum erschießt er ihn nicht?«

Tillys Haut brannte in kaltem Feuer. Wer würde kommen und sie retten, wenn Sterling etwas zustieß?

Niemand. Nur sie selbst konnte das tun.

»Habt ihr noch ein Gewehr?« Sie schloss das Fenster und verriegelte es wieder.

»Ich komme mit.«

»Auf keinen Fall. Du kriechst mit Pangur Ban unter das Bett und wirst so still und leise sein wie er. Wo finde ich ein Gewehr?« Ihr Herz hämmerte.

»In Papas Büro. Im Schrank über dem Schreibtisch.«

»Warte hier. Du bringst uns alle in Gefahr, wenn du nicht genau das tust, was ich dir sage. Unter das Bett, und dort bleibst du, bis einer von uns dich holt.«

Nell erstickte fast an ihrem ängstlichen Schluchzen. »Kommen Sie heil wieder. Bitte.«

Tilly schlich zur Tür und schob den Schreibtisch beiseite. Sie vergewisserte sich, dass Nell unter dem Bett lag, und ging zum Büro. Dort überlegte sie es sich anders. Sie hatte keine Ahnung, wie man ein Gewehr abfeuerte. Also holte sie den Schürhaken aus Messing und begab sich in ihr eigenes Zimmer, das zur selben Veranda hinausging wie das von Nell. Sie stieg aus dem Fenster und horchte. Die Stimmen kamen von der nördlichen Veranda, hinter dem Haus. Sie zitterte vor Angst, durfte aber nicht zulassen, dass Sterling verletzt oder getötet wurde. Wo waren die Wärter? Waren alle dort unten im Mangrovenwald? Wenn sie in die Dunkelheit schrie, würden sie vielleicht kommen, und sie könnte sich wieder drinnen verstecken, wie sie es sich eigentlich wünschte.

Doch dann würde der Gefangene Sterling töten.

Sie blieb an der Ecke der Veranda stehen. Holte tief Luft. Schaute vorsichtig hin und zog sofort den Kopf zurück, doch der Anblick hatte sich schon in ihr Gedächtnis gebrannt. Sterling lag mit dem Gesicht nach unten auf dem Boden, ein schmutziger Mann kauerte über ihm und hieb mit Fäusten und Ellbogen auf ihn ein.

Wie konnte er es wagen? Wie konnte diese schmierige Kreatur es wagen, einen so weitblickenden, mitfühlenden Mann zu schlagen? Wie konnte er es wagen, Sterling weh zu tun, *ihrem* Sterling? Der Zorn kochte in ihr hoch.

Tilly schluckte schwer und schoss um die Ecke. Der Gefangene drehte sich um und konnte gerade noch überrascht auf die rothaarige Frau blicken, bevor sie ihm mit dem schweren Ende des Schürhakens auf den Kopf schlug. Er sank von Sterlings Körper hinunter. Sie hieb ihm den Schürhaken übers Gesicht und hörte sein Nasenbein brechen. Dann noch ein Schlag auf den Kopf, und er lag still da, blutig und zerschlagen, schwer atmend, während feuchte Laute aus seiner Kehle drangen. Er lebte noch.

Tilly keuchte. Sterling kam auf alle viere hoch und spuckte Blut auf die Bretter. Dann zog er sein Gewehr aus einem Busch und richtete es auf den Gefangenen. Die Nacht hielt den Atem an, doch dann hob er den Lauf und schoss in die Luft. Ein ohrenbetäubender, trockener Knall zerriss die stille Dunkelheit.

Er stützte sich auf Tilly und ließ das Gewehr zu Boden fallen. »Danke.«

Laternen kamen aus allen Richtungen herbei, alarmiert durch den Schuss.

»Er hat mir das Gewehr aus der Hand geschlagen«, sagte Sterling schwer atmend und hielt sich die Rippen. »Ich hätte Sie und Nell beschützen müssen. Ich hätte wach bleiben müssen. Vermutlich haben die Wärter nicht damit gerechnet, dass ich schlafe.«

»Niemand konnte ahnen, dass er zum Haus kommt.«

»Ich bin zu gnädig, Tilly. Er war in der Schusslinie. Ich hätte ihn töten müssen, habe mich aber auf Verhandlungen eingelassen.« Er deutete auf die reglose Gestalt. »Ich hätte ihn auch gerade eben töten können. Aber ich kann es nicht. Ich kann es einfach nicht. Ich bin schwach.«

»Nein, das sind Sie nicht. Sie sind stark. Sehr stark. Ich bewundere Sie sehr, Sterling.«

Schritte kamen auf sie zu. Stimmen riefen durcheinander. In Tillys Ohren rauschte es noch von dem Schuss und der Angst. Männer in blauen Uniformen ergriffen den Gefangenen. Ihre Laternen beleuchteten seine Verletzungen an Gesicht und Kopf, und Tilly wurde schlecht bei dem Gedanken, dass sie sie verursacht hatte. Sterling hielt sich die Rippen und erteilte den Wärtern Befehle. Einer von ihnen – Tilly erkannte den Oberwärter Mr. Donaghy – griff nach Sterlings Schulter.

»Gehen Sie hinein, Herr Direktor. Sie sind verletzt. Sie müssen sich ausruhen. Morgen kommt Dr. Groom. Wir kümmern uns jetzt um alles.«

Sterling zögerte, er wirkte verwirrt und erschöpft.

Tilly fand ihre Stimme wieder. »Ich bringe ihn hinein.« Plötzlich wurde ihr klar, dass sie im Morgenmantel vor einer ganzen Gruppe von Männern stand. Was würden die von ihr denken? Welcher Klatsch würde daraus entstehen?

Doch dann trat Mr. Donaghy beiseite. »Ja, Herr Direktor, gehen Sie mit Miss Lejeune ins Haus. Im Büro des Direktors finden Sie einen Erste-Hilfe-Kasten. Tun Sie, was Sie können. Falls Sie befürchten, seine Verletzungen könnten lebensbedrohlich sein, finden Sie mich an der Ostseite des Gefängnisses. Dann schicken wir noch heute Abend ein Boot zum Festland.«

Tilly schob ihre Hand unter Sterlings Ellbogen und führte ihn hinein. Nell stürmte auf sie zu. »Papa! Papa!«

»Du solltest doch in deinem Zimmer warten.« Sie wollte Nell unbedingt von Sterling fernhalten.

»Lass mich bitte in Ruhe«, sagte er. »Ich bin etwas mitgenommen.«

»Aber ich will doch nur helfen, ich will …«

»Nell!« Tilly hasste sich selbst, als sie sah, wie sich das Mädchen unter ihrer lauten Stimme duckte. Sofort wurde sie sanfter. »Liebes, wenn du deinem Vater helfen möchtest, gehst du wieder ins Bett. Ich rufe dich, wenn ich dich brauche.«

»Aber das ist nicht gerecht. Sie rufen mich sowieso nicht.«

»Doch.«

»In der Nacht, in der meine Mutter gestorben ist, haben sie mich auch nicht gerufen.«

Tilly lockerte ihren Griff um Sterlings Arm und beugte sich zu Nell hinunter. »Ich verspreche es dir.«

Nell nickte wortlos und mit Tränen in den Augen, verschwand dann aber im dunklen Korridor.

Tilly führte Sterling ins Wohnzimmer, wo er sich vorsichtig auf dem Sofa niederließ. Sie zündete alle Laternen an.

»Einen Augenblick.«

»Ich laufe nicht weg«, erwiderte er mit einem schiefen Grinsen.

Sie holte den Erste-Hilfe-Kasten aus seinem Arbeitszimmer und begab sich in die Küche, um Wasser und ein Tuch zu besorgen. Als sie damit zurückkam, hatte Sterling schon sein Hemd ausgezogen. Sie bemerkte den blutigen Riss neben seinem Schlüsselbein und das Blut in seinem Gesicht. Einen kurzen, erschreckenden Moment lang fühlte sie sich an jenen Abend zurückversetzt, an dem Jasper nach dem Kampf mit dem Spanier nach Hause gekommen war. Sie erschauderte. »Ich muss die Wunden reinigen.«

Sterling drehte seine Rippen zum Licht. »Ich glaube, es sind hauptsächlich blaue Flecken.« Er holte tief Luft. »Ich kann problemlos atmen. Es ist wohl nichts gebrochen.«

»Das wird Dr. Groom beurteilen. Halten Sie still.« Als sie das Blut von seinem Hals gewischt hatte, bemerkte sie eine gezackte Bisswunde. Im Erste-Hilfe-Kasten befand sich ein kleiner, weißer Topf, dessen Etikett vom Arzt beschriftet war. Sie trug vorsichtig etwas von der Salbe auf die Bisswunde auf und machte sich dann daran, Sterlings Gesicht zu säubern. Das Blut stammte von seiner Nase, es gab keine weiteren Verletzungen.

Er saß still und geduldig da, während sie sich um ihn kümmerte.

»Sie haben ganz schön fest zugeschlagen, Tilly.«

»Es ging nicht anders«, erwiderte sie, als müsste sie sich verteidigen.

»Ausgerechnet Sie, ein so sanftes Wesen.« Er berührte flüchtig ihre Hand.

Sie lächelte ihn an. »Ich war wütend.«

»Sie sind furchterregend, wenn Sie wütend sind.«

Sie antwortete nicht. Konnte es nicht.

»Na bitte.« Sie schloss den Erste-Hilfe-Kasten und stellte ihn beiseite. »Er hat sie gebissen?«

»Er benimmt sich wie ein wildes Tier. Einige von ihnen … die Gefangenschaft greift ihren Verstand an. Er verbüßt eine fünfjährige Strafe wegen Diebstahls, vier Jahre hatte er schon geschafft. Nächstes Jahr um diese Zeit wäre er ein freier Mann gewesen. Aber er hatte sich in den Kopf gesetzt, er müsse mich so bestrafen, wie ich ihn bestraft hatte.«

Tilly erschauerte. »Und mit solchen Männern haben Sie jeden Tag zu tun?«

»Gewöhnlich versuchen sie nicht, mich zu töten.« Er hielt nachdenklich inne. »Ob er mich wohl getötet hätte? So will keiner sterben, zu Tode geprügelt.«

Sie sank neben ihm aufs Sofa. »Sprechen Sie nicht mehr davon. Es ist ja nicht dazu gekommen. Alles wird gut.«

»Nur, weil Sie mir das Leben gerettet haben.« Er strich ihr mit dem Handrücken über die Wange. Sie zitterte. »Als ich Sie damals zu dem Vorstellungsgespräch eingeladen habe, hätte ich nie geglaubt, Sie könnten mir einmal so viel bedeuten.«

Die Lust, die sie durchflutete, war ebenso hart und heiß wie zuvor ihr Zorn. Sie zischte über ihre Haut, flammte in ihrem

Inneren auf. Sie war sprachlos, wie gelähmt, gewiss, dass sie daran sterben würde.

Sterling nahm ihr Gesicht in die Hände, beugte sich vor und drückte seine Lippen sanft auf ihre.

Aber Sanftheit war ihr nicht genug. Sie presste sich an ihn, auf ihn. Seine Arme umfingen ihre Taille. Sein harter Körper war unter ihren Fingern, sein warmer Mund unter ihren Lippen, ihrer Zunge.

»Tilly«, sagte er leise und drängend und rückte von ihr ab. »Nein, Tilly.«

Da war sie, die befürchtete Zurückweisung. Das vertraute Gefühl, dass sie ihr Herz und ihr Begehren zu rasch offenbart hatte. Ihre Wangen flammten heiß. »Es tut mir leid.« Sie zog sich zurück.

»Nein.« Er ergriff ihre Hand und lächelte ihr zu. »Nicht hier. Komm mit.« Er stand auf, wobei er flüchtig zusammenzuckte, und zog sie auf die Füße. »Nell könnte noch herumschnüffeln. Ich schließe meine Schlafzimmertür selten ab, falls sie einen Alptraum hat. Heute Nacht aber werde ich es tun.«

Sein Schlafzimmer. Er lud sie in sein Schlafzimmer ein. Bei dem Gedanken bekam sie weiche Knie.

Sie schlichen in der Dunkelheit durch den Flur. Von Nell war nichts zu hören. Sterling schob Tilly vor sich her, schloss leise die Tür und verriegelte sie. Dann drehte er sich zu ihr um, fuhr mit seinen warmen Händen über ihren Hals und ihr Gesicht, schob vorsichtig ihren Morgenmantel auseinander und streifte ihn von den Schultern, so dass nur ihr dünnes Nachthemd zwischen ihnen war. Seine Hände umfingen ihre Brüste, die Daumen strichen zart über die Warzen und weckten einen schmerzhaften Hunger in ihr. Ihre Augen begegneten sich, seine hielten ihre gefangen, dann presste er seine Lippen auf ihren Mund.

»Sterling, oh, Gott«, murmelte sie.

Seine Hände tastete nach dem Saum ihres Nachthemds, schoben es hoch. Sie streckte die Arme in die Höhe und warf es von sich. Er machte sich an seinem Hosenbund zu schaffen und stolperte beinahe über seine eigenen Füße.

Dann taumelten sie lachend zum Bett.

»Sei sanft mit mir«, sagte er in dem dämmrigen Zimmer und deutete auf seine Rippen.

»Ich glaube, das sind eigentlich meine Worte«, erwiderte sie lächelnd.

»Wir werden sanft miteinander sein«, sagte er, rollte sich auf den Rücken und zog sie über sich. Ihre Brüste fielen über sein Gesicht, seine Hände griffen nach ihren Hüften und massierten das weiche Fleisch. Warme Haut auf warmer Haut. Sie fuhr behutsam mit den Fingerspitzen über seine Rippen, dann mit festen Händen über die harten Muskeln an Armen und Schultern. Sie schloss ihren Mund über seinen. Als er in sie eindrang, keuchte sie bei dem kurzen, scharfen Schmerz auf, doch sein Mund auf ihrer Brust verwandelte den Schmerz alsbald in Lust. Er umfing ihre Pobacken, und sie bewegten sich miteinander, beide wild vor Verlangen und rauschhafter Erleichterung, während ihre Körper miteinander verschmolzen, als wären sie füreinander geschaffen.

*

Danach brachte Sterling sie in ihr eigenes Zimmer. Zuvor hatte sie ihm geholfen, sich anzuziehen, und er hatte darüber gelacht, dass er während ihres Zusammenseins keinen Schmerz empfunden hatte, ihn jetzt aber umso mehr spürte.

»Es tut mir leid.«

»Du darfst dich nie dafür entschuldigen, was geschehen ist. Aber, Tilly, wir dürfen nicht riskieren, dass Nell uns in einem Bett findet …«

»Verstehe. Wir sprechen morgen darüber.«

Er beugte sich vor und küsste sie. Sie öffnete die Lippen,

und sein Mund verweilte fest und liebevoll auf ihrem. Dann aber wich er zurück. »Gute Nacht.«

Sie lächelte. »Gute Nacht.«

Sie zog sich erneut aus, diesmal ohne Hilfe, und legte sich ins Bett.

Tilly lag lange wach und erinnerte sich in allen Einzelheiten daran, wie sie einander geliebt hatten. Welch wunderschöne, aufregende, göttliche, schwindelerregende Gefühle er in ihr geweckt hatte. Sie stöhnte sanft, als sie daran dachte, fuhr mit den Händen über ihren Körper und fragte sich, wie sie sich für Sterling angefühlt haben musste. Weich und gerundet. Sie wollte das alles noch einmal erleben.

Mit der Zeit aber verschwanden die glücklichen Gedanken und dunklere drängten hervor. Wie konnte sie sich nur in Sterling verlieben? Sie durfte ihn nicht lieben und sich ganz gewiss nicht von ihm lieben lassen. Ihr Leben war eine einzige Lüge, und diese Lüge würde nur standhalten, wenn sie keine Nähe zu einem anderen Menschen zuließ.

Der Gedanke bohrte sich schmerzhaft in ihren Körper, als lägen kleine Steinchen in ihrem Bett. Rechte Seite, linke Seite, mit Decke, ohne Decke. Die Dämmerung schimmerte schon durch die Vorhänge. Dann wurde ihr klar, dass sie Sterling das Leben gerettet hatte. Das würde hoffentlich die dunklen Gedanken vertreiben.

Und plötzlich begriff sie: Schuld musste nicht ewig währen. Sie musste sie nicht für immer erdrücken. Sie konnte die Taten der Vergangenheit mit guten Taten in der Gegenwart ausgleichen, sie konnte sich selbst befreien und durfte Sterling lieben.

Ihr müdes Gehirn ergab sich; sie schwebte am Rande des Schlafs. Aus irgendeinem Grund kam ihr Hettie Maythorpe in den Sinn, die so weit von ihren Kindern entfernt leben musste. Sie schlief ein, als die Sonne über den Horizont kroch.

*

Am Tag danach herrschte Tohuwabohu im Haus. Ein steter Strom von Besuchern – Wärtern, Verwaltern, Ärzten, Ermittlern vom Festland – kam und ging. Tilly und Nell versuchten, sich dennoch auf den Unterricht zu konzentrieren.

Schließlich warf Nell die französische Grammatik theatralisch zu Boden und verkündete: »Zu viel Gerenne!« Das stimmte, das Geräusch von Füßen, die treppauf, treppab gingen und über die Veranda liefen, lenkte sie ständig ab, doch Tillys Gedanken kreisten vor allem um die Frage, wann sie wieder mit Sterling allein wäre.

»Na komm. Noch vier Übungen, dann überlegen wir uns etwas anderes.«

Nell ließ den Kopf hängen, doch dann ging die Tür auf, und Sterling stand auf der Schwelle. Tilly hatte ihn seit der vergangenen Nacht nicht gesehen. Schon vor dem Frühstück hatte er sich in sein Büro zurückgezogen, weil er sich um den Ausbruch und seine Folgen kümmern musste. Er sah müde aus, doch seine Wangen unter den dichten Koteletten wirkten frisch, und seine Augen leuchteten.

»Guten Tag, die Damen.« Er lächelte unbekümmert.

Er schaute Tilly in die Augen, die daraufhin heftig errötete.

Nell bemerkte es nicht, sondern lief zu ihm und umschlang ihn stürmisch. »Papa! Ich habe mich zu Tode nach dir gesehnt.«

»Nicht so fest. Hier, schau mal.« Er hob sein Hemd an.

Tilly erhaschte einen köstlichen Blick auf seine harte Seite, Erinnerungen an die letzte Nacht durchfluteten sie. Dann schob er das Hemd höher, und sie sah, was er seiner Tochter zeigen wollte. Seine Rippen waren fast schwarz verfärbt.

»Oh, Papa, du Armer!«, rief Nell. »Was für ein Ungeheuer, dass er dir das angetan hat! Ich hoffe, du hast es ihm gegeben!«

Sterling steckte das Hemd wieder in die Hose. »Nun, das ist eine interessante Geschichte. Eigentlich hat deine Gouvernante es ihm gegeben.« Er lächelte Tilly an. »Die Wärter haben jetzt alle Angst vor Ihnen. Wie schade, dass Burton nicht mehr da ist und ihr Gerede hören kann.«

Tilly lachte, und Nell machte große Augen. »Das ist nicht Ihr Ernst.«

»Und ob.« Ihr fiel ein, was sie sich letzte Nacht geschworen hatte. In der Gegenwart ihre Schuld wiedergutzumachen. »Es war unerfreulich, und der Mann, Ungeheuer oder nicht, ist schlimm verletzt. War der Arzt bei ihm?«

Sterling antwortete in geschäftsmäßigem Ton. »Der Gefangene kam kurz nach seiner Verhaftung zu Bewusstsein. Seine Nase ist gebrochen, er hat diverse blaue Flecken und Platzwunden. Er wird zur Behandlung aufs Festland gebracht und dann erneut vor Gericht gestellt. Er wird nicht nach Ember Island zurückkehren, da er jetzt als Bedrohung für mich gilt. Damit ist die Sache beendet.«

Beendet. Und etwas Neues hatte begonnen.

Sterling warf einen Blick auf seine Taschenuhr. »Ich muss gehen. Weitere Besprechungen.«

»Ich bin froh, dass es dir gutgeht, Papa.« Nell drückte seine Hand und griff nach Tillys. »Und ich bin froh, dass Sie ihn gerettet haben.«

Nachdem er gegangen war, wandte sich Tilly an das Mädchen. »Wir beide können uns hier drinnen nicht mehr konzentrieren. Der Nachmittag ist kühler geworden. Sollen wir den Unterricht im Garten beenden? Du kannst einen Block mitbringen und ein paar Blumen zeichnen.«

Nell sprang auf. »Ja. Oh, ja, ja, ja.« Sie rannte in ihr Zimmer, um den Zeichenblock zu holen, und Tilly wartete auf der Veranda, worauf sie zusammen in den Garten hinuntergingen.

Nell verschwand sofort hinter den Hecken, und Tilly suchte sich ein schattiges Plätzchen in ihrem Garten. Sie schlang die Arme um die Knie, ließ den Kopf sinken und horchte. Der Wind fuhr durch die Feigenbäume und ließ die Palmwedel rascheln. Das Meer brandete in der Ferne ans Ufer. Vogelrufe: das zarte Tschilpen der Spatzen und irgendwo weit weg der johlende Ruf des Kookaburra. Sie dachte an den Augenblick, in dem sie einander an der Hand gehalten hatten wie eine Familie.

Verdiente sie eine Familie?

Tilly hob den Kopf. Am Ende des Gartens, zwischen den Magnolien, stand Hettie.

Ohne zu wissen, was sie vorhatte, stand Tilly auf und ging über das weiche Gras auf sie zu. Zuerst bemerkte Hettie sie nicht, drehte sich dann aber um und lächelte.

»Sie sind heute früh hier.«

»Ich wollte Nell ein paar Blumen zeichnen lassen.« Tilly blickte über die Schulter. Sie konnte Nell nicht sehen, vermutete aber, dass sie irgendwo saß und Lavendelblüten zeichnete. Sie wandte sich wieder an die Gefangene.

»Geht es Ihnen gut?«, wollte Hettie wissen.

»Warum haben Sie es getan?«, fragte Tilly, wohl wissend, dass sie eine unsichtbare Grenze überschritt. Sie konnte nicht anders.

»Wie bitte?«

»Warum haben Sie Ihren Mann getötet?«

Hettie wurde tiefrot. Sie öffnete einmal den Mund, dann noch einmal, brachte aber kein Wort heraus.

Schreckliche Reue ergriff Tilly. »Es tut mir leid.« Sie hob die Hände und wich zurück. »Ich hätte das nicht sagen dürfen.«

Doch Hetties Hand schoss vor und umklammerte Tillys Handgelenke so fest, dass diese zusammenzuckte. Sie beugte sich vor, ihre Augen funkelten finster. »Er hat mich wie Dreck behandelt. Er kam jeden Abend betrunken nach Hause und hat mich geschlagen, und ich wusste, irgendwann würde er auch die Kinder schlagen. Ich habe keinen anderen Ausweg gesehen.«

Tillys hämmernder Puls erschwerte das Schlucken.

»Aber jetzt tut es mir leid, von ganzem Herzen. Ich habe ihn mal geliebt und muss damit leben, dass ich ihm alles weggenommen habe. Den Gesang der Vögel jeden Morgen, den Abendwind, all das habe ich ihm genommen.«

Tilly suchte nach Worten. »Glauben Sie … glauben Sie, dass die Gefangenschaft Ihre Schuld tilgen kann?«

Hettie ließ ihren Arm los und trat zurück. »Darum bete ich manchmal. Aber Gott antwortet nicht.«

Tilly überlegte einen Moment. Der Wind peitschte Hettie die dunklen Haare, die sich im Nacken gelöst hatten, ins Gesicht.

Die Gefangene holte tief und schaudernd Luft. »Am meisten aber bete ich darum, meine Kinder wiederzusehen.« Ihre Augen liefen über, und es versetzte Tilly einen Stich. Sie war sich Hetties körperlicher Gegenwart sehr bewusst, erahnte den festen, fleischigen Körper, der so offen und verletzlich wirkte und so dringend einer Umarmung bedurfte. Wider besseres Wissen nahm sie Hettie in die Arme und ließ sie schluchzen. Sie bezweifelte, dass jemand sie seit ihrer Verhaftung umarmt hatte, denn die ältere Frau klammerte sich so heftig an sie, dass es Tilly den Atem nahm. Sie rieb ihr den Rücken und machte beruhigende Geräusche, doch Hettie weinte und weinte, und plötzlich fürchtete sich Tilly vor dem, was sie freigesetzt hatte.

»Tilly?«, fragte eine leise Stimme hinter ihr.

Hettie sprang beiseite und schlug die Hände vors Gesicht. Tilly nahm Nell an der Schulter und führte sie weg. »Vergiss, was du gesehen hast.«

»Was ist geschehen? Geht es Hettie schlecht? Warum hast du sie umarmt? Weiß Papa, dass ihr Freundinnen seid?«

»Wir sind keine Freundinnen. Hettie war verstört, und ich habe nur getan, was jeder anständige Mensch tun würde. Bitte erzähle deinem Vater nichts davon. Er hat genug Sorgen.«

»Weshalb war sie denn verstört?«

»Das hat sie mir nicht gesagt.« Sie standen jetzt vor den Stufen. »Hast du etwas gezeichnet?«

Nell strahlte, hatte den Zwischenfall wohl schon vergessen. »Hier.« Sie schwenkte ein Blatt, das sie vom Zeichenblock gerissen hatte.

Tilly nahm es entgegen und lobte sie verhalten. Nell konnte sehr viel besser schreiben als zeichnen. Eine weitere Aufgabe, die sie eilig hinter sich brachte, weil sie ihr nicht lag. »Gehen wir rein. Du kannst die lateinischen Namen für die Blumen nachschlagen und dazuschreiben.«

Nell trat vor ihr ins Haus. Tilly drehte sich noch einmal zum Garten, wo Hettie, die sich wieder gefasst hatte, neben einem Beet kniete. Tilly spürte dagegen immer noch ihren inneren Aufruhr.

*

Später am Nachmittag saß Tilly im Wohnzimmer beim Tee, als Nell draußen über die Veranda ging. Gewöhnlich tranken sie gemeinsam Tee, doch diesmal verschwand das Mädchen in den langen Schatten. Tilly dachte sich zunächst nichts dabei, doch dann fiel ihr ein, wie interessiert Nell nach ihrer Begegnung mit Hettie gefragt hatte. Sie trat ans Fenster und konnte Nell sehen, die – die Hände hinter dem Rücken verschränkt, die Nachmittagssonne auf ihren kastanienbraunen Locken – mit Hettie plauderte.

Sie zögerte. Sollte sie hinausgehen und sie unterbrechen? Nein, Hettie würde nichts von dem preisgeben, was sie Tilly erzählt hatte. Vermutlich sprachen sie über Blumen oder das Wetter. Tilly blieb abwartend am Fenster stehen, kehrte dann aber aufs Sofa zurück.

Sie saß da, die Untertasse auf dem Schoß, die Tasse in der Hand und starrte in die Ferne. Hetties Geschichte hatte sie mitgenommen. Ihr Ehemann war gewalttätig gewesen. Sie hatte sich und ihre Kinder verteidigt und saß deswegen im Gefängnis. Tilly fühlte sich schuldiger denn je. Eigentlich hätte sie das Gefängnis verdient; er war eine verkehrte Welt, in der eine Mutter, die ihre Kinder beschützen wollte, eingesperrt wurde, während Tilly, die nur einen untreuen Ehemann erdulden musste, zwei Todesfälle verschuldet hatte und dennoch in Freiheit lebte.

Tilly fragte sich, ob sie wohl den Mut finden würde, um das zu tun, was sie tun musste.

Achtzehn

Im Gefängnis

Tilly hatte beim Abendessen keinen Appetit. Sie beobachtete Sterlings Hände, als er seine Pastete schnitt und das Gemüse aß. Sie sehnte sich nach dem süßen Vergessen, das sie letzte Nacht beide verschlungen hatte. In solchen Augenblicken konnte sie die schwarzen Gedanken verdrängen, die ihren Geist verdunkelten. Sie begehrte ihn, und Essen war unnötig, eine Ablenkung.

Nell war ruhig und hilfsbereit, ließ nicht zu, dass ihr Vater sich zu sehr reckte, um nach der Soße zu greifen, schenkte ihm Wasser nach und bot von sich aus an, das Mädchen zum Abräumen zu rufen.

»Du musst dich ausruhen, Papa. Nach dem Essen gehst du sofort ins Bett.«

»Danke für deine Sorge, Nell, aber ein Glas Sherry im Wohnzimmer würde mir guttun.«

Tilly spürte, wie Wärme sie durchflutete. So würden sie wenigstens das Ende dieses langen Tages miteinander verbringen.

Dann endlich war das Mädchen im Bett, und sie konnten die Wohnzimmertür schließen. Tilly warf sich in seine Arme, und er hielt sie eine Weile fest, bevor er sie sanft beiseiteschob. »Ich muss einen Augenblick lang vernünftig sein und dich um Rat bitten.«

Tilly verbarg ihre Enttäuschung. »Nur zu.«

Sterling trat an den Barschrank und nahm wie üblich zwei Sherrygläser heraus. »Es geht um Nell.« Er öffnete die Karaffe und schenkte ihnen ein. »Das Leben auf einer Insel … vielleicht ist es doch nicht das Richtige für sie.«

»Sie ist hier sehr glücklich.«

»Ihr Glück ist nicht so wichtig wie ihre Sicherheit. Der Gefangene ist hergekommen, weil er es auf mich abgesehen hatte. Was hätte ihn daran gehindert, danach auf Nell loszugehen?«

»Aber es ist doch nur dieses eine Mal passiert. Gewöhnlich laufen Häftlinge vor den Wärtern weg, nicht zu ihnen hin. Er war verwirrt. Das hast du doch selbst gesagt.«

»Ja, es war willkürlich, und weil es willkürlich war, macht es mir umso mehr Angst. Ich konnte sein Verhalten nicht vorhersagen. So etwas kann durchaus wieder geschehen und noch Schlimmeres. Ich habe immer geglaubt, Nell wäre hier oben auf dem Hügel gut aufgehoben. Aber jetzt bin ich mir nicht mehr sicher.«

Tilly trank von ihrem Sherry. »Was willst du denn machen?«

»Sie in ein Internat auf dem Festland schicken.«

»Sie würde es schrecklich finden.«

»Sie wäre dort sicher.«

»Es würde ihren Geist lähmen. Sie ist nicht dafür geschaffen, Regeln zu befolgen.«

»Das muss sie früher oder später ohnehin lernen.«

Tilly betrachtete Sterling im Lampenlicht. Am liebsten hätte sie gefragt, was dann wohl aus ihr werden würde, falls Nell auf ein Internat käme. Doch sie konzentrierte sich darauf, ihm einen guten Rat zu geben. »Die Flucht ist erst einen Tag her. Du bist verständlicherweise erschüttert. Wir brauchen sicher alle ein wenig Zeit, bis wir uns wieder sicher fühlen. Es wäre nicht klug, unter diesen Umständen eine Entscheidung zu treffen.«

Er berührte lächelnd ihre Wange. »Du bist sehr weise, meine Tilly.«

Sie senkte die Stimme. »Würdest du mich küssen?« Sie stellt ihr Glas beiseite. »Ich habe das dringende Bedürfnis danach.«

»Natürlich.«

Tilly wachte in der grauen Dämmerung auf, in Sterlings Bett. Der Schreck fuhr ihr in die Glieder. Sie hatten beschlossen, nicht zu schlafen und dass sie in ihr eigenes Bett zurückkehren würde, bevor Nell aufwachte. Sie tröstete sich mit dem Gedanken, dass es noch sehr früh war, und stand auf, wobei sie einen Blick auf den schlafenden Mann an ihrer Seite warf. Wie göttlich war es gewesen, ihren Rücken an seinen Bauch zu pressen und so einzuschlafen. Die Nacht hatte sie mit ihrer milden Wärme umfangen, das ferne Rauschen des Meeres drang durchs offene Fenster, die Leidenschaft hatte ihren ganzen Körper in Glückseligkeit getaucht. Sie lächelte – hätte um keinen Preis damit aufhören können – und kehrte in ihr eigenes kühles Bett zurück.

*

In den vier Monaten auf Ember Island war sie nie zu spät zum Unterricht gekommen – bis zu diesem Morgen. Ihr nächtliches Abenteuer führte dazu, dass sie erst nach der Frühstückszeit aufwachte, sich rasch anzog, die Haare unordentlich aufsteckte und mit knurrendem Magen in der Bibliothek erschien.

Doch Nell war nicht da.

Tilly setzte sich hin und ging den Unterrichtsstoff für den Tag durch. Nun, da die Aufregung vorbei war, konnte sie zu dem Lehrplan zurückkehren, den sie im Januar aufgestellt hatte. Heute wäre griechische Übersetzung an der Reihe, danach einige Stunden kreatives Schreiben, was Tilly als rhetorische Praxis abhakte.

Nell war immer noch nicht da. Tilly machte sich allmählich Sorgen. Sie verließ die Bibliothek und ging auf die Veranda, um einen Blick zum Himmel zu werfen. Dunkle Wolken, es sah nach Regen aus. Im Garten schaute sie zwischen Beeten und Hecken nach, lief einmal ums ganze Haus und blickte in die Ferne. Die Gefangenen in ihren weißen Uniformen waren auf die Zuckerrohrfelder zurückgekehrt, die sich golden vor dem dunkelgrauen Himmel abzeichneten. Sie hoffte auf ein Aufblitzen von Blau oder Rot, Nells Lieblingsfarben, doch da war nichts.

Sie kehrte ins Haus zurück und klopfte an Nells Tür. Vielleicht war sie krank. »Nell? Nell?«

Keine Antwort. Tilly öffnete vorsichtig die Tür. Das Zimmer war leer, das Bett entweder sehr ordentlich gemacht oder unbenutzt. Pangur Ban saß nicht auf seinem üblichen Platz auf dem Nachttisch.

Nell war verschwunden.

*

Tilly wartete bis elf. Dann hielt sie es nicht länger aus, sie musste mit Sterling sprechen. Es hatte angefangen zu regnen, schwere, traurige Tropfen, die aufs Dach hämmerten und sich auf den Veranden sammelten. Sie klopfte diskret an die Tür des Büros. Von drinnen waren Stimmen zu hören, zweifellos weitere Befragungen, die mit der Flucht des Gefangenen zu tun hatten.

»Herein«, rief er knurrend, und es klang ganz anders als die sanften, liebevollen Worte der letzten Nacht, so dass sie unwillkürlich den Atem anhielt. Dann öffnete sie die Tür.

Sterling saß am Schreibtisch, Dr. Groom ihm gegenüber. Daneben stand ein Wärter mit einem Stapel Unterlagen in der Hand. Tilly spürte sofort, dass sie eine Männerwelt betrat, in der sie und ihre Nachricht unwillkommen waren.

»Tilly?« Sterlings Stimme klang so warm, dass Dr. Groom ihm einen argwöhnischen Blick zuwarf.

»Es tut mir leid. Ich wollte Sie nicht stören, aber Nell ist verschwunden.«

Sterling sprang auf, zuckte dann zusammen und griff sich an die Seite. »Was? Wann?«

»Sie war den ganzen Morgen nicht in der Bibliothek.«

»Haben Sie in ihrem Zimmer nachgesehen?«

»Selbstverständlich. Ihr Bett ist entweder gemacht oder unbenutzt. Ich war mir nicht sicher, ab wann ich mir Sorgen machen sollte, aber ...«

»Ab jetzt. Die Insel wimmelt von Sträflingen, die meisten unter schwerer Bewachung oder mit Fußeisen, aber es gibt auch bewaffnete Wärter mit nervösen Fingern, die jederzeit den Abzug betätigen könnten.«

Tilly wurde rot und schämte sich, dass sie nicht früher etwas unternommen hatte. »Es tut mir leid. Ich habe zu lange gewartet.«

Sterling lief auf und ab. »Wenn ihr Bett unbenutzt ist, könnte sie die ganze Nacht unterwegs gewesen sein. Sie könnte in den Mangrovensumpf gelaufen und von der Flut erfasst worden sein. Sie könnte ...«

»Reißen Sie sich zusammen, Sterling«, dröhnte der Arzt. »Das Kind macht nur Schwierigkeiten. Der Ausbruch liegt erst zwei Tage zurück, und schon sorgt sie dafür, dass alle verfügbaren Leute nach ihr suchen müssen. Lassen Sie sie dort draußen. Sie wird schon zurückkommen, wenn sie nass oder hungrig ist.«

Sterling blieb reglos stehen, beherrschte aber seinen Zorn. »Danke für Ihren Vorschlag, Dr. Groom.« Dann wandte er sich an den Wärter. »Alarmstufe. Alle Gefangenen müssen eingeschlossen werden. Jemand muss dafür sorgen, dass sie ausnahmslos erfasst werden. Das gesamte Personal wird nach dem Kind suchen. Ich will, dass eine Gruppe nur die Mangrovenwälder durchsucht. Und Männer auf die Wachtürme, falls sie in ...« Er konnte nicht zu Ende sprechen, und Tillys Herz zog sich zusammen.

»Sterling.« Sie sehnte sich danach, ihn zu berühren und zu trösten. »Nell ist klug genug, um nicht ans Wasser zu gehen.«

»Sie ist auch klug genug, um zu wissen, in welcher Schublade im Büro ich den Schlüssel zum Bootsschuppen aufbewahre. Aber nicht stark genug, um an einem stürmischen Tag zu rudern.« Er ging an ihr vorbei nach draußen, zog den Regenmantel über und rannte die Treppe hinunter.

Der Wärter folgte ihm. Dr. Groom blieb zurück, lächelte Tilly zu und hob eine Augenbraue. »Unbändig. Sie wissen, was ich Ihnen damals gesagt habe.«

Sie erwiderte sein Lächeln nicht. »Ich suche jetzt mit.«

Sie holte ihren Regenschirm und ging nach draußen. Sterling war nicht mehr zu sehen, und sie vermutete, dass er sich zum Gefängnis begeben hatte, das sie nicht betreten durfte. Der Regen hämmerte hart auf dem Boden und spritzte hoch, so dass ihr Kleidersaum bald durchnässt war. Sie schloss die Augen und versuchte, wie Nell zu denken. Wo würde sie sich verstecken?

Tilly öffnete die Augen. Das Wasser lief ihr in die Schuhe. Sie ging quietschend durch den Garten, schaute unter jede Hecke und auf jeden Baum. Der Wind frischte zu Böen auf und drehte ihren Regenschirm nach außen. Sie warf ihn weg und ergab sich dem strömenden Regen. Das Mädchen war ganz sicher nicht im Garten. Die weißen Uniformen waren von den Feldern verschwunden und durch blaue ersetzt worden. Tilly lief den Pfad entlang und über den Friedhof zum Mangrovenwald, um dort bei der Suche zu helfen.

Am Ende des Weges musste sie den breiten, schlammigen Streifen überqueren, der zum Wasser führte. Der Oberwärter Mr. Donaghy erteilte gerade einem Suchtrupp Anweisungen. Als er Tilly bemerkte, sagt er: »Sie sollten wirklich ins Haus gehen, Miss Lejeune.«

»Ich kann nicht einfach drinnen sitzen und nichts tun. Bitte lassen Sie mich helfen.«

Er lächelte freundlich. »Dann können Sie mich begleiten. Aber es wird schmutzig.«

»Das bin ich schon.«

Die Männer gingen in verschiedene Richtungen davon,

und sie folgte Mr. Donaghy, dessen robuste Stiefel für diese Aufgabe sehr viel geeigneter waren, in den Salzwasserwald. Die Mangrovenbäume waren feucht, ihre Wurzeln ragten wie spitze Steine aus dem stinkenden Schlamm empor, der an Tillys Füßen saugte, während sie neben dem Wärter dahinstapfte. Die Bäume standen dicht gedrängt, man hätte sich wunderbar verstecken können, wäre der Schlamm nicht zu dick und widerlich gewesen. Tilly konnte nicht glauben, dass Nell sich hier versteckte, vor allem nicht bei diesem Wetter.

»Gibt es irgendwo auf der Insel einen Unterschlupf?«, fragte sie den Oberwärter, wobei ihr der Regen übers Gesicht lief.

»Nein.«

»Keine Höhle oder einen Felsüberhang?«

»Nein, Miss Lejeune. Wir kennen sämtliche Verstecke auf der Insel. Sie ist vermutlich irgendwo im Freien.«

Sie lief ihm nach. War Nell wirklich so dumm, ihrem Vater all das zuzumuten, das gesamte Gefängnispersonal in Aufruhr zu versetzen und das nur wenige Tage, nachdem ein Sträfling ausgebrochen war? Und im Regen? Tilly machte sich Sorgen; wenn Nell nun etwas anderes zugestoßen war? Sterling hatte das sofort befürchtet, das war ihr klar. Wenn er nun recht behielt? Wenn sie verletzt oder entführt worden war oder schlimmer noch …

»Nell! Nell!«

Mr. Donaghy schaute sie neugierig an. Er war es nicht gewöhnt, dass man einen Gesuchten beim Namen rief, fiel dann aber ein. »Nell, wo bist du?«

*

Durchgefroren, nass und schmutzig kehrte Tilly am späten Nachmittag nach Hause zurück. Sie war erschöpft und geschwächt, hatte nichts gegessen und auch Nell nicht gefunden. Im Schlafzimmer zog sie sich die nasse Kleidung aus und trocknete sich ab. Ihre Fingerspitzen waren weiß und durchweicht. Sie legte trockene Kleider an und setzte sich aufs Bett, um nachzudenken.

War Nell von selbst weggelaufen oder entführt worden?

Welchen Grund hätte sie für eine Flucht gehabt? Tilly dachte schuldbewusst daran, wie sie und Sterling einander letzte Nacht geliebt hatten. Waren sie zu laut gewesen? Hatte Nell es gehört und war wütend auf sie geworden und deshalb weggelaufen? Nein, es war sehr spät gewesen, als sie sich endlich in Sterlings Zimmer gewagt hatten, und Nell hätte vermutlich ohnehin nicht gewusst, was die Geräusche zu bedeuten hatten.

Dann kam ihr ein Gedanke. Nell hatte an jenem Nachmittag mit Hettie gesprochen und war am Abend danach seltsam still und bedrückt gewesen. Hatte Hettie etwas zu ihr gesagt? Oder umgekehrt?

Tilly stand auf. Sie würde mit Sterling reden müssen, aber was wäre dann? Würde jemand Hettie befragen und herausfinden, dass Tilly sich nach ihrem Verbrechen erkundigt hatte? Sterling trug ohnehin schon eine schwere Last auf den Schultern.

Sie konnte natürlich selbst zum Gefängnis gehen, obwohl sie bei dem Gedanken daran erschauerte. Aber ihre Gewissheit wuchs, dass Hettie wusste, weshalb Nell weggelaufen war und vielleicht sogar wohin.

Also begab sich Tilly zu Sterlings Büro, doch er war nicht da. Sie trat auf die Veranda und schaute über die Baumwipfel zu den abweisenden Gebäuden des Gefängnisses. Dunkler Stein, eiserne Gitter, düster und still im dichten Regen. Würde man sie überhaupt zu Hettie vorlassen?

Heute vielleicht schon. Falls sie die Nerven behielt.

Sie richtete sich auf und schritt die Treppe hinunter. Der Regen war zu einem Nieseln geworden, doch am Horizont drohten schon wieder schwarze Wolken. Sie ging die gepflasterte Straße entlang, die sich in tiefen Schlamm verwandelt hatte, und nahm die Abzweigung zum Gefängnis. Diesen Weg hatte sie noch nie beschritten. Sie hatte keine Ahnung, wie sie hineingelangen sollte, erinnerte sich aber daran, dass die weiblichen Gefangenen am südlichen Ende des Gebäudes untergebracht waren. Also ging sie in diese Richtung.

Der Südflügel besaß einen eigenen Eingang, dazu einen kleinen Hof, der von eisernen Gittern umschlossen war. Darauf wuchs wenig Gras, ansonsten war alles Schlamm. Kein Wunder, dass Hettie den Garten so liebte. Neben dem Hof war eine hölzerne Tür in die Mauer eingelassen. Sie wollte klopfen, betätigte dann aber den Riegel und stellte fest, dass sie aufschwang. Sie gelangte in einen kleinen, mit Holz getäfelten Raum, in dem es nach Seifenlauge und Zitrone roch. Ein junger Wärter mit karottenrotem Haar saß auf einem Stuhl, die Beine gespreizt, die Finger fest im Ohr, das er gründlich zu reinigen schien.

Als er sie sah, ließ er die Hand sinken und sprang auf. »Sie dürfen hier nicht rein, Ma'am.«

»Direktor Holt schickt mich. Ich soll mit der Gefangenen 135 sprechen.«

»Ich habe keine derartige Anweisung gesehen.«

»Natürlich nicht. Er sucht auf der ganzen Insel nach seiner Tochter. Ich bin Eleanors Gouvernante, und der Direktor und ich haben allen Grund zu der Annahme, dass die Gefangene 135 uns helfen kann, das Mädchen zu finden. Ich muss nur kurz mit ihr sprechen.«

Er zögerte. »Warten Sie hier.« Dann nahm er einen großen Schlüsselbund vom Gürtel und entsperrte eine Tür hinter sich, durch die er verschwand. Man hörte Schlösser, die wieder einrasteten. Tilly wartete. Der Regen nahm wieder zu und hämmerte ohrenbetäubend auf das Blechdach. Durch die Wolkendecke fiel kein Licht, und das kleine Vorzimmer wurde vorzeitig nachtdunkel. Dann wurden die Schlösser wieder geöffnet, und der rothaarige Wärter kam mit einem älteren, kahlköpfigen Mann zurück.

»Sie sagen, Sie kommen vom Direktor?«, fragte er brüsk.

»Ja.« Sie zuckte nicht mit der Wimper.

»Hat nichts von Ihnen gesagt.«

»Ich habe Ihrem Kollegen bereits erklärt, dass er anderweitig beschäftigt ist. Und je länger Sie mich davon abhalten, mit 135 zu sprechen, desto länger bleibt die kleine Nell allein Wind und Wetter ausgesetzt.«

Der ältere Mann schüttelte den Kopf. »Ich lasse mir nicht drohen, Ma'am. Ich befolge Befehle. Und ich habe keine Befehle bekommen.«

Tilly riss sich zusammen, während ihr Plan vor ihren Augen auseinanderfiel. »Ich habe gesehen, wie die Gefangene gestern mit dem Mädchen gesprochen hat. Vielleicht kann sie uns einen Hinweis geben. Sie müssen mich mit ihr sprechen lassen. Sterling erwartet es von mir.«

Er hob die Augenbrauen, als sie den Vornamen des Direktors benutzte, warf sie aber zu ihrer Überraschung nicht hinaus. »Nun denn. Ich nehme an, dass die nötigen Papiere unterwegs sind. Ich will die Suche nach dem Mädchen nicht verzögern. Folgen Sie mir.«

»Vielen Dank.« Es gelang ihr nur mit Mühe, ihre Überraschung zu verbergen.

»Wir wollen doch alle, dass die Kleine sicher wiedergefunden wird.«

Der alte Wärter öffnete die Tür und führte Tilly in ein Büro mit zwei Tischen und einem Holzschrank. Alles war erstaunlich sauber und gepflegt. Neben dem Schrank befand sich eine Tür mit einem quadratischen, vergitterten Fenster. Diese schloss er ebenfalls auf, und sie gelangten in einen dämmrigen, steinernen Korridor, von dem einige Türen abgingen. Er schloss die erste auf und sagte zu der Person darin: »Miss Lejeune will mit dir sprechen.« Dann trat er beiseite und ließ Tilly durch.

Sie passte kaum in die winzige Zelle. Hettie saß in einer

Hängematte, gegenüber in einer weiteren Hängematte lag eine ältere Chinesin mit grauen Schläfen. In einer Ecke befand sich ein winziger Waschtisch, darunter ein Holzeimer. Ganz hoch oben ließ ein kleines, vergittertes Fenster einen Hauch Licht und einige Regentropfen herein. Obwohl es sich abgekühlt hatte, war es in der Zelle feucht und stickig. An heißen Sommertagen musste es hier unerträglich werden.

»Hallo.«

»Was gibt es?«, fragte Hettie verwirrt.

Tilly trat näher, damit die andere Gefangene nichts hörte. »Keine Sorge, sie spricht kaum Englisch.«

»Nell ist verschwunden.«

Hetties Augenbrauen schossen in die Höhe. »Sind wir darum eingesperrt?«

»Wir denken ... wir hoffen, dass sie weggelaufen ist. Das Wetter ist sehr schlecht, und wir suchen verzweifelt nach ihr.«

»Warum kommen Sie dann zu mir?«

»Weil sie gestern mit Ihnen gesprochen hat. Ich habe mich gefragt, ob sie etwas erwähnt oder ob Sie etwas gesagt haben. Denken Sie bitte nach. Worüber haben Sie gesprochen?«

Hettie schüttelte den Kopf. »Nichts Außergewöhnliches. Sie hat mir ihre Zeichnungen gezeigt. Sie hätten gesagt, sie habe sich nicht genügend Zeit dafür genommen. Ich habe erwidert, bei wichtigen Dingen solle sie sich immer Zeit nehmen und dass ich es im Garten genauso halte ...« Sie runzelte die Stirn, als sie versuchte, sich die Einzelheiten ins Gedächtnis zu rufen. »Sie hat gefragt, ob wir Gänseblümchen ziehen können. Sie hat gesagt, sie mag Gänseblümchen. Und ich wollte zusehen, was sich machen lässt ... Ganz ehrlich, Miss Lejeune, das war alles.«

Tilly ließ den Kopf hängen. »Sonst nichts?«

»Nichts. Nur ...«

»Nur was?«

»Das Mädchen weiß immer Dinge, die es eigentlich nicht wissen sollte. Beispielsweise hat es mir letztes Jahr zum Geburtstag gratuliert. Woher wusste Nell, wann ich Geburtstag habe? Sie muss auf irgendeinem Dokument nachgeschaut haben, das sie gewiss nichts anging. Vielleicht hat sie etwas gehört oder gesehen, das sie nicht versteht, und das hat sie durcheinandergebracht.«

»Oh.« Die Erkenntnis brach über Tilly herein. Sie war so mit ihrer aufkeimenden Romanze beschäftigt gewesen, dass sie das Gespräch über das Internat völlig vergessen hatte. Gewiss hatte Nell wieder einmal gehorcht und war wütend davongelaufen, um ihren Vater zu bestrafen, weil er den Gedanken auch nur in Erwägung gezogen hatte.

Und der Gedanke an Schulen und Lehrer brachte sie auch auf die Idee, wo Nell stecken könnte.

»Vielen Dank, Hettie. Sie waren mir eine größere Hilfe, als Sie glauben.«

Sie drehte sich um und stieß dabei beinahe mit dem alten Wärter zusammen.

»So eilig?«

»Ich muss Sterling suchen.«

Er schloss die Tür auf. »Er war zuletzt bei dem Suchtrupp auf den südlichen Zuckerrohrfeldern.«

»Vielen Dank!«

Endlich konnte sie das düstere Gefängnis verlassen, doch der bleierne Himmel war kaum besser. Sie eilte im prasselnden Regen über die schlammige Straße, bis sie den Rand der Zuckerrohrfelder erreicht hatte. Die Pflanzen wuchsen hüfthoch und waren in säuberlichen Reihen mit Wegen dazwischen angeordnet. Sie tauchte hinein, schaute nach links und rechts, ob jemand ihr den Weg zu Sterling weisen konnte.

Sie rief nach ihm.

Ein blau gekleideter Wärter mit buschigem, grauem Bart kam ihr entgegen. »Miss Lejeune?«

»Ich muss den Direktor sprechen. Ich glaube, ich weiß, wo Nell steckt.«

»Hier entlang.« Er eilte in das Feld hinein, und bald trafen sie auf Sterling, der ebenfalls bis auf die Haut durchnässt war und mit rauher Stimme nach seiner Tochter rief.

»Kommen Sie mit, Sterling!«

»Haben Sie sie gefunden?«

»Hoffentlich. Haben Sie den Schlüssel zur Kapelle?«

»Ich habe den Schlüssel zu allem.«

»Dann kommen Sie.«

Durchweicht und hoffnungsvoll verließen sie das Feld und begaben sich zur Kapelle. Er war sichtlich erschöpft, erholte sich gerade erst von den schlimmen Verletzungen und dem Schlafmangel, und sie bemühte sich, ihn nicht zu sehr voranzutreiben. Sie hoffte verzweifelt, dass ihre Ahnung sich bestätigen würde, dass Nell wirklich dort war, wo Tilly sie vermutete.

»Ich weiß, warum sie weggelaufen ist. Sie muss gehört haben, wie wir über das Internat gesprochen haben.«

»Ich hoffe, das ist alles, was sie mitgehört hat«, sagte er mit einem harten Zug um den Mund. »Warum gehen wir zur Kapelle? Da waren wir schon.«

»Sie hat mir mal von einer geheimen Leiter erzählt, die aufs Dach führt. Dass sie und ein anderes Kind sich dort oben vor der Lehrerin versteckt hätten.«

»Geheime Leiter?«

»In der Decke.«

Er schüttelte den Kopf. »Hoffentlich haben Sie recht, und es ist nicht nur eine alberne Geschichte, die sie sich ausgedacht hat.« Er verdoppelte sein Tempo, und Tilly bemerkte, dass er jedes Mal zusammenzuckte, wenn er den Fuß aufsetzte. Der Regen war unbarmherzig und ließ alles vor ihren Augen verschwimmen. Doch wenige Minuten später standen sie in der Kapelle, wobei sich Lachen auf dem Holzboden bildeten.

Ein Stuhl im Altarraum, wo Jesus trauernd an seinem Kreuz hing, verriet, wo sich die geheime Leiter befand.

»Da soll mich doch ...« Er schaute fassungslos zu der Falltür hoch. »Und ich dachte, ich kenne jeden Zoll dieser Insel.«

Er stieg auf den Stuhl, griff nach oben und schob den Finger durch den Ring. Er zog, und als sich die Klappe öffnete, rutschte die Leiter heraus und verfehlte nur knapp seinen Kopf.

»Nell?«

Tilly blieb unten stehen, während er sich durch die Klappe zwängte und verschwand. Dann folgte sie ihm und gelangte in den dunklen Raum zwischen Dach und Decke, wo sie auf Händen und Füßen kriechen mussten. Sterling kroch vor ihr her, bis er eine eiserne Tür entdeckte, durch die regnerisches Tageslicht fiel. Als Tilly auf den Laufgang zwischen den Giebeln trat, sah sie schon, wie Sterling neben dem Mädchen niederkauerte. Es stand ganz still da, während sein Körper sie umfangen hielt, und schaute aufs Meer. Auf einer kleinen Mauer vor ihr saß Pangur Ban, die Augen ebenfalls aufs Meer gerichtet. Reglos wie immer.

»Nell!«, rief sie.

Das Mädchen reagierte nicht. Tilly eilte hinüber.

Sterling schalt seine Tochter aus. »Du dummes Kind! War dir nicht klar, dass ich die Leute über die ganze Insel jagen würde? Sie sind erschöpft. Ich bin auch erschöpft. Gestern Abend durfte ich mir nicht mal selbst die Soße nehmen, aber heute hast du mich gezwungen, von Angst und Schmerz erfüllt durch die Zuckerrohrfelder zu laufen.«

Nell schaute ihn nicht an. Tilly griff nach Sterlings Arm. Sie verstand, dass seine Anspannung sich als Zorn äußerte – einem Zorn, den sie ihm gar nicht zugetraut hätte –, doch das Mädchen hörte nicht zu.

»Nell, ist es wegen des Internats?«

Nell schaute zu Tilly. Ihre Lippen waren blau, die Locken hingen nass herunter. Sie nickte.

Sterling ließ sich nach vorn auf die Hände sinken und schüttelte den Kopf. »Ich schicke dich nicht ins Internat. Ich will dich lieber immer bei mir haben, bis du erwachsen bist.«

Nell entspannte sich, ließ den Kopf sinken und begann zu schluchzen. Sterling zog sie in die Arme, und dann standen sie gemeinsam da im strömenden Regen und hielten sich aneinander fest, während Tilly zusah.

Neunzehn

Ein zielstrebiger Mann

An diesem Tag ging Sterling vor dem Abendessen ins Bett und stand am nächsten Tag nicht auf. Man schickte nach Dr. Groom, der sich wegen der Verletzungen und Erschöpfung besorgt zeigte und Sterling anwies, sich drei Wochen lang auf dem Festland zu erholen.

Dies erzählte er Tilly in der halben Stunde, bevor sein Boot am nächsten Tag ablegen sollte, während er seine Hemden fein säuberlich in einen Koffer packte. Er wich ihrem Blick aus. »Ich habe darauf bestanden, dass Nell mich begleitet. Ich glaube, das wäre gut. Wir haben seit Rebeccas Tod keinen Urlaub gemacht. Vielleicht sollten wir ein bisschen Zeit in der Stadt verbringen. Sie braucht weiß Gott auch neue Kleider.«

»Ich möchte, dass es dir bald wieder gutgeht.«

Sterling hielt inne, und sein Gesichtsausdruck machte ihr Angst. Sie las Mitleid darin. Mitleid war nie ein guter Vorbote. »Ich würde dir anbieten, uns zu begleiten, aber dann müssten wir uns am Hafen trennen. Nell weiß nichts von …«

»Schon gut. Ich versichere dir, ich bleibe lieber hier. Ich werde lesen und im Garten arbeiten und mich entspannen.« Sie lächelte schüchtern. »Und mich auf deine Rückkehr freuen.«

Er konzentrierte sich sehr darauf zu packen. Einen Moment lang fühlte sie sich zu Jasper nach Guernsey zurückversetzt und spürte wieder Scham und Verlegenheit über die Zurückweisung.

»Sterling? Bereust du, was wir getan haben?«

»Es ist mein Prinzip, nie etwas zu bereuen. Ich werde unsere Gespräche vermissen, aber es sind nur drei Wochen. Diese Pause wird uns allen guttun.«

Tilly bemühte sich, die Tränen zurückzuhalten. »Ja, vielleicht hast du recht.«

Dann kam Nell herein, die aufgeregt und bedrückt zugleich wirkte. Seit sie weggelaufen war, hatte sie sich zurückhaltend gezeigt und gelegentlich geschmollt, da Sterling ihre Freiheiten beschnitten und sie mit ungeliebten Haushaltsarbeiten bestraft hatte. Aber es lag wohl auch daran, dass die ganze Insel nur noch in strengem Ton mit ihr sprach. Alle waren wütend über ihr Verhalten, das sie als egoistischen Streich empfanden.

Nur Tilly zeigte Mitgefühl. »Freust du dich auf den Urlaub?« Sie zupfte spielerisch an einer Locke des Mädchens.

»Ich freue mich vor allem darauf, an einem Ort zu sein, an dem ich nicht ständig mit Stirnrunzeln betrachtet werde«, entgegnete sie mit gespielter Langeweile. »Lassen Sie meine Locken los. Ich bin fast dreizehn.«

»Das hast du dir selbst zuzuschreiben, Nell«, sagte ihr Vater zerstreut und suchte im Kleiderschrank nach einem Hut. »Und du solltest nicht so frech zu deiner Gouvernante sein.«

Deiner Gouvernante. Nicht *Tilly*.

»Worüber habt ihr beide gesprochen?« Nell betrachtete sie prüfend im Morgenlicht, das durchs Fenster fiel.

»Über dich.«

»Das geht dich nichts an«, erwiderte Sterling im selben Augenblick.

Tilly lachte, doch er blieb streng.

»Nell, du musst lernen, wo dein Platz ist. Hättest du nicht mein Gespräch mit Tilly belauscht, wärst du nie davongelaufen, getrieben von einer Vermutung, die …«

»Ich weiß, ich weiß, die dazu geführt hat, dass Zeit und Arbeitskraft verschwendet wurden.«

»Und mit der du dich in Gefahr gebracht hast. Vergiss das nicht.«

Nell schaute zu Tilly und versuchte ein kleines Lächeln, das jedoch nicht ihre Augen erreichte. »Sie werden mich vermissen, oder?«

»Natürlich. Sei gut zu deinem Vater. Er ist so gut zu dir.«

Und dann gingen sie den unebenen Weg zum Anlegesteg hinunter und ließen sie allein im Westflügel des Hauses. Mr. Donaghy würde in Sterlings Abwesenheit dessen Aufgaben übernehmen und täglich mit ihr zusammen Mittag essen. Davon abgesehen war sie auf sich gestellt und konnte tun, wonach ihr der Sinn stand.

Sie fühlte sich ein bisschen leer.

*

Tilly las bis drei Uhr. Dann hatte sich die schlimmste Hitze gelegt, und sie konnte in den Garten gehen.

Erst bei Einbruch der Dämmerung entdeckte sie Hettie, die am nördlichen Ende des Gartens Setzlinge pflanzte. Tilly fiel ein, dass sie sich noch gar nicht bei ihr bedankt hatte. Sie zog die schmutzigen Gartenhandschuhe aus und trat näher.

Hettie lehnte sich zurück und wischte sich mit dem Handrücken über die Stirn. »Darf ich?«

»Bitte.« Hettie deutete neben sich ins Gras. »Ich glaube, ich bin für heute fertig. Stiefmütterchen. Sie sind heute mit dem Boot gekommen und werden sehr hübsch aussehen.«

Tilly streckte die Beine aus. Der dämmrige Himmel brachte Abkühlung. Die feuchte Sommerhitze lockerte endlich ihren Griff. Die Meeresbrise reichte fast aus, um eine Gänsehaut hervorzurufen. »Ich wollte Ihnen danken, weil Sie bei der Suche nach Nell geholfen haben.«

»Das habe ich doch gar nicht.«

»Indirekt schon. Sie haben mir einen anderen Blickwinkel verschafft. Das war sehr nützlich.«

Hettie neigte ein wenig den Kopf, um ihr Lächeln zu verbergen. »Dann vielen Dank.«

»Sie und ihr Vater sind für ein paar Wochen aufs Festland gefahren, so dass ich mir ganz allein überlassen bin. Sie werden mich jetzt öfter im Garten sehen.«

»Es ist immer schön, Sie zu sehen.« Dann brach es aus ihr heraus: »Es tut mir leid, dass ich geklagt habe. Das war … unangemessen.«

Tillys Stimme wurde sanft. »Wir sind beide nur Menschen. Es ist nicht unangemessen, wenn man Trost sucht.«

»Ich glaube, der Direktor würde das anders sehen.«

»Nein, Sie wären überrascht. Sterling Holt ist ein sehr liebenswürdiger Mensch. Er hat eine freundliche Natur.«

Hettie schaute sie völlig verblüfft an.

Tilly wurde neugierig. »Sie glauben mir nicht? Aber er lässt Sie doch den Garten pflegen.«

»Lässt mich? Er *befiehlt* es mir.«

»Aber Sie haben doch selbst gesagt, dass Sie ohne den Garten verzweifeln würden.«

»Ja, es macht mir Spaß, aber es ist Arbeit. Ich muss eine bestimmte Anzahl von Stunden in der Woche arbeiten, sonst verliere ich meine Privilegien. Ich bin nicht wie Sie. Ich kann nicht kommen und gehen, wie es mir beliebt.«

Ihre Worte schmerzten, doch dann gab Hettie nach. »Es tut mir leid. Ich wollte nicht so unhöflich sein. Aber ich fühle mich heute nicht gut und bin müde und würde mich lieber in einem schönen weichen Bett ausruhen.«

»Sagen Sie den Wärtern Bescheid, die können Sie ins Krankenrevier schicken.«

»Das Krankenrevier ist nur für Männer. Frauen dürfen nicht krank werden. Außerdem habe ich es den Wärtern gesagt, und sie haben mich in den Rücken gestoßen und gesagt, ich soll trotzdem arbeiten.« Sie verschränkte die Hände und stützte das Kinn darauf.

»Es tut mir leid, dass Sie sich nicht wohl fühlen. Aber ich versichere Ihnen, Sterling ist ein freundlicher Mann.«

»Er ist sicher nicht unfreundlich. Aber Direktor Holt ist zielstrebig, und ich habe eine Seite von ihm gesehen, die Sie vielleicht noch nicht kennen. Er vergöttert seine Tochter, genau wie Sie, also sind Sie in der wichtigsten Frage einer Meinung. Würden Sie ihm jedoch widersprechen, könnte es anders aussehen. Er besitzt eine gewisse Härte, wenn er sich einmal zu etwas entschlossen hat …« Sie verstummte und schaute in die Ferne. »Aber so sollte ich nicht mit Ihnen reden.«

»Falls die Verhaltensregeln in diesem Fall verschwimmen, liegt das nur an mir, Hettie.« Außerdem wollte Tilly mehr über diese Seite von Sterling erfahren, die sie noch nicht kannte. »Denken die anderen Gefangenen genauso über ihn?«

»Ich kenne nur sieben weitere Gefangene. Mit den Männern spreche ich nie. Aber ich habe die Wärter reden hören. Sie sagen ähnliche Dinge. Zielstrebig. Stur. Selbstgerecht.« Hettie brach ab, da sie offenbar an einem Punkt angelangt war, an dem sie nicht mehr sagen konnte. »Ich weiß, dass Sie ihn mögen.«

»Er war freundlich zu mir.«

»Es ist mehr als das. Sie lieben es, seinen Namen auszusprechen. Ihr Mund schmeckt ihn wie einen reifen Pfirsich.«

Tilly wurde rot, war sprachlos.

»Aber letztlich, Miss Lejeune, ist er der Direktor eines Hochsicherheitsgefängnisses. Er muss sich so verhalten, wie er es tut, sonst würde er alle Türen öffnen und die Leute freilassen. Er muss glauben, was er über uns glaubt, selbst wenn es nur die halbe Wahrheit ist.«

Tilly drehte und wendete den Gedanken, während die Sonne im Westen über dem Festland versank, eine gewaltige, orangefarbene Kugel, die den Himmel in verschiedene Bernstein- und Rosatöne tauchte. Der letzte rote Keil verharrte in einem Spalt zwischen den fernen Bergen und erlosch. Die Nacht war hereingebrochen.

»Ich glaube, Sie sollten mich nicht Miss Lejeune nennen.«

»Warum nicht?«, fragte Hettie bedächtig.

Weil ich nicht so heiße. Der Wunsch, ihr alles zu erzählen, war übergroß. Tilly räusperte sich vernehmlich. »Weil wir Freundinnen sind. Und ich nenne dich Hettie, also kannst du mich auch Tilly nennen.«

»Ja, Tilly.« Sie probierte den Namen aus. »Wenn es dir lieber ist.«

»Wenn du möchtest, dass ich in deinem Namen mit dem Direktor spreche …«

»Nein, nur kein Aufsehen erregen. Er würde mir eine andere scheußliche Pflicht übertragen, um mich zu quälen.«

Tilly antwortete nicht. Sie konnte nicht glauben, dass Sterling so war.

Jedenfalls war sie sich ziemlich sicher.

*

Die Tage schleppten sich dahin. Die Stunden dehnten sich aus und verloren ihre Form. Tilly vermisste Sterling mehr, als sie je gedacht hätte. Nach ihrer ersten Liebesnacht hatte sie gewusst, dass sie mehr wollte. Aber sie hatte nicht damit gerechnet, dass ein zweites Mal das Begehren noch verstärken würde. Sie dachte beim Aufwachen und beim Einschlafen an ihn. Nach der ersten Woche stöhnte sie bei dem Gedanken, dass sie ihn erst in zwei Wochen wiedersehen würde, vor Schmerz.

Sie beschäftigte sich so gut wie möglich. Ihr eigener kleiner Garten war pflegeleicht, da der Herbst am Horizont heraufzog, und sie ging dazu über, Hettie bei der Arbeit zu helfen. Gemeinsam jäteten sie Unkraut, harkten Laub und schrubbten die steinernen Einfassungen der Beete. Wenn Mr. Donaghy auf die Veranda trat, um nach Hettie zu sehen, ging Tilly einfach ein Stück beiseite. Die meiste Zeit jedoch arbeiteten sie unbeobachtet hinten im Garten. Hettie sprach sie jetzt zwanglos beim Vornamen an, was zu einer größeren

Vertrautheit geführt hatte. Sie erzählte unbekümmert von ihrer Familie auf dem Festland, ihrem Leben vor der Gefangenschaft, ihrer schweren Kindheit. Auch Tilly berichtete von sich, ohne Einzelheiten zu erwähnen, die ihre Identität preisgegeben hätten. Es war eine große Erleichterung, mit Hettie über den Schmerz zu sprechen, den sie noch immer wegen Großvaters Tod empfand, über ihren scheußlichen Cousin Godfrey, ihre lange Reise zu den Antipoden, wo sie sich ein neues und unabhängiges Leben aufbauen wollte. Wie von selbst wurden sie und Hettie in den drei Wochen, da Sterling verreist war, Freundinnen.

In den dunklen Augenblicken vor dem Einschlafen fragte sie sich, ob sie damit ihre eigene Schuld wiedergutmachen wollte. Sie suchte die Nähe eines Menschen, dessen Schicksal sie durchaus hätte teilen können, wäre sie nicht kurz vor der Polizei in Chantelle Lejeunes Zimmer gewesen. Unterwarf sie sich damit stellvertretend der Strafe, die sie zu verdienen glaubte?

Sie beschloss, mit Sterling über Hettie zu reden, sobald er zurückkam. Ob man irgendetwas tun könnte, um ihre Strafe zu mildern, ob es nicht irgendeinen Tatbestand der Notwehr gab, der in diesem Fall zutraf.

Doch wann immer sie an Sterling dachte, schlugen ihre Gedanken eine ganz andere Richtung ein, und über den köstlichen Erinnerungen war Hettie bald vergessen.

*

Nells Stimme verriet Tilly, dass die beiden zurückgekommen waren. Die Haustür schlug zu, dann ein Ruf: »Hallooo? Tilly?«

Tilly, die sich in einem Sessel in der Bibliothek zusammengerollt hatte und las, sprang auf und lief aus dem Zimmer. Und da stand Nell, einen Koffer in jeder Hand, und lächelte.

»Ich bin es!«, verkündete sie.

Tilly umarmte sie. »Willkommen zu Hause. Und wo ist dein Vater?«

»Kommt gleich. Er hat einen ziemlich schweren Koffer. Finden Sie auch, dass ich gewachsen bin? Papa hat mir lauter neue Kleider gekauft.« Sie ließ ihre Koffer fallen und griff in den Beutel, der über ihrer Schulter hing. Sie holte Pangur Ban und einen unordentlichen Papierstapel heraus. »Ich habe so viel geschrieben! Möchten Sie es hören? Wir können sofort in die Bibliothek gehen.«

Aber Tilly sehnte sich verzweifelt danach, Sterling zu sehen. »Können wir einen Augenblick warten?«

Dann aber bemerkte sie Mr. Donaghy draußen auf der Veranda, der vermutlich mit Sterling ins Gespräch vertieft war. Also würde er noch nicht hereinkommen. Einen schrecklichen Moment lang fragte sie sich, ob er ihr aus dem Weg ging.

»Bitte, Tilly. Ich habe Sie so vermisst und möchte unbedingt, dass Sie es lesen.«

Tilly zwang sich zu lächeln. »Na schön. Aber zuerst bringen wir deine Koffer nach oben.«

Nells neue Kapitel waren phantasievoll und lebhaft wie immer. Tilly versuchte sich zu entspannen und die Geschichte zu genießen, verlor aber irgendwann die Geduld. Sie musste unbedingt mit Sterling sprechen.

»Das reicht für heute. Du solltest jetzt deine Koffer auspacken, damit wir morgen wieder mit dem Unterricht beginnen können.«

»Aber jetzt kommt der beste Teil.«

»Hebe ihn dir für ein anderes Mal auf. Du musst die Leser bei der Stange halten.«

Nell strich die Papiere glatt und legte sie auf den Tisch, schob den Stuhl zurück – bildete Tilly sich nur ein, dass sie schmollte? – und verließ das Zimmer.

Sie verschwendete keine Zeit, sondern ging geradewegs zu Sterlings Büro und klopfte leise. Hoffentlich war er allein.

»Herein.«

Sie öffnete die Tür, worauf er lächelnd aufblickte. »Tilly.«

»Sterling.«

Er deutete auf den Schreibtisch, ein offenes Kontenbuch, einen Stapel Papier. »Ich habe zu tun.«

»Dann komme ich später wieder.«

»Nein, nein, warte bitte. Ich muss mit dir reden.«

Ihr ganzer Körper kribbelte vor Erregung.

»Ich habe vorhin mit Mr. Donaghy gesprochen. Er sagt, du hättest viel Zeit mit der Gefangenen 135 verbracht, während ich weg war. Stimmt das?«

»Ich …« Ihr Herz schlug bis zum Hals. »Wir haben zusammen im Garten gearbeitet.«

»Er hat gesagt, ihr hättet mehr geredet als gearbeitet.«

»Ist das ein Verbrechen?«

Er runzelte die Stirn. »Ich rate davon ab.«

»Ja, ich gebe zu, Hettie und ich haben miteinander geredet«, sagte sie rasch. »Ziemlich oft. Vielleicht öfter als gut war. Bei dieser Gelegenheit kann ich dir auch sagen, dass ich einfach nicht begreife, weshalb sie eine so hohe Strafe erhalten hat, wenn sie doch offensichtlich in Notwehr …«

Sterling hatte sich von seinem Stuhl erhoben und bedeutet ihr zu schweigen. »Tilly, Tilly, nein. Sag nichts mehr.«

Sie wurde vor Verlegenheit rot.

Er lief auf und ab. »Ich gebe mir die Schuld. Vielleicht habe ich dich nicht ausreichend gewarnt. Wir geben den Gefangenen nicht ohne Grund eine Nummer. Sie soll uns helfen, sie objektiv zu betrachten. Du hättest dich nicht mit dieser Frau anfreunden, sie beim Vornamen nennen und mit ihr über ihre Tat sprechen dürfen.«

»Aber sie sagt …«

»Sie ist eine Mörderin.« Er schoss herum. »Nachdem ich mit Mr. Donaghy gesprochen hatte, habe ich mir ihre Akte angesehen. Sie hat ihren Ehemann getötet, den Mann, den zu lieben und zu ehren sie im Angesicht des Herrn versprochen hat. Sie hat ihn mit einem starken selbstgebrannten Whisky betrunken gemacht und ihm zwei Kissen aufs Gesicht gedrückt, bis er nicht mehr atmete.«

Tilly hielt inne, als sich das Bild in ihrem Kopf festsetzte. Hetties harte, abgearbeitete Hände um ein Kissen, darunter ein Mann mit schlaffen Gliedern, der immer stiller wurde. »Ja, aber er hat sie geschlagen«, sagte sie leise.

»Hat sie dir das erzählt?«

»Ja.«

»Die gerichtlichen Unterlagen sprechen eine andere Sprache. Er hatte sechs Monate lang auf den Goldfeldern gearbeitet. Sie begann ein Verhältnis mit einem anderen. Als ihr Mann zurückkehrte, ermordete sie ihn, damit sie mit dem anderen zusammenbleiben konnte. Ihr Geliebter hat ihr geholfen, die Leiche zu entsorgen, und verbüßt dafür eine Gefängnisstrafe auf dem Festland.«

Schock und Verlegenheit kämpften in ihr. Ihr war gleichzeitig heiß und kalt. Warum lag dem Gericht eine völlig andere Version der Ereignisse vor? Log Hettie? Oder war das Gericht voreingenommen gewesen? Das hätte Tilly nicht sonderlich gewundert. Im öffentlichen Leben wurden Frauen selten gerecht behandelt.

Er muss glauben, was er über uns glaubt, selbst wenn es nur die halbe Wahrheit ist. Tilly hatte zu oft miterlebt, dass Männer sich ihre Meinung über Frauen danach bildeten, was sie von anderen Männern gehört hatten, und nicht nach deren tatsächlichem Verhalten.

»Ich veranlasse, dass 135 von der Gartenarbeit abgezogen wird«, murmelte er und kehrte hinter den Schreibtisch zurück.

»Nein! Tu das nicht. Das wäre ungerecht ihr gegenüber.«

»Sie sollte es besser wissen.«

»Es ist meine Schuld. Ich war zu freundlich zu ihr. Ich habe nachgefragt. Wenn man jemandem den Garten verbieten sollte, dann mir.«

Sterling schaute sie an. Da war es wieder, das Mitleid. Traurigkeit. Reue. Nichts, was gut oder hoffnungsvoll schien. »Na schön, Tilly. Halte dich vom Garten fern. Es ist ohnehin fast Herbst. Ich kann einen der Gefangenen schicken, der Laub harkt und das Unkraut jätet. Im Frühjahr können wir vielleicht noch einmal darüber sprechen. Aber ich will nicht, dass du noch einmal in die Nähe der Gefangenen gehst.«

Sie nickte und fühlte sich ausgescholten wie ein kleines Kind.

Es schien, als wollte Sterling noch etwas sagen, doch dann hielt er inne.

»Was ist los?«

»Wir unterhalten uns heute Abend ausführlich. Auch über … andere Dinge. Über uns. Über Nell.«

Tillys Herz wurde schwer. »Dein Ton macht mir Angst.«

»Es gibt nichts, wovor du Angst haben müsstest, meine Liebe«, sagte er sanfter. »Ich bin nicht angsteinflößend.«

Doch er lächelte nicht. Und Tilly fürchtete das Schlimmste.

*

Tilly konnte sich kaum auf den Unterricht konzentrieren, was aber nicht weiter schlimm war, da es Nell ähnlich ging. Schließlich beschlossen sie, da gerade Ebbe war, zu dem kleinen Streifen Sandstrand hinunterzugehen und nach Muscheln zu suchen, die sie am nächsten Tag zeichnen wollten. Sie setzten ihre Mützen auf und nahmen einen Korb mit Honigsandwiches für den Nachmittagstee mit.

»Ich habe das Geräusch des Meeres so vermisst«, sagte Nell, setzte sich auf einen Stein und zog Schuhe und Strümpfe aus. Sie bohrte die Zehen in den Sand und wackelte energisch damit. »In der Stadt ist es sehr laut. Klappernde Straßenbahnen und Pferdehufe.«

Tilly zog ebenfalls Schuhe und Strümpfe aus und ging zum Wasser hinunter. Sie hob die Röcke und watete hinein. Das Meer war warm, aber der Wind wehte kühl und frisch.

»Ich finde, wir sollten diesem Strand einen Namen geben«, schlug Nell vor. »Etwas wie Seven Yard Beach.«

Tilly drehte sich um. Die Sonne schien Nell ins Gesicht, und als sie ihre zarte, blasse Haut sah, spürte Tilly die Zuneigung zu dem Mädchen wie einen körperlichen Schmerz. »Prisoner's Cove.«

»Shark Beach«, sagte Nell und grinste schelmisch. »Gehen Sie nicht zu weit hinaus.«

Tilly lachte und bespritzte sie mit Wasser. »Ich finde Algen-Strand oder Quallen-Strand viel passender. Davon gibt es jede Menge.«

»Mir gefällt Seven Yard Beach am besten. Es klingt poetisch, aber er ist wirklich nicht viel breiter als sieben Yards. Ich zeichne heute Nachmittag eine Karte der Insel und gebe allen Orten Namen. Wie nennen wir den Steilhang?«

»Sterling Cliff«, sagte Tilly spontan.

»Ja. Das klingt sehr bedrohlich. Darüber thront Starwater House mit Blick auf den Seven Yard Beach und die Gefängnis-Appartements.« Sie kam zu Tilly ins Wasser und umschlang ihre Taille. »Und um die ganze Insel herum male ich Seeungeheuer.«

Tilly umarmte sie auch. Sie standen ein paar Minuten lang so da und ließen die flachen Wellen an ihren Füßen lecken. Tilly schloss die Augen und spürte die Sonne in ihrem Haar und den süßen Atem der Zufriedenheit in den Lungen. Nell liebte sie, und sie liebte Nell. Vor dieser Wahrheit verblasste auch Sterlings warnender Ton.

Dann lösten sie sich voneinander.

»Honigsandwich?«

»Oh, ja.«

Sie setzten sich auf die flachen Felsen im Sand, aßen und

plauderten, während die Nachmittagsschatten länger wurden und die Flut hereinkam.

*

Sterling war zu beschäftigt, um zu essen. Es war fast neun, als er leise an Tillys Tür klopfte.

Sie öffnete mit pochendem Herzen. »Ich dachte, ich würde dich gar nicht mehr sehen.«

»Tut mir leid. Eben darum mache ich nicht gerne Urlaub. Danach ist immer so viel zu tun.«

»Komm rein.« Sie öffnete die Tür ein Stück weit, nur mit Nachthemd und Morgenmantel bekleidet.

»Nein. Nein, ich … Könntest du dich bitte anziehen und ins Wohnzimmer kommen? Ich gieße uns Sherry ein.«

Tilly nickte und schloss die Tür.

Sie suchte rasch ein Hauskleid heraus und zog es über, machte sich aber nicht die Mühe, die Haare aufzustecken oder Strümpfe anzuziehen. Sie ging barfuß ins Wohnzimmer, wo Sterling am Fenster auf sie wartete. Auf dem niedrigen Tisch standen zwei Gläser Sherry.

Sie räusperte sich.

Er drehte sich um. Seine dunklen Augen blicken traurig, und die Traurigkeit übertrug sich sofort auf sie. Sie wollte kehrtmachen und weglaufen und nicht hören, was er ihr zu sagen hatte

»Sherry?« Sie ergriff wortlos ihr Glas.

Er nahm seine freie Hand in ihre und strich sanft darüber. »Es ist zu früh für Nell.«

»Sie liebt mich.«

»Es ist zu früh für mich.«

Darauf hatte sie keine Antwort.

»Es ist zu früh für alles. Die Umstände unserer … Vereinigung waren so ungewöhnlich. Es war eine wilde Nacht, etwas lag in der Luft. Wir haben einen Fehler gemacht.«

»Ich liebe dich, Sterling.«

»Wir dürfen nicht von Liebe sprechen, sondern von Fürsorge und Verantwortung. Wir sind keine wilden Tiere. Du bedeutest mir mehr, als ich sagen kann, aber Nells Wohlergehen steht für mich an erster Stelle. Ich kann nicht zulassen, dass sie noch einmal wegläuft und …«

»Das hatte nichts damit zu tun, dass wir von Liebe gesprochen haben. Es war ihre Angst, ins Internat geschickt zu werden. Das weißt du doch.«

»Ich weiß aber nicht, was sie sonst noch gehört hat oder ahnt. Ich weiß nur, dass sie zwischen Liebenswürdigkeit und Aggression hin und her schwankt, dass sie ängstlich und durcheinander ist. Als wir verreist waren, hat sie fast jede Nacht von ihrer Mutter geträumt. Es ist zu früh.«

Tilly kämpfte mit den Tränen. »Und was soll aus mir werden? Verliere ich meine Arbeit?«

»Natürlich nicht. Wir werden zunächst einfach nur Freunde bleiben. Wir lassen es langsam angehen. Bitte lege meine Worte nicht so aus, als würde ich deine Gefühle zurückweisen. Du bist mir teuer. Aber dies ist nicht die richtige Zeit für uns.«

»Wann denn dann?«

»Wir werden erkennen, wann die richtige Zeit ist.«

»Wenn du ›wir‹ sagst, meinst du dich. Ich werde an dieser Entscheidung nicht beteiligt.« Ihr Temperament loderte auf. Sie klammerte sich an den letzten Funken Ruhe in ihrem Herzen.

»Ich hoffe, du wirst meine Sicht teilen, da sie sehr vernünftig ist.«

Zielstrebig. Stur. Selbstgerecht. »Und meine Sicht ist nicht vernünftig? Oder einfach nicht wert, dass man sie in Erwägung zieht?«

Noch immer keine Spur von Zorn oder Leidenschaft in seiner Stimme. Er klang immer bedächtiger und sachlicher, je angespannter die Situation wurde. Das brachte Tilly auf die Palme, da er sie damit von Anfang an als hysterisch abstempelte. »Du bist noch sehr jung, Tilly. Vielleicht ist das mein größter Vorbehalt, was unsere … Beziehung angeht, vor allen Dingen, nachdem ich dein unkluges Verhalten gegenüber der Gefangenen 135 gesehen habe. Du bist bei weitem nicht alt genug, um Nell eine Mutter zu sein, und ja, sie liebt dich, aber nicht als Mutter. Du, Nell und ich sind keine Familie.«

Es war, als hätte man ihr den Boden unter den Füßen weggezogen. Keine Familie. Als das hatte sie sich, Nell und Sterling doch betrachtet. Und nun stieß Sterling sie weg, speiste sie mit vagen Versicherungen seiner »Zuneigung« ab und vertröstete sie auf die Zukunft, in der es vielleicht eine Chance für sie geben würde. Nun, das würde sie sich nicht bieten lassen.

Sie warf das Sherryglas auf den Boden, so dass es in helle Splitter zerbrach. »Du bist unmöglich! Wie kannst du es wagen, so mit meinem Herzen zu spielen?«

Sterling war schockiert. Das verrieten seine Pupillen, die sich erweitert hatten, und seine blasse Haut. Er hatte sie noch nie wütend erlebt. Sie hatte ihren Jähzorn so lange erfolgreich beherrscht. »Tilly, ich wollte nie mit deinem Herzen spielen. Ich gebe zu, was ich getan habe, war unmoralisch …«

»Nein, das war es nicht. Es war wunderschön, und das weißt du ganz genau. Mach jetzt keine Sünde daraus, kein schändliches Geheimnis.« Schluchzen stieg in ihr auf. »Womit habe ich eigentlich verdient, dass Männer mich so behandeln? Warum seid ihr alle so grausam und gedankenlos?«

Sterling sagte nichts; vermutlich war ihm klar, dass er damit nur Öl ins Feuer gießen würde. Sie funkelte ihn an, während sich das Lampenlicht in den Glassplittern auf dem Teppich fing. Nichts, was sie sagte oder tat, würde seine Meinung ändern, und warum auch? Ihre Beziehung hatte von

Anfang an unter keinem guten Stern gestanden. Er wusste nichts von ihrer beschämenden Vergangenheit. *Er kannte nicht einmal ihren wirklichen Namen.* Sie ließ die Schultern hängen.

»Es tut mir leid«, murmelte sie. »Ich räume die Scherben weg.«

»Mach dir keine Mühe.« Er wich ihrem Blick aus. »Das Personal wird sich darum kümmern. Sieh zu, dass du ein bisschen Ruhe und Frieden findest.«

Sie wischte sich die Tränen ab und lief aus dem Wohnzimmer. Sie hätte wissen müssen, dass ihre Gefühle für Sterling keine Zukunft hatten. Eine Zukunft hätte sie erst, wenn sie für ihre Vergangenheit gebüßt hatte.

*

In dieser Nacht litt sie unter Alpträumen. Immer wieder erwachte sie aus unruhigem Schlaf, sah Bilder von Feuer und zerbrochenem Glas, geisterhafte Gestalten, die sie verurteilten, Sterling und Nell auf einem Schiff, das immer weiter in die neblige Ferne rückte, während sie frierend und elend am kalten Ufer saß.

Als es endlich dämmerte, lag sie wach, die Augen auf den Betthimmel gerichtet, und ging im Geist die furchtbaren Bilder durch. Weshalb hatte sie eine so schreckliche Nacht verbracht? Sie war doch nicht krank. Sie hatte nicht zu viel Sherry getrunken. Es konnte nur einen Grund geben. Gott wollte sie bestrafen, ihr zeigen, dass sie weder Liebe noch Trost verdiente, weil sie eine schreckliche Sünde begangen hatte. Er wusste, wie es in ihrem Herzen aussah, auch wenn niemand sonst hineinblicken konnte.

Sie fürchtete sich vor der Zukunft. Sie fürchtete das Urteil.

Tilly wusste genau, was sie zu tun hatte.

Den ganzen nächsten Tag schmiedete Tilly insgeheim Pläne. Sie sah zu, wie Nell im Sonnenlicht zeichnete, das schräg durchs Fenster der Bibliothek fiel, und strich ihr sanft übers Haar, während sie mit ihren Gedanken ganz woanders war. Draußen im Garten, auf den Zuckerrohrfeldern, im Mangrovenwald, in der Bucht. Der Nachmittag brach herein. Ein frischer Wind aus Südost kam auf. Der Sommer neigte sich dem Ende zu. Bald wäre Ostern, und Nell sagte, dass sie dann die feuchte, klebrige Hitze des Sommers hinter sich hätten. Tilly betrachtete die Bäume, die sich im Wind bewegten, die grüngoldenen Palmen, die sich heftig wiegten.

»Lass uns Schluss machen«, sagte sie um vier Uhr.

Nell sprang auf. »Wir sehen uns beim Abendessen.«

Tilly spürte ein erwartungsvolles Kribbeln im Nacken, als könnte sie jeden Augenblick eine feste, warme Hand niederdrücken. Sie trat auf die Veranda und atmete den salzigen Wind ein. Der Garten, den sie nicht mehr betreten durfte, wartete auf sie. Hettie war nirgends zu sehen, aber sie musste irgendwo dort unten sein.

Tilly ließ sich Zeit und vergewisserte sich, dass Sterling nicht aus seinem Büro gekommen war, dass Nell nicht auf die Veranda stürzte und verlangte, dass sie gemeinsam etwas lasen, dass Mr. Donaghy nicht am Fuß der Treppe stand. Doch es war ein stiller, verlassener Nachmittag, als hätte sich die Welt angesichts der trockenen, kühlen Jahreszeit, die kurz bevorstand, in sich zurückgezogen.

Sie betrat vorsichtig den verbotenen Garten. Ging vorbei an den Rosen, der griechische Statue, den schattenspendenden Magnolien, vorbei an ihrem eigenen ordentlichen, bunten Beet. Und da war Hettie. Sie kniete im Gras, zupfte Unkraut aus und warf es in einen Holzeimer.

Sie schaute auf und lächelte. Tilly kniete sich neben sie und sagte in drängendem Ton: »Ich darf eigentlich nicht hier sein.«

»Wieso?«

»Sterling glaubt, wir stünden einander zu nahe.«

Hettie runzelte die Stirn. »Zieht er mich aus dem Garten ab?«

»Nein, ich habe dafür gesorgt, dass er stattdessen mir den Garten verbietet. Hör mir gut zu. Ich muss dir etwas sagen.«

»Was ist los?« Hettie schaute sie aus großen Augen an. Dunkle Haarsträhnen hatten sich gelöst und klebten an ihren geröteten Wangen. »Ist es etwas Schlimmes?«

»Nein, etwas Gutes. Ich werde dir bei der Flucht helfen.«

Zwanzig

Felder im Feuer

2012

So sehr ich mich vor Elizabeth Parrish fürchtete, musste ich doch meinen Abgabetermin einhalten. Es war wie eine Achterbahnfahrt. An einem Tag hatte ich siebzehnhundert Wörter geschrieben und konnte vor Aufregung nicht schlafen; am nächsten löschte ich die Hälfte wieder, patrouillierte durchs Haus und suchte hinter Sockelleisten und zwischen Mauersteinen, die Joe freigelegt hatte, völlig verzweifelt und unfähig, auch nur ein einziges Wort zu schreiben.

Nachdem es an einem Tag besonders schlecht gelaufen war, ging ich zur Telefonzelle, um Marla anzurufen und ihr zu sagen, dass ich aufgeben würde. Dass sie meinen Verlegern in dreiundzwanzig Ländern mitteilen sollte, dass ich dieses Buch nicht schreiben konnte. Dann würde ich meine Wohnung verkaufen und die ganzen Vorschüsse zurückzahlen, so dass Elizabeth Parrish mir nichts anhaben konnte. Ich wäre frei.

Zum Glück begegnete ich vorher Lynn McKiernan, Joes Mutter. Sie und Julian kamen gerade aus dem Postamt.

»Nina!«, rief Julian, rannte auf mich zu und umarmte mich.

»Hallo, meine Liebe«, sagte Lynn. »Was für eine nette Überraschung.« Auch sie umarmte mich. Ich bin kein sehr gefühlsbetonter Mensch, aber in meinem augenblicklichen Zustand waren die spontanen Umarmungen ein wahrer Segen.

Die beiden traten zurück, und Lynn fragte: »Was führt Sie her?«

»Ich wollte gerade telefonieren. Aber ich bin mir nicht mehr sicher, ob es der richtige Zeitpunkt ist.«

Lynn drang nicht weiter in mich. »Julian und ich wollten gerade im Café einen Tee trinken. Es wäre schön, wenn Sie uns Gesellschaft leisteten.«

»Die machen tollen Erdbeermilchshake«, lockte mich Julian.

Ich dachte an Marla und den Satz, den ich mir sorgfältig zurechtgelegt hatte: *Es tut mir leid, aber ich werde keine Bücher mehr schreiben und alle meine Verträge kündigen.* Und dann dachte ich an die Alternative, nämlich mit Lynn und Julian Tee zu trinken, und die Entscheidung fiel mir nicht schwer. »Das wäre sehr nett.«

Das Café war winzig, und die Glocke über der Tür klingelte, als wir eintraten. Drinnen standen nur vier kleine Tische und eine gläserne Kuchentheke. Ein roter Kühlschrank mit Kaltgetränken summte laut vor sich hin. In der Küche klapperten Tabletts, man hörte Wasser laufen.

»Das ist unser Lieblingstisch«, sagte Julian und zog mich zu dem, der dem Fenster am nächsten war. »Hier sitzen Nanna und ich immer.«

»Dann wird er mir sicher auch gefallen.«

Eine Kellnerin nahm unsere Bestellung entgegen und verschwand hinter der Theke, um Kuchen abzuschneiden und eine Kanne Tee aufzubrühen. Julian hätte das ganze Gespräch an sich gerissen, doch Lynn erklärte ihm sanft, aber entschieden, dass nun die Erwachsenen an der Reihe seien. Sie gab ihm ihr Handy zum Spielen. Sekunden später hörten wir das Geräusch von Zeichentrickvögeln, die gegen Mauern flogen.

Lynn schüttelte ehrfürchtig den Kopf. »Es ist verblüffend, wie gut Kinder mit Technik umgehen können. Julian hat letztens meinen Videorekorder repariert.«

»Das ist kein Videorekorder, Nan«, sagte der Junge, ohne aufzublicken. »Das ist ein Blu-Ray-Player.«

»Was auch immer.«

»Dad hat ihn Nan zu Weihnachten geschenkt.«

»Das war nett von ihm«, sagte ich.

»Mein Jonah ist ein lieber Junge«, erklärte Lynn stolz. »Ich habe den besten Sohn und den besten Enkel der Welt.«

»Sie haben großes Glück.«

»Glück ist gar kein Ausdruck«, betonte sie mit Nachdruck. »Wie hätten mein Junge und ich einander nicht finden können, nachdem ich mich so lange nach ihm gesehnt hatte?« Sie hatte Tränen in den Augen. »Ich habe nie verstanden, weshalb mein Wunsch, Mutter zu werden, so stark war, während mein Körper einfach nicht dafür geschaffen ist.«

Julian schaute sie verunsichert an. »Nanna?«

»Du kennst mich doch, Julian. Ich muss immer heulen.« Sie strich ihm über den Kopf. »Du wunderbares Äffchen.«

Julian machte ein Affengeräusch und wandte sich wieder dem Handy zu.

»Aber schließlich haben Jonah und ich einander gefunden. Und das war gut so. Sie haben keine Kinder, Nina?«

»Nein.« Jetzt war Vorsicht geboten. »Ich fühle mich selbst noch wie ein Kind. Ich glaube, ich wäre eine schreckliche Mutter.«

»Nein, wären Sie nicht«, warf Julian ein. »Sie können toll Lego bauen.«

Ich lachte leise, und die Stimmung hob sich. Unser Tee kam, dazu Schokoladenkuchen. Julian fiel wie ausgehungert darüber her und wurde nach dem Essen sehr unruhig, weil ihn unser Gespräch langweilte.

»Ab nach draußen mit dir«, sagte Lynn. »Ich nehme noch eine zweite Tasse Tee. Wie ist es mit Ihnen, Nina?«

»Klingt wunderbar.«

Julian rannte zu der Farm auf der anderen Straßenseite, schlüpfte durch den Stacheldrahtzaun und kletterte auf einen Mangobaum.

»Ist das in Ordnung?«, fragte ich mit dem Instinkt eines

Stadtmädchens. Man wusste nie, was passierte, wenn Leute ein fremdes Grundstück betraten.

»Kein Problem. Der Stacheldraht ist nur dazu da, dass das Vieh nicht wegläuft, nicht um Kinder abzuschrecken. Die Farm gehört Reg Byrd. Der hat nichts dagegen, wenn Julian auf seine Bäume klettert. Außerdem entgeht Julian so vieles, er sitzt auf dieser Insel fest. Da sage ich nicht gerne nein.«

Ich rührte Zucker in meine Teetasse. »Meinen Sie wirklich, ihm entgeht etwas?«

»Ja, bei Joe war es genauso. Drüben auf dem Festland hätte er Freunde, könnte ins Schwimmbad gehen, in einem Skaterpark Skateboard fahren, mal einen Film im Kino sehen, bevor er auf Video erscheint … Er ist nur einmal Kind. Es tut mir weh, dass er seine Kindheit hier verschwenden muss.«

Sie schaute aus dem Fenster. Julian hatte eine Art Kletterparcours entwickelt. So weit wie möglich auf den einen Baum, dann wieder hinunter, dann zum nächsten Baum und dort hinauf und so weiter. Er entfernte sich immer weiter vom Zaun. »Mir kommt es nicht so vor, als würde er seine Kindheit verschwenden.«

Lynn drehte sich um und betrachtete ihn ebenfalls. »Bei Joe war es anders. Er war immer still, ein Bücherwurm. Ich hatte nicht das Gefühl, dass ich seine Lebhaftigkeit unterdrücken musste. Wir haben erst später erkannt, dass wir ihm nicht genug geboten hatten. Der Junge war so intelligent. Nicht wie Dougal und ich. Und dennoch hat er so lange gebraucht, um etwas aus sich zu machen.«

»Er promoviert gerade. Das ist doch eine tolle Sache.«

»Er ist vierunddreißig. Zwischen zwanzig und dreißig hat er viel zu viel Zeit damit verbracht, Dougal auf der Farm zu helfen. Er wusste nichts mit sich anzufangen. Ich glaube, wir hätten ihn lieber in die Stadt ins Internat schicken sollen. Dann wäre ihm alles früher klargeworden. Und er wäre nicht dieser Frau begegnet.« Ihr Mund wurde zu einer harten Linie.

Ich nahm an, dass sie über Julians Mutter sprach, und sagte behutsam: »Aber dann hätten Sie jetzt nicht Julian.«

Sie seufzte und trank von ihrem Tee. »Sie haben natürlich recht.«

»Wie war sie?« Eigentlich hatte ich nicht das Recht, so neugierig zu sein.

»Andrea? Sie war das Mädchen von nebenan, im wahrsten Sinne des Wortes. Ihr Vater und Dougal waren gut befreundet, aber ihre Mutter habe ich nie gemocht. Hielt sich für etwas Besseres. Dachte, Andrea könnte einen besseren Mann als Joe bekommen. Es ging jahrelang hin und her mit ihr und Joe, dann wurde irgendwann der Kleine geboren, und ich musste plötzlich zwei oder drei Nächte pro Woche babysitten, weil sie ›eine Pause brauchte‹. Damals dachten wir noch, alles würde sich einrenken. Wir haben für die Hochzeit bezahlt.« Sie schüttelte den Kopf. »Wir haben eine Menge dafür bezahlt. Wir haben die kleine Kapelle am Ende der Straße gemietet und Einladungen verschickt. Zwei Wochen vor der Hochzeit ist sie verschwunden. Hat einen Brief hinterlassen, es sei alles zu viel für sie. Hat beide einfach sitzenlassen.« Wieder kamen Lynn die Tränen, und ich merkte, dass sie tatsächlich das Herz auf der Zunge trug. »Können Sie sich das vorstellen? Diesen lieben kleinen Jungen im Stich zu lassen? Wir alle haben versucht, ihm mehr als genug Liebe zu geben, damit er nicht vor lauter Traurigkeit stirbt. Heute kann er sich an nichts erinnern, und ich will auch nicht, dass sie jemals zurückkommt. Das würde ihn nur verstören.« Lynn tupfte sich die Augen mit der Serviette ab und putzte sich geräuschvoll die Nase. »Am Tag, an dem er Andrea heiraten sollte, konnten wir Joe nirgendwo finden. Er war in die Kapelle gegangen und hat, obwohl er nicht religiös ist, dort den ganzen Tag gesessen und geweint. Seit er herausgekommen ist, hat er keine einzige Träne mehr vergossen. Er hat nicht aufgegeben. Ich bin so stolz auf ihn.« Sie lehnte sich auf ihrem Stuhl zurück und wurde rot. »Ich rede wie ein Wasserfall. Sie Ärmste kommen gar nicht zu Wort. Dougal behauptet immer, ich rede zu viel.«

»Das stimmt nicht. Was Sie sagen, ist genau richtig.« Etwas, das sie erwähnt hatte, ging mir nicht aus dem Sinn. Die Kapelle.

»Sie sind ein Schatz. Kein Wunder, dass Joe Sie so gern hat.« Und als ich verlegen lächelte, fügte sie hinzu: »Das ist sicher kein Geheimnis.«

Ich schaute in meine Teetasse und mied absichtlich ihren Blick. »Ich habe einen Freund.« Ich wusste, es klang wie eine Lüge oder eine Ausrede oder beides.

»Ich weiß. Den Dichter. Sie sind schon eine ganze Weile hier, Nina. Kommt der Dichter Sie eigentlich nie besuchen?«

Ich öffnete den Mund und wollte ihr die Wahrheit sagen, doch Schweigen war einfacher. »Ich glaube nicht.«

»Wollen Sie nicht hierbleiben? Starwater ist ein wunderbares altes Haus.«

»In der Tat. Ich würde gerne bleiben, aber ich …« Ich dachte an die ganze Arbeit, die ich in den letzten drei Wochen noch zu erledigen hatte. Verleger in aller Welt schickten sich an, mein Manuskript zu lektorieren, zu übersetzen, zu drucken und zu promoten. »Im Augenblick ist meine Zukunft etwas ungewiss.«

Lynn nickte. »Aber das ist doch gut. Es heißt, dass alles möglich ist.«

Ich versuchte zu lächeln. »Da haben Sie recht.«

*

Ich kehrte zu Eleanors »geheimem Geständnis« zurück: *Ich stelle mir vor, wie ich mich aus dem Unterricht schleiche und auf den Laufgang komme, um hier zu schreiben, wie ich meine Geschichten in der warmen, dunklen Decke verstecke.* Hatte Eleanor wirklich einige ihrer Geschichten in der Decke der Kapelle versteckt? Sie hatte ihr bis in die 1930er Jahre gehört. Die Kapelle hatte leergestanden, bis sie sie einer kleinen Gemeinde schenkte, die der Ansicht war, die Insel brauche eine Kirche.

Während ich zu schreiben versuchte, kehrte ich in Gedanken immer wieder zu der Kapelle zurück. War dort etwas verborgen? Und wenn Elizabeth Parrish mir zuvorkäme? Ich konnte mich nicht konzentrieren. Bei Sonnenuntergang verließ ich das Haus.

Die Kapelle war klein und kauerte neben dem sehr viel größeren Bau des Gefängnisses. Ich kannte mich mit Kirchen nicht aus, nahm aber an, dass es erlaubt wäre, mich darin umzusehen. Vor allen Dingen, wenn ich erzählte, dass ich die Urenkelin von Eleanor war. Die Tür war nicht abgeschlossen. Ich stieß sie auf und ließ sie hinter mir ins Schloss fallen. Nun stand ich im Halbdunkel. Nur das letzte Tageslicht, das durch die Fenster fiel, wies mir den Weg.

»Hallo?«

Keine Antwort. Ich ging den Mittelgang entlang, die unebenen Steinfliesen unter den Füßen, und stieß auf eine Schachtel Kerzen. *Gebetskerze. 2 $.* Ich steckte eine Kerze in einen der Eisenhalter und entzündete sie mit einem Streichholz aus der Schachtel, die daneben lag. Dann schaute ich mich um.

In der Kirche roch es nach alter Wolle und gebrauchten Büchern. Die Bänke waren sauber, das Holz vernarbt. Kleine, in Leder gebundene Gesangbücher waren am Ende jeder Bank aufgestapelt. In der hinteren Ecke der Kirche stand eine Holzkiste, aus der altes Spielzeug quoll. Die kühle Luft prallte von den steinernen Wänden ab.

»Hallo?«, rief ich noch einmal. Dann wandte ich mich zur Hinterseite der Kapelle, wo Jesus am Kreuz hing. Es war ein neuer Jesus, mit weißer und goldener Emaillefarbe bemalt, nicht der, den Eleanor erwähnt hatte. Ich schaute zur Decke empor und konnte deutlich die Umrisse einer Falltür erkennen. Wurde sie noch benutzt? Möglicherweise von Elektrikern und Kammerjägern. Hatte jemand dort oben Papiere gefunden? Sie behalten? In den Müll geworfen? Dem Pastor übergeben?

Ich schaute mich nach einem Stuhl oder etwas anderem um, auf das ich klettern konnte. Aber es war nichts zu sehen, ich hätte höchstens eine Bank herüberziehen können. Dann wurde mir klar, dass die Spielzeugkiste vielleicht ausreichte. Ich kippte sie um, so dass Clowns und Teddybären auf den Boden fielen. Ein klobiges Plastikflugzeug erwachte geräuschvoll zum Leben. *Brumm, brumm. Come fly with me!* Mein Herz setzte einen Moment aus. Ich schob die leere Spielzeugkiste im flackernden Kerzenschein durch den Gang, wohl wissend, dass ich ein ziemliches Erklärungsproblem hätte, falls jemand hereinkäme. Mein Puls beschleunigte sich. Ich stellte die Kiste unter die Falltür und stieg darauf. Dann zog ich vorsichtig den Riegel zurück. An der Innenseite der Klappe war eine Metallleiter angebracht. Ich löste die Verriegelung, worauf sie herunterrutschte und geräuschvoll auf der Kiste landete.

Ich prüfte, wie stabil sie war, und kletterte hinauf. Oben war es vollkommen dunkel. Ich nahm mein Handy aus der Tasche und schaltete es ein, damit mir das erleuchtete Display ein bisschen Licht spendete. Ich kauerte mich hin und tastete vorsichtig über mir nach dem Dach. Leuchtete mit dem Telefon umher. Elektrokabel, Alu-Isolierung, Rattenkot. Ich kroch umher und suchte in den Ecken. Keine Papiere. Kein Versteck.

Als ich zu der kleinen Tür kam, die aufs Dach hinausführte, wäre ich beinahe daran vorbeigekrochen. Kein Papier der Welt hätte die Witterung überstanden, doch der Riegel ließ sich leicht zurückschieben, und ich war neugierig. Also kletterte ich aufs Dach und fand mich beim letzten Tageslicht auf einem eisernen Laufgang mit Geländer. Die Bucht schimmerte in einem blassen Silberblau, die Wolken lagen rosa und gelb über den Bergen des Festlands. Mein Herz schlug ein bisschen ruhiger, als ich die Seeluft einatmete. In der Ferne glitt ein Segelboot vorüber, es zeichnete sich weiß vor dem dämmrigen Himmel ab.

Ich drückte wieder auf mein Handy, kauerte mich hin und leuchtete in alle Ecken des Laufgangs. Nur für den Notfall.

Ganz am Ende fiel das Licht auf einen Umriss. Ich kniete mich hin und schaute genauer hin. Aus dem Spalt zwischen Mauersteinen und Laufgang schaute mich ein kleines, bemaltes Gesicht an. Ich griff hinein und zog eine hölzerne Katze hervor, etwa so groß wie zwei Fäuste.

Und als ich sie umdrehte, stand auf der Unterseite mit Kinderschrift *Nell Holt* geschrieben.

Ich riss die Augen auf. Nun hatte ich ganz sicher etwas gefunden, das meiner Urgroßmutter gehört hatte, und während es nicht das war, worauf ich gehofft hatte, war es trotzdem aufregend. Es kam mir vor, als wäre die Zeit dahingeschmolzen und als könnte ich die Vergangenheit berühren und in der Hand halten. Die Holzkatze schaute mich an. Die weiße Farbe war schimmelig, Ratten schienen daran genagt zu haben. Dennoch hatte sie im Schutz der Mauersteine mehr als hundert Jahre überdauert.

Ich drückte sie an die Brust, schloss die Augen und klammerte mich an das Gefühl, mit Eleanor verbunden zu sein.

*

Ich reinigte die Holzkatze und stellte sie auf meinen Schreibtisch, damit sie über mich wachen konnte. Vielleicht würde sie mir Glück bringen. Tatsächlich schrieb ich an diesem Tag mehr als sonst und fand es auch nicht so furchtbar schlecht. Dennoch war ich froh, als Joe kurz vor dem Mittagessen an die Tür klopfte.

»Hi«, sagte ich und bemühte mich, nicht zu breit zu grinsen.

»Ich bin mit der letzten Wand fertig geworden und habe

was gefunden.« Er stellte einen Stuhl neben meinen Schreibtisch und reichte mir einen Stapel Papier. »Das eine ist ein Tagebucheintrag, genau wie die anderen. Diesmal von 1892, also ein bisschen später. Aber schau dir das mal an. Ich dachte, es würde dir gefallen.«

Er entfaltete ein Blatt. Darauf hatte jemand eine Karte der Insel gezeichnet. Als ich sie sah, musste ich lachen. Nell hatte das Haus skizziert, das Gefängnis, die Zuckerrohrfelder, den Mangrovenwald; vor allem aber hatte sie die Insel mit Seeungeheuern und Piratenschiffen umgeben. »Ich liebe sie immer mehr«, meinte ich, als ich das Blatt entgegennahm.

»Wir wissen, dass sie dieses Haus von Kindheit an Starwater genannt hat«, sagte er und deutete auf den Titel, der über der groben Zeichnung des Hauses stand.

»Sie hat allem hier einen Namen gegeben. Sterling Cliff … Ich glaube, so hieß ihr Vater; wir wissen nicht viel über ihn, nur das, was in den Akten steht. Seven Yard Beach. Der Sumpf der Verzweiflung. Großartig.«

»Tillys Denkmal«, las er. »Aber es liegt nicht in der Nähe des Friedhofs. Ich wüsste gerne, wer Tilly war. Vielleicht ein Haustier?«

»Sieht aus, als wäre es draußen im Garten gewesen. Das könnte also stimmen.« Ich drehte die hölzerne Katze zu ihm herum. »Die habe ich gestern Abend gefunden. Sie hat Nell gehört.«

Er nahm sie ehrfürchtig in die Hand. »Ehrlich?«

»Ihr Name steht auf der Unterseite.« Ich schaute das Tagebuch durch und legt es dann beiseite. Ich würde es später lesen. »Das wäre es dann wohl. Die Wände sind freigelegt. Also haben wir alles gefunden, was Eleanor geschrieben und behalten hat.«

»Sieht so aus. Das Tagebuch war in mehreren Teilen versteckt, also könnte es noch mehr Seiten gegeben haben. Aber sie haben möglicherweise nicht die Renovierungen überstanden oder das Wetter oder wurden von späteren Bewohnern entsorgt.«

Ich musste erst einmal die Tatsache verdauen, dass ich das, was ich gesucht hatte, nicht finden würde. Ich wusste nicht, was nun aus mir werden sollte. Meine Seiten waren wie die Seiten meines Romans – unbeschrieben, leer, ein Geheimnis.

»Hey, alles klar mit dir?« Ich spürte seine Hand an meinem Ellbogen. »Du siehst aus, als würdest du gleich in Ohnmacht fallen.«

»Nein, nein, mir geht es gut.« Er nahm seine Hand nicht weg. Wir waren einander so nahe, dass ich die Wärme seines Körpers spürte. Dann zog er sich zurück und rollte mit dem Stuhl ein Stück von mir weg.

Ich wechselte das Thema. »Es ist also dein letzter Tag hier?«

»Ich kann auch andere Dinge für dich erledigen. Was immer nötig ist. Ich kann einkaufen und Sachen reparieren«, sagte er eifrig, aber ich durfte ihn nicht ermutigen.

»Nein, das wäre alles. Ich bleibe ohnehin nicht mehr lange.«

»Oh.«

»Ich muss das Boot verkaufen. Würdest du mir dabei helfen?«

»Sicher. Wir können es morgen aus dem Schuppen holen und ein paar Fotos machen, bevor wir es ins Internet stellen.«

»Das wäre toll. Vielen Dank.«

Aber er spürte es genau wie ich. Dies war nicht der Beginn von etwas, wie er gehofft, wie auch ich insgeheim gehofft hatte. Das Ende war nah.

*

28. Mai 1892

Es ist spät.

Ich bin außer mir. Ich habe diesen Ausdruck schon tausendmal gehört, aber jetzt endlich verstehe ich ihn. Ich bin außer mir, betrachte mich selbst, sehe mich mit meinem Tagebuch auf den Knien im Bett sitzen, das Tintenglas auf der Fensterbank, die Vorhänge geöffnet, aber das Fenster geschlossen, weil draußen alles voller Rauch und Asche ist, ich betrachte die Laternen, die in der Dunkelheit schwanken, während sie nach ihr suchen; aber sie wird nicht zurückkommen, weil sie in das Feld hineingegangen und nicht wieder herausgekommen ist.

Das Mädchen, das ich betrachte, das Mädchen, das außer sich ist, wirkt beinahe normal. Gewiss, ihre Handgelenke zucken. Ihre Augen wandern immer wieder zum Fenster, weil sie hofft, jemanden zu sehen, den sie nicht sehen kann – den sie nie wieder …

Ich sitze seit mindestens zehn Minuten hier, betrachte mein Blatt, die letzte Zeile, die ich geschrieben habe. Ich weiß nicht …

Was geschehen ist, ist geschehen, und ich kann sie nicht mehr retten, also muss ich ihren guten Ruf schützen und es nicht erwähnen, weil Papa – ich kann mir nicht vorstellen, wie Papa sich fühlen würde, und er …

Ich muss mit dem Geschwätz aufhören. Schluss damit. Ich muss mich zusammenreißen und einen wahrheitsgetreuen Bericht über das schreiben, was ich gesehen habe; es könnte vor Gericht einmal wichtig werden. Doch nachdem ich es aufgeschrieben habe, werde ich es verstecken, damit mein Vater es niemals sieht. Wenn ich ihm die Wahrheit über Tilly ersparen kann, werde ich es tun.

Der Verdacht, den ich in meinen früheren Berichten erwähnt habe, hat sich bestätigt. Die Art und Weise, in der die Tat geplant und ausgeführt wurde, ist mir immer noch größtenteils ein Rätsel. Daher kann ich nur aufschreiben, was ich an diesem Nachmittag beobachtet, was ich unternommen habe und dass es mir letztlich nicht gelungen ist, sie zu retten. Falls meine Worte rational oder kalt erscheinen, rührt das nur daher, dass ich, um meine Gefühle über diese furcht-

bare, furchtbare Nacht in Worte zu fassen, mehr Worte brauchen würde, als in der englischen Sprache existieren. Oder im Griechischen, Lateinischen oder Französischen, den drei anderen Sprachen, in denen sie mich so gut unterrichtet hat.

Wir beendeten den Unterricht am Morgen, weil Tilly über Unwohlsein geklagt hatte. Sie kam zum Mittagessen, wirkte aber zerstreut und emotional angegriffen. Ihr liebes Gesicht verrät immer genau, was sie fühlt, ob sie nun zart errötet, wenn mein Vater in der Nähe ist, oder ihren schwarzäugigen Zorn niederringt oder sich mit quälenden Gedanken an die Vergangenheit beschäftigt, die sie mir niemals enthüllt. Ich vermute, dass sie einen geliebten Menschen unter schrecklichen Umständen verloren hat und deswegen so weit von zu Hause weggegangen ist und ihre Vergangenheit kaum je erwähnt. Sie hat mehrmals nach einem Mann namens Jasper gerufen, als sie Fieber hatte, dann aber abgestritten, ihn geliebt zu haben. Ich werde niemals ihren Gesichtsausdruck dabei vergessen – Trauer? Schuld?

Ich merkte also, dass Tilly heute abgelenkt war und nicht wirklich krank, und vermutete, dass es etwas mit der schrecklichen Frau zu tun hatte, der ich die Schuld an diesem furchtbaren Abend gebe.

Sie zog sich in ihr Schlafzimmer zurück und schloss leise die Tür. Ich war erregt, als wäre ihre Furcht ansteckend, und nahm mir vor, in den Garten zu gehen, wenn 135 dort wäre, und die beiden zu belauschen. Wenn ich auch nur den geringsten Beweis fände, dass Tilly etwas Unverzeihliches plante, das sie selbst ins Gefängnis bringen würde, würde ich sie daran hindern.

Gegen vier Uhr ging ich an ihrer Tür vorbei, und sie war immer noch geschlossen. Mein Zimmer befindet sich gleich nebenan, also hätte ich gehört, wenn sie in den Flur oder den Ostflügel gegangen wäre, um sich etwas zu essen zu holen.

Ich schaute mich im Garten nach 135 um. Sie war nicht dort. Da das Wetter kühler und trockener geworden war, arbeitete sie gewöhnlich ab drei im Garten. Ich suchte mir eine Stelle in der Nähe von Tillys Beet, genau hinter den Hortensienbüschen, und hockte mich auf die Erde.

Zuerst schien mir die Sonne aufs Haar, und es war angenehm warm. Erde und Laub riechen angenehm; es ist wohl der Geruch der Natur, den wir, die wir in Häusern leben, so oft vermissen. Tilly hat gesagt, dass ihr die Gartenarbeit dabei hilft, sich nicht wie ein Vogel im Käfig zu fühlen. So wie es mir geht, wenn ich auf den Baum klettere.

Doch die Zeit verging, die Sonne rückte weiter, im Schatten wurde es kühl, und noch immer hatte ich weder Hettie noch Tilly gehört. Ich machte mir Sorgen, etwas könnte nicht stimmen.

Andererseits ist der Garten sehr groß, vielleicht hatten sie sich in der äußersten Ecke getroffen. Alle wissen, dass ich ständig lausche, und sie waren womöglich auf der Hut. Also stand ich auf, klopfte meinen Rock ab und wanderte durch den Garten, wobei das trockene Laub unter meinen Füßen knisterte. Ich suchte überall und fand doch niemanden.

Das war seltsam, denn Hettie arbeitete jeden Tag außer sonntags im Garten.

Ich kehrte ins Haus zurück. Es roch nach Essen, Fleischpastete, mir knurrte der Magen. Ich schlich zu Tillys Zimmer und horchte an der Tür. Nichts. Ich klopfte leise.

Nichts.

Also öffnete ich die Tür. Sie war nicht da.

Wo konnte sie sein?

Ich verließ das Zimmer und schloss leise die Tür hinter mir. Dann lief ich zu dem riesigen, uralten Feigenbaum, dessen Äste sich über die Nordseite des Hauses wölbten. Die Rinde war kühl unter meinen Fingern, als ich mich auf einen Ast zog und so hoch kletterte, wie ich konnte. Blätter und Äste verdeckten mir die Sicht, aber ich konnte das Gefängnis, die Zu-

ckerrohrfelder und die Viehweiden erkennen. Tilly hatte ein dunkelrotes Kleid getragen, also musste sie sich von den blauen und weißen Uniformen abheben. Aber es war nichts zu entdecken.

Aus irgendeinem Grund kehrte mein Blick zum Zuckerrohrfeld zurück. Etwas war heute anders. Dann wurde es mir klar: Es lag verlassen da. Keine Gefangenen in Weiß, keine Wärter in blauen Uniformen. Ich schaute eine ganze Weile hin. Das Zuckerrohr stand sehr hoch, vielleicht sah ich sie nur nicht, weil sie hinter den goldenen Stengeln verborgen waren. In den Reihen bewegte sich nichts. Ich fragte mich, ob 135 ihren Plan schon in die Tat umgesetzt hatte, ob die Flucht bereits entdeckt und alle Gefangenen in ihre Zellen zurückgeschickt worden waren.

Aber nein, an anderen Stellen wurde gearbeitet, um das Gefängnis herum, beim Eingang zur Schmiede.

»Nell!« Papas Stimme riss mich aus meinen Gedanken. Er stand auf der Veranda und schaute sich um. Ich stieg vom Baum und lief zu ihm hin, umarmte ihn. Wie gern wollte ich ihm erzählen, was ich mitgehört hatte und vermutete. Aber ich war mir immer noch nicht sicher – ich kann nicht glauben, dass sie wirklich so etwas plant. Also sagte ich nichts, weil ich befürchtete, Papa könnte mich oder Tilly oder uns beide dafür hassen.

»Tilly fühlt sich nicht wohl und wird vermutlich nicht zum Abendessen kommen«, sagte er. »Würde es dir etwas ausmachen, heute allein in der Küche zu essen? Sag der Köchin einfach Bescheid, wenn du Hunger hast.«

»Das mache ich.« Tilly hatte ihn also angelogen. Sie war irgendwo dort draußen und hatte etwas vor. Wo oder was, wusste ich nicht.

Er schaute sich um und bewunderte den Garten im sterbenden Sonnenlicht. »Ein wunderschöner Nachmittag. Pass mit dem Baum auf.«

Ich wollte ihn fragen, warum 135 nicht da war. Ich hätte es tun sollen. Ich hätte sie verraten sollen, hätte alles verraten sollen, was ich wusste. »Ich passe auf.« Er küsste mich auf den Kopf und kehrte ins Büro zurück.

Ich setzte mich auf die Veranda, den Kopf in den Händen, und dachte angestrengt nach. Hettie war nicht da. Tilly war nicht da. Ich hatte gehört, wie sie darüber sprachen, Hettie von der Insel zu schaffen … keine von beiden hatte das Wort »Flucht« erwähnt, aber was sonst konnte es bedeuten? Ich hatte es gestern gehört, aber keine Einzelheiten verstanden. Ich hatte gehört, wie Tilly von Dingen erzählt hatte, die sie besorgt hatte, von Ideen. Welchen anderen Schluss konnte ich ziehen, als dass Tilly in eben diesem Moment Hettie bei der Flucht half? Aber wenn ich Hettie als vermisst meldete, würde Tilly in die Sache hineingezogen. Ich wollte nicht, dass ihr etwas Schlimmes zustieß; also war es an mir, sie zu finden.

Wo also waren sie? Im Mangrovenwald? Am Seven Yard Beach? Im Zuckerrohrfeld? Ich konnte mich nicht dreiteilen und überall suchen. Die Situation überwältigte mich, und ich war müde, so schrecklich müde. Also stieg ich wieder auf den Baum, um meine Gedanken zu ordnen und Ausschau zu halten. Ich stellte mir vor, wie ich diesmal in den Garten hinunterblicken und sie sehen würde: Hettie würde Laub harken, während Tilly sich dicht bei ihr hielt und hoffte, Vater möge sie nicht entdecken.

Doch es war niemand da. Über mir wuchs ein Ast, etwas dünner als der, auf dem ich saß, doch er bot eine bessere Aussicht. Ich legte die Arme darum und prüfte seine Stärke. Er bog sich, brach aber nicht. Also stieg ich hinauf und klammerte mich mit Armen und Beinen fest, während ich auf dem Bauch zu der Stelle rutschte, an der man am besten durchs Laub schauen konnte.

Und dann sah ich Tilly. Ihr graues Schultertuch, ihr dun-

kelrotes Kleid. Ich sah sie am Rand des Zuckerrohrfeldes, und dann verschwand sie darin.

Es war ein solcher Schock, dass ich beinahe vom Ast gefallen wäre. Ich kletterte so rasch wie möglich hinunter und landete mit einem Plumps im Gras, das schon taunass war. Ich lief die Straße entlang und wich den Karren aus, die ins Gefängnis zurückkehrten. Ein Wärter rief mir nach: »Miss! Sie dürfen nicht hierher!« Doch ich war schon über den Zaun auf die Viehweide geklettert und rannte zu den Zuckerrohrfeldern, um Tilly aufzuhalten, um ihr zu sagen, dass sie ihren verrückten Plan aufgeben und nach Starwater heimkehren solle, wo es Rinderpastete zum Abendessen gab. Zurück in ein einfaches, glückliches Leben.

In meiner blinden Eile trat ich in einen gewaltigen Kuhfladen, rutschte aus und fiel auf den Po. Der Schmerz fuhr durch meinen ganzen Körper, aber ich unterdrückte einen Aufschrei, weil ich keine Aufmerksamkeit auf mich lenken wollte. Also rappelte ich mich auf und hinkte in Richtung des Feldes, in dem Tilly verschwunden war.

Als Erstes bemerkte ich den Geruch. Rauch. Beißend und süß.

Jetzt wurde mir klar, weshalb niemand auf den Feldern war. Keine Gefangenen, keine Wärter. Sie brannten heute Abend das Zuckerrohr ab. Ich sah Schatten in der Dämmerung, Männer, die die Felder umkreisten und sich anschickten, sie mit brennenden Bündeln anzuzünden, die sie aus welken Zuckerrohrblättern geschnürt hatten.

Sie gingen um die Felder herum, weil sie sie von außen nach innen niederbrannten.

»Nein!«, schrie ich. »Nein!« Ich rannte noch schneller als zuvor, damit Tilly nicht bei lebendigem Leib verbrannte.

Das erste Feuer erwachte mit einem intensiven, scharfen Knistern zum Leben. Ich rannte darauf zu, ohne auf meine eigene Sicherheit zu achten. Es war das Feld, in das Tilly hineingegangen war. Ich blieb abrupt stehen, als die Luft ins

Feuer gesogen wurde und die Flammen hochschlugen, zum Abendhimmel emporzischten und ins Innere des Feldes rasten. Als sich das Feuer ausbreitete, huschten Mäuse heraus, und Schlangen glitten über meine Füße. Es roch nach brennender Melasse und Essig, beißend und süß, erstickend. Orangefarbener Rauch vor dem tiefblauen Himmel. Dann begann schwarze Asche sanft auf mich herabzuschneien. Ich stand am Rand des Feldes, sah zu, wie es brannte und sich in eine rauchende Masse verwandelte, sah die anderen Feuer zum Leben erwachen, wohl wissend, dass sie dort drinnen war und nie wieder herauskommen würde.

Eine halbe Stunde später fand mich einer der Wärter. Ich war schwarz von Ruß und lag schluchzend auf dem Boden.

»Miss Holt?« Er hob mich mit seinen fleischigen Armen auf. »Sind Sie verletzt?«

Ich konnte vor lauter Schluchzen kaum sprechen. »Miss Lejeune ist bei lebendigem Leib verbrannt.«

»Was?«

»Ich habe gesehen, wie sie in das Feld gegangen ist, unmittelbar bevor es angezündet wurde.«

»Guter Gott!« Er rief Befehle, um uns herum kam es zu Lärm und Tumult, Männer mit Lampen liefen umher, jemand wies sie an, keine weiteren Brände zu legen. Aber es war zu spät. Es war schon zu spät, begriffen sie das denn nicht?

Der Wärter – an sein Gesicht kann ich mich nicht erinnern, so verloren war ich in meinem schwarzen Kummer und Schock – trug mich den Hügel empor nach Starwater. Papa, der auf die Katastrophe aufmerksam geworden war, zog gerade auf der Veranda seinen Mantel an.

»Nell?«, fragte er entsetzt, als er mich erblickte.

Der Wärter setzte mich auf der Treppe ab, wo ich weiter schluchzte.

»Sie sagt, sie habe gesehen, wie Miss Lejeune in das Feld ging, bevor es angezündet wurde.«

Ich konnte Papas Gesicht nicht sehen, weil ich auf Knien schluchzte, aber die Stille dauerte lange an, und ich hörte den Schmerz in seinem Atem, als er nach Worten suchte. »Suchen Sie sie«, krächzte er, als müsste ihm jeden Augenblick die Stimme brechen. »Alle sollen nach ihr suchen.«

Er riss mich achtlos auf die Füße, so groß war sein Schmerz. »Bist du dir sicher? Bist du dir sicher?«

»Ich habe sie vom Baum aus gesehen. Ich bin runtergelaufen, um sie einzuholen.«

»Die Zuckerrohrfelder sind weit entfernt.«

»Ich habe ihr rotes Kleid gesehen.«

Er schaute mich an, Entsetzen dämmerte in seinen Augen. Dann drückte er mich fest an sich, und ich weinte an seiner Brust.

Sie suchen noch immer nach ihr. Aber es wird nichts übrig sein. Papa ist draußen und hofft, sie wäre in Sicherheit. Ich bin allein im Haus. Ich weiß nicht, was aus 135 geworden ist. Ich kann nur annehmen, dass sie sich im Feld versteckt hat, um auf Tilly zu warten. Doch um sie tut es mir nicht leid. Ich gebe ihr die Schuld an allem. Irgendwie hat sie Tilly verhext. Und sie hat meine Tilly getötet, so wie sie ihren Ehemann getötet hat.

Einundzwanzig

Zusammen, getrennt

Ich konnte gar nicht mehr aufhören, Joe von dem Tagebuch zu erzählen, als er am nächsten Tag den Bootsschuppen aufschloss.

»Ich hatte schon Spaß daran, die Tagebuchauszüge zu lesen, aber das hier ist unglaublich. Entflohene Gefangene und Menschen in brennenden Zuckerrohrfeldern. Wie ein Roman, gar nicht wie ein Tagebuch.«

»Vielleicht hat sie sich das ausgedacht«, sagte er und öffnete eine der Türen, während Julian die andere aufschieben wollte. »Lass mich das machen, Kumpel.« Er befestigte die Tür an einem Haken in der Mauer.

»Ich weiß nicht. Vielleicht hast du recht. Ich konnte gar nicht schlafen, nachdem ich es gelesen hatte. Wer war diese Tilly? Die Gouvernante? Eleanor hat erwähnt, dass sie sie in Griechisch und Latein unterrichtete. Oder war sie die Freundin des Direktors?«

»Vielleicht beides.«

»Wie romantisch! Das ist genau wie bei *Jane Eyre*.«

Er lächelte mir zu. »Könntest du Julian mal aus dem Weg halten, während ich das Boot an meinen Wagen hänge und aus dem Schuppen ziehe?«

»Komm her, Julian.« Ich ergriff seine Hand. Wir gingen zu der sandigen Rinne, in der er einen vollkommen geformten runden Stein fand.

»Schau mal«, sagte er und hielt ihn mir dicht vor die Augen.

»Der ist wunderschön.«

»Fast wie eine Murmel. Ich habe schon lange nicht mehr Murmeln gespielt. Mögen Sie Murmeln?«

»Ich habe das als Kind zuletzt gemacht.«

»Vielleicht können Sie mal vorbeikommen und Dad und mich besuchen. Dann können wir mit Murmeln spielen.«

Ich lächelte angesichts seiner Arglosigkeit. »Das könnte Spaß machen.«

»Sie sind gern mit mir und Dad zusammen, oder?«

»Ja, das bin ich.«

Er grinste mich an, und ich spürte, dass ich eine Art Test bestanden hatte. Joe rief mir etwas zu, und ich ging mit meinem Handy zum Boot, um Fotos zu machen.

»Ich habe allerdings nicht die geringste Ahnung, worauf Bootskäufer so achten.«

»Fotografiere einfach alles, und dann suchst du später die schmeichelhaftesten Bilder aus«, sagte er.

»Dad!«, rief Julian aus dem Bootsschuppen. »Darf ich hier drinnen spielen?«

»Klar doch, Kumpel. Nur nicht irgendwo draufklettern. Da drinnen ist alles alt.«

Julian nickte und verschwand im Schuppen.

»Er kann nirgendwo hinaufklettern, oder?«

»Es gibt eine Plattform, fast wie ein Heuboden. Dort oben werden alte Fischernetze und Paddel aufbewahrt.« Er streckte die Hand aus. »Gib mir mal das Handy.«

Er machte einige Nahaufnahmen von Motor und Armaturenbrett.

»Der Riss im Vinylsitz sieht nicht so toll aus.«

»Wir könnten darum herumfotografieren.«

»Nein, setz dich drauf. Und jetzt schau mal glücklich.«

Ich lachte und setzte mich genau auf den Riss, streckte die Arme über die Rückenlehne aus und lächelte. Joe machte einige Fotos und half mir wieder heraus.

»Ist das irreführende Werbung?«

»Nein, wir schreiben einfach, dass kleinere Reparaturen erforderlich seien.« Er ging die Fotos durch. »Du bringst jedes Bild zum Strahlen, Nina.«

Ich sah zu, wie er mit gesenktem Kopf die Fotos anschaute, und mich überkam eine Welle der Zuneigung und des Verlangens, die mir beinahe den Atem raubte. Er schaute hoch. Ich wollte gerade etwas sagen – was, weiß ich nicht, aber es wäre sicher dumm gewesen –, als wir ein lautes Krachen, einen Aufschrei und einen dumpfen Schlag aus dem Schuppen hörten.

Joe wurde blass. »Julian«, keuchte er und rannte los. »Julian! Julian! Nein! Nein, nein, nein.«

Ich war direkt hinter ihm, stürzte aus dem grellen Tageslicht in den dunklen Schuppen. Ich sah sofort, was passiert war. Die Plattform, von der Joe gesprochen hatte, hing halb herunter. Der hölzerne Balken, der sie gestützt hatte, war in der Mitte durchgebrochen. Julian lag still auf dem Boden und atmete nicht. Joe beugte sich über ihn, doch er konnte anscheinend weder sprechen noch denken. Er wiederholte nur: »Oh, Gott, oh, Gott.« Er war zu schockiert, um irgendetwas zu unternehmen.

Ich drängte ihn rasch beiseite. Der rauhe Holzboden kratzte unter meinen Knien. In der Kindertagesstätte hatte ich einen Erste-Hilfe-Kurs gemacht, meine Kenntnisse aber nie einsetzen müssen. »Ruf einen Krankenwagen«, sagte ich zu Joe.

Mein Befehl riss ihn aus seiner Schockstarre. Er hielt noch mein Telefon in der Hand, und ich hörte, wie er mit der Zentrale sprach, während ich nach dem Puls tastete und mich dann um Julian kümmerte. Ich atmete in seinen weichen, feuchten Mund und presste seine schmale, knochige Brust nieder. Das Adrenalin schoss durch mich hindurch, durchflutete mich mit intensiver Wärme. Das Leben war plötzlich realer als sonst; alle Umrisse wirkten schärfer, das Licht heller. »Komm schon, Julian«, sagte ich, während ich rhythmisch auf seine Brust drückte. Dann atmete ich wieder Luft in seine Lungen.

Kurz darauf keuchte er wie durch ein Wunder auf und begann selbst zu atmen.

»Oh, Gott sei Dank, Gott sei Dank.«

Joe schob mich beiseite. »Julian? Julian? Halte durch, Kleiner. Der Hubschrauber kommt sofort.« Mit hektischen Fingern schob er seinem Kind die Haare aus der Stirn und drehte den Jungen vorsichtig auf die Seite. »Halt durch, okay? Du darfst sogar im Hubschrauber fliegen.«

Julians Lider zuckten, er verdrehte die Augen und schloss sie wieder. Allmählich bekam sein Gesicht wieder Farbe.

»Mein Liebling«, sagte Joe, ohne seinen kleinen Jungen aus den Augen zu lassen. Seine Tränen fielen auf Julians Gesicht. »Mein Sohn.«

Ich lehnte mich zurück und wartete auf das ersehnte Geräusch der Rotorblätter.

*

Meine eigenen Probleme wirkten klein und unbedeutend, als ich dem Hubschrauber nachblickte, der Julian und Joe von der Insel brachte. Lynn und Dougal standen neben mir, umarmten einander und weinten vor Angst und Schock. Dann gingen sie sofort zum Anleger, um die Nachmittagsfähre aufs Festland zu nehmen. Sie mussten mir versprechen, mich anzurufen, sobald es Neuigkeiten gab, und mir wurde erst später klar, dass sie meine Nummer nicht hatten.

Ich wanderte ziellos durchs Haus, von einer Veranda auf die nächste, vollkommen losgelöst von meiner Arbeit und meinen Sorgen, und konnte nur an das Schicksal des kleinen Jungen denken. Ich spürte noch seine Rippen unter meinen Handflächen, hörte Joes angsterfüllte Stimme.

Gegen neun Uhr abends klopfte es an die Tür. Ich öffnete, wobei mir das Herz bis zum Hals schlug. Vor mir stand Donna aus dem Laden.

»Oh, ich hatte nicht …«

»Lynn hat angerufen und mich zu Ihnen geschickt.« Es hatte zu nieseln begonnen, Donnas Haare waren feucht.

»Sie wollte Sie selbst anrufen, hatte aber Ihre Nummer nicht.«

»Julian?«, fragte ich atemlos.

»Er ist stabil. Er hat ein paar Rippen gebrochen und eine schwere Gehirnerschütterung. Man hat ihn in ein künstliches Koma versetzt, bis die Schwellung im Gehirn zurückgegangen ist. Sie sagen, er wird wieder gesund. Ganz sicher.« Donna berührte ihre Hand. »Sie haben ihm das Leben gerettet, Nina. Lynn sagt, sie wüsste nicht, wie sie das je wiedergutmachen soll.«

Ich begann zu weinen. Zum ersten Mal seit sehr langer Zeit.

*

Ohne Joe war das Leben sehr ruhig. Er blieb im Krankenhaus, bis Julian entlassen wurde. Er fehlte mir. Er fehlte mir mehr, als ich erwartet hatte. Lynn und Dougal hatten mir den größten Blumenstrauß gebracht, den ich je gesehen hatte, doch ich hatte ihre Einladung zum Abendessen abgelehnt. Die Blumen welkten und starben, weil ich vergaß, das Wasser zu erneuern. Ich schrieb. Nicht viel, aber ich schrieb, jeden Tag, unter den wachsamen Augen von Eleanors hölzerner Katze. Ich hatte noch immer keine Hoffnung, meinen Termin einzuhalten. Es wurde Zeit, mit Marla zu reden und zu sehen, welche Konsequenzen das für mich haben würde.

In der Woche, in der mein Abgabetermin ablief, ging ich an einem hellen Mittag hinunter zur Telefonzelle. Ich wählte Marlas Nummer und wartete, während mir das Herz bis zum Hals schlug. Ihre Sekretärin meldete sich und stellte mich sofort durch.

»Wie geht es dir, Nina?«

»Ich bin …« Die Worte blieben mir im Hals stecken.

Sie seufzte. »Ich bin kein Idiot«, sagte sie. »Ich habe schon eine Nachfrist für dich ausgehandelt.«

»Ehrlich? Wie lange?«

»Sechs Wochen, aber dann haben wir fast Weihnachten, und ich bezweifle, dass sich jemand das Manuskript vor Januar anschaut.«

Erleichterung durchflutete mich. »Wie lange weißt du das schon?«

»Über einen Monat. Aber ich habe es dir nicht gesagt, damit du nicht weitertrödelst.«

»Ich trödle nicht«, sagte ich gekränkt. »Du kannst mir glauben, das hier ist alles andere als angenehm.«

Ihre Stimme wurde sanft. »Nina, Liebes, du musst mir verzeihen, aber wegen dir wurden Programmplanungen über den Haufen geworfen, und ich musste einige sehr energische Nachfragen abwimmeln. Die Leute wollten wissen, ob du überhaupt in der Lage bist, dieses Manuskript abzuliefern. Ich vertraue dir. Lass mich nicht im Stich.«

Ich wollte es ihr sagen. Ich wollte sagen: *Vertrau mir nicht.* Aber das tat ich nicht, sondern versicherte ihr: »Ich lasse dich nicht im Stich.«

»Wir müssen noch über etwas anderes reden.«

Ich lehnte mich an die Glasscheibe der Telefonzelle und wickelte die Schnur um den Finger. »Nur zu.«

»Eine Journalistin sucht nach dir.«

Es versetzte mir einen Stich. »Elizabeth Parrish?«

»Ja, genau die.«

»Bitte rede nicht mit ihr. Ich habe ihr nichts zu sagen. Ich glaube, sie will mich fertigmachen.«

»Soll ich mich darum kümmern?«

»Bitte wimmele sie ab.«

»Wird erledigt. Und jetzt zurück an den Schreibtisch. Du bleibst auf der Insel und schreibst *bitte* dieses Buch zu Ende.«

»Wird gemacht«, wiederholte ich und hoffte, dass es diesmal tatsächlich wahr wäre.

*

An diesem Nachmittag schickte mir Elizabeth Parrish eine letzte SMS.

Wenn Sie nicht mit mir reden, werde ich mit anderen über Sie reden.

Ich ignorierte sie. Irgendwann würden wir miteinander sprechen müssen, aber nicht jetzt. Die Witwe Wayland klärte ein Verbrechen auf, und daran würde ich sie nicht hindern.

*

Dann kehrte Joe zurück.

Ich hörte Schritte auf der vorderen Veranda, als ich gerade in der Küche das Licht eingeschaltet hatte, um Abendessen zu machen. Ein Gewitter war heraufgezogen, der Himmel dunkel. Ich stand schon an der Tür, bevor es klopfte.

»Hi!«, sagte ich zu enthusiastisch.

Er lächelte mich an. »Hi. Lange nicht gesehen.«

Es begann zu regnen. In der Ferne grollte der Donner. »Wie geht es Julian?«

»Er ist zu Hause, in Mums Gästezimmer, zusammen mit einem *Young-Avengers*-Comic und einer Tüte Chips. Wir sind heute Morgen zurückgekommen.«

»Ich bin so erleichtert.«

»Darf ich reinkommen?«

»Selbstverständlich.« Ich ließ ihn eintreten und schloss die Tür.

»Ich muss mich entschuldigen«, sagte er, noch bevor ich ihm einen Platz angeboten und ein Glas Wein eingeschenkt hatte.

»Wofür?«

»Den Tag. Ich habe mich nicht einmal bedankt. Zu meiner Verteidigung muss ich allerdings sagen, dass ich völlig außer mir war.«

Ich berührte seine Schulter. »Ich habe nicht auf deinen Dank spekuliert.«

Ich zog meine Hand weg, doch er umfasste sie und strich zart, beinahe geistesabwesend über meine Finger, als wäre es die normalste Sache der Welt.

»Das Verrückte ist, dass ich ihn selbst hätte retten können. Ich kann Erste Hilfe. Aber in diesem Moment war mein einziger Gedanke: *Er ist tot, er ist tot.*« Ihm brach die Stimme.

»Das muss furchtbar für dich gewesen sein.«

Er fasste sich und schaute mich an. »Aber du warst da, Nina. Gott sei Dank.«

Ich lächelte zurück, und alles wurde intensiver. Die Vorfreude war echt und erregend. Er zog sanft an meiner Hand, und dann hatte ich meine Arme um seinen Hals geschlungen. Spürte seine Wärme, seinen Geruch. Und dann seine Lippen auf meinen, weich und fest zugleich, beharrlich und doch zart. Mein Körper bog sich nach hinten, seine Hände umfassten meinen Rücken, und die Wärme der Leidenschaft durchflutete mich.

Seine Lippen lösten sich von meinen und wanderten zu meiner Kehle. »Ich wusste es, als ich dich zum ersten Mal gesehen habe. Dass du wichtig für mich sein würdest. Du kannst dir gar nicht vorstellen, wie wichtig du mir bist.«

Immer noch das nackte Schuldgefühl.

»Ich liebe dich«, sagte er beinahe beiläufig.

Dann küsste er mich wieder, tief und leidenschaftlich, und ich wusste, dass ich ihn auch liebte, es aber nicht laut aussprechen konnte.

»Warte, warte.« Ich wich zurück. »Das ist …« Ich hatte »falsch« sagen wollen, doch als ich ihn im Dämmerlicht betrachtete, während der Regen niederprasselte, erkannte ich, dass nichts an meinen Gefühlen falsch war.

Joe lächelte. Es war ein durchtriebenes Lächeln, und ich schmolz wie Karamell in der Sonne.

Ich atmete tief durch. »Schon gut«, sagte ich. »Schon gut.«

*

Das Gewitter zog vorüber, wir aßen im Bett und schliefen dann eng umschlungen ein. Der nächste Morgen und alle anderen Morgen rückten in weite Ferne. Kein Abgabetermin, keine Konfrontation mit meinen Sünden und Geheimnissen. Nur Joe und ich, Haut an Haut, in der sanften Morgendämmerung.

*

Joe stand sehr früh auf. Er zog seine Jeans an, während ich noch verschlafen blinzelte.

»Wohin gehst du?«

»Ich fühle mich schrecklich. Julian ist gerade aus dem Krankenhaus gekommen, und ich habe ihn nicht ins Bett gebracht.«

»Es war ein heftiges Gewitter. Du hättest gar nicht nach Hause gehen können.« Ich setzte mich auf. »Deine Eltern haben sich doch um ihn gekümmert.«

Er setzte sich mit nacktem Oberkörper auf die Bettkante und strich mir die Haare aus dem Gesicht. »Ich sollte trotzdem gehen.«

Ich lächelte und spürte, wie etwas Helles und Heißes in meinem Herzen heranwuchs. »Einen Moment«, sagte ich, bevor mir selbst klar war, was ich sagen würde.

Er schaute mich neugierig an.

»Ich kann keine Kinder bekommen. Ich meine, ich kann nicht schwanger werden.«

»Na und?«

Na und.

»Darum haben Cameron und ich uns getrennt. Und ich weiß, dass du eines Tages noch mehr Kinder haben willst …« Ich verstummte und kam mir plötzlich dumm vor.

»Früher schon. Jetzt nicht mehr. Julian ist acht. Das Babyalter muss ich nicht mehr haben. Zu anstrengend.« Er beugte sich herunter und küsste mich. »Wie lange hast du dich damit gequält?«

Ich lachte. »Vom ersten Tag an.«

»Dann bin ich froh, dass du es jetzt ausgesprochen hast. Sonst noch Geständnisse? Leichen im Keller?«

Ich küsste ihn fest.

»Ich muss los.«

Nachdem er gegangen war, blieb ich noch lange liegen. Und lächelte und lächelte. Als mein Handy klingelte und ich mich meldete, lächelte ich noch immer.

»Nina, hier ist Marla.«

»Hi, Marla. Ich wollte gerade anfangen zu schreiben. Es kommt wirklich Bewegung in die Sache, also …«

»Ich habe mit Elizabeth Parrish gesprochen.«

Meine Haut kribbelte. Sie sprach in knappem, beinahe wütendem Ton. »Der Journalistin?«

»Ja, der Journalistin. Als ich mich geweigert habe, ein Interview mit dir zu vermitteln, hat sie mir gesagt, weshalb sie über dich schreibt.« Kurzes Schweigen, als das Signal abbrach und wiederkehrte. »Willst du es wissen?«

Mein Herz wurde heiß. Gleich würde etwas Schlimmes passieren. Ich bemühte mich, ruhig zu sprechen. »Ich vermute …«

»Sie sagt, sie habe die Archive des Verlages Stanley and Walsh von 1926 bis 1929 durchgesehen. Sie hat Briefe gefunden …«

»Nein«, sagte ich. Vielleicht auch nur im Kopf.

»Es handelt sich um die Korrespondenz zwischen den Verlegern und einer Frau namens Eleanor Holt, in denen sie eine Reihe von Manuskripten über eine Figur namens Witwe Wayland ablehnen.«

Ich öffnete und schloss den Mund und brachte kein Wort heraus.

»Nina, sag mir bitte, dass es nur eine Inspiration war. Sag mir bitte, dass du diese Bücher nicht abgeschrieben hast.«

Ich legte auf, schaltete das Handy aus und warf es in die Ecke. Meine Welt war zusammengebrochen.

Zweiundzwanzig

Der Bootsschuppen

1892

Tilly hatte ein schlechtes Gewissen, weil sie gegen Sterlings Anweisung verstoßen hatte und in den Garten gegangen war. Nicht dass er sie je kontrolliert hätte, aber Nell zu entkommen erwies sich als schwieriger. Genau eine Woche, nachdem sie Hettie den Vorschlag unterbreitet hatte, schloss sie sich in ihrem Zimmer ein und stieg durchs Fenster auf die Veranda. Wenn sie den langen Weg um die Rückseite des Hauses nahm, musste sie weder an Nells Fenster noch an Sterlings Büro vorbei. Sie ging die Hintertreppe hinunter, vorbei an der Küche, um das Haus herum in Richtung Norden und von dort in den Garten.

Hettie hatte gesagt, sie müsse eine Woche darüber nachdenken. Zuerst hatte Tilly sich gewundert. Sehnte sie sich nicht danach von der Insel zu fliehen, ihre Kinder wieder in die Arme zu schließen? Tilly hatte ihr die Bedenkzeit gegeben, aber die ganze Woche gefürchtet, Hettie könne sie verraten. Jeder Schritt auf der Veranda ließ sie zusammenzucken. War es ein Wärter, der Sterling melden wollte, was sie getan hatte?

Doch hier war sie nun, eine Woche später, und Hettie wartete in der Nähe ihres kleinen Gartens auf sie. Sie drehte sich um, als sie Tillys Schritte im welken Laub hörte. Ihr Gesicht war gerötet, die Augen beinahe schwarz.

»Hettie?«

»Ja. Ja, ich will … wir werden das machen. Ich wusste sofort, dass ich ja sagen würde. Aber ich musste erst nachdenken … es tut mir leid, dass ich ihn getötet habe. Es tut mir so leid. Aber meine Kleinen …«

Tilly begriff, dass sie tief im Inneren gehofft hatte, Hettie möge nein sagen. Es war ein gewaltiger Schritt, einer Gefangenen bei der Flucht zu helfen, und doch der einzige Weg, ihre eigene Schuld zu büßen. Sie ergriff Hetties schwielige Hand. »Ich weiß, dass es dir leidtut. Aber er hatte es verdient.« Anders als Jasper. Anders als Chantelle. »Vielleicht hätte er dich oder die Kinder eines Tages getötet.«

»Wie sollen wir es machen? Wir müssen … es planen. So mancher hat es versucht und nicht geschafft.«

»Weil sie allein waren und nicht die richtigen Hilfsmittel besaßen. Bei uns ist es anders. Ich kann dir helfen.« Tilly schaute sich um und senkte die Stimme. »Ich glaube, ich kann ein Boot besorgen.«

Hettie machte große Augen. »Ehrlich?«

»Und dann rudern wir zusammen zum Festland und lassen die Insel für immer hinter uns.«

»Zusammen?«

Tilly nickte entschlossen. Es wäre zu riskant, wenn sie hierblieb. Sie war nicht naiv, auf Fluchthilfe stand eine hohe Strafe. Doch wenn sie die Insel und damit auch den Namen Chantelle Lejeune hinter sich ließ, könnte sie auf dem Festland ein neues Leben beginnen. Sie würde eine Stelle annehmen, weit weg von hier, wo es niemanden interessierte, wer sie war und woher sie kam. Vielleicht konnte sie dann sogar ihren alten Namen wieder annehmen: Matilda Kirkland. Eine Frau aus einer anderen Zeit.

Hettie drückte ihre Hand. »Dann sollten wir anfangen. Wir müssen klug und umsichtig vorgehen.«

»Und dürfen nichts überstürzen.«

»Wenn wir auf kühleres Wetter warten, geht auch die Sonne früher unter …«

»Sagen wir in einem Monat?«

»Ein Monat.«

*

Ein Boot. Tilly brauchte ein Boot. Kein Floß aus Stöcken, die sie auf der Insel gesammelt und mit einem Stoffgürtel verschnürt hatten. Solche Gefährte bauten Gefangene gern, arbeiteten monatelang daran und versteckten sie zwischen den Mangroven. Sterling hatte einmal erzählt, dass sie die Gegend regelmäßig absuchten und viele halb fertige Boote fanden; keines davon war seetüchtig. Falls es die Häftlinge überhaupt von der Insel schafften, ertranken sie oder fielen den Haien zum Opfer.

Aber es gab richtige Boote auf der Insel, im Bootsschuppen. Als Nell vermisst wurde, hatte Sterling erwähnt, sie wisse, in welcher Schublade sich der Schlüssel befände. Aber Tilly konnte das Mädchen nicht um Hilfe bitten. Nells Neugier würde alles gefährden. Also beschloss sie, den Schlüssel zu suchen.

An diesem Abend lag Tilly lange wach. Sie hatte kein Problem damit, gegen den Schlaf anzukämpfen. Ihre Gedanken rasten. Manchmal fuhr sie zusammen, wenn sie daran dachte, was sie getan hatte und noch tun wollte. Sie war nicht dazu erzogen worden, Häuser niederzubrennen und Gefangenen bei der Flucht zu helfen. Sie war für Tee und höfliche Konversation erzogen, und doch waren ihr all diese Dinge widerfahren. Sie musste sich mit der Tatsache abfinden, dass sie nicht demütig und höflich war. Das war sie nie gewesen.

Lange nach Mitternacht, als es im Haus still war und der Wind draußen seufzte und die Standuhr im Wohnzimmer tickte, stand sie auf und zündete eine Kerze an. Die Bodendielen knarrten leicht unter ihren Schritten, also ging sie ganz langsam zu Sterlings Büro.

Der Türknauf fühlte sich kühl an. Sie glitt ins Zimmer und schloss die Tür hinter sich. Der Geruch überwältigte sie. Sein Geruch. Tilly stellte die Kerze auf den Tisch. Schatten zuckten über die Rücken der Kontenbücher, über Papiere, die fein säuberlich gestapelt waren, über Tintengläser und Federhalter und die gerahmte Landkarte der Moreton Bay an der Wand. Auf Sterlings Schreibunterlage waren Seevögel gezeichnet, manche mit ausgebreiteten Schwingen, andere standen auf den Felsen oder im Wasser. Sie waren wunderschön, mit zarten Federstrichen vollendet gezeichnet. Die Vorstellung, Sterling könnte ein Künstler sein, faszinierte sie, er war ihr immer so praktisch erschienen. Er liebte Kunst, hatte aber meist keine Zeit, sich selbst künstlerisch zu betätigen.

Tilly riss sich zusammen. Es blieb keine Zeit für Überlegungen, und sie durfte sich keinesfalls noch mehr in ihn verlieben. Sie hatte etwas in Gang gesetzt, das sie für immer trennen würde; wenn sie Hettie befreite und Sterlings Liebe entsagte, hätte sie genug für ihre Sünden gebüßt. Statt sich nach ihm zu verzehren, sollte sie lieber in seinen Schubladen suchen.

Sie begann mit dem Schreibtisch. Dort fand sie zwei Schlüssel an einer Kordel. Sollte es etwa so leicht sein? Sie legte sie auf die Tischplatte und öffnete die nächste Schublade. Darin fand sie weißes Papier, Blätter wie jene, die er Nell gegeben hatte. In der nächsten Schachteln mit Tintengläsern und einen weiteren Schlüssel, diesmal an einer Metallschlinge mit einem unbeschrifteten Zettel daran. Tilly legte ihn zu den anderen. Dann wandte sie sich der Kommode zu, die hinter dem Schreibtisch stand. Vier Schubladen. Zwischen leeren Kontenbüchern, Stiften, Kerzen, Streichhölzern, Kerzenlöschern und Rollen mit Bindfaden fand sie zwei weitere Schlüsselpaare. Insgesamt sieben. Sie schaute sich um. Mehr Schubladen gab es nicht.

Tilly setzte sich auf den Schreibtischstuhl und betrachtete die Schlüssel. Welcher gehörte zum Bootsschuppen? Sie musste sie wohl oder übel ausprobieren.

Sie kehrte mit den Schlüsseln in ihr Zimmer zurück, zog sich an, schob das Fenster hoch und stieg hinaus, wie sie es schon am Nachmittag getan hatte. Die Nacht war kühl, sie zitterte ein wenig. Der Himmel war klar und mit einer Million Sternen übersät.

Nachts wirkte die Insel verlassen. Die Gefangenen waren gezählt und eingeschlossen, die Wärter legten sich schlafen oder drängten sich in kleinen Gruppen um die gewaltige schwarze Silhouette des Gefängnisses. Tilly trug ein dunkles Kleid, in dem sie keine Aufmerksamkeit erregen würde, falls sie doch jemandem begegnete. Außerdem war sie eine freie Frau, die jederzeit spazieren gehen durfte, wenn sie nicht schlafen konnte. Erst wenn sie den Bootsschuppen erreicht hatte, musste sie Vorsicht walten lassen. Sie ging gemächlich den Hang hinunter und achtete auf ihre Umgebung. Die Bewegungen der Palmwedel, die grell weiße Mondsichel, das Rauschen und Branden der See. In der Nähe des Bootsschuppens befand sich der hohe Aussichtsturm, der benutzt wurde, wenn ein Sträfling geflohen war. Nun stand er verlassen da, ein dünner, weißer Geist in der Dunkelheit.

Das einzige Licht kam von den Sternen und der schmalen Mondsichel. Sie sortierte die Schlüssel. Der erste war zu groß für das Schloss. Der zweite passte, ließ sich aber nicht drehen. Tilly wollte ihn herausziehen, doch er klemmte. Heiße Angst schlug über ihr zusammen. Sie probierte es weiter und blickte sich panisch um. Dann löste er sich mit einem plötzlichen Ruck. Sie hielt einen Moment inne und trat vom Schuppen weg. Sah sich um. Niemand, nichts. Der dritte Schlüssel, der mit dem Zettel daran, glitt mühelos ins Schloss. Sie holte tief Luft und drehte ihn um.

Klick.

Der Griff drehte sich. Die Tür schwang nach innen auf.

Tilly öffnete sie nur so weit, dass sie gerade hineinschlüpfen konnte, und schloss sie hinter sich. Sie stand in absoluter Schwärze und verfluchte sich, weil sie keine Lampe mitgebracht hatte. Sie verharrte ganz still und wartete darauf, dass sich ihre Augen an die Dunkelheit gewöhnten. Sie konnte nur einige Umrisse erkennen, die etwas heller waren als die Umgebung. Sie streckte die Hände aus und tastete sich vorwärts. Dabei prallte sie fast gegen ein Ruderboot. Befühlte die Umrisse. Es lag verkehrt herum auf dem Boden, daneben gleich das nächste. Wo aber waren die Ruder? Sie schlurfte über den Lehmboden, bemüht, sich nicht die Schienbeine zu stoßen, und drang weiter in den Schuppen vor. An der steinernen Rückwand fand sie Ruder, die an Haken von der Wand hingen.

Nachdem sich Tilly vergewissert hatte, wo die wichtigen Dinge zu finden waren, schlüpfte sie hinaus und verschloss die Tür. Sie wusste, dass sie die Schlüssel zurücklegen und sich die Schublade merken musste, in der der Schlüssel aufbewahrt wurde. Sie ging zum Anleger, setzte sich auf die Holzbretter und ließ die Beine herunterbaumeln. Mit den Händen stützte sie sich auf das unbearbeitete Holz. Dann begann sie Ideen zu sammeln und Pläne zu schmieden, während ihr die Zukunft entgegeneilte.

*

»Wir gehen durch den Mangrovenwald«, sagte Tilly zu Hettie. Sie hatten einander vier Tage nicht gesehen, weil heftige Stürme sie im Haus gehalten hatten. »Das Boot liegt für dich bereit.«

»Wie bekommst du es dorthin?« Sie saßen zusammen im Gras, wo die Hecken sie vor neugierigen Blicken schützten.

»Daran arbeite ich noch. Weißt du, wie oft die Boote benutzt werden? Werden sie gezählt?«

»Ich habe keine Ahnung.« Hettie schlug die Beine übereinander und beugte sich vor. »Du verstehst das nicht. Ich habe die meiste Zeit in diesem steinernen Kasten verbracht. Im Sommer ist es glühend heiß, im Winter eiskalt. Ich gehe ein paar Stunden am Tag in den Garten, das ist mein ganzes Leben. Ich weiß nicht, was sonst auf der Insel passiert.«

»Wir werden es herausfinden. Aber das bedeutet, dass du am späten Nachmittag aus dem Garten entkommen musst, bevor der Wärter dich in deine Zelle zurückbringt.«

Hettie holte tief und zitternd Luft.

»Alles wird gut.«

»Und wenn mich jemand sieht? Diese Sträflingskleidung ist so ... weiß.«

»Ich leihe dir ein Kleid.«

Hettie verzog den Mund. »Deine Kleider passen mir nicht.«

Tilly schaute nachdenklich zum Himmel empor. Eine einsame Möwe kreiste über ihnen und ließ sich von den warmen Luftströmungen tragen. Sie schaute lächelnd zu ihr auf. »Meinst du, die Möwe würde das genauso genießen, wenn sie wüsste, dass sie auf einer Sträflingsinsel ist?«

»Sie ist am Himmel. Der Himmel ist kein Gefängnis. Ebenso wenig wie das Meer.«

Tilly schaute Hettie an. »Ich besorge dir zwei Kleider. Eins für die Flucht, das aussieht wie eins von meinen. Falls dich jemand bemerkt, werden sie dich für mich halten und nicht verfolgen. Dazu ein zweites Kleid für die weitere Reise.«

»Woher willst du die nehmen?«

»Daran arbeite ich noch. Ich könnte sie selbst nähen, aber dann würde Nell neugierige Fragen stellen ... Ich nehme jedenfalls schon mal deine Maße. Hast du ein Stück Schnur?«

»Augenblick, ich habe die Zitronenbäume hochgebunden.«

Während Hettie sich auf die Suche nach der Schnur machte, blieb Tilly im Gras sitzen. Vielleicht musste sie aufs Festland fahren. Dazu musste sie aber Sterling um Erlaubnis bitten, und er würde sicherlich nein sagen. Seit dem Abend, an dem sie das Sherryglas zerbrochen hatte, hatten sie nur wenige Worte miteinander gewechselt. Gewöhnlich sagte er beim Essen etwas Freundliches; sie antwortete kurz und unverbindlich, aber nicht zu kühl, damit Nell keinen Verdacht schöpfte.

Als Hettie mit einem Stück Schnur zurückkam, stand Tilly auf.

»Heb mal die Arme hoch.« Sie wickelte die Schnur um ihre Brust und machte an der richtigen Stelle einen Knoten. Dann legte sie die Schnur um Hetties dicke Taille und ihre männlichen Hüften. Die körperliche Gegenwart der anderen Frau wurde ihr plötzlich sehr bewusst. Da Hettie stets den Kopf gesenkt hielt und unterwürfig schaute, hatte Tilly nie bemerkt, wie kräftig die Gefangene gebaut war. Ihr fiel ein, was Sterling erzählt hatte: dass sie ihrem Mann zwei Kissen aufs Gesicht gedrückt hatte. Jetzt konnte Tilly es sich durchaus vorstellen: Sie hatte viel Kraft in Händen, Armen und Oberkörper.

Sie rollte die Schnur zusammen und schloss die Faust darum. »Hettie, weshalb steht in den Akten nicht, dass dein Mann gewalttätig war?«

»Es steht da nicht drin? Woher weißt du das?« Ihre Augenbrauen schossen in die Höhe, sie runzelte die Stirn.

»Sterling sagt, du hättest … einen anderen Mann gehabt, der dir geholfen hat.«

Hettie senkte den Blick, ballte die Hände zu Fäusten und löste sie wieder. »Natürlich. Natürlich sagen sie das über mich. Ich hatte einen Freund und, ja, ich habe ihn geliebt. Ich wollte mit ihm zusammenleben. Aber ich wusste, dass es nicht möglich war. So dumm bin ich nicht.« Sie hob den Kopf. »Sieh mich an, Tilly. Ich bin nicht schön. Ich bin nicht jung. Ich bin nicht so wie du mit deiner milchweißen Haut und den hellen Haaren und den langen Wimpern. Welcher Mann würde mich lieben? Nein, er war nur ein Freund für mich. Er wohnte gegenüber. Da war dieser schreckliche Abend, an dem ich mich … verteidigt hatte … nachdem er mir mit einer Eisenpfanne auf den Kopf geschlagen und die Kinder bedroht hatte … Mein Mann war eine Weile weg gewesen, und als er zurückkam, wollte er seinen ganzen aufgestauten Zorn an uns auslassen. Nach dem Abend, an dem ich meinen Mann erstickt hatte, rief ich meinen Freund, meinen Nachbarn, und fragte ihn, was ich tun sollte. Ich war verzweifelt. Er half mir dabei, die Leiche meines Mannes in den Busch zu tragen.« Hettie holte tief Luft und schaute zum Meer. »Er sah so friedlich aus, wie er da unter dem Baum lag.«

»Hast du der Polizei das alles erzählt? Und dem Richter?«

»Natürlich. Sie haben meinen Freund mitangeklagt. Er sitzt auch im Gefängnis, nur wegen mir. Seine Strafe ist aber viel kürzer. Immerhin haben sie ihm geglaubt, dass er erst von dem Mord erfahren hat, nachdem es schon passiert war.«

Tilly schwieg einen Moment.

»Du glaubst mir doch, oder?« Hettie klang verzweifelt. »Ich habe es ihnen erzählt. Ich habe ihnen erzählt, wie er mich behandelt und was er mir angetan hat. Ich habe ihnen die blauen Flecken gezeigt.«

»Ich glaube dir. Ich habe nicht viel Lebenserfahrung, habe aber oft gesehen, dass Männer das lebhafte Temperament einer Frau nicht schätzen und sie dafür bestrafen. Ich weiß, dass sie von einer Frau gern das Schlimmste annehmen, dass ein frühreifes Mädchen unbeherrschbar genannt wird, dass wir angeblich von unseren Leidenschaften getrieben werden, während sie sich selbst für rational halten und über uns urteilen. Ich glaube dir, Hettie Maythorpe. Ich glaube dir.«

Hettie brachte ein Lächeln zustande.

»Ich muss allein sein und darüber nachdenken, wie wir das alles schaffen. Ich werde zu dir kommen, sobald ich mir etwas überlegt habe. Mach dir keine Sorgen. Ich kümmere mich um alles.«

»Warte, Tilly. Ich muss dich etwas fragen.«

Tilly drehte sich zu ihr um. Die kühle Meerluft strich durch ihre feuchten Nackenhaare. »Nur zu.«

»Warum tust du das?«

Tilly suchte lange nach Worten. Es gab so viele Antworten. Doch letztlich sagte sie nur: »Weil ich es muss.«

Hettie wollte nachfragen, besann sich dann aber. »Wir sehen uns bald wieder.«

»Sobald es geht«, versicherte Tilly.

*

Früh am nächsten Morgen stand Tilly vor Sterlings Bürotür. Sie hatte wieder schlecht geschlafen. In einem Anflug von Eitelkeit dachte sie an die dunklen Schatten unter ihren Augen. Dann aber erinnerte sie sich daran, dass sie keinen Anspruch auf Sterling und keine Zukunft mit ihm hatte. Also war es auch egal, wie sie aussah. Sie klopfte energisch, und er bat sie herein.

Tilly öffnete die Tür.

Er konnte seine Überraschung nicht verbergen. Seine Körpersprache verriet ihn, als er rasch die Papiere beiseitelegte und aufstand, um sie zu begrüßen. »Tilly, ich hatte nicht mit dir gerechnet.«

»Ich muss mit dir sprechen, bevor ich mit dem Unterricht beginne.« Ihre Stimme klang sehr ruhig. Er sollte sie nicht für irrational halten. »Ich wollte dich um einen kurzen Urlaub bitten, damit ich aufs Festland fahren kann.«

»Zu welchem Zweck?«

»Das ist meine Sache.«

Er nickte. »Natürlich.« Dann trat er ans Fenster und schaute hinaus. »Ein schöner Morgen. Lass uns spazieren gehen.«

»Spazieren gehen?«

»Dabei kann ich immer gut nachdenken.«

»Es gibt nichts nachzudenken. Ich möchte Urlaub haben und einen Teil meines Gehalts und …«

»Du sollst deinen Urlaub haben. Aber es gibt andere Dinge, die ich mit dir besprechen will, und das hier …« Er machte eine vage Handbewegung »… ist nicht der richtige Ort dafür.«

Sie zögerte. Ihr ganzer Körper und ihr Herz drängten zu

ihm hin, sie wollte mit ihm an diesem klaren, sonnigen Morgen spazieren gehen. Doch ihr Kopf warnte sie.

»Komm, Tilly, nur ein kleiner Spaziergang. Zehn Minuten. Dann können wir beide unser Tagwerk fortsetzen.«

»Na schön.« Sie versuchte, kühl zu klingen, doch ihr Herz hämmerte wie verrückt.

Sie gingen die Vordertreppe hinunter und schlugen den Weg nach Westen ein, weg vom Gefängnis und hin zu dem kleinen Strand. Sterling schwieg lange und blickte grimmig drein, wenn ihnen Männer begegneten und einen Morgengruß riefen. Er ging ziemlich schnell, und sie musste sich beeilen, um mit ihm Schritt zu halten, während sie verstohlene Blicke auf sein Gesicht warf. Sie fragte sich, worüber er mit ihr sprechen wollte.

»Das ist eine gute Stelle.« Er deutete auf den flachen Felsen am Strand, auf dem sie oft mit Nell gesessen hatte. Er hockte sich auf die Kante, doch sie spürte das Bedürfnis, ihm zu trotzen. Sie war schon den ganzen Weg mit ihm hierhergekommen, sie würde sich nicht auch noch neben ihn setzen. Stattdessen zog sie es vor, im Sand stehen zu bleiben und aufs Meer zu blicken.

»Wusstest du, dass Nell das hier Seven Yard Beach nennt?«

»Tatsächlich?«

Tilly drehte sich um. »Sie hat eine Karte der Insel gezeichnet. Und ergänzt sie ständig. Nach und nach bekommt alles einen Namen.« Sie unterdrückte ein Lächeln. »Der Steilhang heißt Sterling Cliff. Sie sagte, der Ort brauche einen strengen Namen.«

Sterling beugte sich vor, die Hände zwischen den Knien, und schaute aufs Wasser. »Streng? Sie hält mich für streng?« Die Wellen waren heute sanft, sie rollten flach über den steinigen Sand und brachen sich mit einem kaum merklichen Zischen. Die Luft war erfüllt vom Geruch der Algen.

»Ich weiß es nicht. Sie hat es so gesagt.«

Er schüttelte den Kopf. »Ich liebe das Mädchen einfach zu sehr.«

»Zu viel Liebe gibt es nicht«, sagte Tilly hitzig. »Man kann sie nicht messen oder kontrollieren. Man muss sie einfach spüren. Das ist das einzig Moralische.«

Sterling schwieg lange, während ihr Gesicht abkühlte und sie die Fassung wiedergewann.

Er schaute aufs Meer. Eine Möwe segelte über ihnen dahin. Die Sonne schimmerte auf seinen Haaren, und der Wind blies sie aus dem Gesicht, so dass sie seine breite Stirn und die starke Nase sehen konnte. Sie konnte sich nicht erinnern, jemals ein anderes Gesicht so gern angeschaut zu haben, und es ärgerte sie, dass er nichts sagte. Als hätte er sie nur hergebracht, um sie mit seinem schönen Gesicht zu bezaubern.

»Warum sind wir hergekommen? Worüber wolltest du mit mir reden?«

»Es tut mir leid, ich …« Er suchte nach Worten. Sein Blick ruhte noch auf dem Wasser, er blinzelte leicht, weil die Sonne so grell funkelte. »Ich habe dich neulich abends schlecht behandelt. Mir wurde klar, dass ich mich nicht entschuldigt habe. Vielleicht hilft dir meine Entschuldigung. Es war mir ernst, als ich sagte, ich wolle mit dir befreundet bleiben. Mir fehlen unsere Gespräche, aber mir scheint, du willst im Augenblick gar nichts mit mir zu tun haben.«

Sie sagte nichts, weil sie Angst hatte, in Tränen auszubrechen.

Diesmal schaute er sie unmittelbar an. Seine Augen blickten traurig. »Als Mann, als älterer Mann in verantwortlicher Position, hätte ich viel behutsamer mit dir umgehen müssen, mit deiner Ehre, mit deinem Herzen. Ich habe es schon einmal gesagt: auf dieser Insel zu leben ist, als lebte man außerhalb der Gesellschaft. Wir verbringen so viel Zeit unter Menschen, die andere ermordet oder gequält haben, dass unser eigenes Benehmen unangreifbar erscheint.«

Noch immer nichts.

»Tilly? Bitte sprich mit mir.«

»Ich merke, dass du dich für einen Mann hältst, der besser als ich beurteilen kann, was richtig und falsch ist, der meine Ehre beschützen muss. Und du denkst, dass unsere Liebe unrecht war und dass es geradezu kriminell ist, dass wir uns ineinander verliebt haben.«

»Ich habe nichts davon gesagt.«

»Du hast das alles gesagt.«

»Du verdrehst mir die Worte im Mund. Warum müssen Frauen nur so …?« Er hielt inne, hatte aber genau das ausgesprochen, was ihren Jähzorn am sichersten weckte.

Sie wandte sich ab.

»Tilly, du fehlst mir. Aber wir können nicht zusammen sein. Wir müssen Geduld haben, wir müssen uns beherrschen …«

»Ich will mich aber nicht beherrschen!«, schrie sie. Dann drehte sie sich um und rannte zum Haus. Er blieb allein am Strand zurück.

*

Nell und Sterling standen beide am Anleger, um sich von ihr zu verabschieden. Nell, die die unterschwellige Leidenschaft nicht bemerkte, strahlte vor Aufregung.

»Viel Spaß im Urlaub. Kaufen Sie sich etwas Hübsches.«

In Tillys Tasche war Platz genug für einige neue Kleider, aber die würde sie nicht für sich selbst kaufen. »Wir sehen uns in etwa einer Woche.« Sie küsste das Mädchen auf die Stirn. »Bis dahin arbeitest du an einer neuen Geschichte.«

»Auf Wiedersehen, Tilly«, sagte Sterling. Die Sonne schien auf sein dunkles Haar und seine Haut. Sie bemerkte die Falten um seine Augen, einige graue Strähnen in den Koteletten. Sie sehnte sich danach, sein Gesicht zu berühren und ihn auf die Lippen zu küssen.

»Auf Wiedersehen, Sterling.«

Er ergriff Nells Hand, als Tilly an Bord des Dampfers ging, der sich mit der Morgenflut wiegte. Die Sonne schimmerte über der Bucht, die heute blaugrün aussah. Die Regenzeit war vorbei, die Trockenzeit hatte leuchtenden Sonnenschein und kühle Luft gebracht. Tilly ließ ihren Koffer unten und ging an Deck, von wo aus sie noch einmal zum Anleger blickte. Die beiden standen Hand in Hand da. Nell winkte ihr mit Pangur Ban. Sterling hob ebenfalls die Hand, als die Mannschaft die Taue löste und das Schiff davonfuhr. Sie winkten ihr, als gehörte sie zur Familie.

Aber sie waren nicht ihre Familie. Und nach dieser Reise aufs Festland würden sie es auch nie sein. Denn sie bewegte sich unaufhaltsam in eine Zukunft, an der Sterling und Nell keinen Anteil hatten.

Dreiundzwanzig

Ein Brief aus der Vergangenheit

Tilly hatte keine Zeit gehabt, eine Unterkunft auf dem Festland zu buchen, obwohl sie Sterling belogen und gesagt hatte, alles sei vorbereitet. Sie nahm die Straßenbahn zu Mrs. Frasers Pension, in der sie nach ihrer Ankunft in Australien abgestiegen war, da sie hoffte, dort ein Zimmer zu bekommen. Kurz nach Mittag klingelte sie an der Tür der Pension, einem Haus mit schmiedeeisernen Gittern und einer knarrenden Wetterfahne auf dem Dach.

Schritte von drinnen, dann ging die Tür auf.

»Ja?«, erkundigte sich eine junge Frau.

»Ist Mrs. Fraser da?«

»Nein, sie macht Besorgungen. Kann ich Ihnen helfen?«

»Ich brauche ein Zimmer für eine Woche. Mrs. Fraser kennt mich. Sie hat gesagt, ich könne jederzeit gerne wiederkommen.«

»Wir sind ausgebucht.«

Unter den gegebenen Umständen konnte schon die kleinste Komplikation gewaltige Folgen haben. Tillys Entschlossenheit geriet ins Wanken. »Ja, aber Mrs. Fraser kennt mich. Chantelle Lejeune. Sie sagt …« Tilly verstummte. Wenn die Pension voll war, war sie voll. »Können Sie mir etwas anderes empfehlen?«, fragte sie kraftlos.

»Etwa fünf Meilen von hier an der Promenade gibt es eine Frühstückspension.« Die junge Frau wich ihrem Blick aus. »Sie wird von einem Herrn geführt. Möglicherweise möchte eine alleinstehende Dame wie Sie nicht dort übernachten. Ansonsten könnten Sie weiter in Richtung Stadt …«

»Das ist sicher in Ordnung.« Dann aber kamen ihr Bedenken. Sterling hatte recht. Das Leben auf der Insel verzerrte die Vorstellung von dem, was sich schickte und was nicht. Doch sie brauchte ein Zimmer für die Nacht und begab sich zur Promenade, wo sich die hohen Bäume über die Straße wölbten. Eine Pferdekutsche rollte an ihr vorbei, und sie sprang beiseite, wobei sie beinahe in einem Haufen Pferdemist gelandet wäre. Tilly war seit vielen Monaten nicht mehr auf dieser Seite der Bucht gewesen. Sie kam an Paaren, Familien und Männern vorbei, die mit Handtüchern und Badekappen zum Strand gingen. Niemand trug weiße oder blaue Uniformen. Die Menschen konnten sich frei bewegen, kommen und gehen und woanders hinreisen. Sie schaute angestrengt aufs Wasser, war sich aber nicht sicher, ob sie Ember Island wirklich sehen konnte. In der Bucht lagen viele Inseln, und es war schwer, sie voneinander zu unterscheiden. Dort drüben: Gefangene, Waisenkinder, vertriebene Eingeborene und Leprakranke. Hier: die Zivilisation.

Schließlich erreichte sie die Pension, die ihr die junge Frau genannt hatte. Ein kleines Holzhaus mit einer niedrigen Veranda und einem überwucherten Garten. Sie schaute nachdenklich hinüber. Es gab nicht einmal ein Schild; es sah aus wie ein kleines, ganz gewöhnliches Wohnhaus.

Ihre Füße taten weh nach dem langen Marsch. Also überquerte sie die Straße, schob die Ranken beiseite, die vom Torbogen hingen, und klopfte an die Tür.

Ein Herr von über siebzig mit weißem Haar und freundlichem Lächeln öffnete ihr. »Kann ich Ihnen helfen?«

»Sie vermieten Zimmer mit Frühstück?«

Er runzelte die Stirn. »Ja, aber nur für Männer. Sie sollten es bei Mrs. Fraser versuchen …«

»Mrs. Fraser ist ausgebucht. Ich will nicht bis in die Stadt laufen und brauche dringend ein Bett für die Nacht.«

»Sie sind sehr geradeheraus.« Er strich sich übers Kinn. »Ich habe noch nie eine junge Dame hier gehabt.«

»Ich bin keine sehr empfindsame junge Dame. Ich habe die vergangenen Monate auf der Sträflingsinsel Ember Island verbracht.« Sie hätte auch hinzufügen können: *Ich habe einen Mann so heftig mit einem Schürhaken aus Messing geschlagen, dass seine Nase danach platt wie ein Pfannkuchen war.* Doch das erwähnte sie natürlich nicht.

»Ich mache Ihnen einen Vorschlag. Sie können hier wohnen, da alle drei Zimmer frei sind. Aber es gibt nur ein Gemeinschaftsbad. Falls ein männlicher Gast eintrifft, müssen Sie ausziehen.«

»Verstanden. Wie heißen Sie?«

»Ich bin Richard Hamblyn.« Er öffnete die Tür weiter und ergriff ihren Koffer. »Und Sie sind?«

»Chantelle Lejeune. Gouvernante der Tochter des Gefängnisdirektors.« Sie folgte ihm ins Haus und streifte die Handschuhe ab. Die Eingangshalle war sauber und gemütlich, mit einem dicken Teppich und glänzend poliertem Messing.

»Gouvernante? Nun, dann werden wir uns gut verstehen. Ich bin Lehrer im Ruhestand.« Er führte sie durch einen dämmrigen Flur und suchte in der Tasche nach einem Schlüssel. Kurz darauf sperrte er die Tür eines winzigen Zimmers auf. Das Fenster stand offen, und der dünne, weiße Vorhang blähte sich in der sanften Brise. »Essen Sie heute Abend mit mir. Dann sprechen wir darüber, wie man am besten lateinische Grammatik unterrichtet.« Er zwinkerte ihr zu.

Tilly mochte ihn. Mit seinem gebeugten Rücken und den funkelnden, von Falten umgebenen Augen erinnerte er sie ein wenig an Großvater. »Das würde mir sehr gefallen, Mr. Hamblyn. Hätten Sie eine Zeitung für mich?«

»Ich bringe sie Ihnen.«

Eine Stunde später hatte sie ihre Taschen ausgepackt, die Schuhe von den müden Füßen gestreift und saß im Schneidersitz auf dem Bett, um die Stellenangebote durchzugehen. Die meisten waren aus der Gegend, doch sie musste weg von hier, weit weg. Sie fand einige Angebote weit im Norden, in Queensland und auf den Goldfeldern. Aber das waren Stellen für Dienstboten, bei denen sie kochen und putzen musste. Gewiss brauchte eine Familie dort oben eine Gouvernante. Sie könnte auch erst einmal ein Stück reisen und sich unterwegs Arbeit suchen, doch das Denken ermüdete sie. Vielleicht war der heutige Tag einfach zu viel gewesen. Sie legte sich aufs Bett, schloss die Augen und döste ein.

Sie war wieder in Lumière sur la Mer, *ging allein durch den Flur im ersten Stock, vorbei an Jaspers Schlafzimmer. Sie hörte zwei Menschen beim Liebesspiel, Jasper und Chantelle, so wie sie sie in jener Nacht gehört hatte. Diesmal würde sie sie unterbrechen. Diesmal würde sie die Tür aufreißen und schreien, sie sollten aufhören, sie sollten ihre Affäre beenden; dann würden sie am Leben bleiben. Doch als sie den Türgriff berührte, war er glühend heiß. Rauch quoll unter der Tür hervor.*

Tilly warf sich heftig mit der Schulter dagegen. Die Tür flog auf, und sie sah die beiden auf dem Bett, von Flammen umgeben. Aber es war nicht Chantelle, sondern Hettie in ihrer weißen Gefangenenkleidung, die auf dem Körper eines Mannes saß. Kissen bedeckten sein Gesicht. Sie drückte sie mit der ganzen Kraft ihrer fleischigen, muskulösen Arme auf ihn nieder.

Tilly wollte eintreten und »Feuer! Feuer!« rufen.

Da drehte Hettie sich zu ihr um. Ihr Gesicht wie Donnergrollen, die dunklen Haare wie Schlangen im Rauch. »Er hat es verdient«, stieß sie hervor.

Tilly erwachte mit einem Ruck. Das Tageslicht verwirrte sie, der seltsam durchscheinende Vorhang blähte sich, als der Nachmittagswind auffrischte und die Zeitung auf dem Bett rascheln ließ. Sie stand auf, schüttelte den Kopf und schloss das Fenster. Alles war still. Die Angst in Herz und Adern kühlte ab.

Und sie wusste, dass sie das Richtige tat. Alles wäre richtig, solange es die Alpträume vertrieb.

Am späten Nachmittag begab sich Tilly zu dem Schneideratelier, das in der Nähe von Mrs. Frasers Pension lag. Ihre Füße waren ausgeruht, die Sonne schien nicht mehr so grell. Drinnen im Laden war es kühl, dämmrig und still, als hätte der Stoff alle Geräusche in sich aufgesogen. Eine Frau arbeitete beim Licht, das durchs Schaufenster fiel, und steckte Stoffbahnen auf einer Schneiderpuppe fest. Tuchballen lagen auf der Theke und lehnten an den Wänden. Tilly betrachtete einen Ballen mit rotem Stoff und schaute aufs Preisschild. Die Schneiderin nahm die Nadeln aus dem Mund und rief: »Kann ich Ihnen helfen?«

Tilly trat näher. Unter dem Arm hatte sie eines ihrer eigenen Kleider. »Ich möchte Sie bitten, dieses Kleid für eine Freundin in einer anderen Größe zu kopieren.«

Die Schneiderin nahm es entgegen und schüttelte es auseinander. »Das ist einfach. Genau diesen Stoff werde ich nicht bekommen, aber mit der Farbe müsste es klappen.«

»Ich brauche noch ein weiteres Kleid aus einem sehr einfachen Stoff, in der gleichen Größe. Was würde das kosten?«

Die Schneiderin führte Tilly zur Theke mit der Glasplatte, unter der Schachteln mit Knöpfen und Bändern ausgestellt waren, und holte einen Notizblock hervor. Sie schrieb die Maße auf und schätzte einen Preis, den Tilly sich leisten konnte.

»Schaffen Sie das in einer Woche?«

»Nein, ich brauche mindestens zehn Tage.«

»Tut mir leid, ich habe nur eine Woche Zeit. Ich bezahle auch einen Aufschlag.«

Die Schneiderin neigte den Kopf und betrachtete Tilly unbewegt. »Ich kann einen Auftrag nach hinten schieben. Sie brauchen nicht extra zu bezahlen.«

»Vielen Dank.«

Tillys Kleid lag zwischen ihnen auf der Theke. Die Schneiderin tippte mit dem Finger darauf. »Das müssen Sie hier lassen.«

»Ja, natürlich.«

Sie lächelte neugierig. »Kleiden Sie und Ihre Freundin ... sich oft gleich?«

Tilly lachte. Die meisten Frauen konnten es nicht ertragen, jemand anders im gleichen Kleid zu sehen. »Nein, nie. Nur dieses eine Mal. Danach nie wieder.«

*

Als sie in ihre Unterkunft zurückkehrte, empfing sie der Geruch von gekochtem Fleisch. Ihr fiel ein, dass sie seit dem Frühstück auf der Insel nichts mehr gegessen hatte. Mr. Hamblyn tauchte aus seiner Wohnung auf, als sie die Tür aufschloss, und lächelte. »Abendessen um sieben?«

»Wie spät ist es jetzt?«

»Sechs.«

Ihr Magen knurrte. »Könnten Sie die Köchin fragen, ob es auch ein bisschen früher geht? Ich habe nicht zu Mittag gegessen.«

»Die Köchin? Ich mache alles selbst. Falls Sie Hunger haben, meine Liebe, steht es sobald wie möglich auf dem Tisch. Machen Sie sich frisch, ich klopfe, sobald ich fertig bin.«

Tilly ging in ihr Zimmer, spritzte sich Wasser ins Gesicht und zog ein bequemes Hauskleid an. Mr. Hamblyn klopfte nur wenige Minuten später, und sie folgte ihm in ein Esszimmer, das mit drei kleinen Tischen eingerichtet war. Auf einem lag eine saubere, wenn auch fadenscheinige Tischdecke. Alle Lampen waren angezündet.

»Setzen Sie sich, machen Sie es sich bequem.«

Tilly nahm Platz und griff nach dem Kristallglas, um einen Schluck Wasser zu trinken. Kurz darauf trug er ihr ein Stück halbgares Fleisch in grauer Soße auf, in der verschrumpelte Kartoffeln schwammen.

»Und warum beschäftigen Sie keine Köchin?«, erkundigte sie sich, als er ihr gegenüber Platz nahm und eine Unmenge Salz über sein Essen streute.

»Meist bin ich allein oder habe nur einen Gast.« Er machte sich begeistert über das Essen her.

Tilly kostete zaghaft das Fleisch. Es war fade und noch ziemlich blutig. Sie beschloss, sich an Kartoffeln und Soße satt zu essen. Sie sehnte sich nach dem üppigen Essen auf Ember Island: den knusprigen Brötchen aus der Bäckerei, dem fangfrischen Fisch, dem Gemüse, das nur wenige Meter entfernt im Garten wuchs.

»Erzählen Sie mir, wie Sie Lehrerin geworden sind.«

»Gouvernante. Ich hatte nur eine Schülerin. Ich habe selbst bei einer Gouvernante gelernt und von meinem Großvater, der sehr gebildet war. Ich habe ein besonderes Talent für Sprachen. Wie steht es mit Ihnen?«

»Ich? Ich liebe einfach Kinder.«

»Aber Sie haben keine eigenen?«

»Nein. Habe nie geheiratet. Aber ich habe so viele unterrichtet. Ich kann mich an alle erinnern, an die klugen, die ungezogenen, selbst die dazwischen.« Ein glücklicher, geistesabwesender Blick trat in seine Augen. »Ich hoffe, sie erinnern sich auch an mich.«

»Ganz sicher.« Tilly spürte, dass sie ihn mochte. »Ich habe eine ganz besondere Beziehung zu meiner Schülerin Nell. Es ist Liebe.«

»Was sagen ihre Eltern dazu?«

»Ihre Mutter ist tot. Ihr Vater … ich bin mir nicht sicher.«

»Verstehe. Eltern wollen, dass man ihre Kinder gern hat, aber die Kinder sollen einen selbst nicht zu gern haben.« Er schaufelte sich das Essen in den Mund und sprach, während er kaute. »Lehrer dürfen keine Konkurrenten werden.«

»Ich glaube nicht, dass ihr Vater mich als Konkurrenz betrachtet. Jedenfalls nicht für sich selbst. Höchstens für seine verstorbene Frau.«

»Dennoch wird die junge Nell aufwachsen und keine Gouvernante mehr brauchen, und Sie werden aus ihrem Leben verschwinden, als wären Sie nie dort gewesen. Die Kinder haben ihr eigenes Leben. Ich fühlte mich immer ein wenig verloren, wenn einer meiner Schüler wegging, so als würde ich einen Teil meiner selbst verlieren.« Er runzelte flüchtig die Stirn, und Tilly fragte sich, ob er an einen bestimmten Schüler dachte.

»Miss Lejeune, erzählen Sie doch mal, wie es Sie nach Australien verschlagen hat.« Er wirkte wieder heiterer und schob die Brille auf der Nase hoch.

»Ach. Das ist ein bisschen kompliziert.« Sie schnitt aus Höflichkeit winzige Streifen von dem gekochten Fleisch ab.

»Nur zu. Ich bin sehr klug und kann einer komplizierten Geschichte folgen«, erwiderte er lachend.

Es war lange her, dass sie Lügen über ihre Vergangenheit erzählt hatte. Also tischte sie ihm eine Geschichte auf, die oberflächlich der Wahrheit entsprach. »Ich habe mit meinem Großvater zusammengelebt. Er ist gestorben und hat alles meinem Cousin hinterlassen. Dann bin ich eine unkluge Ehe eingegangen. Mein Mann ist gestorben. Ich wollte all das hinter mir lassen und entschloss mich, eine sehr lange Reise zu unternehmen.«

»Sie sind also gar nicht Miss Lejeune, sondern Mrs. Lejeune?«

»Ich bin …« Nichts davon. Sie war nichts davon. »Nennen Sie mich Tilly.«

»Es tut mir jedenfalls sehr leid, dass Ihr Mann gestorben ist. Er muss noch jung gewesen sein.«

»Erst vierundzwanzig.«

»Krankheit?«

»Unfall. Ich kann nicht darüber sprechen. Es regt mich zu sehr auf.«

»Haben Sie ihn geliebt?«

»Zuerst schon. Sehr sogar. Aber er war nicht … wofür ich ihn hielt.«

»Sind Sie jetzt glücklich? Auf Ember Island?«

»Ja.«

»Es tut mir leid, aber ich hatte gesehen, dass die Zeitung bei den Stellenangeboten aufgeschlagen war.« Er breitete die Hände aus. »Daher dachte ich, Sie wären dort vielleicht nicht glücklich.«

Irgendwo im Zimmer nebenan schlug eine Uhr die halbe Stunde. Tilly schob das Essen auf dem Teller umher. »Nun …«

»Soll ich mich für Sie umhören? Ich habe viele Freunde, die noch an Schulen unterrichten.«

»Nicht hier. Ich möchte an einen entlegeneren Ort ziehen.«

»Noch entlegener als eine Sträflingsinsel?« Er lehnte sich zurück und wischte sich den Mund mit der Serviette ab. »Das ist ganz schön viel verlangt.«

»Ich mag entlegene Orte.«

Er schaute sie im flackernden Lampenschein nachdenklich an, die alten Hände vor sich gefaltet. »Sie laufen vor etwas davon.«

Schlechtes Gewissen und Zorn prickelten auf ihrer Haut. Wie konnte er es wagen, ihr so etwas ins Gesicht zu sagen? »Und wenn schon? Darf eine Frau nicht vor etwas Unerfreulichem davonlaufen, ohne dass sich alle einmischen, es besser wissen und ihr Vorwürfe machen?«

Mr. Hamblyn schien ihre Antwort zu gefallen, denn er warf lachend den Kopf zurück. »Sie laufen vor etwas davon und sind jähzornig. Oh, Sie sind ein hinreißendes Wesen, Mrs. Lejeune. Keine Sorge, ich werde Sie nicht zurückhalten. Aber ich begegne heutzutage selten interessanten Menschen und finde Ihre Gesellschaft sehr unterhaltsam.«

Tilly lächelte trotz ihrer Gereiztheit. »Großvater hat immer gesagt, ich müsste mein Temperament zügeln. Er würde sich sehr schämen, wenn er wüsste, dass ich so mit einem Herrn spreche, der viele Jahre älter ist als ich.«

Er tat ihre Worte mit einer Handbewegung ab. »Der Jähzorn wird nur schlimmer, wenn man ihn unterdrückt. Das habe ich bei Kindern oft genug erlebt. Je mehr Druck man ausübt, desto stärker ist irgendwann der Ausbruch.«

»Ich bin kein Kind.«

»Wir sind alle große Kinder. Wir wissen nur ein bisschen mehr als früher und lernen mit jedem Jahr etwas dazu. Und wenn wir sterben, wissen wir etwa ein Viertel von dem, was man wissen kann.«

Tilly legte ihr Besteck weg. Sie konnte nicht länger tun, als wäre das Essen genießbar. »Ich verliere oft die Beherrschung. Und dann habe ich ein schlechtes Gewissen und unterdrücke es so lange, bis es sich wieder Bahn bricht.«

»Man wird krank, wenn man ständig ein schlechtes Gewissen hat. Wenn man etwas Schlimmes getan hat, sollte man es wiedergutmachen. Aber das ist oft gar nicht der Fall. Und ich habe so viele Mädchen erlebt, die sich Vorwürfe machen, nur weil andere nicht mit ihnen zufrieden sind.« Er deutete auf ihr Essen. »War es so schrecklich?«

Tilly schaute auf ihren Teller. Sie hatte nur eine einzelne Kartoffel und einige Streifen Fleisch geschafft. »Leider ja.«

»Ich habe Brot und Äpfel in der Küche.«

»Vielen Dank.«

Bald darauf saßen sie zusammen in der Küche an einem alten Holztisch und aßen Äpfel und Brot mit Schmalz. Mr. Hamblyn war ein weiser Mann, und sie fühlte sich ungezwungen in seiner Gesellschaft. Er berichtete von entlegenen Orten – weit im Westen im Busch oder tief in der tasmanischen Wildnis –, an denen sie Arbeit als Lehrerin oder Gouvernante finden konnte. Allmählich ließ ihre Angst vor der Zukunft nach. All das wartete auf sie, wenn sie die dunkle Tat vollbracht hatte. Sie würde frei sein von Liebe und Schuldgefühlen. Sie würde frei sein.

*

Tilly verbrachte die Woche in der angenehmen Gesellschaft von Mr. Hamblyn. Manchmal ging sie auch allein über die Promenade oder kaufte Kleinigkeiten, die sie Nell mitbringen wollte. An ihrem vorletzten Morgen saßen sie auf der vorderen Veranda in der warmen Sonne und tranken Tee, als eine Frau durchs Tor trat und sich der Treppe näherte. Tilly erkannte Mrs. Fraser aus der Pension.

»Guten Morgen, Mrs. Fraser«, begrüßte Mr. Hamblyn sie. »Wir trinken gerade Tee. Möchten Sie sich dazusetzen?«

»Ich kann nicht bleiben. Ich war auf der Suche nach Miss Lejeune. Wie geht es Ihnen, meine Liebe? Bessie sagt, Sie seien da gewesen. Es tut mir sehr leid, dass wir Ihnen kein Zimmer anbieten konnten.«

»Keine Sorge, ich habe hier eine angenehme Woche mit Mr. Hamblyn verbracht.«

»Es freut mich, dass ich Sie gefunden habe.« Sie griff in die Schürzentasche und holte einen Brief heraus. »Der ist vor einigen Monaten für Sie angekommen. Ich habe ihn aufbewahrt, weil ich keine Nachsendeadresse hatte.«

Tilly nahm den Brief verwundert entgegen. War das die Antwort auf eine Bewerbung? Der Brief war an Chantelle Lejeune gerichtet, aber von wem konnte er stammen? Sie drehte ihn um. Ihr Körper und ihr Blut verwandelten sich in Eis.

»Alles in Ordnung, Tilly?« Mr. Hamblyn stützte sie am Ellbogen und führte sie zu ihrem Stuhl.

Erst jetzt merkte sie, dass sie weiche Knie bekommen hatte. »Ich … ich bin wohl zu plötzlich aufgestanden.« Sie drückte die Handfläche an die Stirn.

Tilly erhob sich wieder, wobei sie den Brief mit der rechten Hand umklammerte. »Tut mir leid, mir ist nicht gut. Ich muss mich hinlegen.«

Sie stolperte beinahe über ihren Stuhl, als sie in ihr Zimmer eilte, die Tür abschloss und sich aufs Bett warf. Sie las noch einmal die Adresse, als hätte sie sich den Namen beim ersten Mal nur eingebildet.

Laura Mornington, Le Paradis, St. Peter Port, Guernsey.

Die Vergangenheit hatte sie eingeholt.

Vierundzwanzig

Zurück auf die Insel

Tillys Zimmer in Starwater wirkte beruhigend vertraut. Sie schloss die Tür hinter sich – ein Zeichen für Nell, sie in Ruhe zu lassen – und ließ ihre Taschen zu Boden fallen. Irgendwo dort drin befand sich der Brief von Laura Mornington. Sie hätte ihn auf der Rückfahrt beinahe über Bord geworfen, es aber nicht über sich gebracht. Sollte sie antworten? Aber wie? Laura hatte einmal gesagt, Chantelle gehöre für sie zur Familie. Es musste traurig und schockierend gewesen sein, als sie über Nacht verschwand. So traurig und schockierend, dass Laura sie über Postämter und Schifffahrtsbüros um die halbe Welt verfolgt und hier in Mrs. Frasers Pension aufgespürt hatte.

Tilly holte den Brief heraus, entfaltete ihn und las die Zeilen auf den dünnen Blättern. Sie hatte sie schon mehrfach gelesen ... *krank vor Sorge um dich ... schrecklicher Brand ... Jasper und seine Frau kamen um ... muss wissen, dass du gesund und in Sicherheit bist ... verzeihe dir alles, was du getan hast ... schreib mir, bitte schreib mir, meine Liebe, damit ich Ruhe habe ...*

Doch Chantelle Lejeune war tot; und der Mensch, den Laura aufgespürt hatte, war in Wirklichkeit diejenige, die ihren Tod verschuldet hatte. Falls Laura herausfand, dass sie nicht Chantelle war, würde ihr Verbrechen ans Licht kommen.

Tilly fürchtete sich nicht nur vor der Entdeckung. Schlimmer war die Vorstellung, dass jemand sie gefunden hatte, obwohl sie sich solche Mühe gegeben hatte, unterzutauchen. Konnte ein Mensch überhaupt gänzlich verschwinden? Musste sie wirklich bis ans Ende der Welt reisen, bis sie sich in Luft aufgelöst hatte und niemals von ihrer Vergangenheit eingeholt werden konnte? Sie hatte mit Mr. Hamblyn über wilde Orte gesprochen, an die sie reisen konnte. Würde ihr dieses Gespräch zum Verhängnis werden? Würde die Polizei nach ihr suchen, sobald Hettie geflohen war und man ihr die Schuld daran gegeben hatte?

Tilly trat ans Fenster und ließ die Seeluft herein. Sie hatte kein Recht, über diese Dinge nachzudenken. Wenn Hetties Rettung nicht gefährlich war und ihr Opfer abverlangte, würde sie auch ihre Schuld nicht büßen. Ein Gefallen, den man leichten Herzens tat, war kein richtiger Gefallen. Tilly musste für ihre Verbrechen bezahlen, und wenn sie Hettie befreite, wäre die Schuld beglichen. Man würde sie vielleicht fassen und bestrafen, aber sie hatte auch nichts anderes verdient.

Sie würde Laura nicht antworten. Sie würde den Leuten, die Chantelle Lejeune liebten, nicht vorgaukeln, sie wäre noch am Leben.

Tillys Hände schlossen sich um die hölzerne Fensterbank. Sie war glatt und warm von der Nachmittagssonne. Sie kannte diese Fensterbank gut. Sie kannte auch diesen Raum und das ganze Haus gut. Die Menschen darin. Die Landschaft jenseits der Veranda, die Palmen und Feigenbäume, die weiten Gärten, die ungepflasterte Straße, die bergabführte. Dies war viele Monate lang ihr Zuhause gewesen. Und doch musste sie es aufgeben, so wie sie auch ihr letztes Zuhause auf Guernsey und zuvor das Haus in Dorset aufgegeben hatte. Tillys Füße schienen den Boden nicht zu berühren, so als schwebte sie knapp über der Welt. Sie fand keinen Halt, sosehr sie auch die Zehen ausstreckte. Die Welt unter ihr bewegte sich, und sie wartete hilflos darauf, dass sie wieder zur Ruhe käme.

*

Tilly wusste, dass sie bei Sonnenuntergang in den Garten gehen und mit Hettie Pläne schmieden musste. Sie war überrascht, als sie von der letzten Stufe trat und einen Wärter im

Garten stehen sah, der aufs Meer blickte. Hettie arbeitete in der Nähe. Normalerweise wurde sie nie bewacht; sie erhielt eine Vorzugsbehandlung und wurde nur vom Gefängnis in den Garten und zurück begleitet.

Tilly zögerte und wich zurück. Der Wärter bemerkte sie und lächelte. Sie winkte kurz und ging wieder ins Haus. Dort traf sie auf Nell.

»Da sind Sie ja.« Das Mädchen umarmte sie. »Ich bin so froh, dass Sie wieder da sind. Es war ziemlich langweilig ohne Sie.«

»Seit wann wird Hettie bei der Arbeit bewacht?«

Nell zuckte mit den Schultern. »Keine Ahnung. Es war mir gar nicht aufgefallen.« Sie warf einen neugierigen Blick hinüber. »Eine komische Frage, nachdem wir uns über eine Woche nicht gesehen haben.«

Tilly drückte sie an sich. »Tut mir leid, ich hatte sie nur noch nie unter Bewachung gesehen. Wie weit bist du denn mit deiner Geschichte?«

»Oh, sie hat eine ziemlich bedrohliche Wendung genommen. Ich weiß noch nicht, wer überlebt und wer stirbt. Soll ich Ihnen ein Stück daraus vorlesen?«

»Wollen wir uns auf die Veranda setzen? Es ist ein so schöner Nachmittag.«

Also setzten sie sich. Während Nell las, beobachtete Tilly aus dem Augenwinkel die Gefangene. Sie war mittlerweile überzeugt, dass der Wärter sich nur vor einer anderen Aufgabe drückte, da er kaum auf Hettie achtete. Die meiste Zeit rauchte er oder schnitzte an einem dicken Zweig. Was sollte sie tun? Sich bei Sterling erkundigen? Aber das könnte verdächtig wirken.

Dann wurde ihr klar, dass Hettie sie gesehen hatte. Sie schaute zu dem Wärter, der sie nicht beachtete, und bewegte sich ein Stück zum westlichen Ende des Gartens.

Tilly stand auf. Nell hielt mitten im Satz inne und schaute sie fragend an.

»Ich …«, setzte Tilly an.

»Wir haben noch zwei Kapitel.«

»Ich habe …«

»Kopfschmerzen? Schon wieder?« Das Mädchen klang skeptisch und ein wenig ungehalten.

Tilly zwang sich zu lächeln, beugte sich vor und strich über ihre Locken. »Du bist ein liebes Mädchen, aber ich habe das Bedürfnis, ein bisschen allein zu sein. Ich war auf dem Dampfer mit so vielen Leuten eingepfercht und brauche frische Luft und …«

»Schon gut«, erwiderte Nell knapp. »gehen Sie nur. Meine Geschichte kann warten.«

Tilly bekam ein schlechtes Gewissen. Nell schob den Stuhl zurück und sammelte energisch ihre Papiere ein. Als sie im Haus verschwunden war, schaute Tilly zu dem Wärter, der ihr den Rücken gekehrt hatte, und stieg leise die Stufen hinunter.

Ihre Haut kribbelte. Sie rechnete damit, jeden Augenblick zurückgerufen zu werden. Dann endlich war sie außer Sichtweite und tauchte in der nordwestlichen Ecke des Gartens hinter einigen Hecken unter.

Hettie kam sofort herüber. Sie kauerten sich dicht nebeneinander.

»Was ist mit dem Wärter?«

»Er ist neu. Er soll eigentlich auf den Zuckerrohrfeldern arbeiten, das Rohr steht so hoch, dass die Gefangenen kaum noch zu sehen sind. Ich habe gehört, wie er den Oberwärter im Frauenflügel angelogen hat. Er sagte, er würde den Nachmittag mit den Kettensträflingen auf den Feldern verbringen, während er in Wirklichkeit hier herumschnitzt und raucht. Und das vor der Nase des Direktors.«

»Sterlings Büro liegt in die andere Richtung.«

»Kannst du ihn melden?«

Tilly schüttelte den Kopf. »Das würde die Aufmerksamkeit

auf uns lenken. Wir müssen uns darauf verlassen, dass er nicht aufpasst.«

Hettie nickte. »Wenn du meinst.«

»Ich habe die Kleider. Ich bringe sie dir an ... dem Tag.«

»Und wann ist das?«

»Sobald ich weiß, wie wir es machen. Habe Geduld. Du musst mir vertrauen.«

»Ich vertraue dir.« Hettie ergriff ihre Hand und drückte sie fest.

Tilly schaute auf die rauhen Finger. Stark, fast männlich. Sie dachte wieder an den Traum, in dem Hettie als Ungeheuer den Mann mit ihrem Gewicht und ihrer ganzen Kraft erstickt hatte. Ein Schauer überlief sie.

Hettie zog die Hand zurück. »Ich vertraue dir mehr als irgendjemandem sonst. Ich habe jahrelang ohne Mitgefühl gelebt und geglaubt, dass ich keines verdiene. Aber du ... du hast mir das Gefühl gegeben, als gehörte ich wieder zur menschlichen Gesellschaft. Ich kann dir gar nicht genug danken. Für das, was du schon getan hast. Für das, was noch kommt.«

Hetties Worte wirkten wie ein Gegengift und betäubten Tillys Zweifel. Es war, als hätte sie ihre Gedanken gelesen. Dann konzentrierte sich Tilly wieder auf die praktische Seite. »Vermutlich ist es am besten, wenn wir nicht so oft miteinander sprechen. Ich arbeite an unserem Plan und komme zu dir, wenn es nötig ist.«

»Ich danke dir, Tilly.«

Sie stand auf und ging leise davon. Hinter ihr bewegte sich Hettie in die entgegengesetzte Richtung, wobei das welke Laub unter ihren Füßen knisterte.

Dann aber hörte sie andere, leichtere Schritte, genau vor sich. Tilly blieb wie angewurzelt stehen und schaute über die Hecke.

Sie sah, wie Nell die Treppe hinaufeilte und im Haus verschwand.

Tilly wollte dem Mädchen instinktiv nachlaufen, bevor sie Gelegenheit hatte, mit ihrem Vater zu sprechen. Wie viel hatte sie gehört? Hatte sie überhaupt etwas gehört? Falls nicht, warum sollte sie weglaufen? Aber nein, sie konnte ihr nicht hinterherstürzen. Sie musste kühl und rational erscheinen und alles abstreiten. Das Wort Flucht war nicht gefallen. Nell konnte das wenige, das sie gehört hatte, höchstens ausschmücken. Dennoch – wenn sie Sterling darauf aufmerksam machte, dass Hettie und Tilly geheime Gespräche führten, konnte das ihren Plan gefährden.

Sie ging so ruhig wie möglich ins Haus. Alles war still. Keine Spur von Nell. Sie nahm allen Mut zusammen und klopfte an Sterlings Tür.

»Herein.«

Sie trat ein. »Hast du Nell gesehen?«

»Oh, du bist zurück. Gut. Nein, ich habe sie seit dem Frühstück nicht gesehen.« Er runzelte die Stirn. »Hat sie etwas angestellt?«

»Nein, nein. Alles in Ordnung. Wir sehen uns beim Abendessen.« Sie schloss die Tür, bevor er sonst noch etwas sagen oder nach ihrer Reise fragen konnte. Obwohl sie sich nach seiner Nähe sehnte, musste sie Distanz wahren.

Tilly betrat die Bibliothek und fand Nells Blätter ausgebreitet auf dem Tisch, doch von dem Mädchen war nichts zu sehen. Sie klopfte leise an deren Tür.

»Gehen Sie weg.«

»Kann ich mit dir sprechen?«

Nell riss die Tür auf. Ihr Gesicht war gerötet. Zum ersten Mal wurde Tilly klar, dass sie kein trotziges Kind mehr vor sich hatte, sondern eine junge Frau, die sich aufrichtig verletzt und hintergangen fühlte.

»Darf ich hereinkommen?« Ihr Herz schlug heftig.

»Nein, dürfen Sie nicht.«

Tilly bemühte sich, ruhig zu klingen. Sie wollte einen Streit vermeiden, den Sterling bemerken würde. »Hast du gelauscht?«

»Wie meinen Sie das?«

»Hast du Hettie und mir zugehört?«

»Und wenn schon? Haben Sie was zu verbergen?«

»Nein.«

»Warum machen Sie sich dann Sorgen?«

»Warum bist du dann wütend?«

Nell funkelte sie an und wurde ein bisschen nachgiebiger. »Ich weiß nicht.«

»Lass mich rein.«

Nell hielt ihr die Tür auf, schloss sie dann wieder und warf sich trotzig aufs Bett. Tilly setzte sich neben sie und betrachtet ihr Profil. Sie musste herausfinden, was das Mädchen wusste oder vermutete.

»Was hast du gehört?«

»Ich habe gar nichts gehört.«

»Dann verstehe ich nicht, weshalb du so durcheinander bist.«

»Weil Sie mich weggeschickt haben, da Sie angeblich frische Luft brauchten und allein sein wollten. Und dann sind Sie geradewegs nach hinten in den Garten gelaufen, um sich mit Hettie zu verstecken und leise zu reden. Dabei sollen Sie gar nicht mit ihr sprechen.«

Erleichterung durchflutete sie. Also dachte Nell gar nicht an einen Fluchtplan, sondern fühlt sich lediglich zurückgewiesen, weil Tilly sie belogen hatte.

»Ich weiß, dass ich nicht mit ihr reden soll. Und ich verstehe auch, dass du dich verpflichtet fühlst, es deinem Vater zu sagen. Hettie und ich sind Freundinnen und reden über Dinge, die sie anderen Leuten nicht sagen können. Wir sind beide erwachsene Frauen und … und das bist du nicht. Daher kann ich auch nicht erwarten, dass du mich verstehst.«

»Ich bin fast dreizehn.«

»Das ist immer noch sehr jung.«

»Ich bin kein Kind«, fauchte Nell und fügte hinzu: »Es tut mir leid. Ich darf nicht die Beherrschung verlieren.«

Dreizehn. Sie stand an der Schwelle zum Frausein. Tilly erinnerte sich, wie sie selbst in diesem Alter gewesen war, wie ihr Jähzorn unbeherrschbar wurde, wie jede kleine Kränkung zu einer ungeheuren Beleidigung wurde. Großvater hatte sie gescholten, darauf bestanden, dass sie lernte, sich zu zügeln, und sie mehr als einmal auf ihr Zimmer geschickt. Er hatte sie vor Freunden und Familie bloßgestellt. Sie hatte immer geglaubt, es sei ein Charakterfehler, doch als sie Nell anschaute, fragte sie sich, ob der Übergang vom Kind zur Frau als solcher verwirrend und verstörend war und bei einem Mädchen solch heftige Reaktionen hervorrief. Warum hatte man sie gezwungen, sich dafür zu schämen? Bei vielen Gelegenheiten war Zorn genau die richtige Reaktion gewesen. Als Godfrey ihr im Garten ein Bein gestellt hatte oder der Mann im Postamt sie Sommersprosse genannt hatte oder die Klatschbase Mrs. Beaumont allen, die es hören wollten, von Tillys allzu offensichtlichem Interesse an Peter Ireland erzählt hatte, der in der Bank arbeitete.

In diesem Augenblick hatte Nell allen Grund, wütend zu sein. Sie war eine kluge junge Frau mit einem starken Selbstbewusstsein und Gerechtigkeitsempfinden, und Tilly hatte sie in dreifacher Hinsicht gekränkt.

»Nein, es tut mir leid. Und ich bewundere, dass du genau weißt, welches Verhalten akzeptabel ist. Und dass du den Mut hast, es mir zu sagen.« Tilly fragte sich, wie ihr Leben wohl verlaufen wäre, wenn Großvater einmal so mit ihr gesprochen hätte.

Nell strahlte sie an. »Ehrlich?«

»Absolut. Und ich weiß, dass dein Vater dich auch dafür bewundern würde.«

»Da bin ich mir nicht so sicher.« Sie ergriff Tillys Hand. »Keine Sorge, ich werde ihm nicht von Ihnen und Hettie erzählen. Ich will nicht, dass Sie in Schwierigkeiten geraten. Ich will nicht, dass er Sie wegschickt.«

Während sie Nells Hand streichelte, machte sich Traurigkeit in ihr breit. Sie würde ohnehin weggehen und keine Gelegenheit haben, sich von dem Mädchen zu verabschieden.

*

Am nächsten Morgen kam Tilly früh in die Bibliothek. Sie hatte sich vorgenommen, die nächste Woche zu einer ganz besonderen Zeit für sich und Nell zu machen. Sie würde geduldiger sein, sich ihre Geschichten anhören und mit ihr zusammen *Sir Gawain und der grüne Ritter* lesen.

Doch Nell war nicht da. Auf dem Tisch lag ein großer Stapel Papier, und Tilly wollte es aufräumen, bevor der Unterricht begann.

Sie bemerkte sofort das Datum in der ersten Zeile, wie bei einem Brief oder Tagebuch.

Ein Tagebuch. Nell schrieb Tagebuch.

Tilly warf einen Blick über die Schulter. Sie war allein mit ihrem hämmernden Puls und den Staubflocken, die durch den schrägen Strahl der Morgensonne tanzten. Nell schien nichts von den Fluchtplänen zu ahnen, aber das wollte nichts heißen. Tilly blätterte weiter und suchte nach verdächtigen Stellen.

Es war häufig die Rede von Papa und ihrem neuen Buch und den Spaziergängen am Strand mit Tilly.

Papa vermisst Tilly. Das kann ich deutlich erkennen. Warum erkennt er es nicht? Warum begreift er nicht, dass er sie bitten muss, ihn zu heiraten?

Das weckte Tillys Neugier. Sie nahm die Seite und las weiter.

Seit sie aufs Festland gefahren ist, weiß Papa abends nichts mit sich anzufangen. Er hat so einen abwesenden Blick. Er stellt mir zweimal dieselben Fragen und hört die Antwort trotzdem nicht. Wenn Tilly da ist, wirkt sein Gesicht warm, und sein Blick ist immer auf sie gerichtet. Ich glaube, er liebt sie. Sie liebt ihn natürlich auch. Das ist offensichtlich. Tillys Gesicht ist wie ein offenes Buch.

»Tilly?«

Sie schoss mit rotem Gesicht herum, die Tagebuchseite noch in der Hand.

Nell marschierte stirnrunzelnd ins Zimmer und entriss Tilly das Blatt. »Das ist *vertraulich.*«

»Tut mir leid. Ich habe nach deiner Geschichte gesucht, damit wir heute Morgen weiterlesen können.«

Nell drängte sie beiseite, ordnete die Blätter, legte einige beiseite und andere auf einen sorgfältig bewachten Haufen. Tilly spürte ein ängstliches Kribbeln; verbarg das Mädchen etwas Bestimmtes vor ihr?

Nell schaute auf. »Es wäre mir lieber, wenn Sie meine Unterlagen nicht anfassten.«

Sie fixierten einander. Nell stand am Schreibtisch, Tilly vor ihr. Der Raum dazwischen erfüllt von Misstrauen, wo einmal arglose Liebe gewesen war. Tilly rief sich ins Gedächtnis, dass sie die Erwachsene war und ihr Verdacht, dass Nell etwas wusste, bislang unbegründet.

Sie zwang sich, ihre Züge zu entspannen. »Heute gehen wir mit *Sir Gawain* an den Strand und lesen den ganzen Morgen lang im Sonnenschein.«

Nell spürte, dass Tilly sie manipulieren wollte, und lächelte nicht. »Ach ja?«

»Soll ich in der Küche nach einem Picknickkorb fragen?«

»Warum sind Sie so nett zu mir? Werden Sie nicht dafür bezahlt, mich mit lateinischen Deklinationen zu quälen?«

»Ich möchte nur, dass wir unsere gemeinsame Zeit genießen. Wir haben uns nicht so gut verstanden, seit ich zurückgekommen bin.«

»Weil Sie sich verändert haben.«

»In welcher Hinsicht?«

»Ich habe es schon eine ganze Weile gemerkt. Sie sind distanziert und geistesabwesend. Sie trinken mit Papa keinen Sherry mehr im Wohnzimmer.«

Tilly zog einen Stuhl heran und setzte sich. »Und das beunruhigt dich?«

»Er war glücklich. Und jetzt ... ist er es nicht mehr.«

Tilly war versucht, Nell von ihrem Gespräch mit Sterling zu erzählen. Immerhin hatte er die Distanz aufgebaut, nicht sie. Aber es hatte keinen Sinn. Ihre Beziehung war nicht mehr zu retten, und bald würde sie Sterling, Nell und Ember Island für immer hinter sich lassen. »Ich kann dir versichern, dass ich immer noch dieselbe Frau bin wie früher.«

Nell nickte, obwohl sie noch nicht ganz überzeugt schien. »Ja zum Picknick. Und ja zu Gawain. Aber nur wenn Sie mir versprechen, heute Abend mit Papa Sherry zu trinken.«

Tilly zuckte mit den Schultern. »Na schön, wenn es dich glücklich macht.«

»Oh, dafür braucht es noch etwas mehr«, erwiderte Nell mit dem Anflug eines echten Lächelns. »Aber es ist ein guter Anfang.«

*

Sie waren auf halbem Weg zum Strand, als Nell es sich anders überlegte.

»Ich kenne eine bessere Stelle.«

»Wo?«

Sie deutete auf die Kapelle. »Es ist ein herrlicher Tag. Wir können uns aufs Dach setzen und nach Schiffen Ausschau halten, ohne dass uns jemand sieht.«

»Ich weiß nicht recht, Nell.« Tilly erinnerte sich an den heißen, staubigen Dachboden.

»Oh, bitte.«

Sie gab schnell nach, weil sie das Mädchen glücklich machen wollte. »Na schön, aber wir müssen mit der klapprigen Leiter aufpassen.«

Bald hatten sie das Dach der Kapelle erreicht. Tilly beugte sich über die Ziegelmauer und schaute hinaus auf die Schiffe in der Bucht, während Nell den Picknickkorb auspackte und für sich selbst, Tilly und Pangur Ban deckte.

»Das sieht wunderbar aus«, sagte Nell und holte sich eine Banane aus dem Korb.

Tilly setzte sich zu ihr. »Es ist nicht alles nur Spiel. Wir können auch lesen.«

»Ja, *Gawain* ist unten im Korb.« Die Brise zerzauste Nells Locken. »Wir müssen uns dorthin durchessen.«

Sie arbeiteten sich durch Obst und Sandwiches und Törtchen und eine Flasche Milch. Dann räumten sie alles weg und lasen eine Stunde lang, bis die Sonne zu heiß wurde und Tilly einen Sonnenbrand befürchtete.

Auf dem Heimweg ergriff Nell ihre Hand, und Tilly hatte das Gefühl, als wäre etwas zwischen ihnen verheilt.

Am Ende des Weges, der zum Haus führte, blieb Nell beunruhigt stehen.

»Was ist los?«

Das Mädchen stellte den Picknickkorb auf den Boden und wühlte verzweifelt darin, holte schmutzige Teller, Tassen und Besteck heraus. »Pangur«, sagte sie mit panischer Stimme. »Ich glaube, ich habe ihn dort oben vergessen.«

»Sollen wir zurückgehen?«

Nell hockte sich hin und schaute wehmütig zur Kapelle. »Ich … na ja, besser nicht.«

»Nein?«

»Ich bin fast dreizehn. Vielleicht bin ich zu alt für Pangur.«

Tillys Herz zog sich zusammen. »Wenn du ihn haben möchtest, kann ich ihn gern holen.«

Doch Nell war entschlossen. »Spielzeug ist für kleine Kinder, nicht wahr? Ich bin fast eine Frau.«

Tilly berührte ihre Haare. »Du weißt, wo er ist. Du kannst ihn jederzeit holen.«

»Ja.« Nell stand auf und räumte den Korb wieder ein. »Ich weiß, wo er ist.«

*

Als die Teller abgeräumt waren, trat Nell Tilly unter dem Tisch.

Sie erinnerte sich an ihr Versprechen und räusperte sich verlegen. Sterling war schon halb aufgestanden, warf die Serviette auf den Tisch und schaute sie an.

Nell nickte ermunternd.

»Sterling. Ich habe mich gefragt, ob wir heute Abend … einen Sherry trinken sollen.«

Er stand vor ihr, faltete die Hände zuerst vor sich, dann hinter dem Rücken. »Würde es dir Freude machen?«

»Es ist schon eine Weile her.«

»Einverstanden.«

Nell strahlte beide an, schien sich dann aber zu besinnen und verabschiedete sich.

Sterling begleitete Tilly ins Wohnzimmer, ohne sie zu berühren. Das Fenster stand offen und ließ den Wind herein, der beinahe schon zu kalt war.

Tilly trat ans Fenster, um es zu schließen, während Sterling ihnen Sherry einschenkte. »Es ist erstaunlich, wie rasch ich mich an die Hitze gewöhnt habe«, sagte sie. »Ich bin gar nicht richtig auf die kühlere Jahreszeit vorbereitet.« Durchs Fenster konnte sie den Umriss des Gefängnisses erkennen. »In den Zellen muss es sehr kalt sein.«

»Unsere Winter sind kurz. Und meist trocken.«

Tilly wandte sich vom Fenster ab und bemerkte die Sherrygläser auf dem Tisch. Sie setzte sich aufs Sofa, er ihr gegenüber. Wie sehr sie sich danach sehnte, ihm nahe zu sein, seine Wärme zu spüren, seine Haut zu riechen. Plötzlich kamen ihr überraschend die Tränen. Sie schluckte sie hinunter und verbarg ihre Gefühle hinter einem großen Schluck Sherry.

»Nun, wie war dein Urlaub?«

»Danke, sehr angenehm.«

Er wartete ab, ob sie mehr erzählen würde, doch sie saßen schweigend da. Der Wind ließ die Fensterscheiben erzittern. Wäre es kalt dort draußen auf dem Wasser? Sie hatte keinen Mantel für Hettie. Ihr fiel ein, dass sie etwas über die Boote im Schuppen herausfinden musste, war sich aber nicht sicher, wie sie das Thema anschneiden sollte.

»War das Wetter auf dem Festland schön?«

»Sehr schön. Sterling, mir kam vorhin ein Gedanke. Angenommen, ich wäre verletzt oder krank und müsste auf dem Festland behandelt werden. Müsste ich dann zwei Tage auf den Dampfer warten?«

»Bist du krank?«, fragte er besorgt.

»Nein, nein. Ich hatte mich nur gefragt …«

»Es gibt einige große Ruderboote und ein paar kleinere.«

»Das wusste ich nicht. Ich habe die Boote nie gesehen.« Das war nicht einmal gelogen. Im Bootsschuppen war es stockdunkel gewesen.

»Sie sind im Schuppen eingeschlossen und werden nur in Notfällen benutzt. Einmal in der Woche rudert ein Wärter um die Insel, um nach verdächtigen Aktivitäten Ausschau zu halten.«

Einmal in der Woche. Aber an welchem Tag? Wenn sie jetzt nachfragte, würde er womöglich Verdacht schöpfen.

»An welchem Tag?«, fragte sie leise.

»Wie bitte?«

»Macht er das am Wochenende?«

Sein Blick verriet, dass er verwirrt war. Wenn sich die Verwirrung nun in Argwohn verwandelte? Würde er fragen, weshalb sie das wissen wollte? Oder einfach annehmen, dass sie mit ihm plaudern wollte?

»Freitags.«

Sie lachte leicht. »Tut mir leid, aber ich bin ein bisschen verlegen und wollte nur Konversation machen.«

Er lächelte zurück. »Ich bin auch ein bisschen verlegen. Vielleicht brauchen wir mehr Sherry.«

Er deutete auf ihr Glas, und sie bemerkte überrascht, dass es schon leer war. Einerseits hätte sie gern mehr getrunken, um sich zu entspannen. Andererseits musste sie eine kühlen Kopf bewahren, damit sie nichts sagte, das seinen Verdacht weckte.

Zu spät. Er hatte ihr Schweigen als Zustimmung gedeutet und schenkte ihr nach. Er hatte die Hemdsärmel aufgerollt, so dass seine nackten Unterarme zu sehen waren. Sie beobachtete, wie seine starken Hände die Flasche verschlossen und beiseitestellten.

Freitags also. An einem Freitag konnte sie ihren Plan nicht umsetzen. Man würde bemerken, dass ein Boot fehlte, und Alarm schlagen. Also früher in der Woche. Nächsten Dienstag. Heute in einer Woche. Die Entscheidung war gefallen. Die Hitze durchströmte ihren Körper, und sie sagte sich, dass sie es auch noch um eine Woche verschieben könnte. Dass sie es gar nicht tun müsste. Sie könnte die Insel einfach so verlassen.

Aber das würde ihr nicht helfen, oder? Dann hätte sie immer noch keine Ruhe.

»Du bist ziemlich blass. Ist dir nicht gut?«

Sie griff nach dem Sherryglas und trank es aus. »Mir geht es so gut, wie man erwarten kann.« Doch ihr war nicht nach leichtem Geplauder, wo ihr so schwere Dinge auf der Seele lagen.

Fünfundzwanzig

Blick aufs Wasser

Den Rest der Woche beobachtete Tilly die Gezeiten am Seven Yard Beach und machte sich Notizen. Sie saß ohne Schuhe auf den Felsen, ließ die nackten Füße ins Wasser baumeln und beschloss hundertmal, dass sie es nicht tun würde, und ebenso oft, dass sie es wagen würde. Der Brand lag wie ein Schatten über ihrem Leben, und der Trost und die Vertrautheit, an die sie sich klammerte, waren reine Illusion.

Inzwischen schlief sie nur noch wenige Stunden in der Nacht, weil sie die ganze Zeit über Pläne schmiedete. Ihre Ideen veränderten sich täglich, bis sie schließlich Gestalt angenommen hatten. Eines wusste sie genau: Sie würde das Boot nicht erst an dem Nachmittag stehlen, für den sie die Flucht geplant hatte. Sie musste es früher organisieren.

Tilly stand am Montag vor der geplanten Flucht um vier Uhr morgens auf. Der Wind hatte sich gelegt, sie hörte nur das gedämpfte Ticken der Standuhr im Wohnzimmer. Sie zog Strümpfe und ein dunkelgraues Kleid an, machte sich aber nicht die Mühe, die Haare aufzustecken oder Unterwäsche anzuziehen. Sie holte ihre robustesten Schuhe unter dem Bett hervor und wackelte mit den Zehen, um den Boden unter sich zu spüren. Dann legte sie den Umhang um und wickelte ein blaues Band um ihr rechtes Handgelenk.

Tilly öffnete die Tür einen Spalt und horchte. Nichts zu hören. Die ganze Welt hielt den Atem an.

Sie bewegte sich wie ein lautloser Schatten durch den Flur, öffnete die Tür zu Sterlings Büro und schloss sie mit einem kaum hörbaren Klicken hinter sich.

Sie riss ein Streichholz an dem Zündstein auf dem Schreibtisch an und hielt es in die Laterne. Sie öffnete die Schublade und nahm den Schlüssel zum Bootsschuppen heraus. Mitsamt der Laterne kletterte sie aus dem Fenster und trat in die kühle Morgenluft.

Sie entfernte sich rasch vom Haus und hielt dabei den Umhang um die Laterne, damit sie keine Frühaufsteher auf sich aufmerksam machte. Die Luft war frisch, der Himmel dunkel und mit Sternen gesprenkelt. Es würde erst in zwei Stunden hell, doch Tilly spürte, dass die Zeit drängte. Sie hatte viel zu tun, bevor Sterling aufwachte, bevor die Wärter ihre täglichen Runden begannen.

Unten am Bootsschuppen blieb sie stehen und versuchte, ruhig zu atmen. Das Meer brandete leise ans Ufer; die Flut reichte aus, um das Boot ins Wasser zu ziehen. Sie schloss die Tür auf und schlich hinein, wobei sie die Laterne hochhielt und in die Ecken leuchtete. Fünf große Ruderboote, drei kleine. Ihr wurde klar, dass sie nur ein kleines ohne Hilfe an den Strand ziehen konnte. Sie stellte die Laterne ab. Dann bückte sie sich und zog das nächstbeste Boot, an dessen Bug ein Seil befestigt war, mit beiden Händen aus dem Schuppen ins Gras. Sie ging wieder hinein, um die Ruder zu holen. Ihre Haut kribbelte vor Aufregung, und sie fürchtete, jeden Augenblick entdeckt zu werden. Ungeschickt verbarg sie die Laterne wieder unter dem Umhang und ging zu dem schmalen Streifen Strand hinunter, die Ruder fest gegen den Körper gepresst.

Sie stellte die Laterne auf die Felsen, legte die Ruder in den Sand und kehrte zurück, um das Boot zu holen und die Tür abzuschließen. Mit aller Kraft zog sie es über den Sand, bewegte sich in der Dunkelheit rückwärts und betete, dass sie nicht stolpern oder sich irgendwie bemerkbar machen würde. Gleichzeitig hoffte sie inständig, dass jemand sie sehen und ihren Plan durchkreuzen würde, bevor sie sich dieser Tat schuldig machte.

Zehn Minuten später stand sie allein am Strand. Sie kippte das Boot um und stellte die Laterne hinein. Sie streifte Schuhe und Strümpfe ab und legte sie ins Boot, dazu die Ruder. Tilly raffte ihre Röcke und verknotete sie vorn. Ihre Beine schimmerten weiß in der Dunkelheit. Dann schob sie das Boot ins Wasser, bis ihr das kalte Meer bis über die Knie reichte und der Rumpf den Sand nicht mehr berührte. Die niedrigen Wellen klatschten leise ans Holz. Sie kletterte hinein, nahm die Ruder und bewegte sie durchs Wasser. Sie war noch nie gerudert und landete sofort wieder auf dem Sand.

»Verdammt«, murmelte sie, kletterte hinaus und schob das Boot wieder ins Wasser. Die Kälte kroch in ihr hoch, noch verstärkt durch die Angst und das schlechte Gewissen. Wieder hüpfte das Boot auf den Wellen. Sie stieg hinein, ergriff die Ruder und paddelte los, wobei es ihr diesmal gelang, sich vom Ufer in tieferes Wasser zu entfernen. Die richtige Technik beherrschte sie jedoch immer noch nicht.

Sie hielt inne und ließ sich auf dem dunklen Wasser treiben. Atmete tief durch. Sie dachte an die Haie, die in diesen Gewässern lebten, und es kam ihr vor, als wären ihre eigenen Gedanken Haie, dunkle Gestalten mit scharfen Zähnen, die sie umkreisten. Das Laternenlicht flackerte. Ihre Hände an den Rudern kamen ihr fremd vor.

»Jetzt. Rudern.«

Heben, senken, drücken. Heben, senken, drücken. Sie glitt wie ein Pfeil durchs Wasser und hielt sich nahe am Ufer, wobei die kleine Laterne das einzige Licht spendete. Ihre Schultern taten schon weh. Sie hoffte, dass Hettie stark genug wäre, um bis zum Festland zu rudern, denn sie selbst würde das gewiss nicht schaffen.

Zwei schwache Frauen in einem Boot. Sobald man ihr Verschwinden bemerkte, würde jemand auf den Aussichtsturm steigen und sie entdecken. Oder sie würden die anderen Boote losschicken, die von Dutzenden starken Männern gerudert wurden, und sie erwischen, lange bevor sie das Festland erreicht hatten. Ihr Herz bebte. Hettie hatte starke Hände. Stark genug, um einen Mann zu töten. Sie könnte gewiss gut rudern.

Tilly erreichte die erste Biegung der Insel. Wenn sie von hier geradeaus ruderte, würde sie ins Korallenmeer gelangen. Doch sie hatte vor, das Boot zu den Mangroven zu steuern und es dort für die Flucht zu verbergen. Sie hatte mit dem Gedanken gespielt, das Boot in der Dunkelheit über die Insel zu ziehen, aber das Risiko war einfach zu groß. Außerdem bekam sie allmählich ein Gefühl für die Ruder, und es tat gut, sich selbst durchs Wasser zu treiben. Die dunkle Insel glitt lautlos an ihr vorbei, ihre Umrisse wirkten aus dieser Perspektive fremd. Das Gefängnis, die weiten, flachen Zuckerrohrfelder, der Steilhang, das Haus, in dem Sterling und Nell schliefen, geborgen in ihren Betten und ohne zu ahnen, was sie vorhatte.

Dann bog sie um die Spitze der Insel, und das Wasser wurde rauher. Die Flut kam herein. Die dunklen, grotesken Schatten der Mangroven tauchten auf. Sie ruderte mit aller Kraft weiter und steuerte das schlammige Ufer an.

Tilly kletterte aus dem Boot und zog es so weit wie möglich an Land, wobei sie durch Schlamm und flaches Wasser waten musste und sich an den spitzen Wurzeln stieß, die aus dem Boden ragten. Sie kämpfte gegen herabhängende Äste und Käfer, ihr Atem ging heftig, und sie schwitzte in ihrem warmen Kleid, obwohl ihre nackten Füße eiskalt waren. Der Mangrovenwald mit seinen modernden Schatten roch feucht und kalt. Sie legte das Boot zwischen zwei Bäume und kehrte ans Ufer zurück. Sie wickelte das blaue Band, das sie ums Handgelenk trug, um den Baum, der am weitesten über das Wasser ragte. Dann kehrte sie zum Boot zurück, um Laterne und Schuhe zu holen, und machte sich leise auf den Rückweg.

Eine felsige Klippe lag zwischen Sumpf und Haus, so dass sie entweder um das Ende der Insel herumgehen oder eine Abkürzung durch den Mangrovenwald und von dort aus über die

Zuckerrohrfelder nehmen musste. Der zweite Weg war kürzer, behagte ihr aber nicht. Die Mangroven waren voller Spinnen, die Zuckerrohrfelder voller Schlangen. Also watete sie durch das kalte, knöcheltiefe Wasser, durch Schlamm und über Wurzeln, bis sie das felsige Ufer gefunden hatte, von dem aus sie die Kalkbrennerei und die Zuckerfabrik erreichen konnte. Sie löschte die Laterne, ging über den Friedhof und auf die Hauptstraße. Ihre schmerzenden Füße waren mit Schlamm verkrustet, und sie blieb im Garten stehen, um sich die Füße im Teich zu waschen. Sie durfte keine schmutzigen Fußspuren hinterlassen, wenn sie Laterne und Schlüssel ins Büro brachte. Im Osten dämmerte es, die Sterne verblassten. Dennoch blieb sie einen Augenblick im Garten stehen und wartete darauf, dass ihre Füße trockneten. Ihre Augen schmerzten vor Müdigkeit.

Nicht mehr lange. Heute, dann noch die Morgendämmerung und dann …

Eine andere Dämmerung. Nicht mehr auf Ember Island.

Sie stand mühsam auf und schlich auf Zehenspitzen auf die Veranda, von wo aus sie in Sterlings Büro kletterte. Sie brachte Lampe und Schlüssel zurück und hielt inne, um einen Blick auf die Landkarte der Moreton Bay zu werfen. Da kam ihr eine Idee. Sie zündete ein Streichholz an und betrachtete die Landkarte genauer. So viele Inseln.

Sie schaute darauf, bis das Streichholz auf ihre Finger niederbrannte und aufzischte. Erschrocken schüttelte sie es aus. Dennoch hatte sie sich den rechten Daumen und Zeigefinger verbrannt. Sie saugte mit tränenden Augen daran, unterdrückte jedes Geräusch und wickelte die Finger in ihren feuchten Rock.

Im Haus war es still, als sie in ihr Schlafzimmer zurückkehrte, wo sie die Lampe anzündete und die verbrannten Finger untersuchte. Die Spitze des Zeigefingers schwoll rot an. Als sie sie berührte, zuckte sie zusammen.

Und dachte an Jasper und Chantelle …

Sie berührte sie noch einmal, so dass der Schmerz durch ihre Nerven schoss. Bald wäre diese Schuld getilgt; dann wäre sie frei von den ascheschwarzen Schatten der Vergangenheit.

*

Tilly rollte das rote Kleid so eng sie konnte zusammen und klemmte es unter den Arm. Sie war entsetzlich müde, weil sie in der Nacht zuvor schon kaum geschlafen und danach den ganzen Tag mit Nell gearbeitet hatte. Nell hatte sich erkundigt, welche Pläne in der Schule anstanden, und Tilly hatte keine Antwort parat gehabt. Sie hatte kein Leben über die Flucht hinaus geplant, als würde Ember Island nicht mehr existieren, sobald sie und Hettie davongerudert waren.

Ihr Herz tat furchtbar weh, wenn sie an Nell dachte. Sie hatte das Mädchen liebgewonnen, und ihr kamen die Tränen, wenn sie nur an sie dachte. Sie wollte sich einreden, dass sie nur müde sei, doch es war mehr als das. Sie war dabei, ein Verbrechen zu begehen.

Der Wind hat sich gedreht und wehte trocken von Westen her. Er hob die Unterseiten der Blätter und ließ sie weiß und kalt aufschimmern. Der faule Wärter stand wieder bereit. Als er Tilly sah, lächelte er, beachtete sie aber nicht weiter. Am Ende des Gartens traf sie auf Hettie.

Sie ging auf und ab, den dunklen Kopf gesenkt.

Tilly blieb kurz vor ihr stehen und räusperte sich.

»Du bist gekommen«, sagte sie still, aber erleichtert.

»Natürlich.«

»Ich habe gedacht, du überlegst es dir vielleicht anders.«

»Ich werde es mir nicht anders überlegen.«

»Wir haben seit Tagen nicht miteinander gesprochen. Ich konnte mich auf nichts konzentrieren. Ich denke ständig an die Kinder und bin …« Ihre Stimme begann zu zittern, als sie weitersprach. »Mich quält die Vorstellung, dass ich sie doch nicht wiedersehen könnte.«

Tilly drehte sich um. Sie waren allein. »Hier«, sagte sie und drückte Hettie das Kleid in die Hand.

»Was ist das?«

»Ein Kleid und ein Tuch, genau wie die, die ich morgen tragen werde.«

»Morgen?«

»Das Boot liegt an Ort und Stelle. In den Mangroven, etwa eine halbe Meile von der Spitze der Insel entfernt. Dort wölbt sich ein Baum über das Wasser; ich habe ihn mit einem blauen Band markiert. Wir treffen uns dort bei Sonnenuntergang.«

Hettie nickte, das Kleid verzweifelt umklammert.

»Der beste Weg führt durch die Zuckerrohrfelder. Wenn du dich hier umziehen kannst, schleichst du an die Ostseite des Hauses und von dort aus die steile Seite des Hanges hinunter. Dann bist du ganz schnell auf ebener Erde. Falls dich jemand aus der Ferne sieht, wird er dich für mich halten.«

»Aber wenn sie dich auch sehen?«

»Ich gehe an der Ostseite der Zuckerrohrfelder entlang. Sie werden uns nicht beide sehen. Vermutlich bist du zuerst am Boot. Warte dort auf mich. Keine Panik, ich werde kommen.« Tilly schaute noch einmal in die Runde. »Wir rudern nicht sofort zum Festland.«

»Nein? Wohin denn dann?«

»Es gibt noch eine Insel im Norden. Sie ist unbewohnt. Ich werde das Boot morgen mit Proviant, Wasser und Decken beladen. Wir werden dort eine Woche kampieren. Sie rechnen damit, dass wir zum Festland rudern. Während sie im Westen nach uns suchen, fahren wir nach Norden.«

Hetties Augen glitzerten scharf. »Der Plan gefällt mir. Aber du siehst nicht gut aus.«

»Ich bin müde. Ich war die ganze Nacht wach und habe das Boot an Ort und Stelle gebracht.«

»Ich weiß nicht, wie ich dir danken soll.«

»Indem du ein glückliches Leben führst.«

Hettie drehte ihr Gesicht in die Nachmittagssonne und schloss die Augen. »Ich werde glücklich sein, wenn ich meine Kinder wieder in den Armen halte. Als ich sie zuletzt gesehen habe, waren sie noch so klein. Mein Sohn kaum mehr als ein Säugling, er sprach nur wenige Worte. Ich kann ihn im Geiste sehen.« Sie klopfte sich an die Schläfe und öffnete die Augen. »Er wird jetzt anders aussehen. Nicht mehr so rundlich, mit langen Gliedmaßen. Genau wie meine Tochter. Du glaubst gar nicht, wie kostbar die Jahre mit ihnen für mich sein werden; Jahre, die ich verloren geglaubt hatte. Ich habe gedacht, ich würde sie erst wiedersehen, wenn sie erwachsen sind und sich nicht mehr an mich erinnern. Und du hast das möglich gemacht. Gott segne dich, Tilly. Gott segne dich.«

Tillys Herz war übervoll. Ja, es würde funktionieren, und die Tat würde sie erlösen. Sie hoffte verzweifelt, der Plan möge gelingen, damit Hettie in die Arme ihrer Lieben zurückkehren konnte. War es naiv zu glauben, dass so etwas möglich war? Und was war mit ihrer eigenen Zukunft?

»Du solltest das Kleid in einer Hecke verstecken. Selbst wenn heute Nacht Tau fällt, kann es tagsüber trocknen. Morgen besorge ich das Essen und die Decken. Bei Sonnenuntergang sollte alles bereit sein.«

Hettie verschränkte die Hände vor sich und zitterte sichtlich. »Ich werde bereit sein.«

»Wir sehen uns am Boot.«

*

Tilly schlief wie eine Tote, noch erschöpft von der vorherigen Nacht, und erwachte erst, als Nell energisch an die Tür klopfte.

»Tilly? Sind Sie dort drinnen?«

»Komm herein«, sagte sie verschlafen.

Die Tür ging auf. Nell war blass vor Sorge. »Sie waren nicht beim Frühstück und sind nicht zum Unterricht gekommen. Sind Sie krank?«

»Ich …« Tilly wurde bewusst, dass sie eine Entschuldigung brauchte, um den Unterricht früher zu beenden. »Ja, ein bisschen. Aber ich ziehe mich an und komme gleich. Warte in der Bibliothek.«

»Ganz sicher? Jemand könnte Ihnen das Frühstück aufs Zimmer bringen.«

Beim Gedanke an Essen drehte sich ihr der Magen um. »Ich habe keinen Appetit. Vielleicht geht es mir besser, wenn ich aufgestanden bin.« Sie lächelte. »Du musst heute sehr lieb zu mir sein.«

»Das werde ich«, sagte Nell und legte die Hand aufs Herz. »Und ich verstehe voll und ganz, wenn Sie wieder ins Bett wollen.«

Dann war sie verschwunden und schloss leise die Tür hinter sich.

Als Tilly in ihrem roten Kleid die Bibliothek betrat, war Nell schon in der Küche gewesen, um ihr eine Banane zu holen.

Tilly griff dankbar danach. »Danke, Liebes.«

»Ich weiß, dass Sie keinen Hunger haben, aber essen tut gut. Ich bin gestern Abend lange aufgeblieben und habe noch ein Kapitel geschrieben. Möchten Sie es hören?«

Tilly schälte die Banane und biss hinein. »Gewiss doch.«

»Dann setzen Sie sich aufs Sofa. Das ist bequemer.«

Tilly ging zum Sofa, das neben den Bücherregalen stand, und Nell setzte sich auf den Boden, um ihr vorzulesen. Tilly schloss die Augen, während sie zuhörte und sich in Nells Welt verlor. Das Mädchen war eine gute Schriftstellerin, mit gewaltiger Phantasie und einer für ihr Alter ausgezeichneten Sprachbeherrschung. Sie fragte sich, was aus Nell werden, wie das Leben mit ihr umgehen und wer ihr das Herz brechen würde.

Nach einer Stunde hörte Nell an einer entscheidenden Stelle auf.

Tilly öffnete die Augen. »Lies weiter.«

»Das war's. Weiter bin ich nicht gekommen.«

»Findet Emmeline denn ihre Mutter?«

Nell zuckte mit den Schultern. »Ich bin mir nicht sicher. Sie müssen warten, bis ich mehr geschrieben habe.«

In Tillys Augen brannten Tränen, was Nell sofort bemerkte. »Habe ich Sie zum Weinen gebracht?«

»Deine Geschichte ist wunderbar«, sagte Tilly und schluckte die Tränen hinunter. »Das ist alles.«

Das Mädchen strahlte. »Finden Sie wirklich?«

Tilly ergriff ihre Hand. »Ja, das finde ich wirklich. Du bist eine wunderbare Schriftstellerin. Stell dir vor, was du damit alles erreichen kannst.«

Nell stand auf und drehte vor lauter Freude eine Pirouette. »Stellen Sie sich vor, was für Geschichten ich schreiben werde. Ich will nirgendwohin. Es gibt keinen schöneren Ort als Ember Island, nicht wahr?«

Tilly kehrte in die Realität zurück und fühlte sich schier überwältigt von den Dingen, die sie noch erledigen musste. Ihr Magen verkrampfte sich. »Hättest du etwas dagegen, wenn wir den Unterricht für heute beenden? Ich kann dir noch ein paar Übungen mitgeben.«

»Nein, ich gehe in mein Zimmer schreiben. Dann kann ich Ihnen morgen mehr vorlesen.«

Dieses Morgen würde es für sie nicht mehr geben. »Das ist eine wunderbare Idee«, murmelte sie.

Und schon war Nell verschwunden, sprudelnd vor Aufregung und Phantasie.

Tilly lehnte sich zurück und schloss die Augen. Ein Moment der Stille, bevor der Sturm angstvoller Erregung wieder losbrach. Dann ging sie in die Küche.

Der große, hallende Raum war leer. Die Köchin hatte einen Topf Suppe auf dem Herd gelassen, der die Luft mit dem salzigen Geruch von Schinken erfüllte. Sie suchte den größten

Picknickkorb heraus, den sie finden konnte, und stellte ihn auf die Bank. Auf dem Tisch lag ein Bündel Bananen, die meisten noch grün. Sie nahm einige davon, dazu einen Laib Brot und ein Messer. Als sie Schritte im Flur hörte, erstarrte sie. Dann suchte sie weiter. Eier, Mehl, Streichhölzer, einen kleinen Topf. Ihr wurde klar, dass sie die Sachen willkürlich zusammenraffte, doch wenn sie auf der Nachbarinsel eine Woche am Leben bleiben konnten, würden sie danach auf dem Festland essen, was immer sie wollten. Sie klappte den Korb zu, als er randvoll war, legte die Kleider, eingewickelt in zwei Decken, darüber und ging zur Hintertür hinaus.

Die kühle Luft bewegte sich, als ein Wind vom Meer aufkam. In der Ferne glitt ein Schiff zwischen Insel und Festland vorbei, dessen Segel weiß in der Herbstsonne leuchteten. Die Bucht war grünblau. Tilly hoffte, der Wind möge sich bis zum Abend legen, damit das Meer ruhig wäre. Sie fürchtete sich davor, mit dem kleinen Boot hinauszufahren.

Sie ging zum Strand hinunter, um die Felsen herum und in den Sumpf. Die Sonne fiel senkrecht durch die Bäume. Es war Flut, so dass sie zwischen den Bäumen hindurchwaten musste, wobei sie vor Käfern und kriechenden Ästen zurückschrak. Sie kam nur langsam voran und nahm sich vor, am Nachmittag frühzeitig aufzubrechen. Es wäre besser, wenn sie vor Hettie hier ankäme, um sie zu begrüßen und zu beruhigen.

Sie musste lange suchen, bis sie den Baum mit dem blauen Band gefunden hatte, da er bei Flut viel weiter im Wasser stand als erwartet. Doch da war er, umgeben vom Salzwasser, und das blaue Band flatterte im Wind.

Sie verstaute Picknickkorb und Decken im Boot und blickte einen Moment lang durch die Bäume aufs Wasser, um Atem zu schöpfen und sich zu sammeln. Die Zeit verging wie im Flug. Bald würde ihr Plan Früchte tragen.

*

Als sie ins Haus zurückkehrte, zog Tilly sich ein neues Kleid und saubere Schuhe an, da ihre voller Schlamm waren. Nell war neugierig, und sie hatte einfach nicht die Kraft, sich eine überzeugende Lüge auszudenken. Im Haus roch es nach Essen, und sie merkte, dass ihr Magen knurrte. Tilly ging ins Esszimmer, wo Nell allein vor einer Terrine mit Tomatensuppe und einem Teller frischer Brötchen saß. Sie blieb auf der Schwelle stehen.

»Geht es Ihnen besser?«, fragte das Mädchen mit leichtem Argwohn.

»Nicht sehr.«

»Möchten Sie etwas essen? Es ist mehr als genug da. Papa hat im Gefängnis zu tun und konnte sich nicht zu mir setzen. Ich esse sehr ungern allein.«

Tilly wäre zum Abendessen nicht mehr hier, und in den nächsten Tagen würden sie vielleicht hungern müssen. Also sagte sie: »Ja, ich esse mit.«

Sie nahm einen Stuhl und schöpfte sich Suppe auf den Teller. Dann tauchte sie das warme Brot hinein und kostete den Geschmack aus. »Hast du etwas geschrieben?«

»Ich habe nur aufgehört, weil ich so hungrig war. Ich hatte einen Durchbruch. Ich glaube, ich werde heute Nachmittag fertig und kann es Ihnen morgen vorlesen. Falls es Ihnen bessergeht.«

»Wer weiß schon, was der Morgen bringt?«, sagte Tilly leichthin.

Nell schwieg einen Moment. »Tilly?«

Ihre Haut kribbelte. »Ja?«

Doch dann schüttelte Nell den Kopf. »Nichts. Die Suppe ist gut, nicht wahr? Die Köchin macht sie nie zu salzig. Wir hatten mal eine Köchin, die alles so stark gesalzen hat, dass sich meine Zunge nach dem Essen ganz taub anfühlte.«

Sie plauderte weiter vor sich hin. Tilly nickte und machte an den richtigen Stellen eine Bemerkung, während ihr Kopf von dunkleren Gedanken erfüllt war.

Nach dem Essen kehrte sie in ihr Zimmer zurück und ging ihre Habseligkeiten durch. Da sie nicht mit einem Koffer gesehen werden durfte, würde sie sich eine Baumwolltasche über die Schulter hängen. Sie schob ihre mit Intarsien verzierte Schreibschatulle hinein, das letzte Überbleibsel eines alten Lebens, das immer weiter in die Vergangenheit rückte. Was würde Großvater, der noch nicht mal ein Jahr im Grab lag, von dieser Wendung der Ereignisse halten? Würde er sich schämen, dass sie so tief gesunken war und nun einen derart verzweifelten Schritt wagen wollte?

»Es tut mir leid, Großvater«, murmelte sie bei sich und strich über die Schatulle. Dann stellte sie die Tasche neben den Kleiderschrank, kniete sich vors Bett und begann zum ersten Mal seit vielen Monaten zu beten.

Während sie noch um Vergebung und Klarheit flehte, klopfte es an die Tür. Sie stand auf, strich ihren Rock glatt und sagte: »Herein.«

Es war Sterling in Hemdsärmeln und einer dunkelblauen Weste. Sein vertrauter Geruch nach Haut, Seife und Leder schlug über ihr zusammen, und sie musste tief durchatmen, um sich nicht zu ihm zu neigen.

»Es tut mir schrecklich leid, dich zu stören, aber die Post war da. Hier ist ein Brief für dich.«

»Für mich?«

Er hielt ihr den Umschlag hin. Sie bemerkte seine Neugier. Die Handschrift war vertraut und die Absenderadresse dieselbe wie beim letzten Mal. Laura Mornington hat ihr erneut an die Pension geschrieben. Die durchgestrichene Adresse auf dem Umschlag verriet ihr, dass man den Brief zunächst an Mr. Hamblyn weitergeleitet und dann hierhergeschickt hatte. »Ich danke dir«, erwiderte sie so neutral wie möglich.

»Wo genau liegt Guernsey?«

»Es ist eine Insel im Ärmelkanal. Ich habe eine Weile dort

gelebt«, fügte sie kühn hinzu. Es hatte keinen Sinn, das vor ihm zu verbergen. »Ich war dort sehr unglücklich.«

»Inseln sind dir also nicht fremd«, sagte er sanft. »Vielleicht passt du deshalb so gut hierher.« Sein Blick fiel auf das Kleid und die Schuhe, die auf dem Boden lagen. »Ist das Schlamm?«

»Ich war im Mangrovenwald.« Das Herz schlug ihr bis in die Kehle.

»Um frische Luft zu schnappen?«

»Ich hatte überlegt, nächste Woche einmal mit Nell dorthinzugehen. Für den Naturkundeunterricht. Aber ich hatte nicht damit gerechnet, dass es so schlammig wäre, daher habe ich sehr schnell kehrtgemacht.«

»Geh bitte nicht mit Nell dorthin. Es ist weder sicher noch angenehm.«

»Mir ist nicht gut«, sagte sie kühl. »Ich komme nicht zum Essen. Ich werde mich den ganzen Nachmittag ausruhen und möchte nicht gestört werden.«

Er blinzelte überrascht. »Natürlich.« Dann hatte er sich wieder in der Gewalt. »Ich werde Nell Bescheid geben. Guten Tag.«

Sie wandte sich ab, um nicht zu sehen, wie er hinausging. Als sich die Tür hinter ihm geschlossen hatte, sagte sie »Leb wohl, Sterling«, und dann kamen ihr die Tränen. Sie setzte sich aufs Bett, das Gesicht in den Händen vergraben, und weinte. Tränen der Liebe und des Verlustes und der Angst und der Anspannung. Tilly weinte eine halbe Stunde lang, bevor sie Lauras Brief öffnete.

Diesmal drängte es nicht so, vermutlich stand mehr oder weniger das Gleiche darin wie in dem anderen. Beinahe hätte sie ihn gar nicht gelesen. Er war ja nicht für sie bestimmt. Doch dann kam ihr der Gedanke, dass sie damit ihre Schuldgefühle erneut entfachen und daraus Kraft schöpfen konnte. Also riss sie den Umschlag auf und entfaltete die Seiten.

Liebe Chantelle,

es ist schon eine Weile her, dass ich dir geschrieben habe, und ich habe vergeblich auf einen Brief von dir gewartet. Ich verstehe jetzt, weshalb du nicht zurückgeschrieben hast. Vielleicht wird auch dieser Brief im Nirgendwo verschwinden, weil du schon weitergezogen bist, wie du es angesichts deiner Schuld tun musst.

Seit meinem letzten Brief sind Dinge ans Licht gekommen, die mir vorher nicht bewusst waren, und ich schäme mich, dass ich dir vertraut und dich sogar gegen jene Frau verteidigt habe, die argwöhnte, du wolltest ihr Glück zerstören. Jetzt weiß ich, dass du ihr Glück bereitwillig zerstört hättest und damit auch sie.

Nach dem Brand fand die Polizei Liebesbriefe von dir und Jasper in deinem Zimmer. Sie ging davon aus, dass Jasper eure Beziehung beendet hatte und du geflohen warst. Du bist nicht in den Verdacht der Brandstiftung geraten, weil man eine zerbrochene Lampe im Haus fand. Vielleicht hatte der Vorhang Feuer gefangen. Das Fenster stand offen, und die Vorhänge schienen als Erstes in Flammen aufgegangen zu sein. Ich war froh, als die Polizei mir all dies berichtete, da ich befürchtet hatte, dass deine Flucht den Verdacht auf dich lenken könnte. »Sie ist eine gute Frau«, hatte ich der Polizei wiederholt beteuert. »Sie ist ein Waisenkind, und ich habe mein Bestes getan, um ihr zu helfen.«

Und so glaubte ich weiter, du habest dich keiner Sünde schuldig gemacht. Ich glaubte, du seist wegen eines gebrochenen Herzens davongelaufen und wüsstest nichts von dem unglücklichen Brand in Lumière sur la Mer. Ich machte mir Sorgen um dich, Tag für Tag. Ich hielt sogar dein Zimmer frei, bis meine Tochter Maria und ihr Kind bei uns einzogen und wir weitere Dienstboten einstellen mussten. Ich erlebte einige traurige Momente, als ich deine Kleider und Schuhe zusammenpackte, deine Haarklammern und Toilettenartikel. Vieles davon habe ich weggeworfen oder an die Armen verschenkt. Als Dienstmädchen hast du ja nichts Teures besessen. Das dachte ich jedenfalls.

Am letzten Tag, bevor die beiden neuen Betten in das Zimmer gestellt wurden, das du dank Jasper und zu Tillys großer Bestürzung allein genießen durftest, schaute ich ein letztes Mal in die Schubladen der Kommode. Dabei bemerkte ich, dass die unterste Schublade flacher war als die übrigen. Ich stellte fest, dass sie einen doppelten Boden besaß. Als ich die flache Holzplatte herausnahm, entdeckte ich alle deine Geheimnisse.

Nicht nur Schmuck – Schmuck, den sich eine Frau deines Standes nie hätte leisten können –, sondern auch die anderen Briefe, die bösen Briefe, wie ich sie inzwischen nenne. Alle stammten von Jasper, aber glaube bloß nicht, dass du nicht in diese Bosheit verwickelt bist.

Die wollüstigen Einzelheiten ließen mich gelegentlich erröten. Ich frage mich, ob du ihm auch solche schockierenden und unangemessenen Briefe zurückgeschrieben hast. Ich las sie alle, obwohl mir übel dabei wurde. Was ich für Phantasie gehalten hatte, entpuppte sich als Erinnerung. Die Tatsache, dass du solche unzüchtigen Schreiben von ihm erhalten hast, sagt auch etwas über deinen Charakter aus.

Aber es sollte noch schlimmer kommen.

Ich fand weitere, ebenfalls versteckte Briefe. Die, die du aufheben wolltest und die niemand jemals finden sollte. Briefe, die von Liebe und Lust sprachen, aber auch von den Plänen für einen Mord. Wenn ich daran denke, dass die arme Tilly bei mir Trost gesucht hat und ich ihr schlichtweg erklärt habe, Ehemänner hätten eben Affären, und es habe nichts zu bedeuten, und sie solle irgendwie Glück im Leben finden … am liebsten würde ich vor lauter Schuldbewusstsein und Qual aufschluchzen. Die arme junge Frau, von

Jasper zum Narren gehalten, von dir gepeinigt, und alles mit dem Ziel, ihr Geld an sich zu reißen und sie dann als verrückt hinzustellen und letztlich … hättest du es wirklich getan, Chantelle? Hättest du sie wirklich vergiftet? Oder aus dem Fenster gestoßen? Im Meer ertränkt? Zwar kamen die Vorschläge von Jasper, aber die Briefe beweisen, dass du sehr angeregt mit ihm über die Einzelheiten diskutiert hast. Hättest du wirklich zugesehen, wie Jasper den Behörden erzählte, sie habe mehrfach versucht, sich das Leben zu nehmen? Sie hatte kaum noch Familie; vermutlich wäre er mit der Lüge durchgekommen. Und dann hättest du dich mit Jasper in Lumière sur la Mer niedergelassen, als hättest du es verdient.

Du bist das Grauen. Was muss die arme Tilly in jenen schrecklichen letzten Wochen durchlitten haben. Du kannst ruhig davonlaufen, Chantelle Lejeune. Es gibt eine Menge, vor dem du davonlaufen musst.

Ralph hat darauf bestanden, dass ich die Briefe verbrenne, du musst also die Polizei nicht fürchten. Sein Argument war, dass Tilly tot sei und nicht gerettet werden könne. Und dass er nicht mehr daran denken und sich den Ärger und die Scham einer polizeilichen Ermittlung ersparen wolle. Ich teile seine Meinung nicht, folgte aber als gute Ehefrau seinen Anweisungen. Ich habe alle Briefe im Herd verbrannt, und ich schwöre, sie rochen nach Schwefel, als sie in Flammen aufgingen. So viel Böses steckte in ihnen.

Doch obwohl du kein irdisches Gericht fürchten musst, Chantelle, wirst du Gott irgendwann gegenübertreten. Das tröstet mich. Und dieser Brief hat mir die Gelegenheit gegeben, mein Entsetzen und meinen Zorn auszudrücken. Ich wünsche dir nur Unglück. Ich wünsche dir ein schreckliches Leben.

Laura Mornington

Tilly faltete den Brief mit zitternden Händen zusammen.

Jasper und Chantelle hatten sich verschworen, sie zu ermorden. Vielleicht sogar in jener Nacht. Jedenfalls waren sie nicht unschuldig gewesen. Gewiss, es war nicht an Tilly, sie zu bestrafen, doch das hatte sie letztlich auch nicht getan. Sie hatte es nicht entschieden.

Ihr Verstand, der von Schuldgefühlen vernebelt gewesen war, klärte sich allmählich. Jetzt konnte sie den Brand mit anderen Augen sehen. Sie hatte Jasper abgewehrt. Er hatte die Lampe umgestoßen. Das Zimmer lag voller alter Papiere, weil es keine Möbel mehr gab, in denen man sie lagern konnte. Gewiss, sie hatte ihn eingeschlossen, aber nur aus Angst um ihre eigene Sicherheit. Sowie er sich befreit hatte, war er nach oben zu seiner Geliebten gelaufen. Eine Verkettung unglücklicher Umstände, die durch Jasper, Chantelle und ihre mörderischen Pläne ausgelöst worden war und zu ihrem Tod geführt hatte.

Tilly hatte sie nicht getötet. Sie hatte sich monatelang grundlos mit Schuldgefühlen gequält.

Und nun erkannte sie, dass sie keine Schuld zu büßen hatte, dass sie keine Absolution benötigte, indem sie Hettie bei der Flucht half. Wie sehr sie sich danach sehnte, ihren Plan aufzugeben. Hierzubleiben und Nell wieder zu unterrichten und darauf zu warten, dass Sterling in ihre Arme zurückkehrte. Sie unterdrückte ein Schluchzen.

Es war zu spät. Sie konnte Hettie nicht gegenübertreten und die Flucht absagen. Hettie dachte nur noch daran, ihre Kinder wiederzusehen. Außerdem lag das Kleid in der Hecke, das Boot war mit Vorräten beladen. Tilly hatte ihr Verbrechen bereits begangen, sie konnte Hettie nicht zurückhalten. Wenn diese floh, konnte sie auch nicht auf der Insel bleiben.

Die Flucht war der einzige Ausweg.

Sechsundzwanzig

Blut und Asche

Um die geplante Zeit verließ Tilly das Haus, als ginge sie zu ihrer eigenen Hinrichtung, und begab sich in Richtung der Zuckerrohrfelder. Die Schatten waren lang, die Luft war kühl, der dämmrige Himmel färbte sich rosa. Sie fragte sich, wie Hettie das Kleid angezogen, das Tuch um die Haare gebunden hatte und aus dem Garten entkommen war. Hatte jemand ihr zugewinkt und einen Gruß erwartet und sich dann über die großen, rauhen Hände gewundert?

Tilly war übel vor Sorge. Ihr Magen verkrampfte sich, als wäre sie seekrank. Jeder Schritt erschien ihr wie ein böses Omen. Sie überquerte die Viehweide und bemerkte zum ersten Mal, dass keine Bewegung in den Zuckerrohrfeldern zu sehen war. Waren an diesem Nachmittag alle früh gegangen? Dann hätten sie und Hettie es sehr viel leichter.

Am Rande des Feldes blieb sie stehen. Der Wind rauschte im Rohr. Es roch nach See und Erde. Sie drehte sich um, als wollte sie sehen, ob sich jemand von ihr verabschiedete. Starwater lag dunkel auf der Anhöhe. Irgendwo dort drinnen arbeitete Sterling, während Nell las oder schrieb oder spielte. Ihr Leben würde weitergehen.

Tilly schwang sich den Baumwollbeutel über die Schulter und schritt ins nächste Feld hinein. Die riesigen Pflanzen wuchsen dicht beieinander und verdrängten das Licht. Sie konnte nicht bis zur anderen Seite sehen und musste sich auf ihren inneren Kompass verlassen, um den richtigen Weg zu finden. Sie wusste, dass es zwischen den Pflanzen schmale Wege gab, auf denen sie achtgeben musste. Nun war sie auf allen Seiten von Pflanzen umgeben, langen Stengeln und grünen, blattartigen Schösslingen, die sie mit dem Kleid streifte und die ihr ins Gesicht peitschten. Der Boden war uneben, das Gehen mühsam. Sie musste mit Ratten und Schlangen rechnen. Manche Stengel waren abgebrochen und scharf und verfingen sich in ihrem Rock oder zerkratzten ihre Haut. Der dichte Bewuchs verhinderte, dass sie hinfiel, doch sie musste sich förmlich durch die Pflanzen pflügen und mit Armen und Schultern vorwärtsdrängen.

Sie war überrascht, als sie den ersten Weg erreichte. Er war gerade so breit, dass zwei Menschen nebeneinanderpassten, und sie konnte kurz innehalten und Luft holen. Tilly schaute nach links und rechts. Niemand war zu sehen, und sie bückte sich und atmete tief durch. Sie hatte sich die Zuckerrohrfelder von der hinteren Veranda aus genauer angeschaut. Jedes große Quadrat wurde von drei Wegen durchschnitten und in vier ordentliche Rechtecke geteilt. Sie musste also weitere drei Rechtecke durchqueren, bevor sie das felsige Ufer erreicht hatte. Sie blickte auf ihre Hände und bemerkte ein Blutrinnsal, das über die rechte Handfläche lief. Sie saugte daran. Der metallische Geschmack vermischte sich mit dem süßen Aroma des Zuckers.

Zurück ins Feld.

Sie wurde selbstsicherer, drängte entschlossen vorwärts. Der Wind wehte einen Geruch herbei, und sie brauchte einen Augenblick, um ihn zu erkennen.

Dann überkam sie das Entsetzen.

Im Spätherbst zünden sie es an.

Tilly begann zu laufen.

Es ist spektakulär, als stünde die halbe Insel in Flammen.

Ihre Brust drohte zu bersten, ihre Kehle tat weh, Blätter und gebrochenes Rohr peitschten und schnitten sie, während sie rannte. Dann hörte sie die Flammen, die vom Rand des Feldes herbeirauschten. Das Unterholz geriet in Bewegung, kleine Tiere huschten umher, die verzweifelt vor dem Feuer flohen. Sie rannte mit ihnen und hoffte, einen der schmalen Wege zu finden, auf dem sie fliehen konnte.

Die Hitze und das Geräusch der Flammen kamen näher, holten sie ein. Ihre Füße brannten, ihre Brust tat weh, das Entsetzen schrillte in ihren Ohren. Ihr war plötzlich klar, dass sie nicht entkommen konnte, dass sie dazu verurteilt war, im Feuer zu sterben, genau wie Jasper und Chantelle.

Und dann gelangte sie auf einen Weg. Schaute wild in beide Richtungen. Überall Flammen. Dies war eine der letzten Stellen, die nicht brannten, genau mitten im Feld. Aber wenn sie den Weg bis zum Ende lief …

Sie war wie erstarrt vor Angst. Überall um sie herum loderten Flammen.

Sie musste handeln. Nur so konnte sie überleben. Sie rannte den langen, schmalen Weg entlang, genau auf die Flammen zu. Dahinter gab es frische Luft und Freiheit und Leben.

Das Geräusch der Luft, die ins Feuer gesaugt wurde, war ohrenbetäubend. Die Flammen in den Feldern schlugen zehn Fuß in die Höhe. Die geschwärzten Stengel zeichneten sich vor dem orangefarbenen Schein des Feuers ab. Sie musste genau hindurchlaufen, der winzige Spalt bot kaum Schutz vor den Feuerwänden. Sie zog sich das Tuch über den Mund, senkte den Kopf und nahm die letzte Kraft zusammen.

Der Beutel an ihrer Schulter wurde zu heiß. Sie musste ihn wegwerfen, Großvaters hölzerne Schreibschatulle hinter sich lassen. Ein brennender Schmerz zuckte über ihre Schultern. Sie roch, wie ihre eigenen Haare brannten.

Dann war sie frei, fiel zu Boden, landete mit dem Gesicht nach unten im Schmutz. Sie verharrte einen Augenblick und hustete.

Aufstehen, du musst aufstehen.

Sie rappelte sich hoch und lief über die Viehweide. Ihre Schultern schmerzten unerträglich. Sie rannte so schnell sie konnte, kletterte über den Zaun und auf die Felsen hinunter. Ohne nachzudenken stürzte sie sich ins kalte Wasser.

Erleichterung. Der schlimmste Schmerz klang ab. Sie hob die Schultern und einen Oberarm aus dem Wasser und betrachtete sie im Licht des Feuers, das sich im Wasser spiegelte. Ihr Kleid war verbrannt, die Haut wund und dunkelrosa verfärbt. Sie brauchte eine Salbe, Verbandszeug. Auf der nächsten Insel würde es nichts davon geben.

Hatte Hettie es durchs Feld geschafft?

Tilly stand im Wasser, und ihr Gesicht verzerrte sich, als sie hemmungslos schluchzte, erfüllt von Angst und Schmerz. Ihre Kehle brannte.

Doch sie musste weiter, durchs Zwielicht, um sich mit Hettie zu treffen.

*

Tilly watete durchs Wasser, stolperte, weinte vor Schmerzen. Ihre Schuhe waren schwer und vollgesogen, doch sie wagte nicht, sie auszuziehen, damit sie sich nicht an den Steinen verletzte. Das Salzwasser brannte in den Kratzern, die ihre Beine bedeckten. Hinter den Zuckerrohrfeldern, die nacheinander in orangefarbenen Flammen aufgingen, verdunkelte sich der Himmel im Osten zu einem Samtblau. Wie sehr sie sich danach sehnte, mit Nell auf der Veranda zu sitzen und in aller Ruhe dem Abbrennen zuzuschauen, den milden Abend und den harten, süßen Geruch des Rauchs zu genießen. Asche regnete herab, winzige, leichte Flocken, die sich auf ihrer Haut auflösten. Schwarzer Schnee. Sie drängte weiter, kletterte an Land, nachdem sie an den Feuern vorbei war, und tastete sich über die Felsen zum Sumpf.

Über dem Festland schwand das letzte Licht, ein bernsteinfarbener Schein im Westen. Das Meer war zinngrau. Es herrschte Ebbe, so dass sie nicht mehr durch brackiges Wasser waten musste, sondern über den Schlamm gehen konnte. Der

Schmerz ihrer verbrannten Haut bereitete ihr Sorgen, und sie fragte sich, ob sie auch nur eine Nacht, geschweige denn eine ganze Woche ohne medizinische Behandlung überleben konnte. Sie kämpfte sich weiter, wuchs über sich hinaus, denn es gab kein Zurück.

Das blaue Band war im Dämmerlicht kaum zu sehen, doch das war auch nicht nötig. Hettie war schon dort. Sie hatte das Boot geholt und zog es gerade ins Wasser.

»Hettie!« Es war nur ein kehliges Keuchen.

Hettie drehte sich um, das Gesicht halb im Schatten verborgen, die Augenbrauen zusammengezogen. Dann wandte sie sich wieder ihrer Aufgabe zu.

»Warte, Hettie, ich bin verletzt.« Sie stolperte vorwärts. »Bist du auch in das Feuer geraten?«

»Nein, ich bin hintenherum gegangen. Über die Klippe. Der Idiot, der auf mich aufgepasst hat, stand genau da, wo ich entlanggehen sollte.«

»Du bist die Klippe hinuntergeklettert?«

»Natürlich. Ich will doch weg. Hilf mir mal.« Sie zog an dem Seil, und gemeinsam schafften sie das Boot ins Wasser. Hettie sprang hinein, und das Boot schwankte einen Augenblick. Tilly stand bis zu den Oberschenkeln im schlammigen Wasser und half Hettie dabei, die Ruder anzuordnen. Das Boot trieb von ihr weg.

»Komm, hilf mir hinein.« Sie streckte die Hand aus. »Ich habe solche Schmerzen, dass ich mich kaum bewegen kann.«

Hettie sagte nichts. Ihr Gesicht war ausdruckslos. Sie griff nach dem ersten Ruder.

»Hettie? Bitte. Ich kann das nicht allein.«

Plötzlich hob Hettie das Ruder und schlug Tilly mit brutaler Gewalt auf den Kopf. Sie versank im Wasser, ihre Ohren dröhnten, sie klammerte sich verzweifelt an die Reling. Hettie stand auf, wobei das Boot hin und her schwankte, und stieß ihr das Ruder in die Rippen. Der Schmerz war unerträglich.

Tillys Griff löste sich, dann schlug Hettie auf ihre Hände. Riss ihre Finger von der Reling und stieß sie ins Wasser.

Dann ruderte sie, so schnell sie konnte, davon.

Tilly kämpfte sich verzweifelt hoch. Das Salzwasser in den Wunden, ihr dröhnender Kopf, ihre schmerzenden Rippen raubten ihr beinahe den Atem. Sie würde ertrinken, wenn sie nicht aufstand. Mit letzter Kraft kam sie auf die Füße.

»Hettie!«, rief sie, doch es drang nur ein Keuchen aus ihrem Mund. Das Boot entfernte sich, Hetties dunkle Gestalt verschwand.

Der Schmerz über den Verrat war vielleicht der schlimmste von allen.

*

Sie stolperte, Wasser spritzte, sie fiel hin und mühte sich wieder hoch. Ihr wurde schwarz vor Augen, und sie drängte durch reine Willenskraft weiter. Die wenigen Fuß zum Ufer hätten ebenso gut zehn Meilen sein können. Dann endlich brach sie durchnässt im Schlamm zusammen. Der Schmerz überwältigte sie, und sie stürzte kreiselnd in die Dunkelheit.

Ihr Bewusstsein blitzte auf. Das Wasser klatschte gegen ihre Füße. Dann die Erinnerung an Hetties Verrat. Die weiche Asche, die auf sie herabregnete. Ihr gepeinigter Körper zog sie immer wieder in die Tiefe.

Dann war da Licht, es flackerte zwischen den schwarzen Ästen. Sie versuchte, tief durchzuatmen und zu rufen, doch der scharfe Schmerz in ihren Rippen hinderte sie daran. Nur ein Stöhnen drang aus ihrem Mund.

Sie kamen näher, drei oder vier Männer, genau konnte ihr betäubter Verstand es nicht erkennen. Dann Sterlings Stimme: »Ich habe sie gefunden! Hier drüben! Ich habe sie gefunden!«

Sie wollte ihre Zunge bewegen, konnte es aber nicht. Ihre Ohren dröhnten wieder. Sie blieb lange genug bei Bewusstsein, um zu spüren, wie sich seine starken Arme um sie schlossen, doch der Schmerz, der auf die Bewegung folgte, ließ alles schwarz werden.

Tilly merkte, wie sie abtransportiert wurde, wobei jede Bewegung neue Qualen auslöste. Dann wurde die Umgebung warm und trocken, Licht flackerte um sie herum. Sie hörte die Stimme von Dr. Groom, jemand zog ihr die nassen Kleider aus. Es fielen Begriffe wie »Verbrennungen« und »gebrochene Rippen«. Sie hörte Nell schluchzen und wollte nach ihr greifen und sie beruhigen. Dann sagte Sterling: »Tun Sie, was nötig ist.« Jemand drückte ihr ein Stück Stoff, das süß und klebrig roch, auf Nase und Mund.

»Atmen, Tilly«, sagte Dr. Groom

Sie atmete. Einmal, zweimal, dreimal. Ihr wurde schwindlig, ihr Blutdruck fiel, ihr Gehör verblasste.

Dann war sie frei von Schmerz und Angst.

*

Tilly erwachte in körnigem Dämmerlicht. Ihr Körper war wie zerschlagen. Sie schaute sich vorsichtig um. Sie lag in ihrem eigenen Zimmer, die Vorhänge waren geöffnet, ihr Körper war steif, und die kleinste Bewegung verriet ihr, dass sie an vielen Stellen verbunden war. Sie drehte vorsichtig den Kopf und sah Nell in einem Sessel neben ihrem Bett sitzen. Sie schlief.

»Nell?«

Das Mädchen öffnete ruckartig die Augen. »Tilly! Wie geht es Ihnen? Werden Sie sterben?«

»Ich hoffe nicht«, sagte Tilly, konnte aber nicht einmal lächeln. »Obwohl ich mich nicht so fühle.«

»Ich wünschte, ich könnte Sie umarmen. Aber ich darf Sie nicht berühren. Dr. Groom hat gesagt, Sie hätten schreckliche Verletzungen, aber dass Sie wieder ganz gesund werden, weil er Ihre Wunden gesäubert und verbunden hat. Und noch was, Tilly. Ihre Haare.«

Sie hob eine Hand, um ihre Haare zu berühren, spürte aber sofort einen brennenden Schmerz in den Schultern. Auch ihre Rippen taten furchtbar weh.

»Etwas davon ist verbrannt. Ihr wunderschönes rotes Haar.« Dann begann Nell zu schluchzen, als sich die aufgestauten Gefühle Bahn brachen.

»Ganz ruhig«, sagte Tilly. Die Ereignisse des Abends stürzten wieder auf sie ein. »Ich muss dir ein paar Fragen stellen, bevor dein Vater oder Dr. Groom kommt.«

Nell schniefte und wischte sich die Wangen ab. »Sie bekommen keine Schwierigkeiten.«

»Woher weißt du … wissen sie …?«

»Ich wusste es. Ich habe es vermutet und … ich wusste es und habe ihnen gesagt, dass ich Hettie das Boot gegeben habe und dass Sie zum Ufer gegangen sind, um sie an der Flucht zu hindern.«

Tilly schüttelte sanft den Kopf. »Nein, Nell.«

»Und ich werde wegen meiner Sünden aufs Internat geschickt, aber das ist mir egal, wenn ich Sie damit beschützen kann.«

»Das kann ich nicht zulassen.«

»Sie müssen aber.« Die Gesicht wurde rot vor Verzweiflung. »Sie müssen.«

Die Tür öffnete sich knarrend, und Sterling spähte herein. Er trug einen dunkelroten Morgenmantel. »Bist du wach, Tilly?«

»Ich war es«, platzte sie heraus, bevor Nell etwas sagen konnte. Sie wollte niemandem mehr etwas schuldig sein. Nach vorn zu blicken bedeutete, die Wahrheit zu sagen. »Es war nicht Nell. Sie lügt, um mich zu schützen. Ich habe es aus Gründen getan, die dumm waren und mir wichtig erschienen und …« Sie kämpfte mit den Tränen. »Ich hab's getan, damit sie wieder mit ihren Kindern zusammen sein kann. Ich konnte die Vorstellung einfach nicht ertragen, dass sie von ihnen getrennt ist.«

Sterling schwieg schockiert.

»Nein, Papa, nein! Hör nicht auf sie.« Nell warf sich ihm entgegen und umklammerte seinen Körper.

Er schob sie sanft, aber entschieden beiseite und kniete sich neben das Bett.

»Tilly, sag, dass es nicht wahr ist.«

Sie holte tief Luft, der Schmerz in ihren Rippen durchbohrte sie wie ein Pfeil. Sie zuckte zusammen, und Nell schrie: »Siehst du, was du ihr antust? Lass sie in Ruhe.«

Doch Tilly fiel ihr ins Wort. »Nell hat nichts Schlimmes getan. Ich wollte mit Hettie zusammen fliehen, aber sie hat mich aus dem Boot gestoßen. Warum, weiß ich nicht. Ich bin eine Närrin und weiß, dass ich dafür bestraft werde und dass ich es verdient habe. Ich kann nicht zulassen, dass ein Kind die Schuld auf sich nimmt.«

Sterling neigte den Kopf und kniff sich in den Nasenrücken. Wie sehr sie sich danach sehnte, seine Schultern zu berühren, mit der Hand durch seine Haare zu fahren. Doch sie litt zu große Schmerzen, und das alles war vorbei. Für immer. Es war unwiederbringlich verloren, genau wie Hettie.

Sterling hob den Kopf und ergriff sanft ihre Hand. »Das ist das letzte Mal, dass ich dir gegenüber weich sein kann«, sagte er leise und strich mit dem Daumen über ihren Handrücken. Seine Augen waren erfüllt von Schmerz und Traurigkeit und schrecklicher Resignation. »Hettie hat keine Kinder.«

Nun begann Tilly zu weinen, schwere Schluchzer, die ihren ganzen Körper erbeben und ihre Rippen noch stärker schmerzen ließen. Sterling ließ ihre Hand zögernd los, stand auf und betrachtete sie ausdruckslos. »Du stehst unter Bewachung, bis ich weiß, wie ich weiter mit dir verfahren werde. Nell, du darfst nicht bei Miss Lejeune bleiben. Geh sofort hinaus.«

Nell weinte mit geöffnetem Mund wie ein Baby. »Nein. Papa, nein! Tu das nicht. Nein!«

Sterlings Gesicht verdüsterte sich zu einer Gewittermiene. »Sofort raus!«, donnerte er. Nell rannte schluchzend hinaus und schlug die Tür hinter sich zu.

»Ich heiße nicht Chantelle Lejeune«, sagte Tilly kühn.

Er drehte sich überrascht zu ihr um. »Wie heißt du dann?«

»Ich heiße Matilda Dellafore, geborene Kirkland. Ich habe dir vieles nicht erzählt.«

Sterling zögerte einen Augenblick, hin- und hergerissen zwischen Pflicht und Neugier. Schließlich setzte er sich in den Sessel, faltete die Hände im Schoß und sagte: »Dann erzähle es mir jetzt. Es ist deine letzte Gelegenheit.«

Und Tilly erzählte ihm alles.

*

Es dauerte fast drei Wochen, bevor Tilly das Bett verlassen und umhergehen konnte. In einem Anfall unerwarteter Gnade hatte Sterling entschieden, dass sie eher Opfer als Täterin war. Er verlangte, dass sie die Insel umgehend verließ, würde dafür aber keine Strafverfolgung einleiten, vorausgesetzt, sie beantwortete alle Fragen, die zu Hetties Wiederergreifung führten.

Natürlich hatte man sie nicht gefunden. Hettie hatte gewusst, dass Tilly den Suchtrupp zur nächsten Insel schicken würde, und war in eine völlig andere Richtung gerudert. Sie hatten nichts in der Hand außer der Beschreibung des Ruderbootes und eines roten Kleides. Tilly staunte über das strategische Denken und die Heimtücke, mit der Hettie von Anfang an vorgegangen war und sich Sterlings Vertrauen erschlichen hatte. Ihr war klar, dass man Hettie nie finden würde.

Und Sterling wusste es vermutlich auch.

Tilly packte langsam ihren Koffer, es waren nur noch wenige Habseligkeiten. Unwichtige Dinge wie Kleider und Haarbürsten. Sie hatte nicht viel vorzuweisen, obwohl sie seit über zwanzig Jahren auf dieser Welt lebte.

Ein leises Klopfen. Sie blickte auf. »Nell? Du sollst doch nicht herkommen.«

Nell legte den Finger auf die Lippen und winkte sie zu sich. Tilly folgte ihr, obwohl sie Sterlings Zorn fürchtete. Das Mädchen führte sie in den Garten.

Das Gras war nass vom Tau, die Luft kühl und frisch. Nell brachte sie zu einem der Grünzüge. Tilly war seit der Flucht nicht mehr im Garten gewesen und konnte den Geruch von Erde und Blumen kaum ertragen. Er erinnerte sie zu sehr an ihre Torheit.

»Hier«, sagte Nell schließlich. Auf dem Boden lag ein flacher Stein, darauf war ein grünes, zu einer Schleife gebundenes Band gemalt.

»Was ist das?«, wollte Tilly wissen.

»Der ist vom Seven Yard Beach. Von der Stelle, an der wir immer gesessen haben. Ich habe ihn selbst heraufgetragen und bemalt. Wissen Sie, was das grüne Ding ist?«

Tilly schüttelte den Kopf.

»Gawains grünes Wehrgehänge. Als er von der Niederlage am Hof des grünen Ritters zurückkehrte, war das Gehänge das Symbol seiner Schwäche. Und alle an Arthurs Hof legten ebenfalls ein grünes Wehrgehänge an, um ihm zu zeigen, dass sie ihn liebten und seine Schwäche nicht verurteilten. Denn wir sind alle schwach, Tilly. Wir alle begehen Fehler, verlieren die Beherrschung, sagen törichte Dinge und treffen törichte Entscheidungen. Wenn Sie weg sind …« Das Mädchen kämpfte mit den Tränen. »Wenn Sie weg sind, werde ich jeden Tag herkommen und mich an Sie erinnern und daran denken, dass ich Sie nicht gerettet habe, als ich es gekonnt hätte.«

»Du konntest mich nicht retten.«

»Doch. Ich wusste, dass Sie etwas vorhatten.«

Tilly zog das Mädchen fest an sich. »Ich werde dich mehr vermissen, als ich sagen kann.«

Nell schluchzte ein paar Minuten an ihrer Brust, stand dann auf und ergriff ihre Hände. »Er wird ohne Sie nicht glücklich werden.«

»Aber mit mir auch nicht. Ich habe ihn furchtbar enttäuscht. Falls es Liebe zwischen uns gegeben hat … ist sie jetzt erloschen.«

Dann hörte sie Schritte im Laub. Der Oberwärter Mr. Donaghy tauchte auf und räusperte sich. Er bedeutete ihnen, auseinanderzutreten. Neben ihm stand Tillys Koffer. Sie würde unter Bewachung zum Anlegesteg gebracht werden, doch sobald sie an Bord des Dampfers war, würde sie sich als freie Frau fühlen. Sie würde sich ein neues Leben auf dem Festland aufbauen und das alles hinter sich lassen. Sie sehnte sich danach, Sterling wiederzusehen, seine Liebe zu ihr in seinem Gesicht zu lesen, seinen Verlust. Doch er hatte sich in ein geschlossenes Buch verwandelt und sprach kühl und neutral mit ihr wie mit allen Menschen, die ihm gleichgültig waren oder die er verachtete.

Tilly trat zu Mr. Donaghy, der auf ihren Koffer deutete. »Sonst noch etwas?«

»Nein, das ist alles.«

Sie folgte ihm aus dem Garten und die Straße hinunter zum Anlegesteg. Sie drehte sich um und warf einen letzten Blick auf Starwater. Die Palmen raschelten im Wind, die Sonne schien vom klaren Himmel auf das Blechdach. Sterling stand auf der Veranda und beobachtete sie. Sie hob die Hand zum Gruß, doch er drehte sich um und ging ins Haus.

Tilly hielt flüchtig inne. Schloss die Augen.

»Sind Sie bereit, Miss Lejeune?«

»Nein«, sagte sie, das Herz von einem dumpfen Schmerz erfüllt. »Aber ich komme trotzdem mit.«

Siebenundzwanzig

Die Wahrheit heilt alles

2012

Das Klopfen kam unerwartet, aber nicht überraschend. Ich war seit Tagen nicht ans Telefon gegangen. Also schlurfte ich barfuß im Bademantel zur Tür.

»Stacy?«

»Du siehst beschissen aus.«

»Danke.«

Sie hielt den gekritzelten Zettel in der Hand, den ich an meine Tür geheftet hatte. Darauf stand: *Ich bin aufs Festland gefahren. Entschuldige mich für eventuelle Unannehmlichkeiten.* »Für wen ist der?«

»Für alle. Vor allem für Joe.«

Sie zerknüllte ihn. »Und ans Handy gehst du auch nicht mehr?«

»Es funktioniert nicht.«

»Es funktioniert sehr wohl. Ich habe normalerweise keine Probleme, dich zu erreichen, selbst wenn es ein paar Stunden dauert.« Sie drängte herein und ließ ihren Koffer neben der Tür fallen. »Ich bin hier, weil du anscheinend vollkommen am Ende bist. Und Leute, die am Ende sind, brauchen Freunde.«

Ich vergrub den Kopf in den Händen. »Oh, Stace. Du hast keine Ahnung, wie gründlich ich alles vermasselt habe.«

Stacy legte mir die Arme um die Schultern und drückte mich so fest, dass es weh tat. »Und du glaubst, der beste Ausweg wäre, sämtliche Kontakte zur Außenwelt abzubrechen?«

Ich nickte nur, weil ich Angst hatte, in Tränen auszubrechen.

»Hör zu, Nina. Ich werde jetzt Tee machen, und dann erzählst du mir alles. Und du wirst nicht wie sonst nur die Hälfte erzählen, weil du glaubst, du würdest mich langweilen oder belasten oder ich könnte dich danach hassen. Ich will alles hören.« Sie ließ mich los, und ich trat einen Schritt zurück.

»Na schön, solange ich es vom Bett aus tun kann.«

Stacy machte Tee und brachte ihn in mein Schlafzimmer, wo ich mich in Embryonalhaltung unter der Decke zusammengerollt hatte. Genauso hatte ich hier gelegen, seit Marla angerufen hatte.

»Setz dich hin. Irgendwo müssen wir anfangen.«

Ich gehorchte und nahm die Tasse entgegen.

»Zuerst mal, warum hast du diesen Zettel für Joe hinterlassen?«

»Ich habe mit ihm geschlafen.«

Zu meiner Überraschung brach sie in Gelächter aus. »*Entschuldige mich für eventuelle Unannehmlichkeiten?* So sagst du jemandem, dass du lieber nicht mit ihm geschlafen hättest? Das muss ich auch mal ausprobieren.«

Ihr Gelächter heiterte mich ein wenig auf. »Darum verstecke ich mich nicht.«

»Warum denn dann?«

»Ich habe … ein schlimmes Geheimnis. Und wenn du davon erfährst oder auch Joe, wisst ihr, weshalb …« Ich brach ab, fühlte mich schwindlig und atemlos.

Stacy setzte sich aufs Bett und zog die Füße unter sich. »Ich höre.«

Ich hatte niemandem davon erzählt, weil ich glaubte, man würde mich töten, wenn ich der Welt die schreckliche Wahrheit sagte. Ein dummer Aberglaube. »Also gut. Die Sache ist die. Als ich vor sieben Jahren die Papiere von Eleanor Holt durchgegangen bin, habe ich ein Manuskript gefunden. Zu einem Roman. Es ging darin um eine Witwe im 14. Jahrhundert, die Verbrechen aufklärt.«

Stacy nickte, ihre Miene absichtlich neutral. Ich hatte Mitleid oder Zorn erwartet und wusste nicht, wie ich weitermachen sollte.

»Nur zu. Ich will alles hören.«

»Ich habe es gelesen, und es hat mir wirklich gefallen. Ich dachte, es müsste veröffentlicht werden. Aber es wurde vor langer Zeit geschrieben und war ein bisschen altmodisch formuliert. Die Figuren sagten Dinge wie ›Du liebe Güte‹ oder ›beherzt voranschreiten‹.«

Stacy lachte wieder.

»Also habe ich angefangen, sie abzutippen und dabei einiges zu ändern. Es waren nicht nur Kleinigkeiten, auch große Eingriffe. Die Geschichte lief langsam an, also habe ich am Anfang fünftausend Wörter gekürzt und mit der ersten Leiche begonnen. Aber es ist ihre Geschichte. Der erste Roman stammte von Eleanor: die Grundvoraussetzung, die Figuren, die ganze Recherche, sogar der Titel. Eine Freundin hatte mir Marla empfohlen, und ich habe es ihr zur Prüfung geschickt.« Ich trank von meinem Tee und stellte die Tasse wieder auf den Nachttisch. »Ich habe mir überhaupt keine Hoffnungen gemacht, aber dann rief Marla an und sagte, sie hätte einen Verleger. Heute weiß ich, dass ich sofort die Wahrheit hätte sagen müssen, aber ich war so überwältigt und hatte schon zwei weitere Manuskripte gefunden, die ich überarbeiten wollte. Mir kam es nur wie eine kleine Unwahrheit vor, also tat ich, als wäre der Roman von mir. Vielleicht würden zehn Leute das Buch kaufen, und ich könnte es meiner Mutter zeigen und sagen ›Schau her, ich habe etwas Sinnvolles geschafft‹.« Ich zuckte mit den Schultern, fühlte mich töricht und schuldbewusst. »Ich hatte ja keine Ahnung, wie erfolgreich sie werden würden. Marla hatte mich nämlich gewarnt, und ich hatte mit anderen Schriftstellern gesprochen: der Markt stagnierte, die meisten verdienten nichts, es war ein hartes Geschäft. Ich hatte nie mit einem Erfolg gerechnet. Marla auch nicht. Und dann kam das erste Buch heraus und ... bumm.«

»In der Tat.«

»Aber dann gingen mir die Manuskripte aus.«

»Daher die Schreibblockade.«

»Es ist eher eine Tippblockade. Ich bin keine Autorin.«

Sie neigte den Kopf zur Seite. »Genau das sehe ich anders. Du bist eine Coautorin. Die Bücher konnten so, wie du sie gefunden hast, nicht veröffentlicht werden. Natürlich hast du die Witwe als solche nicht erfunden, aber du hast immerhin ein halbes Buch ohne Vorlage geschrieben, oder?«

»Es ist ein roher Entwurf. Es ist Müll. Ich habe bei weitem nicht genug Ahnung vom Mittelalter.«

»Dann such dir jemanden, der es hat. Und überarbeite es vernünftig. Nina, es tut mir leid, aber ich habe etwas Schlimmes getan, als ich das letzte Mal hier war. Du hast nach einer unruhigen Nacht lange geschlafen, und da bin ich an deinen Computer gegangen und habe überflogen, was du bis dahin geschrieben hattest.«

Ich war entsetzt und dankbar zugleich. »Und?«

»Es ist prima. Niemand wird den Unterschied erkennen, wenn du es erst aufgemöbelt hast. Ich glaube, von dir steckt mehr in den Witwe-Wayland-Geschichten, als du glaubst.«

Die Erleichterung machte mich beinahe schwindlig. »Wirklich?«

»Wirklich.«

»Aber ich muss trotzdem mit dem Wissen leben, dass ich die Ideen gestohlen habe.«

»Hast du die Manuskripte noch?«

Ich wandte mich schuldbewusst ab. »Nein, ich habe sie verbrannt. Ich habe mir solche Sorgen gemacht, jemand könnte sie entdecken und mich verraten.«

»Gut. Sehr klug. Also weiß es niemand außer dir und mir?«

»Das ist richtig.«

»Und du wirst es niemandem erzählen und ich auch nicht. Also …«

»Da wäre noch die Journalistin, die Zugang zu meinen Papieren beantragt hat. Sie hat Kopien der Absageschreiben von Verlegern an Eleanor gefunden, in denen die Manuskripte namentlich erwähnt werden.«

Stacy strich sich übers Kinn. »Das beweist höchstens, dass du den Namen der Witwe übernommen hast.«

»Meinst du, ich soll lügen?«

»Wenn wir befürchten, dass Leute die Wahrheit missbrauchen, sollten wir sie ihnen nicht verraten. Diese Journalistin will dich doch nur fertigmachen, oder? Du bist reich und jung und hübsch. Ihr die Wahrheit zu liefern, wäre unverantwortlich. Du hast also ein paar Bücher mit deiner Urgroßmutter zusammen geschrieben? Ist doch eine Familienangelegenheit. Das hat nichts mit einem Verstoß gegen das Urheberrecht zu tun.«

Ich ließ mir Stacys Worte durch den Kopf gehen. Zusammen geschrieben? War es so? Und fiel mir das neue darum so schwer? Weil meine Coautorin nicht zur Arbeit erschienen war?

»Nina, ich würde dir gerne einen guten Rat geben. Wenn es dir zu schwer fällt, allein zu schreiben, dann steig aus. Kämpfe nicht dagegen an. Alles wird gut. Du kannst deine überteuerte Wohnung verkaufen und so lange wie nötig bei mir wohnen. Ich helfe dir, deine vertraglichen Verpflichtungen zu regeln und die Vorschüsse zurückzuzahlen. Aber wenn du meinst, dass du es schaffst, dann lass das alles hinter dir, erwähne es nie wieder und schreibe weiter.«

Ich ließ mich ins Kissen sinken. »Ich bin so müde.«

»Ich habe gehört, dass das Schreiben den meisten schwerfällt. Gott weiß, ich könnte das nicht. Aber Müdigkeit ist kein Grund, damit aufzuhören. Es ist kein Grund, dein Handy auszuschalten und lächerliche Nachrichten für sexy Meeresbiologen an deine Haustür zu hängen.«

Ich vergrub das Gesicht wieder in den Händen. »Warum ist das Leben so kompliziert?«

»Weil du erwachsen bist. Aber es hat auch viele Vorteile. Du darfst Autofahren und dir selbst Schuhe kaufen.«

Ich ließ die Hände sinken und lächelte sie an. »Danke, dass du gekommen bist. Bleibst du hier und hilfst mir, alles in Ordnung zu bringen?«

»Natürlich.«

*

Joe tauchte nach dem Mittagessen auf. Ich war inzwischen angezogen, zum ersten Mal seit vielen Tagen. Da ich länger nicht gewaschen hatte, hatte ich mir ein Kleid von Stacy geliehen.

»Du bist zurück.«

»Ich war nie weg.«

»Hatte ich mir gedacht. Aber der Zettel ist nicht mehr da, also …«

»Tut mir leid. Ich hatte eine Art … Zusammenbruch.«

»Wegen mir?«

Ich schüttelte den Kopf.

»Nun, ich möchte dir etwas zeigen.«

Stacy tauchte neben mir auf und strahlte ihn an. »Hi, Joe.«

»Möchten Sie mit uns zum Bootsschuppen kommen? Ich habe den Schaden repariert, den Julian verursacht hat, als er sie gefunden hat.«

»Was gefunden?«

»Eine Kiste voller Papiere. Eleanors Papiere.«

Mein Herz machte einen Sprung. »Warum hast du sie nicht mitgebracht?«

»Es ist eine große Kiste, und der Boden fällt heraus. Hast du einen Wäschekorb oder so was?«

Ich kippte die schmutzige Wäsche aus und folgte Joe und Stacy mit dem Korb zum Bootsschuppen.

Sie gingen plaudernd vor mir, vollkommen ungezwungen. Mir fiel ein, dass Joe gesagt hatte, er liebe mich. Ich fragte mich, wie er empfinden würde, wenn ich ihm die Wahrheit über die Witwe Wayland sagte. Würde er es anders sehen als Stacy? Er hatte meine Kreativität bewundert. Er würde enttäuscht sein, mich vielleicht sogar für eine Lügnerin halten.

Im Bootsschuppen war es dunkel und muffig. Ich konnte die neuen Balken sehen, die Joe angebracht hatte.

»Du musstest das nicht machen.«

»Doch. Julian hatte die alten zerbrochen.« Er lächelte. »Es sollte eine Überraschung werden.«

»Ich bin überrascht.«

»Die Kiste steht in der hinteren Ecke auf dem Dachboden. Ich gehe rauf und reiche euch die Papiere.«

»Okay.«

Joe kletterte auf die neuen Balken und zog sich auf den Dachboden.

»Pass auf. Ich will keine weiteren Unfälle.«

Er kam mit dem ersten Stapel an den Rand. »Ich habe die Balken verstärkt.«

Joe reichte uns die Papiere herunter, und wir legten sie so ordentlich wie möglich in den Wäschekorb. Dann trugen wir sie zum Haus.

An der Tür zögerte er, hoffte wohl auf eine Einladung.

»Danke, Joe.« Ich blieb vor der Tür stehen, die Hand auf der Klinke, meinen Körper wie eine Barriere davor. »Ich bin nicht einmal auf die Idee gekommen, im Bootsschuppen nach Papieren zu suchen. Vor allem, weil ich erst kürzlich herausgefunden hatte, dass ich einen Bootsschuppen besitze.«

Wir drei standen einen Moment lang in verlegenem Schweigen da. Dann schlüpfte Stacy mit dem Wäschekorb ins Haus.

Als sie weg war, schloss ich die Tür, und wir standen allein auf der Veranda. Joe lächelte traurig. »So.«

»So.«

»Du bist mir aus dem Weg gegangen, und jetzt bittest du mich nicht herein?«

»Ich glaube, es funktioniert nicht«, platzte ich heraus.

»Liebst du Cameron noch immer?«

Ich hätte beinahe gelacht. Ich liebte ihn längst nicht mehr, und meine Gefühle für Joe brannten ein Loch in meine Rippen. »Ich glaube, es funktioniert einfach nicht«, sagte ich diesmal überzeugter, weil es mir tatsächlich so vorkam. Ich wollte nicht, dass er die Wahrheit über mich erfuhr, also musste ich ihn loslassen.

Er lächelte gezwungen, drehte sich wortlos um und ging davon.

Ich brauchte einen Augenblick, um mich zu fassen, und trat ins Haus.

Stacy hatte den Wäschekorb im Wohnzimmer auf den Boden gestellt, den Couchtisch an die Wand gerückt und mit dem Sortieren begonnen. »Du hast es beendet?«

»Es gab nichts zu beenden.« Ich kniete mich neben sie. »Du weißt, was ich zu finden hoffe, oder?«

»Ich hoffe ja so halb und halb, dass du es nicht findest.«

Dann machten wir uns über die Papiere her.

*

Briefe und Kurzgeschichten, Gedichte und Essays. Wir gingen alles durch. Die Papiere waren ungeordnet, als hätte jemand die Seiten fallen lassen, aufgesammelt und in die Kiste geworfen.

Stacy entdeckte es schließlich.

»Witwe Wayland!«, kreischte sie und griff nach einem Papierstapel.

Ich sah sofort, dass es kein vollständiges Manuskript war, riss es ihr aber trotzdem aus den Händen.

Dunkle Pferde, ein Witwe-Wayland-Krimi. Meine Hände zitterten.

»Schieß los.« Sie beugte sich über meine Schulter.

»Es ist kein vollständiger Roman.« Die erste Hälfte eines Romans hatte ich ja schon. Ich brauchte das hier nicht, es nützte mir nichts.

»Der Rest könnte irgendwo anders sein.«

Doch ich griff nach der letzten Seite des Stapels und las den letzten Absatz laut vor. »Und dann verlor die Witwe Wayland ihre Illusionen, weil niemand ihre Manuskripte veröffentlichen oder auch nur lesen wollte, ohne eine vorgefasste Meinung über ›Frauengeschichten‹ zu haben, und brannte mit einem gutaussehenden jungen Mann nach Havanna durch und lebte dort glücklich bis an ihr Lebensende.«

»Was soll das heißen? Passiert das in der Geschichte?«

»Natürlich nicht. Das ist Eleanors wütende Stimme.«

Stacy griff nach einem Umschlag voller gefalteter Seiten. »Oh ja, sie wurde abgelehnt. Hier drin sind Dutzende von Briefen, in denen man ihr empfiehlt, ihr Manuskript woanders hinzuschicken.«

»Und die neugierige Journalistin hat zweifellos einen dieser Briefe gefunden«, sagte ich. Ich las die letzten Zeilen noch einmal. Sie hatte aufgegeben. Eleanor hatte aufgegeben.

Stacy berührte meine Schulter. »Alles in Ordnung mit dir?«

»Ich muss das Buch schreiben, oder?«

Stacy schaute mich an und wartete, dass ich weitersprach.

»Versteh doch, sie hat aufgehört. Sie hat aufgegeben. Aber das werde ich nicht tun. Ich weigere mich. Eleanor hat in einer Zeit geschrieben, in der es für Frauen sehr schwierig war. Für mich ist es leicht, und trotzdem jammere ich nur rum. Ich werde das Buch zu Ende schreiben und dann noch eins und noch eins. Für Eleanor. Weil sie es nicht konnte.«

Stacy umarmte mich. »Sie wäre sehr stolz gewesen.«

»Bis auf die Tatsache, dass ich von ihr abgeschrieben habe«, murmelte ich in ihre dunklen Haare.

»Du meinst, dass du ihr unbrauchbares Manuskript überarbeitet und Millionen Menschen von der Witwe Wayland erzählt hast und diese sie im Fernsehen bewundern konnten?« Stacy lehnte sich zurück. »Du kannst mir nicht erzählen, dass sie sich nicht gefreut hätte.«

Ich spürte, wie sich mein Mund zu einem Lächeln verzog. »Vielleicht hast du recht.«

*

Ich rief die Journalistin selbst an. Ich würde mich nicht länger hinter Marla verstecken. Ich erledigte es von der Telefonzelle aus, während Stacy vor dem Café wartete und einen Hund streichelte, der dort angebunden war. Der warme Meerwind und der Geruch von Algen waren vertraut geworden. Ein Zuhause.

»Elizabeth Parrish.«

»Hallo, Elizabeth, hier spricht Nina Jones. Tut mir leid, dass ich so schwer zu erreichen war. Ich bin auf einer Insel ohne Internetzugang und mit schlechtem Handyempfang.«

Ich hörte, wie sie rasch Papiere zusammensuchte. »Nina. Vielen Dank, dass Sie anrufen. Hätten Sie etwas dagegen, wenn ich unser …«

»Es gibt nichts aufzunehmen.« Ich trug die kleine Rede vor, die Stacy mir eingebleut hatte. »Ich schicke Ihnen die Fotokopien eines unvollendeten Manuskripts, das meine Urgroßmutter über die Witwe Wayland geschrieben hat. Sie werden sehen, dass es keinerlei Ähnlichkeit mit meinen Büchern hat und nie fertiggestellt wurde. Ich habe lediglich die Titelfigur von ihr übernommen. Falls Sie einen Artikel darüber schreiben möchten, wie schwer es Schriftstellerinnen im frühen 20. Jahrhundert hatten, wäre das ein guter Ausgangspunkt. Davon abgesehen habe ich Ihnen nichts zu sagen.«

»Augenblick, ich wollte nur fragen …«

Doch ich hatte schon eingehängt. Mein Herz hämmerte.

Ich beugte mich vor und stützte meine Hände auf die Knie. Dann trat Stacy hinter mich und rieb mir den Rücken. »Das wäre geschafft.«

»Warum bin ich dann so unglücklich?« Ich richtete mich auf und schob mir die Haare aus dem Gesicht.

»Das liegt wohl daran, dass du das Buch noch schreiben musst.«

Aber das war es nicht. Man hatte meine Abgabefrist verlängert, und nun, da ich nicht mehr darauf hoffen konnte, eines von Eleanors Manuskripten umzuschreiben, würde ich vielleicht meine Selbstzweifel hinter mir lassen und nach vorn blicken können.

Nein, ich war unglücklich, weil ich in Joe verliebt war.

*

Stacy brachte mich an diesem Abend zu Joes Schuppen. Ich sah das gedämpfte Licht im Haus seiner Eltern, das durch die hellblauen Vorhänge schimmerte. Doch bei Joe war alles dunkel.

»Ich glaube, er ist nicht zu Hause.« Ich blieb zögernd auf der Straße stehen.

»Da flackert doch ein Licht. Vielleicht sieht er fern.« Sie stieß mich in die Rippen. »Na los.«

»Das ist keine gute Idee. Er wird mich hassen.«

»Wenn er dich hasst, hat er dich nicht verdient.« Sie schleppte mich zur Tür und klopfte energisch.

»Stacy«, zischte ich.

Dann öffnete Joe die Tür. Ich konnte Julian sehen, der auf dem Boden mit seiner Playstation spielte. Ein zweiter Controller lag neben ihm. Aus dem Fernseher drangen Explosionen.

»Hi«, sagte Joe neugierig.

»Ich komme ungelegen. Du hast zu tun.«

Joe warf einen Blick auf Julian, der ganz in sein Spiel vertieft war, und schaute dann wieder zu mir. »Ich habe sonst nichts zu tun.«

Etwas flog in die Luft, und Julian rollte sich stöhnend herum. »Komm zurück, Dad. Die Aliens erobern uns.«

Stacy wurde aktiv. »Zeigst du mir mal, wie man das spielt?« Selbst der achtjährige Junge war von ihrem Augenaufschlag beeindruckt.

Er richtete sich auf, bot ihr einen Controller an und erklärte ihr die Tasten.

»Sollen wir spazieren gehen?«, fragte ich.

Joe drehte sich zu Julian. »Ich bin mal kurz weg, Kumpel. Ihr kommt klar?«

»Sicher.«

»Falls er Angst bekommt, meine Eltern sind gleich nebenan.«

»Alles klar«, antwortete Julian, setzte sich in den Schneidersitz und drückte die Tasten auf seinem Controller. »Ich wette, Stacy ist ein besserer Raumsoldat als du.«

»Gehen wir«, sagte Joe.

»Nach unten zum Seven Yard Beach. Ich muss dir etwas sagen.«

Im Osten verblasste das letzte Rot der Abenddämmerung über dem Festland. Der Seewind kühlte sich ab, und die Palmwedel an der Straße raschelten. Wir gingen schweigend zum Strand und setzten uns, wobei wir ein bisschen Abstand zwischen uns ließen. Ich schlang die Arme um die Knie und schaute auf die Wellen hinaus, die sich sanft am Ufer brachen.

»Was musst du mir sagen?«, fragte er schließlich. »Ich will dich nicht drängen, aber ich habe die Befürchtung, dass Stacy doch kein so toller Raumsoldat sein könnte.«

Ich drehte mich zu ihm, der Wind zerzauste meine Haare. Seine Augen waren fast schwarz in der abendlichen Dunkelheit. »Ich habe alle belogen.«

Er runzelte die Stirn. »Worüber?«

Ich erzählte ihm alles, die unverfälschte Wahrheit, so schnell und so einfach, wie ich nur konnte.

Als ich fertig war, fragte er: »Und das ist alles?«

»Es ist eine ganze Menge. Ich habe mich als kreatives Genie mit einer internationalen Karriere dargestellt.«

»Nein, das hast du nicht. Wir haben kaum über deine Karriere gesprochen. Und seit wir uns begegnet sind, hast du mir wiederholt gesagt, dass du alles, aber kein kreatives Genie bist. Nina, es geht mir nicht darum, wie viele Bücher oder Babys du produzierst. Es geht mir darum, wer du bist.«

Ich war sprachlos.

»Ich liebe dich, Nina. Die Frau, die hier vor mir sitzt. Die Frau mit dem goldbraunen Haar und der seidigen Haut und den sanften Händen. Die Frau, die du bist. Dein wirkliches Ich.«

»Wow«, sagte ich schließlich. »Und ich war mir so sicher, dass du nichts mehr mit mir zu tun haben willst.«

»Da kennst du mich aber schlecht.« Er zog mich an sich. »Und ich freue mich darauf, dich besser kennenzulernen. Viel besser.«

Ich drehte mein Gesicht zu ihm und verschmolz mit ihm, und mir wurde ganz warm vor Glück. Morgen würde ich das Buch neu planen. Heute Abend ging es nur um den Sommerwind und den frischen Geruch des Meeres und die atemberaubende Erregung einer neuen Liebe.

Achtundzwanzig

Die Suche nach Tilly

1893

Sterling stand vor dem kleinen Schulgebäude. Die Sonne schimmerte auf seinen Haaren, und er spürte, wie sich Furcht in ihm regte. Er sagte sich, dass er nicht den Weg entlanggehen, nicht an die Tür klopfen musste. Doch er hatte lange gebraucht, um sie zu finden; jetzt konnte er nicht einfach wieder gehen.

Man hatte das kleine Haus, das früher eine Frühstückspension gewesen war, in eine Schule für die Kinder des Ortes umgewandelt. Dies war der Wunsch des verstorbenen Besitzers gewesen. Mr. Richard Hamblyn war mit Tilly befreundet gewesen und hatte sie damit beauftragt, die Schule zu gründen und zu leiten.

Das alles wusste Sterling von dem Mann, den er bezahlt hatte, um Tilly zu suchen. Er erinnerte sich noch an das freudige Kribbeln und die Überraschung, als er erfuhr, dass sie die ganze Zeit über in seiner Nähe gewohnt hatte, nur getrennt durch das Wasser der Bucht.

Er rückte den Kragen zurecht, nahm den Zylinder ab und ging zum Haus. Wenn Nell wüsste, was er vorhatte … nun, sie würde es bald herausfinden, wenn alles so lief, wie er es sich erhoffte. Es verging kaum ein Tag, an dem sein kleines Mädchen nicht von Tilly sprach. Kleines Mädchen? Sie war jetzt eine junge Frau. Er fragte sich oft, ob Nell so oft von Tilly erzählte, weil sie ahnte, dass ihr Vater sie liebte.

Er liebte sie. Er hatte nie aufgehört, sie zu lieben. Die Erinnerung an die Flucht verblasste allmählich. Man hatte Hettie Maythorpe nie gefunden und die Suche schließlich eingestellt. Nachdem Oberwärter und Gefängnisarzt ausgetauscht worden waren, legte sich auch das Gerede über Tillys Rolle bei der Flucht.

Er liebte sie noch immer. Jeden Morgen wachte er auf und hoffte, er sei davon geheilt. Stattdessen spürte er denselben kalten Kiesel in der Brust, denselben unerträglichen Schmerz.

Er klingelte und wartete, wobei ihm das Herz bis in die Kehle schlug. Die Tür ging auf, und eine mütterliche Frau mit grauen Haaren blickte ihm entgegen.

»Kann ich Ihnen helfen?«

»Ich bin hier, um Miss …« Er konnte den Satz nicht beenden. Wie nannte sie sich jetzt? Miss Lejeune? Miss Kirkland? Mrs. Dellafore? »Tilly. Ist sie zu Hause?«

»Miss Kirkland unterrichtet gerade. Aber sie ist in ein paar Minuten fertig, falls Sie hier auf der Veranda warten möchten.«

Sterling zögerte. Noch konnte er weglaufen, müsste sich nicht der Gefahr stellen, zurückgewiesen zu werden. Es war fast ein Jahr vergangen, seit sie die Insel verlassen hatte. Durfte er überhaupt hoffen, dass sie ihn noch liebte? Er hatte sie so schlecht behandelt. Danach hatte ihn brennende Scham überkommen. Er hatte ihre Liebe nicht verdient …

»Sir?«

Sterling gab sich einen Ruck. Die Frau hatte ihm eine Frage gestellt. »Verzeihung.«

»Möchten Sie Tee?«

»Nein, vielen Dank. Ich warte hier auf sie.«

»Und der Name?«

»Sterling Holt.«

»Sehr gut, Sir. Sie kommt gleich. Bitte nehmen Sie Platz.« Die Frau ging wieder ins Haus und schloss die Tür hinter sich.

Sterling wollte sich nicht setzen, er konnte nicht sitzen. Er musste in Bewegung bleiben, also ging er die Treppe hinunter in den Vorgarten. Die ordentlichen Beete verrieten, dass Tilly sie angelegt hatte und selbst pflegte. Er wusste, in welchem Augenblick er sich in sie verliebt hatte – als sie ihn gefragt hatte, ob sie im Garten arbeiten dürfe. Eine so hübsche und gebildete Frau wie Tilly wäre normalerweise davor zurückgeschreckt, sich die Hände schmutzig zu machen. Doch sie war immer auf charmante Weise natürlich gewesen.

Die Sonne fiel durch das Laub und zeichnete Muster ins Gras, als der Wind durch die Baumwipfel fuhr. Er lief im Garten auf und ab und war sich absolut sicher, dass Stunden vergangen waren, obwohl seine Taschenuhr nur von Minuten sprach.

Dann ging die Tür auf. Er blickte hoch, und da stand sie. Die Sonne schimmerte auf ihrem roten Haar, ihre hellen Augen glänzten, ihr Mund formte sich zu einem kleinen O der Überraschung.

Er nahm allen Mut zusammen.

»Tilly?« Er legte all seine Ängste und Hoffnungen in diese einzige Frage, in ihren Namen.

»Sterling!«, keuchte sie und rannte die Treppe hinunter in seine wartenden Arme.

Danksagung

Ich habe dieses Buch in einer Art Rausch geschrieben und gehe davon aus, dass ich in meiner Danksagung jemanden vergessen werde. Dennoch war ich mir der Tatsache, dass man die Unterstützung so vieler Menschen braucht, um ein Buch zu schreiben, noch nie so bewusst wie heute.

Ich danke meinen Schwestern, der besten Schreibgruppe der Welt. Meiner Agentin Selwa Anthony, die sowohl Geschäftssinn als auch Liebe beisteuert. Meiner lieben Freundin Mary-Rose, die mir hilft, die Welt mit klarem Blick zu betrachten. Meiner unglaublichen, unermüdlichen, intelligenten und unbezahlbaren Rechercheassistentin Heather Gammage, ohne die dieses Buch voller Löcher und Fehler wäre. (Sollten Sie Fehler darin finden, ist es nicht ihre Schuld. Gelegentlich habe ich ihren guten Rat zugunsten einer guten Story ignoriert.) Julie und Karen Hinchliffe, die ihre frühen Erinnerungen an die Zuckerrohrfelder mit mir geteilt haben. Danke auch an jene, die in den sozialen Medien ihre Erinnerungen an die brennenden Felder mit mir geteilt haben. Den schwarzen Schnee habe ich euch zu verdanken. Ich möchte jene erwähnen, die in vielerlei Weise zum Lektorat beigetragen haben: Vanessa Radnidge, Jody Lee, Kate Ballard, Heather Lazare und Paula Ellery. Weiterhin danke ich der University of Queensland, ihren Bibliotheken, Mitarbeitern und Studierenden, vor allem aber meinen Kollegen in den Abteilungen Anglistik, Medienwissenschaft und Kunstgeschichte, die mich ihre Ressourcen so großzügig nutzen lassen.

Dieses Buch entstand teilweise auf den Inseln St. Helena und Moreton, auf denen mein Ember Island beruht. Aus verschiedenen Gründen sind beides herrliche Orte, und die Moreton Bay ist ein wunderbares Ferienziel, falls Ihnen danach sein sollte.

Mein Privatleben wird von sieben wunderbaren Säugetieren zusammengehalten, mit denen ich meinen Lebensraum teile: Ollie, Luka, Astrid, Petra, Nyxi, Wiglaf und Sigrun. Wie immer möchte ich meiner Mutter danken, weil ich immer noch meinen Kopf in ihren Schoß legen und mir von ihr die Haare streicheln lassen kann. Je länger ich lebe, desto mehr liebe ich dich, Mum.

Jedes Geheimnis braucht eine Liebe, die es trägt

Kimberley Wilkins

Das Haus am Leuchtturm

Roman

Australien 1901: Isabella Winterbourne überlebt als Einzige ein Schiffsunglück vor der Küste Australiens. Sie beginnt ein neues Leben unter falschem Namen. Nur der Leuchtturmwärter Matthew weiß davon und kennt das kostbare Schmuckstück, das sie bei sich trägt – doch er schweigt, aus Liebe.

London 2011: Nach dem Tod ihres langjährigen Geliebten Mark Winterbourne zieht sich Elizabeth voller Trauer in ein Cottage in ihrer Heimat Australien zurück. Dort stößt sie auf mysteriöse Hinweise über den Verbleib eines legendären Schmuckstücks, das angeblich beim Untergang eines Passagierschiffs verlorenging. Fasziniert entdeckt sie das Geheimnis der Familie Winterbourne.

KNAUR

Kirsty Wark

Der Gesang der Wellen nach dem Sturm

Roman

Auf der kleinen sturmumtosten Insel Arran, im Westen Schottlands, lebt Elizabeth Pringle. Die alte Dame weiß, dass sie nicht mehr lange zu leben hat und es an der Zeit ist, endlich mit der Vergangenheit abzuschließen und sich von der Seele zu schreiben, woran sie seit Jahrzehnten so schwer zu tragen hat.

Kurze Zeit später erlebt Martha die Überraschung ihres Lebens: Eine Unbekannte namens Elizabeth Pringle hat ihrer kranken Mutter ein Haus auf Arran vermacht.

Kimberley Wilkins

Der Wind der Erinnerung

Roman

Als Emma das Haus ihrer verstorbenen Großmutter Beattie erbt, hat sie wenig Lust, sich mit Kisten voller Erinnerungsstücke herumzuschlagen. Doch ein mysteriöses Foto lässt sie nicht mehr los. Es zeigt Beattie als junge Frau neben einem Mann, der besitzergreifend die Arme um sie legt. Zwischen den beiden: ein kleines rothaariges Mädchen. Der Mann ist nicht Emmas Großvater – und wer ist das Kind? Schon bald vermag sich Emma den Geheimnissen von Beatties Vergangenheit nicht mehr zu entziehen …

»Eine mitreißende Geschichte über Familie und ihre Geheimnisse und die erlösende Kraft der Liebe.«
Bestsellerautorin Kate Morton

KNAUR